Lucas Fassnacht

#KillTheRich

Wer Neid sät, wird Hass ernten

LUCAS FASSNACHT

#KILL THE RICH

WER NEID SÄT, WIRD HASS ERNTEN

Roman

blanvalet

MIX
Papier aus verantwortungsvollen Quellen
FSC® C014496

Verlagsgruppe Random House FSC® N001967

1. Auflage

Neumarkter Str. 28, 81673 München
Redaktion: Angela Kuepper
Umschlaggestaltung und -illustration: © Johannes Wiebel | punchdesign
LH · Herstellung: sam
Satz: Vornehm Mediengestaltung GmbH, München
Druck und Bindung: GGP Media GmbH, Pößneck
Printed in Germany
ISBN: 978-3-7645-0675-9

www.blanvalet.de

Für Katharina Deborah

Prolog

Bondo, Malawi; im August, 17:01 Uhr UTC+2

Kassim starrte auf das Display seines iPhones. Er hatte Netz. Riesige Ballons im Himmel sollten dafür verantwortlich sein. Monatelang hatte die Zeitungen Malawis die Debatte geprägt, ob die Technik funktionierte oder doch nur Humbug war – in Bondo waren die meisten skeptisch gewesen. Es war nie klug, den Versprechen der Amerikaner zu vertrauen.

Aber es klappte. Kassim hatte Netz. Bisher hatte er nach Pelete fahren müssen, wenn er surfen wollte. Zweieinhalb Stunden mit dem Rad, in der Regenzeit vier. Nie wieder. Kassim grinste. Das Internet war jetzt überall, wo er auch war.

Er öffnete seinen Twitter-Account. Sein erster Beitrag sollte besonders sein. Stark und poetisch. Er schrieb: *Africa wakes up. #killtherich.*

Zwei Stunden später und fünftausendachthundert Kilometer entfernt lehnte sich Prakash Khan in seinem Ledersessel zurück. Nur gedämpft drang das Fluchen der Rikschafahrer durch die modernen Fenster. Leise surrte die Klimaanlage. Prakash blickte zufrieden auf den Bildschirm. Er war der berühmteste Blogger Neu-Delhis, und der Artikel, den er gerade fertiggestellt hatte, zeigte einmal mehr seine Klasse. Prakashs Follower würden Hunderte Kommentare schreiben. Googles Wunsch, die weltweiten Datenströme zu kontrollieren, näherte sich der Erfüllung – und niemand schien es zu merken. Akribisch hatte Prakash alle Informationen zusammengetragen, die im Netz zu finden waren. Punkt für Punkt hatte er aufgezeigt, wie geschickt Google andere Konzerne und ganze Staaten manipulierte, um sein Ziel zu erreichen. Über ein Ballonsystem die entlegensten Regionen Afrikas mit Internet zu versorgen war der letzte Coup gewesen.

Rhetorisch gesalzen hatte Prakash den Text mit einigen Tweets der ersten Stunde. Ein wirklich guter Beitrag.

Zwei Wochen später war der Artikel von Prakash Kahn schon längst wieder im digitalen Mahlstrom versunken. Unter den Tweets, auf die er verwiesen hatte, war einer allerdings geteilt geworden. *#killtherich.* Millionenfach. Und Hunderttausende folgten dem Aufruf.

1. Kapitel

Vier Wochen später. Brüssel, Belgien; Mittwoch, 20:13 Uhr UTC+2

Conrada van Pauli spannte das Klettband um ihr rechtes Hosenbein und zog die Warnweste über ihren Blazer. Dann setzte sie ihren Fahrradhelm auf und straffte dessen Kinnriemen. Ihre Kollegen verspotteten sie seit jeher für den Aufwand, aber das störte sie nicht. Sie fand, wenn sie schon Bürokratin war, durfte sie das auch zeigen.

Conrada schob ihr Rad aus der Tiefgarage in die Brüsseler Dämmerung. Der Verkehr auf dem Schuman-Kreisel war überschaubar, die Rushhour war bereits einige Stunden vorüber. Das letzte Abendrot verabschiedete sich hinter ihrem Rücken. Conrada schwang sich auf den Sattel. Sie hatte den wohl repräsentativsten Heimweg, den es auf der Welt zu finden gab. Zuerst durchquerte sie den Parc du Cinquantenaire. Er hatte zum fünfzigsten Jahrestag von Belgiens Unabhängigkeit angelegt werden sollen, pünktlich zum fünfundsiebzigsten hatte man ihn dann fertiggestellt.

Conrada verließ den Park durch den Triumphbogen und fuhr auf die Avenue de Tervueren, wobei sie die kanadische Botschaft links liegen ließ. Ab jetzt wurde es afrikanisch. Sie passierte nacheinander die Botschaften von Äthiopien, Togo, Uganda und Nigeria.

Als Nächstes kam sie vorbei am Verlagshaus von *New Europe*, der Zeitung mit dem unbequem gründlichen Blick, außerdem an der Verbraucherschutzorganisation ANEC und an der europäischen Niederlassung des WWF. Die Straße führte sie am Parc de Woluwe vorbei, die Kastanien flüsterten bereits vom Herbst. Später am Abend würde sie noch zwei oder drei Runden laufen. Sie brauchte Bewegung wie Häftlinge ihren Hofgang. Bei der Botschaft von Ruanda bog sie ab in die Rue des Fleurs. Eine Minute später erreichte sie ihr neues Zuhause; einen Quader, dessen erster Stock vorgelagert war und so die Veranda überdachte. Hinter den riesigen Fenstern brannte Licht, doch waren die Vorhänge zugezogen.

Dass sie im vornehmsten Viertel Brüssels ein Haus gekauft hatten, hielt sie fast für anmaßend, aber Hermann hatte sich nicht umstimmen lassen. Conradas Ehemann war Mitglied des Europäischen Parlaments und darüber hinaus zum Quästor gewählt worden, zu einem der fünf Zuständigen für die Arbeitsbedingungen der Abgeordneten. Es schien ihm nur angemessen, wenn sich diese verantwortungsvolle Aufgabe in seiner Wohnsituation widerspiegelte. Die Diskussion darüber, ob ein Parteimitglied der Allianz der Sozialdemokraten nicht eher dem solidarischen Gedanken gerecht werden sollte als dem eigenen Statusbewusstsein, suchte Conrada seit Längerem nicht mehr.

Sie schob das Fahrrad in die Garage. Hermanns Dienstlimousine stand darin, er war also immer noch nicht wieder ganz bei Kräften. Sie hängte ihren Helm an den Fahrradlenker. Beim Zahnarzt hatte sie eine Studie gelesen, dass Radfahrer ohne Helm seltener in Unfälle verwickelt waren. Als Erklärung hieß es, ohne Helm fahre man vorsichtiger, und die anderen Verkehrsteilnehmer nähmen mehr Rücksicht. Conrada schüttelte lächelnd den Kopf. Was für ein Unsinn.

Sie betrat die Diele und zog die Schuhe aus. Für eine Niederländerin war sie nicht besonders groß, aber Absätze trug sie trotzdem nicht, ihre Füße schmerzten so schon genug. Sie stellte die Schuhe ins Regal und räumte auch die von Emilia auf. Ihre

Tochter hatte ein Talent dafür, mit minimalem Aufwand größtmögliche Unordnung zu schaffen.

Sie hörte den Fernseher. Es geschah selten, dass jemand zu Hause war, wenn Conrada von der Arbeit kam. Das Parlament hatte seinen Sitz in Straßburg, gewöhnlich nahm Hermann den Weg nach Brüssel höchstens am Wochenende auf sich. Emilia war nur deshalb nicht im Internat, weil morgen Feiertag und dementsprechend schulfrei war.

Conrada ging ins Wohnzimmer. Hermann lag auf der Couch, umgeben von Grippostad-Packungen, zerknüllten Papiertaschentüchern und der Aura des ermatteten Mannes. Sie küsste ihn rasch auf die Glatze und ließ sich neben ihn aufs Sofa fallen.

»Pass auf, dass du dich nicht ansteckst«, brummte er.

»Nach zwei Wochen? Geht's dir besser?« Sie redeten Deutsch miteinander. Hermann verstand zwar etwas Niederländisch, aber Conradas Deutsch war fließend, sie hatte in Heidelberg studiert. In Heidelberg hatte sie auch Hermann kennengelernt.

»Na ja.« In Hermanns Schoß lag sein Tablet, er öffnete das E-Mail-Programm. »Emilia hat gekocht. Ist noch was in der Küche.«

Conrada bemerkte den Geruch gebratener Zwiebeln.

»Wo ist sie denn?«

»Oben, denke ich.« Er überflog die neuesten Nachrichten in seinem Posteingang. Conrada saß eine Weile unschlüssig neben ihm. Als er sie nicht weiter beachtete, ging sie nach oben und klopfte an Emilias Zimmertür.

»Bist du da?«, fragte sie. Mit ihren Töchtern sprach sie Niederländisch, auch wenn Emilia Französisch am liebsten war.

»Komm rein«, ertönte es von innen. Emilia war gerade in die elfte Klasse vorgerückt. Die Neigung, ihre Einrichtung in rosa Tönen zu gestalten, hatte sie schon länger verloren. Seit Kurzem hatte sie eine neue Vorliebe: schwarz.

»Hey, Maman«, sagte sie.

»Hallo, mein Schatz.« Conrada betrat das Zimmer. Emilia lag auf dem Bett vor ihrem Laptop und schaute eine Serie.

»Störe ich?« Conrada musterte die schwarze Netzstrumpfhose, die ihre Tochter trug, verkniff sich jedoch einen Kommentar.

Emilia schüttelte den Kopf und klappte den Laptop zu. »Hast du meinen Auflauf probiert? Ich glaub, ich hab ihn zu lange im Ofen gelassen. Papa sagt, dass er gut geworden ist, aber der schmeckt ja gerade nichts.«

»Ich probier ihn gleich.«

»Ich hab mir überlegt, dass ich Oma zum Geburtstag einen Kuchen backe. Kannst du mir da helfen?«

Conrada versprach es. Sie ging wieder nach unten, sie wollte Emilia nicht zu lange behelligen.

An ihrer älteren Tochter, Theresa, hatte Conrada schmerzlich erfahren, dass es möglich war, zu wenig Zeit für die eigenen Kinder zu haben und ihnen zugleich zu wenig Freiraum zu lassen. Theresa hatte der Mutter noch immer nicht verziehen, dass sie ihr vor ein paar Jahren verboten hatte, durch Europa zu trampen. Inzwischen absolvierte sie über Projects Abroad einen Freiwilligendienst in Tansania. Conrada hoffte, dass sich nach dem Jahr in der Ferne ihr Verhältnis wieder verbessern würde.

Sie ging ins Schlafzimmer und zog sich ihren Jogginganzug an, dann holte sie sich aus der Küche etwas von dem Kartoffelauflauf und setzte sich wieder zu Hermann ins Wohnzimmer.

»Hast du mitbekommen, was Guterres gesagt hat?«, fragte er. »Die P5 sollten die Vorschläge berücksichtigen, weitere ständige Sitze im Sicherheitsrat zuzulassen.«

Der Sicherheitsrat war das einzige Gremium der UN, das rechtsverbindliche Beschlüsse verabschieden konnte. Die Permanent Five, seine fünf ständigen Mitglieder, lagen sich nicht nur regelmäßig in den Haaren, sondern verfügten jeweils über ein Vetorecht, mit welchem sie jeglichen Beschluss blockieren konnten. Es war kaum verwunderlich, dass die Vereinten Nationen nicht besonders ernst genommen wurden.

»Lass uns nicht über die Arbeit reden«, bat Conrada.

»Guterres ist wirklich ein anderes Kaliber als Ban«, fuhr Hermann fort. »Der Mann ohne Eigenschaften hätte sich nie so direkt in die Politik eingemischt. Und Guterres landet solch ein Pfund.«

Hermann hatte recht: Ban Ki-moon, der ehemalige Generalsekretär der UN, war nicht bekannt gewesen für seine medienwirksamen Äußerungen. Ein UN-Generalsekretär war nicht nur Verwaltungsbeamter, sondern auch Repräsentant. Ban war regelmäßig vorgeworfen worden, sich in ersterer Rolle einzurichten. Conrada war recht angetan von den forschen Vorstößen von António Guterres – doch welche Früchte sie tragen würden, musste sich noch zeigen.

Im WDR lief eine Reportage über private Zugunternehmen. Conrada war keine Verfechterin von deutschem Fernsehen, aber selbst die Belgier schauten kein belgisches.

»Ich sage dir«, meinte Hermann, »wenn er sich zu so einer Aussage hinreißen lässt, dann liegt einiges im Argen bei denen.«

Emilias Auflauf war nicht nur verbrannt, sondern außerdem versalzen, Conrada stellte ihren Teller auf den Beistelltisch. »Willst du Wein?«, fragte sie.

»Vielleicht war es auch einfach wieder zu lange ruhig«, überlegte Hermann. »Wer heutzutage politisch aktiv ist und zwei Wochen keine Krise zu bestehen hatte, beginnt sich zu langweilen. Aber ich habe auch was verpasst. Bei uns im Parlament hat Gabi einen Antrag der Rechten verteidigt. Gegen Militäreinsätze im Ausland. Das musst du dir mal vorstellen. Die Vorsitzende der Kommunisten unterstützt den Klassenfeind. Griechische Verhältnisse.« Er schnaubte. »Und das jetzt – keine zwei Wochen vor den Neuwahlen in Frankreich. Ich sage dir, Le Pen gewinnt das Ding noch.«

Während die Deutsche Bahn berüchtigt für ihre Verspätungen war, erklärte der Fernseher, konnten die privaten Unternehmen in puncto Pünktlichkeit gute bis glänzende Zahlen vorlegen. Selbst der Kommentator schien beeindruckt. Conrada holte Wein und zwei Gläser.

Hermann schaute auf. »Wolltest du nicht joggen gehen?«, fragte er mit Blick auf ihren Trainingsanzug.

»Nur ein Glas.«

Je größer das Netz, desto komplexer seien die Abläufe, bemühte sich ein DB-Sprecher um Verständnis. Conrada füllte die Gläser, gab Hermann eines, sie stießen an.

»Auf deine Genesung«, sagte sie.

»Es ist die Ablehnung«, erklärte Hermann bestimmt. »Linke wie Rechte speisen ihre politische Motivation aus der Ablehnung des Mainstreams. Und sie fahren ja gut damit. Realpolitik ist ein Schimpfwort geworden …«

»Nimm mich in den Arm«, unterbrach ihn Conrada.

»Warum?« Hermann zögerte, offenbar hatte sie ihn mit der Aufforderung überrascht. Etwas unbeholfen folgte er ihrem Wunsch.

Ein paar Minuten saßen sie schweigend auf dem Sofa. Im Fernsehen wurde eine Waschanlage für Züge gezeigt. Langsam, beinahe rücksichtsvoll legte sich eine Schwere auf Conradas Brust, drückte sich in ihren Magen, glitt ihr den Hals herauf. Sie versuchte nicht, die Tränen aufzuhalten. Leise tasteten sie sich ihre Wangen hinunter. Conrada schluchzte nicht. Das Gefühl war nicht unangenehm: eine stille Übereinkunft zwischen ihrem Willen und ihrem Körper, der Erschöpfung endlich einmal Raum zuzugestehen.

»Was ist los?«, fragte Hermann erschrocken.

»Nichts.« Conrada lächelte. »Ich bin müde.«

»Du arbeitest zu viel«, brummte Hermann.

»Wahrscheinlich.«

Der Skandal lag Monate zurück, doch noch immer schlief Conrada schlecht. Sie arbeitete beim Europäischen Auswärtigen Dienst EAD, in der Abteilung für Südamerika. Bei einer Routineüberprüfung der Handelszahlen Brasiliens waren ihr Unregelmäßigkeiten bei Petrobras aufgefallen. Ihre Entdeckung hatte den Ölkonzern in die schlimmste Krise seiner ohnehin krisengeschüttelten Geschichte katapultiert. Die europäische Presse porträtierte Conrada fortan als Heldin, Juncker persönlich schüttelte ihr die Hand, sie wurde zur Abteilungsleiterin befördert. Doch während alle um sie herum teils bewundernd, teils neidvoll auf ihren Erfolg schauten, fühlte Conrada sich nur müde. Was hatte sie erreicht? Ja, bei Petrobras waren Köpfe gerollt, aber sie war sich sicher: nicht die entscheidenden. Und Brasilien schlingerte auf den Abgrund zu, da half es nichts, wenn der größte Konzern des Landes um seine Existenz rang.

Sie wischte sich die Tränen ab. Passend zu ihren Gedanken wurde die Zug-Doku abgelöst von den Nachrichten. Weder das Statement des UN-Generalsekretärs noch die Vorkommnisse im Europäischen Parlament schienen der Redaktion eine Meldung wert. Das bestimmende Thema waren nach wie vor die Aufstände in Brasilien. Seit Jair Bolsonaro an die Macht gekommen war, führte er das Land mit einer Geschwindigkeit in den Faschismus, dass es an Deutschland 1933 erinnerte. Die fanatische Beschwörung einer völkischen Identität diente als Rechtfertigung für das Aufheben der Gewaltenteilung, für die Kontrolle der Medien, für die Jagd auf Eliten und Minderheiten, für die Unterwerfung der Wissenschaft.

Bolsonaro hatte nie einen Hehl aus seiner Gesinnung gemacht. Aber als die Weltöffentlichkeit sah, dass er es ernst meinte, war sie gleichwohl fassungslos. Wie 1933. Und tat nichts. Es war die brasilianische Zivilgesellschaft, die sich wehrte. Doch Bolsonaro hatte das Militär auf seiner Seite und gewann.

Neben dem ideologischen Umbau des Systems lag Bolsonaros

Augenmerk auf der radikalen Liberalisierung der Wirtschaft. Er senkte nicht nur Unternehmenssteuern, sondern kassierte darüber hinaus zahlreiche Bestimmungen zu Umwelt- und Arbeitnehmerschutz. An den Börsen ging es aufwärts, und eine Weile kehrte Ruhe ein. Selbst für Petrobras schien es nach Jahren voller Skandale endlich aufwärtszugehen. Bis Conrada einen Blick auf die Bilanzen warf und feststellte: Die Zahlen waren nicht etwa ein bisschen geschönt worden, sondern utopisch. Seither kämpfte der Konzern ums Überleben …

Sie hörte nicht zu. Die letzten vier Tage hatte sie nichts anderes getan, als alle Informationen zu den Aufständen zu sammeln, an die ihr Team beziehungsweise die EU-Delegation vor Ort gelangen konnte. Fernsehnachrichten vermochten ihr keine Neuigkeiten zu bieten.

»Hat das bald ein Ende?«, fragte Hermann.

»Es ist keins absehbar.« Conrada seufzte. Es handelte sich wirklich um eine vertrackte Situation. »Während Ober- und Mittelschicht beinahe geschlossen gegen Bolsonaro sind, unterstützt ihn so ziemlich jede Gruppe, die man in Europa als verfassungsfeindlich einstufen würde: Identitäre, religiöse Fundamentalisten, Chauvinisten – ein *Who is Who* der Kotzbrocken. Außerdem genießt er nach wie vor großen Rückhalt in der einfachen Bevölkerung. Doch für seine Sozialprogramme geht ihm das Geld aus. Deswegen hat er die größten Ölfelder Brasiliens an US-Unternehmen verkauft. Unfassbar, wenn man bedenkt, dass er einige dieser Unternehmen vor einem halben Jahr noch enteignet hat. Unternehmen, gegen die er unermüdlich den Hass geschürt hat. Dieser Hass richtet sich nun gegen ihn selbst. Der Hass erstickt alles und jeden. Es gibt keinen Platz mehr für Argumente. Alles ist hochemotional. In Onlinekommentaren wird offen zu Mord und Vergewaltigung der jeweiligen Gegner aufgerufen.«

»Das ist das Internet.«

»Das Ausmaß ist neu. Das aktuell erfolgreichste Schlagwort auf Twitter in Brasilien ist *killtherich*. Und die Leute scheinen zum Handeln bereit. Da hilft es natürlich nicht, wenn der Präsident droht, das Militär einzusetzen.«

»Tut er das nicht sowieso?«

»Bisher hat er zumindest keinen Schießbefehl gegeben. Für Jan ist es nur eine Frage der Zeit, bis es so weit ist.« Jan Kopański lebte erst seit drei Jahren als europäischer Botschafter in Brasília. Doch ein besserer Kenner des Landes war Conrada bisher nicht begegnet. Sie kam gut mit ihm aus, verstand aber auch, dass dies nicht allen Kollegen gelang. Kopański war nicht nur mit einer überragenden Intelligenz gesegnet. Für Leute, die ihm nicht folgen konnten, brachte er wenig Geduld auf. Im Übrigen machte er keinen Hehl daraus, dass er den EU-Posten nur als Sprungbrett für die polnische Landespolitik nutzen wollte. Es hieß, Kaczyński halte große Stücke auf ihn. Conrada konnte sich ausmalen, wie verärgert Jan gewesen sein musste, als man ihr und nicht ihm die Abteilungsleitung übergeben hatte. Sie war selbst aus allen Wolken gefallen. Sicher, sie hatte die letzten Jahre hart gearbeitet, doch das hatten andere auch.

In den Nachrichten ging es inzwischen um die Rente. Das Eintrittsalter, das 2014 von Andrea Nahles auf dreiundsechzig Jahre gesenkt worden war, sollte auf fünfundsechzig zurückgesetzt werden. Erneut auf Betreiben der SPD. Hermann knurrte nur. Conrada schenkte Wein nach.

»Willst du, dass ich nie wieder auf die Beine komme?«, fragte Hermann.

»Dann lass ihn halt stehen.«

»Jetzt gib schon her.«

Sie tranken. »Hat sich Theresa gemeldet?«, fragte Conrada.

»Bei mir?« Hermann grinste säuerlich. »Bestimmt nicht. Emilia meinte, es geht ihr gut.«

»Vielleicht sollten wir mal wieder gemeinsam Urlaub machen.«

Hermann zog die Brauen hoch. »Du arbeitest mehr als ich, Conrada.«

»Zusammen mit den Kindern. Wenn Theresa wieder da ist. Es muss ja nicht lange sein. Ein Wochenende.«

»Schlag das Theresa mal vor. Ich wünsch dir Glück.«

Auf dem Bildschirm leuchteten Fußballergebnisse auf. Der Sommer war zu Ende. Endlich begann die Champions-League-Saison. Eindhoven hatte 0:4 verloren.

»Verdammt«, murmelte Conrada. So viel zum Trainerwechsel.

»Natürlich ist nach dem ersten Spieltag noch nichts entschieden, sehen wir uns trotzdem die Tabellen an …« Der Nachrichtensprecher unterbrach sich, neigte den Kopf leicht zur Seite und starrte eine Sekunde lang schräg in die Kamera.

»Ich erfahre gerade, wir haben eine Eilmeldung.«

Er drehte den Kopf von seinem Publikum weg. Ein Arm geriet ins Bild, reichte dem Sprecher ein Blatt Papier. Dieser nahm es entgegen, überflog es kurz, sah wieder in die Kamera. Mit dem Blick derer, die sich bewusst sind, etwas Wichtiges mitzuteilen zu haben, sagte er: »Offenbar sind einige Aufständische in den Regierungssitz des brasilianischen Präsidenten Jair Bolsonaro eingedrungen. Über den Verbleib des Präsidenten ist nichts bekannt. Auch gibt es zurzeit keine Informationen darüber, wie viele Aufständische sich im Palast befinden. Selbstverständlich erfahren Sie mehr, sobald wir über weitere Informationen verfügen.«

»Hast du das gewusst?«, fragte Hermann

Conrada starrte entgeistert auf den Bildschirm. »Das kann nicht sein«, flüsterte sie. »Wenn es so schlimm wäre, hätten sie mich angerufen.« Sie griff nach ihrem Telefon. Im selben Moment begann es zu vibrieren.

2. Kapitel

Brasília, Brasilien; Mittwoch, 14:33 Uhr UTC-3

Jason Silver rieb sich sein letztes Kokain ins Zahnfleisch. Er hatte die Nacht nur vier Stunden geschlafen. Doch wenn er heute erfolgreich sein wollte, musste er hellwach sein. Er nahm noch eine Handvoll Tabletten gegen die Schmerzen im Knie. Verdammtes Rugby. Ein einziges Semester hatte er in Yale gespielt, fünfunddreißig Jahre war das her, und das Scheißknie schmerzte immer noch. Er hasste Linienflüge.

Silver war nicht nur der Vorstandsvorsitzende von Corner's, dem zweitgrößten Sojabohnenverarbeiter in den USA, sondern darüber hinaus Vizepräsident der Vereinigung der US-Futtermittelhersteller AFIA, zuständig für internationale Kontakte.

Er verließ die Toilette und eilte den anderen Passagieren hinterher. Am Zoll hatte sich bereits eine Schlange gebildet. Der Flughafen Brasílias galt zwar als hochmodern, aber genügend Personal schienen sie trotzdem nicht zu haben.

Es stand nicht gut um die AFIA. Erst war Monsanto von Bayer geschluckt worden, dann hatten die Japaner DuPont gekauft, und jetzt drängten auch noch die Chinesen auf den Markt. Doch wenn Blut auf den Straßen lag, musste man Geschäfte machen, hatte Rothschild gesagt. Selbst wenn es das eigene war.

Der brasilianische Minister für Wirtschaft und Außenhandel hatte ihn gebeten, aufgrund der Unruhen das Treffen zu verschieben, aber Silver hatte die Bitte ignoriert. Die AFIA mochte kränkeln – die brasilianische Regierung lag im Sterben.

Sie brauchten positive Nachrichten, und Silver würde sie ihnen geben.

Die Zollbeamten belangten ihn nur kurz, zügig ging er zur Ausgangshalle. Er überflog die Schilder der Wartenden. Seinen Namen fand er nicht. Wo war der Fahrer? Da es sich um eine informelle Sitzung handelte, hatte er darauf verzichtet, sein Team mitzunehmen. Er musste wohl selbst nach dem Fahrer suchen. Was, wenn der Minister den Termin ohne seine Zustimmung abgesagt hatte? Eine Unverschämtheit. Silver spürte Schweiß auf der Stirn. Die verfluchten Schmerztabletten.

Auch für ihn persönlich lief es aktuell nicht gut. Es mehrten sich die Stimmen im AFIA-Vorstand, die ihm die Schuld dafür gaben, dass ihre Unternehmen global so schlecht dastanden. Und erst vor ein paar Wochen hatten die Chinesen ein Angebot für Corner's geschickt. Für seine eigene Firma! Gott bewahre. Er würde seine Firma doch keinem Chinesen verkaufen.

Wo war bloß der verdammte Fahrer? Sollte er sich etwa ein Taxi nehmen?

»Mr. Silver?«

Silver fuhr herum. Hinter ihm stand ein kleiner Latino in schwarzem Anzug und Kappe unter der Achsel.

»Du bist der Chauffeur?« Silver musterte ihn gereizt. Er war mehr überrascht als empört, dass der Bursche seinem Blick standhielt. Ungewöhnlich. Und warum schrieben die Zeitungen über die Diskriminierung der Indianer? Der Typ war so dunkel, wenn es wirklich so schlimm wäre, hätte er ja wohl kaum seinen Job behalten dürfen.

»Wo hast du gesteckt?«

»Aufgrund der Demonstrationen sind einige Straßen gesperrt«, antwortete er. Sein Englisch war passabel. Aber das war auch das Mindeste. Immerhin handelte es sich um den offiziellen Chauffeurservice der brasilianischen Regierung.

»Wo ist der Wagen?«

»Sie sind allein?«

»Wonach sieht's denn aus, du Comedian?«

»Folgen Sie mir, Sir.«

Als Silver endlich im Fond der Mercedes-Limousine saß, ging er noch einmal gedanklich alle wichtigen Details durch: erst den Minister reden lassen, die Körperhaltung spiegeln, zuvorkommend wirken, Verständnis zeigen für die schwierige politische Lage. Dann die bisherige Zusammenarbeit loben, knapp musste das passieren, auf den Punkt. Brasiliens Entwicklungsmöglichkeiten preisen. Das war der anspruchsvollste Teil. Der Minister wusste genauso gut wie Silver selbst, dass die Zukunft des Landes gerade alles andere als rosig aussah. Der Minister würde darauf hinweisen, und Silver würde die Zahl nennen. Er würde dem Minister einige Sekunden geben, die Zahl zu verdauen. Es war eine stolze Zahl. Der Preis für die Nutzungsrechte eines Drittels der brasilianischen Sojaanbaugebiete. Nutzungsrechte für zwanzig Jahre.

Silver atmete tief durch und strich über den Aktenkoffer neben sich. Hier lagen die Verträge, die die AFIA-Anwälte vorbereitet hatten. Natürlich würde der Minister selbst sie gar nicht ansehen. Aber er würde entscheiden. Vielleicht sogar noch im Herbst, die Regierung brauchte das Geld dringend, der Staatsbankrott rückte näher.

Er rief Susie an.

»Hey, Honey, in welchem Hotel bin ich untergebracht?«

»Windsor, Mr. Silver.«

»Ruf da an und sag, dass ich gern was zu essen auf dem Zimmer hätte. Fisch oder so. Außerdem Wein und zwei Mädchen.«

»Haben Sie besondere Wünsche?«

»Irgendwas, was man hier halt trinkt. Mit Beschreibung.« Ganz gleich, wo man sich befand, es war immer von Vorteil, ein paar passende Adjektive zu den lokalen Weinen zu kennen.

»Und die Frauen?«, fragte Susie.

»Ist mir egal, such dir was aus.«

Silver drückte sie weg und wählte die Nummer von Ed Minsterson, seinem Assistenten.

»Mr. Silver?«

»Eddie, ich brauche bis heute Abend die Analyse zum chinesischen Angebot. Inklusive der Meinung des Aufsichtsrats.«

»Sir? Der Aufsichtsrat trifft sich erst nächste Woche wieder.«

»Und außerdem soll die Rechtsabteilung ein Übernahmeangebot unsererseits vorbereiten.«

»Sir?«

»Sieh zu, dass es möglichst schnell in die Presse kommt, wir dürfen jetzt auf keinen Fall schwach wirken.« Wenn der Deal mit Brasilien klappen sollte, würde sich zu Hause der Verteilungskampf anschließen. Und Silver würde dafür sorgen, dass Corner's nicht leer ausging.

»Wir haben doch gar nicht das Kapital für eine Übernahme.«

»Deswegen müssen wir umso selbstbewusster auftreten. Die verkaufen eh nicht; das sind Chinesen, die machen lieber Pleite, als dass sie Ausländer an ihre Suppe lassen. Warum halten wir?«

»Bitte?«

»Ich meinte den Fahrer.« Ohne ersichtlichen Grund hatte dieser den Wagen abgebremst. Irgendjemand rief etwas auf Portugiesisch, der Fahrer öffnete sein Fenster. Ein Polizist trat heran und redete heftig auf ihn ein.

»Wir müssen zurück«, sagte der Fahrer, zu Silver gewandt.

»Wieso?«

»Im Regierungsviertel ist es zu Ausschreitungen gekommen, das ganze Areal ist abgesperrt.« Der Fahrer legte den Rückwärtsgang ein.

»Fahr sofort weiter.«

»Sir, ich kann nicht, die Straße ist gesperrt.«

»Dann nimm einen Umweg.«

»Selbst wenn ich einen Weg fände, die Polizei wäre nicht begeistert.«

»Wie heißt du?«

»José Colasanti, Sir.«

»Jetzt hör mal zu, José. Ich verdiene eine Menge Geld damit, dass ich weiß, wo ich hinwill. Du wirst dafür bezahlt, dass du mich dorthin bringst. Nicht umgekehrt. Du machst jetzt, was ich sage, oder ich sorge dafür, dass du bald gar nicht mehr bezahlt wirst.«

»Wie Sie meinen, Sir.« Der Fahrer stoppte den Wagen, schaltete und bog in eine Seitenstraße ab.

»Eddie, bist du noch dran?« Silver wandte sich nach der leidigen Unterbrechung wieder seinem Telefon zu.

»Mr. Silver, wir werden Wochen brauchen, um das Angebot an die Chinesen zu lancieren. Selbst wenn es eine Finte ist. Und vorausgesetzt, die übrigen Mitglieder des Vorstands teilen Ihre Meinung, worüber ich mir durchaus nicht sicher bin.«

»Was ist heute?«

»Mittwoch, Sir.«

»Du hast Zeit bis Freitag.«

»Sir!«

»Bei den Summen, die unsere Anwälte verlangen, können die auch mal was arbeiten.« Silver kappte die Verbindung. Er hatte nur noch eine halbe Stunde bis zu seinem Termin. Bescheuerte Aufstände. Konnten die Leute nicht irgendwo anders pöbeln? Silver trommelte mit den Fingern an die Scheibe und stöhnte.

»Verzeihung, Sir?«

»Wird das noch was heute?« Sie kurvten zwischen hässlichen Betonklötzen herum. Silver hatte nicht das Gefühl, dem Regierungsviertel näher zu kommen.

»Sehen Sie aus dem Fenster.«

Silver wollte die flapsige Antwort schon mit einer angemessenen Replik quittieren, da erkannte er, was José meinte. Sie waren auf einen Hunderte Meter breiten Grünstreifen gestoßen, der von zwei mehrspurigen Straßen gesäumt wurde. Nur Autos fanden sich keine. Stattdessen rannten Leute kreuz und quer durcheinander. Viele kamen ihnen entgegen, doch die meisten schienen ebenfalls Richtung Regierungsgebäude unterwegs zu sein. Manche hielten Baseballschläger in den Händen, andere hatten sich Tücher vor Mund und Nase gebunden. Wie Banditen, dachte Silver. Zwischen den Hochhäusern stieg Rauch auf. Von allen Seiten waren Sirenen zu hören.

»Nimm einen anderen Weg«, befahl er José.

»Wie Sie meinen, Sir.« José setzte erneut zurück und lenkte den Wagen in eine schmalere Straße. Weniger Leute zwar, aber auch hier brannten Fahrzeuge und wurden Böller geworfen. Jugendliche rasten auf einem Polizeimotorrad an ihnen vorbei.

Ein Knall, Silver fuhr zusammen. Irgendetwas war gegen die Heckscheibe geschlagen.

»Verdammt, José, pass auf!«

»Das Fahrzeug ist gepanzert. Hier drinnen kann Ihnen nichts passieren.« In der Ferne war eine Explosion zu hören. Schreie. »Allerdings sollten wir vielleicht wirklich umkehren.« Der Fahrer sagte es mit einer Arroganz, als wollte er sich über ihn lustig machen. Silver bebte.

»Du Würstchen willst mir sagen, was ich tun soll? Du fährst jetzt zum Wirtschaftsministerium und nirgendwohin sonst!«

»Sir, sehen Sie doch.« Sowohl die Trennscheibe als auch die Windschutzscheibe waren getönt. Trotzdem konnte Silver genug erkennen, dass er vor Zorn auf seinen Aktenkoffer eindrosch.

Vor ihnen war die Straße vollkommen von einer Menschenmenge in Beschlag genommen. Einige hielten Plakate hoch, andere warfen Gegenstände. Manche zwängten sich aus der Meute. Diejenigen, die hinten standen, drängten hinein. Aufgehalten wurden die Randalierer von einer Polizeiblockade. Gewöhnliche Streifenwagen schrumpften neben gepanzerten

Spezialfahrzeugen. Ein Meer aus roten und blauen Lichtern waberte über die Köpfe hinweg. Silver entdeckte einen Wasserwerfer. Ein Megafon plärrte.

»Fahr woanders lang«, fluchte Silver. Aus verschiedenen Richtungen knallten Schüsse.

»Die anderen Straßen sind größer«, wandte der Fahrer ein. »Da werden noch mehr Leute sein.«

Silver dachte nach. Wie kam er an den Minister heran? Er hätte nicht erwartet, dass die Aufstände ein solches Ausmaß annehmen würden. Aber die Eskalation traf sich perfekt. In der aktuellen Lage hatte die Regierung gar keine andere Wahl, als auf das AFIA-Angebot einzugehen. Man musste sich nur vorstellen, wie viel Geld die Straßenkämpfe kosteten. Die Sachschäden und die Polizeieinsätze waren noch der kleinste Posten. Die Öffentlichkeitsarbeit im Nachhinein, die Steuergeschenke, die nötig werden würden, das alles würde Unsummen verschlingen. Und zwar in einem Land, das nur deswegen noch nicht für bankrott erklärt worden war, weil dies für seine Handelspartner gewaltige Abschreibungen bedeuten würde.

Nein, Silver holte tief Luft, diese Bauernlümmel würden ihn nicht von dem Coup seines Lebens abhalten.

»José, wir gehen zu Fuß.«

»Sir, Sie belieben zu scherzen.«

Aber Silver hatte schon die Tür aufgemacht und sprang aus dem Wagen. Dann öffnete er die Fahrertür. »Los, steig aus, du hast ja wohl eine Ausbildung zum Personenschützer.«

Der Fahrer starrte ihn eingeschüchtert an. »Einen Erste-Hilfe-Kurs habe ich. Fahrer mit Zusatztraining werden nur besonders wichtigen Gästen zugeteilt.«

Silver hatte Lust, dem Affen die Fresse zu polieren.

»Aussteigen!«, befahl er. Der Fahrer gehorchte widerwillig.

»Wir halten uns links an den Häusern, du bleibst vor mir, falls der Wasserwerfer in unsere Richtung zielt.« Sobald die Polizisten sie entdeckten, würden sie ihnen entgegenkommen und eine Gasse sichern. Es war offensichtlich, dass er auf die andere Seite der Blockade gehörte.

Glas splitterte. Viel zu nah. Silver brauchte einen Augenblick, bis er verstand, dass es sich um den Außenspiegel ihres eigenen Wagens handelte. Einige Halbstarke kamen näher.

»Los, wir müssen hier weg!«, rief Silver.

Einer der Schurken zeigte auf das Nummernschild. »Político!«, brüllte er. »Político!«

Der Fahrer war schon losgerannt, Silver folgte ihm. Auf einmal waren überall Männer, die auf ihn zukamen, ihm den Weg verstellten, ihn mit ihren vulgären Drohgesten einzuschüchtern versuchten. Wo war sein Aktenkoffer? Hatte er ihn im Wagen gelassen? Scheiße, wie sein Knie wehtat. Es war ein Fehler gewesen, ohne Team zu reisen. Eddie hätte ihm widersprechen müssen.

Ein Typ mit Eisenstange grinste ihn an. Silver floh in die andere Richtung. Er würde Eddie feuern. Etwas traf ihn am Bein, er stolperte. Warum half ihm denn niemand? Er schrie um Hilfe. Wo war bloß die Scheißpolizei? Die Männer riefen sich auf Portugiesisch Stichworte zu, lachten, johlten. Er würde sich ihre Gesichter merken müssen, für das Gerichtsverfahren. Ein stechender Schmerz fuhr ihm in die Schulter, fuck, auch das noch. Weiter, runter von der Straße, zu den Lichtern. Bei den Lichtern wäre er sicher. Sirenen. War das die Polizei? Er brauchte dringend ein Megafon. Bei dem Lärm hörte ihn ja sonst niemand. Der Teer kam rasend schnell auf ihn zu, augenscheinlich war er gestürzt, den Anzug würde er wegwerfen müssen, warum brummte ihm der Kopf auf einmal so? Seine Füße waren kalt, er hatte schon als Kind kalte Füße gehabt. Gab es hier denn nirgendwo ein Megafon?

3. Kapitel

Brüssel, Belgien; Mittwoch, 21:33 Uhr UTC+2

Der Jogginganzug war rosa mit lila Streifen. Aber Conrada van Pauli störte das nicht. Sie ging nicht laufen, um gesehen zu werden. Sie schnürte ihre Sportschuhe und verabschiedete sich von Hermann.

Kurz überlegte sie, ihre Uhr abzulegen, entschied sich dann aber dagegen. Es war eine Patek Philippe Calatrava, römische Ziffern, Lederband, die schlichteste aller Uhren. Und teurer als ein Kleinwagen. Hermann hatte sie ihr zu ihrem vierzigsten Geburtstag geschenkt. Erst Monate später hatte Conrada vom Wert einer Calatrava erfahren, als der französische Botschafter sie bei einem Empfang darauf angesprochen hatte. Protz war Conrada zuwider, sie versuchte Hermann davon zu überzeugen, die Uhr zurückzugeben, es wurde der schlimmste Streit des Jahres. Zur selben Zeit begann Theresa in pubertärer Gründlichkeit ihre Eltern zu verachten. Conrada hatte keine Kraft für eine weitere Front und akzeptierte schließlich Hermanns Wunsch. Und schön war die Uhr ja, das musste Conrada zugeben.

»Ich hoffe, ich bin um Mitternacht zurück«, sagte sie. Sie glaubte selbst nicht daran.

Sie griff nach EAD-Ausweis und Telefon und joggte los. Natürlich wäre sie mit dem Fahrrad schneller, aber auf die zehn Minuten kam es nicht an. Hoffte sie. Sie brauchte einen klaren Kopf. Zumal sie sich mit ihrer neuen Rolle noch immer schwertat.

Am Teich Mellaerts vorbei führte der Weg in den Parc de Woluwe, den sie leider nur durchqueren durfte, anstatt Runden zu laufen. Danach ging es wieder die Avenue de Tervueren entlang. Sie war gut in Form, nach zwanzig Minuten erreichte sie die Triangel. Während insgesamt nur wenige Fenster leuchteten, war der vierte Stock ein einziger Lichtbalken.

Der Sitz des EAD war erst vor ein paar Jahren fertiggestellt worden. Es handelte sich um ein architektonisches Kunstwerk mit dem Grundriss eines Dreiecks, das einen Kreis umrahmte. Die prächtige Fassade und ein begrünter Innenhof konnten selbst hohe Staatsgäste beeindrucken. Der Rest war ein Fiasko.

Jahrelang hatte die EU mit der Bauherrin, der französischen AXA-Gruppe, erbittert um die Konditionen gestritten. Mehrmals standen die Bauarbeiten still, immer neue Mängel traten auf. Während der fehlende Hubschrauberlandeplatz nur ein Ärgernis war, mussten alle sicherheitsrelevanten Systeme vollständig überarbeitet werden. Selbst den Fluchttunnel, den das Vorgängergebäude noch besessen hatte, hatte man zugeschüttet. Die Anpassung von Kommunikationsnetz und Energieversorgung war am aufwendigsten. In manchen Abteilungen arbeiteten die Handwerker noch immer.

Conrada wischte sich den Schweiß von der Stirn und wartete, bis sich ihr Atem normalisiert hatte. Dann betrat sie den Mitarbeitereingang an der Avenue de la Joyeuse Entrée, scannte ihren Ausweis und nickte dem Sicherheitsmann zu. Das Waffenerkennungssystem war noch nicht installiert, eigentlich hätte sie durchsucht werden müssen. Doch der Mann winkte sie durch. Auch im Herzen der europäischen Bürokratie fanden sich noch Rebellen. Conrada nahm den Aufzug in den vierten Stock.

Kaum hatte sie den Fahrstuhl verlassen, kam ihr Stéphane entgegengerannt.

»Conrada, da bist du ja endlich.« Stéphane Aurel war Conradas rechte Hand; als sie zur Abteilungsleiterin für Südamerika befördert worden war, hatte sie ihn zu ihrem Stellvertreter ernannt. Der Belgier war ein fröhlicher Mittfünfziger mit tiefen Geheimratsecken in seinen ansonsten dichten grauen Locken. »Gut, dass du da bist. Ernsthaft, du bist gejoggt?« Er redete Französisch. Stéphane hatte Jahrzehnte seines Lebens in europäischen Institutionen verbracht, doch sein Englisch war nach wie vor nur für Eingeweihte zu verstehen. Obwohl Französisch ebenfalls Arbeitssprache der EU war, hatte sich in der Abteilung – sehr zu seinem Leidwesen – Englisch durchgesetzt. Nach dem – zumindest gedanklichen – Ausscheiden Großbritanniens aus der Union wurde deren Hauptverkehrssprache ironischerweise nur noch in Irland und auf Malta gesprochen. Das entsprach etwa einem Prozent aller Einwohner.

»Treffen wir uns in zehn Minuten im Konferenzraum? Ich will noch kurz duschen.«

Stéphane schnüffelte übertrieben und grinste. »Solltest du.« Doch seine Augen leuchteten nicht.

»Keine Neuigkeiten zu Jasmin?«, fragte Conrada.

Seine Miene verdunkelte sich weiter. Er schüttelte den Kopf. Stéphanes Exfrau arbeitete für Reporter ohne Grenzen. Das letzte halbe Jahr hatte sie den Schutz verfolgter Journalisten in Brasilien koordiniert. Eine zermürbende Aufgabe; Bolsonaro arbeitete mit den zwei klassischen Werkzeugen des Autokraten – Angst und Propaganda. Eine freie Presse hatte keinen Platz in einem solchen System. Stéphane hielt immer noch Kontakt zu Jasmin. Vor einigen Wochen war sie verschwunden.

»Wenn du was brauchst, sag Bescheid.« Conrada lächelte ihm aufmunternd zu.

Stéphane nickte.

In Gedanken noch bei Jasmin, eilte Conrada zu ihrem Büro, sie hatte stets Wechselkleidung vor Ort. Doch bevor sie das Büro erreichte, wurde sie abgefangen.

»Ms. van Pauli. Wie schön. Da haben Sie sich tatsächlich doch noch bequemt, mal vorbeizuschauen.« Conrada kniff die Lippen zusammen. Vor ihr hatte sich Jonathan Rhodes aufgebaut. »Ich dachte schon, die große Retterin der Welt gibt sich nicht länger mit schnöder Büroarbeit ab.« Der Exekutivdirektor der beiden Amerikas war nicht nur dick wie ein Walross, sondern auch ihr direkter Vorgesetzter. Seit Großbritannien beschlossen hatte, die EU zu verlassen, war das Amt des Walisers zu einem Politikum geworden. Außereuropäische Diplomaten fragten immer offener nach besser geeigneten EU-Repräsentanten. Was allerdings auch an Rhodes' berüchtigt undiplomatischem Auftreten liegen mochte. Conrada hätte nichts gegen einen anderen Chef einzuwenden gehabt, sie empfand den Mann als zutiefst unsympathisch. Doch solange der Austritt der Insel nicht formal vollzogen war, konnte Rhodes so oder so nicht von seinem Posten freigestellt werden.

»Direktor Rhodes. Ich dachte, Sie sind in Chile?«

»Nicht mehr, wie Sie sehen. Haben wir einen neuen Dresscode?«

»Ich wollte mich gerade umziehen.«

»Wozu? Mit Ihren Beinen lenken Sie bloß die Mitarbeiter ab.« Rhodes lachte, Conrada zwang sich zur Gelassenheit.

»Entschuldigen Sie mich«, presste sie hervor und schob sich an dem Fleischberg vorbei.

»Keine Eile«, rief er ihr hinterher. »Ohne unsere Superfrau fangen wir doch nicht an.«

Frisch geduscht und der Situation entsprechend gekleidet, betrat Conrada den Konferenzraum. Fast alle Stühle waren bereits besetzt. Der Tisch war mit Laptops gepflastert. Conrada hatte sechzehn Mitarbeiterinnen und Mitarbeiter, davon war bestimmt die Hälfte da. Sogar die Praktikantin, stellte sie verdutzt fest. Stéphane hatte ihre Bitte, allen Bescheid zu geben, offenbar sehr ernst genommen.

Abgesehen von ihrem Team waren drei weitere Personen anwesend. In den Armstuhl zurückgelehnt, die Arme auf seinem schweren Bauch verschränkt: Jonathan Rhodes. Außerdem ein Mitarbeiter des Emergency Response Coordination Centre ERCC, unschwer zu erkennen an dem blauen Poloshirt mit Aufdruck. Den dritten Gast konnte sie nicht zuordnen. Sie streckte ihm die Hand entgegen: »Conrada van Pauli, Abteilungsleiterin Südamerika.«

Der Angesprochene war schmal, fast zierlich, doch sein Händedruck war fest. »Thomas Prinz. INTCEN. Abteilung Auswärtige Angelegenheiten. Informationsanalyse.« Er hatte einen deutschen Akzent, aber welche Gegend?

Rhodes schnaufte belustigt: »Es gibt euch also tatsächlich.«

Der Geheimdienstmitarbeiter schwieg irritiert. Offensichtlich kannte er Rhodes noch nicht. Conrada begrüßte auch den ERCC-Mitarbeiter und kontrollierte die Ausweise. Sie konnte sich nicht vorstellen, dass jemand ihre Abteilung unterwanderte, aber Vorschrift war Vorschrift.

»Schön, dass Sie da sind«, sagte Conrada zu den beiden Gästen. Sie drückte ihren Rücken durch, bemühte sich, ihre Stimme fest klingen zu lassen. Sie spürte Rhodes' gehässigen Blick auf ihrem Ohr. Im Umgang mit ihren Mitarbeitern fühlte sie sich sicher, aber je erfolgreicher sie wurde, desto weniger konnte sie einfach nur ihre Arbeit machen. Stattdessen wurde sie zu einem Spiel der Macht und Eitelkeiten gedrängt. Das Spiel war Conrada zuwider.

»Was verschafft uns die Ehre?«, fragte sie.

»Mr. Aurel«, sagte der ERCC-Mitarbeiter.

»Ich dachte, wenn wir schon ein Zentrum für Real-Time-Monitoring haben, können wir das auch nutzen«, erklärte Stéphane. In der Gruppe musste er Englisch sprechen. Es klang wie Französisch, das hier und da mit einer englischen Vokabel garniert war.

Conrada nickte. Die interne Vernetzung scheiterte viel zu oft am Zuständigkeitsgerangel zwischen den einzelnen Abteilungen. Sie blickte den Geheimdienstler an.

»Ich bin ohne Einladung hier«, sagte er.

»Wie bitte?« Jetzt erkannte sie den Akzent. Wien.

»Und das ist Ihr Versäumnis.« Der Ton war unbeteiligt, selbstsicher.

Conrada war sprachlos. Wenn INTCEN in der Öffentlichkeit bekannt wäre, gäbe der Dienst das perfekte Beispiel dafür ab, weswegen die EU an Rückhalt in der Bevölkerung verlor. INTCEN – ehemals SITCEN – verfügte über keinerlei demokratische Legitimation. Ins Leben gerufen worden war der Geheimdienst Ende des zwanzigsten Jahrhunderts auf Betreiben des Berner Clubs, der informellen Gemeinschaft europäischer Nachrichtendienste. Auf Gründungsdokumente wurde verzichtet. Als die britische Bürgerrechtsbewegung Statewatch nach der Rechtsgrundlage fragte, lautete die Antwort, es handle sich um eine dem Generalsekretariat des Europäischen Rates untergeordnete Verwaltungseinheit, die keiner weiteren Kontrolle bedürfe. Das genügte, um einen Skandal zu vermeiden, war aber natürlich eine Farce.

Im Jahr 2010 wurde deshalb die komplette Belegschaft dem EAD angeschlossen. Da die Hohe Vertreterin des EAD Vizepräsidentin der Kommission war und sowohl vom Europäischen Rat als auch vom Parlament kontrolliert wurde, sei SITCEN nun automatisch mitlegitimiert. Zwei Jahre später wurde SITCEN in INTCEN umbenannt, um der neuen Fassade auch noch einen frischen Anstrich zu verpassen. Dass das Parlament nach wie vor weder die Agenda mitbestimmen durfte noch Einsichtrechte besaß, regte zwar Hermann und einige andere Parlamentarier auf. Aber hinter den globalen Krisen der Zeit verblasste das Problem. Öffentlichkeit und politischer Betrieb wandten sich drängenderen Herausforderungen zu.

»Sie meinen«, fragte Conrada den Geheimdienstler betroffen, »es wäre meine Aufgabe gewesen, Sie einzuladen?«

»Nun, die Hohe Vertreterin hat neue Richtlinien zur internen Koordination ausgegeben. Im menschengemachten Krisenfall soll INTCEN die zentrale Anlaufstelle werden.«

»Vielleicht sollten Sie weniger joggen«, spottete Rhodes, »und stattdessen Ihre Mails lesen. Sie sind jetzt Führungskraft, da werden Sie mit einem hübschen Lächeln nicht weit kommen.«

Conrada schluckte. Die Mails der Hohen Vertreterin richteten sich üblicherweise nur an die Direktoren des EAD. Rhodes musste ihr die Information unterschlagen haben. Und die Selbstverständlichkeit, mit der Prinz sie vor ihrem eigenen Team zurechtwies, machte es nicht besser. Sie war alles andere als begeistert, mit INTCEN zusammenzuarbeiten. Doch wie es aussah, hatte sie keine Wahl.

»Stéphane«, bat sie, »gibst du uns einen Lagebericht?«

Auf das Stichwort sprang Stéphane auf und trat vor die Gruppe. »Über die Geschehnisse der letzten Tage sind Sie alle auf dem Laufenden, ich beginne direkt mit der aktuellen Situation. Heute um 15:08 Uhr Ortszeit – 20:08 Uhr in Brüssel – haben sich etwa drei Dutzend Personen der Rückseite des Palácio do Planalto genähert. Da die Menge der Demonstranten sich vor dem Palast auf der Esplanada dos Ministérios aufhielt, war die Rückseite nur spärlich bewacht. Die Angreifer durchbrachen den Polizeiring und gelangten in den Palast, indem sie mit einem Bulldozer die gläserne Wand zum Splittern brachten.«

»Gab es keine Betonbarrieren?«, fragte der ERCC-Mitarbeiter.

Stéphane zögerte.

»Natürlich gab es die«, warf Prinz ein. »Der Raddozer, der verwendet wurde, wird vierzig Stundenkilometer schnell und wiegt dreißig Tonnen. Betonbarrieren wiegen zwei Tonnen. Ich überlasse Ihnen die Physik.«

»Viel Spaß auf dem Weihnachtsmarkt«, grunzte Rhodes.

Eine unangenehme Stille senkte sich über die Anwesenden. Conrada warf Stéphane einen Blick zu und räusperte sich.

Stéphane fuhr fort: »Die Eindringlinge haben sich im Gebäude verschanzt. Sie behaupten, der Präsident befinde sich in ihrer Gewalt. Die brasilianischen Behörden konnten das bisher weder verifizieren noch widerlegen. Funkaufnahmen zeugen aber von Schusswechseln zwischen Sicherheitspersonal und Angreifern. Aufgrund der großen Menschenmenge, die sich zurzeit im Regierungsviertel Brasílias befindet, ist das Mobilfunknetz zusammengebrochen. Ob über das Festnetz Kontakt hergestellt werden konnte, wissen wir nicht.« Stéphane machte eine kurze Pause, sah auf einen zerknitterten Zettel in seiner Hand.

»Seit heute Nachmittag hat die Gewalt noch einmal stark zugenommen«, fuhr er fort. »Die Polizei fährt auf Reserve, um die Demonstranten in Schach zu halten. Aktuell sind etwa vierhunderttausend Menschen in Brasília auf der Straße, in Rio eine halbe Million, in São Paolo zweihundertfünfzigtausend. Das sind konservative Schätzungen. In manchen kleineren Städten wurden Rathäuser besetzt, in Recife wurde der Bürgermeister erschossen.«

Die Anspannung im Raum war mit Händen zu greifen. Conrada sah verstohlen nach den Gesichtern ihres Teams. Sie alle hatten seit Wochen die Geschehnisse verfolgt. Vielleicht war es die letzte Möglichkeit für die Brasilianer, den Weg in die Autokratie noch abzubrechen. Und wenn nicht? Würde das größte Land Südamerikas Opfer des Faschismus werden? Oder zu einem Failed State? Conrada schauderte.

»Botschafter Kopański hat seinen Mitarbeitern eine Ausgangssperre verhängt«, unterbrach Stéphane ihre Gedanken. »Das Gleiche haben die Botschafter der europäischen Mitgliedsstaaten getan. Der Kulturattaché von Italien wird vermisst. Zurzeit halten sich Zehntausende europäische Staatsbürger in Brasilien auf, die sich potenziell in Gefahr befinden.« Stéphane schwieg. Im Raum wusste jeder, dass ihnen aktuell kaum zu helfen war. Eine sichere Evakuierung benötigte Militär. Und selbst wenn die brasilianische Regierung europäische Soldaten ins Land ließe – was in der derzeitigen Situation äußerst fraglich war –, waren die Betroffenen verstreut unter zweihundert Millionen Menschen in einem Land, in dem die Innenstädte brannten.

»Ist das alles?«, fragte Rhodes.

»Jawohl, Mr. Rhodes.«

»In Ordnung«, sagte Conrada. Es war Zeit, an die Arbeit zu gehen. Sie stand auf. »Danke, Stéphane. Wann erwartet der Generalsekretär unseren Bericht?«

»Zügig. Er hat die Hohe Vertreterin zwar informiert, aber noch nicht sprechen können«, Stéphane zuckte mit den Schultern. »Sie befindet sich beim Essen.«

»Hä?«, rutschte es der Praktikantin heraus.

»Beim Papst«, flüsterte ihr Sitznachbar ihr zu. Die Praktikantin wurde rot.

»Und da hat er sie nicht unterbrochen?«, blaffte Rhodes in die Runde.

»Wozu?«, fragte Conrada. »Sie ist informiert, sie weiß, dass wir bei der Arbeit sind. In Anbetracht der Situation wird der Papst die Audienz sowieso bald beenden. Was ist mit den DSG?«

Der Hohen Vertreterin für Außen- und Sicherheitspolitik unterstand ein Generalsekretär. Dieser wiederum hatte drei Stellvertreter – Deputy Secretary Generals oder abgekürzt DSG –, die in die Bereiche Wirtschaft (ECO), Politik (POL) und Sicherheit (SEC) untergliedert waren. Rhodes war direkter Untergebener des DSG-POL.

»POL telefoniert gerade mit Deutschland«, erklärte Stéphane, »SEC mit den UN. ECO befindet sich zufälligerweise gerade beim SecState. Er wünscht trotzdem, dass wir ihm unsere Berichte unverzüglich zur Verfügung stellen.« Der Secretary of State war der Außenminister der Vereinigten Staaten. Dass die Abkürzung wie Sex-Date klang, hatte beim EAD eine Weile zu allerlei Zoten geführt. Vor zwei Jahren allerdings war die pikante

Umschreibung in eine offizielle Mail geraten. Der unvorsichtige Verfasser war entlassen worden, und seitdem beschränkten sich die Witzeleien auf Mitarbeiterfeste zu vorgerückter Stunde.

»Meine Herren, meine Damen«, begann Conrada, »wir haben vier Aufgaben. Erstens das Kommuniqué für die Hohe Vertreterin.« Sie mochte Listen. Listen gliederten das Denken, erleichterten die Kommunikation, dokumentierten den Projektstand. »Zweitens Informationsbeschaffung und -verarbeitung. Drittens der Schutz europäischer Staatsbürger. Viertens die Unterstützung der örtlichen Behörden. Punkt zwei, drei und vier werden wir in enger Abstimmung mit den Botschaften sicherstellen.«

Sie verteilte ihr Team auf die verschiedenen Aufgaben.

»Meine Herren«, wandte sich Conrada an die beiden Gäste von Katastrophenschutz und Geheimdienst, »haben Sie etwas hinzuzufügen?«

»Selbstverständlich können Sie zur Informationsbeschaffung auf unsere Systeme zurückgreifen«, meinte der ERCC-Mitarbeiter. »Unser Team konzentriert sich aktuell auf Brasilien.«

»Unseres ebenso«, erklärte Prinz beiläufig. »Auch unsere Informationen stellen wir Ihnen zur Verfügung. Sofern sie nicht der Geheimhaltung unterliegen, versteht sich.«

»Danke schön«, sagte Conrada. Welchen Sinn hatte ein Geheimdienst, fragte sie sich, wenn er geheime Informationen besaß, aber diese den verantwortlichen Bereichen nicht zur Verfügung stellte?

Offiziell verzichtete INTCEN auf geheimdienstliche Informationsermittlung. Gemäß seiner obersten Chefin, der Hohen Vertreterin des EAD, bestand seine Aufgabe vielmehr in der Analyse der Berichte, die er von den Diensten der Mitgliedsstaaten erhielt. In der Triangel freilich glaubte das niemand. INTCEN besaß eine eigene Abteilung für Außenbeziehungen. Und eine weitere Abteilung für Außenbeziehungen war das Letzte, was dem EAD fehlte.

Conrada teilte eine Mitarbeiterin ein, die Koordination zwischen ERCC, INTCEN und ihrem eigenen Team zu leiten. Während INTCEN im Haus untergebracht war, war das ERCC Teil der Generaldirektion humanitäre Hilfe und Bevölkerungsschutz ECHO. Das ECHO-Gebäude befand sich gute fünfhundert Meter entfernt Richtung Innenstadt.

»Entschuldigung«, sagte Prinz. »Dürfte ich Ihnen etwas zeigen?« Er deutete auf den Präsentationslaptop, der an den Beamer angeschlossen war.

»Gerne«, erwiderte Conrada. Sie schielte auf die Uhr.

Prinz öffnete den Browser und schaltete den Beamer ein. »Während das ERCC seine Daten primär von universitären Quellen und Behörden bezieht, konzentrieren wir uns auf frei verfügbares Material.«

Stell dir mal vor, hätte Conrada am liebsten gesagt, wir machen beides. Manchmal googeln wir sogar. Nur dass ich sechzehn Mitarbeiter habe und du neunzig. Der Vergleich hinkte natürlich, ihr Team war für Südamerika zuständig, INTCEN für die ganze Welt. Conrada war von sich selbst überrascht; gewöhnlich gelang es ihr recht gut, sich auf die verschiedenen Charaktere einzulassen. Prinz jedoch kannte sie erst eine Viertelstunde und verspürte bereits Widerwillen.

Der Geheimdienstler sprach weiter, während er auf den internen EAD-Server zugriff. »Gewalt entsteht nie aus dem Nichts. Stattdessen muss sie immer in der Struktur betrachtet werden, innerhalb derer sie auftritt. Gleich, ob es sich um eine Familie handelt, eine Arbeitsgemeinschaft, eine kriminelle Vereinigung, einen Staat.« Conrada wurde unruhig. Sie hatten keine Zeit für soziologische Einführungsseminare.

Prinz öffnete eine Datei, der Beamer warf Balkendiagramme an die Wand. »Die fundamentale Regel lautet: Gewalt findet entweder statt, weil keine Vergeltung droht. Oder sie bricht aus, weil der Druck ein solches Maß erreicht hat, dass die Vergeltung in Kauf genommen wird.«

»Worauf wollen Sie hinaus?«, fragte Rhodes.

»Sofort«, entgegnete Prinz unbeeindruckt. »Wenn wir uns die Entwicklung anschauen, die aus friedlichen Protesten gewaltgetragene Aufstände macht, stellen wir zweierlei fest.« Er wies auf die Projektion. »Die Gewalt bricht immer erst punktuell aus und verbreitet sich dann sternförmig. Einzelne gehen voran, dann folgt die Masse. Im Schutz der Menge scheint die Gefahr der Vergeltung gering. Zweitens endet die Gewalt dann, wenn sich entweder die Zustände angepasst haben oder die Angst vor Vergeltung reaktiviert wurde. Spartakus, Tiananmen, Arabischer Frühling – sehen Sie, wohin Sie wollen, es greift immer dasselbe Prinzip.«

»Ist das nicht Zeug für Militärs?«, knurrte Rhodes. »Das sollte Bolsonaro ja wohl wissen. Genug Erfahrung mit so was hat der ja.« Conrada war ihm fast dankbar, dass er den Geheimdienstler zurechtstutzte.

Dieser fuhr ungerührt fort: »Warum sind die Leute in Brasilien auf die Straße gegangen?«

»Weil sie die Demokratie retten wollen«, entgegnete Stéphane.

»Naiv. Die wenigsten riskieren ihr Leben für die Demokratie. Die wirtschaftlichen Zustände sind unhaltbar. Das bedeutet: Wenn die Staatsgewalt den Frieden wiederherstellt, sind die Zustände zwar stabilisiert, aber keiner kann sagen, für wie lange.«

»Es ist doch klar, dass eine wirtschaftliche Konsolidierung dringend in Angriff genommen werden muss«, rief Stéphane. Auch er hatte anderes zu tun, als banale Zusammenhänge erläutert zu bekommen.

Prinz ging nicht auf ihn ein. »Doch das ist nicht die eigentliche Gefahr. Wirklich gefährlich wird es, wenn die Ordnung nicht zügig wiederhergestellt werden kann.«

Jetzt wurde auch das restliche Team unruhig.

»Sie wollen Bolsonaro stürzen sehen?«, fragte Conrada.

»Im Gegenteil. Ich will, dass er an der Macht bleibt.«

»Er ist ein Faschist!«, riefen Conrada und Stéphane wie aus einem Munde.

»Es geht nicht um Brasilien, es geht um mehr. Gewalt verbreitet sich, wie gesagt, durch die Identifikation mit gewalttätigen Leitfiguren. Die neue Variable Internet verteilt Nachrichten und Bilder global. Die Identifikation findet heute ohne direkten Kontakt statt. Auch hier dient der Arabische Frühling als gutes Beispiel. Die Revolution stützte sich in einigen Ländern nicht unerheblich auf Facebook und Twitter.«

»Was schlagen Sie vor?«, fragte Conrada argwöhnisch.

»Die Stabilisierung der Verhältnisse hat absolute Priorität. In der aktuellen Lage muss die Angst vor Vergeltung reetabliert werden. Gewalt muss bestraft werden. Schnell und hart. Rädelsführer müssen öffentlichkeitswirksam zur Rechenschaft gezogen werden. Und zwar unverzüglich. Nur so können wir die Gewalt eindämmen, bevor es zu spät ist.« Conrada wollte ihm widersprechen, Prinz hob abwiegelnd die Hand: »Ich weiß, Sie sind anderer Meinung, ich kenne Ihre Akte. Bedenken Sie, dass …«

»Die EU hat keine Exekutivgewalt in Südamerika«, unterbrach ihn Stéphane gereizt. Merkwürdigerweise war sein Englisch besser zu verstehen, wenn er zornig war. »Vielleicht sollten Sie Ihre Erkenntnisse den Brasilianern mitteilen.«

»Die Aufgabe der EU muss lauten, medial Druck aufzubauen. Die globalen Verwerfungen der letzten Jahre haben die Politik zu viel Vertrauen gekostet, als dass es erfolgversprechend wäre, Reformen anzukündigen. Diese würden als leere Versprechen abgetan werden. Die EU muss nicht nur die Gewalt klar verurteilen, sondern Strafmaßnahmen vorantreiben. Schreiben Sie das in das Kommuniqué der Hohen Vertreterin. Glauben Sie mir, Sie wollen nicht, dass der Schneeball ins Rollen kommt.«

»Wollen Sie lieber eine Diktatur unterstützen?«, fragte Conrada aufgebracht. »Sollen wir eine bigotte Haltung annehmen, wie wir sie gegenüber Saudi-Arabien pflegen?«

»Wieso nicht?«

»Weshalb sollte ich daran glauben«, fragte Rhodes, »dass es einen Schneeball gibt? Die Staaten um Brasilien herum sind leidlich stabil. «

»Venezuela?«, fragte Stéphane. Das von Hungersnöten gebeutelte Land taumelte bereits Richtung Failed State. Wer konnte, floh. Die meisten hatten sich Richtung Brasilien gewandt.

»Ach was.« Rhodes fuhr unbeirrt fort: »Bisher finden sich keinerlei Anzeichen, dass die Gewalt in andere Länder überspringt.«

Prinz lächelte kühl. Er beugte sich über den Rechner und öffnete eine Datei. Sie zeigte den Screenshot einer Twitter-Seite, eine knappe Stunde alt. Jemand hatte ein Foto gepostet.

Ein Mann im Anzug, groß gewachsen, helle Hautfarbe, lag mit verdrehten Gliedmaßen auf Straßenteer. Um seinen Kopf herum war eine Pfütze zu erkennen. Es war totenstill im Raum. Conrada beobachtete ihre Mitarbeiterinnen und Mitarbeiter. Sie hatte den Hang, sich in Stresssituationen auf ihre Umwelt zu konzentrieren. Alle anderen starrten gebannt auf das Bild. Selbst Rhodes saß auf der Stuhlkante, lehnte sich nach vorn, die Hände auf die Knie gestützt.

»Ein Weißer«, sprach jemand das Offensichtliche aus.

»Ein Diplomat?«, fragte Stéphane.

»Ist er tot?«, flüsterte die Praktikantin.

»Jason Silver«, referierte Prinz. »US-Amerikaner. Vorstandsvorsitzender des US-Futtermittelherstellers Corner's. Heute Mittag um 14:28 Uhr Ortszeit in Brasília gelandet, hatte um 16 Uhr einen Termin beim brasilianischen Wirtschaftsminister. Letzter Kontakt mit seinem Assistenten Edward Minsterson um 15:22 Uhr. Vermutlich durch Schläge auf den Kopf zu Tode gekommen.«

Das Foto war einem Schlagwort zugeordnet worden: *#killtherich*.

»Die Welt verfolgt sehr genau, was in Brasilien geschieht.«

Prinz öffnete eine weitere Datei, eine Tabelle mit Kurztexten, jeweils mit Datum und Verfasserakronym versehen. »Mein Team hat die kommentierenden Retweets gesammelt.«

Von den Postings waren nur wenige portugiesisch. Viele waren auf Englisch verfasst, die meisten auf Spanisch. Fast alle trieften vor Schadenfreude und Hass.

4. Kapitel

Chennai, Indien; Mittwoch, 18:22 Uhr UTC+5:30

Er müsse das verstehen, hatten sie gesagt, die Zeiten änderten sich. Ha, die Languren! Und jetzt, hatte er gefragt, was solle er tun? Nun, hatten sie gesagt, im Boulevard seien gerade Stellen frei.

Es war unfassbar. Boulevardjournalismus! Bimal ballte die Fäuste, allein wenn er daran dachte, zitterte er vor Zorn. Er war Journalist, kein Paparazzo!

Bimal Kapoor war einundsechzig Jahre alt, vierunddreißig davon hatte er für *The Hindu* geschrieben, die ehrwürdigste englischsprachige Zeitung Indiens. Seine Methoden entsprachen vielleicht nicht der Konvention, aber gab der Erfolg ihm nicht recht? Er hatte den Bofors-Skandal mit aufgedeckt, er hatte über Palmölschmuggel geschrieben, über Veruntreuung von Steuergeldern, über illegale Massenenteignungen von Bauern durch Granitabbauunternehmen und über Korruption – aufgrund seiner Recherchen hatte der damalige Außenminister Natwar Singh zurücktreten müssen! Bimal Kapoor hatte keine Angst vor den Mächtigen. Die Mächtigen hatten Angst vor Bimal Kapoor.

Umstrukturierung, ha! Die Wahrheit verkaufte sich nicht mehr, das war alles. Boulevardjournalismus! Er schnaubte vor Wut. Zwei Mönche sahen sich nach ihm um, es war ihm egal. Mochte die ganze Mall mitbekommen, wie übel ihm mitgespielt wurde. Das Express Avenue war eines der neuesten und imposantesten Einkaufscenter Chennais. Prächtig und geschmacklos, willkommen im Indien der Zukunft. Eine glitzernde Zukunft für alle Mitläufer. Er kochte. Er sei nicht mehr zeitgemäß, hatten sie gesagt. Ha! Was sollte das heißen: nicht mehr zeitgemäß? Er trat gegen einen Mülleimer. Das Geräusch war enttäuschend unspektakulär.

Seit Stunden lief er ziellos durch die Stadt, versuchte die Schmach zu verarbeiten. Boulevardjournalismus. Hätten sie ihm lieber gleich gekündigt, als ihn derart lächerlich abzuspeisen. Oder nein, im Gegenteil, wahrscheinlich hatten sie sich alles genau überlegt. Er nahm einen Schluck von seinem Mangoschnaps. Zumindest das Trinken konnten sie ihm nicht verbieten. Wahrscheinlich warteten sie nur darauf, dass er von sich aus kündigte. Natürlich, Bimal Kapoor wurde nicht entlassen, nicht der Journalist, der das Exklusivinterview mit Schachweltmeister Anand geführt hatte, direkt nach dessen historischer Niederlage gegen Carlsen. Schlechte Presse wäre das. Bimal lachte bitter.

Er habe die Digitalisierung verpasst, hatten sie gesagt. Ha! Als ob er nicht genauso erwartungsvoll gewesen wäre wie die anderen, anfangs. Das Internet hätte ein neues Zeitalter des Qualitätsjournalismus einläuten können. Egal ob Aktualität, Recherche, Vernetzung, es bot unvorstellbare Möglichkeiten. Und was machten die Herausgeber stattdessen? Social Media! Ließen sich von der User-Herde treiben wie Schuljungen. Bimal merkte, wie der Alkohol ihm zu Kopf stieg. Menschen mit riesigen Einkaufstüten hasteten an ihm vorbei, Hamsterkäufer des Luxus. Irgendwo wurde der Anstand verramscht, aber niemand bekam es mit – alle waren zu beschäftigt, ihren Selbstwert zu externalisieren auf ihren Besitz.

Nein, entschied Bimal und nahm einen Schluck vom Schnaps, so einfach würden sie ihn nicht los. Und wenn sie ihn zu einem Boulevardjournalisten machen wollten, dann würde er sich auch verhalten wie ein Boulevardjournalist. Sie würden noch bereuen, ihn nicht einfach mit einer Abfindung aus dem Haus gejagt zu haben.

Er kam an einem Elektronikgeschäft vorbei. In grellen Farben wurde Kameraausrüstung angepriesen. Warum nicht?, dachte er grimmig. Brauchte er nicht die passende Ausrüstung zu seinem Niedergang? Kein Paparazzo ohne Teleobjektiv. Natürlich würde er es ihnen in Rechnung stellen – aber vor allen Dingen würden sie die Fotos zu verantworten haben. Er war fest angestellt, die juristische Abteilung von *The Hindu* würde noch fluchen über ihn.

Das Geschäft war groß wie ein Parkhaus. Die Kunden drängten sich so dicht durch die Regalreihen, dass Bimal übel wurde. Wo befand sich die Kameraabteilung?

Ein Sicherheitsmann in westlicher Kleidung bat ihn, die Flasche abzugeben. Bimal trank sie aus. Die Welt war am Ende. Der Journalismus war tot. Unverschämtheit ersetzte die Recherche, Technik ersetzte das Denken. Und er, Bimal Kapoor, Starjournalist einer untergegangenen Epoche, hatte keinen Schnaps mehr.

Als er die Kameraabteilung erreichte, sah er sich nach einem Angestellten um. Niemand da. Bimal hatte keine Ahnung von Technik, früher hatte man ihm regelmäßig einen Fotografen an die Seite gestellt.

Es schien, als wären normale Kameras genauso passé wie geduldige Recherchearbeit. Drohnen waren das große Ding: prominent platziert, reißerisch beworben, von potenziellen Kunden begafft wie fliegende Kühe.

»Sie suchen etwas Bestimmtes?« Ein pickliger Jugendlicher war hinter Bimal getreten. Er trug ein Hemd mit dem Namen des Elektromarktes.

»Schnaps«, sagte Bimal.

»Bitte?«

»Eine Drohne.«

Der Jugendliche wollte sich nach Details erkundigen, Bimal winkte ab. »Zeig mir einfach die teuerste, die ihr habt.«

Der Jugendliche nickte willfährig und führte ihn den Verkaufsgang entlang. Vor einem blau-weißen Karton blieb er stehen.

Er begann zu erklären.

»Was kostet sie?«, unterbrach ihn Bimal.

Der Jugendliche nannte einen Preis, mit dem man einen Bundespolitiker hätte kaufen können.

»In Ordnung«, sagte Bimal.

Als Bimal das Express Avenue verließ, lief er wie immer in eine Wand aus schwülheißem Gelee, zusammengerührt aus 33 Grad Celsius, 70 Prozent Luftfeuchtigkeit, etwas Straßenstaub und den Abgasen von vier Millionen PKW. Alle vier Millionen PKW hupten.

Den verblüffend leichten Drohnenkarton unterm Arm, in der freien Hand eine neu erworbene Schnapsflasche, sah er sich nach einem Taxi um. Er hatte Glück, nach kurzer Zeit hatte er eines gefunden. Taxis waren zwar nicht schneller als Fußgänger, aber klimatisiert.

Zu der Drohne hatte er sich eine passende Kamera und ein Mikrofon gekauft. Es dunkelte bereits, aber Bimal war fest entschlossen, seinen Kauf noch heute auszuprobieren. Nur wo?

Er wies den Taxifahrer an, in den Südwesten zu fahren, nach Kodambakkam. Wenn er schon zum Paparazzo wurde, dann konnte er seine Fähigkeiten auch gleich dort testen, wo die Idee des Voyeurjournalismus geboren worden war. Hoffentlich war der Akku geladen.

Kodambakkam war zwar nicht die Wiege aller Popstars, aber immerhin das Zentrum der tamilischen Filmindustrie. In Anlehnung an Bollywood trug es den Spitznamen Kollywood. Hier wurden über dreihundertfünfzig Filme im Jahr produziert, mehr als beim großen Bruder in Mumbai. So stolz die ansässigen Filmemacher über diesen Umstand waren, so sehr litten sie darunter, dass sie an Umsatz nicht einmal die Hälfte erzielten.

Endlich hatten sie das Viertel erreicht, Bimal bezahlte den Taxifahrer und stieg aus. Schick war es hier, das musste er zugeben. Schlaglochfreier Asphalt, frisch gestrichene Fassaden statt Wellblech, Bäume statt Müll. Nirgendwo Kühe. Bimal setzte sich auf den Bürgersteig – es gab einen Bürgersteig –, nahm einen Schluck von seinem Schnaps – diesmal Litschi – und öffnete den Karton. Dass ihn in Kodambakkam jemand überfiel, hielt er für unwahrscheinlich.

Die Drohne war bereits zusammengebaut, er musste sie nur aus ihrem Styropor lösen. Es gab eine Bedienungsanleitung, Bimal blätterte sie ungeduldig durch. Auf Seite vier ließ er es bleiben. Inzwischen war die Nacht hereingebrochen, seine Augen waren nicht mehr die besten.

Zum Glück war die Inbetriebnahme idiotensicher. Der Akku war durch eine Klebefolie geschützt und aufgeladen. Bimal setzte ihn ein und klickte dann Kamera und Mikrofon in die entsprechenden Halterungen.

Plötzlich spürte er ein Ziehen im Magen. Er war betrunken, er hatte noch nie eine Drohne geflogen. Was, wenn er sie direkt gegen die nächste Hauswand setzte? Sicher, er musste sich finanziell keine Sorgen machen, aber reich war er auch nicht. Und dass *The Hindu* für die Kosten aufkam, war alles andere als sicher. Wenn er das Gerät heute schrottete, würde er es spätestens morgen früh bereuen. Er nahm einen weiteren Schluck. Überrascht stellte er fest, dass die Flasche schon wieder halb leer war.

Nein, unverrichteter Dinge umzukehren kam nicht infrage. Er legte den Schalter um. Und tatsächlich, das Gerät erwachte. Leicht wie ein Seidentuch hob sich die Drohne in die Luft. Kaum ein Sirren war zu hören, als sie vor ihm schwebte. In ihrem Kameraauge blitzten die Reflexionen der vorbeifahrenden Autos. Fast wie ein denkendes Wesen schien sie ihm, wie sie da wartete auf seinen Befehl.

Mit der Fernbedienung steuerte er sie erst nach links, dann nach rechts, sie folgte dem Signal ohne die kleinste Verzögerung. Er ließ sie aufsteigen und wieder sinken, ihre Bewegungen waren perfekt. Wenn sie dem Boden oder einer Straßenlaterne zu nahe kam, wurde sie automatisch langsamer und bremste schließlich ganz ab. Das war die Zukunft, dachte Bimal schwermütig. Selbst Drohnenfliegen erforderte keinerlei Finesse mehr. Die Software übernahm jede Herausforderung, in deren Bewältigung der Mensch sich hätte als wirkmächtig erfahren dürfen.

Die Bilder, die die Kamera an das Display sendete, welches in die Fernbedienung integriert war, waren gestochen scharf. Welche Motive sich mit so einem Werkzeug finden ließen! Bimal hatte in seiner Karriere selten fotografiert, er hatte ja den Fotografen gehabt. Früher. Ihm stieg die Galle hoch. Boulevardjournalist. Nach all den Leitartikeln, nach all den Preisen, er konnte es nicht fassen. Und jetzt saß er hier mit einem überteuerten, sinnlosen Spielzeug und war kurz davor, irgendwelchen Schauspielern hinterherzuspionieren. Er ekelte sich vor sich selbst. Es war spät, er sollte nach Hause. Die Liebe seines Lebens wartete auf ihn. Mutlos starrte er auf den Litschischnaps. Er war ein gescheiterter alter Mann. Er sah aus wie ein gescheiterter alter Mann, er roch wie ein gescheiterter alter Mann. Wie sollte er so nach Hause?

Er erhob sich mühselig, leerte die Flasche und warf sie gegen einen parkenden LKW. Anstatt zu zersplittern, fiel sie mit einem demütigend matten Geräusch zu Boden. Was tat er hier überhaupt? Bimal kramte nach seiner Glücksmünze. Es handelte sich um eine Silberrupie seines Ururgroßvaters. Dieser hatte im neunzehnten Jahrhundert für die britische Kolonialmacht Münzen geprägt. Als in den 1870ern gewaltige Silbervorkommen in den USA entdeckt wurden, verfiel der Wert der silbernen Münzen Indiens so drastisch, dass die britische Regierung Ende des neunzehnten Jahrhunderts das Prägen von Silbermünzen einstellte und die Rupie an den Goldstandard band. Bimals Glücksmünze war eine der letzten je geprägten indischen Silbermünzen.

Sein Ururgroßvater hatte sie dem Urgroßvater vermacht als Mahnmal für die Vergänglichkeit materieller Werte. Von

Generation zu Generation weitergegeben, war sie schließlich in Bimals Hände gelangt. Wie sein Vater nutzte er sie, um es dem Zufall zu überlassen, wenn er sich mit einer Entscheidung schwertat. Queen Victoria: Er würde nach Hause gehen. One Rupee India 1893: Er würde die Drohne ausprobieren.

Er schnippte die Münze in die Luft, fing sie auf, legte sie auf den Handrücken. One Rupee India 1893. Wie auch immer. Vishnu hatte entschieden.

Bimal setzte sich wieder, nahm die Fernbedienung in den Schoß und ließ sein Spielzeug die Nacht erkunden. Die Steuerung war wirklich lächerlich einfach. Auf dem Bildschirm seiner Fernbedienung verfolgte Bimal, was das Kameraauge sah. Trotz der Dunkelheit waren die Bilder erstaunlich gut. Offenbar wurden sie von einer Software nachberechnet. Hinter den Hecken erstreckten sich protzige Häuser, Gärten, Pools. Ein Bediensteter fegte eine Veranda. Sonst entdeckte Bimal nicht eine Menschenseele. Klar, es war noch immer zu schwül, um draußen zu sein – außer man gehörte zu den armen Wichten, die den Reichen den Dreck wegmachen mussten. Wem spionierte er da überhaupt nach? Der Ekel stieg wieder in Bimal hoch, so stark, dass er taumelte.

Er lehnte sich an die Stahlstreben des Zaunes, der das Anwesen hinter ihm von der Straße abschirmte. Es hatte keinen Zweck, er sollte nach Hause. Die Liebe seines Lebens wartete auf ihn.

Ein Konvoi von mehreren SUVs brauste vorbei. Die Beifahrertür des ersten wurde von einem Emblem geschmückt: *AMG Studios*. Bimal kannte den Namen. Er gehörte der erfolgreichsten Produktionsfirma Kollywoods. Na gut, seufzte er. Letzter Versuch.

Er ließ die Drohne landen, schaltete sie aus und ging mit ihr in die Richtung, in welcher der Konvoi verschwunden war. Bald wurden die Straßen noch breiter, noch sauberer, gesäumt von ummauerten Anwesen, deren Pracht man nur vermuten konnte. Anstelle von Hausnummern oder Namensschildern waren Überwachungskameras über den Zufahrtstoren montiert.

Ohne groß nachzudenken, betätigte er die nächstbeste Klingel. Diese gehörte zu einem gewaltigen Stahltor, über welches sich ein steinerner Bogen schwang, in der Form zweier aufeinander zuspringender Löwen. Gerade noch rechtzeitig fiel ihm ein, die Drohne an die Wand zu lehnen, sodass sie sich im toten Winkel der Kamera befand, die in die Mauer eingelassen war.

»Ja?«, ertönte es aus der Gegensprechanlage.

»Ramesh Chandhok«, improvisierte Bimal. »*The Hindu*.« Er hielt seinen Presseausweis vor das Kameraauge. Dreistigkeit öffnete allerhand Türen, das hatte er in den Jahren seines Berufslebens zur Genüge erfahren. Hoffentlich war es zu dunkel, als dass der andere den eingetragenen Namen lesen konnte.

»Was wollen Sie?«

»Ich habe einen Termin mit Sundar Narayan.« Narayan war der Chef von AMG Studios. Sein Vermögen wurde auf über eine Milliarde Dollar geschätzt.

»Um diese Uhrzeit?«

»Glauben Sie mir, ich hätte auch gern früher Feierabend.«

»Hier sind Sie jedenfalls falsch. Sie müssen die Straße runter bis zur zweiten Kreuzung, das Tor mit der blauen Mauer. Schönen Abend.« Es klickte, die Anlage war stumm.

Bimal konnte nicht fassen, wie einfach das gewesen war. Sundar Narayan, die größte Nummer unter Chennais Filmstars – vielleicht wurde der Abend doch noch interessant.

Er griff nach der Drohne und schlenderte die Straße hinab. Er hatte keine Eile. Die Luft war etwas abgekühlt, der Alkohol schwappte in seinem Bauch herum, ein paar Sterne blinkten am Himmel. Die Welt würde sich auch ohne ihn weiterdrehen, Menschen würden sich finden und verlieren, würden sich lieben und sich hassen, würden zu Reichtum gelangen und verarmen, Kriege würden geführt werden, Friedensverträge unterschrieben und gebrochen, aus dem Samsara gab es kein Entkommen, und vielleicht war das nicht einmal schlimm.

Er erreichte die blaue Mauer. Ein Tor war noch nicht zu sehen, aber er brauchte ja auch keins. Zufrieden bemerkte er, dass die Baumkronen, die hinter der Mauer zu erkennen waren, in verschiedenen Farben leuchteten. Offenbar passierte irgendwas im Garten.

Bimal startete die Drohne und schickte sie erst einmal in die Höhe. Kaum hatte sie die Lampen der Straßenlaternen unter sich gelassen, verschwand sie im Nachthimmel. Auf dem Display der Fernbedienung konnte er sich selbst in Zwergenform erkennen. Ein Tastendruck schickte die Drohne über das Anwesen, Bimals Scheitel glitt aus dem Bildausschnitt, ein mit buntem Licht bestreuter Park erschien. Bimal sandte die Drohne auf Erkundungsflug. In dem weitläufigen Areal gab es einen blau schimmernden Pool, einen Tennisplatz, Gartenlauben, Statuen, ein beeindruckendes Wohnhaus im Stil Britisch-Indiens – aber nichts, was skandalträchtig oder auch nur ungewöhnlich war.

Der Ekel war wieder da, er bereute, auf die Glücksmünze gehört zu haben. Da entdeckte er ein Glimmen in einer der Lauben. Er ließ die Drohne sinken und zoomte an die Laube heran. In der Tat, einige Leute saßen da, Zigaretten in der Hand. Ihre Gesichter konnte er nur schemenhaft sehen, die Laube war nur schwach erhellt. Er hätte Narayan sowieso nicht erkannt, die tamilische Filmkultur hatte Bimal nie gereizt. Es schienen insgesamt drei Personen zu sein.

Zeit, das Mikrofon auszuprobieren. Er schloss die Ohrstöpsel an und schaltete den Ton ein.

»… etwa nicht? War doch gut«, sagte jemand. Lachen.

»Keine Frage«, sagte ein anderer. Die Stimmen sprachen englisch.

»Nächstes Jahr wird noch besser«, sagte der Erste.

»Hauptsache Europäerinnen«, sagte ein Dritter.

Bimal hörte eine Weile zu und versuchte, die Akzente zuzuordnen. Einer war auf jeden Fall indisch, vielleicht Narayan. Der zweite klang britisch. Beim letzten war er sich nicht sicher. Das Englisch war perfekt – doch in der Perfektion lag eine Kühle, die Bimal irritierte. Jedes Wort klang wie einzeln von einer Lehr-CD gesprochen. So redete kein Muttersprachler, sondern jemand, der sich die Sprache minutiös angeeignet hatte.

Die Unterhaltung drehte sich darum, welches Casting in welchem Genre erfolgversprechend war. Europäerinnen waren immer gut, unabhängig von ihrem schauspielerischen Talent. Bimal hatte schon mehrmals Gerüchte gehört, dass es sich bei vielen hellhäutigen »Schauspielerinnen« um Touristinnen handelte, die von der Straße oder vom Strand weg gecastet wurden. Die Touristinnen verbrachten ein paar Tage am Set, verdienten im Vergleich zu den regulär Beschäftigten astronomische Summen und setzten ihren Urlaub fort.

Bimal war gelangweilt. Der Alkohol drückte ihm gegen den Schädel, nur eine Ankündigung baldiger Rache. Und er selbst hockte mitten in der Nacht auf einem Bürgersteig in Kodambakkam und machte sich strafbar damit, dass er Filmleute belauschte, die über das Filmgeschäft sprachen. Der Jammer seines Seins lag bitter auf Bimals Zunge.

»Wir dürfen den afrikanischen Markt nicht vergessen«, sagte der Inder.

»Ich gebe Ihnen vollkommen recht«, stimmte der Engländer zu. »Sagen Sie ein Wort, und Woodearth tritt an Ihre Seite …«

»Bolsonaro ist verschwunden«, unterbrach ihn der Dritte, den Blick auf sein Telefon gerichtet. Kein Deutscher, entschied Bimal, aber nah dran. Vielleicht ein Nordeuropäer.

»Wer?«, fragte der Inder.

»Der brasilianische Präsident. Rebellen sind in den Palast gestürmt, seitdem hat man nichts mehr von ihm gehört.«

»Ist das ein Problem?«, fragte der Engländer.

»Es könnte eines werden«, entgegnete der Nordeuropäer. Er senkte die Stimme: »Wir haben mehrere Firmen dort.« Den Rest verstand Bimal nicht, auch nicht die Antworten der anderen. Warum sprachen sie leiser?

Vorsichtig lenkte er die Drohne näher heran, drehte die Lautstärke der Tonausgabe auf. Inzwischen schwebte sie nur wenige Meter über dem Boden, er musste den Neigungswinkel der Kamera anpassen. Die Männer trugen Anzug, mehr war immer noch nicht zu erkennen.

»Ich hoffe sehr, dass Mr. Stegen sich nicht übernommen hat«, zischte der Inder.

»Keine Sorge«, erwiderte der Nordeuropäer, »Mr. Stegen ist zu hundert Prozent zuverlässig.« Bimals vorsichtiger Tipp war Skandinavien.

»Und die anderen?«, fragte der Engländer nervös.

»Ebenfalls. Was glauben Sie, wie Mr. Stegen zu dem Renommee gekommen ist, dessentwegen Sie sich an uns gewandt haben. Meine Herren, machen Sie sich keine Sorgen um Ihr Geld. Wenn Sie mich entschuldigen wollen, ich rufe kurz Fred an.« Der Skandinavier stand auf und trat aus der Laube, das Telefon bereits am Ohr.

Um nicht entdeckt zu werden, steuerte Bimal die Drohne etwas zur Seite. Plötzlich schrillte ein Ruf durch die Ohrstöpsel, so laut, dass das Signal übersteuerte, der Rufer musste direkt neben dem Mikrofon stehen.

»Was ist los?«, rief der Inder auf Tamil und sprang auf, starrte ins Display.

Hektisch drückte Bimal auf der Fernbedienung herum, traf den falschen Knopf, die Drohne flog hin und her, aber nicht nach oben.

»Eine Drohne«, rief jemand sehr laut, ebenfalls auf Tamil. Verflucht, Bimal schwitzte, warum stieg das Ding nicht in die Höhe?

»Hol sie runter«, schrie der Inder. Am Rande des Displays erschien der vierte Mann, eine Pistole in der Hand. Bimal hieb auf die Fernbedienung ein, entdeckte das gelbe Licht, gelb bedeutete Kollisionsgefahr, aber sie schwebte doch, verdammt, da war Platz nach allen Seiten. Der Mann mit der Pistole zielte direkt in die Kamera. Nach oben, Kollisionsgefahr nach oben, begriff Bimal, die Drohne musste unter eine Baumkrone geraten sein, sie musste weg von den Bäumen, schnell.

Ein Knall sprengte ihm das Bewusstsein, sekundenlang rang Bimal nach Orientierung. Dann verstand er. Es war passiert. Der Mann hatte geschossen. Das Display war schwarz. Bimals Herz pochte. Das war kein normaler Sicherheitsdienst. Er musste hier weg. Er musste die Fernbedienung loswerden. Er riss sich den Trageriemen vom Hals, schleuderte das Gerät von sich. Dann rannte er los, rannte, so schnell seine arthrosegeschwächten Knie es ihm erlaubten. Hinter ihm fielen Schüsse.

5. Kapitel

London, Vereinigtes Königreich; Mittwoch, 20:07 Uhr UTC+1

Frederic McFadden drehte die Bierflasche. Auf dem Etikett war ein Eichhörnchen abgebildet. Am Geschmack des Bieres war nichts auszusetzen. Hopfengestopft, in Whiskyfässern nachgereift, lag das Imperial Stout süß und schwer auf der Zunge. Aber warum das Eichhörnchen? Welches bedauerliche Schaf von Designstudent hatte sich in den Kopf gesetzt, ein Eichhörnchen aufs Etikett zu malen?

Sein Telefon vibrierte. Anderson.

McFadden trat an seinen Schreibtisch, stellte die Flasche ab, griff nach dem Telefonhörer. »Was gibt's?«

»Bolsonaro. Narayan freut sich nicht über die Entwicklung. Er droht, seine Investitionen in Brasilien zurückzuziehen, wenn die Lage dort weiter außer Kontrolle gerät.«

»Narayan ist unwichtig.«

»Wenn Brasilien kollabiert, wird er nicht der einzige Kunde bleiben, der sich beschwert.«

»Kunden beschweren sich immer. Die Amerikaner gehören uns. Die Europäer auch. Wir brauchen Brasilien nicht.« Das Eichhörnchen hielt eine stilisierte Haselnuss in seinen Vorderpfoten. McFadden reagierte allergisch auf Haselnüsse.

»Außerdem wurden wir bespitzelt.«

McFadden horchte auf. »Von wem?«

»Finden wir gerade heraus.«

McFadden schwieg.

»Was machen wir mit van Pauli?«, fragte Anderson.

»Wer?«

»Van Pauli. Die Holländerin von der EU, die unseren Kontakt bei Petrobras hochgenommen hat. Statuieren wir ein Exempel?«

»Sie hatte Glück.«

»Sie war hartnäckig.«

McFadden seufzte. So ein gutes Bier. Und dann klebten sie ein Eichhörnchen auf die Flasche. Wozu nur? Er hasste es, wenn er Zusammenhänge nicht durchdrang.

»Sie ist keine Gefahr«, sagte er.

»Und wenn sie eine wird?«, fragte Anderson.

»Machen wir es wie immer«, antwortete McFadden, »und statuieren ein Exempel.«

6. Kapitel

Brüssel, Belgien; Donnerstag, 03:00 Uhr UTC+2

Drei Uhr morgens in Brüssel. Das hieß, zehn Uhr abends in Brasília. Immer noch gab es keine Meldung zum Verbleib Bolsonaros. Conrada stand im Waschraum des vierten Stocks der Triangel und spritzte sich Wasser ins Gesicht. Während Deutschland und Frankreich zum Abwarten rieten – und damit der EU die Linie vorgaben –, drängten die USA auf schnelle Reaktionen. Welcher Art diese Reaktionen sein sollten, war noch nicht klar. DSG-ECO erachtete es allerdings auch nicht als notwendig, sie auf dem Laufenden zu halten.

Die Hohe Vertreterin Federica Mogherini hatte inzwischen eine erste Pressemitteilung verlesen. Das Schreiben des Textes hatte eine heftige Diskussion mit sich gebracht. Während Rhodes die Position von Prinz unterstützte, waren Stéphane und Conrada sich einig, die Gewalt sei zwar zu verurteilen, aber ebenso müsse die Regierung in die Pflicht genommen werden, was Reformen betraf. Hier gab es einige schnell umsetzbare Ansatzpunkte, etwa die Unabhängigkeit des Justizwesens wiederherzustellen oder neue Antikorruptionsgesetze zu versprechen. Und zeitnah zu erlassen, natürlich.

Rhodes blieb hart, alles Argumentieren war vergebens. Und da er der Chef war, hatten sie am Ende eine Drohrede verfasst, als wären die Demonstranten allesamt Totschläger und Mörder und die Regierung deren unschuldiges Opfer. Wenigstens verwässerte Carlo Marina, der Öffentlichkeitssekretär Mogherinis, den Text im Anschluss noch zu bedeutungslosem diplomatischem Gesülze.

Zum Schutz der EU-Bürger konnten sie nicht mehr tun, als über alle zur Verfügung stehenden Kanäle die Aufforderung zu senden, sich von Menschenansammlungen fernzuhalten, zu Hause zu bleiben und abzuwarten. Eine unwesentliche Maßnahme, da die brasilianischen Medien das Thema in Dauerschleife bearbeiteten und dieselben Ratschläge erteilten.

Die europäischen Botschaften waren bisher nicht in die Schusslinie geraten, allerdings galten neben dem italienischen Kulturattaché inzwischen auch zwei norwegische Diplomaten als vermisst. Da Norwegen nicht zur EU gehörte, war Conrada offiziell nicht zuständig, aber das war kein wirklicher Trost. Es gab keinen Handtuchspender, Conrada krümmte sich mit ihrem tropfenden Gesicht unter den elektrischen Trockner. Keine besonders ehrfurchtgebietende Haltung, falls jemand den Waschraum beträte.

Der Kontakt mit den brasilianischen Behörden gestaltete sich dahingehend als schwierig, dass diese völlig überfordert waren und die Interessen eines anderen Kontinents ihnen aktuell herzlich wenig bedeuteten.

Conradas Rücken schmerzte, sie richtete sich wieder auf, der Trocknungsversuch mäßig erfolgreich.

Die Informationslage quälte sie am meisten. Sie hatte schon dreimal mit Kopański telefoniert, ohne dass dieser mehr zu sagen gehabt hätte, als aus den Medien ohnehin zu erfahren war. Die EU besaß mit dem ERCC und dem Situation Room von INTCEN zwei Rund-um-die-Uhr-Informationspools. Seit DSG-SEC vor einer guten Stunde die Autorisierung gegeben hatte, besaßen sie außerdem Zugriff auf die Bilder von SATCEN, dem EU-eigenen Satellitenüberwachungssystem. Conrada betrachtete im Spiegel ihre Augenringe. Und was wussten sie? Nichts.

Nein, das war falsch. INTCEN hatte tatsächlich einige Gründe in Erfahrung gebracht, was die unübersichtliche Lage betraf. Die mutmaßlichen Geiselnehmer verzichteten noch immer auf eine Erklärung, die Polizei gelangte nicht ins Gebäude. Erstens war die Esplanada dos Ministérios nach wie vor mit Hunderttausenden Demonstranten gefüllt, die kontrolliert werden mussten. Beim Palácio do Planalto handelte es sich um einen frei stehenden, auf Stelzen gesetzten Glaskasten mit überdachter Betonveranda. Um ihn wirksam zu schützen, mussten die Einsatzkräfte einen komplett geschlossenen Ring um ihn bilden. Zweitens war eine Erstürmung äußerst riskant, solange die Situation im Gebäude unbekannt blieb.

Conrada rieb sich die Schläfen. Hoffentlich keine Migräne. Die Aussagen der Regierungsangestellten, die durch verschiedene Ausgänge geflohen waren, widersprachen sich: Ein Sekretär behauptete, die Angreifer seien durch die Räume gerannt und hätten jeden erschossen, auf den sie getroffen wären. Andere erklärten bestimmt, sie seien höflich aufgefordert worden, den Palast zu verlassen. Inzwischen war ein Großteil des Personals und des Stabs in Gewahrsam genommen worden. Die Auswertung der Überwachungsvideos lieferte keine Ergebnisse. Zumindest sei dies das Statement, erklärte Prinz, das INTCEN von den Brasilianern erhalten habe. Die Eindringlinge hätten innerhalb weniger Minuten alle Kameras zerstört, die in den Foyers und Fluren des Gebäudes montiert waren. Der innere Bereich des Palastes werde nicht überwacht. Aus politischen Gründen, vermutete Rhodes und lächelte süffisant.

Unter den Vermissten waren Bolsonaro und zwei Mitglieder des Kommandos Taktische Operationen COT. COT war die Eliteeinheit der brasilianischen Bundespolizei, die unter anderem für den Schutz des Präsidenten verantwortlich war. Üblicherweise befanden sich stets sechs COT-Kräfte in dessen Nähe. Es stellte sich aber heraus, dass vier davon zur Zeit des Angriffs auf Anweisung Bolsonaros Richtung Palácio da Alvorada unterwegs gewesen waren. Während der Palácio do Planalto offizieller Arbeitsplatz des brasilianischen Präsidenten war, war der Palácio da Alvorada seine Residenz. Die Elitepolizisten sollten gemeinsam mit den dortigen Kollegen Bolsonaros Frau und seine Tochter evakuieren, die sich im Palácio befanden. Während Prinz es als unverantwortlich bezeichnete, dass die Personenschützer »ihr Objekt«, wie er es nannte, verlassen hatten, brachte Conrada Verständnis dafür auf, dass ein Vater seine Familie besser bewacht wissen wollte als sich selbst. Dass dieser Vater im Übrigen die Erfindung der Folter lobte, verpasste dem Bild freilich ein paar Kratzer.

Im Grunde konnten sie nichts tun, außer abzuwarten. Conrada verabscheute es, zur Untätigkeit verdammt zu sein. Und die Zeit spielte gegen sie. Prinz schien recht zu behalten, der Hass im Internet hatte in den letzten Stunden neue Höhen erreicht. Sie schöpfte mit der hohlen Hand einen Schluck Leitungswasser und gurgelte.

»Conrada, bist du da?«, hörte sie Stéphane vom Flur her.

Sie spuckte das Wasser ins Waschbecken. »Ja, Augenblick, was gibt's?«

»Venizelos ruft an«, drang es durch die Tür.

Sie eilte nach draußen, Stéphane reichte ihr das Telefon.

»Dr. van Pauli?«

»Dr. Venizelos.« Conrada konnte Titel nicht leiden, aber wenn Venizelos sie mit dem ihrigen ansprach, konnte sie ihm schlecht den seinigen verweigern.

»Soeben hat uns der brasilianische Außenminister kontaktiert«, kam der Generalsekretär des EAD sogleich zur Sache. »Domingos dankt uns für unsere unterstützenden Worte. Diesen Dank gebe ich natürlich gern an Sie und Ihre Abteilung weiter.«

»Danke.« Conrada verzog das Gesicht. »Mr. Rhodes war nicht unbeteiligt. Gibt es Nachrichten zum Präsidenten?«

»Leider nein. Der Außenminister tritt außerdem mit einer Bitte an uns heran.« Venizelos machte eine bedeutungsschwangere Pause.

Conrada wartete. Sie kannte den Hang des Griechen zur Theatralik und hatte gelernt, dass es am besten war, den Spleen einfach auszusitzen. Allgemein kam sie gut mit Venizelos zurecht; er war vielleicht nicht der humorvollste Vorgesetzte, doch von unumstößlicher Korrektheit.

»Er möchte Notkredite in Höhe von siebenhundert Millionen Dollar«, sagte Venizelos endlich.

»Und Sie möchten meine Einschätzung, ob wir sie ihm gewähren sollen?«

»Exakt.«

»Ehrlich? Überlegen wir uns gerade, ein protofaschistisches System zu unterstützen?«

»Lassen wir einmal die moralischen Implikationen außer Acht.«

Conrada starrte ungläubig ihr Telefon an.

»Ich weiß«, kam es dünn aus der Tonausgabe, »es tut mir genauso weh wie Ihnen. Doch manche Stimmen im Gesetz fürchten, ein implodierendes Brasilien ist schlimmer als ein autokratisches.« Die Europäische Kommission residierte in der Rue de la Loi, der Straße des Gesetzes. Daher wurde sie von ihren Mitarbeitern gewöhnlich schlicht das Gesetz genannt – nur informell, natürlich.

»Ist Domingos bewusst, dass wir selbst unter Beanspruchung aller juristischen Manöver mindestens bis zum Wochenende brauchen, um eine solche Entscheidung zu legitimieren? Und das würde voraussetzen, die Politik betrachtet die Gefahr für Europa als imminent. Ich glaube nicht, dass sie das tut.« Faktisch konnte die EU keine weitreichenden Beschlüsse fällen, ohne über den Ministerrat die Zustimmung der Einzelstaaten einzuholen.

»Ihm ist bewusst, dass ihm in der derzeitigen Situation keine Bank auch nur einen Cent leihen wird, denke ich.«

»Was sagt Pereira?«

»Wer?«

»Der brasilianische Vizepräsident. Während Bolsonaro verschwunden bleibt, ist er Regierungsoberhaupt.«

»Über Pereira haben wir nicht geredet. Der Außenminister ist zeichnungsberechtigt, soweit ich weiß.«

»Ja, ist er. Allerdings nicht gegen den Willen seines Präsidenten.«

»Jedenfalls braucht Domingos das Geld, um Petrobras zu stützen. Wenn der Konzern pleitegeht, könnte das weltweite Auswirkungen haben.«

»Jetzt will er sie stützen? Nachdem er sie mit dem Verkauf der Ölfelder erst an den Rand des Abgrunds gebracht hat?«

»Vielleicht sieht er es als Wiedergutmachung. Und ich will Ihnen keineswegs einen Vorwurf machen – aber Petrobras ist nicht wegen der paar Ölfelder in Schieflage, sondern wegen Ihrer Recherchen, Dr. van Pauli.«

»Wie auch immer«, entgegnete Conrada verlegen. »Was ist mit der Weltbank? Dem IWF?«

»Fragt er auch.«

Tja, dachte Conrada, wie praktisch es für Brasilien wäre, wenn es eine lateinamerikanische Entwicklungsbank gäbe. Die Banco del Sur befand sich seit 2007 im Aufbau. Sie könnte schon seit Jahren aktiv sein, allerdings hatte sich bis zuletzt ein einzelnes Land gegen die Ratifizierung gesträubt. Und das war – Ironie der Geschichte – Brasilien.

»Nein.«

»Bitte?« Venizelos klang überrascht.

Kein Wunder, dachte Conrada. Ein Mann, der Ordnung mochte, mochte selten Widerspruch. »Meine Antwort lautet: Nein. Ich würde ihm die Kredite nicht gewähren.«

»Sind Sie sicher?«

»Solange über den Verbleib Bolsonaros nichts bekannt ist, sollten wir abwarten. Zumindest noch einige Tage. Der Ministerrat wird sich sowieso nicht so schnell überzeugen lassen, wie

Außenminister Domingos sich das einbildet. Und selbst wenn, die Unzufriedenheit der Bevölkerung richtet sich gerade auch dagegen, wie die Politik Staatskonzerne unterstützt. Petrobras zu retten könnte das Fass zum Überlaufen bringen.«

»Ist es das nicht schon?«

»Der allergrößte Teil der Demonstranten verhält sich friedlich. Bisher.« Conrada spürte ihre Wangen heiß werden. »Aber die Nerven der Leute liegen blank. Deeskalation ist das A und O.«

»Wir können ihnen anbieten, sie bekommen die Kredite nur gegen Reformversprechen.«

»Vergessen Sie das. Denken Sie an die Finanzkrise innerhalb der EU. EU erpresst Brasilien. So würde die globale Schlagzeile lauten.«

»Was schlagen Sie vor?«

»Es muss schnellstmöglich herausgefunden werden, wie es um Bolsonaro steht. Die Ungewissheit führt zur Verunsicherung. Sowohl der Staatsorgane als auch der Bevölkerung. Das ist Öl ins Feuer des Konflikts. Darüber hinaus muss die brasilianische Regierung von sich aus Reformen verkünden. Das entspricht ihrem ureigenen Interesse. Ansonsten werden sie die Ausschreitungen nicht mehr kontrollieren können, schon jetzt liefern sich Polizei und Demonstranten Straßenschlachten. Die EU und die UN, natürlich auch UNASUR, sollten die Regierung drängen, die Forderungen ernst zu nehmen, und zugleich ihre Hilfe bei der Umsetzung versprechen.« UNASUR stand für den Versuch der südamerikanischen Staaten, eine Union nach europäischem Vorbild zu entwickeln, pikanterweise unter der Leitung Brasiliens. Ein Dutzend Jahre nach der Gründung war UNASUR noch immer nicht viel mehr als eine Brücke zwischen der Andengemeinschaft an der Westküste, Mercosur an der Ostküste und Chile. Die Andengemeinschaft versuchte die politische, wirtschaftliche und soziale Integration ihrer Mitglieder voranzutreiben. Mercosur war primär wirtschaftlich orientiert: eine Freihandelszone, die allerdings durch interne Konflikte so zerrüttet war, dass sie weit weniger Einfluss hatte, als es ihr gemeinsames BIP von über einer Billion US-Dollar ermöglichen würde.

»Haben Sie ein Paper?«

»Selbstverständlich, Sir.« Im Übrigen senden wir seit gestern Abend jede Stunde eine aktualisierte Version an dein Büro, hätte sie gern hinzugefügt.

»Schicken Sie es mir.«

»Gerne, Sir.«

»Ich melde mich wieder, bleiben Sie in Bereitschaft.« Er legte auf.

Conrada atmete aus. Dass sie nicht mehr zum Schlafen kommen würde, war ihr schon vorher klar geworden.

Sie schrieb Hermann eine Nachricht, dass sie die Nacht im Büro verbringen würde. Es war zwar viel zu spät, er würde längst schlafen, aber sie fühlte sich verpflichtet.

Von ihrem Team hatte sie die meisten nach Hause geschickt. Im Gegensatz zu ihren eigenen Leuten wurden die ERCC- und INTCEN-Mitarbeiter für Nachtschichten eingeteilt und bezahlt. Rhodes hatte sich verabschiedet. Er nächtigte im Silken Berlaymont fünf Fußminuten entfernt. Er hatte sie angewiesen, sie solle ihn sofort anrufen lassen, wenn es Neuigkeiten gebe. Prinz war noch da, saß vor seinem Laptop, trank Kaffee und telefonierte über die abhörsichere Hausleitung mit dem Situation Room.

Conrada setzte sich etwas abseits, klappte ihren Laptop auf und lud die Wirtschaftsdaten Brasiliens vom EAD-Server. Eine Viertelstunde lang starrte sie auf die Zahlen. Kapitalflucht ins Ausland, einbrechende Aktienkurse, eine dämmernde Hyperinflation. So schaurig das war, neu waren die Informationen nicht. Conrada brannten die Augen. Wie es Theresa in Bukoba gerade erging? Ob sie bereits etwas Suaheli konnte? Emilia musste zur Zahnärztin. Und sie brauchte auf jeden Fall Hilfe beim Kuchen für die Oma. Der Auflauf war einer geschmacklichen Körperverletzung gleichgekommen.

Das Telefon klingelte. Das Display zeigte die Nummer. Siebter Stock, das Büro des Generalsekretärs.

»Dr. Venizelos?«

»Dr. van Pauli. Haben Sie kurz Zeit?«

»Was kann ich für Sie tun?«

»Ich habe mit der Hohen Vertreterin gesprochen. Sie betrachtet die Situation in Brasilien als ernst zu nehmende Krise.«

Als was sollte man sie sonst betrachten?, fragte sich Conrada.

»Sie schreiben in Ihrem Paper selbst, dass ungewiss ist, wie lange die Lage angespannt bleibt.« Er schwieg, Conrada hörte nur sein Atmen. Einige Sekunden vergingen. Offenbar erwartete er eine Entgegnung.

»In der Tat«, sagte sie. »Zum jetzigen Zeitpunkt sind ernst zu nehmende Prognosen unmöglich.«

»Die Hohe Vertreterin nimmt Ihre Bedenken ernst, Dr. van Pauli. Sollte sich die Situation nicht bessern, hält sie die Gewährung der Notkredite nicht für zielführend.«

Conrada atmete auf.

»Allerdings hat sie soeben mit Dr. Draghi telefoniert.« Der Chef der Europäischen Zentralbank EZB leitete offiziell eine unabhängige Institution. In der Praxis besaß er sowohl nach Brüssel als auch nach Berlin eine Standleitung. »Die Hohe Vertreterin trifft sich im Laufe des Tages erst mit Juncker und später per außerordentlicher Videokonferenz mit dem Ministerrat. Sie wird vorschlagen, Brasilien die Notkredite zu gewähren.«

»Sagten Sie nicht gerade, sie lehnt sie ab?«

»Da der Prozess der Kreditvergabe einige Zeit in Anspruch nimmt, hält sie es für sinnvoll, für die Eventualität vorbereitet zu sein.«

»Aber sie kann doch den Prozess nicht beginnen, ohne Domingos eine Zusage zu machen.«

»Das ist der heikle Punkt. Deswegen rufe ich Sie an. Wir möchten Sie bitten, nach Brasília zu reisen, um die Verhandlungen vor Ort zu führen.«

»Und falsche Versprechungen zu machen?«

»Und die generelle Möglichkeit einer Kreditvergabe in Aussicht zu stellen.«

»Selbst wenn«, Conrada war entsetzt, »Petrobras hat letztes Jahr fünfzehn Milliarden Dollar Verlust gemacht, das zweite Jahr in Folge. Die Kosten durch den letzten Skandal noch gar nicht mit eingerechnet. Siebenhundert Millionen sind Palliativmedizin …«

»Dr. van Pauli«, unterbrach Venizelos, »die Hohe Vertreterin hat sich entschieden.«

»Wir haben keine Ökonomen im Team.«

»Dr. van Pauli«, Venizelos klang gereizt, »ich bitte Sie, bleiben Sie konstruktiv. Sie selbst haben Wirtschaft studiert.«

»Wirtschaftspolitische Theorie«, wandte Conrada ein. »Was ist mit Kopański?«

»Dr. Kopański hat genug anderes zu tun.« Ich auch, dachte Conrada erschöpft. Sie konnte politische Winkelzüge nicht ausstehen. Außerdem handelte es sich um ein Himmelfahrtskommando, dem untergeordneten Minister einer scheiternden Regierung Kredite zu versprechen, die nicht freigegeben waren – und vermutlich nie freigegeben würden.

»Wir sollten das nicht tun.«

Kurz war die Leitung still. Dann sagte Venizelos: »Dr. Kopański wird Sie unterstützen, soweit es seine Kräfte zulassen. Aber Sie kennen die Begebenheiten am besten.«

Conrada versuchte einen Einwand, doch Venizelos sprach weiter: »Im Übrigen schickt die EZB ebenfalls einen Mann. Dr. Anderson. Er fliegt von Frankfurt aus und wird Sie in der Botschaft in Brasília erwarten. Dort erhalten Sie dann auch Ihr Briefing. Bis Sie eingetroffen sind, sollten die Gespräche mit dem Ministerrat abgeschlossen sein.«

»Und was ist mit der Teamleitung hier?«

»Haben Sie keinen Stellvertreter?«

»Doch, ja. Aber …«

»Dann ist doch alles gut. Lassen Sie ihn seine Arbeit machen. Der Kredit ist wichtiger. Ihr Flieger geht in anderthalb Stunden, es reicht, wenn Sie kurz vorher da sind. Die Fluggesellschaft weiß Bescheid und wartet auf Sie.«

7. Kapitel

Brasília, Brasilien; Donnerstag, 04:58 Uhr UTC-3

Nein, sagte sich Antonio Bomfim. Nein. Sie waren nicht schuld. Was passiert war, war eine Tragödie, ja. Aber hätten sie es nicht versucht – sie wären schuldig geworden vor den Geistern der Geschichte.

Brasilien war ein Land der Ausbeuter. Das Land wartete auf die Revolution. Brauchte die Revolution. Seit Ende des fünfzehnten Jahrhunderts, seit Spanien und Portugal Lateinamerika unter sich aufgeteilt hatten, war die Geschichte Brasiliens eine Geschichte der Ausbeutung. Die Portugiesen beuteten die Einheimischen aus. Die Einheimischen starben an europäischen Krankheiten, die Portugiesen schafften afrikanische Sklaven heran. Die Portugiesen wurden von Napoleon besiegt, Brasilien wurde Kaiserreich. Die Ausbeutung erfolgte auf Geheiß des eigenen Kaisers. Wer rebellierte, zahlte mit Blut. Die Tochter des Kaisers verbot die Sklaverei, das Militär schickte beide ins Exil. Das Militär schuf eine Oligarchie und nannte es Republik. Die Reichen verkauften Kaffee und wurden reicher als je zuvor. Das sogenannte Bürgertum wollte etwas abhaben vom Kuchen, da wählte das Militär einen Diktator zum Präsidenten. Der kaufte die einen mit Brot, die anderen mit Macht, den Rest brachte er um. Das Militär begann sich zu langweilen und wählte andere Puppen. Eine der Puppen hatte ein Gewissen, die USA waren beleidigt, das Militär entsorgte das Ärgernis. Helden standen auf und fielen, den Rest kaufte die Junta mit Gold. Das Gold ging aus, die Junta verlor die Lust. Im Folgenden wurden die Puppen gewählt, sie versprachen Wachstum, und in der Tat, die Reichen wurden reicher. Sie versprachen Gleichheit, und die Korruption nahm zu. Sie versprachen Gerechtigkeit, zerschlugen den Staat und schenkten den Reichen die Splitter. Die Armen kauften sie mit Brot. Das Brot ging aus. Der Zorn der Generationen schüttelte sich aus seinem Schlaf. Man gaukelte den Leuten Wahlen vor. Die Leute wählten mit Herz, und die Ausbeutung ging weiter. Die Leute wählten mit Verstand, und die Ausbeutung ging weiter. Die Leute wählten mit Wut, und die Ausbeutung ging weiter. Brasilien war ein Land der Ausbeuter. War es seit jeher gewesen. Das Land wartete auf die Revolution. Das Land brauchte die Revolution.

Antonio Bomfim schob sich die Brille zurecht. Er spähte zwischen den Lamellen der Jalousie hindurch und durch das Glas dahinter, welches das oberste Stockwerk des Palácio do Planalto von der Welt trennte. Diese Welt würde nicht mehr dieselbe sein. Nicht mehr für ihn, gewiss, aber auch nicht mehr für die Hunderttausenden, die dort draußen auf der Esplanada dos Ministérios ausharrten, dort warteten, hofften, kämpften. Sie begehrten auf gegen ihr Schicksal und ahnten nicht, wie weit das Rad der Fortuna bereits fortgerollt war. Die Polizei hatte die Blockade inzwischen mit schweren Panzerwagen verstärkt. Schon seit einer geraumen Weile kreisten Hubschrauber über dem Palast. Die Machthaber schützten die Revolutionäre, weil sie Angst vor dem Proletariat hatten. Antonio versuchte es lustig zu finden. Hinter dem Fernsehturm schimmerte das erste Morgenrot. Vorbote des ersten Tages einer neuen Zeitrechnung.

»Antonio«, rief Gabriel hinter ihm. »Sieh mal, was ich habe.« Antonio drehte sich um, Gabriel streckte ihm eine mit dampfendem schwarzem Kaffee gefüllte Porzellantasse entgegen.

»Du bist ein echter Freund«, sagte Antonio und griff nach der Tasse. »Woher hast du den?«

»Hat Fernando im zweiten Stock entdeckt. Wir müssen wieder in die Zentrale, Alex will noch mal diskutieren.«

»Schon wieder?«, fragte Antonio müde.

»Bis wir eine Antwort haben.«

Antonio zuckte resigniert mit den Schultern. Es gab keine Antwort. Doch für Einwände hatte er keine Kraft mehr. Schweigend folgte er Gabriel in das Präsidentenbüro, das Alex am Abend kurzerhand zu ihrer Zentrale erklärt hatte.

Nach wie vor kam es Antonio unwirklich vor. Die letzten Monate, die letzten Wochen, dann der Tag gestern, die Nacht. Wie schnell alles passiert war. In Antonios Leben war zuvor noch nie etwas schnell passiert.

Sein ganzes bisheriges Leben hatte er bei seiner Mutter verbracht, in einer kleinen Wohnung in São Sebastião, zwanzig Kilometer südwestlich von Brasília. Die Mutter arbeitete als Köchin im Gefängnis und kam abends spät nach Hause. Antonio war drei gewesen, als der Vater die Mutter verlassen hatte. Der Vater kam nie zurück. Als er ging, hinterließ er unzählige Bücher, viele Regale voll. Die Mutter sprach nie darüber – weder warum der Vater gegangen war, noch weswegen er die Bücher nicht mitgenommen hatte.

Die Schule war groß, sie bot drei Unterrichtszeiten an. Antonio wählte stets den Vormittagsunterricht. Sobald er die Hausaufgaben hinter sich gebracht hatte, gehörte der Nachmittag ihm. Kaum konnte er die ersten Buchstaben entziffern, griff er sich ein Buch aus den Regalen seines Vaters und las. Anfangs suchte er die Bücher danach aus, ob sie viele Bilder hatten. Als er älter wurde, kamen ihm Bilder kindisch vor, und er las nur noch solche Werke, die überhaupt nicht bebildert waren. Erst Jahre später verstand er, was er las, und lernte, die Bücher anhand ihrer Verfasser auszuwählen. Wenn die Mutter dann nach Hause kam und er wieder einmal schlafend auf dem Teppich lag, küsste sie ihn wach und räumte kopfschüttelnd die Bücher, die er unter sich begraben hatte, in die Regale zurück. Die Titel verstand sie nicht, die Namen der Autoren hätte sie nicht auszusprechen vermocht. Zuerst las er Science-Fiction, nichts faszinierte ihn daran mehr als Zeitreisen: wenn die Überzeugungen verschiedener Welten aufeinandertrafen. Es dauerte nicht lange, bis er sein Augenmerk auf reale Welten legte, er Geschichtswerke verschlang. Doch nur zu wissen, was geschehen war, genügte ihm nicht, ihn drängte es zu dem Warum, zu den großen Denkern der Politik.

Manchmal, wenn Antonio nachts im Bett lag und an die Weite dachte, die die Gedanken von Durkheim oder Braudel oder Gökalp in seinem Kopf erzeugten, ergriff ihn eine überwältigende Trauer, weil in dem Kopf seiner Mutter nur Zwiebeln waren, weil sie niemals die Erkenntnisse würde nachvollziehen können, die ihn das Unendliche erahnen ließen, und es mischte sich Verachtung in die Trauer. Und weil er seiner eigenen Mutter gegenüber Verachtung verspürte, erfasste ihn tiefe Scham.

Antonio bewarb sich für Politik an der Universität von Brasília. Die Fragen der Aufnahmeprüfung waren so stumpf, dass er die Aufsicht fragte, ob er den richtigen Prüfungsbogen bekommen habe.

Antonio hatte nie Freunde gehabt; dass er auch an der Universität keine fand, beschäftigte ihn nicht weiter. Bereits in der Einführungswoche war ihm das systemhörige Grunzen der Kommilitonen unerträglich geworden. Die Gesellschaften der Welt wurden zerfressen von der Gier nach Besitz, die Kommilitonen lachten nur. Die globalen Eliten versklavten die Völker mit ihrer Propaganda des Fleißerfolgs, die Kommilitonen betranken sich. Die Machthaber vertrösteten die Masse nicht länger mit einem jenseitigen Paradies – in der diesseitigen Welt versprachen sie Erlösung, sobald man sich dem Markt nur zu Füßen warf. Antonio sah die Erosion des Menschlichen, die Kommilitonen prahlten mit ihren Frauengeschichten.

Das Studium machte ihn einsamer, als er gedacht hätte sich

je fühlen zu können. Seine Noten waren exzellent, man bot ihm ein Stipendium an. Er beschloss, das Studium auszuschlagen und Bauer zu werden. Er traute sich nicht. Er nahm das Stipendium an und ekelte sich vor sich selbst.

Dann traf er Gabriel. Der Tag lag nur zweieinhalb Monate zurück. Doch in diesen zweieinhalb Monaten war Antonios Leben großartiger gewesen als jemals zuvor. Es war bedeutsam geworden.

Gabriel war anders als alle anderen. In seiner Jeans waren Löcher, seine Haare wuchsen wirr durcheinander und reichten ihm bis auf die Schultern, sein Blick war angriffslustig und stark. Doch eine Sache war es, die ihn wirklich besonders machte: Gabriel verstand Antonio. Gabriel wusste, wie es war, umgeben von Blinden auf einen Abgrund zuzutreiben. Gabriel wusste, wie es war, Bücher nicht lesen, sondern durchdringen zu wollen. Er hatte Durkheim gelesen und Braudel. Er hatte Nietzsche gelesen, und als er ihn nicht begriffen hatte, hatte er ihn noch einmal gelesen. Und dann noch einmal. Inzwischen hatte er ihn so oft gelesen, dass er Passagen auswendig aufsagen konnte, und hatte doch immer noch, wie er freimütig zugab, nicht das Geringste verstanden.

An einem Dienstagabend im Juli, es regnete, führte Gabriel Antonio in den Proberaum eines heruntergekommenen Jugendzentrums und stellte ihm die Band vor. Alex. Fernando. Gustavo. In dem Proberaum wurde nicht geprobt. Die Band war auch keine Band. Mit großen Augen sah Antonio die Konterfeis auf ihren T-Shirts, die Fahnen, die an den Wänden hingen. Wie im Traum lauschte er den Worten von Alex, der leidenschaftlich und klug und ohne jeden Selbstzweifel erzählte, wer sie waren und warum sie kämpfen mussten, der die Worte fand für die Gefühle, die Antonio in sich trug.

Bei der »Band« handelte es sich um die UJR, die Union des Aufstands der Jugend. Die UJR war die Jugendorganisation der

Revolutionären Kommunistischen Partei. Antonio blieb die ganze Nacht bei den anderen, rauchte und trank, im Morgengrauen taumelte er aus dem Gebäude und wusste, er hatte eine Familie gefunden.

Zu seinen Seminaren zu gehen schien ihm lächerlich. Was sein Studium betraf, beschränkte er sich auf das Nötigste, um sein Stipendium zu behalten. Anstatt jeden Tag zwischen São Sebastião und Brasília zu pendeln, schlief er jetzt immer öfter im Proberaum. Die Streitereien mit seiner Mutter nahmen zu, die Mutter wurde ihm fremd. Wie hätte er reden können mit dem Proletariat, solange es betäubt war. Das Heilmittel für die Betäubung sei die Gewalt der Revolution, erklärte Alex und prostete in die Runde, und Antonio fürchtete die Gewalt, doch er prostete zurück mit den anderen, denn er wusste, dass Alex recht hatte.

Antonio vermochte sich nicht vorzustellen, dass sein Leben noch vollkommener werden könnte. Dann begannen die Aufstände. Erst in Rio, dann in São Paulo, endlich in Brasília. Eine Welle der Befreiung rollte über das Volk, riss es aus seinem Koma und trieb die Machthaber vor sich her. Parteien, Vereine, Arbeiter, alle standen sie auf. Und die UJR ritt die Welle wie im Rausch.

Sie verteilten Kampfschriften, vernetzten die Revolutionäre über Facebook, organisierten Kundgebungen, schafften Essen, Zelte und Schlafsäcke herbei für die, die auch nachts nicht vor den Palästen zurückwichen. Sie kompensierten Schlafmangel mit Kaffee und Hunger mit Zigaretten. Wenn die Polizei sie bedrängte, warfen sie Steine und johlten vor Begeisterung. Die entscheidenden Kapitel der Geschichte müssten mit Blut geschrieben werden, sagte Alex und zog die Schnürsenkel seiner Stiefel fest. Antonio sah ihn an voll Grauen und voll Bewunderung.

Als die Aufstände andauerten und die Machthaber nicht nachgaben, erklärte Alex, sie müssten den Druck erhöhen. Fernandos Vater war Bauunternehmer. Alex befahl Fernando, einen Raddozer auszuleihen. Alex verteilte automatische Waffen. Antonio wusste nicht, woher jener sie hatte, auch die anderen wirkten erstaunt, aber niemand fragte.

Sie gaben allen Bescheid, die sie in den letzten Wochen kennengelernt hatten, und näherten sich der Rückseite des Palácio do Planalto. Alex fuhr den Raddozer. Vom Führerhäuschen herunter gab er die Parole aus: möglichst viel Chaos stiften, Leute, die wichtig aussahen, als Geiseln nehmen. Das Weitere ergebe sich schon. Antonio umklammerte mit kalten Fingern den Griff seiner Uzi.

Als Alex den Raddozer mit Vollgas auf das Gebäude zusteuerte, wichen die Polizisten zur Seite, Betonquader wirbelten zur Seite wie Bauklötzchen, Alex rammte die Glaswand, sie zerschellte. Jubel brandete auf unter den Demonstranten, mit Alex an der Spitze rannte die Band in den Palast, Hunderte versuchten zu folgen. Dutzenden gelang es, bevor die Polizei mit Tränengas und Wasserwerfern wieder die Oberhand gewann.

Die Band stürmte durch die Flure und Büros, und wo immer sie erschienen, flohen die Machthaber kreischend. Die Macht war verloren, die Macht hatten jetzt sie, Alex und Antonio und die Band.

Eine Gruppe Revolutionäre, die ihnen gefolgt war, lief eine Treppe hinauf. Plötzlich fielen oben Schüsse. Alex hastete hoch, die anderen im Schlepptau. Antonio stieg vorsichtig hinterher. Pistolen knallten, dazwischen Schmerzensschreie. Das Stakkato von Alex' Gewehr. Gustavo schoss ebenfalls, brach zusammen, ein Gestank stieg Antonio in die Nase, er konnte nicht sagen, woher. Weitere Schreie. So unmittelbar es begonnen hatte, so schnell war es wieder vorbei. Jetzt erst traute sich Antonio in das obere Stockwerk. Mehrere Revolutionäre wälzten sich stöhnend auf dem Boden. Gustavo lag da, reglos, Fernando kniete bei ihm und bekreuzigte sich. Keiner sagte etwas.

Alex nickte Antonio zu, sein Blick war ruhig, beinahe zufrieden, Antonio lief es kalt den Rücken hinunter. Drei Anzugträger lagen weiter hinten im Flur. »Sind sie tot?«

»Sieh nach.« Alex lächelte.

Zögerlich, Schritt für Schritt näherte sich Antonio den reglosen Körpern. Seine schweißnassen Haare verklebten ihm die Augen. Mit beiden Händen hielt er die Uzi. Die Körper rührten sich nicht. Auf den maßgeschneiderten Anzügen waren Flecken zu sehen. Sekundenlang starrte Antonio auf diese dunklen, sich ausbreitenden, feuchten Flecken. Blut. Antonios Magen rumorte. Krampfhaft kämpfte er gegen den Würgereiz an. Doch erst als er den Blick hob, als er die Gesichter der Toten sah, überkam ihn das wahre Entsetzen.

»Was ist los?«, fragte Fernando.

Kaum brachte Antonio die Worte hervor: »Wir haben Bolsonaro umgebracht.«

Alex lächelte.

Der Kaffee war eine Wohltat. Als Antonio und Gabriel die Zentrale erreichten, waren viele schon da. Antonio kannte fast alle. Mit den meisten, die es in den Palast geschafft hatten, hatten sie die letzten Wochen bereits zu tun gehabt. Insgesamt waren sie noch dreiundzwanzig Leute, davon hatten sie sechs Wachen auf die Eingänge und das ebenerdige Untergeschoss verteilt.

Alex hatte die Führung übernommen, niemand erhob Einspruch. Auch wenn jeder vorgab, den Tod des Faschisten zu feiern, hatte Bolsonaros Tod zu großer Verunsicherung geführt. Schlimmer als keine Geisel war für den Geiselnehmer nur eine tote Geisel. Darüber hinaus hatte der Tod Gustavos und einiger anderer Revolutionäre manche so erschüttert, dass sie die Aktion am liebsten abgebrochen hätten. Antonio hätte sich sofort der Polizei ausgeliefert. Aber Alex erlaubte es nicht. Er machte ihnen klar, dass dies das Ende der Revolution bedeuten würde, die Kameraden umsonst gefallen wären. Der Schlange den Kopf abzuschlagen reiche nicht, man müsse die Wunde ausbrennen, sonst wachse ein neuer Kopf nach. Doch wie denn nun das Ausbrennen vonstattengehen sollte, konnte auch er nicht sagen. Viele Stunden hatten sie bereits diskutiert, was sie tun sollten. Antonio pochte das Blut gegen die Schläfen. Jetzt also noch einmal.

»Wir müssen einen Schritt machen«, sagte Alex. »Je länger wir warten, desto schwächer klingen unsere Forderungen.« Die Entwicklung einer gemeinsamen Position war bisher der nervenzehrendste Streitpunkt gewesen. Alle in der Gruppe wollten eine Revolution, aber in Bezug darauf, wie selbige aussehen sollte, hatte jeder eine andere Meinung.

»Wir haben keine Forderungen«, sagte ein blutjunger Jurastudent.

»Was ist mit der Arbeitsgruppe?«

»Konnte sich nicht einigen«, antwortete der Junge.

»Verdammt!«, rief Alex. »Sobald sie daran zweifeln, dass wir den Faschisten in unserer Gewalt haben, sind wir geliefert. Nur eine Frage der Zeit. Wir müssen endlich handeln. Wir formulieren unsere Forderungen hier und jetzt.«

»Was, wenn wir einfach Amnestie für uns fordern?«, fragte ein dickes Mitglied der Marxistisch-Leninistischen Partei. »Sie bekommen Bolsonaro, dafür dürfen wir gehen.«

»Bolsonaro ist tot«, murmelte jemand.

»Wir sagen ja nicht, dass sie ihn lebend wiederbekommen.«

»Feiglinge!«, rief Alex. »Wollt ihr, dass es das gewesen ist? Wozu seid ihr hier, wenn ihr nichts verändern wollt?«

Das Licht ging aus. Auf einen Schlag war es stockfinster.

»Wer hat das Licht ausgemacht?«, fragte Fernando. Alex verstand als Erster. »Sie kommen«, brüllte er. »Verteilt euch! Für die Freiheit!« Ein Lichtblitz durchzuckte den Raum, dann ein ungeheurer Knall, Antonio platzte der Kopf, er warf sich zu Boden, merkte nur halb, dass er schrie, etwas traf ihn in die Seite, vorbei, dachte er noch, ohne dass er etwas fühlte, vorbei.

8. Kapitel

Brasília, Brasilien; Donnerstag, 11:25 Uhr UTC-3

Über die Bordsprechanlage verkündete der Pilot den Landeanflug auf Brasília. Gehorsam legte Conrada den Sicherheitsgurt an und zog ihn fest. Es war erst vor ein paar Stunden hell geworden, die Zeitverschiebung hatte die Nacht quälend lang werden lassen. Conradas Versuche, im Flugzeug zu schlafen, waren mäßig erfolgreich gewesen, sie fühlte sich aufs Gründlichste zerstört. Obwohl der Haushaltsplan des EAD es vorsah, flog sie nie Erster Klasse. Die Idee, Menschen in Klassen einzuteilen, war ihr zeit ihres Lebens anstößig vorgekommen.

Sie hoffte inbrünstig, dass sie in der Eile nichts Wichtiges vergessen hatte. Die Verabschiedung von Hermann war kurz und schmerzlos gewesen, Emilia hatte sie nicht geweckt.

»Wir werden voraussichtlich planmäßig um 11:43 Uhr auf dem Brasília International Airport landen«, sagte der Pilot. »Das Wetter ist mild, 23 Grad Celsius, sonniger Himmel, leichter Wind. Wir danken Ihnen, dass Sie sich für unsere Fluggesellschaft entschieden haben, und wünschen Ihnen einen angenehmen Tag.«

Es knackte in den Tragflächen, das Flugzeug neigte sich auf Conradas Seite. Durchs Fenster erkannte sie die Vororte der brasilianischen Hauptstadt. Conrada stutzte. War das Rauch, was da zwischen den Hochhäusern aufstieg?

»Sehr geehrte Passagierinnen und Passagiere«, sagte der Pilot, seine Stimme gepresster als zuvor, »wir bitten noch einmal um Ihre Aufmerksamkeit. Die Flughafenbehörde weist uns soeben darauf hin, dass die Polizei in der aktuellen Lage nicht für Ihre Sicherheit garantieren kann. Die Demonstrationen sind zurzeit nicht flächendeckend zu kontrollieren. In den frühen Morgenstunden sind Spezialeinheiten in den Palast eingedrungen, der seit gestern Mittag von Terroristen besetzt gehalten wurde. Sie sollten den Präsidenten befreien.« Er räusperte sich. »Der Einsatz ging offenbar schief. Sie konnten nur noch seine Leiche bergen.«

Conrada war bestürzt. Ihr Team hatte natürlich auch dieses Szenario durchgespielt. Aber auch wenn sie sich eingestehen musste, dass sie einen anderen Toten mehr betrauert hätte – ob die Unruhen im Land nun einfacher zu beenden wären, bezweifelte sie stark.

Aufregung hatte die komplette Kabine ergriffen: Die Passagiere rieben sich den Kopf, schimpften, bekreuzigten sich oder zeigten kaum verhohlene Genugtuung.

Conrada blickte auf ihr Telefon und verfluchte die Airline, die das Bordsignal unterdrückte. Im Sinne der Mitreisenden, hatte die Stewardess erklärt. Conrada hatte ihren Diplomatenpass gezeigt, es hatte nichts gebracht.

Sie beobachtete, wie die Modellstadt unter ihr Konturen gewann. Die Rauchsäulen waren jetzt klar erkennbar. Was machte sie hier? Sie sollte in Brüssel sein, ihr Team brauchte sie. Stéphane war ein guter Mann, aber Conrada kannte ihn lange genug, um zu wissen, wie sehr Jasmins Verschwinden an ihm nagte. Sie selbst kannte Jasmin nur flüchtig. Doch sie ahnte, Stéphane liebte seine Exfrau noch immer. Gescheitert war die Ehe, weil Stéphane die Sorgen nicht ertrug, die Jasmins Job mit sich brachte – und weil Jasmin es nicht ertrug, auch nur zwei Monate im betulichen Brüssel zu bleiben, während ihre Schützlinge in Syrien Menschenrechtsverbrechen fotografierten, in Süditalien Mafianetzwerke offenlegten, in Bangladesch Rohingya interviewten, die aus Myanmar geflohen waren. Conrada seufzte. Jasmins Sehnsucht war ihr nur zu vertraut. Hoffentlich ging es ihr gut. Jasmin war zuletzt in São Paulo gewesen, bevor sie verschwunden war. Eine Frau, eine Linke, eine Verteidigerin der freien Presse. Nur wenn sie lesbisch gewesen wäre, hätte sie Bolsonaros Feindbild noch treffender entsprochen.

Conrada biss sich auf die Lippe. So oder so, vor allen anderen musste jetzt Pereira zeigen, was er konnte; ob er bereit war für das Amt des Präsidenten. Zum denkbar ungünstigsten Zeitpunkt. Ironischerweise war Pereira vor den Wahlen einer der heftigsten Kritiker Bolsonaros gewesen. Bis dieser ihn an seine Seite gerufen hatte. Ein erster Hinweis, dass Bolsonaro ein gewiefter Taktiker war – und eben kein brasilianischer Trump, als den die unabhängigen Medien ihn voreilig abgestempelt hatten.

Als das Flugzeug sich weiter zur Seite neigte, bemerkte Conrada, dass kaum Verkehr auf den Straßen war. Der Rauch rührte von brennenden Autos. Wochenlang hatte die Polizei versucht, die Aufstände niederzuschlagen – mit einer Härte, die selbst aus der Ferne schwer zu ertragen war. Wie würde sich Bolsonaros Tod auf die Stimmung auswirken? Conrada hatte ein mulmiges Gefühl im Magen. Vieles würde sich daran entscheiden, ob die Demonstrierenden Pereira als neues Staatsoberhaupt akzeptierten oder nicht. Seine erste Presseerklärung wäre ein maßgeblicher Schritt in die eine oder die andere Richtung. Wie absurd, dass sie, Conrada, in dieser Gemengelage mit Domingos über Hilfskredite verhandeln sollte. Wenn Pereira scheiterte, konnten die Staatsorgane Brasilien nicht mehr retten. Dann lag das Schicksal des Landes in den Händen der Bevölkerung.

Ansonsten blieb wieder einmal nur – und der Gedanke ließ sie erschauern – das Militär.

Als Conrada durch den Terminal ging, unterschieden sich ihre Eindrücke von früheren Besuchen. Sie brauchte einen Moment, dann wusste sie, was anders war. Jeder telefonierte. Wer sein Telefon nicht am Ohr hatte, tippte Nachrichten hinein. Die Gespräche waren verhuscht, nervös, die begleitende Gestik fahrig. Die Fetzen, die Conrada mitbekam, drehten sich alle um dasselbe Thema. Nicht etwa um den Tod Bolsonaros, sondern um die Fragen, ob die Gesprächspartner in Sicherheit seien, ob man von dieser Angehörigen, jenem Freund etwas gehört habe, ob man genügend Vorräte besitze, welche Busse noch führen, welcher Vorort noch sicher sei, welchen man meiden müsse.

Die Nachrichtenmonitore zeigten allesamt ähnliche Bilder: Demonstranten, Polizisten, Ausschreitungen. Wie nebenbei verkündete die Tickerzeile die Ermordung eines weiteren Bürgermeisters.

Conradas Telefon zeigte verpasste Anrufe von vierzehn verschiedenen Nummern an. Sie widmete sich zuerst den privaten Kontakten. Das war einfacher. Sie schrieb Emilia, dass sie bald zurück sei, Hermann, dass er sich keine Sorgen zu machen brauche, und ihrer Mutter, dass sie es am Samstag wohl nicht zu deren Geburtstagsfeier schaffen werde. Sie dachte an den Kuchen und schrieb Hermann, er solle Emilia beim Backen helfen. Sie erinnerte sich an Hermanns Backkünste und schrieb ihm, er solle bei den Nachbarn fragen, vielleicht habe Natalie Lust mitzubacken. Conradas Freundin Emma hatte angerufen und dann geschrieben. Ob es ihr gut gehe mit den sich überschlagenden Ereignissen? Außerdem sollten sie endlich mal ihren gemeinsamen Urlaub planen. Emma arbeitete für die niederländische Botschaft in New York, und ihr Terminkalender war mindestens genauso voll wie der von Conrada. Trotzdem hatten sie sich geschworen, mindestens einmal im Jahr zusammen wegzufahren. Es klappte nicht immer.

Conrada brauchte ein Taxi. Der Taxifahrer sagte, in die Innenstadt fahre er nicht mehr. Conrada gab ihm die nötigen Scheine, er fuhr los. Die Europäische Union hatte ihre Delegation südlich des Lago Paranoá und damit abseits der Innenstadt untergebracht. Dass der Fahrer sich die Fahrt trotzdem so fürstlich bezahlen ließ, war kein gutes Zeichen. Conrada griff nach ihrem Telefon und rief Stéphane an. Eigentlich war es untersagt, im Beisein Dritter Interna zu diskutieren, aber die Zeit war knapp. Zur Sicherheit redete sie französisch.

Stéphane brachte sie auf den neuesten Stand: Pereira bereitete eine Presseerklärung vor, die Hohe Vertreterin war aus Rom zurück und hatte sich bereits mit Juncker besprochen. Die Videokonferenz mit dem Ministerrat fand gerade statt. Der Kulturattaché Italiens war in São Paolo ermordet worden, die Italiener waren in Kontakt mit den dortigen Behörden und verlangten, dass europäische Kommissare die Ermittlungen leiten sollten. Das konnte man getrost als Symbolpolitik vernachlässigen. DSG-SEC hatte mit dem Generaldirektor der brasilianischen Bundespolizei telefoniert und ihm EU-eigenes Aufklärungsmaterial in Aussicht gestellt, unter anderem das von INTCEN und SATCEN. Allerdings musste vorher noch die rechtliche Lage geklärt werden, denn die Geheiminformationen, die zum Beispiel INTCEN besaß, stammten von den Nachrichtendiensten der Mitgliedsländer und durften ohne deren Zustimmung nicht weitergegeben werden.

Conrada hörte das Wummern eines Hubschraubers. Sie sah aus dem Fenster, entdeckte ihn, doch lediglich als Punkt. Sie konnte nur beten, dass er nicht dem Militär gehörte.

Stéphane fuhr fort. Mogherinis Öffentlichkeitssekretär Marina brütete gemeinsam mit Rhodes über einer weiteren Presseerklärung. Rhodes versuchte eine klarere Ächtung der Aufständischen durchzusetzen. Um Himmels willen, dachte Conrada, hoffentlich blieb er erfolglos. Die USA boten den Brasilianern die Hilfe ihres Katastrophenschutzes FEMA an. Hubschrauber und Notfallmediziner könnten innerhalb von achtzehn Stunden transportfertig sein. DSG-POL bemühte sich um die Abstimmung mit UNASUR, bisher ohne Ergebnis.

Conrada konnte sich denken, wieso. Die Regierungen in

Argentinien, Paraguay und Peru litten selbst unter mangelndem Rückhalt in der Bevölkerung. In Chile war es schlimmer: Der Hang des Präsidenten, Pinochets Diktatur zu verharmlosen, hatte ihn kurz vor ein Amtsenthebungsverfahren gebracht. Die linksnationale Regierung in Bolivien teilte die Vorwürfe der Aufständischen und lachte sich wahrscheinlich ins Fäustchen. Venezuela hatte mit sich selbst mehr als genug zu tun.

Conrada wies Stéphane an, ihr die aktuellen Lagepapiere stündlich aufs Telefon zu schicken, zuvor aber die vertraulichen Passagen zu schwärzen. Außerdem solle er den relevanten Stellen mitteilen, dass er die Abteilungsleitung von ihr übernommen habe und dementsprechend der neue Ansprechpartner sei. Conradas eigene Vorgesetzte könne er ihr bei Bedarf aber durchstellen. Flüchtig nahm sie wahr, wie eine Horde Jugendlicher durch die zersplitterte Scheibe eines Supermarktes stürmte. Eine Kassiererin wollte fliehen, die Jugendlichen stießen sie zu Boden, traten auf sie ein, die Szene verschwand hinter einer Kurve. Conrada wurde übel. Sie schloss die Augen, konzentrierte sich auf ihren Atem.

Neue Arbeitsziele seien, erklärte sie, als sie sich einigermaßen gefangen hatte, möglichst viel über Pereira herauszufinden und der Hohen Vertreterin klarzumachen, dass er einerseits unterstützt, andererseits zu einem demokratischeren Kurs gedrängt werden müsse.

Stéphane versprach es. Conrada dankte und legte auf. Sie war erleichtert, dass der EAD die Gefahr ernst nahm. Jedoch hatte die EU zu vielen Staaten beim Zusammenbrechen zugesehen, als dass Conrada sich hätte einreden können, es ginge um humanitäre Hilfe. Die Wirtschaft Brasiliens war schlicht zu groß und zu globalisiert – too big to fail. Aus einer Seitenstraße drangen Schüsse. Der Taxifahrer umkurvte ausgebrannte Autowracks. Der Gestank qualmender Gummireifen biss sich in Conradas Nase fest. Sie sah die verpassten Nummern durch. Sie entschied sich für Generaldirektor Venizelos. Seine Sekretärin nahm ab und bat sie um etwas Geduld. Aus der Leitung quakte eine verstümmelte Version von Beethovens *Sinfonie Nr. 9*. Das Taxi bremste abrupt ab. »Dr. van Pauli, endlich«, sagte Venizelos. Conrada folgte dem Blick des Fahrers und ließ das Telefon sinken.

Zu ihrer Rechten befand sich eine Villa mit großzügiger Parkanlage. Vor dem Eingangsportal hatte sich eine Traube von Leuten gebildet, die an das Holz schlugen, Fäuste reckten, brüllten. Andere rannten um das Gebäude herum, warfen Scheiben ein, versuchten an die Fenster des zweiten Stocks zu gelangen. Die unteren waren vergittert.

»Wer wohnt hier?«, fragte Conrada den Fahrer.

»Die weißrussische Botschafterin«, war die Antwort.

»Weißrussland?« Conrada verstand nichts.

»Sie hat getwittert, dass Bolsonaros Tod ein schwerer Schlag für Brasilien ist.«

»Und deswegen …?« Conrada beendete den Satz nicht.

»Soll ich weiterfahren?«

Aus der Villa kamen Schüsse. Ein Mann mit Brecheisen, der auf eine Überwachungskamera eingedroschen hatte, fiel mit schmerzverzerrtem Gesicht auf die Knie. Die Meute brach in Zorngeheul aus.

»Nein«, Conrada hatte genug gesehen, »fahren Sie mich zum Flughafen zurück.« In dieser Situation mit Domingos zu verhandeln war abwegig. In Brüssel konnte sie mehr erreichen. Hier kam sie nur Kopański in die Quere. Kopański! Wenn schon ein Tweet der weißrussischen Vertretung so viel Gewalt auslösen konnte, war jede politische Äußerung gefährlich. Bang wählte Conrada die Nummer des EU-Botschafters. Das Freizeichen ertönte. Nimm ab, Jan, bat sie stumm, nimm ab.

»Conrada, bist du schon gelandet?«

Erleichtert atmete sie auf. »Jan, bist du in der Botschaft?«

»Ja. Eigentlich wollte ich zum Kongress, aber unser Sicherheitsdienst hat mich nicht gehen lassen. Wegen der Ausgangssperre.« Er schnaubte verächtlich. »Dabei habe ich selbst sie verhängt. Wie dumm ist …«

»Jan, hör mir zu, ihr müsst da weg!«

»Wohin denn?«

»Egal. Aber ihr müsst sofort aus der Botschaft raus.«

»Wer – wir?«, fragte Kopański.

»Alle.«

Kopański fluchte auf Polnisch, dann fragte er, ob sie durchgedreht sei.

Conrada sah auf die Uhr. 12:23 Uhr. Die Patek Philippe Calatrava mochte elegant sein, doch in dieser Eleganz lag eine Präzision, eine skalpellgleiche Zerschneidung der Zeit, die die Vergänglichkeit der Dinge gnadenlos zutage treten ließ.

12:23 Uhr. 17:23 Uhr in Brüssel. Je nachdem, wann der Ministerrat sein Treffen begonnen hatte und wie einig man sich war, würde er die Sitzung entweder bald beenden oder für eine Pause unterbrechen. In beiden Fällen dürfte die Hohe Vertreterin die Zeit für eine Pressemitteilung nutzen. Dann konnte man nur noch hoffen, dass Rhodes sich mit seiner Version nicht durchgesetzt hatte.

Während die US-Amerikaner ihre Botschaft mit Elektrozäunen und Panzersperren gesichert hatten, als handelte es sich um ein militärisches Sperrgebiet, beließen es viele kleinere Länder bei einem Gittermattenzaun und ein paar Kameras. Die EU-Delegation hatte zwar Kameras, aber ansonsten nicht einmal eine Hecke.

»Hör mir zu, Jan. Verlasst die Botschaft so schnell wie möglich. Nehmt die sensiblen Festplatten mit, der Rest ist egal. Und zieht euch was Unauffälliges an.«

»Ist das dein Ernst?«

»Bitte, Jan.«

»Was meinst du überhaupt mit unauffällig?«

»Leger eben. Jeans, T-Shirt. So was. Keinen Anzug.«

»Conrada, du weißt, wie sehr ich dich schätze. Aber ich werde nicht einfach die Botschaft aufgeben, während Brasilien die schlimmste Staatskrise aller Zeiten erlebt. Entspann dich. Hol mal Luft.«

»Ich bin gerade an der weißrussischen Botschaft vorbeigekommen. Sie wird regelrecht belagert.«

»Von wem?«

»Keine Ahnung.«

»Wegen ein paar Verrückter vor der weißrussischen Botschaft drehst du gleich durch?«

Conrada dachte nach. Offensichtlich misslang es ihr, Kopański die Dringlichkeit der Lage klarzumachen. Vermutlich dachte der Botschafter gerade nur an den Karriereschub, den die Krise ihm bescheren konnte – sollte es ihm gelingen, eine tragende Rolle zu ergattern.

»Jan«, sagte sie, so ruhig, wie es ihr möglich war, »vielleicht täusche ich mich auch. Aber sicher ist sicher. Es ist eine reine Vorsichtsmaßnahme. Tu mir den Gefallen.«

»Vergiss es. Du willst dich doch bloß wichtigmachen.«

Der Taxifahrer hupte, in der Ferne hörte Conrada eine Explosion.

»Was war das?«, fragte Kopański.

»Du nimmst jetzt die Belegschaft und fährst nach São Sebastião …«

»Einen Teufel werde ich tun.«

»… oder ich reiche eine formale Beschwerde bei Venizelos ein, dass du EU-Bürger in Gefahr gebracht hast.«

»Was für ein Unsinn.«

»Es ist mein voller Ernst.« Ihr Telefon vibrierte, jemand versuchte sie anzurufen.

»Conrada, mach dich nicht lächerlich.« Kopański klang mehr belustigt als erzürnt.

»Du weißt, dass Venizelos mir zuhört.«

»Und wenn schon.«

Verdammt. Sie biss die Zähne zusammen. Glaubte Kopański, sie wolle ihn loswerden, um sich selbst besser profilieren zu können? »Möglicherweise rutscht mir auch vor dem ein oder anderen polnischen Journalisten was raus.«

»Conrada!«

Sie hatte ihr schwerstes Geschütz aufgefahren. Schlechte Presse konnte schnell das Ende von Kopańskis politischen Ambitionen bedeuten. Da half ihm auch sein guter Draht zu Kaczyński nichts, dem Vorsitzenden der regierenden Partei Recht und Gerechtigkeit.

Sie schwiegen beide, Conrada schlug das Herz gegen die Brust. Sie lauschte auf das schnelle, gleichmäßige Klopfen.

Endlich hörte sie am anderen Ende der Leitung einen weiteren polnischen Fluch, und sie wusste, sie hatte gewonnen.

»Das zahle ich dir heim«, bellte Kopański. »Eine Nacht Hotel, morgen fahren wir zurück.«

»Nimm alle mit. Auch den Sicherheitsmann.« Allein gegen den Mob stünde der Arme auf verlorenem Posten.

Ein weiterer Fluch. Pause. Gezischt: »Deine Verantwortung.«

»Danke, Jan.« Conrada dachte bereits an Rhodes. Sie legte auf und rief Stéphane zurück, der gerade versucht hatte, sie zu erreichen. Er nahm augenblicklich ab.

»Stéphane, sprich sofort mit Marina. Die Hohe Vertreterin muss in ihrer Pressemitteilung zwingend auf Drohgebärden verzichten. Sonst geht hier alles in Flammen auf. Stattdessen Appelle an beide Seiten, sich friedlich zu einigen. Hat jemand von uns Kontakt zu Pereira? DSG-POL vielleicht?«

»Conrada …«

»Gleich. DSG-POL soll Pereira bearbeiten. Bitte Venizelos, die UN anzurufen. Guterres muss die Staatengemeinschaft überzeugen, auf einen friedlichen Einigungsprozess hinzuwirken.« Der Generalsekretär der UN war jahrelang deren Hoher Flüchtlingskommissar gewesen. Er galt als leidenschaftlicher Friedensverfechter.

»Conrada …«

»Und sag Prinz, er soll alle verfügbaren INTCEN-Mitarbeiter die sozialen Netzwerke nach Gewaltaufrufen durchforsten lassen.«

»Es gibt ein Problem.«

»Stéphane, hier eskaliert die Lage. Die Leute stürmen diplomatische Vertretungen. Informier die Belegschaften. Wenn ihre Niederlassungen nicht stark gesichert sind, sollen sie sich aus dem Staub machen.«

»Conrada, hör mir zu.«

»Was ist denn?«

»Pereira ist tot.«

9. Kapitel

Chennai, Indien; Donnerstag, 00:02 Uhr UTC+5:30

Wie in anderen indischen Großstädten herrschte auch in Chennai eine katastrophale Verkehrssituation. Dementsprechend stolz war die Stadtverwaltung auf die neue Metro. Zwar kam es während der Bauarbeiten zu mehreren tödlichen Unfällen, und die veranschlagten Kosten erwiesen sich als politische Wunschträume. Und die Stützpfeiler, auf die die Bahn über weite Strecken aufgeständert war, begeisterten in ihrer Betonästhetik vermutlich nur die Bausandindustrie. Aber trotz aller Widrigkeiten: Die Züge fuhren, und das war viel wert.

Die Türen der Hochbahn schlossen sich bereits. Bimal zwang sich gerade noch hindurch und warf sich auf einen der Plastiksitze. Schwer atmend, sah er sich um. Einige gescheiterte Seelen, betrunkene Studenten, Schichtarbeiter auf dem Weg zur Arbeit, Schichtarbeiter mit Feierabendbier. Niemand beachtete ihn. Der Zug rumpelte los, Bimal blickte zur Station zurück. Fast erwartete er, waffenstarrende Agenten die Treppe hochsprinten zu sehen. Doch der Bahnsteig war vollkommen leer. Er war entkommen. Sie hatten auf ihn geschossen. Das Hemd war ihm aus der Hose gerutscht, klebte ihm nass an der Brust. Langsam ließ das Pochen hinter seinen Schläfen nach.

Während der Fahrt versuchte er, das Geschehene zu verarbeiten. Was war passiert? War er naiv gewesen? Vielleicht machten die Reichen kurzen Prozess mit allzu aufdringlichen Reportern, betrachteten sie als Fliegen, die man mit einer Handbewegung wegwischen konnte. Oder hatten Narayan und sein Gorilla überreagiert? Bimal wischte sich den Schweiß von der Stirn. Was, wenn sie tatsächlich etwas zu verbergen hatten? Aber selbst dann wäre es nicht unbedingt klug gewesen, die Drohne einfach abzuschießen. Nervös drehte er seine Glücksmünze.

Er hatte beim Filmen nichts aufgenommen, aber sie hatten die Kamera getroffen und vermutlich zerstört. Jetzt konnten sie erst recht nur mutmaßen, ob etwas Brisantes mitgehört worden war. Und man schoss verdammt noch mal nicht einfach Leute ab.

Der Zug hielt, Bimal stieg um. Er war in die falsche Richtung unterwegs gewesen, da er schlicht die erste Bahn genommen hatte, die in die Station eingefahren war.

Der Wagen war halb leer, eine Seltenheit in Chennai, es war spät. Draußen glitzerten die Lichter der Skyline. Seit in Mumbai die Immobilienpreise explodierten und Neu-Delhi seine Luftverschmutzung nicht mehr in den Griff bekam, suchten die Heuschrecken neue Felder, und in Chennai wurden sie fündig. Amerikaner, Chinesen, Saudis, alle strömten sie herbei.

Bimal brummte der Schädel. Das Adrenalin hatte den Teufel Alkohol gebändigt, jetzt schlug dieser wütend zurück. Er versuchte, sich zu konzentrieren. War bei den Dingen, die er gehört hatte, überhaupt irgendetwas Brisantes dabei gewesen? Filmproduzenten redeten darüber, dass sie europäische Touristinnen als Schauspielerinnen anwarben. Das war ein offenes Geheimnis in Chennai und keines, das irgendwen kümmerte. Wurde er paranoid? Worum war es danach gegangen? Das US-amerikanische Firmenimperium Woodearth. Brasiliens Präsident, Investitionen, die in Gefahr waren. War es das? Das war jedenfalls der Moment gewesen, in dem sie ihre Stimmen gesenkt hatten. In Bimals Berufsleben war es immer ums aufmerksame Zuhören gegangen, auf sein Gedächtnis konnte er sich verlassen. Er erinnerte sich an Mr. Stegen, der alles richten würde. Mit dem der Brite telefonieren wollte. Wie nannte er ihn noch gleich? Fred. Fred Stegen also?

Bimal erreichte seine Station. Als er ausstieg, spürte er ein vertrautes Kribbeln in den Fingern. Obwohl seine Knie noch weich waren von dem erlebten Schrecken, musste er grinsen. Er steckte das Hemd in die Hose. Sein journalistischer Jagdtrieb war erwacht.

Die Wohnung hatte sich Bimal gekauft, nachdem er 2013 den RedInk Award für sein Lebenswerk erhalten hatte. Der Preis war zwar nur mit hunderttausend Rupien dotiert, führte aber zu einer beachtlichen Nachfrage an seinem damals aktuellen Buch *Wasser zu Gold*, einer kritischen Analyse zur Privatisierung von Trinkwasser in den Reisanbaugebieten in Indiens Nordwesten.

Als er nach dem Schlüssel kramte, öffnete die Liebe seines Lebens bereits die Tür und sah ihn mit vorwurfsvoll geweiteten Augen an.

»Du stinkst nach Alkohol.«

»Tut mir leid, eine lange Geschichte, ich erzähle dir alles.« Jitendras Blick blieb kritisch, aber als er ihm über die Haare und die Lippen strich und ihn schließlich küsste, verflüchtigten sich Trotz und Zorn, und der Freund erwiderte die Liebkosung.

In Indien war Homosexualität seit 2018 nicht mehr verboten. Das änderte allerdings nichts an dem gesellschaftlichen Konsens, dass es Homosexualität eigentlich gar nicht gab. Ab und zu behauptete ein Bollywoodstar etwas Gegenteiliges, das wurde als Schauspielerspleen akzeptiert. Auch Bimal wäre nie auf den Gedanken gekommen, sich einem Mann zu nähern. Bis zu dem Abend, als er seine zweite Frau in flagranti erwischte. Er wollte wütend werden, doch stattdessen starrte er nur den nackten, schweißnassen Körper ihres Liebhabers an, und eine Wärme breitete sich in ihm aus, wie er sie zuvor nie gefühlt hatte. Es dauerte noch einige Jahre, bis Lakshmi Gnade zeigte und das Internet für ihn erfand, damit er Jitendra kennenlernen konnte. Nur Monate nach der ersten Chatzeile zog Jitendra zu ihm und versüßte ihm seither seine Tage. Natürlich unterhielt sein Freund nach wie vor eine eigene Wohnung – für die Post und etwaige Besuche der Verwandtschaft.

Bimal erzählte Jitendra, was ihm widerfahren war, von der Quasikündigung über den Drohnenkauf bis hin zu dem Vorfall bei Narayans Anwesen. Was den Schnaps betraf, verzichtete er auf Details.

Inzwischen, zu Hause, auf dem Sofa in den Armen seines Geliebten, verlor die Episode ihre Bedrohlichkeit, kam ihm mehr wie ein kurzweiliges Abenteuer vor. Dass die Schüsse ihm gegolten hätten, schien ihm auf einmal kurios.

»Was willst du jetzt machen?«, fragte Jitendra. »Anzeigen wegen der Zerstörung der Drohne kannst du ihn ja schlecht.«

»Fred Stegen. Das ist der Mann, um den es ging. Ich sehe zu, was ich über ihn rausfinden kann.«

Jitendra legte den Kopf schief. »Du witterst überall Verschwörungen, oder?«

Bimal grinste und befreite sich aus der Umarmung. »Ich tue nur meinen Job.« Er stand auf und griff nach seinem Laptop.

»Aber nicht jetzt noch, oder?«

»Ganz kurz, vielleicht finde ich ja gleich was.«

»Ich dachte, wir hätten noch ein bisschen was voneinander. Ich muss morgen arbeiten.«

»Ja, aber wann? Zwanzig Uhr?«

»Neunzehn Uhr«, sagte Jitendra mit gespielter Empörung. Er arbeitete als Verkleidungskünstler in einem Touristenschuppen namens Crystal Palace. In Europa hätte man ihn wohl als Dragqueen bezeichnet.

»Genug Zeit zum Ausschlafen«, rief Bimal triumphierend.

Jitendra seufzte übertrieben und legte sich aufs Sofa. »Kann es sein, dass Paparazzi und Investigativjournalisten so ziemlich dasselbe machen?«

»Versuch mich nur zu provozieren …«

Die Türklingel summte. Sofort saß Jitendra kerzengerade da, Bimal starrte ihn an, Jitendra starrte Bimal an. Bimal hatte selten Besuch in seiner Privatwohnung, noch seltener unangekündigt, um diese Uhrzeit nie.

Ein weiteres Summen.

»Versteck dich«, zischte er Jitendra zu, der war bereits auf dem Weg in die Küche. Es summte wieder. Bimal brach der Schweiß aus. Er schlich zur Tür.

»Polizei. Öffnen Sie die Tür.«

Durch den Spion erkannte er zwei Männer im Anzug. Beide hielten einen Arm hinterm Rücken verborgen. Bimal merkte, wie seine Knie wieder weich wurden. Er hatte schon oft mit Polizisten zusammengearbeitet. Das hier waren ganz sicher keine. Aus der Küche lugte Jitendras Kopf hervor. Bimal bedeutete ihm zu verschwinden. Wieder summte es. Die Herren schienen ungeduldig.

»Was wollen Sie?«, rief Jitendra, Bimal zuckte zusammen. Was machte der Verrückte da!

»Kapoor? Öffnen Sie die Tür.«

Jitendra machte nun seinerseits Zeichen, Bimal solle schweigen, sich zurückziehen. Notgedrungen gehorchte er.

»Was wollen Sie?«, fragte Jitendra und trat an die Tür.

»Wir möchten mit Bimal Kapoor sprechen.«

Bimal hörte aus der Küche, wie Jitendra die Tür öffnete. Er hielt den Atem an. Kurz war es still, was war da los?

»Sie sind nicht Bimal Kapoor.« Keine Frage, eine Feststellung.

»Nein, bin ich tatsächlich nicht. Jitendra Singh mein Name.« Verflucht, dachte Bimal. Sag doch deinen Namen nicht.

»Chennai Stadtpolizei. Wir suchen Herrn …«

»… Kapoor, ich weiß. Das haben Sie jetzt fünfmal gesagt. Der wohnt hier nicht mehr.«

»Aber seine Adresse …«

»Letzte Woche ausgezogen, tut mir sehr leid. Ich bin der Nachmieter.«

»Warum sind Sie überhaupt so spät noch wach?«

»Ich muss arbeiten.« Der Tonfall deutete an, dass es sich nicht um die gewöhnlichste Arbeit handelte.

»Was arbeiten Sie denn?« Die Stimme klang unsicher. Bimal kannte das bereits: Wenn Jitendra jemanden in Verlegenheit bringen wollte, dann gelang ihm das auch.

»Ich bin Masseur. Wollen Sie vielleicht eine Massage?«

»Zeigen Sie mal Ihren Ausweis.«

»Nein, zeigen *Sie* mir mal *Ihren* Ausweis«, kicherte Jitendra. Bimal verging vor Angst. Gleichzeitig bewunderte er die Kühnheit des Freundes. »Vorsichtig, Bursche.«

»Was hat der arme Mann denn ausgefressen?«

»Verkehrsunfall.«

Jitendra gab ein glucksendes Lachen von sich. »Natürlich. Und da kommt ihr zwei Hübschen mitten in der Nacht vorbei – um seine Personalien aufzunehmen, oder was?«

»Wir müssten uns kurz in der Wohnung umsehen.«

»Wenn ihr eine Massage wollt, gern. Wenn nicht, dann zeigt ihr mir jetzt eure Ausweise, oder ich rufe bei euren Kollegen an und frage nach, ob ihr eure Überstunden angemeldet habt.«

Einige Sekunden Schweigen, Bimal zerschmolz innerlich.

Dann: »Wissen Sie, wohin Herr Kapoor gezogen ist?«

»Leider absolut nicht. Ich habe ihn insgesamt nur ein einziges Mal gesehen. Bei der Schlüsselübergabe war das. Da hatte er ein T-Shirt von so einem Hotel an. Crystal Palace Chennai, wenn ich mich richtig erinnere. Vielleicht fragen Sie dort mal nach.«

Bimal presste die Zähne zusammen. Crystal Palace. Jetzt hatten sie schon den zweiten Anhaltspunkt.

An der Tür kurzes Schweigen, schließlich: »Danke.«

»Keine Ursache. Gute Nacht.« Die Tür fiel ins Schloss. Bimal lauschte auf die Schritte im Treppenhaus. Endlich verklangen sie.

»Das waren ja mal zwei komische Vögel«, sagte Jitendra, während er in die Küche trat. Bimal fiel ihm um den Hals.

»So viel Leidenschaft auf einmal«, lachte Jitendra.

»Du bist bescheuert. Ich hatte echt Angst.«

»Ach was, mit so ein paar Möchtegerngangstern werde ich doch mit links fertig.«

Eine Woge der Zuneigung überflutete Bimal. Er packte Jitendra, presste ihn an sich, küsste ihn. Und jeder Kuss machte Bimal nur durstiger nach dem nächsten, und er gehorchte dem Drang, küsste seinem Freund die Lippen, die Wangen, den Hals, küsste jeden Flecken Haut, dessen er habhaft werden konnte. Dies war die Liebe seines Lebens, dachte er und schob Jitendra ins Schlafzimmer. Jitendra wehrte sich nicht.

10. Kapitel

Formosa, Brasilien; Donnerstag, 16:24 Uhr UTC-3

Ein unbefestigter Feldweg schlängelte sich durch die Hügellandschaft im Südosten Formosas, immer darauf bedacht, dem Flüsschen zu seiner Linken nicht zu nahe zu kommen. Denn der Seitenarm des Rio Pedro verwandelte seine Ufer auf hundert Schritt in sumpfigen Morast.

In der Ferne war ein Dorf zu erkennen. Obwohl die Bezeichnung Dorf sehr hochgegriffen war: Es bestand aus nicht mehr als einer Ansammlung einfacher Hütten. Vollkommen verlassen sah es aus. Sie wussten, dass der Eindruck täuschte. Die Wärmebilder der operativen Aufklärung ließen mindestens acht Einzelziele vermuten. Ob sich Zivilisten darunter befanden, war unklar. Darauf konnten sie nur bedingt Rücksicht nehmen. Panzerbrechende Waffen waren gemeldet, sie mussten höchste Vorsicht walten lassen. Deckung gab es keine, das Überraschungsmoment war alles, was sie hatten.

Alpha-1 überprüfte noch einmal, ob das Headset an seinem Helm ordentlich befestigt war. Dann gab er das Zeichen. Sofort befahl Beta-1 das Vorrücken, mit maximaler Beschleunigung schossen seine vier Schützenpanzer über die Hügelkuppe. Team Alpha stürmte zu Fuß hinterher. Als sie die Hälfte der Strecke bewältigt hatten, eröffnete der Feind das Feuer. Automatische Handfeuerwaffen – nichts, was den Panzern hätte gefährlich werden können.

Im Schutz der Fahrzeuge erreichte Team Alpha die erste Hütte.

Alpha-1 sicherte, Alpha-2 klärte mit einer Granate. Alpha-3 und -4 hasteten nach links zur nächsten Holzbude, Alpha-5 und -6 nach rechts. Beta-2 belegte die hinteren Hütten mit Sperrfeuer, die anderen Panzer fächerten sich auf und kreisten das Dorf ein.

Plötzlich hörte Alpha-1 durch Motorenlärm und Granatenexplosionen hindurch Kettenrasseln. Aus der Scheune in der Dorfmitte rollte ein schwerer Kampfpanzer.

»Beta-2, hau ab, du wirst anvisiert«, schrie Alpha-1. »Alpha-2, Panzerabwehr einsetzen, zwei Uhr. Alpha-3 und -4, sichern!«

»Beta-2, Vollgas nach West«, rief Beta-1, »der Rest Alpha sichern.«

Alpha-2 schnallte den Raketenwerfer vom Rücken und lud ihn innerhalb von Sekunden. Das Lasersuchsystem fand sein Ziel, Alpha-2 drückte ab, die Rakete pfiff durch die Luft und explodierte im Kettenlaufwerk des Panzers. Eine Wolke aus rotem Pulver stieg auf. Der Panzer kam zum Stehen.

»Alle Hütten gesichert, keine Weichziele mehr«, rief Alpha-5.

»Alpha-3, Rohr schließen«, rief Alpha-1. Alpha-3 rannte auf den Panzer zu und stopfte eine Granate in die Kanone.

Einen halben Kilometer entfernt reichte Drei-Sterne-General Ramon Miguel Ferreira de Luiz seinem Adjutanten den Feldstecher. Eigentlich hätte er sich den Ausflug sparen können. Dass seine Jungs gut waren, wusste er bereits. Er stieg ins Kommandofahrzeug und ließ sich zum Stützpunkt zurückfahren.

An die Armeebasis Formosa schloss sich ein großflächiges Sperrgebiet an, das der brasilianischen Armee als Truppenübungsplatz gute Dienste erwies. Ferreira de Luiz schätzte besonders an Formosa, dass es nur achtzig Kilometer von Brasília entfernt lag. Er war Militärkommandant des Planalto, und somit befand sich sein Hauptquartier in der Residenzstadt.

Als er die Basis erreicht hatte und aus dem Wagen stieg, stellte er zufrieden fest, dass die Mobilisierung abgeschlossen war. Die

LKW standen fertig beladen in langen, gleichmäßigen Reihen auf dem betonierten Platz. Kein Soldat war mehr zu sehen. Die Offiziere hatten sie in Bereitschaft auf die Stuben geschickt. Bis auf die Spezialeinheiten im Manöver war ganz Formosa bereit für seinen Befehl. Zehntausend Mann und zweiundachtzig Schützenpanzer, die innerhalb von anderthalb Stunden in Brasília sein konnten. Vierzig Kampfpanzer, die nur unwesentlich länger brauchen würden. Dazu die zwölftausend Mann in Brasília selbst und die eintausendfünfhundert in Araguari.

Ferreira de Luiz sah auf die Uhr. Zwei Stunden noch. »Lassen Sie mir ein Bad ein«, befahl er seinem Adjutanten. Dann ging er in den Stabsraum, um sich von den diensthabenden Offizieren auf den neuesten Stand bringen zu lassen. Allerdings gab es nicht viel Neues zu erfahren. Nach dem Mord an Pereira waren bei den Aufständischen alle Dämme gebrochen. Die Ministerien wurden gestürmt, die Polizeistrukturen befanden sich – mit Ausnahme der Militärpolizei – in rasender Auflösung. Und zwar nicht nur in Brasília, sondern in allen Großstädten. Wie es um die kleineren Städte stand, interessierte schon niemanden mehr. Ferreira de Luiz fluchte. Vermaledeite Militärpolizei. Eine Truppe ohne Respekt vor der Fahne, seit jeher mit zu vielen Befugnissen ausgestattet, von Bolsonaro noch weiter korrumpiert. Und jetzt, wo das Land mehr denn je von dem Rückgrat dieser machtbesoffenen Flegel abhängig wäre, nutzten diese die Anarchie bloß, um mit ihren Gegnern abzurechnen.

Der Nationale Verteidigungsrat hatte für vierzehn Uhr eine Videokonferenz vereinbart. Den Termin letztendlich wahrgenommen hatte von den sieben erwarteten Politikern nur Matheus Ramos, der Senatspräsident. Er hatte in Bolsonaros Kabinett als die letzte Stimme der Vernunft gegolten. Seine Aktionsfähigkeit im Krisenfall war nahe null. Die Militärs waren zu viert und damit vollständig vertreten, besaßen aber nur beratende Funktion. Das Treffen wurde verschoben. In Manaus hatte jemand eine Petrobras-Raffinerie in die Luft gejagt. Wozu das gut sein oder wem das nützen sollte, konnte sich Ferreira de Luiz beim besten Willen nicht erklären.

Der General zog sich in sein Quartier zurück. Die Wanne war bereits fast vollgelaufen, der Adjutant drehte den Hahn zu und entfernte sich. Ferreira de Luiz legte den Dienstanzug über eine Stuhllehne und stieg ins dampfende Badewasser.

Genussvoll stöhnte er auf, als die Hitze ihm in die Gelenke fuhr. Er lehnte sich zurück, legte den Kopf in den Nacken und schloss die Augen. Wie gut es tat, ab und zu den Bedürfnissen des Alters nachzukommen. Ferreira de Luiz war dreiundsechzig. Selbst wenn er noch den vierten Stern verdienen sollte, in drei Jahren wäre endgültig Schluss. Nun ja, wer wusste, welche Gesetze dann gelten würden. Er musste lächeln über sich selbst. Als ob er es ernsthaft in Betracht zöge, den Dienst an seinem Land von sich aus zu verlängern.

Er würde seine Pflicht tun, gewiss, das schon. Ein Leben im Dienst seines Landes, er bereute keine seiner Narben, ob des Leibes oder der Seele. Aber wer hätte gedacht, dass sein Dienst noch einmal eine solche Bedeutsamkeit erfahren würde. Er ließ weiteres heißes Wasser ein, bis die Hitze fast unerträglich wurde.

Bolsonaros Tod bedauerte er nicht. Ein Emporkömmling, der glaubte, das Militär habe zu herrschen, nicht zu dienen. Als Bolsonaro in den hektischen Wochen nach seinem Amtsantritt die Unterstützung der Generäle eingefordert hatte, hatte Ferreira de Luiz als Einziger geschwiegen. Während viele seiner Kameraden Bolsonaro wie die Erlösung feierten, ehrte Ferreira de Luiz die Verfassung. Freilich hatte auch er nie ganz an die Demokratie zu glauben gelernt. Zu viel hatte er gesehen. Politiker waren schwach. Die Demokratie war eine Utopie für eine Welt ohne Konflikte. Ohne Korruption. In Zeiten der Not brauchte es eine starke Herrschaft, eine Herrschaft des Militärs. Ferreira de Luiz war kein begeisterter Soldat, er verherrlichte das Militär nicht. Er wusste, dass alle Menschen fehlbar waren, und auch die Junta wäre fehlbar.

Aber er war Pragmat. Und ohne die Junta würde das Land, dem er zu dienen geschworen hatte, in blutiger Anarchie versinken.

Bis zum Kinn sank er in die Wanne, zerblies den Schaum, der seine Nase kitzeln wollte. Wie es den anderen Generälen gerade erging? Er hatte keine Frau, keine Kinder, seine Heimat war die Armee. Er hatte genug erlebt, um keine Angst mehr zu empfinden, keine Sehnsüchte zerrten an ihm. Aber die anderen, die etwas zu verlieren hatten – welche Dämonen jagten sie wohl?

Und – was Ferreira de Luiz am meisten verwunderte – weswegen waren sie Bolsonaro nicht zu Hilfe gekommen, hatten sie nicht früher eingegriffen, die Intervention nicht längst vorbereitet? Die Eskalation der Lage war seit Wochen absehbar. War es möglich, dass Bolsonaros Selbstherrlichkeit auch diejenigen zermürbt hatte, die anfangs an ihn geglaubt hatten?

Wie dem auch sei, es wurde Zeit sich anzukleiden. Er kletterte aus der Wanne und griff nach einem Handtuch.

Die Brasilianer begegneten ihrem Militär mit größtem Misstrauen. Sobald sie die Panzer auf den Straßen sähen, würden sie rasen vor Wut. Tausende würden sterben. Doch sie würden sterben, damit Millionen leben konnten. General Ramon Miguel Ferreira de Luiz war bereit, seinen Teil zu tun.

Er zog sich an und rief nach dem Adjutanten, er möge ihm Schuhwichse, Bürste und Lappen bringen. Das Morden brauchte ein Ende, und sei es auch ein blutiges. Der Adjutant brachte das Schuhputzzeug. Nachdem er sich entfernt hatte, widmete sich Ferreira de Luiz seinen Stiefeln. Seit jeher hatte er sie vor der Schlacht selbst poliert.

Das Kriegführen war eine schmutzige Angelegenheit. Ferreira de Luiz mochte die Vorstellung, als anständige Erscheinung den Kampfplatz zu betreten. Denn egal, wie schnell aller Anstand verloren ging, zumindest die äußere Erscheinung ließ sich wiederherstellen. Diese Überlegung gab Ferreira de Luiz mehr Hoffnung, als er sich selbst einzugestehen gewillt war.

Liebevoll strich er über das abgewetzte Leder. Er hatte viele Paare verschlissen. Dieses könnte das letzte werden, das er putzte, vielleicht sogar das letzte, das er trug. Er dachte an die Kommunisten und Araguaia. Sein erster Krieg, 1972. Erst mit dem Leichtsinn der Übermacht, dann mit Zorn und Napalm, schließlich mit List und Brutalität.

Er dachte an 1991, als die Kommunisten aus Kolumbien das Traíra-Lager überfielen. Brasilien schlug zurück. Ferreira de Luiz war inzwischen Oberstleutnant bei den Spezialkräften, gab zweimal den falschen Befehl und hätte dies beinahe mit dem Leben bezahlt.

Er dachte an 1999, als ein internationales Bündnis unter Führung Australiens die Unabhängigkeit Osttimors gegen Indonesien sicherte. Australien bat Brasilien um taktische Beratung für den Kampf im Dschungel. Brasilien ernannte Ferreira de Luiz zum Oberst und schickte ihn auf die andere Seite der Welt.

Er dachte an den Staatsstreich auf Haiti, 2004, und die internationale Reaktion, diesmal geführt von Brasilien. Er war zweiter Oberkommandeur, und wieder wäre er fast gestorben, diesmal an Malaria.

Ferreira de Luiz begutachtete sein Werk. Er empfand es als gelungen. Die Stiefel waren einwandfrei poliert. Das dunkle Glänzen sprach von einer hoffnungsvollen Zukunft, die Narben im Leder wisperten von einer verteidigten Vergangenheit.

Nur eine Stunde noch. Er stieg in die Stiefel und zog die Schnürsenkel fest. Dann rief er den Adjutanten und befahl ihm, sich um einen Imbiss zu kümmern. In Ermangelung eines besseren Zeitvertreibs suchte er den Stabsraum auf. Neuigkeiten interessierten ihn nicht, sie hatten keine Bedeutung. Trotzdem setzte er sich auf einen Lehnstuhl vor die Infowand und griff nach einem Paar Kopfhörer. Auf der Wand wurde Rede Globo großformatig gezeigt, kein Sender Brasiliens besaß eine größere Reichweite. Nicht dass es noch einen Unterschied machte, welchen Sender man wählte. Bolsonaro war gründlich gewesen im Umpflügen der Medienlandschaft. Rechts und links des Hauptbildes waren kleiner die Beiträge jeweils drei weiterer Kanäle angeordnet. Über die Kopfhörer konnte man deren Tonausgabe wählen. Das Soundsystem war auf Rede Globo eingestellt.

CNN en Español, die südamerikanische Tochter des US-Unternehmens, zeigte Archivbilder von einer brasilianischen Panzerkolonne. Ferreira de Luiz setzte Kopfhörer auf, um den zugehörigen Ton zu empfangen. Ein Kommentator erklärte, dass immer mehr Mitglieder der konservativen Elite nach einem Eingreifen des Militärs riefen. Er zitierte einige Namen, die Panzer wurden ausgetauscht gegen eine Reihe von Porträtfotos. Es handelte sich um Persönlichkeiten aus Politik und Wirtschaft gleichermaßen. Leute, die das Militär noch vor wenigen Tagen als den eigentlichen Feind Brasiliens angesehen hatten. Vor der Ermordung Bolsonaros. Ferreira de Luiz war nicht überrascht. Auf TV Brasil, dem Sender der Bundesregierung, wurde eine Pressekonferenz angekündigt. Ferreira de Luiz wechselte die Tonspur gerade rechtzeitig, um den Moderator sagen zu hören, die Konferenz verschiebe sich auf unbestimmte Zeit.

Der Adjutant brachte den Imbiss. Mango, Papaya, sautierte Krabben. Ferreira de Luiz achtete auf seine Ernährung.

Zum Essen nahm er die Kopfhörer ab. Rede Globo hatte Reporter auf die Straßen Brasílias geschickt und interviewte Passanten. Der General hörte mit einem Ohr zu, wichtiger waren ihm die Krabben. Er war in Recife geboren, seine Kindheit hatte er an der Küste verbracht. Noch immer glaubte er das Kreischen der Dominikanermöwen zu hören, wenn er seine Krabben aß.

Eine Frau sagte in die Kamera, es sei eine Schande für Brasilien, dass die Regierung sich nicht einmal selbst schützen könne. Hinter ihr im Bild war das Stadttheater Rio de Janeiros zu erkennen. Der Interviewer bedankte sich, und die Regie schnitt zu einem anderen Reporter. Dieser stand vor dem Fernsehturm

Brasílias. Offensichtlich war die Situation nicht so katastrophal, dass die Journalisten keine Zeit gefunden hätten, repräsentative Hintergründe für ihre Fragen zu wählen. Weniger eindrucksvoll als der Fernsehturm war der Interviewpartner. Es handelte sich um einen schmächtigen Indígena in einem dunklen Anzug. Auf dem Kopf trug er die Kappe eines Bediensteten.

»Ich befinde mich hier an der Eixo Monumental in Brasília, nur einen Kilometer vom Praça dos Três Poderes entfernt«, sagte der Reporter. Er wirkte unkonzentriert, seine Augen hielten den Kontakt zur Kamera nicht, schweiften hierhin und dorthin. »Während die Massendemonstrationen auf der Esplanada dos Ministérios sich aufgelöst haben, sieht man überall gewaltbereite Gruppen, die plündernd umherziehen, Scheiben einschlagen, Autos anzünden. Die Polizeikräfte haben sich in den Ministerien verschanzt oder wurden versprengt. Einer ihrer Panzerwagen wurde gekapert und im Lago Paranoá versenkt.«

Er wandte sich dem Indígena zu: »Zu meiner Linken habe ich José Colasanti, einen Chauffeur. Doch José ist kein gewöhnlicher Chauffeur; er steht in Diensten der Regierung. Um genau zu sein, arbeitet er für deren diplomatischen Service. Hochrangige Politiker müssen sich in Brasília kein Taxi nehmen – wenn sie irgendwo hinwollen, rufen sie den diplomatischen Service an, und unser José hier holt sie ab und fährt sie zu ihrem Ziel.« Ferreira de Luiz rümpfte die Nase. Er sah sofort, dass der Kerl keine militärische Ausbildung erhalten hatte. Die Statur, die Haltung, alles war weich, schlaff. Er konnte sich nicht vorstellen, wie dieses Männlein einen ausländischen Staatschef herumkutschieren sollte. Verwunderlich, dass der Indígena der systematischen Diskriminierung des letzten Jahres entkommen war.

»José«, fragte der Reporter, »warum hast du überhaupt Zeit für uns? Wir haben gehört, viele Politiker suchen das Weite, müsstest du da nicht im Dauereinsatz sein?«

»Nein, gar nicht«, sagte der Angesprochene. »Die haben alle

ihre eigenen Fahrer. Ich bin nur für Staatsgäste zuständig. Ich habe auch gerade gar keinen Wagen zur Verfügung.«

»Wie kommt das?«

»Schauen Sie sich um«, er machte eine Handbewegung. Ferreira de Luiz sah von seinen Krabben hoch. Etwas in der Stimme hatte ihn überrascht – Langeweile. Er musterte den Kleinen aufmerksamer. Wer gelangweilt am Rande eines Abgrunds stand, in welchem gerade ein kompletter Staat versank, der war beachtenswert. Und in Ferreira de Luiz' Welt bedeutete beachtenswert dasselbe wie gefährlich.

»Es wurde dir von den Aufständischen gestohlen?«, fragte der Reporter. Seine gehetzte Stimme ließ keinen Zweifel daran, dass er lieber woanders gewesen wäre.

»Na ja, Aufständische würde ich sie nicht mehr nennen.« Ferreira de Luiz blinzelte; hatte er auf den Lippen des Chauffeurs gerade ein Schmunzeln gesehen?

»Wie meinst du das?«

»Sehen Sie irgendwen, gegen den noch rebelliert werden könnte?«

»Einige Regierungsmitglieder sind doch immer noch aktiv. Der Außenminister hat gerade den Notstand ausgerufen.«

»Nicht ganz. Das könnte nur der Präsident. Der Außenminister fordert eine Bundesintervention, darüber müsste aber der Kongress abstimmen. Halten Sie es für wahrscheinlich, dass der Kongress sich in nächster Zukunft treffen wird?«

Der Reporter suchte augenscheinlich nach Worten.

Ferreira de Luiz vergaß, seine Krabben zu kauen. Rede Globo war nicht der seriöseste Sender, aber einigermaßen kompetent waren seine Mitarbeiter schon. Dass dieser hier von einem Chauffeur vorgeführt wurde, war erstaunlich.

»José«, der Reporter fasste sich wieder, »du bist nah dran an der Macht. Was glaubst du, wie lange die Aufstände noch andauern werden?«

»Wie gesagt, ich würde es nicht Aufstände nennen.«

»Wie dann?«

»Nun ja«, Colasanti legte den Kopf schief, »Krieg.«

Ferreira de Luiz verschluckte sich. Hatte er richtig gehört?

Auf dem Bildschirm rang der Reporter nach einer Entgegnung. Schließlich fragte er: »Ein Bürgerkrieg?«

»Ja«, der Chauffeur zuckte die Schultern. »Oder Klassenkampf.«

»Würdest du dich als Kommunisten bezeichnen, José?«

»Nö«, der Chauffeur schob gleichgültig die Unterlippe vor. »Ich bin kein Träumer. Ich will was zu fressen und ansonsten meine Ruhe. Die habe ich aber nicht, wenn die an der Spitze ihre Macht nicht teilen wollen. Dann müssen die notgedrungen Angst kriegen vor den anderen. Und drücken sie nach unten. Und die, die unten sind, müssen Angst bekommen, vom Druck zerquetscht zu werden. Angst ist Mist, wenn man seine Ruhe haben will.«

»José«, der Reporter dehnte den Namen, verschaffte sich Zeit, um sich die nächste Frage zu überlegen. »Immer mehr Menschen glauben, das Militär wird die Zügel in die Hand nehmen und die Ordnung wiederherstellen …«

»… putschen«, warf der Chauffeur ein.

»Glaubst du das auch?«

»Keine Ahnung«, der Chauffeur kratzte sich unter seiner Kappe. »Wahrscheinlich tun sie das. Ich persönlich habe schon gestern Nacht mit ihnen gerechnet. Ist aber auch kein Wunder, dass sie zögern.«

»Was meinst du damit?«

Der Chauffeur seufzte nachgiebig. »Haben Sie den letzten Putschversuch in der Türkei nicht mitbekommen, 2016? Dort war die Bevölkerung gegenüber der Armee ähnlich kritisch eingestellt wie hier. Alle gehen auf die Straße, und schon ist es aus mit der feinen Putscherei. So einfach ist das. Und hier ist die Stimmung so aufgeladen, dass die Panzer schießen müssen, bevor man ihnen Platz macht. Der General, der einen solchen Befehl gibt, beerdigt unser Land.«

»José, du scheinst dir ja eine Menge Gedanken gemacht zu haben. Hast du auch ein weniger düsteres Szenario für unsere Zuschauer?«

»Na ja, wahrscheinlich bräuchte es eine unabhängige Interimsregierung. Irgendjemand, dem die Menschen vertrauen, dass er freiwillig zurücktritt, sobald sich die Situation wieder normalisiert hat.«

»Hältst du das für realistisch?«

»Die Leute sind ja nicht dumm. Die haben vor dem Staatsverfall genauso viel Angst wie vor dem Militär. Was die Sache natürlich nur bedingt besser macht. Angst ist Mist.«

»Danke, José Colasanti.« Der Reporter nickte erleichtert in die Kamera. »Wir verabschieden uns aus Brasília und geben zurück ins Studio.«

Ferreira de Luiz stieß einen leisen Fluch aus. War den Medien nicht bewusst, dass sie mit ihrer Effekthascherei alles nur verschlimmerten? Die großen Fernsehsender und Radiostationen mussten mit als Erste unter Kontrolle gebracht werden. Er schob sich einen Mangoschnitz in den Mund. Eine halbe Stunde noch.

Das nächste Interview wurde in Belo Horizonte geführt. Hier hatte es zwar Demonstrationen geben, aber bisher keine größeren Ausschreitungen. Das machte Belo Horizonte aktuell zu der sichersten Großstadt Brasiliens. Ein Kuriosum, wenn man bedachte, dass die Gräben zwischen Arm und Reich nirgendwo tiefer waren als dort. Eine Mangofaser rutschte zwischen die Zähne des Generals, er schickte den Adjutanten nach einem Zahnstocher. Interviewt wurde ein Arbeiter, der erklärte, er habe seine Familie aufs Land zu seiner Mutter geschickt, für alle Fälle. Er halte es nur für eine Frage der Zeit, bis auch in seiner Stadt die Gewalt ausbreche.

Plötzlich erschien auf einem der anderen Sender der Chauffeur.

Irritiert wechselte Ferreira de Luiz die Tonspur. Es handelte sich um Ausschnitte aus dem eben gehörten Interview. »Alle gehen auf die Straße, und schon ist es aus mit der feinen Putscherei«, dann: »Angst ist Mist.« Während weiter das Interview gezeigt wurde, wurde der Ton gedämpft, und ein Kommentator rief aufgeregt, das Video sei vor wenigen Minuten auf YouTube hochgeladen worden – und bereits Zehntausende hätten es aufgerufen. Das Bild wechselte, zeigte die YouTube-Kommentarspalte. Der Kommentator berichtete, zahllose Posts überträfen sich in wüstesten Drohungen gegenüber der Armee, sollte sie zu putschen versuchen. Andere riefen zur Mäßigung auf, die Gewaltfreiheit des Widerstandes sei so wichtig wie der Widerstand selbst. Nur so könne das System gerettet werden. Wieder andere erklärten, sie wollten das System gar nicht retten, im Gegenteil.

Nach und nach sprangen auch die Bilder der anderen Sender um, zeigten entweder das Interview mit dem Chauffeur oder Moderatoren, die wild in die Kamera plapperten. Kommentare auf YouTube, Facebook und Twitter wurden eingeblendet. Colasanti wurde als Nationalheld gefeiert, der Satz »Angst ist Mist« zum Fanal für eine neue Gesellschaftsordnung deklariert. Man diskutierte bereits über die Interimspräsidentschaft, als wäre selbige eine ausgemachte Sache. Was die möglichen Kandidaten betraf, war man sich weit weniger einig. Kaum schlug jemand einen Namen vor, fanden sich zehn andere, die kein gutes Haar an dem Vorgeschlagenen ließen.

»Herr Kommandant?« Der diensthabende Stabsoffizier reichte ihm das Telefon.

»Ramon, hast du das Interview gesehen?«, fragte General Márquez. Die Stimme des Oberkommandierenden der Armee klang gepresst.

»Läuft ja überall«, antwortete Ferreira de Luiz.

»Ich habe gerade mit der Luftwaffe gesprochen. Wir blasen die Sache ab.«

Ferreira de Luiz kaute einige Sekunden auf seinem Zahnstocher herum. Dann nahm er ihn aus dem Mund, legte ihn bedächtig auf die Lehne seines Sessels, erhob sich, ergriff das Telefon mit beiden Händen und warf es mit aller ihm zur Verfügung stehenden Kraft gegen die Infowand, auf welcher nach wie vor über nichts anderes berichtet wurde als über die Sensation um den kleinen Chauffeur namens José Colasanti.

11. Kapitel

Brasília, Brasilien; Donnerstag, 13:02 Uhr UTC-3

Über dem Terminal stieg Rauch auf. Man musste nicht besonders weltgewandt sein, um zu verstehen, was das bedeutete. Conrada kannte die Gegend gut, sie wies den Taxifahrer an, statt zum Flughafen auf die 450 zu fahren und dann, nachdem sie die Stadt verlassen hatten, auf die 060, Richtung Goiânia. Der Fahrer verlangte einen mittleren brasilianischen Monatslohn. Conrada versprach es, allerdings musste sie vorher Geld abheben.

Sie rief Stéphane an, um ihn zu bitten, ihr von Goiânia aus einen Flug nach Brüssel zu buchen. Er hatte kaum abgenommen, als ihr Telefon ausging, der Akku war leer. Sie fragte den Fahrer, ob sie sich seines leihen könne, er nannte einen Preis, mit zusammengepressten Lippen reichte sie ihm das Geld. Als sie das Telefon in der Hand hielt, musste sie feststellen, dass sie Stéphanes Nummer nicht parat hatte. Mit heißem Kopf wurde ihr klar, dass sie auch die Nummer vom Büro nicht wusste. Da es sich um eine abhörsichere Leitung handelte, war die Nummer länger, als es bei Festnetzanschlüssen sonst üblich war. Conrada hatte sich nie die Mühe gemacht, sie auswendig zu lernen. Sie rief zu Hause an, niemand nahm ab. Hermann war vermutlich wieder arbeiten, Emilia würde das Klingeln nicht hören, unabhängig davon, ob sie zu Hause war oder nicht – das Mädchen befand sich in einer Phase, deren Grundkonstante die konsequente Beschallung mit überlauter Musik darstellte.

Conrada versuchte es bei ihrer Mutter, der einzigen weiteren Person, deren Nummer sie auswendig wusste. Alles, was sie erreichte, war ein Freizeichen und schließlich der Anrufbeantworter. Nicht einmal online gelang es ihr, eine Brüsseler Nummer herauszufinden, die Verbindung war zu schlecht. Entmutigt gab sie das Telefon zurück. Hoffentlich ließe sich an der nächsten Tankstelle ein Ladeadapter für den Zigarettenanzünder kaufen. Der Fahrer hatte keinen.

Um die Zeit zu nutzen, holte sie den Laptop aus ihrem Rollkoffer und legte ein Dokument an, welche Schritte zuerst in Angriff genommen werden mussten. Allerdings war die Arbeit müßig, solange sie keine Informationen zur aktuellen Lage besaß. Im Radio wurde zwar permanent über die Aufstände geredet, aber nicht substanziell. Sie schaltete das Gerät wieder aus.

»Sie sind Europäerin?«, fragte der Fahrer. Conrada nickte.

»Ich war mal in Europa. Italien. Sind Sie Italienerin?« Conrada schüttelte den Kopf. »Niederlande.«

»Waren Sie schon mal da, in Italien?«

»Ja.«

»Schöne Frauen gibt es dort.« Er lachte. »Aber nicht so schön wie Niederländerinnen.«

»Wie lange brauchen wir bis Goiânia?«

»Zwei, drei Stunden vielleicht. Wohnt Ihr Mann auch hier?« Er deutete auf ihren Ehering. Der Fahrer war offensichtlich fest entschlossen, sie in ein Gespräch zu verwickeln, und Conrada tat ihm den Gefallen. Ihre Gedanken rasten sowieso zu wild durcheinander, als dass sie Ordnung in ihrem Kopf hätte herstellen können.

Der Mann hieß Geraldo und stellte sich als durchaus sympathisch heraus, wenn man über seinen Hang zum Machismo hinwegsah. Er schien ihr anständig genug, dass sie sich im Auto umziehen konnte. Noch während sie nach ihrem Koffer griff, musste sie sich eingestehen, dass sie gar keine Freizeitkleidung dabeihatte. Immerhin Joggingklamotten. Zumindest besser als ihr Business-Kostüm.

Sie zog sich um, Geraldo konzentrierte sich auf die Straße. Sie unterhielten sich über alles außer Politik, was Conrada ganz recht war.

»Wissen Sie«, erklärte Geraldo, »ich fahre oft Europäer. In Brasília gibt's die wie Fliegen in der Fleischerei. Eigentlich mag ich euch ganz gern. Aber manchmal kommt ihr auf komische Ideen. Ich hatte mal einen, der war Veganer, stellen Sie sich das mal vor, der hat nicht mal Eier gegessen, verrückt. Ich habe ihn gefragt, was er frühstückt, da hat er gesagt: Haferflocken. Wie ein Pferd!«

Während Geraldo lachte, wurde Conrada wieder einmal bewusst, in welch einer Blase sie lebte. Da Hermann nicht nur Politiker war, sondern auch zu Hause kein anderes Thema kannte, war ihr kompletter Alltag begleitet von einem Hintergrundrauschen aus Abstimmungsergebnissen, Anträgen, Skandälchen, schlecht recherchierten Leitartikeln, Umfragewerten, Intrigen, Hasskommentaren, juristischen Tricks, Hahnenkämpfen, Grundsatzdiskussionen. Conrada liebte das Politische, aber die Politik selbst war ihr ein Graus. Sie liebte es, beteiligt zu sein am Entwickeln gesellschaftlicher Ideen, aber sobald die gewählten Repräsentanten des Volkes auf den Plan traten, verlor sie alle Zuversicht. Es war nicht so, dass sie gegen die Demokratie war. Das Gegenteil war der Fall: Gerade weil der demokratische Gedanke sie so sehr elektrisierte, konnte sie es kaum ertragen, wie oft menschliche Schwäche ihn bloßstellte – und scheitern ließ.

Sie erreichten ein kleines Städtchen, das Ortsschild nannte es Alexânia. Geraldo hatte seine Anekdote beendet und riss Conrada aus ihren Überlegungen, indem er auf eine Tankstelle abbog. Etwas weiter die Straße entlang sah sie das Zeichen einer Bank. Sie griff nach ihrer Handtasche und stieg aus dem Wagen. Geraldo versprach, sie vor der Bank aufzusammeln, nachdem er getankt hätte.

Das Institut hatte zwar geschlossen, doch es befand sich ein

Geldautomat im Vorraum, welcher von der Straße nur durch eine Glasfassade getrennt war. Mist, sie hatte vergessen, Geraldo zu bitten, einen Ladeadapter zu kaufen.

Conrada kramte nach ihrer EAD-Kreditkarte. Die Spesenpauschalen, die sie abrechnen durfte, waren ausgesprochen großzügig.

Sie hörte, wie die Schiebetür zur Seite glitt, der Geruch von Knoblauch, hinter ihr traten drei Männer ein. Ein einziger Blick genügte, um zu wissen, dass die Typen Ärger wollten. Das Geld konnte sie woanders abheben. Ohne Umschweife versuchte sie, sich an den drei Neuankömmlingen vorbeizudrängen, raus aus dem kleinen Raum. Wie sie befürchtet hatte, versperrten sie ihr den Weg.

»Langsam«, sagte einer in gebrochenem Englisch. Es war zum Verzweifeln, wirklich überall wurde sie als Ausländerin erkannt, da nützte auch der Jogginganzug nichts.

»Könnten Sie mich bitte vorbeilassen?«, fragte sie, ebenfalls auf Englisch.

»Langsam«, sagte der andere noch einmal. Er war der Älteste der drei, vielleicht vierzig. Eine lange rosafarbene Narbe führte von seinem Ohr bis zum Hals, wo sie unter seinem Hemd verschwand. »Geld«, sagte er.

Sie zeigte ihm ihr Portemonnaie, in dem nur noch ein paar Münzen ein trauriges Dasein fristeten. Dumm, natürlich glaubten sie, sie hätte gerade Geld abgehoben. Der Anführer machte einen Schritt auf sie zu, sie hob beschwichtigend die Hände und zeigte ihm ihre Kreditkarte. Er nickte schroff. Der Automat gab nicht mehr als tausend Euro aus, sie hoffte, das reichte den Räubern. Sie zog das Geld aus dem Schlitz und streckte es Narbengesicht entgegen, der es unverzüglich einsteckte.

»Was ist mit dem, was sie vorher abgehoben hat?«, fragte einer seiner Kumpane auf Portugiesisch, ein Schlaks mit tief liegenden Augen und eingefallenen Wangen.

»Wir könnten sie durchsuchen«, schlug der andere vor, ein Mann mit kantigem Gesicht und Ballonjacke. Die drei lachten. Conrada wich zurück, die Männer rückten nach, grinsten, drängten sie an die Wand. Der Anführer packte sie am Arm. Sie trat ihm zwischen die Beine, traf nicht richtig, der Anführer schlug ihr mit einer Kraft ins Gesicht, dass sie gegen den Automaten krachte. Benommen rappelte sie sich auf, schüttelte den Kopf, um die Taubheit aus ihren Sinnen zu vertreiben. Wo war sie? Einzelne Bilder zuckten vor ihr auf: die Bank, der Automat, die Angreifer. Die Angreifer. Alles war wieder da, der Nebel vor ihren Augen verschwand, sie konnte wieder sehen. Was sie sah, war die Mündung einer Pistole. »Filha da puta«, knurrte Narbengesicht, die Waffe nur Zentimeter von ihrem Gesicht entfernt.

Conrada hatte früher für das niederländische Außenministerium gearbeitet und unter anderem deren Reisehinweise für Brasilien entwickelt. Besonders wer in den Favelas der Großstädte aufgewachsen war, vertrat die Ansicht: Wenn man eine Waffe zog, musste man auch bereit sein, sie einzusetzen. Immer wieder kam es vor, dass Touristen erschossen wurden, weil sie bei Raubüberfällen den Helden spielen wollten. Während zum Beispiel das deutsche Auswärtige Amt ausdrücklich vor Gewalt aus selbst nichtigen Anlässen warnte, hatte die niederländische Behörde Conradas Empfehlung abgelehnt, auf die Gefahr hinzuweisen. Es gelte der gesunde Menschenverstand, man wolle kein zu düsteres Bild von dem Land zeichnen. Die Strukturen der Behörde waren mit ein Grund gewesen, weshalb Conrada sich für eine Stelle beim EAD beworben hatte.

Vollkommen reglos starrte Conrada auf die Pistole. Das Adrenalin verstärkte ihre Wahrnehmung. Sie erkannte minimale Unregelmäßigkeiten in der Mündung. Narbengesichts Finger am Abzug fehlte der Nagel. Das Loch, in das der Schmale den Dorn seiner Gürtelschnalle gesteckt hatte, schien gröber als die anderen, vielleicht war es von ihm selbst gestochen. Es roch nach

Knoblauch. Dem Typen in der Ballonjacke glänzte ein Schweißtropfen auf der Schläfe, wenig überraschend bei den gegebenen Temperaturen. Ein Taxi fuhr die Straße entlang. Die Platten, mit denen der Boden gekachelt war, waren schlampig gefugt.

»Kein Ärger«, drohte Narbengesicht in seinem rudimentären Englisch. Theresa, dachte Conrada. Sie hatte mit ihrer Tochter nicht gesprochen, seit diese ihren Freiwilligendienst angetreten war. Ballonjacke zerrte an ihrem Sweatshirt.

Ein Peitschenknall zerriss die Luft, es regnete Glassplitter, der Schmale donnerte zu Boden, Narbengesicht flog auf Conrada zu, walzte sie nieder.

Das Taxi stand quer im Vorraum, die Glasfassade war verschwunden. Geraldo beugte sich zur Beifahrertür, öffnete sie und winkte Conrada einzusteigen. »Los«, schrie er, »schnell!« Conrada wand sich unter Narbengesicht hervor. Ballonjacke packte sie, sie riss sich los, sprang in das Taxi. Schüsse pfiffen an ihr vorbei. Geraldo legte den Rückwärtsgang ein, rumpelte aus dem Raum, fuhr mit quietschenden Reifen eine Kurve und raste die Straße hinunter.

Erst als sie Alexânia hinter sich gelassen hatten, nahm er den Fuß etwas vom Gas. Conrada verfolgte die Pfefferbäume, die am Straßenrand vorbeirauschten, und dachte nichts. Eine vollkommene Leere umgab sie, trennte sie ab von der Welt, sie schwebte in einer Seifenblase, unbeteiligt an den Dingen, frei von den Fesseln der Zeit. Das Herz trommelte ihr gegen die Rippen, es fühlte sich nicht wie ihr eigenes an. Die Pfefferbäume verschwanden, bis zum Horizont erstreckte sich die Savanne.

Conrada lauschte auf das fremde Herz in ihrer Brust.

»Bist du in Ordnung?« Geraldos Frage ließ die Seifenblase platzen, warf Conrada zurück in ihren Körper.

»Ja, danke«, sagte sie, vorsichtig danach tastend, wer sie war. »Und du?« Geraldos Gesicht war so nass, dass der Schweiß von seiner Nase mehr rann als tropfte.

»Passt«, murmelte er.

»Danke«, sagte sie. Und wie sie es sagte, schien es ihr beinahe schäbig, so gering war das Wort, verglichen mit Geraldos Tat. »Danke«, wiederholte sie. Sie drückte ihm den Unterarm. Auch der war schweißgebadet. Ihre Hände fühlten sich klebrig an, Conrada sah sie sich an und entdeckte Blut.

»Bist du verletzt?«

»Nicht schlimm.« Seine Stimme war kaum zu hören. Sein Hemd hatte sich an der Taille dunkel verfärbt.

»Bist du sicher?«

»Kannst vielleicht du fahren?« Sein Gesicht war fahl. Er lenkte das Taxi an den Straßenrand. Sobald es zum Stehen gekommen war, eilte Conrada um die Kühlerhaube herum. Als sie die Fahrertür öffnete, saß Geraldo zurückgelehnt in seinem Sitz, die Augen erloschen. Conrada redete auf ihn ein, doch sein Blick blieb glasig. Geraldo war tot.

12. Kapitel

Caupo, Chile; Donnerstag, 16:44 Uhr UTC-3

Doof war das. Enttäuscht pfefferte Juanita das Handy auf den Teppich. Nirgendwo gab es Pokémon in diesem doofen Wald. Sie liebte Pokémon, aber nirgendwo gab es welche, die sie fangen konnte. In Temuco gab es überall welche, aber Mama wollte Oma besuchen, und wenn Mama etwas wollte, dann konnte Juanita noch so viel jammern, Mama hörte einfach nicht auf sie. Juanita mochte Oma schon, aber in Temuco waren ihre Freundinnen. Und überall gab es Pokémon.

Hier war es langweilig. Erst stundenlang im Auto, auf der schlechten Straße. Und in Caupo gab es gar nichts. Nur Wald und alte Leute. Juanita legte sich auf den Bauch, stützte ihr Kinn auf die Unterarme und schaute Oma dabei zu, wie sie sich ihr Trapelacucha umhängte. Juanita liebte den Zauberschmuck, er klimperte und glitzerte so schön.

Juanita war allein mit Oma in der Hütte. Oma bereitete das Machitún vor. Das war, wenn man mit den Geistern redete. Irgendjemand war krank, und Oma hatte ihm geholfen. Aber er war noch kränker geworden. Deswegen musste sie jetzt die Geister fragen, was sie machen sollte. Oma konnte mit den Geistern sprechen, weil sie eine Machi war. Das fand Juanita toll, sie würde auch gern mit Geistern sprechen können. Oma hatte ihr sogar mal angeboten, ihr zu zeigen, wie man das machte. Aber dann waren sie nur einen ganzen Tag durch den Wald gelaufen und hatten Kräuter gesucht. Das war Juanita dann doch zu langweilig gewesen.

Mama sagte, Oma war berühmt. Mama behauptete, aus ganz Araucanía kamen Leute nach Caupo, um Oma zu sehen. Weil sie eine Machi war. Und weil es gar nicht mehr viele Machi gab. Aber es gab auch nicht mehr viele Mapuche. Juanita war eine Mapuche. Mama sagte, das war was ganz Besonderes. Juanita fand das gut. Mama sagte, dass sie außerdem eine Moluche war und dass sie stolz sein konnte. Juanita war schon stolz, aber jetzt war sie in die Schule gekommen, und in der Schule machten sich alle über sie lustig. Die sagten, Moluche gab es gar nicht, nur Chilenen. Selbst ihre Freundinnen sagten das, obwohl die selber Moluche waren. Das sagten die aber nicht. Zum Glück waren Ferien. Mama sagte, dass man seine Geschichte nicht vergessen durfte, und weil Mama dabei so ernst geschaut hatte, hatte Juanita ganz brav genickt.

Oma begann leise zu singen und band Lorbeerblätter zusammen. Eigentlich durfte niemand dabei zuschauen. Die Geister konnten Oma nicht hören, wenn zu viele Leute dabei waren. Später schon, da waren dann alle dabei, aber jetzt nicht. Nur Juanita. Oma hatte gesagt, die Geister liebten Kinder, eine Machi durfte keine Geheimnisse vor Kindern haben.

Mama sagte, wenn Oma starb, gab es keine Machi mehr in Caupo. Und dass das dann das erste Mal war seit immer. Dann hatte Mama ein bisschen geweint, und das hatte Juanita traurig gemacht, und da hatte sie ein bisschen mitgeweint.

Oma hob einen Canelo-Strauch auf und zupfte die Blätter ab. Dann band sie die Blätter mit dem Lorbeer zusammen und schwenkte den Strauß in der Hütte herum. Und die ganze Zeit sang sie leise dabei. Juanita liebte es, wenn Oma sang. Sie sang immer auf Mapudungun, das war eine Sprache, die so alt war wie das Meer, sagte Mama. Mama sagte, eigentlich sollten sie Mapudungun sprechen und nicht Spanisch. Als Mama so alt gewesen war wie Juanita jetzt, hatte sie nur Mapudungun gesprochen. Aber jetzt nicht mehr, jetzt redete sie immer nur Spanisch. Juanita war es egal, dass sie nicht verstand, was Oma sang. Sie fand den Klang schön.

Oma nahm das Opfermesser in die Hand. Juanita war aufgeregt. Sie hatte noch nie ein echtes Opfer gesehen. Mama sagte, dass sie keine Angst vor Blut haben durfte, denn bei richtigen Opfern gab es immer Blut. Juanita hatte keine Angst vor Blut. Aber hoffentlich wurde sie nicht vollgespritzt, das fand sie schon eklig. Oma gab Juanita die Tasche mit dem Tabak. Dann ging sie aus der Hütte. Juanita ging ihr hinterher mit der Tasche. Ganz schön schwer war die.

Richtig viele Leute waren jetzt da, überall standen Autos herum, die ganze Straße war vollgeparkt. Mama hatte gesagt, dass der Mann, der krank war, ein Lonco war. Ein Lonco war so was wie ein Präsident. In Caupo gab es auch einen, aber der war nicht so wichtig.

Oma ging in die Ruca, Juanita immer hinterher und die anderen auch alle. Mama war auch da und wollte ihre Hand nehmen. Das war blöd, fast wäre ihr die Tasche runtergefallen. In der Ruca wurde es so voll, dass gar nicht alle reinpassten.

Auf einem Tisch in der Mitte lag der Kranke, ganz dünn und klein war der. Und alt war er auch. Er hatte nur ein Tuch über dem Bauch und war sonst ganz nackt. Die Augen hatte er zu, wahrscheinlich war er müde. Juanita wurde auch müde, wenn sie Auto fuhr, und wenn man krank war, war es sicher noch schlimmer.

Neben dem Tisch stand der Lonco, also der von Caupo, und neben sich hatte er eine Ziege. Die war bestimmt das Opfer. Oma legte den Strauß mit den Blättern auf den Boden. Jetzt sang sie lauter. Die anderen Frauen in der Ruca sangen auch. Juanita hatte so etwas Schönes noch nie gehört. Oma machte ein Feuer an. Der Rauch brannte Juanita in den Augen. Dann wollte Oma die Tasche, Juanita gab sie ihr. In der Tasche waren kleine Holzstückchen, die legte Oma auf das Feuer, und plötzlich roch es nach Zigaretten.

Oma sang immer weiter und die anderen Frauen auch. Das dauerte ewig, Juanita konnte nicht mehr stehen. Aber zum Hinsetzen gab es keinen Platz. Die Ziege meckerte ganz viel, der gefiel es auch nicht mehr.

Endlich nahm Oma das Messer. Juanita freute sich schon, dass was passierte, aber Oma ging nur zum Tisch und legte dem Kranken das Messer auf den Bauch. Dann wieder singen. Juanita brauchte frische Luft, aber sie stand ganz weit weg vom Ausgang. Oma nahm das Messer wieder, und jetzt ging sie zur Ziege. Die meckerte ganz wild und musste festgehalten werden. Dann stach Oma der Ziege in den Hals, und es machte ein Geräusch, wie wenn man beim Klo an der Kette zog. Das Blut spritzte aber gar nicht, das lief einfach aus dem Hals auf den Boden, wie aus einem Wasserhahn. Die Ziege zappelte noch ein bisschen, dann fiel sie hin. Oma kniete sich neben die Ziege und schnitt ihr den Bauch auf. Plötzlich hatte sie einen roten Klumpen in der Hand, und alle Frauen sangen ganz laut und schlugen sich mit den Fäusten auf die Brust. Mama hatte vorher nicht gesungen, aber jetzt machte sie auch mit. Juanita fühlte sich ganz leicht. Oma legte den roten Klumpen auf die Lorbeerblätter. Dann griff sie der Ziege noch mal in den Bauch und bewegte sich ganz komisch. Sie hatte die Augen zu. Vielleicht von dem Rauch überall. Sie stand wieder auf und drehte sich im Kreis. In der Hand hatte sie diesmal aber nichts. Sie ging zu ihrer Trommel – Juanita liebte es, wenn Oma trommelte – und nahm sie in die eine Hand. Mit der anderen Hand griff sie nach dem Stock, den sie zum Trommeln brauchte. Jetzt sangen alle, auch die Männer. Juanita hoffte, dass es bald vorbei war. Sie hatte genug von dem Rauch und dem ganzen Singen. An der Tür waren auch schon einige gelangweilt und schauten nach draußen. Immer unruhiger wurden die, dann fingen die an zu reden, jemand rief was und noch einer.

Mama schaute auch zum Ausgang. Sie hatte aufgehört zu singen. Noch mehr hörten auf zu singen, und dann hörte Oma mit dem Trommeln auf. Ohne Trommel wollte keiner mehr singen. Die Leute am Ausgang wurden böse auf irgendwen, der wollte rein, aber sie wollten ihn nicht reinlassen. Oma wollte wissen, um was es ging, und sagte, die Leute, die reinwollten, sollten rein. Die Leute am Ausgang machten Platz, und dann kamen zwei Männer in die Hütte. Die waren keine Mapuche, das erkannte Juanita sofort. Sie hatten Overalls an, blau und gelb. Juanita kannte die, die waren von Madera Pacífica. Papa hatte früher bei denen gearbeitet. Die pflanzten Bäume, und wenn die Bäume dann groß waren, kamen die mit Maschinen und hauten die wieder um. Die Maschinen waren riesig, Papa hatte sie mal auf eine klettern lassen, das war toll gewesen.

Der eine von den beiden Männern drückte die Augen zusammen wegen des Rauchs, dann fragte er: »Wer ist verantwortlich für das hier?«

Oma legte die Trommel zur Seite. »Was wollen Sie?« Wenn Oma Spanisch sprach, hatte sie eine Stimme genau wie Mama. Nur dass es immer ein bisschen wie Mapudungun klang.

»Die Straße ist komplett zugeparkt, schaffen Sie gefälligst die Autos aus dem Weg, wir kommen nicht durch.«

»Warten Sie kurz. Sie stören unser Machitún.«

»Ja, würden wir, wenn wir die Zeit hätten. Haben wir aber nicht.«

»Fahren Sie woanders lang.«

»Sehr witzig. Das sind drei Stunden Umweg, der Chef reißt uns den Kopf ab.«

»Ich kann Ihnen nicht helfen.«

»Hör mal zu, Mütterchen, mir ist egal, was ihr hier für ein Zeug abzieht, aber die Straße da draußen ist öffentlicher Grund. Parkt die verdammten Autos um, danach könnt ihr mit eurem Hokuspokus so lange weitermachen, wie ihr wollt.«

»Hören Sie, junger Mann. Als diese Straße gebaut wurde, wurden die Arbeiter von Soldaten begleitet. Weil ihr genau wusstet, dass ihr hier nicht bauen durftet. Dieser Boden hat uns gehört, seit es Gräser gibt, seit es Bäume gibt, seit es Wolken gibt, seit es den Himmel gibt. Seit Pu-am die Geister erschaffen hat, die uns beschützen, gehört uns dieser Boden. Ihr könnt noch so oft behaupten, dass er euch gehört. Ihr seid Räuber, nichts anderes.«

Es war ganz still in der Ruca. Warum war Oma auf einmal so böse geworden? Konnten sie nicht einfach die Autos aus dem Weg fahren? Dieses ganze Opfern war doch eh so gut wie erledigt.

Der Mann in dem Overall ging mehrere Schritte auf Oma zu, er sah auch böse aus. »Wenn du mich fragst, alte Frau, nehmen wir schon viel zu viel Rücksicht auf eure bescheuerten Traditionen. Und als Dank brennt ihr unsere Häuser ab. Fahrt jetzt die Scheißautos weg.«

»Und was würdest du sonst tun?«, fragte Oma. Der Mann war viel größer als sie und auch breiter, aber Oma blieb ganz ruhig stehen. Oma war toll.

Der Mann legte seine Hand auf Omas Schulter. »Die Polizei ist immer dankbar über Hinweise, wo sich Terroristen verstecken. Ich glaube, du weißt, was mit Kollaborateuren passiert.«

Oma spuckte dem Mann mitten ins Gesicht. Juanita klatschte vor Begeisterung. Der Mann schlug Oma auf die Nase. Juanita schrie vor Schreck und alle anderen auch. Der Schlag war so stark, dass Oma auf den Boden knallte. Das war dumm von dem Mann, denn er hatte ja nur einen Freund dabei, und jetzt kamen von allen Seiten Leute und schlugen ihn und seinen Freund, bis er und sein Freund auch auf den Boden knallten. Mitten auf die Ziege fiel der eine. Zum Glück nicht auf Oma. Die Ziege war jetzt nicht mehr nur rot von ihrem eigenen Blut, sondern auch von dem Blut von den beiden Männern. Jetzt, wo sie auf dem Boden lagen, wurden sie nicht mehr geschlagen, sondern getreten. Es standen so viele Leute um sie rum, dass Juanita nichts mehr sehen konnte. Sie wollte näher, aber ihre Mutter packte sie am Arm und zog sie aus der Ruca.

13. Kapitel

Goiânia, Brasilien; Donnerstag, 17:15 Uhr UTC-3

Conrada saß in einem Verhörraum der Polizeidirektion von Goiânia und beobachtete die Kamera, die in der Zimmerecke hing. Ansonsten befanden sich in dem Raum nur noch ein Tisch und ein zweiter Stuhl. In Trance war Conrada die zwei Stunden von Alexânia nach Goiânia gefahren, Geraldos toten Körper auf dem Beifahrersitz.

Sie hatte schon mehrmals den Tod erlebt: Ihr Vater war an Lungenkrebs gestorben, als sie vier Jahre alt gewesen war, ein Klassenkamerad war auf der Autobahn von einem LKW zerquetscht worden, ihr erster Freund hatte sich – lange nach der Trennung allerdings – mit Tabletten umgebracht. Jeder einzelne Fall war ihr nahegegangen, doch nichts hatte sie so verwundet wie der Mord an Geraldo.

In ihren Händen drehte sie den Pappbecher mit Kaffee, den die Beamten ihr hingestellt hatten. Sie verspürte keinen Durst. Doch sie wusste, ließe sie den Becher los, würde das Zittern in ihre Finger zurückkehren.

Die Tür öffnete sich, der Untersuchungsleiter trat ein: ein übergewichtiger, bärtiger Mann, den der säuerliche Geruch von ungewaschener Wäsche umgab.

Ohne sich zu setzen, begann er: »Wir haben dieses Europa-Ministerium erreicht, sie bestätigen, dass sie dich hergeschickt haben. Dein Pass stimmt auch.«

Conrada schob erleichtert den Becher von sich weg. Vor anderthalb Stunden hatte sie das Taxi vor der Wache geparkt, seitdem hatte sie ihre Geschichte drei verschiedenen Leuten erzählt, ohne eine einzige ihrer eigenen Fragen beantwortet zu bekommen.

»Dann kann ich jetzt gehen?«

»Leider nicht. Du wirst immer noch verdächtigt, am Mord von Geraldo Senna beteiligt gewesen zu sein.«

Conrada brannten die Augen vor Erschöpfung, es fiel ihr schwer, sich zu konzentrieren. »Ich bin Diplomatin«, sagte sie.

»Leider konnten wir den Status bisher nicht verifizieren.«

»Sie haben meinen Pass«, murmelte sie.

»Leider erreichen wir aktuell die Zentrale in Brasília nicht. Für einen Abgleich der Kennziffer. Du wirst auch als Zeugin gebraucht.«

»Sie haben meinen Kontakt beim EAD.«

»Leider reicht das nicht, wir müssen dich vorerst hierbehalten.«

Conrada war zu müde, sich zu wehren. Als sie Goiânia – immerhin eine Stadt mit anderthalb Millionen Einwohnern – erreicht hatte, war sie noch froh gewesen, anstelle von Straßenschlachten ein verschlafenes Provinznest anzutreffen. Doch die Provinz barg ihre eigenen Herausforderungen.

»Wie lange?«, fragte sie.

Der Beamte stützte sich mit beiden Händen auf den Tisch, sah sie an. Sein Blick sollte wohl eindringlich wirken.

»Die Polizei von Alexânia kann mit deiner Beschreibung der drei Männer nicht wirklich etwas anfangen. Aufgrund der derzeitigen Situation sind die meisten Kräfte gebunden. Genauso in der Forensik. Es wird etwas dauern, bis du gehen kannst.« Er lehnte sich weiter vor. »Vorausgesetzt natürlich, wir finden keine Indizien, die dich belasten.«

Sie ignorierte die Provokation. »Wie lange also?«

»Zwei Monate, vielleicht drei.«

Conrada glaubte, sich verhört zu haben. »Sie meinen Tage.«

»Leider nein. Wie gesagt, uns fehlt das Personal.«

»Unmöglich. Dafür haben Sie nie im Leben die rechtliche Grundlage.«

»Vielleicht dauert es sogar noch länger. Es sei denn natürlich«, der Untersuchungsleiter leckte sich über die eingerissenen Mundwinkel, »du zahlst eine angemessene Kaution.«

Endlich begriff Conrada. Brasilien mochte vor der Krise zu den zehn finanzstärksten Staaten der Welt gehört haben – was die Korruption betraf, ordnete Transparency International das Land noch hinter Burkina Faso ein.

»Rufen Sie Stéphane Aurel an. Die zweite Nummer, die ich Ihnen gegeben habe.« Wenigstens hatten sie ihr erlaubt, das Telefon aufzuladen. »Er wird alles Nötige veranlassen.« Zu einfach wollte sie es ihrem Widersacher nicht machen.

»Hm«, brummte der. »Leider können wir derzeit keine Überweisungen akzeptieren. Die Lage ist zu unsicher.«

Das war absurd. Freilich hatte Conrada etwas in der Art erwartet.

»Ich habe kein Geld mehr. Was ich hatte, finden Sie bei den Sachen Geraldos.« Der Untersuchungsleiter verzog empört das Gesicht, als empfände er die Unterstellung als unverschämt, eine Leiche zu fleddern. »Senhor Sennas Besitz wird selbstverständlich seinen Angehörigen übergeben.«

Conrada war sich sicher, er hatte die Scheine längst eingesteckt. »Wie auch immer, ich habe kein Geld mehr. Wenn Sie bis morgen warten, kann ich etwas vom Automaten abheben.«

»Hm. Das ginge. An deiner Stelle würde ich die Nacht aber ungern in einer unserer Zellen verbringen. Sehr voll. Abschaum. Nichts für eine blonde Europäerin.«

Conrada wollte schon fragen, was sein Gegenvorschlag war, als sie seinen lauernden Blick auf ihr Handgelenk bemerkte. Die Patek Philippe. Schweigend löste sie das Band und legte die Uhr auf den Tisch. Hermann würde toben.

»Lassen Sie mich raten, Sie wollen keine Quittung?«

Er griff nach der Uhr, hielt sie nah vors Gesicht und grinste. »Leider sind unsere Quittungsblöcke gerade aus. Komm die Tage vorbei, dann schreibe ich dir was.«

Conrada fragte sich, warum alle Welt auf Anhieb den Wert der unscheinbarsten Armbanduhr erkannte, während sie selbst nicht einmal in der Lage war, die gängigsten Automarken zu unterscheiden.

»Geben Sie mir fünfzig Reais für ein Taxi«, bat sie.

»Conrada! Was war denn das?«

»Stéphane. Wie gut, dich zu hören. Ich bin auf dem Weg zum Flughafen von Goiânia. Kannst du mir einen Flug buchen lassen? Den nächsten, der geht.«

»Brüssel oder Buenos Aires?«

»Warum denn Argentinien?«

»Hast du das gar nicht mitbekommen? Die Außenminister von UNASUR treffen sich am Freitag, also morgen, um über die Situation in Brasilien zu beraten. Vertreter der USA und der EU sind ebenfalls eingeladen.«

»Wegen der Börsen?«

»Genau.«

Brasilien war bankrott. Ob eine legitimierte Regierung das verkündete oder nicht, war den Märkten ganz gleich. Die Märkte wussten sehr gut, wann es vorbei war. Was unter anderem daran lag, dass es genau in dem Moment vorbei war, wenn die Märkte glaubten, dass es vorbei war.

Conrada erinnerte sich gut an die Diskussionen in Heidelberg. Während die Betriebswirtschaftler Schulden als Triebfeder des Wachstums feierten, hatten die Volkswirtschaftler ein differenzierteres Bild gezeichnet. Conradas Doktorvater, Heribert Auenrieder, war unter allen Professoren der kritischste gewesen. Schulden waren eine Wette auf Wachstum, die seiner Meinung nach gleich mehrere Makel hatte: Erstens wurden ökologische und soziale Kosten in der Gleichung nicht beachtet. Zweitens erlaubte es die Bank – im Gegensatz zum Kasino –, alte Schulden mit neuen zu begleichen. Die dahinterliegende Angst, sonst alles zu verlieren, nährte ein Perpetuum mobile der Misswirtschaft. Ein Paradebeispiel hierfür boten die Verhandlungen zwischen Griechenland und der EU nach der Finanzkrise 2008. Und drittens bedeutete die Aufgabe des Goldstandards 1973, dass Nationalbanken willkürlich Geld drucken konnten. Geld hatte nur noch den Wert, den man ihm zutraute. Während viele Kollegen Auenrieders diese Gefahr als überschaubar erklärten, zeigte die Finanzkrise erstmalig, wie gefährlich es werden konnte, wenn Einfalt, Gier und Skrupellosigkeit gemeinsam Geld erfanden, das keinen realwirtschaftlichen Gegenwert besaß.

Auf den Bankrott Brasiliens würden die Märkte reagieren wie dilettantische Buchmacher auf den plötzlichen Ausfall eines Rennpferdes. Sie würden die Quoten der anderen Pferde hektisch anpassen, die Wettteilnehmer würden ratlos ihre Einsätze umverteilen, und wenn sich dann herausstellte, dass die neuen Quoten utopisch gewesen waren, würde keiner mehr auf die Buchmacher vertrauen. Doch kein Vertrauen hieß keine Wetten. In einem realwirtschaftlichen Szenario bedeutete das vor allem: Investitionsangst, Abschwung, Panik.

Eigentlich hatte sich UNASUR in dem Gedanken gegründet, unabhängiger von US-amerikanischem und europäischem Einfluss zu werden. Die Abhängigkeit blieb allerdings hoch, auch wegen des Misstrauens, das die südamerikanischen Staaten einander entgegenbrachten. Jetzt kam ihnen diese Abhängigkeit zugute.

Den Bankrott des wirtschaftsstärksten Mitglieds würden sie niemals allein stemmen können. Doch die USA und die EU würden aus eigenem Interesse alles versuchen, ein Kollabieren Südamerikas zu verhindern. Es handelte sich um eine potenziell globale Katastrophe. Conrada machte sich keine Illusionen. UNASUR würde nicht als Bittsteller auftreten.

»Wer ist denn schon da?«, fragte sie.

»Die Handelskommissarin vertritt uns, aber DSG-ECO möchte jemanden von unserer Abteilung dabeihaben. Außerdem schickt die EZB einen Sven-Ole Anderson.«

»Oh, Venizelos hat von ihm geredet. Ich sollte ihn in Brasília treffen. Ist er da heil rausgekommen?«

»Sein Flug wurde nach Asunción umgeleitet, soweit ich weiß.«

»Wie ist denn die Situation gerade?«

»Unklar. Die Angst ist allgegenwärtig. Vor allem in den großen Städten ist die Polizei faktisch am Ende. Es wundert mich, dass es bei dir noch so ruhig ist. Die politische Führung befindet sich mehr oder weniger auf der Flucht und meldet sich, wenn überhaupt, mit widersprüchlichen Appellen. Das Militär hat eine Erklärung verlesen, dass es nicht eingreifen wird, solange es keinen politisch legitimierten Auftrag erhält.«

»Immerhin«, sagte Conrada.

»Wer weiß. Die Politik auf Bundesebene ist perdu, das Land steht am Rande eines Bürgerkriegs. Bolsonaro hatte so viele Feinde wie Fans. Und die Gewaltbereitschaft steigt. Hooligans springen auf den Zug auf, extreme Gruppen, Krawallmacher, Plünderer aus den Slums.« Einen Moment war es still. Als Stéphane wieder zu sprechen begann, war seine Stimme belegt. »Das Verlagshaus von *Folha de S. Paulo* wurde gestürmt, Mitarbeiter aufs Dach gedrängt und dann in die Tiefe gestoßen.« *Folha de S. Paulo* war von allen brasilianischen Zeitungen diejenige, die am deutlichsten Stellung gegen Bolsonaro bezogen hatte. Jasmin hatte das Verlagshaus regelmäßig besucht. Conrada hörte Stéphane Luft holen. »Von den Mördern trugen einige die Uniform der Militärpolizei. Es gibt Videos.«

Conrada schluckte. »Hast du von Jasmin gehört?«

Stéphane räusperte sich. »Nein. Nichts.«

Conrada atmete aus. So gerne hätte sie Stéphane ein Wort der Zuversicht gesagt. Es wollte ihr keines über die Lippen kommen.

»Was macht die Bevölkerung?«, fragte sie stattdessen. »Die, die nicht auf Krawall aus sind?«

»Die meisten versuchen, sich in Sicherheit zu bringen. Niemand kann voraussagen, wie lange die Leute noch zur Arbeit gehen.«

»Krankenhäuser, Kraftwerke, Wasserversorgung.« Conrada erschauerte. »Ein oder zwei Wochen, und alles bricht zusammen. Gibt es wirklich keinen Politiker, der genügend Autorität besitzt, die Ordnung wiederherzustellen?«

»Der Wirtschaftsminister hat es versucht, und der Senatspräsident wurde zumindest vorgeschlagen, von Rede Globo. Nach beiden Meldungen wurden die Ausschreitungen heftiger, weil Gegner wie Befürworter auf die Straße gegangen sind.«

»Was ist mit Jan und seinen Leuten?«

»Befinden sich in einem Hotel in São Sebastião. Bisher wurden sie in Ruhe gelassen. Anderen ging es schlechter, wir haben mehrere gesicherte Berichte von ermordeten Diplomaten.« Er nannte verschiedene Namen, Conrada kannte keinen von ihnen, in den Schrecken mischte sich schamhaft Erleichterung. Stéphane fuhr fort: »DSG-SEC hat die Richtlinie ausgegeben, möglichst unauffällig aufzutreten und sich auf keinen Fall als politisch tätig zu erkennen zu geben. Zieh deine Freizeitklamotten an.«

»Ich sitze hier im Jogginganzug.«

»Perfekt.«

Das Taxi bog auf die Flughafenzufahrt ein. Der Terminal war winzig im Vergleich zu Brasília. Sie bezahlte den Fahrer und eilte mit ihrem Rollkoffer in die Eingangshalle.

»Ich bin am Flughafen«, informierte sie Stéphane. »Buch mir einen Flug.«

»Nach Buenos Aires?«

»Nach Buenos Aires.«

Conrada wartete, während sie hörte, wie eine Tastatur klapperte und Stéphane Anweisungen an einen Mitarbeiter gab.

Dann sprach er wieder ins Telefon: »Du hast Glück, in einer Stunde gibt es einen Direktflug mit Aerolíneas Argentinas.«

»Buchen.«

»Passiert schon.«

»Schick mir Abstracts zu den Positionen von allen Verhandlungspartnern, die morgen am Tisch sitzen. Und Infos zu dem Team, das die USA schicken. Außerdem brauche ich die Nummer von diesem Anderson. Sag unserer Botschaft in Buenos Aires, ich will heute Nacht noch ein Vorgespräch. Ist die Handelskommissarin schon vor Ort? Wenn du jemanden aus Malmströms Team für das Treffen gewinnen kannst, geb ich dir ein Essen aus. Und wenn du die Handelskommissarin selbst kriegst, schenke ich dir ein Restaurant. Hast du die Haltung von den Deutschen und den Franzosen? Wenn sie in ihren Stellungnahmen nur Floskeln haben, sieh zu, ob du über deine Kontakte was rausbekommst.«

Stéphane notierte und wiederholte, Conrada bestätigte.

»So«, sagte er, »dein Flug ist gebucht, Economy, wie immer. Du kannst direkt zum Check-in, der Schalter ist offen.«

»Danke. Stéphane, du bist mein Held.«

»Conrada?«

»Ja?«

»Pass auf dich auf.«

14. Kapitel

Chennai, Indien; Donnerstag, 07:02 Uhr UTC+5:30

Der Monsun hatte den ganzen Sommer auf sich warten lassen. Jetzt war er da. Der Regen fiel wie ein Teppich auf die Stadt. Bimal wartete unter dem Vordach einer Fahrradwerkstatt. Endlich hielt ein Taxi. Obwohl er die wenigen Schritte rannte, sog sich sein Sakko mit Wasser voll, als wäre er in die Badewanne gefallen.

Während der Fahrt erinnerte er sich nach und nach an Bruchstücke der vergangenen Nacht. Er musste grinsen. Jitendra, der Unersättliche. Sie hatten kaum geschlafen, heute Morgen hatte Bimal den Wecker überhört. Na und? Er hatte genug Geld, er würde bei *The Hindu* kündigen und als freier Journalist arbeiten. In den Armen Jitendras war jeder Zorn über die Demütigung verflogen. Dass er nicht fürs Boulevard gemacht war, hatte der gestrige Abend ausreichend bewiesen. Plötzlich bekam die Erinnerung einen unangenehmen Beigeschmack. Hatte er sich wirklich eine Drohne gekauft und diese dann von Narayan abschießen lassen? Und was hatten später die beiden Typen an der Tür gewollt? Jitendra hatte gespottet, Bimal sehe noch in einem verspäteten Bus das große Drama. Hatte Jitendra recht, und Bimal hatte heillos überreagiert? Er schämte sich, als er daran dachte, wie betrunken er gewesen war. Trotzdem – geendet hatte die Nacht grandios. Wenn Jitendra von der Lust gepackt wurde, dann hielt ihn kein Promillewert auf. Bimal seufzte. Die Liebe seines Lebens.

Das Taxi überquerte den Cooum. Der Wasserspiegel war durch den Regen bereits angestiegen. Dicht an dicht reihten sich die Hütten der Ärmsten an den Flussufern auf, Bimal erinnerte sich mit Schrecken an die Flut vor vier Jahren.

Die halbe Stadt stand damals unter Wasser, eine Milliarde US-Dollar an Schaden. *The Hindu* musste nach einhundertsiebenunddreißig Jahren täglicher Berichterstattung eine Ausgabe ausfallen lassen, weil das Verlagshaus nicht erreichbar war. Hunderte Tote waren zu beklagen, davon die meisten in den illegalen Slums.

Zu seiner Rechten schob sich die Verlagszentrale aus dem Dunst. Bimal bezahlte den Taxifahrer und rannte ins Trockene. Er wollte sich nicht lange aufhalten mit der Kündigung, fuhr mit dem Aufzug direkt hoch zur Personalabteilung. Die Frage war, ob sie ihn zwingen würden, bis Jahresende zu bleiben. Aber wozu sollten sie das tun? Sie wären froh, ihn los zu sein, dessen war er sich sicher.

Er behielt recht.

»Du brauchst nur noch eine Unterschrift von Subramaniam«, erklärte die Personalerin.

»Muss das sein?« Subramaniam war fast zwanzig Jahre jünger als Bimal und seit vier Jahren sein direkter Vorgesetzter. Außerdem war er ein Dunghaufen. Für Bimal war Journalismus eine heilige Berufung, für Subramaniam nicht mehr als eine Dienstleistung.

Die Personalerin lächelte aufmunternd. Jeder im Verlag wusste, was Bimal und Subramaniam voneinander hielten. »Sobald du seine Unterschrift hast, kannst du gehen.«

Bimal bewältigte den Weg zwei Stockwerke nach unten zu Fuß übers Treppenhaus. Er hatte sich immer geängstigt vor seinem letzten Tag, aber die Angst war verschwunden. Es verblüffte ihn selbst, wie beschwingt er sich fühlte. Er warf sich das nasse Sakko über die Schulter und hüpfte die Treppe hinunter. Keine Melancholie, kein nostalgisches Festhalten an verblassenden

Erinnerungen. Er verspürte nicht einmal ein Bedürfnis, sich von seinen Kollegen zu verabschieden. Er war immer ein Eigenbrötler gewesen, die wenigen Freunde, die er im Verlag gewonnen hatte, hatte er schon vor Jahren in den Ruhestand verabschiedet – damals waren ihm Tränen in die Augen getreten. Doch die externen Unternehmensberater, die in den letzten Jahren das Zepter übernommen hatten, hatten die Belegschaft einer Rosskur unterzogen, deren Sinn nur ihnen selbst offenbar war. Das Büro war jünger geworden, lauter, hektischer – Bimal fühlte sich fremd. Er musste zugeben, dass er sich schon länger nicht mehr bemühte, auf die Neuen zuzugehen.

»Kapoor, Sie sind zu spät«, schimpfte Subramaniam, als Bimal dessen Büro betrat.

»Ist das letzte Mal.«

»Will ich Ihnen auch geraten haben.«

»Ich kündige.«

»Tun Sie das?« Subramaniams Überraschung war schlecht gespielt. Vierunddreißig Jahre *The Hindu*, und am Ende kam nichts als ein Verwaltungsakt. Als hätte Subramaniam Bimals Gedanken gelesen, setzte er nach: »Sie haben *The Hindu* enorm bereichert, Herr Kapoor. Sie sind ein großartiger Journalist. Wir werden Sie vermissen.« Fehlte nur, dass er zu grinsen begann.

Doch anstatt dass es Bimal verletzte, fühlte er sich nur umso freier. Er wusste, er hatte die richtige Entscheidung getroffen.

Subramaniam unterschrieb den Wisch der Personalerin. »Was machen Sie jetzt?«, fragte er desinteressiert.

Bimal zuckte die Schultern. »Ein neues Buch vielleicht. Oder Astronaut.«

Subramaniam runzelte die Stirn.

»Das war ein Witz.«

»Ach so. Viel Erfolg jedenfalls.« Er erhob sich und reichte Bimal die Hand. Das Ende einer Lebensaufgabe, schoss es Bimal durch den Kopf, abgehandelt in fünf Sekunden. Er verließ das Büro.

»Übrigens«, rief Subramaniam hinter ihm her. »Was will denn die Polizei von Ihnen?«

Bimal erstarrte. »Was meinen Sie? Was denn für Polizei?«

»Die wollten Sie sprechen, waren heute Morgen da, direkt zu Arbeitsbeginn. Zwei Leute von denen.«

Bimal brach der Schweiß aus. »Und was wollten sie?«

»Haben sie nicht gesagt.«

»Hatten sie Ausweise dabei?«

»Natürlich. Für wie dumm halten Sie mich?«

Sehr, dachte Bimal. »Haben sie gesagt, wann sie wiederkommen?«

»Ich habe ihnen Ihre Adresse gegeben.«

»Meine Adresse?« Bimal schauderte.

»Wessen denn sonst? Sind Sie umgezogen? Jedenfalls fragten die beiden das. Ich hatte nur die alte.«

Bimal griff nach seinem Telefon.

»He«, rief sein Exchef noch, »was wollten die denn jetzt von Ihnen?« Aber Bimal stolperte bereits aus dem Büro. Er wählte Jitendras Nummer. Niemand nahm ab. Er rannte zum Fahrstuhl, wählte die Nummer noch einmal, vergeblich. Fuhr ins Erdgeschoss, winkte nach einem Taxi, wählte Jitendras Nummer. Rushhour, das Taxi kroch mit Schrittgeschwindigkeit voran. Er sprang heraus, nahm eine Fahrradrikscha, es ging unwesentlich schneller. Er rief Jitendra an, umsonst. Obwohl die Angst ihn überflutete, arbeitete sein Geist mit der Präzision des Journalisten: Die Typen glaubten, er sei umgezogen. Das hieß, sie mussten dieselben wie die von letzter Nacht sein oder zumindest mit denen von letzter Nacht im Bunde stehen. Wenn sie Ausweise hatten, waren diese entweder gefälscht, was eine riskante Straftat war – oder es handelte sich um tatsächliche Polizisten, die mit den Banditen von gestern gemeinsame Sache machten. Bimal wusste nicht, welches Szenario ihn mehr beunruhigte. Jitendra hatte sich mit seinem eigenen Namen vorgestellt. Er hatte das Crystal Palace genannt.

Dass *The Hindu* Bimals alte Adresse hatte, wenn er gerade erst umgezogen war, mochte noch angehen. Wenn die Typen was taugten, würden sie herausfinden, dass Jitendra eine andere Adresse hatte, im Crystal arbeitete, seine ganze Geschichte nicht stimmig war. Dass er gelogen hatte.

Die Rikscha kämpfte sich durch den Verkehr, endlich erreichten sie seinen Block. Bimal bezahlte den Fahrer.

An der Ecke des Nachbarblocks blieb Bimal stehen. Das Gebäude wies Balkone auf, die ihn vor dem Regen schützten. Er überlegte. Wenn die Banditen zurückgekehrt waren und Jitendra überwältigt hatten, dann würden sie aller Wahrscheinlichkeit nach in seiner Wohnung auf ihn warten.

Er rief Anand an, einen IT-Mann, dessen Wohnung im selben Stockwerk wie Bimals lag. Bimal mochte ihn, obwohl sie sich in einer grundlegenden Eigenschaft unterschieden: Während die Neugier Bimals ganzes Leben geprägt hatte, hatte Anand vermutlich in seinem ganzen Leben keine einzige Frage gestellt. Ein Umstand, der Bimal gerade äußerst gelegen kam.

»Ja?«

»Anand, bist du daheim?«

»Ja.«

Anand war immer zu Hause, er arbeitete als Freiberufler und besaß kein Büro.

»Ich glaube, bei mir wurde eingebrochen«, erklärte Bimal. »Kannst du mal nachschauen, ob meine Tür in Ordnung ist?«

»Okay.«

»Aber sieh zu, dass es unauffällig wirkt, also geh das Treppenhaus runter und wieder hoch, also ob du beim Briefkasten warst. Vielleicht guckt jemand durch den Spion.«

»Okay.«

Bimal wartete, wippte auf den Fußballen vor Nervosität.

Nach einer Ewigkeit klingelte sein Telefon.

»Und?«

»Nichts.«

»Wie, nichts?«

»Sieht normal aus.«

Bimal pfiff durch die Zähne. Das konnte ein gutes Zeichen sein. Oder bedeuten, dass Jitendra die Schläger einfach reingelassen hatte.

»Anand?«

»Ja?«

»Kannst du mir einen Gefallen tun?«

»Okay.«

»Geh mal rüber und klingel bei mir. Wenn sich nichts rührt, frag, ob Jitendra da ist. Du kommst von dem Mann mit dem Litschischnaps.«

»Litschischnaps? Und wer soll Jitendra sein?«

»Egal.«

»Okay.«

Wieder dehnte sich die Zeit, Bimal presste seine Glücksmünze an die Lippen. Wenigstens der Regen ließ nach. Endlich war Anand zurück.

»Keiner da.«

Das war ein schlechtes Zeichen. Es war noch nicht einmal Mittag, Jitendra hätte um diese Uhrzeit auf keinen Fall das Haus schon verlassen. Natürlich öffnete er normalerweise nicht die Türe, deswegen hatte Bimal Anand ja gesagt, er solle den Schnaps erwähnen.

»Anand?«

»Ja?«

»Kannst du mir noch einen Gefallen tun? Schreib einen Zettel: Jitendra, ich muss für eine Weile verschwinden. Triff mich wie immer in der Lola Bar um zwölf – Bimal.« Bevor Bimal Jitendra kennengelernt hatte, hatte dieser einmal den Barkeeper der Lola Bar angegraben. Der Barkeeper hatte es ihm mit lebenslangem Hausverbot vergolten. Jitendra sprach von dem Schuppen nur noch als Schloss Scheiße. Wenn tatsächlich er die Nachricht lesen sollte, wäre ihm klar, dass Bimal niemals dort auf ihn warten würde, sondern im Pinguin, ihrer Stammkneipe. Hoffentlich.

»Und dann?«, fragte Anand.

»Schiebst du den Zettel unter der Tür durch. Am besten so, dass man vom Spion aus dein Gesicht nicht erkennt.«

»Es hängt doch niemand stundenlang an so einem Loch.«

»Nur für alle Fälle.«

»Okay.«

»Danach läufst du zügig die Treppe runter und gehst direkt in Alis Gemüseladen. Dort bleibst du mindestens eine Viertelstunde.«

»Und was mache ich da?«

»Keine Ahnung. Einkaufen.«

»Okay.« Anand legte auf. Ein Mann, neugierig wie eine Schale Reis.

Bimal wartete. Nichts geschah. Er biss sich in die Finger vor Anspannung. Hatte er einen furchtbaren Fehler gemacht? Anand fahrlässig einer Gefahr ausgesetzt? Oder, im Gegenteil, wurde er doch paranoid, und Jitendra schlief einfach seinen Rausch aus?

Die Haustür öffnete sich, Anand trat heraus, sah sich um wie in einem britischen Spionagefilm, überquerte die Straße und verschwand in Alis Laden. Bimal setzte sich rasch auf den Betonboden, lehnte sich an die Hauswand, war nur ein weiterer erschöpfter Geschäftsmann. Jemand, der saß, weckte stets weniger Verdacht. Wer saß, schien nicht auf der Hut vor irgendetwas zu sein.

Erneut ging die Tür auf, zwei Männer in Anzügen traten auf die Straße, sahen sich um. Einer hatte einen Zettel in der Hand. Bimal stockte der Atem. Auf die Entfernung kamen sie ihm nicht bekannt vor. Ob es dieselben waren wie in der Nacht? Jene hatte er ärgerlicherweise nicht zu Gesicht bekommen.

Die Männer besprachen sich kurz, dann stiegen sie in einen schwarzen Geländewagen und fuhren davon. Bimal atmete aus.

Er wartete, bis der Wagen verschwunden war, dann rannte er über die Kreuzung. Eine dunkle Angst packte ihn. Wie ging es Jitendra? Er stürzte die Treppen hinauf, fand die Wohnungstür verschlossen, nestelte seinen Schlüssel aus der Tasche, sperrte auf, der Flur war leer. Er rief Jitendras Namen, die Küche war leer, auch das Wohnzimmer, er sah im Schlafzimmer nach, leer. Er fand ihn im Badezimmer.

Jitendra saß in der Dusche. Er trug nichts weiter als Boxershorts und seinen Morgenmantel. Sein rechtes Bein war angezogen, sein linkes hing über den Rand der Duschwanne. Die Arme fielen leblos von seinen Schultern. Der Oberkörper war zusammengesunken, das Kinn auf die Brust gekippt. Auf seinem linken Schlüsselbein leuchtete blass die Narbe seiner Kindheit, als er versucht hatte, in ein Schwimmbad einzubrechen, und am Stacheldraht hängen geblieben war. Die Haare klebten auf seiner Stirn, das Wasser perlte noch auf seiner Haut, Shorts und Morgenmantel waren durchnässt. Die Dusche musste vor Kurzem noch benutzt worden sein. Die Finger der linken Hand waren unnatürlich verbogen. Der Nagel des Zeigefingers fehlte, neben der Hand lag ein dunkel beschmiertes Brotmesser. Ein weinrotes Rinnsal führte von der Fingerspitze zum Abfluss. An der Schulter und an der Schläfe hatten sich Blutergüsse gebildet. Auf der Stirn leuchtete ein roter Fleck. Da der Kopf geneigt war, ließen sich die zwei roten Spuren nur erahnen, die von der Nase in den Stoff sickerten, der ihm aus dem Mund hing. Eines der Geschirrtücher aus der Küche. Die Augen waren weit geöffnet, starrten in die Wanne. In der Wanne lagen Kachelsplitter. Die Splitter stammten offensichtlich aus dem Einschussloch, das sich in der Rückwand der Duschkabine befand, einige Handbreit über Jitendras zusammengefallener Gestalt. Die Fläche um das Loch herum war beklebt mit etwas, das wie eine Pfütze Erbrochenes aussah. In Jitendras Hinterkopf klaffte ein faustgroßer Krater.

Jitendra, dachte Bimal, Liebe meines Lebens.

15. Kapitel

Buenos Aires, Argentinien; Donnerstag, 23:58 Uhr UTC-3

Die europäische Botschaft für Argentinien befand sich mitten in Recoleta, dem renommiertesten Viertel von Buenos Aires. Direkt am Stadtkern gelegen, bot Recoleta ehrwürdige Museen und würdelose Shoppingmalls gleichermaßen. Der Friedhof beherbergte Sportler, Schriftsteller, Nobelpreisträger, Präsidenten. Allein das Grab von Eva Perón zog Verehrer und Touristen aus aller Welt an. Ein Hard Rock Café gab es auch, das ultimative Symbol globaler Relevanz. Der Jorge-Newbery-Flughafen lag nur einen Kilometer entfernt im angrenzenden Stadtteil Palermo.

Conrada allerdings war auf dem internationalen Flughafen Ezeiza gelandet. Es war bereits dunkel gewesen. Ezeiza lag rund dreißig Kilometer außerhalb, doch das Taxi brauchte nicht lang, der Verkehr hielt sich in Grenzen.

Conrada mochte das Land, war schon oft in Argentinien gewesen. Der Weg führte durch das koreanische Viertel. Von den Fassaden blätterte der Putz. Conrada wurde wehmütig. Obwohl es seit 2016 zum ersten Mal seit hundert Jahren eine gemäßigte Regierung gab, vermochte auch diese nichts auszurichten gegen die Erinnyen der Staatssysteme: Korruption, Schulden, Arbeitslosigkeit. Der Peso fiel und fiel, alle Sparmaßnahmen halfen nichts, die Geduld der Kreditgeber schwand.

Endlich erreichten sie die Botschaft. Conrada hatte kein Geld mehr, um den Taxifahrer zu bezahlen, sie hieß ihn warten, fragte an der Pforte nach, der Pförtner rief die Buchhaltung an. Die

Buchhaltung hatte bereits Feierabend. González, der Botschafter, war im Gespräch mit der Handelskommissarin, sein Stellvertreter nicht erreichbar. Ansonsten gab es niemanden, der die Ausgabe hätte autorisieren können. Geld abzuheben war Conrada ebenfalls nicht möglich, sie hatte ihr Limit bereits in Alexânia ausgeschöpft. Als sie den Fahrer bat, eine Rechnung zu schreiben, lachte er nur. Conrada fragte sich, ob der Tag noch schlimmer werden könnte, und König Lear fiel ihr ein: Solange man sich noch Gedanken über die Zukunft machte, war das Ende der Fahnenstange nicht erreicht.

»Conrada!«

Ins Foyer war ein Mann getreten, groß, sportlich, maßgeschneiderter Anzug und das Lächeln eines Spitzbuben.

»Maurizio«, Conrada atmete auf. Sie tauschten Küsschen aus. Conrada kannte Maurizio von Südafrika, er hatte damals in der italienischen Botschaft gearbeitet, sie in der niederländischen, gemeinsam mit ihrer Freundin Emma. Conrada war acht gewesen, als sie Emma in der Mädchen-U9 des PSV Eindhofen kennengelernt hatte. Amsterdam, Studium, Hermann, was immer geschehen war, Emma blieb die Konstante in Conradas Leben. Dass sie beide zur selben Zeit in Südafrika gelandet waren, war halb dem Zufall zu verdanken, halb dem Umstand, dass es auch dem strengsten Vorgesetzten unmöglich war, dem Zauber Emmas zu entkommen. Es wurde eine grandiose Zeit. Inzwischen war Maurizio wie Conrada für den EAD tätig, Emma für die niederländische Botschaft in New York.

»Interessante Garderobe.«

Conrada errötete, sie trug immer noch ihre Laufklamotten.

»Steht dir«, Maurizio grinste.

Conrada strich sich verlegen eine Haarsträhne hinters Ohr. »Bist du nicht in Russland?«

»Eigentlich schon. Bin nur zufällig hier.«

»Und, wie ist die Lage bei euch?«

»Von Tag zu Tag angespannter. Die Demonstranten sind wieder mutiger geworden. Obwohl die Polizei gnadenlos gegen sie vorgeht. Was in Brasilien passiert, stachelt die Russen an.«

»Und weswegen bist du hier?«

»Eine Art private Dienstreise.« Er grinste wieder. »Habe mich heute mit Leonid Kurotschkin getroffen. Beeindruckender Mann.«

»Der Bürgermeister von St. Petersburg?«

»Exbürgermeister. Hat sich mit Putin angelegt. Vor zwei Wochen hat man Kurotschkins Bruder aus der Newa gezogen. Die Obduktion wurde von einem FSB-Mann durchgeführt. Befund ergab Selbstmord. Da hat Kurotschkin seine Familie genommen und den Kontinent gewechselt.«

»Offiziell als Urlaub, nehme ich an.«

»Versteht sich.«

Der FSB war der Nachfolger des KGB, des sowjetischen Geheimdienstes. Putin hatte erst für den KGB gearbeitet und war in den Neunzigern zum Leiter des FSB aufgestiegen, bevor er 1999 unter Jelzin Premierminister wurde und ein Jahr später Präsident. Seine besondere Wertschätzung für den Geheimdienst verhehlte er nicht.

»Sag mal, kannst du mein Taxi bezahlen?«

»Sind das nicht Spesen?«

»Lange Geschichte. Ich geb's dir zurück.«

»Nee, ist gut, ich zahle schon. Gehen wir was trinken? Ich fliege erst morgen früh zurück.«

Conrada saß der Jetlag in den Knochen, Mitternacht war vorbei, in Argentinien waren es fünf Stunden Zeitunterschied zu Brüssel. Wenn man die Zeitverschiebung mit einrechnete, hatte sie fast zwei Tage nicht geschlafen. Morgen wäre das UNASUR-Treffen, heute Nacht die Vorbereitung dafür. Sie brauchte eine Dusche.

Die Idee, jetzt noch um die Häuser zu ziehen, war nicht besonders naheliegend.

»Ein andermal gern.« Sie versuchte ein Lächeln.

»Wie du meinst.« Maurizio wirkte enttäuscht. Doch schon einen Augenblick später hatte sich das gewohnte Strahlen in sein Gesicht zurückgeschlichen. Er reichte ihr seine Karte. »Ruf mich an, wenn du es dir anders überlegst.«

Conrada bekam eines der Gästezimmer zugewiesen. Als sie geduscht und sich umgezogen hatte, war der Botschafter bereit, sie zu empfangen. Alonso González war erst kürzlich berufen worden, davor war er Spaniens ständiger Vertreter bei den UN gewesen. Nicht unbedingt ein Karrieresprung. Conrada war ihm erst ein paarmal begegnet, die Möglichkeit zu einem tiefer gehenden Austausch hatte sich bisher nicht ergeben.

Sein Büro war noch nicht fertig eingerichtet, halb ausgeräumte Umzugskartons standen herum, halbherzig zur Seite geschoben.

»Señora van Pauli, schön, dass Sie es so kurzfristig einrichten konnten«, begrüßte er sie auf Spanisch. Conrada schüttelte ihm die Hand. »Verzeihen Sie bitte, dass ich Sie warten ließ. Direktor Hartwig wollte sich noch für morgen abstimmen.«

»Hartwig?« Conrada versuchte, sich an den Namen zu erinnern. »Ist der nicht bei der Generaldirektion für Handel?«

»Stellvertretender Direktor. Er wird die EU morgen vertreten.«

»Was ist mit Malmström?«

»Die Kommissarin musste leider absagen.«

»Junckers Idee?« Während der Kommissionspräsident in der Öffentlichkeit als konservativer Patriarch wahrgenommen wurde, war er vor allem ein rücksichtsloser Taktierer. Wenn Malmström nur den Stellvertreter ihres Stellvertreters schickte, war das ein deutliches Zeichen, welchen Stellenwert das Treffen für die EU besaß. Ein falsches Zeichen, hätte man Conrada nach ihrer Meinung gefragt.

»Sie hat keine Gründe genannt.«

»Und der Generaldirektor war ebenfalls verhindert?«

»Befindet sich in Singapur.«

»Ist Señor Hartwig denn gerade da?«

»Er ist mit seinem Team im Sheraton und bereitet die Konferenz vor.«

Conrada nickte ergeben. Nette Worte, dafür war der EAD verantwortlich – erst vor Kurzem hatte Mogherini gemeinsam mit dem argentinischen Außenminister eine vertiefte Zusammenarbeit angekündigt. Doch sobald es um harte Verhandlungen ging, war Handel zuständig, also Malmström, die wiederum von den anderen Abteilungen bearbeitet wurde, allen voran Wirtschaft, Finanzstabilität, Wettbewerb und Binnenmarkt. Auf den ersten Blick hatte der Binnenmarkt nichts mit dem Außenhandel zu tun, aber die wechselseitige Beeinflussung war natürlich enorm. Wenn sich die verschiedenen Abteilungen dann tatsächlich zu einem Kompromiss durchgerungen hatten, konnten immer noch die Nationalstaatsvertreter im Europarat mit ihren Partikularinteressen querschießen.

»Na gut, dann lassen Sie uns trotzdem unsere Arbeit machen. Hat Stéphane die Abstracts geschickt?«

»Sie meinen Señor Aurel? Ja, liegen bereit.«

González führte Conrada in einen Tagungsraum. Zwei Männer und eine Frau saßen vor ihren Laptops. González stellte die Frau als Leiterin der Presseabteilung vor, die beiden Männer als Mitarbeiter in den Ressorts Wirtschaft respektive Internationale Zusammenarbeit. Alle drei machten einen erschöpften Eindruck, Conrada konnte sich vorstellen, dass die Ereignisse der letzten Tage auch hier ihren Tribut gefordert hatten.

»Das sind alle?«

»Wir haben nur ein kleines Team«, entschuldigte sich González. »Die anderen sind im Sheraton oder im Bett.«

»Was ist mit Anderson?«

»Der Mann von der EZB? Auch im Sheraton.«

Conrada ließ sich auf einen der gepolsterten Stühle fallen.

Dass die Zuständigkeiten in der EU so lausig organisiert waren, lag nicht an Inkompetenz, sondern an einem historischen Fehler. Um das Riesenprojekt einer europäischen Dachorganisation überhaupt ins Rollen zu bringen, hatten verschiedenste Interessen berücksichtigt, zahllose Kompromisse geschlossen werden müssen. Über Jahrzehnte hinweg waren Abteilungen geschaffen und Posten vergeben worden, um schrille Stimmen ruhigzustellen. Dummerweise hatte man mehr Kuchenstücke versprochen, als es gab.

»Meine Dame, meine Herren«, Conrada erhob sich, »dann fahren wir eben ins Sheraton.«

Die Körpersprache der anderen ließ keinen Zweifel daran, wie wenig Zustimmung ihr Wunsch fand. Es war halb eins vorbei. Doch niemand wagte einen Widerspruch, Conrada war die Ranghöchste im Raum.

Sie bestellten das Taxi, nach fünf Minuten war es da, weitere zehn Minuten später spuckte es sie vor dem abgewirtschafteten Luxushotel wieder aus. Sie fragten nach der EU-Delegation, wurden in den Westflügel geleitet und erreichten den Konferenzraum gerade rechtzeitig, um mitzubekommen, wie die Reinigungskraft die Türe abschloss.

González rief einen Mitarbeiter an, der bei Hartwig dabei gewesen war, und erfuhr, das Treffen sei bereits um Mitternacht beendet worden. Die Rückfahrt zur Botschaft verbrachten González und seine Leute in eisigem Schweigen.

Als Conrada ihre Zimmertür hinter sich ins Schloss fallen hörte, warf sie sich bäuchlings aufs Bett, ohne erst die Schuhe auszuziehen. Reglos blieb sie liegen, bis sie jedes Zeitgefühl verloren hatte. Ihr Kopf rotierte von den Erfahrungen des Tages, es gelang ihr nicht, Ordnung in ihre Gedanken zu bringen, die Bilder rasten durcheinander, verschwammen, trennten sich wieder, es waren zu viele. Sie musste schlafen, jeder Muskel zerrte sie in das Weich der Matratze, aber die Bilder verfolgten sie, die Anspannung ließ nicht nach. Sie griff nach ihrem Telefon.

»Maurizio, steht dein Angebot noch?«

»Klar, komm vorbei, ich bin im Claudia's.«

Die Bar war brechend voll, winzige Tischchen mit noch winzigeren Hockern waren zwischen Menschentrauben zu erahnen. Die Musik und der Gesprächslärm versuchten, sich gegenseitig zu überbieten, eine aufgekratzte, aggressive Ausgelassenheit schlug Conrada entgegen, in jeder anderen Situation hätte sie auf der Stelle kehrtgemacht. Doch jetzt gerade wirkte die Flut an Eindrücken wie ein Geschenk, betäubte das Rauschen in ihrem Innern.

Maurizio entdeckte sie, kam ihr entgegen, begrüßte sie überschwänglich. Er hielt ein Rotweinglas in der Hand, Conrada bestellte eine Weißweinschorle. Sie stießen an.

»Auf das Schicksal, das unsere Wege gekreuzt hat«, rief Maurizio lachend. »Und auf dich, Conrada.«

»Warum denn auf mich?«

»Ganz einfach. Weil du ein guter Mensch bist.«

Conrada lächelte traurig. »Du bist ein Schmeichler. Ich habe heute Stéphane und meinem Team einen Haufen Arbeit gemacht für Abstracts, die kein Mensch lesen …«

»Sei still«, Maurizio hielt ihr die Hand vor die Lippen. »Lass uns nicht über die Arbeit reden.«

»Was haben wir denn sonst?« Noch während sie den Satz aussprach, wurde sie sich seiner Tragweite bewusst. Wie pathetisch er klang.

Maurizio ließ sich nicht einschüchtern. »Wir haben das Leben«, rief er fröhlich. »Argentinischen Wein. Das Wissen um den klügsten Weg, eine Kokosnuss zu knacken.«

»Und zwar?« Conrada hatte keine Ahnung, wie sich eine Kokosnuss klug öffnen ließ. »Wie knacke ich sie?«

»Na gut, das Letzte vielleicht nicht. Aber alles andere.« So drückend Conradas Sorgen waren, gegen Maurizios Strahlen kamen sie nicht an.

Er war ein guter Gesprächspartner. Sie hatten sich nach Südafrika aus den Augen verloren, aber Conrada merkte, wie schnell die Vertrautheit von damals wieder Einzug hielt. Wie viele Nächte Pretorias hatten sie, Maurizio und Emma mit guten Fischrestaurants begonnen und mit Wein am Meer beendet.

Conrada erzählte von Brüssel und Hermann, von Emilia und Theresa. Von dem neuen Haus und von dem Halbmarathon, den sie im Sommer gelaufen war. Maurizio erzählte von türkischer Pizza und russischem Wodka. Von einem Bekannten, der in der Autowaschanlage vergaß, das Fenster zu schließen. Von seiner Exfrau, die nach der Trennung seine Reifen zerstechen wollte, aber von der Müllabfuhr überrascht wurde. Von einem Eiscafé in Brüssel, in welchem er mit einer Bedienung geflirtet hatte. Als er dachte, es sei an der Zeit, sie nach ihrer Nummer zu fragen, ließ sie heiter und nichtsahnend fallen, er würde gut zu ihrer Mutter passen. Er verschluckte sich daraufhin so heftig an einer Walnuss, dass ein Krankenwagen gerufen werden musste. Er erzählte von den Weiten der Mongolei, die er mit einem Schulfreund durchwandern wollte. Am dritten Tag fiel ihnen das GPS-Gerät so unglücklich auf einen Stein, dass das Display zersprang. Erst eine Woche später, sie waren bereits halb verdurstet, wurden sie von Hirten gefunden. Maurizio erzählte so witzig und zugleich unaufdringlich, dass Conradas Anspannung sich auflöste in dem Bausch seiner Worte.

Als die Luft stickig und die Stammkundschaft betrunken wurde, schlug Maurizio vor, zu Fuß zur Botschaft zurückzugehen. Es war angenehm kühl, auf der Südhalbkugel begann der Sommer gerade erst.

Conrada hakte sich bei Maurizio unter, eine Weile gingen sie schweigend durch die ruhig gewordene Stadt.

»Maurizio?«

»Ja?«

»Die Welt geht vor die Hunde, oder?«

Maurizio antwortete nicht sofort, sie überquerten die Straße des 9. Juli. Sie war benannt nach dem argentinischen Unabhängigkeitstag und so breit wie ein Fußballfeld. Conrada erinnerte sich nicht an das Jahr der Unabhängigkeit, es musste Anfang des neunzehnten Jahrhunderts gewesen sein. Sie hatte ihre Frage bereits wieder vergessen, als Maurizio unvermittelt sagte: »Putin hat Artikel zweiunddreißig des russischen Regierungsgesetzes geändert. Der Geheimdienst ist dem Präsidenten zwar immer noch unterstellt, aber nicht mehr Rechenschaft schuldig.«

»Das heißt, der FSB kann tun und lassen, was er will?«

»Das konnte er im Grunde schon vorher. Aber jetzt muss Putin es nicht einmal mehr verantworten.«

»Manchmal frage ich mich, warum das Ganze nicht schon längst zusammengebrochen ist.«

Maurizio blieb stehen, sah sie an. Er lächelte. »Wegen Menschen wie dir.«

Conrada musste ebenfalls lächeln. »Du Quatschkopf.« Sie wurde ernst. »Meinetwegen ist heute jemand erschossen worden.«

Maurizio schwieg. Er äußerte keine Überraschung, drang nicht in sie, sprach auch kein Mitgefühl aus, hielt nur ihren Arm und schritt mit ihr durch die dunkler gewordene Nacht.

Conrada erzählte. Sie erzählte von Alexânia, dem Bankautomaten, den Männern, wie das Taxi durch die Glasfassade gekracht war, wie sie aus der Stadt gerast waren. Erzählte auch von dem blutigen Hemd, den glasigen Augen. Conrada erzählte alles, haarklein, die Bilder mussten heraus, mussten geteilt werden. Sie allein zu tragen schwand ihr die Kraft. Und jedes der rasenden Bilder, das sie beschrieb, fand in dem bedächtigen Gang Maurizios, in seiner sicheren Haltung, in seinem leicht zu ihr hingeneigten Kopf einen Rahmen, der es auffing, der es beruhigte, der ihm einen Platz zuwies, der es einordnete zwischen die anderen.

»Danke«, sagte Conrada.

Den Rest des Weges sprachen sie nicht mehr.

Mit der Besucherkarte öffnete Conrada die Tür der Botschaft, sie traten ins Foyer. Zu zweit standen sie da, still, reglos, wissend, dass die Einsamkeit nur darauf lauerte, dass ihre Wege sich trennten. Zwei kleine Gestalten in einer zu groß geratenen Welt. Eine Welt, die verlorener war, als sie schien, und die einsam wurde, war man allein.

Maurizio räusperte sich, sagte aber nichts, seine Finger suchten vorsichtig Conradas Hand.

Ihr Telefon klingelte.

»Stéphane. Schläfst du nie?«

»Mehr als du.« Sie konnte Stéphanes Grinsen förmlich hören. »Außerdem ist es bei uns schon wieder hell. Geht es dir gut? Hast du die Abstracts bekommen?«

»Ja, danke.«

»Ich wollte dir nur sagen, dass die Botschaft in Brasília geplündert worden ist.«

»Mein Gott. Ist jemand verletzt?«

»Nein, Kopański ist mit seinem Team immer noch in São Sebastião. INTCEN hat Zugriff auf die Überwachungskameras, Prinz hat mich gerade angerufen. Wusstest du, dass die das dürfen?«

»Ich wusste nicht einmal, dass die das können.«

»Na ja, ich würde sagen, gerade haben wir andere Baustellen. Das war's schon, ich dachte, es ist gut, wenn du Bescheid weißt.«

»Ja. Danke, Stéphane.«

»Kein Ding. Und jetzt geh schlafen.«

»Ja, mach ich.«

Die Botschaft war geplündert. Conrada hatte recht behalten. Sie verspürte keine Befriedigung. Nur drückende Schwere. Sie verabschiedete sich von Maurizio, suchte ihr Zimmer auf und fiel eine Minute später in einen unruhigen, klebrigen Schlaf.

16. Kapitel

Mexiko-Stadt, Mexiko; Donnerstag, 21:40 Uhr UTC-6

Angelette beobachtete im Spiegel, wie die Schminke schwarze Schlieren durch ihr verheultes Gesicht zog. Alles war scheiße. Sie hasste ihr Leben, sie hasste Mexiko-Stadt, vor allem aber hasste sie Antoine. Wie hatte er ihr das antun können.

Klar, die Beziehung war zum Schluss nur noch eine Aneinanderreihung von Streits gewesen – aber ausgerechnet Valérie! Warum? Und dann auch noch jetzt! Keine Schule mehr, das Bac frisch in der Tasche, die ganze Welt zu ihren Füßen. Sie hätten zusammenziehen können, in Paris, oder wenigstens in Lyon. Scheiß-Valérie!

»Geht's dir gut?«, fragte Giuseppe. Der Italiener war einer ihrer Zimmergenossen. Das bisschen Kohle, das sie im Frühjahr verdient hatte, reichte nur für Achtbettzimmer in den billigsten Hostels. Ihre Idee, allein zu verreisen, alles hinter sich zu lassen, hatte sich immer mehr als Katastrophe entpuppt. Erst die endlose Diskussion mit ihren Eltern, die sie immer noch für ein kleines Mädchen hielten. Dann, gleich am zweiten Tag, nachdem sie in Bogotá gelandet war, hatte sie sich den Magen verdorben und die Nacht auf Knien vor einer ungeputzten Hostel-Toilette zugebracht.

Die Landschaft war großartig, aber alles Schöne erinnerte sie nur daran, wie sehr Antoine ihr fehlte. Wie viel sie geteilt hatten, was für immer verloren war. Mit jedem Tag wurde es schlimmer. Sie hatte gedacht, wenn sie sich von Antoine so weit entfernte wie nur möglich, würde ihr die Trennung leichterfallen. Doch es war umgekehrt: Je ferner sie ihm war, desto mehr vermisste sie seine Nähe, quälte sie die Sehnsucht, merkte sie, wie einsam sie war.

In Mexiko-Stadt hatte ihr Heimweh sie dann so erwischt, dass sie nachts irgendwann aus dem Bett kroch und zum Heulen in die Dusche ging, um die anderen nicht beim Schlafen zu stören.

»Geht schon«, sagte Angelette und wischte sich die Nase. Giuseppe war okay, außerdem konnten sie sich ganz gut verständigen, sie sprachen beide ein auf ähnliche Weise erbärmliches Englisch.

Giuseppe musterte ihr Gesicht kritisch. »Ist das der Look, der in Lyon gerade in ist?« Sein Grinsen war ansteckend, sie musste lachen.

»Du bist doof«, rief sie und knuffte ihn in den Oberarm.

»Jetzt wasch das Zeug runter, und dann gehen wir feiern. Wird super. Die anderen warten schon.«

Giuseppe hatte recht, alles war besser, als allein im Hostel rumzuhängen. Sie brachte ihr Make-up in Ordnung.

Mexiko-Stadt stank und lärmte ohne Unterlass. Doch wenn das staubgrau diesige Licht des Tages durch das glitzernde Dunkel der Nacht ersetzt wurde, verwandelte sich der Moloch in einen magischen Ort. Natürlich musste man aufpassen, aber sie waren in der Gruppe unterwegs. Und Angelette nahm ihren Fake-Geldbeutel mit, in dem sie neben etwas Geld nur verschiedene unwichtige Karten hatte – wie ihren Benutzerausweis der Stadtbücherei von Lyon oder ihre Schwimmbaddauerkarte.

Sie fuhren mit der Metro. Obwohl die Rushhour sich dem Ende neigte, wurden sie aneinandergepresst wie Pinguine während einer Kältewelle. Alle hatten ihre Reiseführer gelesen und hielten die Taschen vor dem Bauch, fest an sich gedrückt. In Cuauhtémoc quetschten sie sich aus dem Waggon.

Der älteste Bezirk der Stadt beherbergte nicht nur die Plaza de la Constitución mit Kathedrale, Präsidentenpalast und Aztekentempel, sondern vor allem auch die Zona Rosa. Angelette war zwar nur selten in Paris gewesen und ein einziges Mal in Le Marais – tagsüber, ihre Eltern waren dabei gewesen und hatten sie so hastig durch das Viertel geschleift, als hätte jeden Moment die Pest ausbrechen können. Aber allein, dass ihr Reiseführer die Zona Rosa mit Le Marais verglich, ließ ihr das Herz höherschlagen. Ein Viertel, in dem sich jede Sünde fand und gefeiert wurde als Genuss, ein Viertel, das für das Vergnügen gebaut war, für die Kunst, für den Rausch, für die Liebe, für das Vergessen! Angelette dachte an Antoine. Der Kloß in ihrem Hals war wieder da. Rasch machte sie ein Selfie, um sich abzulenken.

Die anderen griffen die Idee auf und protokollierten umfassend ihr jeweiliges Erscheinungsbild. Unter Lachen malten sie sich aus, wie ihre Gesichter sich im Laufe der Nacht wohl verändern würden. Dann zogen sie los.

Sie begannen zu siebt. Vier Stunden und drei Bars später waren sie noch zu viert. Giuseppe, die beiden Israelinnen und Angelette selbst. Das japanische Pärchen hatte sich schon nach dem ersten Drink abgesetzt. Den Schweden – den Einzigen, der fließend Spanisch sprach – verloren sie in der zweiten Bar an eine Mexikanerin, die betrunkener war als der Rest der Kundschaft zusammen. Angelette vermutete stark, es war ihr nicht durch Witz und Tiefgründigkeit gelungen, den Schweden zum Bleiben zu überreden.

Zwei Uhr war längst vorbei, sie standen auf der Calle Versalles und beratschlagten das nächste Ziel. Die Israelinnen hatten keine Kohle mehr und wollten zum Hostel, Angelette hatte zu viel getrunken und befand sich in einem Schwebezustand, in dem sie sich zu keiner Entscheidung befähigt fühlte. Guiseppe schlug vor, noch ein letztes Bier zu trinken, im Zweifelsfall zu zweit, Angelette nickte. Sie verabschiedeten sich von den Israelinnen.

Ohne lange zu überlegen, betraten sie gleich die nächste Kneipe. Giuseppe ging an die Bar zum Bestellen, Angelette betrachtete die Bilder, die an den Wänden hingen. Es waren so viele, dass Rahmen an Rahmen stieß, fast hätte man sie für eine Tapete halten können. Auch die Tische waren mit bunter Folie beklebt, die Betreiber schienen ein Faible zu haben. Als Motive entdeckte Angelette hauptsächlich geometrische Figuren, expressiv, viel Farbe, wenig Form. In Paris hatte sie so was schon gesehen, im Centre Pompidou. Letzten Sommer war das gewesen, Antoine hatte ihr den Trip zum Geburtstag geschenkt. Die Enge in der Brust setzte wieder ein, zum Glück brachte Giuseppe rechtzeitig das Bier. Er versuchte ein Gespräch anzufangen, aber sie fühlte sich zu matt für alles, schweigend tranken sie. Irgendwann entschuldigte sich Giuseppe für die Toilette, sie starrte auf ihr warm genuckeltes Bier, auf die Bildertapete, hörte auf den babylonischen Sprachenbrei, der um sie schwappte. Was machte sie hier? Wer war sie überhaupt? Sie fühlte sich so müde. Wie wäre es, einfach einzuschlafen und nicht mehr aufzuwachen? Wie hatte sie nur die Gefühle, die sie für Antoine empfunden hatte, als Liebe bezeichnen können? Wie naiv. Bedeutete es das, erwachsen zu werden – herauszufinden, dass alles nur ein Kartenhaus war? Sie spürte die Tränen kommen, aber es regte sich nichts in ihr. Was bedeutete das bisschen Wasser auf der Haut, wenn das Leben selbst zerbrechlich war wie die Kulisse eines mies geschriebenen Theaterstücks.

Jemand sprach sie auf Spanisch an, berührte sie an der Schulter. Sie schreckte auf. Am Nebentisch hatte sich ein Gast zu ihr umgedreht, ein Typ, ein paar Jahre älter als sie, Dreitagebart.

»Hey«, versuchte er es jetzt auf Englisch, »du darfst nicht traurig sein.« Er lächelte. »Du bist zu schön, um traurig zu sein.«

In seinen Augen schimmerte eine so aufrichtige Anteilnahme, dass sie ebenfalls lächeln musste. Er reichte ihr eine Serviette, sie wischte sich die Tränen ab. Er war süß.

»Wie heißt du?«, fragte er.

»Angelette.«

»Ich bin Juan.« Er trug ein T-Shirt, dessen Design aus der Collage zahlloser Comicstrips bestand.

»Weshalb hast du geweint?«, fragte er.

Angelette wich seinem Blick aus, verlegen sah sie auf den Spuckschluck in ihrer Bierflasche.

»Liebe?«

Angelette nickte stumm.

Juan sprang auf, ein Messer blitzte in seiner Hand, er hob es über den Kopf, stieß einen Schrei aus und rammte es vor Angelette in den Tisch. Angelette sah ihn entsetzt an. Die Leute an den Nachbartischen starrten in ihre Richtung. Ohne jede Verlegenheit zog Juan das Messer aus dem Holz und setzte sich zu Angelette. Seine Bewegungen waren gezielt, sicher, ruhig. Sie fühlte sich nicht bedroht. Sie hätte allen Grund dazu gehabt – und diese widersprüchliche Erkenntnis vermengte sich zu einer mulmigen Faszination.

»Was war das?«, fragte sie.

»Es gibt ein aztekisches Sprichwort: Die Liebe stirbt, wenn du nicht hinsiehst.«

»Und die Sache mit dem Messer?«

»Die Liebe stirbt, wenn du nicht hinsiehst«, wiederholte er. »Aber der Schmerz stirbt durch das Messer.«

»Was bedeutet das?«

»Ich weiß es nicht.« Juan legte den Kopf schief und grinste. »Ist das wichtig?«

»Bist du Azteke?«

»Meine Großmutter behauptet es.« Sein Grinsen wurde breiter. »Meine Mutter sagt, meine Großmutter hat zu viel Koka gekaut.«

»Hey, ich bin Guiseppe«, stellte sich der Italiener vor, der von der Toilette zurückgekehrt war.

»Juan. Setzt euch zu uns.« Juan deutete auf die Runde an seinem Tisch.

»Unser Bier ist leer, wir wollten gerade gehen«, lehnte Giuseppe ab.

»Doch nicht jetzt schon«, warf Angelette ein, »eins geht noch, komm.«

Giuseppe verzog das Gesicht, widersprach aber nicht. Sie setzten sich zu Juan und seinen Freunden. Jeder der vier hatte spannende Geschichten zu erzählen; einer war Bildhauer, ein anderer hatte ein Start-up gegründet, in dem es darum ging, indigenen Schmuck online zu verkaufen. Der Dritte arbeitete als Streetworker und organisierte Fußballturniere für Straßenjungen. Juan selbst bezeichnete sich als Stadtführer im Dienste der Kunst. Sie waren witzig und charmant. Ehe Angelette sichs versah, war ihr Bier wieder leer. Giuseppe drängte zum Aufbruch, sie weigerte sich, er erklärte verstimmt, es sei keine gute Idee, nachts allein in der Stadt unterwegs zu sein.

»Hast du Angst?«, fragte Angelette.

»Wenn du gehen willst, geh ruhig«, sagte Juan, »wir bringen sie zum Hostel, versprochen.«

Giuseppe wollte etwas erwidern, Angelette kam ihm zuvor: »Na siehst du, alles wunderbar. Die Jungs passen auf mich auf.« Giuseppe grummelte etwas auf Italienisch und verschränkte die Arme. Als niemand auf seine Gebärde reagierte, rang er sich zu einem »Wenn was ist, ruf mich an« durch.

»Ja, Papa.«

Er stapfte davon.

Juan bestellte eine neue Runde, und sie stießen an auf Lateinamerika und auf die Völkerverständigung und auf den Weltfrieden und lachten, und Angelette dachte an Antoine, und es war das erste Mal, seit sie die SMS von Valérie bekommen hatte, dass sie weder wütend wurde noch traurig. Leben konnte mehr sein als Geknutsche in einem Schulflur.

Nach und nach verabschiedeten sich Juans Freunde, sie unterhielten sich zu zweit, es wurde spät. Angelette merkte, wie ihr Kopf schwer wurde.

»Ich glaube, ich sollte zum Hostel«, murmelte sie.

Sie zahlten und verließen die Kneipe. Die kühle Nachtluft vernebelte Angelette die Sinne. Sie stützte sich an Juans Schulter ab.

»Ich will dir was zeigen«, sagte Juan. »Dauert eine halbe Stunde. Bist du dabei?«

Angelette versuchte, einen strengen Blick zu spielen. »Alles, wenn's kein Alkohol ist.« Sie lachte. Sie war echt betrunken.

Juan brachte sie zur Metro. »Wir müssen kurz bei mir vorbei.«

»Non, je ne regrette rien«, sang Angelette.

Die Metro fuhr nicht mehr, sie stiegen in den Nachtbus. Anstatt nach einer der dafür vorgesehenen Schlaufen zu greifen, schmiegte sich Angelette an Juan. Sie spürte die Muskeln unter seinem bunten T-Shirt. Ein echter Beschützer. Nach wenigen Stationen stiegen sie aus, Juan wohnte nur ein paar Hundert Meter weiter. Vor der Haustür bat er sie zu warten, er sei sofort zurück.

Der kleine Teil ihres Bewusstseins, der noch wach war, fragte sich, ob es nicht viel naheliegender gewesen wäre, gemeinsam in seine Wohnung zu gehen. Sie lachte, ohne genau zu wissen, wieso.

Juan kam wieder, eine Sporttasche über der Schulter. Angelette bildete sich ein, aus der Sporttasche ein Klappern zu hören. Als sie Juan fragte, lächelte dieser nur verschwörerisch. Wieder nahmen sie den Bus. Bei der Haltestelle Archivo General de la Nación stiegen sie aus.

»Endstation«, sagte Juan.

»Ein Archiv ist hier?«

»Inzwischen, ja.« Durch die Metro-Katakombe gelangten sie auf die andere Straßenseite. Eine Minute später standen sie vor dem Archiv. Angelette war enttäuscht. Hohe Mauern verwehrten jeden Blick auf den Gebäudekomplex.

»Früher war's ein Gefängnis«, erklärte Juan. »Das berüchtigtste Gefängnis Mexikos. Für alle, die den Leuten in der Regierung in die Suppe gespuckt haben. Oder auch nur Angst gemacht haben, sie könnten ihnen in die Suppe spucken.«

»Angst ist Mist«, faselte Angelette vor sich hin. Wo hatte sie das noch mal gehört?

»Heute ist es schlimmer als damals. Die Polizei kann mit dir machen, was sie will. Im Zweifelsfall haben sie Waffen und Drogen dabei, die sie dir unterjubeln, nachdem sie dich abgeknallt haben. Wenn du draufgehst, hast du Glück gehabt. Es heißt, im Knast wirst du ein Teufel oder verrückt.«

Eine Weile gingen sie an der Mauer entlang. Endlich hatten sie deren Ecke erreicht, Juan bog ab, und sie folgten der Mauer erneut. Geteerte Basketballplätze wurden abgelöst von einer Art Park, der zwar komplett bewaldet war, zwischen den Bäumen allerdings betoniert. Trotz des Smogs, der das Farbenmeer der Stadt reflektierte, war es beinahe finster. Es war Vollmond, doch die Wolken hatten ihn verhängt.

Angelette wurde flau im Magen. »Was wollen wir hier?«

»Wir sind gleich da«, verkündete Juan und blieb tatsächlich ein paar Meter weiter stehen. Er begutachtete die Mauer.

»Hier?«, Angelette war die Sache nicht geheuer.

»Hier«, erklärte Juan mit Bestimmtheit. Er ließ die Sporttasche auf den Boden fallen, zog sein Handy hervor. »Wie heißt das Bild mit der französischen Fahne und der nackten Frau?«

»Die Freiheit führt das Volk.«

Juan tippte auf seinem Handy herum und zeigte es ihr. »Das da?«

Angelette nickte. Juan öffnete die Sporttasche, zog eine Atemschutzmaske und eine Spraydose hervor. In Minuten hatte er ein mehrere Quadratmeter großes Stück der Mauer schwarz gesprayt. Er legte das Handy neben sich auf den Boden und griff nach einer weiteren Dose. Staunend beobachtete Angelette, wie die schwarze Fläche sich in einen Nebel zu verwandeln schien und wie jeder von Juans Strichen den Nebel zurückdrängte, wie die Frau, die sie so oft in ihren Schulbüchern gesehen hatte, die Frau mit dem wehenden, zerrissenen gelben Kleid aus der Leere trat, die Brüste entblößt, die nackten Füße auf den gesplitterten Balken überrannter Barrikaden, in der Linken das Gewehr, in der Rechten die sich im Wind bauschende französische Fahne hoch nach oben gestreckt, unbeirrbar, ehrfurchtgebietend, trotz aller Todesangst.

»Stell dich da hin«, bat Juan. Er deutete zur Mauer, neben die schwarze Fläche. Wie hätte Angelette diesem freundlichen, charmanten, begabten, verrückten, unglaublichen Menschen etwas abschlagen können.

»Sieh mich an«, sagte er, ohne sich zu unterbrechen, die Augen fixiert auf das Nichts, das er zurücktrieb. »Nimm den Arm hoch.« Angelette gehorchte. Der Dampf der Spraydosen stieg ihr in die Nase, die Müdigkeit, der Alkohol, alles verschwamm und legte sich als ein Gefühl um ihr Herz, von dem sie nur ahnte, dass es Frieden war.

»Soll ich mein Top ausziehen?«, fragte sie.

»Ja.«

»Auch den BH?«

»Ja.«

Angelette wusste nicht, wie lange sie so dastand, halb nackt, die rechte Faust in den Himmel haltend. Eine Sehnsucht packte sie, selbst dabei gewesen zu sein, damals im Juli 1830, zu kämpfen für ein Ideal, das nur durch das eigene bedingungslose Opfer Wirklichkeit werden konnte. Und ein zweites Sehnen kam hinzu, süß und verführerisch war es, nah. Juan, dieser Mensch, den sie kaum kannte und der ihr doch in diesem Moment einen Reichtum zeigte, den sie sich nie hätte träumen lassen, dieser Magier, der sie mit seinen Zaubern in eine Welt entführte, in der alle menschlichen Grenzen überwindbar wurden. Sie konnte Antoine nie geliebt haben, denn ihr Herz hatte nicht gewusst, was Liebe war, solange es nicht die Kunst von Juan gesehen hatte.

Hundebellen zerfetzte ihre Träumerei.

»Fuck!«, rief Juan, riss sie in die Gegenwart zurück. Irgendjemand schrie etwas auf Spanisch, zwischen den Bäumen flackerten Lichter auf. »Wir müssen hier weg!« Juan griff nach seiner Tasche. »Mein Top«, rief Angelette, aber Juan packte sie am Arm und rannte los. Hinter ihnen mehr spanische Rufe, Stiefelgetrampel. Es war zu dunkel. Die Taschenlampen der Verfolger warfen ihre Lichtkegel wahllos zwischen den Bäumen umher. Wie groß war dieser verdammte Park? Juan trug Flipflops, ließ sie liegen, rannte barfuß weiter. Sekunden später knirschte es unter Angelettes Sohlen, Glasscherben, Juan erwischte sie ebenfalls, schrie auf, stolperte, schlug der Länge nach hin. Angelette rannte zurück, wollte ihm aufhelfen, die Taschenlampen waren nah. »Hau ab«, brüllte Juan, »hau ab!« Eine solche Angst lag in der vorher so selbstsicheren Stimme, dem vorher so freundlichen Blick, dass Angelette sich von ihm abwandte und in die Dunkelheit floh, weg von den Lichtern, weg von Juan.

Sie rannte, bis ihre Lunge brannte. Die Dunkelheit verschlang sie. Ihre Beine gaben nach vor Erschöpfung, sie sank zu Boden. Stille.

Wo waren die Lampen? Das Trampeln der Stiefel war weg, die Rufe blieben hinter ihr zurück. Sie sah sich um. Die Lichter waren klein geworden. Sie wurde nicht verfolgt, kein Geräusch außer ihrem eigenen Keuchen. Wo war Juan? Scham stieg in ihr auf, dass sie ihn im Stich gelassen hatte. Sie schlich zurück. Da, Schreie. Im Schatten eilte sie näher, niedrig hängende Äste klatschten ihr wie Peitschenhiebe gegen den nackten Oberkörper. Die Schreie wurden schlimmer. Es war Juan. Er lag zusammengekrümmt auf dem Boden, mehrere Polizisten hatten ihn umringt und schlugen mit ihren Gummiknüppeln auf ihn ein. Fassungslos wurde Angelette klar, dass es keinen Weg gab, ihm zu helfen. Sie weinte nicht. Sie hatte zu viel über zu Nichtiges geweint. Ihre Tränen waren zu klein für das, was hier geschah.

Sie nahm ihr Handy, richtete es auf das Verbrechen und filmte.

Die Wolken erbarmten sich ihrer und erlaubten dem Mond, etwas Licht zu verschütten. Geisterhaft bleich leuchteten die Gesichter der Polizisten. Hinter ihnen schimmerte silbern die Fahne der Freiheit.

17. Kapitel

Chennai, Indien; Donnerstag, 10:20 Uhr UTC+5:30

Jitendra, dachte Bimal, Liebe meines Lebens.

Er verband dem Geliebten notdürftig den Kopf, trug ihn ins Schlafzimmer, legte ihn ins Bett, deckte ihn zu, küsste ihn.

Dann öffnete er den Wandschrank und packte eine Handvoll Krawatten.

Wer bei *The Hindu* arbeitete, wusste, wie man Krawatten band. Bimal verknotete mehrere von ihnen zu einem Seil. Dann schleppte er den Esstisch von der Küche in die Diele, stellte sich darauf und befestigte das Seil am ausgeschalteten Deckenventilator. Er band eine Schlinge in das untere Seilende, legte sich die Schlinge um den Hals und zog sie fest. Jetzt musste er nur noch vom Tisch springen. Chennai würde auch ohne ihn auskommen. Ob es eine Wiedergeburt gab? Bimal glaubte es nicht. Es war auch nicht nötig. Er hatte ein volles Leben genossen. Nicht immer gut, nicht immer schlecht, manchmal schmerzlich, manchmal glücklich. Aber er bereute es nicht. Hätte er gerne Kinder gehabt? Er wusste es nicht. Sein Herz sagte Ja – doch sein Kopf verlangte für eine solche Entscheidung einen optimistischen Blick in die Zukunft. Bimal betete aus Tradition zu Vishnu, Shiva und all den anderen Göttern, er glaubte nicht an sie. Wie konnte man an die Zukunft glauben, wenn man nicht an Götter glauben konnte? Zukunft gab es nur, wenn es Zeit gab. Zeit gab es nur, wenn man das Früher und das Später verglich; Situationen gegeneinander aufrechnete, Veränderung suchte, Entwicklung forderte. Bimal suchte nichts mehr.

Jitendra, dachte er, Liebe meines Lebens. Er wollte dankbar sein, ihn gefunden zu haben, sich nicht zerfressen lassen von dem Gedanken, dass er verloren war. Die Trauer presste ihm die Luft aus der Lunge. Die Welt hatte ihm sein Heil geraubt, und ganz gleich wie groß er seinen Hass wachsen ließe, sein Heil käme nicht zurück. Der Hass vermochte nichts, als zu zerstören. Und was immer er zu zerstören versuchte – zerstört war am Ende nichts so sehr wie die Erinnerung an das Schöne, das vergangen war. Es gab nur einen Weg, sich vor dem Hass zu retten.

Doch der Hass keimte bereits. Schnitt ihm von innen durch den Magen, wollte heraus, wollte gehört werden, drängte nach Taten. Der Hass sah Jitendra nicht als sanften Geliebten, der Hass sah nur die Leiche und den Mord und die Unschuld des Ermordeten. Der Hass kannte keine Dankbarkeit für das Früher, kannte nur die rasende Rache und den sich selbst vergessenden Zorn.

Bimal kämpfte gegen den Hass, kämpfte um die Erinnerung an die Schönheit der erfahrenen Liebe. Auf der Straße hupten die Autos. Den Lärm vermissen würde er nicht. Was sollte er tun? Er griff in die Hosentasche und zog seine Glücksmünze hervor. Das kalte Metall beruhigte ihn. Zärtlich drehte er es zwischen den Fingern. Wie nichtig wurden die eigenen Gefühle, vergegenwärtigte man sich die Unendlichkeit des Kosmos. Wie klein war der Mensch. Ein Spielball des Unbegreiflichen. Ein Narr, wer glaubte, Herr über irgendetwas zu sein. Bimal glaubte es nicht. Sein Wille verblasste vor dem unvereinbaren doppelten Drängen in der eigenen Brust. Nur eines konnte er tun: das Drängen dem Unbegreiflichen zu unterwerfen. Die Münze würde entscheiden. Queen Victoria: Liebe und Vergessen. One Rupee India 1893: Hass und Rache.

Er legte die Münze auf den Nagel seines angewinkelten Daumens, unzählige Male hatte er das getan. Er schnipste sie hoch, flirrend stieg sie auf, erreichte den höchsten Punkt, zitterte in der

Luft, wartete einen Augenblick schwerelos, während kinetischer Impuls und Gravitation sich aufhoben, begann zu fallen, fiel, fiel schneller, landete auf seiner ausgestreckten rechten Hand. Im Automatismus der Routine schlug Bimal sie unbesehen auf den Handrücken der linken, nahm die rechte weg, sah auf das Symbol. One Rupee India 1893. Hass.

Bimal lockerte die Schlinge um seinen Hals, zog sie über den Kopf, kletterte vom Tisch und griff nach seinem Laptop.

18. Kapitel

Buenos Aires, Argentinien; Freitag, 06:30 Uhr UTC-3

Geraldo gab Gas, jagte das Taxi in die Glasfassade der Bank, das Glas splitterte, zersprang, die Scherben klirrten zu Boden, lauter und lauter, Conrada hielt sich die Ohren zu, das Klirren ließ nicht nach, bohrte sich in ihren Kopf, drohte sie zu zermahlen. Das Geräusch wurde unerträglich, sie erwachte, tastete nach ihrem Telefon und schaltete die Weckfunktion aus. Halb sieben, um sieben war sie mit González zum Frühstück verabredet. Hinter ihrer Stirn pochte es schmerzhaft. Das Krisentreffen war auf elf angesetzt. Sie nahm eine Tablette und duschte heiß und lange. Endlich begann die Tablette zu wirken. Sie zog sich an, ging nach unten.

Conrada war hungrig und dementsprechend erleichtert, dass das Buffet nicht von der argentinischen Küche inspiriert war, die Kaffee vorsah und ansonsten nicht viel. Hatte sie gestern überhaupt irgendetwas gegessen? Im Flugzeug, ein Sandwich.

González wartete bereits, sie begrüßten sich.

»Haben Sie gut geschlafen?«

Kaum hatte er es gefragt, erinnerte sich Conrada an die Nacht, und mit der Erinnerung kam auch der Kater.

»Geht so. Die Botschaft in Brasília wurde geplündert.«

»Ja, ich habe es in der Morgenmail gelesen.«

Neben ECO, POL und SEC besaß der EAD Sektionen für Allgemeines, für Verwaltung und für Militär. Eine Reihe unabhängiger Arbeitsgruppen gab es zusätzlich. Während ECO und

POL länderspezifische Informationen zur Verfügung stellten und SEC mit INTCEN weitere Analysearbeit leistete, oblag der Verwaltung die Betreuung und Sicherung der Kommunikationskanäle. Das Referat für Allgemeine Angelegenheiten war mit der Weitergabe der Informationen betraut. Der Militärstab betrieb eine unabhängige Aufklärungsabteilung und verwendete eigene Kommunikationsstrukturen. Wahrscheinlich gab es wenige Institutionen, die den Wissensaustausch so ernst nahmen wie der EAD. Im Ergebnis war ein System geschaffen worden, das komplexer war, als die Karikatur eines EU-kritischen Cartoonisten es je würde beschreiben können.

Die Morgenmail fiel in die Zuständigkeit des Referats für Allgemeine Angelegenheiten und bestand aus einer Zusammenstellung von global relevanten Nachrichten, die also für alle Delegationen wertvoll waren. Die Nachrichten wurden ständig aktualisiert und alle sechs Stunden verschickt. Die Bezeichnung orientierte sich an der Uhrzeit in Brüssel, Argentinien erreichte die Morgenmail um ein Uhr nachts.

»Was schreiben sie über Brasilien?«

»Nichts Neues. Die Leute rufen wahlweise nach dem Militär oder die Anarchie aus. Die Börsen befinden sich weltweit auf Talfahrt. Die USA und die südamerikanischen Länder haben den Finanzhandel bis Montag ausgesetzt, die Börsen bleiben heute geschlossen. Asien befindet sich dank der Zeitverschiebung bereits im Wochenende. Europa hatte weniger Glück: Die Zeit war zu knapp, um sich abzustimmen, daher mussten die Börsen wohl oder übel öffnen. Der Handelstag wurde zwar verkürzt und um zwölf Uhr mittags wieder beendet, aber die Verluste sind trotzdem enorm.«

»Hat Stéphane schon einen Bericht geschickt?«

»Señor Aurel schreibt ziemlich dasselbe.« Das war kein Wunder. Die Nachrichten in der Morgenmail beruhten größtenteils auf der Arbeit der Ländergruppen.

»Ich habe es ausgedruckt.« González reichte Conrada das Papier, sie überflog es. Im Gegensatz zu dem allgemeinen Schreiben fanden sich hier bezüglich Brasilien nicht nur Stichpunkte, sondern eine umfassendere Analyse. Ein Detail weckte Conradas Interesse: Auf Facebook hatten sie eine Seite erstellt, auf der man Interimspräsidenten vorschlagen konnte. Die Seite war wegen zu vieler Aufrufe zusammengebrochen. Hunderte Vorschläge, Millionen Bewertungen. Offenbar war die Bevölkerung nicht gewillt, ihr Land untätig im Chaos versinken zu lassen. Wie zielführend die Aktion war, blieb fraglich: Mit Abstand am besten abgeschnitten hatte ein Chauffeur.

Das Treffen zwischen UNASUR, den USA und der EU fand statt im Haus der Kulturen. Das prunkvolle Gebäude hatte seit Ende des neunzehnten Jahrhunderts der Zeitung *La Prensa* als Hauptquartier gedient. Nach dem Zweiten Weltkrieg wurde Juan Perón der Präsident Argentiniens. Der Mann, welcher Nation, Sozialismus und Militär im Populismus verschmolz wie kein anderer, enteignete das konservative Blatt. Später gab er das Gebäude zurück, aber die Zeitung war im Niedergang begriffen. 1988 kaufte die Regierung das Haus endgültig, und das Kultusministerium zog ein.

Conrada fuhr allein zur Konferenz. Die Generaldirektion für Handel war offizielle Vertreterin der EU, Conrada als Vertreterin des EAD mehr geduldet als erwünscht. Anderson hatte sich entschuldigen lassen, um sich mit dem Leiter der argentinischen Zentralbank zu treffen. González hatte gar nicht erst angeboten mitzukommen. Als Conrada sich von ihm verabschiedete, sah sie ihm die Zerknirschung deutlich an. Bei den UN war González ständiger Vertreter gewesen, da hatte es – zumindest vor Ort – keinen wichtigeren Mann für die Belange Spaniens gegeben. Jetzt war er Botschafter der EU, Lateinamerika erfuhr die schlimmste Krise der letzten hundert Jahre, und er war nicht einmal zum

Vorgespräch des Krisentreffens gestern eingeladen worden – geschweige denn zu dem Treffen selbst.

Im Taxi las sie erneut die Unterlagen, die Stéphane ihr geschickt hatte. Seine Einschätzungen deckten sich mit ihren eigenen, es war kein Hexenwerk. Argentinien und die anderen Anrainerstaaten Brasiliens würden Finanzspritzen fordern. Die USA würden hin- und hergerissen sein zwischen dem Drang, durch die Krise ihren Einfluss zu vergrößern, und der Angst, durch mangelnde Intervention ihrer eigenen Wirtschaft zu schaden. Was Hartwig tun würde, war schwerer vorherzusagen. Wenn er eher Malmström folgte, würde er vermutlich den Ansatz verteidigen, nur systemrelevante Unternehmen zu stützen und ansonsten die Märkte sich selbst reinigen zu lassen. Folgte er Juncker, wäre sein Ansatz eher investitionsorientiert.

Conrada hätte gerne gewusst, wie China zu der Sache stand, doch asiatische Länder waren nicht eingeladen worden. Ein deutliches Zeichen UNASURs, wen es einerseits als seine engsten Partner sah, andererseits aber auch in die Pflicht nehmen wollte.

Alle würden eine rasche Stabilisierung Brasiliens verlangen. Die Frage war, wie. Es war ironisch, dass brasilianische Vertreter an der Verhandlung gar nicht teilnehmen würden. Der brasilianische Botschafter war erst ein-, dann wieder ausgeladen worden. Gab es keinen Sender mehr, verlor der Bote seine Bedeutung. UNASUR zeigte der Welt – absichtlich oder fahrlässig –, dass es den brasilianischen Staat für gescheitert hielt. Conrada fragte sich, wie sich diese Botschaft auf die Öffentlichkeit auswirken würde.

Sie erreichte ihr Ziel. Sie war schon öfter im Haus der Kulturen gewesen, die unteren beiden Stockwerke wurden für Ausstellungen, Konzerte und Konferenzen genutzt. Doch niemals hatte sie hier Sicherheitsvorkehrungen solchen Ausmaßes erlebt. Der gesamte Block war abgesperrt, Scharfschützen hatten sich mit Feldstechern auf den gegenüberliegenden Dächern postiert, unter jedem Fenster standen Polizisten mit Schutzweste und Maschinenpistole. Ein Hubschrauber kreiste.

Zugegeben, es waren die Außenminister ganz Lateinamerikas versammelt, die USA hatten ihren Secretary of State geschickt. Doch Conrada hatte schon einige ähnlich hochkarätige Treffen begleitet, deren Schutzmaßnahmen deutlich diskreter ausgefallen waren. Die Entscheidungsträger wurden nervös. Keine gute Entwicklung. Wie alle Menschen tendierten auch Politiker dazu, unter Druck kurzfristige Linderung zu suchen statt nachhaltiger Lösungen. Das mochte sinnvoll sein, wenn man vor einem Bären fliehen musste. Im Zusammenhang globaler Herausforderungen war der Nutzen begrenzt.

Sie zeigte der Wache am Eingang ihre Karte. Die Karte wurde geprüft, man tastete Conrada ab, durchsuchte ihre Handtasche, dann durfte sie passieren. Sie betrat das Foyer mit dem prächtigen Mosaik, das noch aus den glanzvollen Tagen der Zeitung stammte. Die Konferenz war im zweiten Stock, Conrada wurde in einen Salon begleitet, in dem sich die europäische Delegation vorbereitete. Ein halbes Dutzend Leute beugte sich über ein zierliches, zu niedriges Tischchen. Conrada stellte sich vor. Der Verhandlungsführer Hartwig war ein dürrer Deutscher, der sie knapp begrüßte, bevor er sich wieder den Unterlagen zuwandte, die auf dem Tischchen ausgebreitet waren. Er war gerade in der Erklärung begriffen, dass die Südamerikaner am kürzeren Hebel saßen, zuvorderst das wirtschaftlich angeschlagene Argentinien und das exportabhängige Chile, hier litten die Börsen am stärksten. Die Haupthandelspartner der EU seien nach wie vor die USA und China, man könne abwarten. Geschenke verteilen brauche man nicht.

Malmströms Ansatz also. Mangelnde Kompromissbereitschaft würde sich rächen, dessen war Conrada sich sicher. Zuerst einmal schien Hartwigs Plan der Zurückhaltung logisch, wenn auch egoistisch: Das Kapital, das aus Südamerika abgezogen wurde, musste irgendwo hin. Und Europa war nach wie vor attraktiv für Investoren, in Zeiten weltweiter Unsicherheit umso mehr. Der Haken war, dass niemand sagen konnte, wie sich eine südamerikanische Rezession global auswirken würde. Die Börsen gaben einen ersten Indikator ab, und der war beängstigend. Produktionsketten und Finanzwirtschaft hatten sich über alle Ländergrenzen hinweg verwoben, niemand durchschaute die Abhängigkeiten mehr. Die Problematik bezeugten zahlreiche Beispiele. Modefirmen, die nicht belangt werden konnten für Missstände in ausgelagerten Produktionsstätten; Autobauer, deren Just-in-time-Produktion zu Lieferengpässen führte; Chiphersteller, die von dem Import seltener Erden abhängig waren.

Conrada brachte ihre Bedenken zum Ausdruck – wenn Südamerika fiel, strauchelte die ganze Welt.

»Sie denken an die Finanzkrise 2008«, sagte Hartwig, »die ging von den USA aus. Sie können die USA nicht mit Brasilien vergleichen.«

»Es geht nicht um Brasilien, es geht um UNASUR.«

»Bisher nicht.«

»Und die Weltwirtschaft laboriert immer noch an der Finanzkrise«, bemerkte Conrada, »gerade die EU ist labil.«

»Sind Sie mit den Verhandlungen beauftragt oder ich?«

Conrada war überrumpelt von der Schärfe in Hartwigs Ton. Die Augen seiner Mitarbeiter waren allesamt auf sie gerichtet, fixierten sie, abwartend, kalt. Man wollte ihr zeigen, wie wenig sie hier willkommen war. EAD und Handelskommission besaßen eine lange Tradition des gegenseitigen Misstrauens. Der EAD hielt den Handel für kurzsichtig, der Handel den EAD für naiv. Conrada suchte eine passende Entgegnung, fand keine, sagte doch etwas, merkte, wie sie sich verhaspelte, verstummte, wurde rot.

»Nichts?«, fragte Hartwig. »Dann können wir jetzt weitermachen?«

Conrada schwieg.

Die Konferenz begann zäh. Argentinien hatte die Präsidentschaft der UNASUR inne, und der argentinische Außenminister hatte sich in den Kopf gesetzt, alle Vertreter ihre Sicht auf die Lage in Brasilien schildern zu lassen. Das klang nobel. Doch entsprechend dem üblichen Prozedere hatten sich die verschiedenen Parteien ihre jeweiligen Positionspapiere bereits im Vorfeld zukommen lassen. Diese mochten als offizielle Dokumente noch so weit an den eigentlichen Intensionen vorbeigehen, schafften zumindest jedoch eine Diskussionsbasis.

Conrada hätte mit Freuden darauf verzichtet, alles noch einmal hören zu müssen. Bei fünf Minuten Zeitlimit und zwölf Mitgliedern plus USA und EU waren anderthalb Stunden vorbei, bevor überhaupt Lösungsvorschläge diskutiert werden konnten. Dass Verhandlungen auf dem internationalen Parkett Zeit brauchten, war normal. Doch in der aktuellen Situation konnte jeder Tag, jede Stunde entscheidend sein. Im Übrigen war davon auszugehen, dass sich die UNASUR-Staaten bereits abgesprochen hatten. Der Ablauf sollte wohl vor allem suggerieren, dass man die USA und die EU als gleichberechtigte Partner betrachtete.

Conrada saß in der zweiten Reihe und beobachtete. Uruguay hatte Angst, Argentinien wirkte besorgt. Chile schien sich zu langweilen. Hartwig war ein guter Redner. Der SecState der USA gab sich jovial. Kent Miller, Trumps rechte Hand. Conrada kannte ihn, er war ein harter Hund. Lange bevor Trump das politische Feld betrat, hatte Miller schon für ihn gearbeitet; hatte Kasinos für ihn gebaut, gescheiterte Geschäftsideen abgewickelt, Schulden vergemeinschaftet, Gewinne vor dem Fiskus gesichert. Während Trump Politik hauptsächlich als Spielwiese für sein Ego betrachtete, sorgte Miller im Hintergrund dafür, dass die zahlreichen Skandale dem Präsidenten weniger schadeten als nützten. Kent Miller war ein brillanter Geschäftsmann, ein hervorragender Menschenkenner – und skrupellos.

Conradas Telefon vibrierte. Eine Nachricht von Stéphane. Er

bat sie, bei Gelegenheit zurückzurufen. Im selben Moment flüsterte jemand dem chilenischen Außenminister etwas ins Ohr. Er wurde bleich, erhob sich, bat um Entschuldigung und verließ den Raum. Niemand fand das bemerkenswert, man diskutierte gerade hitzig darüber, wie Brasilien eine neue Regierung bekommen könnte. Die USA propagierten eine Intervention, Argentinien war strikt dagegen.

Conrada verließ den Saal, fand einen leeren Raum und rief Stéphane zurück.

»Conrada. Wie ist die Konferenz?«

»Nicht besonders ergiebig bisher. Wenn ich wetten müsste, würde ich darauf setzen, dass sie sich bis Sonntagnacht streiten, ohne etwas zu erreichen. Dann gibt's eine gemeinsame Pressemitteilung, dass wir alle zusammenstehen, die Wirtschaft stabil ist, et cetera et cetera, die Börsen bleiben noch ein paar Tage geschlossen, reine Vorsichtsmaßnahme et cetera. Und nächste Woche trifft man sich wieder. Na ja, was gibt's Neues in Chile?«

»Was?«, fragte Stéphane überrascht. »Du weißt schon Bescheid?«

»Nee, ich habe nur gesehen, dass unser chilenischer Gesprächspartner eine Nachricht bekommen hat, die ihm nicht zu gefallen schien.«

»Ja, es ist übel. In Araucanía haben Mapuche das Rathaus von Temuco besetzt.«

»Wieso denn das? Da war doch die letzten Jahre alles ruhig.«

»In einem Dschungeldorf sind zwei Mitarbeiter eines Forstunternehmens erschlagen worden.«

»Und die Mitarbeiter waren Mapuche?«

»Nein, die Angreifer.«

»Erschließt sich mir gerade noch nicht.«

»Es wurden Aufnahmen von den Leichen gemacht und hochgeladen. Versehen mit dem Hashtag *killtherich*.«

»Wann war das denn?«

»Hochgeladen wurden die Bilder wohl gestern Abend. Viral ist es erst heute Morgen geworden, das Rathaus besetzt haben sie vor ein paar Minuten.«

»Puh.« Die Region Araucanía mochte wirtschaftlich nicht besonders bedeutend für Chile sein. Doch ein kollabierendes Brasilien war schlimm genug für den Kontinent, Aufstände in einem weiteren Land waren das Letzte, was er brauchte.

»Das war noch nicht alles«, sagte Stéphane.

»Was denn noch?«

»In Mexiko-Stadt wurde ein bekannter Streetart-Künstler von Polizisten halb totgeprügelt. War auch gestern Abend.«

»Und?«

Conrada erschrak vor dem Zynismus in ihrer Antwort. Hermann behauptete, wer politisch erfolgreich sein wolle, müsse seine Gefühle an die Wand stellen. Conrada weigerte sich. »So schlimm es ist«, fügte sie hinzu, mehr zu sich selbst, »das passiert dort jeden Tag.«

»Es gab ein Video«, erklärte Stéphane. »Und jetzt strömen Hunderttausende auf die Straßen. Und nicht nur in Mexiko-Stadt. Auch in Monterrey, in Veracruz, in Tijuana, in Cancún. Halb Mexiko ist auf den Beinen, wenn man Prinz glauben will.«

»Woran liegt das denn, dass auf einmal alles online gestellt wird? Daran kann doch nicht nur Brasilien schuld sein.«

»Prinz erklärt es mit der Dynamik des Internets. Es handle sich um einen Hype. Nur dass es nicht um Pandas geht, sondern um Staatsversagen. Er behauptet aber auch, dass es sich wie bei jedem anderen Hype um ein temporäres Phänomen handelt. In einem System, in dem jede Information verfügbar ist, ist keine lange interessant.«

»Der Hype erledigt sich von selbst?« Conrada war misstrauisch.

»Ja. Spätestens, wenn die Lage sich entspannt.«

»Na großartig.«

19. Kapitel

Veracruz, Mexiko; Freitag, 13:33 Uhr UTC-5

»Luis geht auch hin«, sagte Benito trotzig.

»Ist mir völlig egal. Und wenn der Papst mit seinem Auto persönlich vorneweg fährt. Ich verbiete es dir!« Roberto Urreta zitterte vor Wut. »Du bleibst da.« Er hieb mit der Faust auf den Tisch, dass die Teller schepperten. »Was glaubst du, wer du bist? Ein Held, oder was?«

Sein missratener Sohn sprang auf. »Auf jeden Fall nicht so ein Feigling wie du!«, schrie er. Roberto packte seine Bierflasche und schleuderte sie gegen die Wand. Anna schrie vor Schreck, schlug weinend die Hände vors Gesicht.

»Unverschämter Bengel!« Roberto schäumte vor Zorn. »Wie redest du mit deinem Vater.«

Benito rannte aus der Küche. Augenblicke später hörte Roberto, wie die Wohnungstür zugeschlagen wurde. Er atmete schwer. Annas Schluchzen war unerträglich.

»Lass das Geheule«, befahl er. »Du hättest mal lieber auch was gesagt.«

»Was denn?«, fragte sie dumm.

»Was denn, was denn«, äffte er sie nach. »Machst du gemeinsame Sache mit ihm, oder was?« Er ging zum Kühlschrank und holte sich ein neues Bier. Eigentlich sollte er nicht mehr trinken, er hatte Spätschicht.

»Du bist zu streng«, flüsterte Anna. »Benito ist kein Kind mehr.«

»Dass ich nicht lache. Kein Kind mehr. Wer hat dir denn ins Hirn geschissen. Kein Kind mehr. Ein Versager ist er. Der soll sich auf seinen Arsch setzen und was für die Schule machen. Du wirst nicht Ingenieur, wenn du nicht was dafür tust. Ich war damals in der Uni, bis es dunkel wurde. Und dann habe ich die halbe Nacht Rohre gelötet, um meine Miete zu bezahlen. Und er? Alles bekommt er geschenkt. Ist er dankbar? Nein. Respektlos ist er. Ein Nichtsnutz.«

Anna schniefte.

»Und du«, langsam geriet Roberto richtig in Rage, »du mit deiner ewigen Nachsicht. Du machst es nur noch schlimmer. Kein Wunder, dass der Junge nichts hinbekommt, so wie du ihn verziehst.«

Das Weib schnäuzte sich.

»Kannst du auch was anderes tun, als rumzuheulen?« Roberto konnte es nicht fassen. Es gab keinen Tag, an dem er nicht bereute, diese Pute geheiratet zu haben. Er trank sein Bier aus.

»Roberto«, flüsterte Anna.

»Was?« Er ging wieder zum Kühlschrank.

»Was hat dir der Junge denn getan?«

»Was er mir getan hat? Das fragst du noch? Was er mir getan hat?« Er öffnete die Flasche. »Denk doch mal nach. Wenn die Polizei ihn zwischen die Finger bekommt, kann er sein Studium vergessen.«

»Er wird schon auf sich aufpassen. Luis ist ja auch dabei, da wird bestimmt nichts passieren. Was ist so schlimm daran, wenn er mal was Politisches macht?«

»Du bist so was von dumm. Politisch. Was für ein Witz. Grölende Bälger ziehen durch die Stadt und randalieren, was soll daran politisch sein.« Man konnte den Lärm durch die Fenster hören, die Urretas wohnten in der Innenstadt von Veracruz, nur wenige Hundert Meter entfernt vom Palacio Federal.

»Du warst auch mal jung.«

»Ja, und da habe ich mich auf meinen Hosenboden gesetzt und gelernt, Scheiße noch mal. Disziplin war das und Fleiß. Kein bescheuertes Parolengebrülle vorm Rathaus. Klar, was hat es mir gebracht? Jetzt sitze ich hier in diesem beschissenen Loch und streite mit meiner beschissenen Frau.«

»Du trinkst zu viel. Wenn sie dich noch mal betrunken erwischen, werfen sie dich raus.«

»Sollen sie doch. Von mir aus kann der ganze Laden in die Luft gehen, wäre nicht schade drum.«

Anna stand auf und räumte das Geschirr ab. Roberto trommelte mit den Fingern auf den Tisch. Er konnte es nicht ausstehen, wenn seine Frau einfach ging, während er mit ihr sprach. Ein unbändiger Hass stieg in ihm hoch, er kannte das Knistern in seinen Fäusten, der Hass brauchte ein Opfer. Er fluchte, packte die Kante des Tisches und warf ihn um. Die Teller zersprangen, Erbsen rollten über die Fliesen, aus dem Topf wälzte sich die übrig gebliebene Bohnenmasse.

Anna zuckte zusammen. Dann holte sie schweigend Besen und Schaufel und machte sich daran, die Scherben zusammenzukehren. Dass sie alles einfach hinnahm, verbitterte Roberto nur umso mehr. Eine vertrocknete Jungfer zu heiraten war nicht genug, feige sein musste sie auch noch. Er war zu milde gegen sie. Immer gewesen. Diesmal würde er ihr eine Lektion erteilen, die sie behalten würde. Er stand auf und löste den Gürtel von der Hose. Er ging auf Anna zu. Sie wich zurück. Ihre geweiteten Augen verschafften ihm eine tiefe Befriedigung. Er holte aus, sie stieß an die Spüle, konnte nicht weiter. Er schlug zu. Sie kreischte. Ein zweites Mal. Sie hob die Hände über den Kopf. Ein drittes Mal. Sie sank auf die Knie. Ein viertes Mal. Auf der Anrichte klingelte das Telefon. Von dem unerwarteten Geräusch unterbrochen, hielt er inne. Anna sah ihn an, rappelte sich auf und stolperte zum Apparat. Während sie abnahm, wischte sie sich das Blut vom Gesicht. Jemand redete hektisch auf sie ein. Was genau er sagte, konnte Roberto nicht verstehen. Immer noch hatte Anna ihren Blick auf Roberto gerichtet. Sie selbst sagte gar nichts, hielt nur den Hörer ans Ohr, wartete. Ihr Gesicht wurde grau.

»Was ist los?«, fragte Roberto.

»Panzer«, sagte Anna. Ihre Stimme war ohne Ton. »Das Militär geht mit Panzern auf die Demonstranten los.«

»Hier? In Veracruz?« Roberto konnte nicht folgen.

»Benito hat sich ihnen in den Weg gestellt. Die Panzer sind einfach über ihn drüber.«

Roberto starrte verständnislos auf seine Frau.

»Ich will mich scheiden lassen«, sagte Anna. Sie blickte ihn nicht an.

Es rauschte in Robertos Ohren, als er den Wagen auf die 180 steuerte. Die Golfküstenstraße. Immer am Golf von Mexiko entlang schlängelte sich die 180 nach Norden. Es war derselbe Weg seit sechzehn Jahren. Es fühlte sich anders an. Das Lenkrad war klebrig vom Blut. Sein Kopf steckte in einer Waschtrommel, und der Schleudergang hörte nicht auf. Er gab Gas, doch die Landschaft schwebte in Zeitlupe an ihm vorbei. Sein Herz raste. Der alte Toyota ächzte und rasselte, war nicht weiter zu beschleunigen, Roberto stampfte das Gaspedal in den Fahrzeugboden, es nützte nichts. Das Meer war dunkler als sonst. Benito war tot. Der September hatte mit Regen nicht gegeizt, ließ den Wald strotzen vor Kraft. Panzerwagen kamen Roberto entgegen, fuhren an ihm vorbei, fuhren Richtung Veracruz. Ihre Bäuche waren voll mit Soldaten. Mit Mördern. Mördern von Benito. Seinem Sohn. Der Toyota polterte über Schlaglöcher. In Robertos Kopf schrien hundert Stimmen durcheinander, er drehte das Radio auf, laut, bis zum Anschlag. Die Stimmen wurden nicht leiser. Der Himmel bewölkte sich, es würde wieder Regen geben.

Laguna Verde. Sein Ziel. Er war zu früh. Man winkte ihn durch die erste Sicherheitsschleuse. Er stellte den Toyota auf dem Mitarbeiterparkplatz ab. Durch die zweite Sicherheitsschleuse betrat er den Komplex. Der Stolz der Bundesenergiebehörde. Das einzige Atomkraftwerk Mexikos. Er ging in den Aufenthaltsraum der Sicherheitskräfte. Du siehst müde aus, sagte jemand. Blutest du? Jemand zeigte auf seine Hände. Roberto zog sich die Uniform an, band sich die Dienstwaffe um. Roberto war kein Ingenieur. Durchgefallen durch die Abschlussprüfung. Benito war klug, er würde es schaffen. Nein, er war ja tot. Tot. Roberto verstand das Wort nicht, er sagte es laut, tot, was bedeutete es, tot, was war das für ein Wort. Bist du krank?, fragte jemand. Gut, dass unser Militär was macht, sagte jemand. Nicht so wie in Brasilien. Wäre ja noch schöner. Tot. Roberto nahm ein Bier aus seinem Spind. Hast du nicht gleich Schicht? Er stellte das Bier zurück. Reiß dich zusammen, Mann. Wer hatte das gesagt? Alle schauten ihn an. Konnten die Kollegen die Stimmen in seinem Kopf hören? Du bist nicht in Ordnung. Tot. Roberto schloss den Spind ab. Das ist meiner, sagte jemand. Entschuldigung. Habe mich vertan. Tot. Wasch dir mal die Hände. Tot. Ist das Blut? Weiß nicht. Wo ist denn die Toilette? Ach stimmt, das weiß ich ja, muss ich ja wissen, ich arbeite hier. Wie viel Uhr ist es? Du musst nach F12. F12? Was bedeutete F12? Ich arbeite hier, ich weiß, wo F12 ist. Wo ist F12? Du siehst kreidebleich aus. Lass dich mal durchchecken. Roberto taumelte aus dem Aufenthaltsraum. Wie viele Flure es gab hier. Tot. Was willst du hier? Roberto verstand nicht. Wo, hier? Du bist im Depot. Was für ein Depot? Ach so, das Depot. Gib mir eine Waffe. Du hast eine Waffe. Gib mir was Größeres. Roberto, bist du verrückt geworden? Ja. Nein. Ich weiß nicht. Wahrscheinlich. Roberto zog die Pistole und schoss. Wie laut das war, sogar die Stimmen waren still. Felipe hatte ganz große Augen. Wie Anna. Tot. Roberto nahm Felipe die Schlüsselkarte ab. Jetzt waren seine Hände noch blutiger als vorher. Mit der Schlüsselkarte kam man an die automatischen Waffen. Die waren für den Notfall. Roberto nahm einen Maschinenkarabiner.

Magazine gab es auch, Roberto hängte sich zwei an den Gürtel. Wohin musste er? F12? Links ging es zum F-Block. Er wollte nicht zu F12. Er ging geradeaus. Kollegen rannten ihm entgegen. Der Schuss gerade, was war das? Bist du verletzt? Felipe. Was ist mit ihm? Tot. Sie rannten weiter. Eine Sirene ertönte. Mehr Kollegen. Im Kraftwerk arbeiteten pro Schicht achtzig Sicherheitsleute. Und die rannten jetzt alle zu Felipe. Roberto wollte ihnen nicht im Weg stehen. Er öffnete eine Feuerschutztür, da war die Feuertreppe. Hier war weniger los. Nur die Sirene. Und die Stimmen. Er ging aufwärts. Da war ein Schild. Wieder durch die Feuerschutztür. Der Flur war leer. Besser so. Noch ein Schild. Das war gut, Roberto kannte sich hier nicht aus. Er arbeitete sonst immer im F-Block. Früher im Außenschutz. Das war vorbei. Der Kontrollraum. Mehrere Sicherheitsleute standen davor, schrien in Funkgeräte. Einer kam auf ihn zu. Was willst du? Warum bist du nicht auf deinem Posten? Roberto entsicherte den Maschinenkarabiner und schoss. Die Gruppe stand dicht genug zusammen, er erwischte alle. Wegen der Westen lebten sie noch, er musste noch mal zu jedem hin. Er wechselte das Magazin. Dann machte er die Tür zum Kontrollraum auf. Nur ein einzelner Sicherheitsmann. Der schoss auf ihn, traf aber nicht. Roberto schoss auch, traf besser. Er schloss die Tür ab. Die Wände des Raumes waren voll mit irgendwelchen Knöpfen und Anzeigen. Fünf Zivilisten saßen davor. Guckten ihn an. Los, jagt das Ding in die Luft. Keiner sagte was. Roberto schrie: Macht schon! Das geht nicht, sagte einer. Roberto schoss, traf nicht richtig, der Mann bewegte sich noch, Roberto musste noch mal ran. Die anderen rissen die Augen auf. Wie Anna.

20. Kapitel

Buenos Aires, Argentinien; Freitag, 20:27 Uhr UTC-3

Conrada kannte den EAD-Abteilungsleiter für Mittelamerika als unerschütterlichen Fels in der Brandung. Eine der Anekdoten, die über den Finnen kursierten, betraf das Freihandelsabkommen zwischen Mexiko, Kolumbien und Venezuela. Pekka Salminen hatte es von Anfang an beratend begleitet, seit den frühen Neunzigern, damals noch als selbstständiger Anwalt. Es war sein Lebenswerk. 2006 erklärte Venezuelas Präsident Hugo Chavéz das Abkommen für null und nichtig. Als Salminen davon erfuhr, habe er – so lautete die Legende – nur mit einem Schulterzucken reagiert und mit der Bitte an seine Sekretärin, die entsprechenden Akten bei Gelegenheit auszusortieren. »Mehr Platz im Schrank« hatte sich zu einem geflügelten Wort entwickelt, wenn beim EAD Verhandlungen scheiterten.

Doch der Fels bröckelte. Selbst durchs Telefon hindurch merkte Conrada die Anspannung des Finnen.

»Was soll das heißen: Panzer?« Conrada hoffte inbrünstig, sie hatte sich verhört.

»Du weißt noch nichts?«, fragte Salminen.

»Ich war bis eben in der Konferenz von UNASUR.«

»Das mexikanische Militär versucht, die Demonstrationen mit Waffengewalt niederzuschlagen. Mit mäßigem Erfolg, muss man sagen.«

»Die Demonstranten wehren sich?«

Salminen stöhnte. »Mit ganzer Macht. Inzwischen haben die

Straßenschlachten Ausmaße angenommen, die alle Vorfälle in Brasilien übersteigen. Dank des Drogenkriegs befinden sich genug Waffen im Land, um jedem eine zu verschaffen, der eine will. Und zwar nicht nur Kleinkaliber. Maschinengewehre, Granatwerfer, alles. Die Milizen, die gerade erst in staatliche Einheiten überführt worden sind, reaktivieren ihre alten Strukturen. López Obrador schien mit seinen Amnestie-Angeboten den Drogenkrieg tatsächlich unter Kontrolle bringen zu können. Das ist nun Geschichte. Die Kartelle nutzen die Gunst der Stunde und werfen alles in die Schlacht, was nicht angewachsen ist. Conrada, in Brasilien erleben wir womöglich das Präludium eines Bürgerkriegs. Aber hier befinden wir uns bereits mitten im ersten Akt. Außerdem leidet der Osten des Landes unter einem großflächigen Stromausfall. Eine offizielle Erklärung dazu gibt es noch nicht, aber meine Kontakte behaupten, Laguna Verde melde Probleme.«

»Laguna Verde?«

»Mexikos einziges Atomkraftwerk.«

»Mein Gott. Bist du in Sicherheit?«

»Wir evakuieren gerade die Botschaft. Zum Glück befinden wir uns nicht in der Schusslinie.« Salminen verstummte.

Sein Schweigen drang düster aus dem Telefon.

»Hoffen wir, dass das so bleibt«, meinte Conrada rasch, um die Schwere zu vertreiben. »Was sagen die UN? Machen sie Druck auf López Obrador? Er darf das Militär auf keinen Fall weiter schießen lassen. Deeskalierung ist das A und O. Sonst ergeht es ihm wie Bolsonaro in Brasilien.«

»Die ständigen Mitglieder des Sicherheitsrats beraten sich noch. Guterres hat eine Presseerklärung abgegeben, aber nichts Besonderes: Er verurteilt die Gewalt, alle Parteien werden aufgerufen, sich zu mäßigen, das Übliche. Mogherini plant wohl dasselbe. Aktuell bespricht sie sich mit dem mexikanischen Außenminister. DSG-SEC versucht die UN-Abteilung für Politische Angelegenheiten mit der EU auf eine Linie zu bringen.«

»Wir haben schon eine gemeinsame Linie?«

»Natürlich nicht. Du kennst doch den DSG, der fährt auf Sicht.«

»Was ist deine Meinung?«

Salminen war kurz still. Dann sagte er: »Ich weiß es nicht. Ich war noch nie so ratlos. Wie gesagt, wir erleben hier ein zweites Brasilien. Mit mehr automatischen Waffen.«

Der Satz kroch in Conradas Bewusstsein wie eine tödliche Spinne.

Salminen räusperte sich. »Wie ist es bei dir?«

Conrada berichtete von der Konferenz, die wie erwartet ohne Ergebnis vertagt worden war. Immerhin hatte sich die Lage in Chile wieder beruhigt. Das Rathaus von Temuco war nur wenige Stunden in der Hand der Rebellen gewesen, bevor es von Spezialeinheiten der chilenischen Polizei wieder befreit worden war.

»So wie es aussieht, hat Brasilien einen Interimspräsidenten gefunden«, sagte sie. »José Colasanti. Ein Chauffeur.«

»Ein Chauffeur?«, fragte Salminen ungläubig.

»Jep.« Conrada verstand Salminen nur zu gut. Als Stéphane ihr die Nachricht mitgeteilt hatte, hatte sie es zuerst auch für einen schlechten Scherz gehalten.

»Halt dich fest: Gewählt wurde über eine private Website. Mit der Software werden wohl normalerweise Onlinepetitionen durchgeführt. Es gab keine richtige Wahl, man konnte nur seine Zustimmung für Colasanti ausdrücken.«

»Warum denn gerade er?«

»Weil auf Facebook zuvor eine ähnliche Abstimmung stattgefunden hatte. Mit verschiedenen Kandidaten. Er lag vorn, dann ist die Seite wegen Überlastung zusammengebrochen.«

»Es gibt überhaupt keine rechtliche Basis für so etwas.«

Conrada wunderte sich nicht über die Empörung des Juristen. »Natürlich nicht. Es wurden über einhundertfünfzig Millionen Stimmen abgegeben. In weniger als acht Stunden. Nur brasilianische IP-Adressen waren zugelassen. Wenn wir behaupten, jeder hat nur ein Mal abgestimmt, haben über fünfundsiebzig Prozent der Bevölkerung Colasanti ihr Vertrauen ausgesprochen – und zwar nicht etwa fünfundsiebzig Prozent der Wahlberechtigten, sondern aller Brasilianer.«

»Beziehungsweise all derer mit brasilianischer IP-Adresse. Kann das nicht furchtbar leicht manipuliert werden?«

»Höchstwahrscheinlich.«

»Und jetzt?«

»Keine Ahnung. Colasanti hat jedenfalls gesagt, dass er es machen will. Die Leute haben gefeiert, als ob das ganze Chaos der letzten Tage schon überwunden wäre. Innerhalb der nächsten Stunde soll es ein erstes Fernsehinterview mit ihm geben. Wir dürfen gespannt sein.«

»Ich fürchte, ich werde keine Zeit haben, das live zu sehen. Ich muss los, sie räumen die Botschaft. Melde dich, wenn du was brauchst.«

Sie verabschiedeten sich.

Conrada sah aus dem Fenster. Es war bereits dunkel geworden. Die Lichter von Buenos Aires glitzerten bis zum Horizont. Im Flur um sie herum herrschte hektisches Treiben, überall wurde telefoniert, kleine Grüppchen standen beieinander und diskutierten mit ausladender Gestik. Fast alle Tagungsräume des Stockwerks waren belegt, jeder verhandelte mit jedem. Die Delegationen von Argentinien, Chile und den USA hatten sich gemeinsam zum Gespräch zurückgezogen. Conrada brauchte frische Luft, den ganzen Tag war sie in dem fensterlosen Konferenzsaal eingesperrt gewesen. In der letzten Pause hatte sie Hartwig noch einmal ihre Unterstützung angeboten, er hatte schmallippig abgelehnt. Es war zum Verrücktwerden: Es bahnte sich die größte globale Krise aller Zeiten an, und hier trafen sich vierzehn Akteure, die etwas tun könnten, und stattdessen überbot man sich gegenseitig darin, sich einzureden, es sei alles halb so schlimm.

Obwohl sie kaum etwas getan hatte, fühlte sie sich ausgezehrt. Ihre Beteiligung an der illustren Veranstaltung beschränkte sich darauf herumzusitzen und ihre Ungeduld zu verbergen. Die meiste Zeit hatte sie damit verbracht, für den EAD zu protokollieren oder mit Stéphane zu telefonieren. Der Arme. Sie konnte nur bewundern, mit welcher Konzentration er arbeitete. Von Jasmin gab es nach wie vor keine Spur. Conrada erinnerte sich an Stéphanes Exfrau als eine quirlige, mollige Mittfünfzigerin, die ihren Scharfsinn hinter flapsigen Sprüchen versteckte. Zuletzt getroffen hatte Conrada sie im Frühjahr in Panama-Stadt, auf einer Veranstaltung zum fünfhundertjährigen Stadtjubiläum. Jasmin hatte geschildert, wie Bolsonaro es in wenigen Monaten gelungen war, die Presselandschaft platt zu walzen: Wer einen kritischen Artikel schrieb, musste im günstigsten Fall mit der Entlassung rechnen – vielleicht aber auch mit einer Verurteilung wegen Kindesmissbrauchs. Besonders beunruhigend war der Einfluss, den Bolsonaro auf die Militärpolizei hatte. Die berüchtigte brasilianische Polícia Militar war nicht etwa fürs Militär zuständig, sondern übernahm reguläre polizeiliche Aufgaben – allerdings mit militärischen Mitteln. Nach einigen personellen Anpassungen hatte Bolsonaro sie zu seiner Privatarmee umgeformt. Politiker, Richter, Journalisten – wer sich kritisch gegen Bolsonaro äußerte, bekam von der Polícia Militar Besuch.

Als Conrada nach draußen trat und die Kühle der Nacht sie umfing, atmete sie erleichtert auf. Sie entschloss sich zu einem Spaziergang. Doch kaum hatte sie die Polizeiabsperrung hinter sich gelassen, warf sich ein Pulk Journalisten auf sie, als wäre sie der Messias persönlich. Alle schrien wild durcheinander. Sie wollte sich rasch durch die Menge hindurchwinden, da hörte sie ihren Namen. Ein paar Meter entfernt entdeckte sie Hartwig, stärker bedrängt als sie selbst.

»Ms. van Pauli. Machen Sie das doch hier.« Er rief den Journalisten ein paar Worte zu, zeigte auf Conrada, und ehe sie sichs versah, senkten sich die Mikrofonangeln um sie wie der Pikenwall eines feindlichen Heeres. Nur das nicht. Conrada konnte Kurzstatements nicht ausstehen.

Dabei war sie eine glühende Verfechterin unabhängiger Medien. Eine Demokratie lebte nicht dank der Ergebnisse, die sie erreichte, sondern durch die Prozesse, die zu diesen Ergebnissen führten. Wer die Demokratie schützen wollte, musste jedem noch so schlechten Kompromiss den Vorzug geben gegenüber jeder noch so sinnvollen Entscheidung, die autokratisch gefällt war. Doch nur wenn der Prozess hinter dem Ergebnis offenbar wurde, konnte das Volk den Kompromiss nachvollziehen, seine Schattenseiten vertreten. Und nur das Vertrauen des Volkes in die Demokratie entschied über ihre Stabilität. Der Autokrat herrschte durch Furcht, die Währung der Demokratie war das Vertrauen. Conrada konnte nur den Kopf schütteln angesichts all der Referenden, die die letzten Jahre abgehalten worden waren. Die Leute wollten ernst genommen werden. Doch mit dem Versprechen, Ja/Nein-Entscheidungen würden die Probleme der modernen Welt lösen, wurden sie für dumm verkauft. Dass eine Kampagne schmutziger geführt wurde als die andere, tat das Übrige. Vertrauen entstand nicht durch Anbiederung, sondern durch Transparenz. Damit verstand Conrada nicht den Wikileaks-Ansatz, wahllos Geheimnisse zu verraten, sondern die Offenlegung der Prozesse. Eine freie Presse war dafür unabdingbar.

Das Unbehagen, das Conrada erfüllte, wenn sie vor Mikrofone treten musste, rührte daher, dass die Presse nicht frei war. Politisch durchaus: Was die juristischen Rahmenbedingungen betraf, waren die Verlage der westlichen Welt freier als je zuvor. Es waren wirtschaftliche Zwänge, die zu einer Berichterstattung verführten, die klare Bilder schuf und starke Emotionen weckte. Viele Zusammenhänge wurden dadurch bis zur Verfälschung vereinfacht. Die Widersprüche aber schrieb der Konsument nicht der Berichterstattung zu, sondern der Politik. Kurzstatements waren besonders tückisch. Ohne die Möglichkeit der Kontextualisierung gerieten sie entweder missverständlich oder zur Plattitüde.

Conrada beobachtete das Gedränge der Meute und seufzte. Es gab kein Entkommen. Danke, Hartwig.

Schlimmer als zuvor prasselten alle Fragen zugleich auf sie ein, sie verstand keine einzige. Sie deutete auf eine Frau in der zweiten Reihe, die von ihren Kollegen nach hinten gedrängt worden war.

»Sie zuerst, bitte.«

»Wird Argentinien Truppen nach Brasilien schicken?«

»Das halte ich für ausgeschlossen. Solange die brasilianische Regierung es nicht wünscht, gibt es keine juristische Grundlage. Und zurzeit findet sich ja nicht einmal eine handlungsfähige Regierung. Nächste Frage? Sie dort.«

»Wird Deutschland seine Handelsbeziehungen mit anderen südamerikanischen Ländern vertiefen?«

»Wie meinen Sie das?«

»Jetzt, da der brasilianische Markt wegfällt.«

»Zuerst einmal vertrete ich nicht Deutschland, sondern die EU«, sagte Conrada. »Und zum jetzigen Zeitpunkt ist es zu früh, Handelsbeziehungen zu diskutieren. Nächste Frage? Sie, mit der blauen Jacke.«

»Nach den Unruhen in Chile und Mexiko: Was wird UNASUR tun, um Aufstände in weiteren Ländern zu verhindern?«

»Die Beratungen sind noch nicht abgeschlossen. Und noch einmal, ich kann nur für die EU sprechen.«

»Aber halten Sie Aufstände in weiteren Ländern für möglich?«

»Menschen werden sich immer zur Wehr setzen, wenn sie sich ungerecht behandelt fühlen. Die Aufgabe der Politik ist es, das Unrecht auf ein Minimum zu reduzieren. Gelingt dies einer Regierung nicht und wirkt sie auch in ihren Versuchen nicht glaubwürdig, läuft sie Gefahr zu scheitern. Das wird für alle Ewigkeit so bleiben. In Bezug auf die aktuelle Situation würde ich jedem Volksvertreter raten, kritischen Stimmen sehr genau zuzuhören.«

»Und wenn er den Wünschen nicht nachkommen kann oder will?«

»Im schlimmsten Fall bleibt nur der Rücktritt. Ein gewaltfreier Machtwechsel verschafft selbst dem marodesten System Zeit für Reformen.«

»Und wenn er nicht zurücktreten will?«

»Blicken Sie nach Mexiko. Da können Sie sehen, was Panzer erreichen.«

»Heißt das, Sie unterstützen die dortigen Aufstände?«

»Ich sage nur, zu jedem Konflikt gehören zwei Seiten. Bitte entschuldigen Sie mich.«

Niemand wollte sie gehen lassen, mühevoll bahnte sich Conrada ihren Weg durch die Menschentraube. Unter den Armen klebte ihr der Schweiß, sie brauchte keinen Spaziergang mehr, sondern eine Dusche. Venizelos, der Generalsekretär des EAD, erwartete außerdem ihren Anruf. Ein Taxi fuhr vorbei, sie winkte, es hielt an und nahm sie mit. Unterwegs fiel ihr auf, dass sie seit dem Frühstück nichts mehr gegessen hatte. Der Fahrer versorgte sie mit einer Empfehlung und der passenden Nummer, sie gab dem Lieferservice die Adresse der EU-Delegation.

Geduscht und einigermaßen gesättigt, traf sie sich mit González im Internationalen Zimmer der Botschaft. Der Name rührte vom COREU-System, das hier installiert war: ein Kommunikationsnetzwerk zwischen den europäischen Hauptstädten, dem EU-Rat, der Kommission und dem EAD. Seine Funktion bestand in dem Versenden verschlüsselter Textnachrichten. COREU war wie Faxen, wurde gewitzelt, nur langsamer. Betreut wurde COREU von INTCEN. Genutzt wurde es von niemandem.

Es war ironisch: Die Arbeit der EU-Institutionen litt erheblich darunter, wie undurchsichtig sie der Öffentlichkeit schien.

Doch wer die EU belauschen wollte, hatte leichtes Spiel. Üblicherweise verwendeten alle ihr eigenes Mobiltelefon, ganz egal, wie oft INTCEN beklagte, wie einfach die Geräte abzuhören seien. Es gab zwar Angebote, aber entweder konnten die Modelle den Datenverkehr verschlüsseln oder die Gespräche. Wer sicher unterwegs sein wollte, brauchte beide – und ein drittes für Kommunikationspartner, die selbst nicht mit einem kompatiblen Gerät ausgestattet waren.

Für das Gespräch mit Venizelos nutzten sie ein Konferenzsystem, das auf dem Markt frei verfügbar war. INTCEN hatte es widerwillig abgesegnet. So großen Respekt Conrada vor den Gefahren von Cyberspionage hatte – fast empfand sie Mitleid für den Hacker, der aus der phrasengespickten EU-Kommunikation relevante Informationen herausfiltern wollte.

Die Verbindung stand, trotzdem mussten sie eine Weile warten, bis Venizelos bereit für sie war. Der Projektor warf in höchster Auflösung das Bild eines Mannes auf die Leinwand, der dringend Schlaf brauchte und eine Rasur. Conrada überschlug die Zeit, in Brüssel war es drei Uhr früh.

»Dr. van Pauli, Dr. González«, begrüßte sie der Generalsekretär des Auswärtigen Dienstes. Sie grüßte zurück, da polterte er bereits los: »Was soll der Unfug?«

»Entschuldigen Sie, Sir?«

»Was glaubt dieser Hartwig, wer er ist? Sobald Sie Ihr Protokoll geschickt hatten, habe ich DSG-SEC angerufen. Der ist an die Decke gegangen. Was Malmström und Juncker da tun, ist fahrlässig. Und das ist noch diplomatisch ausgedrückt. Die wollen doch nicht ernsthaft Zölle diskutieren, während die größte Marktwirtschaft Südamerikas explodiert! Sagen Sie mir bitte, dass das ein Scherz war.«

»Wenn es mir wie ein Scherz vorgekommen wäre, hätte ich meinen Eindruck im Protokoll vermerkt.«

»Ich habe es befürchtet. Immer korrekt, die van Pauli. Ich

werde Mogherini sagen, dass sie dringend mit Malmström sprechen muss. Notfalls auch mit Juncker. Wir müssen durchsetzen, dass Sie die EU vertreten und nicht dieser Hartwig. Oder dass Sie zumindest gleichberechtigt sind. Verflucht noch eins, das ist eine politische Krise, kein Wirtschaftsgipfel. Und jetzt drehen auch noch die Mexikaner durch. Hören Sie, Dr. van Pauli, Sie können nicht in der zweiten Reihe herumlungern. Wir brauchen Sie vorn.«

Conrada dankte Venizelos für die Unterstützung. Richtig freuen mochte sie sich nicht. »Bedenken Sie, dass unsere Position automatisch schwächer wird, wenn wir unseren Verhandlungsleiter auswechseln. Dann wissen alle, dass wir intern uneinig sind.«

»Besser als das, was gerade passiert.«

»Wie Sie meinen, Sir.«

»Eine Sache noch: Sie haben sicher mitbekommen, dass unsere Botschaft in Brasília überfallen wurde?«

»Ja, natürlich.«

»Botschafter Kopański behauptet, Sie trügen die Verantwortung dafür.«

»Wie denn das?«

»Er sagt, Sie hätten angeordnet, die Botschaft zu räumen und ungesichert zurückzulassen. Stimmt das?«

»Ja, schon. Ich wollte die Mitarbeiter schützen.«

»Und warum haben Sie das Sicherheitspersonal abgezogen?«

»Das war ein einziger Mann«, Conrada wurde heiß. »Ich dachte, allein hätte er sowieso keine Chance.«

»Na gut. Aus Kopańskis Sicht konnte es erst zu der Plünderung kommen, weil das Gebäude nicht besetzt war. Er hat eine förmliche Fachaufsichtsbeschwerde angekündigt. Am besten telefonieren Sie mal mit ihm. Der Mann scheint Sie echt gefressen zu haben.«

»Aber das ist doch absurd.« Conrada war verwirrt. »Wozu macht er das? Ich meine, was erhofft er sich davon? Weiß er überhaupt, was eine Fachaufsichtsbeschwerde ist?« Conrada selbst hatte sich mit dem Prozess beschäftigt, weil sie einmal in Erwägung gezogen hatte, gegen Rhodes eine Beschwerde einzulegen. »Er bringt sie niemals durch.«

»Wie auch immer«, sagte Venizelos, »ich wollte Ihnen nur Bescheid geben, dass da möglicherweise noch Ärger auf Sie zukommt.«

21. Kapitel

Chennai, Indien; Samstag, 08:52 Uhr UTC+5:30

Die Klimaanlage des Hotels war enervierend laut. Bimal hatte Jitendra einen letzten Kuss gegeben, eine Tasche mit dem Nötigsten gepackt und war mit dem Taxi zum nächstbesten Hotel gefahren. In seiner Wohnung war er nicht mehr sicher.

Zwei Nächte hatte er bereits in dieser schäbigen Absteige verbracht, und noch immer war er den Mördern Jitendras keinen Schritt näher gekommen.

1.490.000 Ergebnisse zu Fred Stegen. Er hatte die Suchanfrage um Chennai erweitert, um Narayan, um Woodearth, um Brasilien, um Korruption – Letzteres war in Indien immer einen Versuch wert. Es fand sich nichts. Er versuchte es mit Fredrik, Frédéric, Friedrich, Fryderyk, ja mit allen Varianten, die Wikipedia vorschlug, buchstabierte Stegen auf jede erdenkliche Weise. Vergeblich. Wenn er online nichts fand, würde es umständlich. Investigative Arbeit dauerte lange, war kostspielig und gefährlich. Niemand mochte es, wenn man in seinem Leben herumschnüffelte, Menschen mit Geheimnissen am wenigsten. Und dass Narayan zielstrebige Leute beschäftigte, war nicht von der Hand zu weisen. Wie schnell sie Bimals Wohnung gefunden hatten! War er vor eine Überwachungskamera geraten, brauchten sie Gesichtserkennungsprogramme und Zugriff auf Polizeidatenbanken. Hatten sie die Seriennummer seiner Drohne zurückverfolgen können, mussten sie über den Händler an seine Kreditkartendaten herangekommen sein.

Bimal loggte sich erneut in den Server von *The Hindu* ein. Sein Account war immer noch nicht gesperrt. Ein paar Klicks später erhielt er Zugriff auf die India Press Data Base. Die Datenbank war von den drei wichtigsten indischen Pressehäusern gegründet worden mit dem Ziel, ein gemeinsames digitales Archiv zu schaffen. Nach und nach hatten sich weitere Verlage angeschlossen, erst große überregionale Zeitungen, später auch kleine Lokalblätter, Magazine, wissenschaftliche Journals. Eine Abteilung für die Speicherung von Video- und Radio-Content befand sich im Aufbau. Beinahe alles, was in den letzten Jahren von indischen Journalisten publiziert worden war, fand sich hier. Wenn Fred Stegen jemals in eine indische Zeitung geraten war, dann würde Bimal den Artikel hier finden oder nirgends.

Er fand genauso viele Ergebnisse wie zuvor: null.

Ratlos starrte er den Bildschirm an. Ihm gingen die Ideen aus. Lange konnte er nicht mehr im Hotel herumhocken. Doch die Alternative zur Onlinerecherche war ungleich gefährlicher – Bimal würde Kontakt zu Narayans Umfeld suchen müssen.

Er brauchte eine Pause. Frustriert öffnete er die Website eines Nachrichtensenders. Auf der Theke der Küchenzeile gab es eine Kaffeemaschine. Bimal stand auf und begann, womit er die letzten beiden Tage am erfolgreichsten gewesen war: Kaffeekochen. In den Nachrichten ging es um die Aufstände in Brasilien. In Argentinien tagte ein Krisenrat aus südamerikanischen Ländern, den USA und der EU. Eine EU-Diplomatin erklärte, ein Machthaber, der das Recht nicht schützen könne, müsse über seinen Rücktritt nachdenken. Sieht man auch nicht alle Tage, dachte Bimal, während er sich den fertigen Kaffee einschenkte, jemand mit Rückgrat. Er blies in seine Tasse. Conrada van Pauli hieß die Diplomatin. Hübsch war sie auch. War das nicht die Verrückte, die den neuesten Petrobras-Skandal aufgedeckt hatte?

Tja, dachte Bimal, während er zur Couch zurückging, wenn seine Exfrauen ein bisschen tougher gewesen wären, vielleicht hätte er es dann doch mit ihnen aushalten können. Seufzend dachte er an Jitendra. Er schloss das Fenster mit den Nachrichten. Er sollte weiterarbeiten. Irgendwo im Internet führte eine Spur zu Fred Stegen, Bimal war sich sicher. Wenn Stegen sein Mann war, dann wusste Google von ihm. Aber welche Frage musste Bimal stellen?

Google schlug Ergebnisse in Abhängigkeit davon vor, aus welcher Region die IP-Adresse des Nutzers stammte. Vielleicht war dieser Stegen woanders interessanter. Bimal aktivierte eine Proxy-Software und simulierte eine brasilianische IP-Adresse. Nichts. Er versuchte dasselbe mit den USA. Wiederum erfolglos. Dann Deutschland. Die ersten Seiten behandelten einen Fußballer namens ter Stegen. Bimal befahl Google, alle Ergebnisse wegzulassen, die den Vornamen beinhalteten oder sich um Fußball drehten. Nichts. Er fügte dem Suchbefehl *Narayan* hinzu. Nichts. Er probierte es mit *Woodearth*. Und plötzlich fand er ein Bild. Verwackelt, verpixelt. Der Eingang zu einem unscheinbaren Gebäude. Aus dem Eingang des Gebäudes trat eine Frau im Anzug. Sie wandte dem Fotografen ihr Profil zu, Einzelheiten waren nicht zu erkennen. In den Metadaten fand sich die Bildbezeichnung: *Michael Woodearth besucht Leiterin von The Children's Best Foundation Vivienne ter Stegen.*

Bimals Herz schlug schneller. Ms. ter Stegen statt Mr. Stegen? Aber warum dann Fred? Vielleicht hatte Vivienne einen Verwandten. Bimal googelte. Und musste gleich feststellen, dass die Recherche schwierig blieb. *The Children's Best* betrieb eine Website, die nicht viel mehr beinhaltete als den Hinweis, es handle sich um eine internationale Stiftung mit dem Anspruch, die Lebensumstände benachteiligter Kinder zu verbessern. Im Impressum wurde Vivienne ter Stegen als Vorstand bezeichnet, als Adresse eine Straße in Aulnay-sous-Bois genannt, einer französischen Kleinstadt bei Paris. Eine Telefonnummer oder ein Kontaktformular gab es nicht.

Bimal suchte noch eine halbe Stunde, ohne eine einzige weitere Information zu erhalten.

Die Sache stank.

Nicht jede Stiftung lebte von Öffentlichkeitsarbeit. Doch selbst wenn die Geldgeber kein Interesse an Werbung hatten, müsste es unabhängige Berichte über die Wirkung der Investitionen geben. Oder es gab keine Investitionen. Dann brauchte es aber auch keine Stiftung. Eine Verbindung zu Narayan hatte Bimal nicht gefunden, aber sein Instinkt sagte ihm, dass es eine gab. Und sein Instinkt trog ihn selten. Bei *The Children's Best* würde er Antworten finden zu dem Mord an Jitendra.

Bimal musste nach Paris. Zum Glück hatte er sein Pressevisum erst kürzlich erneuern lassen. Hoffentlich war die Polizei am Flughafen nicht gekauft.

22. Kapitel

Buenos Aires, Argentinien; Samstag, 09:13 Uhr UTC-3

»Die Europäische Union ist bereit, ihren Teil dazu beizutragen, die Situation zu beruhigen«, begann Conrada. Venizelos war es gelungen, Conrada als EU-Vertreterin einzusetzen, Hartwig hatte sich tief gekränkt gezeigt. Um die Wogen zu glätten, hatte Conrada ihm angeboten, sich die Verantwortung zu teilen. Die Redezeit der EU gehörte bis zur Kaffeepause ihr, bis zum Mittagessen Hartwig. Am Nachmittag dann sollte das Plenum durch Arbeitskreise ersetzt werden. Falls man sich bis dahin auf ein gemeinsames Vorgehen geeinigt hatte.

»Wir sehen uns in der Verantwortung.« Conrada strich sich eine Haarsträhne aus dem Gesicht. Eine Marotte, mit welcher sie ihre Nervosität in den Griff zu bekommen suchte. Dann ließ sie die Bombe platzen. »Doch einen militärischen Eingriff lehnen wir entschieden ab.«

Der Vorschlag war von Kent Miller gekommen, dem SecState der USA und damit dem mächtigsten Mann am Tisch. Bevor das Staatswesen Brasiliens weiter erodierte, sollte das Land befriedet werden, notfalls mit Gewalt. Conrada hatte am Vorabend bereits geahnt, dass der Mann einen aggressiven Kurs propagieren würde. Die Vorbereitungen auf den zweiten Verhandlungstag hatten den Großteil der Nacht verschlungen.

»Gegen eine militärische Intervention spricht eine Reihe von Gründen. Zuerst einmal das Völkerrecht …«, begann Conrada ihre Argumentation. Sie wurde umgehend unterbrochen.

»Wir haben schon gestern darüber geredet«, bemerkte Miller schroff. »Es handelt sich um besondere Umstände. Es gilt, eine humanitäre Katastrophe zu verhindern.«

»Wie im Irak? Wie in Venezuela?«, entfuhr es Conrada. »Bedenken Sie, dass wir westlichen Staaten schon lange als scheinheilig betrachtet werden, was unsere Moral betrifft. Und bisher wurden wir nicht um Hilfe gebeten.«

»Weil es niemanden gibt, der das tun könnte«, blaffte Miller.

»Eine Invasion wäre das Letzte, was der demokratische Gedanke gerade brauchen kann.«

»Es ist keine Invasion. Es handelt sich um eine internationale Friedensmission.«

»Angeführt von den USA? Das nimmt Ihnen doch niemand ab.«

Miller schnaubte. »Wenn der Sicherheitsrat die Mission absegnet, sind die Blauhelme der UN innerhalb von vierundzwanzig Stunden einsatzbereit.«

»Und die ständigen Mitglieder sind alle dafür?«, fragte Conrada spitz. »Russland auch? China?«

»Was wissen Sie denn vom Sicherheitsrat?«

Conrada hatte eine Antwort auf der Zunge. Doch sie merkte, wie die Luft im Saal dicker wurde. Sie verrannten sich. Schnell bemühte sie sich um Struktur.

»Neben dem Völkerrecht gibt es einen zweiten triftigen Grund. Das brasilianische Militär greift aktuell nicht ein, ist aber voll einsatzfähig. Weiß irgendjemand im Raum, welchen Standpunkt die Generäle vertreten?« Es war keine rhetorische Frage. Laut Stéphane vermuteten die Experten der EU, die Generäle wollten nicht als die Erben Bolsonaros wahrgenommen werden. Stattdessen warteten sie ab, bis die Situation schlimm genug war, dass selbst die dem Militär kritisch gegenüberstehenden Teile der Bevölkerung ihr Eingreifen erleichtert hinnehmen würden. Doch das waren nur Spekulationen, einen Kontakt in den innersten Zirkel gab es nicht.

Die wichtigen Männer und Frauen im Konferenzraum blickten auf ihre Füllfederhalter oder Laptops, räusperten sich, schenkten sich Wasser nach.

»Niemand? Sie müssen doch Kontakte zu der Führungsriege Ihrer Nachbarn haben?« Wussten sie wirklich nichts, oder scheuten sie sich davor, ihre Informationen zu teilen?

»Solange es keinen Bürgerkrieg gibt, wollen sie abwarten«, meinte der Außenminister von Uruguay. »Sagen sie.« Es handelte sich um einen faltigen Mann mit mächtigem Schnauzer.

»Kein Bürgerkrieg? Aber Anarchie und Unsicherheit im ganzen Land«, schimpfte Miller. »Das kann jeden Augenblick kippen. Mexiko liefert das eindrucksvollste Beispiel.«

Kampflustig starrte er Conrada an. Sie ignorierte ihn.

»Warum sind die Generäle eigentlich nicht am Tisch?«, fragte sie stattdessen in die Runde. Einen Augenblick stand die Frage im Raum. So banal sie war, begann sie doch eine Wucht zu entfalten, die der argentinische Konferenzleiter rasch aufzufangen suchte: »Ganz einfach. Es handelt sich um ein Treffen politischer Entscheidungsträger. Von Regierungsvertretern. Noch ist Brasilien keine Junta.«

»Zumindest als Berater könnte man sie ja einladen. Was meinen Sie?«

Grummeln, Achselzucken, aber keiner widersprach.

»Herr Minister«, wandte sich Conrada an den Uruguayer. »Sie haben den Kontakt. Würden Sie den Generälen unsere Einladung ausrichten?«

Der Mann zupfte an seinem Schnauzer. Dann gab er einem seiner Mitarbeiter die entsprechende Anweisung.

»Jedenfalls würde ich nicht in ein fremdes Land einmarschieren, um den Frieden zu sichern«, nahm Conrada ihren Faden wieder auf, »wenn die dortige Armee einsatzbereit ist und ich ihre Motive nicht kenne. Eine solche Friedenssicherung kommt mir reichlich wagemutig vor.« Sie trank einen Schluck Wasser.

Einige blickten finster, Miller funkelte Conrada mit verschränkten Armen an, schwieg aber.

»Am gefährlichsten scheint mir aber, dass die Demonstrationen ihren Ausgangspunkt in dem Gefühl der Leute hatten, die Politik entscheide über ihre Köpfe hinweg, lasse sie dabei im Stich, ignoriere ihre Bedürfnisse, kümmere sich nur um die eigene Macht, wirtschafte in die eigene Tasche. Jetzt von außen die Situation lenken zu wollen, könnte unberechenbare Folgen nach sich ziehen.«

»Also machen wir gar nichts?«, fragte Miller giftig.

»Nein«, entgegnete Conrada. »Wir reden mit Colasanti.«

Das Interview, das er gegeben hatte, bescherte Rede Globo die meisten Zuschauer seit Gründung des Senders. Bezog man die Aufrufe des Onlinevideos mit ein, war es inzwischen über eine halbe Milliarde Mal gesehen worden. Eine solche Reichweite besaßen sonst nur Musikclips. Die ganze Welt hatte zugehört, als José Colasanti, achtunddreißig, geboren im Niemandsland des Mato Grosso, ehemals Chauffeur im Dienste der brasilianischen Regierung, erklärt hatte, er sei bereit, sein Volk zu vertreten. Er werde seinen einzigen Auftrag darin sehen, den Gesetzen entsprechende Wahlen durchzuführen. Antreten zu diesen Wahlen werde er selbst dann nicht mehr. Politiker aller Parteien lade er ein, ihn in der Übergangsphase zu unterstützen. Er stelle nur eine einzige Bedingung: dass auch sie nach Durchführung der Wahlen von allen politischen Ämtern für immer zurückträten. Um den laufenden Betrieb aufrechtzuerhalten, bitte er darum, dass jeder seinem Alltagsgeschäft nachkomme, so gut es ihm aktuell möglich sei – dies gelte nicht nur für Entscheidungsträger, sondern für jeden Brasilianer, der zur Zukunft seines Landes beitragen wolle.

Conrada wusste nicht, ob sie den Mann für naiv oder verrückt halten sollte. Dennoch wagte sie zu behaupten, dass er das Beste war, was Brasilien in der aktuellen Lage passieren konnte.

Von allen Seiten prasselte wütender Widerspruch auf Conrada ein. Sie verschränkte die Arme und wartete.

Nach einer Minute ließ das Wettern nach, erwartungsvoll richteten sich die Blicke auf Conrada, man war gespannt auf ihre Reaktion. Miller kam ihr zuvor.

»Sehr witzig«, sagte er mit einem Gesicht, als hätte er gerade ein Glas Essig geext. »Wir reden mit Colasanti. Und dann? Wohin soll das führen, mit so einem dahergelaufenen Typen unsere Zeit zu verschwenden. Der Kerl hat keine Legitimation, er hat keine Erfahrung. Ein Fahrer. Ich brauche keinen Fahrer. Ich habe schon einen Fahrer.«

Mehrere lachten. Conrada lächelte gequält. »Es würde mich sehr freuen«, sagte sie, »wenn Sie sich dem Dialog etwas öffnen würden.«

»Mich würde freuen«, sagte Miller, »wenn Sie Ihre Haare öffnen würden.«

Wieder Lachen. Die Attacke erwischte sie unerwartet. Conrada schoss das Blut in die Wangen.

Argentinien schlug eine Sitzungspause vor. Auf den Konferenztischen standen Getränke. Conrada füllte ihr leeres Glas mit Mineralwasser, warf eine Kopfschmerztablette hinein und trank es in einem Zug aus.

»Ach, rufst du jetzt doch noch an?« In der Stimme mischten sich Enttäuschung und Vorwurf.

»Alles Gute zum Geburtstag wünsche ich dir.«

»Schöner wäre es gewesen, wenn du mir das persönlich gesagt hättest.«

»Es tut mir schrecklich leid, ich musste kurzfristig arbeiten.«

»Du musst immer arbeiten. Wann besuchst du mich mal wieder? Ich weiß gar nicht mehr, wie du aussiehst.«

»Bald, Mama.« Conrada biss sich auf die Unterlippe. Es war das dritte Mal in Folge, dass sie den Geburtstag ihrer Mutter verpasste.

»Letztes Jahr musstest du arbeiten. Das Jahr davor auch. Ich werde sterben, und du merkst es nicht mal.«

»Mama, bitte.« Aber was sollte sie sagen, ihre Mutter hatte ja recht. Conrada bat inständig um Entschuldigung und versprach, einen Schal aus Alpakawolle mitzubringen.

»Hast du einen schönen Nachmittag mit Hermann und Emilia verbracht?«, fragte sie dann.

»Ja, eine bezaubernde Enkelin habe ich da. Warum ist Theresa nicht gekommen?«

»Die ist doch in Tansania.«

»Ach so. Wie geht es ihr?«

»Gut«, log Conrada. Sie brachte es nicht übers Herz zuzugeben, dass sie keine Ahnung hatte, wie es ihrer Ältesten ging. Dass diese nicht mehr mit ihr sprechen wollte.

»Bist du sicher? Ihre Schwester sagt, Theresa hat Heimweh.«

Es tröstete Conrada, dass wenigstens ihre Töchter Kontakt hielten.

»Ein bisschen Heimweh ist doch normal, wenn man allein in der Fremde ist«, sagte sie. »Ich vermisse euch auch. Und ich sollte es gewohnt sein. Theresa war noch nie so weit weg von zu Hause.«

»Kommt sie an Weihnachten?«

»Nein, sie ist doch für ein ganzes Jahr in Bukoba.«

»Wo war das noch mal? In Kenia?«

»In Tansania. Hat dir Emilia eigentlich einen Kuchen gebacken? Hat er geschmeckt?«

»Wunderbar. Emilia ist so ein liebes Kind. Wo bist du eigentlich?«

»In Argentinien, auf einer Konferenz.«

»Was machst du da?«

»Wir reden über Brasilien.«

»Dein Mann sagt, in Mexiko ist es viel schlimmer. Warum redet ihr nicht über Mexiko? Die fahren dort mit Panzern durch die Stadt. Hast du das gewusst? In den Nachrichten kamen Bilder. Und so ein Atomkraftwerk ist explodiert. Jetzt hat niemand mehr Strom.«

»Explodiert ist da nichts, soweit ich weiß.« Conrada schluckte. »Wer hat das denn gesagt?«

»Das kam im Radio. Heute Morgen.«

»Ach so.« Die Erleichterung überschwemmte sie. Wenn die Meldung schon älter war, konnte sie nicht so dramatisch sein, sonst hätte Conrada bereits davon erfahren.

Nachdem sie ein paar Worte über das Pflegepersonal des Altersheims gewechselt hatten und über den Niedergang des PSV Eindhoven, sprach Conrada noch kurz mit Hermann und abschließend mit Emilia. Immer wenn sie die Stimme ihrer Tochter hörte, überfielen sie Zweifel, ob sie das Richtige mit ihrem Leben anstellte. Ob sie nicht eines Tages bereuen würde, ihre Familie vernachlässigt zu haben. Wenn Emilia mit ihr sprach, gleichermaßen fröhlich wie gleichgültig, regte sich in Conrada die kalte Angst, anstatt die eine Tochter wiederzugewinnen, auch noch die zweite zu verlieren.

»Es tut mir wirklich leid, Emilia, dass ich nicht bei euch sein kann.«

»Weißt du, Mama, du bist schon okay.«

Kaum hatte Conrada das Gespräch beendet, rief Stéphane sie an.

»Bitte, Stéphane. Sag mir nicht, dass Laguna Verde in die Luft gegangen ist.«

»Nein, wieso?« Stéphane klang verwirrt. »Wie kommst du darauf?«

»Ich habe gerade mit meiner Mutter telefoniert, sie meinte, sie habe das im Radio gehört.«

»Ach so. Das Problem ist eher, dass keiner weiß, was die Terroristen wollen, deswegen toben sich die Medien mit unterschiedlichsten Untergangsszenarien aus.«

»Was denn für Terroristen?«

»Hast du die Mittagsmail nicht gelesen?«

»Ich bin nicht dazu gekommen.«

»Der Kontrollraum von einem der beiden Reaktoren wurde von Terroristen gekapert. Sie haben mehrere Geiseln genommen und das Kraftwerk heruntergefahren, daher der Stromausfall.«

»Und nicht gesagt, was sie wollen?«

»Bisher nicht. Allerdings haben die Mexikaner auch noch kein Einsatzteam dorthin geschickt.«

»Du meinst, die Lage ist so schlimm, dass sie keine Leute mehr haben, um ein Atomkraftwerk zu sichern? Seit dem Ausfall sind doch bestimmt fünfzehn Stunden vorbei.«

»Sie haben Sicherheitspersonal vor Ort, aber die Spezialeinheiten sind alle im Einsatz. Das ist zumindest die Erklärung, die Salminen bekommen hat. Außerdem behaupten sie, größerer Schaden könne vom Kontrollraum aus sowieso nicht angerichtet werden.«

»Tatsächlich?«

»Unser Katastrophenteam vom ERCC hat sich mit dem Institut für Sicherheits- und Risikowissenschaften in Wien ausgetauscht.«

»Frieß?«, fragte Conrada.

»Genau.«

Wenn man in Brüssel arbeitete, kam man an dem Namen nicht vorbei. Der politische Betrieb fürchtete nichts so sehr wie die Lobbygruppen für Rüstung, Energie, Mobilität. Und die Lobbygruppen fürchteten niemanden mehr als Renata Frieß. Die Wiener Professorin für Energiesicherheit filetierte deren Argumente mit der Präzision eines japanischen Sushi-Meisters.

»Frieß sagt«, fuhr Stéphane fort, »dass es nicht möglich ist, vom Kontrollraum aus großen Schaden anzurichten. Allerdings würden die Kosten für so einen Stromausfall in die Millionen gehen. Pro Tag.«

»Und das ist den Mexikanern egal?«

»Ich weiß es nicht, ich habe nur die Mail gelesen. Prinz behauptet, wenn es den Mexikanern wirklich wichtig wäre, würden sie die Terroristen einfach zusammenschießen – ohne Rücksicht auf irgendwelche Geiseln. Er vermutet, dass der Stromausfall ihnen nicht ungelegen kommt. Er könnte die Bevölkerung abschrecken, sich weiter gegen die Staatsgewalt zu stellen.«

»Aus Angst vor dem Chaos?«

»Ja. Aber wie gesagt, das ist nur die Spekulation von Prinz. Wenn du Genaueres wissen willst, fragst du besser Salminen.«

»Wo steckt er? Geht es ihm gut?«

»Er ist mit seiner Delegation in der US-Botschaft untergekommen. Wahrscheinlich der am besten gesicherte Ort in ganz Mexiko gerade.«

»Tja, wahrscheinlich auch der gefährdetste.«

»Gutes Interview übrigens.«

»Danke. Warum hast du mich eigentlich angerufen?«

»Wegen Chile.«

»Schieß los.«

»Nachdem die aufständischen Mapuche, die das Rathaus in Temuco besetzt haben, festgenommen worden sind, ist Araucanía wieder ruhig. Aber quasi über Nacht haben sich indigene Völker auf der ganzen Welt mit ihnen solidarisiert.«

»Facebook?«

»Was sonst. Ob die Beiträge nur individuelle Meinungen wiedergeben oder geschlossene Gemeinschaften repräsentieren, ist unmöglich abzuschätzen. Verblüffend ist, aus wie vielen verschiedenen Richtungen die Stimmen kommen. Indigene Völker Südamerikas sind dabei, etwa in Bolivien die Aymara oder in Brasilien die Chiquitano. Aber anscheinend auch jede andere Minderheit, wenn sie nur einen Internetzugang hat. Im Pazifik fordern die Kanak die Abspaltung von Frankreich. In Kanada rufen Inuit dazu auf, Ölsand-Aufbereitungsanlagen zu sabotieren. In Russland fotografieren sich Tataren mit Kalaschnikows, in Indien kündigen Angehörige eines Adivasi-Stammes einer Bergbaufirma den Kampf an. In Bangladesch haben Jumma eine Anlage zum Trocknen von Tabakblättern angezündet.«

Nicht schade drum, dachte Conrada bitter. Sie hasste Zigaretten. Ihr Vater hatte geraucht wie ein Kohlekraftwerk. Der Gestank würde ihr für den Rest ihres Lebens in der Nase brennen.

Stéphane sprach weiter: »Selbst winzige Inseln melden sich. Guam im Westpazifik etwa. Gehört ja eigentlich zu den USA. Die dort lebenden Chamoru profitieren wirtschaftlich zwar enorm von der Beziehung. Doch gleichzeitig betrachten manche von ihnen die USA mehr als Besatzungsmacht denn als Verbündeten. Aktivisten haben Molotowcocktails auf den Sitz des Gouverneurs geworfen.«

Conrada erinnerte sich an ein Lernspiel, das Emilia vor Jahren aus dem Biologieunterricht mitgebracht hatte – *Mottenalarm*: Das Ziel, alle Motten loszuwerden, war denkbar einfach. Und kaum zu erreichen. Man musste sämtliche Motten auf einmal finden, wenn man nur eine übersah, schwirrten in der nächsten Runde zwanzig neue herum. Conrada rieb sich die Schläfe. Das Pochen war wieder stärker geworden. Stéphanes Ausführungen betrafen keine Motten, sondern Menschen. Und es war kein Spiel.

»Lass mich raten: Prinz hat das alles zusammengetragen.«

»Er warnt uns davor, das auf die leichte Schulter zu nehmen.«

»Was sollen wir denn tun? Das ist doch eher was für DSG-SEC beziehungsweise für DEVCO.« DEVCO war die Generaldirektion für Internationale Zusammenarbeit.

»Was die Posts aus Bolivien und Argentinien betrifft, nicht.«

»Ich behalte es im Hinterkopf. Vielleicht ist UNASUR ja zu Zugeständnissen bereit.«

»Prinz meint, wenn ihre Proteste Erfolg hätten, würde das erst recht Nachahmer anstacheln. Wir sollen ihnen besser mit Härte begegnen.«

»Weil das mit den Mapuche so gut geklappt hat?«

Bei Motten war man sich wenigstens einig, dachte Conrada resigniert, wie man sie in den Griff bekommen konnte.

23. Kapitel

Aulnay-sous-Bois, Frankreich; Sonntag, 18:07 Uhr UTC+2

Bimals Flug hatte über dreizehn Stunden gedauert, doch dank der Zeitverschiebung war es erst früher Abend, als die Maschine auf der Landebahn des Pariser Flughafens Charles de Gaulle aufsetzte. Endlich. Eine weitere Nacht hatte Bimal in dem schimmligen Hotelzimmer in Chennai verbringen müssen, bis der nächste freie Flug gegangen war. Eine rastlose Nacht voller Ungeduld, Schmerz und Sehnsucht nach Jitendra.

Das Städtchen Aulnay-sous-Bois befand sich nur wenige Taximinuten vom Flughafen entfernt. Bimal musste nicht auf das Gepäckband warten, er hatte nur seinen kleinen Aktenkoffer dabei. Ohne sich aufzuhalten, suchte er sich ein Taxi. Paris war nicht so bunt wie sonst. Von allen Plakatflächen leuchtete ihm dasselbe Bild mit derselben blonden Frau entgegen, die schmalen Lippen in der Andeutung eines Lächelns nach oben gebogen, der Blick jedoch verräterisch kalt. Marine Le Pen, Präsidentschaftskandidatin des Rassemblement National, Favoritin für die kommende Wahl. Soweit Bimal sich zu erinnern glaubte, handelte es sich um Neuwahlen, als Resultat eines erfolgreichen Misstrauensvotums gegenüber der amtierenden Regierung.

Er fuhr direkt zu der Adresse, die auf der Website von *The Children's Best* angegeben war. Als Ziel fand er einen grauen Betonblock in einem Wohnviertel, dessen bessere Tage schon lange vorbei waren. Ob es derselbe Eingang war wie auf dem Foto, wusste er nicht zu bestimmen. Die Plakette fehlte. In drei schmalen Reihen waren Klingelschilder angebracht. Er überflog die Namen. Was, wenn er nichts fand? Er war blindlings nach Paris geflogen, war einem Hinweis gefolgt, den er sich womöglich nur eingebildet hatte. Jitendra lag in Bimals Bett und würde bereits riechen. Bimal hatte sich nicht getraut, jemandem Bescheid zu geben. Was hätte er Jitendras Eltern sagen sollen? Ihr Sohn war schwul, jetzt ist er tot? Und die Polizei hätte ihn niemals ausreisen lassen. Viel wahrscheinlicher hätte sie ihn in Untersuchungshaft gesteckt. Dafür müssten die Beamten gar nicht bestochen worden sein.

Bimal kämpfte mit den Tränen. Seine Augen wurden feucht, die Namen verschwammen. Er hätte vom Tisch springen sollen. Da sah er es, auf dem Klingelschild ganz unten: *tcb*. Das musste es sein!

Er atmete tief durch, dann drückte er die Klingel. Er wartete. Niemand antwortete. Er drückte wieder. Wartete. Eine Brise raschelte durch die jungen Eichen, die um den Parkplatz gepflanzt worden waren. Bimal klingelte noch einmal.

»*The Children's Best*«, ertönte eine männliche Stimme. Sie fragte etwas auf Französisch.

Bimal zuckte zusammen, hatte gar nicht mehr damit gerechnet, dass jemand sich melden würde. »Ramesh Chandhok«, sagte er, ohne nachzudenken. In seiner Karriere als Journalist hatte er schon viele Identitäten erfolgreich vorgetäuscht. »*The Hindu*. Verstehen Sie Englisch?«

»Was wollen Sie?«, kam es auf Englisch zurück, mit starkem Akzent.

»Ich würde gern mit Vivienne ter Stegen sprechen.«

»Haben Sie einen Termin?«

»Leider nicht. Aber ich habe ein wichtiges Anliegen.«

»Ohne Termin kann ich leider nichts machen.«

»Woodearth schickt mich.«

»Einen Augenblick.«

Bimal hatte das ungute Gefühl, sich sehenden Auges in sein Verhängnis zu manövrieren.

Nach einer Weile knackte es in der Gegensprechanlage: »Kommen Sie hoch, zweiter Stock, Gang ganz runter, dann links.« Der Türöffner summte.

Bimal stieg ein marodes Treppenhaus hoch. Es roch nach altem Schweiß und Zigarettenrauch. Im Flur wellte sich das Linoleum, die Wände hatten sich gelblich verfärbt. Als er das Ende des Gangs erreicht hatte, sah er zu seiner Linken eine massive Stahltür. Sie wirkte fehl am Platz. Die Türen zu den anderen Wohnungen bestanden aus lackiertem Pressspan. An der Decke befand sich ein Rauchmelder. Es war der erste, der Bimal in dem Gebäude auffiel. Vermutlich lauerte hinter den Lamellen des Gehäuses eine Kamera.

Bimal wollte klopfen, da öffnete sich die Tür bereits. Ein Mann in feinem Anzug und mit südeuropäischem Teint streckte ihm die Hand entgegen. Seine Brauen waren buschig und zusammengewachsen. Sie sprangen geradezu heraus aus dem ansonsten filigran geschnittenen Gesicht.

»Mr. Chandhok, kommen Sie herein.« Es war derselbe Akzent wie zuvor. Vermutlich ein Spanier. Bimal wurde in ein kleines Büro geführt. Die weiß gestrichenen Wände, der Parkettboden und die dezente indirekte Beleuchtung bildeten einen scharfen Kontrast zum verlotterten Treppenhaus. Eingerichtet war der Raum unprätentiös: zwei Lehnstühle, Schreibtisch mit Computer, dahinter ein Ledersessel, ein Aktenschrank, ein Tischchen mit Drucker, ein Mülleimer, auf dem Fensterbrett eine Zimmerpflanze. Neben dem Eingang gab es zwei weitere Türen, die beide geschlossen waren.

»Nehmen Sie bitte Platz.« Der Spanier deutete auf einen der Lehnstühle und setzte sich auf den anderen.

»Mit wem habe ich denn die Ehre?«, fragte Bimal.

»Was möchte Mr. Woodearth?«

»Das würde ich gern mit Ms. ter Stegen direkt besprechen.«

»Ms. ter Stegen ist leider verhindert, Sie müssen mit mir vorliebnehmen.«

»Und Sie sind …?«

»Ms. ter Stegens Assistent.«

Bimal wartete, aber sein Gegenüber machte keine Anstalten, sich konkreter vorzustellen. Kühl lehnte er sich in seinem Sessel zurück. Die ledrigen Blätter der Zimmerpflanze hatten sich an den Spitzen gelb verfärbt.

»Mr. Narayan hat Sorge um sein Geld in Südamerika«, erklärte Bimal.

»Wer soll das sein?«, fragte der Spanier, doch sein Blick verriet ihn: Er kannte den Namen.

»Narayan arbeitet mit Woodearth zusammen.« Bimal gönnte es sich hinzuzufügen: »Sie wussten das nicht?«

»Mr. Narayans Sorge ist jedenfalls gänzlich unberechtigt.«

»Mr. Narayan ist anderer Meinung. Deswegen bin ich hier.«

»Um was zu erreichen?«

Langsam wurde es brenzlig. Heiliger Brahmane. Ohne Vorbereitung in ein solches Gespräch zu gehen. Hatte er alles vergessen, was er je gelernt hatte? »Das kann ich leider nur mit Ms. ter Stegen persönlich besprechen.«

Bimals Widersacher zog die Augenbrauen zusammen. Sie wirkten wie aus einem Vampir-Musical, gaben seinem Blick etwas Lauerndes.

»Entschuldigen Sie mich einen Augenblick.« Der Mann erhob sich und entfernte sich durch eine der Türen, welche er direkt wieder schloss. Bimal bemühte sich, einen Blick zu erhaschen, und sah nicht mehr als ein weiteres Büro. Eilig versuchte er den Aktenschrank zu öffnen, doch der war abgeschlossen. Der Schreibtisch besaß keine Schubladen. Der Raum war leer, keine Bücher, keine Prospekte, Notizzettel, nichts. Im Mülleimer entdeckte er ein paar Papiere. Hektisch stopfte er sie in die Seitentasche seines Aktenkoffers. Der Mülleimer war die Schatztruhe des Investigativjournalisten. Die Tür öffnete sich, Bimal griff nach seinem Telefon.

»Wenn Sie mir bitte folgen würden«, sagte der Spanier.

»Ich habe gerade einen wichtigen Anruf verpasst«, Bimal hielt sein Telefon hoch. »Geben Sie mir fünf Minuten, dann bin ich ganz für Sie da.«

Der Spanier zögerte. Bimal hielt den Atem an. In der Ferne läuteten Kirchenglocken.

»Wie Sie meinen.«

Bimal versuchte, seine Erleichterung zu verbergen. »Ich bin gleich zurück«, sagte er. »Übrigens, Sie sollten Ihre Pflanze öfter gießen.«

Er verließ das Büro. Im Gang lief er einige Minuten auf und ab, das Telefon am Ohr, ein Gespräch fingierend. Er dehnte seine Runden immer weiter aus Richtung Treppenhaus. Schließlich erreichte er die Treppe, stieg zügig, aber leise ins Erdgeschoss hinunter. Als er im Freien war, rannte er los.

Erst nach mehreren Blocks blieb er keuchend stehen. An eine Hauswand gelehnt, schöpfte er Atem. Dann rief er ein Taxi.

24. Kapitel

Buenos Aires, Argentinien; Samstag, 20:34 Uhr UTC-3

Als Conrada das Haus der Kulturen verließ, brausten die Stimmen in ihren Ohren noch nach. Bis zum Abend hatte das Plenum getagt; wann sich endlich Arbeitsgruppen bilden würden, war nicht absehbar. Sie hatte geredet, bis der Hals kratzte. Ohne Erfolg. SecState Miller beharrte nach wie vor darauf, nur ein militärischer Eingriff könne Brasilien beruhigen. Die UNASUR-Staaten waren geteilt. Entsprechend ihrer generellen Ausrichtung gegenüber den USA unterstützten Länder wie Chile oder Kolumbien den Kurs, Argentinien war kritisch, Bolivien und Peru waren strikt dagegen. Die Diskussion, ob am Montag die Börsen wieder öffnen sollten, hatte man auf den morgigen Sonntag verschoben. Genauso das Thema Mexiko. Über das Phänomen, dass indigene Völker weltweit zum Widerstand aufriefen, war gar nicht erst gesprochen worden.

Conrada musste sich eingestehen, dass Millers Attacken ihr heftiger zusetzten, als sie gedacht hätte. Sie wollte nur noch ins Bett. Doch zuvor galt es, ein Teammeeting zu bestehen, welches sie selbst anberaumt hatte. Allein der Gedanke daran steigerte den Schmerz in ihren verkrampften Schultern.

Im Untergeschoss der Botschaft gab es eine Sauna. Sie war Salminen zu verdanken. Er hatte ein paar Jahre lang die Delegation in Buenos Aires geleitet. In diese Zeit war ein größerer Umbau des Gebäudes gefallen, und der Finne hatte die Chance genutzt.

Conrada nahm die Unterlagen, die sie zur Vorbereitung für

das Meeting brauchte, und ging nach unten. Kaum hatte sie sich entkleidet und geduscht, klingelte es in ihrem Wäschestapel. Mit nassen Fingern zog sie das Telefon aus der Hose und blickte aufs Display. Rhodes. Mist. Konnte der Typ nicht einfach schlafen? In Brüssel war es weit nach Mitternacht.

»Guten Abend, Mr. Rhodes.« Sie griff nach einem Handtuch.

»Van Pauli, sind Sie jetzt vollkommen übergeschnappt oder was?«, plärrte der Direktor der beiden Amerikas.

Die Stimme schrillte so wütend, dass Conrada erschrocken das Handtuch zu Boden gleiten ließ. »Was meinen Sie?«

»Was ich meine?«, schrie Rhodes. »Ich meine, haben Sie den Verstand verloren oder was?«

Die Fliesen waren kühl unter Conradas Füßen. Eine Gänsehaut kroch ihre Unterarme entlang.

»Sir, es tut mir leid, ich verstehe nicht«, murmelte sie.

»Wie sind Sie eigentlich an Ihren Posten gekommen? Haben Sie schon einmal Pressearbeit gemacht? Was haben Sie sich nur dabei gedacht?«

Conrada strich sich die tropfenden Haare aus dem Gesicht. »Sir, können Sie mir bitte sagen, worum es geht?«

»Um Ihr Interview gestern, um was denn sonst, Sie Flasche. Wer hat Sie denn überhaupt autorisiert, so einen Bullshit von sich zu geben?«

Conrada suchte vergeblich nach einer angemessenen Entgegnung auf die Angriffe. »Hartwig, Sir, hat mich gebeten«, war alles, was sie hervorbrachte. Beschämt presste sie die Lippen zusammen.

»Hartwig? Der ist gar nicht befugt, Ihnen irgendeine Anweisung zu geben. Ich sage Ihnen mal was, die halbe Welt lacht über uns. Und zwar Ihretwegen. Wie naiv sind Sie eigentlich?«

»Verraten Sie mir doch bitte, was ich falsch gemacht habe.«

Conrada versuchte sich ins Gedächtnis zu rufen, was sie genau gesagt hatte. Das Interview hatte gestern Abend stattgefunden.

Auf einen solchen Fauxpas, wie Rhodes ihn zu sehen schien, hätte man sie doch schon längst angesprochen. Stéphane hatte das Interview ausdrücklich gelobt.

»Alles, Sie Praktikantin. Glauben Sie wirklich, irgendeiner unserer Partner findet es gut, wenn Sie behaupten, er könnte als Nächster dran sein? Und alles, was Sie vorschlagen, ist Rücktritt? Haben Sie jemals etwas von Fingerspitzengefühl gehört?«

Conrada stand da, nackt, nass, frierend, und fühlte sich jämmerlich.

»Ich habe nur gemeint, dass die Unzufriedenen ernst genommen werden müssen.«

»Das haben Sie also gemeint, schön für Sie. Wissen Sie, was angekommen ist? Wer nicht auf randalierende Banden hört, der soll sich gefälligst vom Acker machen. Das ist es, was angekommen ist.«

Ein Mitarbeiter der Botschaft betrat den Saunavorraum, musterte sie einen Tick zu lange, bevor er ihr zunickte und sich auszuziehen begann. Conrada wurde peinlich bewusst, dass die Kälte ihre Brustwarzen hatte hart werden lassen.

»Aber das ist vorbei, dafür sorge ich«, schimpfte Rhodes. Conrada versuchte, sich einhändig ein Handtuch umzuschlingen, während sie in der anderen Hand das Telefon hielt.

»Hiermit sind Sie bis auf Weiteres freigestellt.«

»Entschuldigung, Sir?« Conrada kämpfte mit dem Handtuch. Es rutschte ihr aus der Hand, resigniert ließ sie es liegen. Der Mitarbeiter befand sich inzwischen unter der Dusche.

»Sie sind freigestellt. Beurlaubt. Nennen Sie es, wie Sie wollen.«

Conrada wurden die Knie weich, sie setzte sich auf eine Holzbank. »Wegen des Interviews?« Sie konnte es nicht glauben.

»Wegen Ihrer Inkompetenz, um genau zu sein.«

»Aber Venizelos?« Die Enttäuschung legte sich ihr wie ein eisiges Tuch um die Brust.

»Weiß Bescheid.«

»Und die Verhandlungen?«

»Hartwig fürs Erste, er ist bereits informiert. Ab morgen Mittag bin ich da und übernehme. Inzwischen geht es ja nicht mehr nur um Brasilien, sondern auch um Mexiko.«

»Und was soll ich jetzt tun?«

»Was weiß ich. Gehen Sie shoppen.« Rhodes trennte die Verbindung.

Der Mitarbeiter kam aus der Dusche, warf Conrada einen kurzen Blick zu und verschwand in der Sauna. Sie hätte am liebsten losgeheult. Stattdessen wählte sie die Nummer von Venizelos.

»Sie haben Glück«, sagte seine Sekretärin. »Er ist noch im Büro.« Beethovens *Sinfonie Nr. 9* quakte, und dann war Venizelos am Apparat.

»Dr. van Pauli. Ich nehme an, Dr. Rhodes hat bereits mit Ihnen gesprochen?«

Conrada glaubte sich daran zu erinnern, dass Rhodes gar nicht promoviert hatte. Möglicherweise sprach Venizelos nur deshalb jeden mit Titel an, weil er nicht behalten konnte, wer einen besaß. »Ja«, beantwortete sie Venizelos' Frage.

»Seien Sie versichert, ich bedauere die Entwicklung genauso sehr wie Sie.«

»Aber Sie haben sie genehmigt.«

»Es ging nicht anders.«

»Was habe ich denn Schlimmes gesagt?«

»Vergessen Sie das Interview. Sie haben vielleicht nicht die besten Formulierungen gewählt, aber das passiert jedem von uns ab und zu.«

Conrada war kaum erleichtert. Wenn es nicht das Interview gewesen war, welchen Fehler hatte sie dann gemacht?

»Was war es denn wirklich?« So viel schuldeten sie ihr.

»Sie müssen verstehen, es gibt politische Notwendigkeiten, die manchmal ungerecht erscheinen oder sogar widersinnig.«

»Sie meinen, meine Arbeit ist jemandem aufgestoßen?« Plötzlich fiel es ihr wie Schuppen von den Augen.

»SecState Miller, habe ich recht?«

Am anderen Ende der Verbindung blieb es still.

»Er hat Druck auf Mogherini ausgeübt, weil ich ihm zu deutlich widersprochen habe, nicht wahr?«

»Dr. van Pauli, ich halte Sie nach wie vor für eine unserer wertvollsten Mitarbeiterinnen. Lassen Sie sich von diesem Rückschlag nicht entmutigen.«

»Dr. Venizelos«, Conrada packte der Zorn. »Wie soll die EU noch für voll genommen werden, wenn wir bei dem kleinsten Gegenwind die Segel streichen? Haben Sie den Iran vergessen?« Es war eine rhetorische Frage. Seit Trump das Atomabkommen einseitig gekündigt hatte, sanktionierte er jedes Unternehmen, das mit dem Iran weiterhin Geschäfte zu machen suchte. Um das Abkommen zu retten, hatte die EU europäischen Firmen letztlich sogar Strafen angedroht, sollten diese den US-Sanktionen folgen. Die Firmen waren den Sanktionen gefolgt, die EU hatte ihre Drohungen nicht wahr gemacht. Das Abkommen war gescheitert.

»Hören Sie, ich verstehe Sie ja«, sagte Venizelos, »aber die Entscheidung wurde getroffen. Machen Sie das Beste draus.«

»Und zwar?«

»Suchen Sie sich was aus. Vertreten Sie den EAD, wo immer Sie wollen. Sie haben meine Unterschrift. Solange es weit weg von den Amerikas ist.«

»Dr. Venizelos …«

»Es tut mir leid. Gute Nacht.«

Die Verbindung war tot.

Conrada ging unter die Dusche und drehte das Wasser so heiß auf, bis ihre Haut glühte. Eine Sache traf sie am bittersten: Rhodes war gar nicht wütend gewesen. Er hatte es schlichtweg genossen, sie kleinzumachen.

25. Kapitel

Fulton, Texas; Samstag, 16:12 Uhr UTC-5

Cherry erwachte von den Kopfschmerzen. Sie schwitzte am ganzen Körper und verspürte einen unerträglichen Durst. Ihre Zunge klebte wie Pappe am Gaumen … Wie viel Uhr war es? Welcher Wochentag? Stöhnend drehte sie sich nach ihrem Telefon, zwang ihre verklebten Augenlider, sich zu öffnen. Als sie das Telefon ertastete, es zu packen versuchte, fiel es vom Nachttisch. Fluchend beugte sie sich über die Bettkante. Alles tat weh. Was war nur passiert? Sie erinnerte sich an nichts.

Endlich bekam sie das Telefon zwischen die Finger. Es war vier Uhr nachmittags vorbei. Samstag. Cherry klingelte nach ihrem Hausmädchen. Daddy hatte ihr zum Sechzehnten ein eigenes geschenkt. Während sie wartete, wischte sie durch die Fotogalerie. Eine Party auf einer Jacht, die Orson-Brüder, ein paar Selfies, Rebecca. Das war es. Rebeccas Geburtstag war gestern gewesen. War wohl gut gewesen.

Das Hausmädchen kam. Cherry konnte ihren Namen nicht behalten, deswegen hatte sie sie Hippo getauft. Hippo reichte ihr das Tablett. Weiß und unschuldig lagen die beiden Lines auf dem Silber. Cherry wusste, dass sie zu viel kokste. Sie beugte sich über das Tablett und schwenkte den Kopf einmal nach links für die erste Line und das rechte Nasenloch, dann wieder zurück für die zweite Line und das linke Nasenloch. Sie schickte Hippo, was zu trinken zu holen. Sie kokste wirklich zu viel. Eines Tages würde Cherry Woodearth Präsidentin der Vereinigten Staaten von Amerika sein. Ein klarer Kopf wäre dann zwar gut, aber ein Junkie werden wollte sie nicht.

Vor zwei Wochen hatte das Semester in Harvard begonnen. Sie hatte noch keinen einzigen Kurs besucht. Immer kam irgendetwas dazwischen. In den ersten Tagen war sie zu fertig gewesen von der Semesterstartparty. Donnerstag hatte sie dann nach L.A. gemusst, weil Daddy dort zum Essen eingeladen war. Danach hatte es sich natürlich angeboten, gleich mit ihm zurück nach San Antonio zu fliegen. Zu Beginn der zweiten Woche war sie wirklich motiviert gewesen, aber Daddy hatte den Jet gebraucht, und Cherry hasste Linienflüge. Außerdem hatte Rebecca am Freitag Geburtstag gefeiert. Also blieb sie zu Hause. Sie mochte Texas sowieso mehr als Massachusetts.

Hippo brachte einen Saft. Cherry waren Vitamine wichtig. Noch war sie jung, aber sie hatte keine Lust, später ständig unters Messer zu müssen wie Mommy. Sie trank das Glas in einem Zug leer und ließ sich gleich nachschenken. Sie bemerkte Blut an ihren Händen. Sie hatte sich schon öfter auf Droge verletzt, trotzdem war sie nicht begeistert. Sie stieg aus dem Bett und trat nackt vor den Spiegel. Dass Hippo noch im Raum war, kümmerte sie nicht. Sie trug selten Kleidung in ihren Zimmern. Wozu auch? Cherry mochte ihren Körper. Sie hatte bisher erst zwei OPs gemacht, Nase und Oberschenkel. Beides war gut gelungen, und ansonsten gefiel ihr alles. Sie suchte sich nach Verletzungen ab, fand aber keine. Merkwürdig. Sie fühlte sich immer noch ganz schön zerknautscht. Eine Dusche würde ihr guttun.

Gerade als sie aus dem Badezimmer zurückkehrte, klingelte ihr Telefon. Rebecca.

»Was geht?«, fragte Cherry.

»Ich bin völlig zerstört«, sagte Rebecca, und ihre Stimme klang auch so.

»Ich auch. War aber gut gestern.«

»Echt? Kannst du dich an was erinnern? Ich nicht.«

Cherry lachte. »Okay, um ehrlich zu sein, ich auch nicht.«

»Hast du schon Pläne für heute Abend?«

»Keine Ahnung. Gehen wir tauchen?«

»Fuck, ich bin zu im Arsch für so was.«

»Wir können auch nach Dallas, shoppen. Ich frag Daddy, ob ich den Hubschrauber haben darf.«

»Klingt gut. Hast du gestern Fotos gemacht?«

»Klar. Kann ich dir nachher zeigen.«

»Hast du eins mit einer Schlägerei drauf?«

»Hä? Nee, wieso?«

»Auf der Jacht sind Blutspuren. Behauptet Captain Jack.« Rebecca hatte den Namen des Skippers vergessen, deswegen hatten sie sich darauf geeinigt, ihn Captain Jack zu nennen.

»Komisch«, sagte Cherry. »An meinen Händen war auch welches.«

»Es ist echt immer lustig mit dir«, lachte Rebecca.

Sie machten eine Uhrzeit aus und verabschiedeten sich. Cherry befahl Hippo, ihr etwas zu essen zu bringen. Sie warf sich aufs Bett und schaltete den Fernseher ein. Überall Nachrichten aus Mexiko. Ständig prügelten sich die Leute dort. Cherry hasste Mexikaner. Konnten kein Englisch, waren nie auf eine richtige Schule gegangen – und jetzt kamen sie her, plünderten und vergewaltigten, und keiner tat etwas dagegen. Cherry zappte so lange durch die Kanäle, bis sie einen Musiksender gefunden hatte. Hippo brachte das Essen, aber Cherry hatte keinen Hunger mehr. Sie schickte Hippo wieder weg.

Ihr Telefon klingelte. Tom Orson. Hoffentlich hatten sie nicht gefickt. Tom Orson war ein widerlicher kleiner Affe. Sein Bruder Marvin war in Ordnung, dem lutschte sie ab und zu den Schwanz. Aber Tom war einfach nur eklig, so wie der Vater. Marvin und Tom waren Söhne von Fitzgerald Orson, dem Besitzer von Orson Industries. Tom behauptete, sie seien reich geworden, weil sie die beste Sicherheitstechnik in den USA verkaufen würden. Aber

Daddy sagte, Orson könnte gar nichts, außer Zäune zu bauen. Der wäre längst pleite, wenn es den Grenzschutz zu Mexiko nicht gäbe. Und Trump, natürlich. Woodearth und Orson, sagte Daddy, das war die schmutzigste Zweckehe aller Zeiten.

»Hey, Tom«, sagte Cherry. »Sag mir bitte, dass ich dich nicht gevögelt habe gestern.«

»In deinen Träumen, du Schlampe.«

»Fick dich.«

»Fick du dich.«

»Was willst du?«

»Du Schlampe versuchst mich abzustechen und fragst mich, was ich will?«

»Was redest du für eine Scheiße?«

»Jetzt behauptest du, du kannst dich nicht erinnern, oder was? Fick dich.«

»Fick du dich.«

»Ich sage dir, das wirst du mir büßen. Ich war bis gerade eben im Krankenhaus. Verdammt, ich musste genäht werden. Weißt du, wie weh das tut? Ich schick dir einen Anwalt auf den Hals. Versuchter Mord. Du bist geliefert, du Fotze.«

»Fick dich, du Wichser. Ich habe keine Ahnung, wovon du redest.«

»Ey, du bist mit 'nem Messer auf mich los, ich hätte draufgehen können.«

»Scheiße, tut mir leid. Das nächste Mal treffe ich besser.«

»Fick dich. Ich habe hundert Zeugen. Du bist so was von gefickt.«

»Du bist ein Wichser, weißt du das«, zischte Cherry, aber Tom hatte bereits aufgelegt.

Cherry rief Hippo und befahl ihr, noch eine Line zu bringen. Die hatte sie dringend nötig. Tom war wirklich ein Wichser. In ein paar Jahren hätte sie einen Abschluss von der Harvard Law School, dann würde sie ihn persönlich fertigmachen.

Hippo brachte das Tablett mit der Line, schon ging es Cherry besser. Sollten sich doch Daddys Anwälte um Tom kümmern. Wofür bezahlte Daddy sie denn? Das Wetter war großartig, sie würde sich an den Pool legen. Sie suchte nach einem Bikini, fand aber keinen, der ihr gefiel. Lieber nackt als hässlich, entschied sie. Bikini war sowieso scheiße zum Sonnen, Cherry hasste Bräunungsstreifen.

Der Poolbereich lag verlassen in der Sonne. Mommy war shoppen, Daddy wahrscheinlich im Büro. Cherry wählte eine Liege, die ihr einen Blick auf die Aransas Bay ermöglichte. Das Woodearth-Anwesen lag direkt an der Bucht, vom Pool aus waren es nicht mehr hundert Meter. Der schmale Streifen Land der Insel San José versperrte den Blick auf den Golf von Mexiko. Obwohl Cherry wusste, dass die Insel vor Unwettern schützte, fand sie sie nervig.

Sie befahl Hippo, Sonnenbrille und Soundbox zu holen. Hippo brachte die Sachen, Cherry schickte sie gleich wieder los für einen Cocktail. Als endlich alles da war und der Hip-Hop über das Wasser schallte, konnte sie endlich beginnen, sich zu entspannen. Zumindest versuchte sie es. Aber Tom, dieser Wichser, ging ihr nicht aus dem Kopf. Daddy würde das schon regeln. Doch seit sie den Bugatti zu Schrott gefahren hatte, ließ er sie ordentlich betteln, wenn sie seine Hilfe brauchte. Cherry hasste es zu betteln. Sie brauchte dringend diesen Juraabschluss. Warum dauerte nur immer alles so lange.

»Hey, Süße.«

Cherry zuckte erschrocken. Daddy stand an der Liege. Sie hatte ihn nicht gehört.

»Würde es dir etwas ausmachen, die Musik ein bisschen leiser zu drehen? Ich habe einen Gast. Und das Wetter ist zu schön, um drinnen zu sein. Wenn wir dich stören, können wir aber auch woandershin.«

»Nein, ihr stört nicht«, Cherry stützte sich auf ihre Ellenbogen auf. Hinter Daddy stand ein Mexikaner im Anzug, der versuchte, gleichermaßen gründlich wie unauffällig ihren Körper zu begaffen. Cherry überlegte, ob sie etwas anziehen sollte. Aber Daddy hatte sie schon oft genug nackt gesehen, und der andere war ihr egal.

»Das ist Ricardo Pablo López Aspe«, stellte Daddy den Mexikaner vor.

»Hi, Ricky«, sagte Cherry und streckte ihm die Hand entgegen. Der Mexikaner schüttelte sie mit feuchten Fingern.

Daddy und der Mexikaner pflanzten sich einige Schritte entfernt in zwei Korbsessel. Cherry befahl Hippo, Kopfhörer zu holen. Als sie endlich kamen, setzte Cherry sie nicht auf. Das Gespräch war zu interessant.

Daddy erzählte dem Mexikaner, dass der Unsinn in Mexiko bald ein Ende haben müsse. Der Mexikaner sagte, dass das Militär überfordert sei. Daddy schlug vor, dass die US-Armee helfen könne. Der Mexikaner meinte, dass der engste Kreis von López Obrador sich auf jeden Fall sperren werde, aus Angst, die Stimmung weiter anzuheizen. Als sie Cocktails gebracht bekamen, bestellte sich Cherry auch noch einen.

»Ricardo«, sagte Daddy. »Denk an Brasilien. López Obrador ist ohne Hilfe von außen so gut wie erledigt. Das weiß er. Lass deine Kontakte spielen, du kannst ihn knacken. Du bist derjenige, der das kann.«

Cherry bewunderte es, wie Daddy Leute überzeugen konnte.

»Du stellst dir das zu einfach vor, Mike«, sagte der Mexikaner. »Es gibt viele, die es euch immer noch nicht verziehen haben, dass ihr Trump an die Macht habt kommen lassen. Auch an der Spitze. Ihr habt viel Vertrauen zerstört. Warum habt ihr Gras legalisiert?«

»Das war nur zeitgemäß.«

»Ach was, ihr habt die Bewegung nicht aufhalten können, und jetzt verdient ihr euch eine goldene Nase daran. Und unsere

Händler haben das Nachsehen. Die wehren sich. Und die haben bessere Kontakte als ich.«

»Wie auch immer, wenn Mexiko die Kontrolle verliert, dann werden eine Menge Köpfe rollen. Auch deiner.«

»Mike. Und wenn die US-Armee einmarschiert, was dann? Wie stellst du dir das vor? Wir hätten einen Krieg.«

»Nicht, wenn deine Regierung uns offiziell um Unterstützung bittet. Cherry?«

»Ja, Daddy?«

»Komm doch mal her, bitte.«

Cherry trippelte nackt zu den Männern hinüber. Der Mexikaner war sichtlich eingeschüchtert von ihr. Sie warf ihm ein aufmunterndes Lächeln zu. Daddy legte ihr die Hand auf die Hüfte. Sie genoss das Wissen, dass er stolz auf sie war.

»Komm, setz dich«, sagte Daddy und rückte Cherry einen Sessel hin. Sie setzte sich.

»Cherry, Süße, unserem Ricardo hier fehlt es an Selbstvertrauen. Verstehst du das?«

Cherry grinste, sie ahnte, was Daddy wollte. »Verstehe ich überhaupt nicht«, sagte sie und beugte sich nach vorn. Sie legte ihre Hand auf die des Mexikaners. Sein Blick klebte an ihren schaukelnden Titten.

»Siehst du, Ricardo, selbst meine Tochter glaubt an dich. Und sie kennt dich nicht einmal.«

»Ja … äh … nein, also, ich weiß nicht«, stammelte der Mexikaner. Cherry ließ ihre Hand auf seiner, während sie sich mit der anderen wie beiläufig durch die Haare fuhr. Das drückte ihm die Titten schön entgegen. Sie hatte es vorm Spiegel geübt, als sie noch jünger gewesen war.

»Du kommst genau nach deiner Mutter«, sagte Daddy, »eine vollkommene Schönheit.« Cherry hüpfte das Herz vor Genugtuung. Daddy wandte sich wieder dem Mexikaner zu. »Du kannst das.« Er klang wie ein Magier. »Du kannst das, Ricardo. Hey, ihr bekommt nicht einmal euer einziges verficktes Atomkraftwerk unter Kontrolle. Willst du es zu verantworten haben, wenn es in die Luft geht?«

Cherry streichelte Rickys Unterarm.

»Nein … äh … natürlich nicht. Aber das ist nur ein einziger Kerl im Kontrollraum. Der kann da keinen großen Schaden anrichten. Solange die Unruhen andauern, steht sowieso die Hälfte unserer Industrieanlagen still. Wir brauchen den … den Strom gar nicht.«

»Aber ihr könnt ihn auch nicht exportieren.«

Cherry zog Rickys Hand an ihre Lippen und begann, an seinen Fingern zu lutschen.

»Die paar Millionen … äh … mehr oder weniger sind inzwischen auch egal. Wir schicken Spezialeinheiten hin, sobald wir welche woanders abziehen können.«

»Was denkst du, was für ein Licht das auf euch wirft, wenn ihr nicht einmal eure kritische Infrastruktur schützen könnt? Cherry?«

Cherry nahm Rickys Finger aus dem Mund. »Ja, Daddy?«

»Was für ein Licht wirft das auf Mexiko?«

»Dass sie dumm sind?«

»Hörst du, Ricardo? Wer wird dann noch investieren in euer Land? Cherry, was meinst du?«

»Niemand, denke ich.«

»Komm, sag es ihm direkt ins Ohr.«

Cherry stand auf und beugte sich zu dem Mexikaner hinunter. Sie achtete darauf, dass ihre Titten seine Schulter berührten. »Niemand«, hauchte sie ihm ins Ohr.

»Cherry, meine Süße, willst du dich Ricardo auf den Schoß setzen?«

»Gerne, Daddy.« Cherry musste grinsen, als sie unter der Anzughose den harten Schwanz des Mexikaners spürte. Daddy war wirklich furchtbar clever.

»Mike … äh … ich …«, stotterte der Mexikaner.

»Cherry, was würdest du tun, um dein Land zu retten? Dein schönes Texas?«

»Alles, Daddy.«

»Würdest du auch dem netten Ricardo hier die Hose öffnen und seinen Schwanz in den Mund nehmen und daran saugen, bis er abspritzt?«

Cherry wusste nicht so recht. Eigentlich wollte sie nicht, aber sie wollte auch Daddy nicht verärgern. Und nach der Sache mit Tom war es vielleicht besser, wenn sie lieb zu ihm war.

»Und es gäbe keine andere Möglichkeit, Daddy?«

»Und es gäbe keine andere Möglichkeit, Süße.«

Cherry drückte sich aus dem Sessel hoch, kniete sich zwischen die Beine des Mexikaners und öffnete seine Hose. Sie zog seinen Schwanz raus und begann daran zu lutschen. Der Mexikaner wehrte sich nicht, aber das hätte Cherry auch gewundert.

Aus dem Augenwinkel sah sie, dass Daddy sich hinter sie kniete. Sie wurde ganz nass, vor Leuten hatte er sie noch nie genommen. Ohne den Schwanz des Mexikaners aus ihrem Mund zu lassen, stöhnte sie auf, als Daddy ihr den seinen von hinten in die Pussy schob. Daddy hatte wirklich keine Hemmungen.

26. Kapitel

Brüssel, Belgien; Sonntag, 17:45 Uhr UTC+2

Sonntagabend. Zurück in Brüssel. Conrada hatte nicht eine Minute länger als nötig in Buenos Aires bleiben wollen und noch in der Nacht einen Flug bekommen. Stéphane holte sie vom Flughafen ab.

»Du siehst fertig aus«, sagte er, während er ihr die Wagentür öffnete.

»Dasselbe wollte ich gerade zu dir sagen«, antwortete Conrada. Aber er hatte recht. Der Jetlag traf sie bedeutend härter, wenn sie Richtung Osten flog.

»Nichts Neues zu Jasmin?«

Stéphane schüttelte den Kopf. »Die Leute bei Reporter ohne Grenzen aktivieren jeden Kontakt, den sie haben. Aber in der jetzigen Lage ist es aussichtslos.«

Conrada drückte ihm den Oberarm. »Du hättest mich echt nicht abholen müssen.«

»Ach was.« Stéphane winkte ab. »Rhodes fordert viel weniger von uns als du.« Er grinste. Es war ein bemühtes Grinsen, aber aufrichtig. »Wo bringe ich dich hin? Nach Hause?«

Obwohl Sonntag war, war Hermann bereits nach Straßburg aufgebrochen. Emilia besuchte mit einer Freundin ein Gothic-Festival und hatte angekündigt, danach direkt ins Internat zu fahren. Der Gedanke, allein in dem großen Haus zu sitzen und zur Untätigkeit verdammt zu sein, erschien Conrada fürchterlich.

»Lieber nicht«, sagte sie.

»Also ins Büro?«

»Ich weiß nicht. Venizelos hat ziemlich deutlich gesagt, ich soll mich aus den Amerikas raushalten.«

»Wir können ja erst mal in die Stadt reinfahren«, schlug Stéphane vor. »Du überlegst dir währenddessen, wo du hinwillst.«

Conrada brannten die Augen, sie sollte wirklich schlafen. Eine Plakatfläche bewarb eine Podiumsdiskussion zur Arbeit der Zukunft. Eines der Gesichter kam ihr bekannt vor. Sie nahm ihr Telefon und sah online nach. Tatsächlich, unter den Diskussionsteilnehmern befand sich Heribert Auenrieder, ihr alter Doktorvater. Der Termin war heute.

»Fahr mich zum Square«, bat sie Stéphane.

Das Square lag im Herzen der Stadt. Unter dem Namen Palais de Congrès als Messeort gebaut, diente es inzwischen als Kongresszentrum. Bekanntheit erlangt hatte das Gebäude vor allem für sein Foyer, das aus einem sechzehn Meter hohen Glaswürfel bestand.

Die Diskussion wurde von der Sporenheim-Verlagsgruppe veranstaltet. Eingeladen waren neben Prof. Auenrieder der CEO eines Druckerpatronenherstellers, ein Journalist und ein Experte für Künstliche Intelligenz. Die Moderatorin war die einzige Frau in der Runde.

Conrada erreichte die Veranstaltung kurz nach halb sieben, die Diskussion war bereits in vollem Gange. Sie kam gerade recht: In dem Moment, in dem sie den Saal betrat, wandte sich die Moderatorin Conradas Doktorvater zu: »Professor Auenrieder, Sie sind berühmt geworden als der Ökonom, der die Märkte verachtet. Wie kommt man zu solch einem Ruf?«

»Nun ja«, Auenrieder lächelte milde. Der Professor musste schon lange emeritiert sein, er war inzwischen weit über siebzig. »Das war ja ganz zu Beginn meiner Laufbahn. Die Mauer stand noch. Ein nicht ganz kalter Krieg wurde geführt. Wie ideologisch da manche Debatte verlief, das kann man sich heute nicht mehr vorstellen.«

»Würden Sie sagen, Sie sind über die Jahre moderater geworden?«

»Ach, diese emotionalen Zuschreibungen immer.« Er lächelte wieder. »Die Wissenschaft sollte sich hüten, sich von derlei Zuschreibungen beeinflussen zu lassen. Der Mensch muss sich entscheiden: Entweder er folgt seinem Herzen. Oder er wird Wissenschaftler. Beides zusammen geht nicht.«

»Ist das nicht sehr vereinfachend ausgedrückt?«

»Doch.«

Ein Lächeln schlich sich Conrada in die Brust. Direkt beim Eingang hatte sie noch einen freien Platz gefunden, ganz hinten. Doch obwohl die Bühne fern war, konnte sie sich Auenrieders Wirkung nicht entziehen. Der alte Mann irritierte seine Gesprächspartnerin auf dieselbe fröhliche Weise, wie Conrada ihn in Erinnerung hatte. Er war am Lehrstuhl berüchtigt gewesen für seine Art, überspitzte Thesen zu formulieren und dann direkt wieder infrage zu stellen. Das überforderte die meisten. Conradas Kommilitonen hatten ihn deswegen gefürchtet, manche regelrecht gehasst. Conrada erinnerte sich an ihren ersten Kurs bei ihm, Staatstheorie aus wirtschaftlicher Perspektive. Anfangs war es schrecklich. Verbissen versuchte sie, sich die Materie anzueignen, Auenrieders Gedankengänge nachzuvollziehen, ihm Paroli zu bieten. Und plötzlich merkte sie, dass sie zu diskutieren lernte auf eine Art, die alles in den Schatten stellte, was sie zuvor an der Uni erlebt hatte. Viel später, sie promovierte bereits, verriet er ihr, dass seiner Meinung nach jede Überzeugung, jeder Glaube immer wieder neu zersetzt und errungen werden müsse, sonst erstarre er zum Dogma. Auenrieders Provokationen zwangen zu heftigem Widerspruch, sein bedingungsloses Einlenken zwang dazu, die Heftigkeit des Widerspruchs zu hinterfragen.

»Was denken Sie«, fragte die Moderatorin, »welche Auswirkungen wird die Industrie 4.0 auf die Gesellschaft haben?«

»Alle leben in Wohlstand und Frieden«, sagte Auenrieder.

»So einfach?«

»Es gibt einen kleinen Haken. Die Produktionsmittel müssen vergemeinschaftet werden. Zumindest partiell. Wenn die Arbeit von Maschinen übernommen werden kann, besitzt der Besitzer der Maschinen das Produkt und das Produktionsmittel.«

»Sie argumentieren im Sinne von Marx.«

Auenrieder lächelte. »Der Name ist mir zu ideologisch aufgeladen. Außerdem handelt es sich um keine Einbahnstraße. Nur wenn das Produkt Abnehmer findet, bleibt die Produktion wirtschaftlich. Eine solvente Gesellschaft ist unabdingliche Voraussetzung für eine gesunde Wirtschaft.«

»Aber Sie sprachen doch von einer Vergemeinschaftung?«

»Es würde bereits genügen, einen geeigneten Steuerschlüssel zu entwickeln. Dass, wie in vielen Ländern üblich, das Einkommen höher besteuert wird als Kapitalerträge, muss über kurz oder lang jede Gesellschaft zerstören. Wenn ich mit meinem Geld mehr verdiene als mit Arbeit, zerstöre ich einerseits einen Sockel menschlicher Sinnstiftung. Menschen mögen es, wenn sie etwas auf die Beine stellen. Andererseits – und viel gravierender – werden Leute mit Kapital schneller reich als Leute, die arbeiten. Denken Sie das zu Ende.«

»Es müssen also die Steuergesetze angepasst werden?«

»Mindestens. Ein Grundeinkommen kann helfen. Oder staatliche Regulierungen, wie viele Produktionsmittel einzelne Unternehmen besitzen dürfen. Alles im Grunde ist hilfreich, was den Wohlstand der Reichsten an den Rest der Gesellschaft koppelt. Viel stärker muss das jedenfalls geschehen, als es aktuell passiert.«

»Und wenn das nicht klappt?«

»Dann werden wir bald eine Welt geschaffen haben, die Dantes Inferno zu einer Gutenachtgeschichte degradiert.«

Nach dem Ende der Veranstaltung leerte sich der Saal innerhalb von Minuten. Einige Gäste standen an der Bühne und sprachen mit den Diskutanten. Als Auenrieder keine Fragen mehr zu beantworten hatte und seinen Mantel anzog, ging Conrada auf ihn zu.

»Heribert.«

Der Professor sah sie an, überlegte, stutzte. »Conrada, sind Sie das?«

Auenrieder hatte schon immer einen familiären Umgang mit seinen Mitarbeitern gepflegt. Er begrüßte Conrada herzlich. Sie hatten sich fünfzehn Jahre nicht gesehen, doch das alte Gefühl der Vertrautheit stellte sich sofort wieder ein.

»Wollen wir einen Kaffee trinken gehen?«, fragte er, nachdem er sich von den Organisatoren des Podiums verabschiedet hatte.

Sie setzten sich in das Café Moriatti, das direkt am Square gelegen war, auf der ruhigeren Seite.

Der Professor holte eine Packung Zigaretten hervor. »Stört es Sie, wenn ich rauche?«

»Um ehrlich zu sein, wäre es mir lieber, Sie könnten darauf verzichten«, sagte Conrada, etwas peinlich berührt, so ungalant zu sein.

Der Professor lachte nur. »Conrada van Pauli, so klar in ihren Vorstellungen wie stets.« Er steckte die Zigaretten wieder weg und bestellte Erdbeertorte und Kaffee; Conrada entschied sich für eine heiße Schokolade. Sie tauschten sich aus, was das Leben all die Jahre mit ihnen angestellt hatte. Auenrieder erzählte zuerst, dann sie. Er hörte ihr aufmerksam zu. Er bot ihr Englisch an, aber in Erinnerung an Heidelberg bat sie ihn um die Freude, Deutsch reden zu dürfen. Sein wohlwollendes Interesse erwies sich als wahre Linderung für die Enttäuschungen der letzten Tage. Je mehr sie redete, desto leichter wurde ihr Herz, schließlich schilderte sie ihm auch die Ereignisse der Woche und gestand sogar ihren unrühmlichen Abgang.

»Sie haben Angst«, sagte er, als sie geendet hatte.

»Wer? Die Amerikaner?«

»Alle. Alle, die etwas zu verlieren haben.« Er bestellte sich ein zweites Stück Erdbeertorte. »Reich und Arm waren sich noch nie so fern. Gleichzeitig haben sie noch nie auf so engem Raum nebeneinandergelebt.«

»Die Schere schließt sich doch. Selbst die Eurostat-Zahlen, die wir verwenden, belegen das.«

Der Professor lachte freundlich, Tortenkrumen fielen ihm aus dem Mundwinkel. »Ja, ich weiß. Ich rede seit vierzig Jahren gegen diese Zahlen an. Haben Sie Piketty gelesen, Conrada?«

»Leider nicht.«

»Keine Sorge, Sie sind nicht die Einzige. Jeder zitiert ihn, kaum einer liest das Buch. Trotzdem kauft es jeder. Warum? Weil viele Leute spüren, dass etwas nicht stimmt, was die Vermögensverteilung betrifft. Für Ihre Zahlen muss man Piketty aber gar nicht kennen. Das Vermögen der Reichen wächst einige Prozentpunkte weniger als das der Mittelschicht. In Deutschland ist das so. Zwei Prozent Wachstum beim Vermögen der Reichen, vier Prozent Wachstum bei der Mittelschicht. Alle jubeln, weil die Schere sich schließt. Preisfrage: Welches Vermögen wächst schneller?«

»Das ist eine Fangfrage, richtig?«

Aus Auenrieders Augen funkelte der Schalk. »Das Vermögen der Reichen. Von hundert Euro vier Prozent sind vier Euro. Von tausend Euro zwei Prozent sind zwanzig Euro. Ein fünfmal höheres Einkommen für die mit tausend Euro. Die Schere schließt sich nicht. Sie öffnet sich.«

Conrada fühlte sich ertappt. Verlegen griff sie nach ihrer leeren Tasse und kratzte die Schokolade vom Boden.

»Die Reichen wissen, dass die Zeit der Abrechnung naht«, fuhr Auenrieder fort. »Die technologische Entwicklung hat unbeschreiblichen Wohlstand geschaffen. Aber sie hat ihn ungerecht verteilt. Und dann hat sie perfiderweise Kommunikationsmittel zur Verfügung gestellt, die jedem Armen auf der Welt vor die Nase halten, wie viel reicher die Reichen sind. Eine gemäßigte Umverteilung beruhigt nicht, sondern weckt nur den Appetit auf mehr. In China sind viele Arme in die Mittelschicht aufgerückt. Aber statt sich mit einem materiellen Auskommen zufriedenzugeben, verlangen sie jetzt Teilhabe auf den verschiedensten Ebenen der Gesellschaft. Kein Wunder, dass das Politbüro panisch ist. Wenn sie sich nicht öffnen, explodiert es dort bald so heftig wie in Mexiko, da können sie ihren Überwachungsstaat noch so raffiniert ausbauen. Und warum explodiert es denn in Mexiko?« Er spießte eine Erdbeere auf die Kuchengabel, hielt sie wie einen mahnenden Zeigestock vor Conradas Gesicht.

»Weil sich die Leute nicht mehr repräsentiert von ihrer Regierung fühlen?«, versuchte es Conrada. Sie schwitzte wie im Kolloquium.

»Das ist eine Folge, nicht die Ursache. Die Ursache ist, dass die Bevölkerung den Reichtum der Eliten sieht, aber nicht an ihm teilhat. Dass das Vermögen der Eliten sich – direkt oder indirekt – aus dem Drogenhandel speist, sind die Splitter in der Handgranate.« Er schob sich die Erdbeere in den Mund. »Ähnlich ist es mit Brasilien«, erklärte er kauend. »Nur, dass die aufbegehrende Mittelschicht mehr zu verlieren hat als in Mexiko. Deswegen bekommt Colasanti einen so breiten Zuspruch. Die Revolutionäre, die gegen die korrupten Eliten auf die Straße gegangen sind, haben selbst Angst vor den noch Ärmeren. Und sie haben allen Grund dazu. Ein Aufstand, der nicht aus den Innenstädten käme, sondern aus den Favelas, würde nicht mit Wasserwerfern bekämpft werden. Und die Mittelschichtsrevolutionäre wären die Ersten, die nicht nur nach dem Militär rufen würden, sondern nach scharfer Munition.«

Es wurde kühl, Conrada bestellte einen Tee. »Vielleicht hat Aristoteles die Menschen einfach überschätzt, und sie sind gar nicht so gesellschaftsfähig, wie er dachte«, murmelte sie.

»Doch, doch«, widersprach Auenrieder sanft. »Wir haben unseren Wohlstand dem menschlichen Drang zu verdanken, sich innerhalb der Gesellschaft beweisen zu wollen. Aber wenn Wettbewerb zum Selbstzweck wird, fördert er Egoismus. Und Wettbewerb hat unsere Welt vollständig durchdrungen: Wettbewerb mit der Konkurrenzfirma, mit den Kollegen, auf dem Klassentreffen. Wir fragen uns: Wo war ich besser als andere? Nicht: Wo waren wir gemeinsam gut?«

»Heribert Auenrieder«, lächelte Conrada, »polemisch wie immer.« Der Tee kam. »Ich glaube eher«, sagte sie, »die Welt ändert sich zu schnell, als dass demokratische Systeme sich rechtzeitig anpassen können. Deswegen knirscht es im politischen Getriebe, das Vertrauen schwindet, das autoritäre Versprechen gewinnt an Attraktivität.«

»In kulturell homogenen Ländern mag das so sein. Doch ohne gemeinsame Identität haben es auch Autokraten schwer. Die stabilen Autokratien haben einen ausgeprägten Hang zum Nationalismus: China, Russland, Nordkorea, die Türkei.«

»Warum scheitern die Demokratien dann? Verraten Sie mir das, Heribert? Warum verlieren sie den Rückhalt in der Bevölkerung?«

»Es gibt drei Gruppen, die wählen gehen: die Alten, die Reichen, die Gebildeten. Die Alten denken nicht langfristig, sie sind bald tot. Die Reichen denken nicht solidarisch, sie wollen nichts abgeben. Die Gebildeten können ein abweichendes Weltbild nicht nachvollziehen, denn sie sind selbstgefällig. Politiker repräsentieren diese drei Gruppen: Sie sind alt, reich und gebildet.«

»Aber Reiche zum Beispiel gibt es ja gar nicht so viele, dass sie eine Rolle spielen könnten.«

»Sie sind reich, ich bin reich, alle unsere Freunde sind reich. Reich sein soll hier bedeuten, auf der Gewinnerseite der Umverteilung zu stehen. Vermieten anstatt mieten, Gläubiger sein anstatt Schuldner, Autos kaufen statt leasen. Alle Reichen glauben, irgendwo in der Mitte zu sein. Weil sie in der Mitte ihres sozialen Umfelds stehen. Wir gentrifizieren die Innenstädte und freuen uns über die soziale Diversität, während sich am Stadtrand längst Ghettos gebildet haben. Weswegen scheitern Freihandelsabkommen? Weil der Wohlstand, den die Globalisierung schafft, allzu oft nur der Elite zugutekommt. Dass Manager ihre Firma an die Wand fahren und trotzdem Boni einstreichen, ist ja schon ein alter Hut. Großkonzerne wie Apple feiern ihre Weltverbesserungsambitionen und glänzen seit Jahren nur noch in der Entwicklung immer raffinierterer Steuervermeidungsstrategien. Google geriert sich als Familie und beutet im großen Maßstab externe Mitarbeiter aus. Facebook predigt absolute Transparenz und bewacht seine Algorithmen wie ein Staatsgeheimnis. Politiker predigen Mäßigung und lassen sich für den Vortrag Honorare im mittleren fünfstelligen Bereich auszahlen.«

Conrada musste unwillkürlich an Hermann denken. Er hatte die Vortragshonorare von Steinbrück und Co. immer vehement verteidigt. Experten aus der Wirtschaft bekämen ähnlich viel, weswegen solle ein Politiker sich unter Wert verkaufen?

Auenrieder dozierte weiter: »Das alte Versprechen, Handel mache alle reicher, ist schon lange unglaubwürdig geworden. Wir spielen das Nullsummenspiel. Der Gewinn des einen ist der Verlust des anderen. Ganz unabhängig von der ökologischen Hypothek ist die Welt zu verschuldet, um durch Wachstum gerettet zu werden. Umverteilung ist die einzige Lösung. Die Frage lautet, ob wir Reichen die Umverteilung freiwillig akzeptieren oder die Armen uns dazu zwingen werden.«

»Hoffen wir, dass der demokratische Gedanke den Prozess überlebt.«

»Die Autokratien sind genauso gefordert, schauen Sie mal da.« Auenrieder zeigte auf den Fernseher, der über der Theke des Cafés angebracht war. Der Rote Platz in Moskau, von einem wabernden menschlichen Teppich bedeckt, Banner, Wasserwerfer. Die Bilder waren keine Neuigkeit. Conrada erinnerte sich an die Worte Maurizios: Der Umsturz in Brasilien hatte die Demos in Russland an Schärfe gewinnen lassen.

Conrada begann zu frieren. Sie stritten sich, wer den anderen einladen durfte – Conrada verlor –, und versprachen einander, sich bald wieder zu treffen. Auenrieder wohnte inzwischen in Stuttgart. Aber sie reisten beide viel, es war nicht unwahrscheinlich, dass sie einmal gleichzeitig in derselben Stadt landeten.

Conrada fuhr nicht direkt nach Hause, sondern nannte dem Taxifahrer die Adresse des Seniorenstifts, in dem ihre Mutter untergebracht war.

Der Mutter ging es von Jahr zu Jahr schlechter, Conrada fühlte sich schuldig, dass sie sie nicht häufiger besuchte. Sie hatte ihr aus Buenos Aires den versprochenen Schal aus Alpakaschurwolle mitgebracht – wenn auch nur aus dem Duty-free-Shop –, aber ihre Mutter zeigte sich wenig begeistert. Stattdessen begrüßte sie Conrada mit Vorwürfen, weil sie den Geburtstag verpasst hatte. Die Gebrechen des Alters machten die Mutter unleidlich. Egal worüber sie sprachen, Conrada fand nie die richtigen Worte. Immer musste sie sich für irgendetwas rechtfertigen, fand sich in der Rolle der Angeklagten wieder.

Auch diesmal war keine Viertelstunde vergangen, und Conrada hatte bereits hören müssen, sie vernachlässige ihre Familie, sei eine Rabenmutter, sei eine undankbare Ehefrau. Das Schmerzhafte an den Vorwürfen war, dass sie stimmten. Sie war als Mutter gescheitert, um als Diplomatin erfolgreich zu sein. Nun war sie auch als Diplomatin gescheitert.

Als sie nach Hause fuhr, stellte sie sich vor, sie wäre Lehrerin oder Finanzbeamtin, hätte um 16 Uhr Feierabend, am Wochenende hätte sie frei, sie würde kochen und die Wäsche waschen, den Mädchen bei den Hausaufgaben helfen, mit Hermann Kniffel spielen. Eine naive Sehnsucht erfüllte sie – und vermischte sich einen Wimpernschlag später mit der Erkenntnis, dass sie ein solches Leben keine zwei Tage aushielte.

Sie nahm ihr Telefon und wählte Maurizios Nummer.

»Conrada, was gibt's?«

»Braucht ihr in Moskau noch eine Mitarbeiterin?«

»Wir brauchen hundert. Hast du jemanden?«

»Mich.«

»Was?«

»Ich würde mich anbieten.«

»Jetzt? Als Leiterin von Südamerika?«

»Also brauchst du jemanden oder nicht?«

»Du bist doch die Letzte, die den Posten räumt, wenn es brenzlig wird.«

Conrada schwieg, Maurizio verstand. »Wer hat dich geschasst?«

»Venizelos.«

»Was für ein Ärmel. Aber ja. Ich frage nach und melde mich, sobald ich was weiß. Geh mal davon aus, dass das klargeht.«

27. Kapitel

Throckmorton, Texas; Sonntag, 10:00 Uhr UTC-5

»Jesus Christus spricht: Wer sich aber meiner und meiner Worte schämt unter diesem ehebrecherischen und sündigen Geschlecht, dessen wird sich auch der Menschensohn schämen, wenn er kommen wird in der Herrlichkeit seines Vaters mit den heiligen Engeln.«

»Amen.«

Es war Mittag. Es war heiß. Der Boden war gebacken von der Sonne des späten Sommers. Keine Wolke am Himmel. Kein Baum, der hätte Schatten spenden können. Nur am Horizont brach eine einzelne Mimose aus dem Sand. Die Alten sagten, früher sei Throckmorton im Büffelgras geschwommen wie ein Floß in grünem Meer. Doch die Rolling Plains starben. Der Herrgott zürnte. Satan eroberte Texas.

»Herr, erlöse mich, errette mich von der Hand der Kinder der Fremde, deren Mund redet unnütz, und ihre Werke sind falsch, dass unsere Söhne aufwachsen in ihrer Jugend wie die Pflanzen, und unsere Töchter seien wie die ausgehauenen Erker, womit man Paläste ziert.«

»Amen.«

Alle vierunddreißig Mitglieder der Gemeinde hatten sich versammelt. Die Kutten fielen faltenfrei und weiß. Nur wenige trugen Kapuzen. Im Gegensatz zu ihren verlorenen Brüdern brauchten sie sich nicht voreinander zu verstecken. Vor dem Herrgott gab es keine Geheimnisse.

»Wenn ihr übertretet den Bund des Herrn, eures Gottes, den er euch geboten hat, und hingeht und andern Göttern dient und sie anbetet, so wird der Zorn des Herrn über euch entbrennen, und ihr werdet bald ausgerottet sein aus dem guten Land, das er euch gegeben hat.«

Wann immer der Hohepriester verstummte und den Stab mit der weißen Kamelie hob, ertönte das »Amen« im Chor der Gemeinde.

Heute war der heilige Tag des Herrn. Und heute, am siebzehnten Sonntag nach Trinitatis, würde die Gemeinde ihr fünfunddreißigstes Mitglied erhalten. Jessie wischte sich den Schweiß von der Nase. Die Kutte war aus Baumwolle genäht, es war fürchterlich heiß darunter.

»Darum sollt ihr mir heilig sein; denn ich, der Herr, bin heilig, ich habe euch abgesondert von den Völkern, dass ihr mein wäret.«

»Amen.«

Hinter dem Hohepriester blitzten die geparkten Landrover. Neben ihm stand das Kreuz. Drei Meter hoch, schlank und unverziert, ein Mahnmal. Geblendet von der Sonne, kniff Jessie die Augen zusammen. Ihr war schwindelig. Sie wollte nicht getauft werden. Sie wollte nach Hause. Hoffentlich war es bald vorbei.

»Wenn dich der Herr, dein Gott, ins Land bringt, in das du kommen wirst, es einzunehmen, und er ausrottet viele Völker vor dir her, die größer und stärker sind als du, und wenn sie der Herr, dein Gott, vor dir dahingibt, dass du sie schlägst, so sollst du an ihnen den Bann vollstrecken. Du sollst keinen Bund mit ihnen schließen und keine Gnade gegen sie üben. Eure Töchter sollt ihr nicht geben ihren Söhnen, und ihre Töchter sollt ihr nicht nehmen für eure Söhne.«

»Amen.«

Jessie hatte die hohen Schuhe angezogen, ihre Füße taten weh.

Sie wollte nicht getauft werden. Sie hatte keine Angst vor der Hölle. Sie kannte Throckmorton.

»Oder wisst ihr nicht, dass die Ungerechten das Reich Gottes nicht ererben werden? Täuscht euch nicht! Weder Unzüchtige noch Götzendiener noch Ehebrecher noch Lustknaben noch Knabenschänder noch Diebe noch Habgierige noch Trunkenbolde noch Lästerer noch Räuber werden das Reich Gottes ererben. Und solche sind einige von euch gewesen.«

»Amen.«

Nein, Jessie wollte nicht getauft werden. Doch sie war am Dienstag sechzehn geworden. Und wenn man in Throckmorton sechzehn wurde, wurde man am folgenden Sonntag getauft.

»Aber ihr seid reingewaschen, ihr seid geheiligt, ihr seid gerecht geworden durch den Namen des Herrn Jesus Christus und durch den Geist unseres Gottes.«

»Amen.«

»Jessica Clarke, komm zu mir.«

Jessie folgte dem Befehl ihres Vaters und trat in die Mitte des Kreises.

»Bist du rein an deinem Herzen und rein an deinem Geist?«

Jessies Magen zog sich zusammen. Sie dachte an Diego. Stumm schüttelte sie den Kopf.

»Sprich, Jessica, auf dass der Herrgott dich erhöre.«

Es war so heiß. Ihr Hals war trocken. »Nein.« Sie hätte gerne etwas getrunken.

»Sprich lauter, Jessica. Bist du rein an deinem Herzen und rein an deinem Geist?«

»Nein«, krächzte sie. Ihre Kehle brannte.

»Knie nieder, Jessica.«

Jessie gehorchte, kniete sich vor das Kreuz. Vater war kein Mann, der Widerspruch duldete.

»Du hast gesündigt, mein Kind?«

»Ich habe gesündigt, Hohepriester.«

»Bist du bereit, für deine Sünden Buße zu tun?«

Die Frage war eine Formel, noch wusste niemand, was sie getan hatte. Für das, was Jessie getan hatte, gab es keine Vergebung.

»Ich bin bereit«, flüsterte sie.

»Sprich lauter.«

»Ich bin bereit.«

»Bist du bereit, als wahre Tochter Israels dem Herrn, deinem Gott, zu dienen?«

»Ich bin bereit.«

»Bist du bereit, die Wahrheit zu verbreiten über Gottes Ordnung der Völker, sie zu verteidigen gegen die Angriffe Satans und seiner Diener?«

»Ich bin bereit.« Jessies Stimme zitterte mit jeder Lüge stärker. Würde sie Diego jemals verraten können? Sie würde es tun müssen. Und bald.

»Bist du bereit, im Namen des Herrn zu kämpfen für deine weißen Brüder und Schwestern?«

»Ich bin bereit.« Sie würden sie beide hängen. Diego sowieso. Aber auch sie selbst.

»Schwörst du es auf das Kreuz unseres Erlösers?«

»Ich schwöre.«

»Dann wasche ich dich rein von deinen Sünden. Im Namen des Vaters, des Sohnes und des Heiligen Geistes.«

»Amen«, sprach die Gemeinde.

»Erhebe dich, Jessica, als wahre Tochter Israels.«

Jessie liefen die Tränen über die Wangen. In ihrem Bauch spürte sie Diegos Sohn.

Die alte Standuhr im Wohnzimmer schlug behäbig ein einziges Mal, es war ein Uhr morgens. Jessie wälzte sich seit Stunden im Bett herum, wartete auf Diegos Nachricht. Satan spielte mit ihr, schlafen war unmöglich. Die Eindrücke des Tages jagten sie, Gesprächsfetzen huschten vorbei, Bilder flackerten auf. Die Taufe, das Trinken von Jesu Blut, das Verbrennen des Kreuzes, später das Festmahl mit den Widderinnereien. Sie sollten die Opferung Isaaks symbolisieren, Jessie hatte die zähen Brocken kaum heruntergebracht. Wie Onkel Ben seinen neuesten Song über das Weiße Paradies präsentierte und alle wie immer so taten, als ob er singen könnte. Wie Vater, der Hohepriester, sie umarmte, sagte, dass er stolz auf sie war. Und Diego. Immer kehrten ihre Gedanken zu Diego zurück. Diego, der Athlet. Diego, der Witzige. Diego, der Zarte. Diego, der Bohnenfresser.

Das Display ihres Telefons leuchtete auf. Diego. *Ich fahre jetzt los.* Jessie stand auf, ohne das Licht anzumachen. Sie hatte ihr ganzes bisheriges Leben in dem Zimmerchen gewohnt, sie fand sich im Dunkeln zurecht. Sie nahm die zweihundert Dollar, die sie gespart hatte. Sie überprüfte die Wäsche, die sie in ihren Winnie-the-Pooh-Rucksack gepackt hatte. Der Rucksack war ihr peinlich, aber sie hatte keinen anderen. Das Ladekabel ihres Telefons steckte sie ein. Das Foto ihres kleinen Neffen Jimmie. Unter dem Licht des Handydisplays schrieb sie ihrer Mutter einen Zettel, dass es ihr leidtat.

Sie schlich die Holztreppe hinunter, vorbei an den Fotos mit den Klansleuten, durchs Wohnzimmer, mit pochendem Herzen am Schlafzimmer der Eltern vorbei. Dann war sie draußen, zog die Haustür ein letztes Mal hinter sich zu. Sie würde nicht zurückkehren können. Nie mehr.

Jessie schob ihr Rad aus dem Schuppen. Es war kühl geworden. Der Highway nach Elbert war mit dem Lineal gezogen. Sie fuhr los. Für die dreizehn Meilen brauchte sie fast zwei Stunden.

Als sie Elbert endlich erreichte, wartete Diego bereits am Getreideheber. Sie küssten sich kurz, dann stiegen sie in Diegos Wagen. Nach Wichita Falls waren es sechzig Meilen.

»Du kannst nie mehr zurück«, sagte Diego.

»Ich weiß«, sagte Jessie.

»Warum hast du das gemacht?«, fragte Diego.

»Ich bin schwanger«, flüsterte Jessie.

Wichita Falls war benannt nach einem Wasserfall, den es bereits seit 1886 nicht mehr gab, eine Flut hatte ihn zerstört. Dennoch strömten Jahr für Jahr Touristen in die Stadt, um enttäuscht zu sehen, dass es nichts zu sehen gab. 1987 legte die Stadtverwaltung eine künstliche Kaskade an, um den Wünschen der Besucher Genüge zu tun.

Diego diente auf der Sheppard Air Force Base. Auf dem Stützpunkt wurden neben Kampfpiloten der amerikanischen Luftwaffe auch solche der NATO ausgebildet. Außerdem war eine Kompanie des Elitebataillons der Rangers hier stationiert. Diego führte als Lieutenant einen eigenen Zug.

»Ich kann dich nicht mit in die Kaserne nehmen. Wir bringen dich fürs Erste in einem Hotel unter«, sagte Diego.

»Okay«, sagte Jessie.

Im Hotel saßen sie schweigend auf der Bettkante und beobachteten durchs Fenster die sich nähernde Dämmerung. Jessie tastete nach Diegos Hand, er ließ es geschehen. Das Schwarz hinterm Fenster bekam einen lila Stich. Die Tapete hinterm Fernseher warf Wellen. Da sie nicht wussten, wie lange Jessie hier wohnen würde, hatten sie ein günstiges Hotel gewählt.

»Ich will aufs College«, sagte Jessie.

»Ja«, sagte Diego.

Sie drückte seine Hand, er erwiderte den Druck. Im Nachbarzimmer klingelte ein Wecker. Die Wände waren dünn. Draußen hupte es, langsam erwachte die Stadt.

»Ich will dich heiraten«, sagte Jessie.

»Du bist sechzehn«, sagte Diego.

»Wenn ich achtzehn bin«, sagte Jessie.

»Meine Hautfarbe.«

»Trotzdem.«

Auf dem Nachttischchen lag eine abgegriffene Bibel. Der Einband aus schwarzem Leder, knisternd dünne Seiten mit Goldrand. Hinter den Fenstern breitete das Lila sich aus über den Horizont.

»Kommen wir in die Hölle, Diego?«

»Nur wer hasst, kommt in die Hölle.«

»Ich hasse sie, Diego. Vater, Mutter, Onkel Ben, Mary, Carl, sogar Tante Rose. Einfach alle. Ich hasse sie.«

»Das darfst du nicht.«

Neben der Tür lag eine Wollmaus. Immer noch hatten sie sich nicht bewegt, saßen sie nebeneinander auf der Bettkante, lagen ihre Hände ineinander. Das Lila am Himmel mischte sich mit Orange.

»Ich muss los«, sagte Diego.

»Okay«, sagte Jessie. »Ich liebe dich.«

»Ich liebe dich auch«, sagte Diego.

»Wann kommst du zurück?«, fragte Jessie.

Diego schwieg. In der Ferne heulten Polizeisirenen.

»Diego? Wann kommst du zurück?«

Diego antwortete nicht. Schweigend zog er seine Hand aus ihrer.

Jessie spürte, wie ihr die Angst den Hals zusammenschnürte. »Diego? Was ist denn?«

Diego stand auf. Die Sirenen erloschen.

»Wann kommst du wieder? Jetzt sag schon«, bat ihn Jessie.

»Ich weiß nicht«, sagte Diego. Im matten Morgenlicht wirkte sein Gesicht auf einmal ganz grau.

»Was meinst du damit?«, stammelte sie. »Was soll das heißen, du weißt es nicht?«

Diego wich ihrem Blick aus. »Wir marschieren in Mexiko ein.«

Jessie griff nach Diegos Hand. »Wann?«, fragte sie leise.

»Heute Mittag.«

Die Konturen der Möbel nahmen langsam Gestalt an.

Jessie drückte Diegos Hand an ihre Lippen. »Versprich mir, dass du wiederkommst.«

»Ich muss los«, sagte Diego.

28. Kapitel

Moskau, Russland; Montag, 06:01 Uhr UTC+3

Hermann klang nicht gut gelaunt. »Conrada, wo steckst du?«

»Scheremetjewo.«

»Moskau-Scheremetjewo?«

»Genau. Gerade gelandet.«

»Was machst du da?«

»Arbeiten.«

»Was hat denn Russland mit den Amerikas zu tun?«

»Es handelt sich um eine globale Krise. Deswegen reagieren wir global.« Tatsächlich hatte sie kaum mit Maurizio gesprochen, da hatte sich auch schon der EU-Botschafter für Russland, Viggo Nielsen, bei ihr gemeldet und ihr lebhaft versichert, ihre Expertise sei mehr als willkommen – alles, was aktuell in den Innenstädten Südamerikas passiere, halle wider in den Straßen Moskaus.

Conrada sah keine Notwendigkeit, Hermann zu erzählen, dass die Versetzung nicht ganz freiwillig geschehen war. Das konnte sie immer noch tun, wenn sie sich wieder persönlich sähen.

»Wie lange wirst du denn da sein?«

»Eine Woche oder zwei. Vielleicht auch länger.«

»Aber Emilia?«

»Die kommt auch mal ein paar Wochenenden ohne ihre Mutter aus. Was macht Straßburg?«

»Es ist furchtbar. Wir haben ja die Budgets für die Abgeordneten erhöht, die dem Brexit-Ausschuss angehören …«

Hermann begann weitschweifig zu lamentieren. Conrada

versuchte ihm zuzuhören, doch hinter ihren Schläfen pochte der Schmerz. Sie brauchte dringend neue Tabletten, ihre letzte Packung war fast leer.

»Hermann«, unterbrach sie ihn schließlich, »in Amerika wackeln die Demokratien, in Russland steht Putin unter größerem Druck als 2012. Und da redet ihr über die Umverteilung der Budgets?«

»Wenn jedes Mal, sobald es irgendwo auf der Welt eine Herausforderung zu bewältigen gibt, Europa seine Alltagspflichten vernachlässigt, kommen wir zu gar nichts mehr. Ich bin Quästor. Nicht jeder kann die Welt retten. Wenn ich euch potenzielle Weltretter nicht bezahlen würde, wäre eure Liebe für das große Ganze sehr schnell wieder verschwunden.«

Fast musste Conrada lachen – Hermann hatte nicht das Geringste mit ihrem Gehalt zu tun. Doch sie hatte keine Lust zu streiten.

»Bist du nächstes Wochenende zu Hause?«, fragte sie.

»Wahrscheinlich, wieso?«

»Nur, falls ich es nicht schaffe und Emilia etwas braucht.«

»Sollte sich einrichten lassen.«

»Danke.«

Conrada hatte direkt den Nachtflug nach Moskau genommen. Die neue Arbeitswoche würde erst in ein paar Stunden beginnen, die Straßen waren frei, das Taxi brauste Richtung Innenstadt. Sie lehnte die Schläfe ans Fenster und beobachtete, wie die Sonne sich aus dem Stadtsmog schob.

Moskau. Stadt der Sehnsüchte. Stadt der Helden. Stadt des Verfalls. Moskau, die unbezwingbare, Moskau, die unsterbliche. Offiziell gegründet im zwölften Jahrhundert. Im dreizehnten Jahrhundert von den Mongolen geplündert und eingeäschert. Im vierzehnten Jahrhundert mächtig geworden, dann erneut von der Goldenen Horde belagert, geplündert und eingeäschert. Im fünfzehnten Jahrhundert von Iwan dem Dritten vom Griff der Horde befreit. Iwan der Große. Iwan der Hungrige. Moskau wächst. Überschwemmungen. Moskau unter Wasser. Mitte des sechzehnten Jahrhunderts von Feuern verschlungen. Iwan der Vierte nennt sich Zar. Europa nennt ihn den Schrecklichen. Die Pest. Ende des sechzehnten Jahrhunderts Angriff durch die Krimtataren, Moskau geplündert und eingeäschert. Moskau wächst. Die Pest. Anfang des siebzehnten Jahrhunderts der große Hunger. Danach die Besetzung durch Polen-Litauen. Aufstände, Moskau bekommt Michail Romanow. Moskau wächst. 1626 eine Feuersbrunst. 1648 eine Feuersbrunst. 1654 die Pest. Moskau wächst. Achtzehntes Jahrhundert: Peter der Große baut St. Petersburg. Der Zar verlässt Moskau. Katharina die Große besiegt die Krimtataren. Katharina die Große besiegt die Türken. Katharina die Große teilt Polen-Litauen mit Preußen auf. Katharina die Große gründet Neurussland. Katharina die Große kolonisiert Alaska. Die Pest. Das neunzehnte Jahrhundert beginnt und bringt Napoleon. Graf Rostoptschin gibt die Stadt auf, befiehlt seinen Soldaten, Feuer zu legen. Drei Viertel der Stadt gehen in Flammen auf. Moskau wächst. Mitte des neunzehnten Jahrhunderts der Krimkrieg gegen die Türken. Die Türken werden unterstützt von Frankreich, Großbritannien, Sardinien. Russland verliert. Alexander der Zweite schafft die Leibeigenschaft ab. Alexander der Befreier. Moskau wächst. 1908: die große Flut. 1917: Februarrevolution. Zar Nikolaus der Zweite dankt ab. Oktoberrevolution. Lenin. 1918: der Friedensvertrag von Brest-Litowsk. Russland tritt Gebiete an Deutschland ab. Moskau ist wieder Hauptstadt. Moskau wächst. 1927: Stalin. 1932: die große Hungersnot. Moskau wächst. 1941: der Große Vaterländische Krieg. 1944: Schlacht um Moskau. 1945: Konferenz von Jalta. 1953: Stalin stirbt. Malenkow wird Regierungschef. 1955: Chruschtschow. 1964: Breschnew. 1985: Gorbatschow. 1991: Jelzin. 1999: Putin wird Premierminister. 2000: Putin wird Präsident. Moskau wächst.

Conrada war noch nie in Moskau gewesen. Kilometerlang fuhr sie an schmutzig grauen Plattenbauten vorbei. Sie sahen eins zu eins aus wie die, die sie aus Jena-Lobeda kannte, aus Katowice, aus Kiew, aus Sofia. Die Geschäfte dazwischen wirkten modern. Der erste Zwiebelturm schälte sich aus dem Dunst. Auf der Straße heulten Sportwagen an verbeulten, uralten Seifenkisten vorbei. Conrada sah, wie eine Dame in High Heels und Kostüm einem Alten mit Lodenmantel und Fellmütze die Tür zu einer Bäckerei aufhielt. Schulmädchen mit rosa Rucksäcken wichen Jugendlichen aus, die sich gegenseitig Tricks auf ihren BMX-Rädern zeigten. Es wirkte, als versuche die Stadt die Patina des Ostblocks abzuschütteln. Mit mäßigem Erfolg.

Putin entrichtete für seine Weltmachtfantasien den Preis der Verwahrlosung Russlands. Die Sanktionen, welche die EU nach der Krimannexion beschlossen hatte, waren jahrelang verspottet worden. Aber sie wirkten. Auch wenn die westliche Öffentlichkeit nichts davon mitbekam und die russische der Dauerbeschallung durch die Kremlpropaganda wenig entgegenzusetzen hatte.

Die aktuellen Proteste waren ein Zeichen für die Verzweiflung, die weite Teile der Bevölkerung ergriffen hatte. Jeder, der mit Forderungen auf die Straße ging, wusste, dass er damit nicht nur Leib und Leben riskierte, sondern genauso die Sicherheit seiner Familie.

Conrada blätterte durch die Russland-Akte des EAD. Sie erfuhr nichts Neues. Die Wirtschaftszahlen waren nach wie vor desaströs. Staatliche Investitionen und Subventionen sorgten zwar für einen leichten Aufschwung, nicht jedoch für substanzielle Veränderungen. Das Wachstum war vollkommen abhängig vom Ölpreis; fiele dieser nur um wenige Prozentpunkte, wäre Russland innerhalb eines Jahres bankrott.

Die EU-Delegation war am Kadaschowskaya-Damm untergebracht, direkt neben der italienischen Botschaft, nur einen Kilometer vom Roten Platz entfernt. Ein umzäunter Grünstreifen lief komplett um das Gebäude herum – eine Eigentümlichkeit in der eng bebauten Innenstadt; Maurizio erklärte ihr später, dass die Vorgängerbauten der Legende nach zweimal von Feuern heimgesucht worden waren und der Bauherr sich vor einem dritten zu schützen gesucht hatte. Tatsächlich hatte die Vorkehrung nichts genützt, das Gebäude brannte noch ein drittes Mal ab. Trotzdem behielt man beim Wiederaufbau den neuen Grundriss bei.

Maurizio hatte sich darum gekümmert, dass Conrada eines der Gästezimmer zur Verfügung gestellt wurde, sie sich also kein Hotel suchen musste.

Es war fast sieben, aber die Pforte war noch nicht besetzt. Maurizio nahm Conrada in Empfang und gab ihr ihre Schlüssel.

»Um neun ist unsere Wochenkonferenz, schau mal, ob du da schon fit bist.«

»Ich werde da sein. Übrigens, hier ist dein Geld.« Sie streckte ihm den Schein entgegen.

»Wofür denn das?«

»Buenos Aires, du hast mir das Taxi bezahlt.«

»Niemals nehme ich das an.«

Sie einigten sich erst, als Maurizio Conrada erlaubte, dass sie ihn, statt ihn auszuzahlen, zum Essen einlud.

Conrada gelang es tatsächlich, sich nach zwei Stunden Schlaf wieder einigermaßen bei Kräften zu fühlen.

Bevor sie den Konferenzraum betrat, musste sie ihr Telefon abgeben. Conrada war überrascht von der Zahl an Leuten, die anwesend waren. Aber natürlich war die Delegation hier größer als in den südamerikanischen Ländern. Russland teilte mit der EU den Kontinent und war einer der wichtigsten Handelspartner. Der Raum wartete mit einer großen Glasfront auf, die eine der Wände vollständig ersetzte und den Blick auf die Insel Balchug freigab, die eingerahmt war von der modernen Moskwa im Hintergrund und deren altem Flussbett direkt zu Conradas

Füßen. Hinter der Insel lag der Moskauer Stadtkern, der Kreml war genauso zu erkennen wie die Basilius-Kathedrale. Sogar das Bolschoi-Theater war zu erahnen. Es war ein grandioser Ausblick. Die historischen Bauten kündigten stolz von einer großen Vergangenheit, die Wolkenkratzer dazwischen versprachen eine strahlende Zukunft.

Conrada entdeckte Matej Matušek und begrüßte ihn. Für Russland besaß der EAD keinen eigenen Abteilungsleiter. Stattdessen wurde die Abteilung vom Exekutivdirektor für Zentralasien in Personalunion geführt. Der Tscheche Matušek hatte 1989 als Student die Samtene Revolution in der Tschechoslowakei miterlebt. Im Anschluss gelang ihm eine steile Karriere im europäischen Verwaltungsapparat. Zugute kam ihm sicherlich, dass er als glühender Verfechter westlicher Werte galt. Durch besondere Kompetenz hatte er sich Conradas Wissen nach bisher nur dahingehend hervorgetan, dass er jeden russischen Diplomaten unter den Tisch trinken konnte – was bei Verhandlungen umso hilfreicher wurde, je näher man dem Ural kam. Es war leicht zu erahnen, woher Matušeks Trinkfestigkeit kam: Er wog gut und gerne hundertdreißig Kilo.

Conrada traf Matušek selten in Brüssel. Er war berüchtigt dafür, seinen Botschaftern von Nahem auf die Finger zu schauen, gewöhnlich ohne Vorankündigung.

Maurizio stellte ihr auch Viggo Nielsen vor, den Botschafter, mit dem sie telefoniert hatte. Ein Bilderbuchdäne, ein blonder, bärtiger Hüne, der selbst den hochgewachsenen Maurizio überragte. Conrada konnte sich gut vorstellen, dass auch Nielsen sich durch Wodka-Attacken nicht so einfach in die Knie zwingen ließ. Obwohl er sie eingeladen hatte, hatte sie Sorge gehabt, ob er sie als Konkurrenz betrachten, ihr mit Argwohn begegnen würde – offiziell fungierte sie zwar nur als Beraterin, aber formal war sie ihm vorgesetzt. Die Sorge war unbegründet. Der Däne begrüßte sie scherzhaft auf gebrochenem Niederländisch, sie antwortete auf gebrochenem Dänisch, beide mussten lachen. Sie verstanden sich sofort, nach zwei Sätzen waren sie beim Du.

Matušek leitete die Konferenz. Je nach Zeitzone hatten die Börsen wieder geöffnet beziehungsweise planten es. Selbst in Brasilien hatte Colasanti angekündigt, das Parkett innerhalb weniger Tage wieder freizugeben. Dies freilich nahm niemand für bare Münze. Und trotzdem – sei es, dass die Kurse vergangene Woche bereits furchteinflößend tief gefallen waren, sei es, dass die Leute dem Chauffeur-Präsidenten zutrauten, das Land zu retten –, die Reaktionen der Märkte waren durchweg positiv. Kaum zeichnete sich diese Entwicklung ab, schnalzten die Indizes weltweit nach oben.

Die jährliche Generalversammlung der UN begann morgen, Putin hatte überraschend abgesagt und stattdessen seinen Außenminister geschickt. Er selbst hatte für den heutigen Abend eine wichtige Mitteilung angekündigt, für welche zahlreiche Vertreter ausländischer Kräfte in den Kreml gebeten worden waren.

»Wen meint er denn mit ›Vertreter ausländischer Kräfte‹?«, fragte Conrada.

»Jeden, der ihm nicht passt«, erklärte Viggo. »Spione und Agenten. Spione sind wir Ausländer im diplomatischen Dienst. Agenten sind alle, die seine Position infrage stellen: Journalisten, Menschenrechtler, Demoskopen, Ökonomen, Historiker, Schriftsteller, Sozialarbeiter.«

»Sozialarbeiter?«

Viggo rieb sich mit der Rückhand das bärtige Kinn. »Ja, auch. Wenn sie auf Missstände hinweisen. Dazu reicht es allerdings schon, Werbung für eine Suppenküche zu machen. Je bedrohlicher die Lage, desto umfassender die Indoktrination über Russlands neue Stärke.«

»Klingt nicht so, als ob er gute Nachrichten verkünden will«, sagte Conrada.

»Nein«, sagte Matušek, »es steht zu befürchten, dass er sich neue Repressionen ausgedacht hat.«

»Haben wir Kontakte zu seinen Beratern?«

»Das Problem ist«, sagte Matušek, »dass er fast alles allein entscheidet. Früher hat er bisweilen noch auf seinen Stab gehört. Aber seit er seinen Verteidigungsminister Schoigu eingebuchtet hat, gibt es niemanden mehr, der das Format hat, ihm aufrichtig die Meinung zu sagen. Der König umgibt sich mit Vasallen, die ihn bewundern statt beraten.«

»Behält er denn die Demonstrationen unter Kontrolle?«

»Mehr oder weniger«, sagte Maurizio. »Er lässt den FSB die Drecksarbeit machen: Rädelsführer werden bedroht oder verschwinden ganz. Zwischen die Demonstranten werden Agitatoren geschleust, die zur Gewalt anstacheln und dadurch den harten Einsatz der Polizei rechtfertigen sollen. Die Medien erledigen den Rest. Putin hat über die Jahre eine gigantische Propagandamaschinerie aufgebaut. Die russische Landbevölkerung nutzt primär das Fernsehen, welches fest in Putins Hand liegt. Die urbane, internetaffine Mittelschicht ist schwieriger kleinzuhalten. Er bekämpft das Internet mit allen Mitteln: Zensur, staatliche Trolle, Einschüchterung kritischer Stimmen. Dazu kommt eine ausgeprägte Paranoia. INTCEN entdeckt regelmäßig Abhörtechnik in unseren Kommunikationssystemen. Die nationalstaatlichen Botschaften berichten uns Ähnliches.«

Conrada wurde mulmig. Die Glasfront schien ihr auf einmal gar nicht mehr so reizvoll, Ausblick hin oder her. »Das heißt, möglicherweise schneidet der FSB unser Gespräch gerade mit?«

»Der Raum wird mehrmals die Woche nach Wanzen durchsucht«, meldete sich ein Mittvierziger mit schütterem Haar. Maurizio hatte ihn als Jonas Bartas vorgestellt, einen Litauer, der als Kommunikationstechniker der Delegation fungierte. »Telefone sind nicht erlaubt, deswegen mussten Sie Ihres abgeben. Wenn wir irgendwo ungestört reden können, dann hier.«

»Für gefährlicher als die Demonstranten hält Putin allerdings den tschetschenischen Untergrund«, sagte Viggo. »Du hast sicher von dem Mapuche-Aufstand in Chile gehört.«

»Ja, natürlich.«

»Die tschetschenische Exilregierung hat dadurch enormen Aufwind bekommen. Sie haben bereits mehrere Videos hochgeladen, in welchen sie offen zur Gewalt gegen die russischen Besatzer aufrufen. Putin nimmt das sehr ernst. Wir haben Satellitenbilder, die klar zeigen, dass russische Truppen am Kaukasus mobilisiert werden.«

»Es ist schon komisch«, überlegte Matušek, »dass Tschetschenen sich mit dem Aufstand eines südamerikanischen Urvolkes identifizieren. Dass ihnen nichts Naheliegenderes eingefallen ist, um ihre Gewalt zu rechtfertigen.«

»Sie sind beide in der UNPO«, bemerkte Conrada.

»UNPO?«, fragte Matušek.

»Organisation der nichtrepräsentierten Nationen und Völker«, erklärte Maurizio.

Die Tschetschenen hatten eine lange Geschichte des Widerstandes gegenüber Moskau. Conrada war sich sicher, der Aufstand der Mapuche diente ihnen nur als Vorwand. Es schien, als ob jeder, der zuvor nur schweigend gegrollt hatte, nun begeistert gegen seine Feinde stürmte. Conrada wagte sich nicht auszumalen, welche Schrecken in dieser Dynamik noch verborgen lagen.

29. Kapitel

Aulnay-sous-Bois, Frankreich; Montag, 07:51 Uhr UTC+2

Bimal knurrte enttäuscht. Er hatte die Papiere, die er aus dem merkwürdigen Büro von *The Children's Best* geschmuggelt hatte, vor sich auf dem Bett seines Hotelzimmers ausgebreitet. Die halbe Nacht hatte er sie angestarrt. Schließlich war er zwischen ihnen eingeschlafen. Aus ihnen schlau geworden war er trotzdem nicht. Nun ja, die Zettel stammten aus einem Mülleimer, keinem Tresor. Auch der Morgen brachte keine Erkenntnis. Der Abholschein eines Paketdienstes an die Adresse, wo Bimal den vorgeblichen Assistenten ter Stegens getroffen hatte. Die Broschüre eines Cateringservice. Ein halb ausgefülltes Kreuzworträtsel aus *Le Monde diplomatique*. Einige Seiten voller Zahlenkolonnen, ohne weitere Erklärung. Die Rechnung für eine Reinigung. Der Verbindungsplan der Pariser Verkehrsbetriebe. Von all dem Zeug konnte der ihm noch am meisten helfen, dachte Bimal bitter.

In Ermangelung einer besseren Idee googelte er die Adresse der Reinigung. Sie war nur einen Spaziergang weit entfernt. Nun ja, er konnte ihr ruhig mal einen Besuch abstatten. Ein Blick aus dem Fenster veranlasste ihn, seinen Mantel mitzunehmen, es sah nach Regen aus. Sein Magen knurrte, frühstücken musste er auch noch. An der Rezeption buchte er eine zweite Nacht. Er wusste nicht, wie lange er hierbleiben würde, und hatte keine Lust, sich für den Check-out beeilen zu müssen. Er zahlte bar, auf einen falschen Namen, das Hotel war schäbig genug, dass man ihn nicht nach einem Ausweis gefragt hatte.

Aulnay-sous-Bois schien eine lange Geschichte zu besitzen. Zwischen Supermärkten fanden sich Denkmäler für Feudalherren früherer Zeiten. Mittelalterliche Kirchen wechselten sich ab mit den funktionalen Wohnblocks einer jungen Industriestadt. Bimal kam an einem Waffenladen vorbei. Kurz entschlossen trat er ein und kaufte sich eine Dose Pfefferspray. Einige Schritte weiter fand er ein kleines Café, das einige Tische auf dem Bürgersteig platziert hatte. Es war nicht zu kühl, Bimal setzte sich und bestellte ein Croissant und Kaffee. Er versuchte, sich französisch zu fühlen, aber alles, was er fühlte, war die Sehnsucht nach dem schelmischen Lächeln Jitendras. Es begann zu nieseln. Bimal fröstelte. Er schüttelte sich. Rache hatte er geschworen. Er trank den Kaffee aus und bezahlte, ohne das Croissant nur angerührt zu haben.

Die Reinigung befand sich in einer etwas verwahrlosten Seitenstraße, wirkte selbst allerdings gut in Schuss. Die Fassade leuchtete frisch gestrichen, während die angrenzenden Gebäude mit Graffiti beschmiert waren. Der Slogan über dem Schaufenster versprach – Bimal musste das Französisch googeln – Wäsche, so weiß wie das Kleid eines Engels.

Bimal schlug den Mantelkragen hoch und sah sich um, ob jemand anderes ebenfalls Richtung Reinigung unterwegs war. Doch die Straße lag vergessen zwischen parkenden Autos. Energisch drückte er die Glastür auf und betrat das Geschäft. Ein Mobile klingelte über seinem Kopf. Der Raum war winzig und bot gerade ausreichend Platz für eine Theke und zwei Sessel mit Kunststoffpolstern. Hinter der Theke befand sich ein offener Durchlass zu einem größeren Bereich, in dem lange Reihen von Kleiderständern zu erkennen waren, allesamt dicht behängt mit in Plastikfolie gehüllten Wäschestücken. Ein leichter Geruch von Seife schwebte in der Luft.

Zwischen den Sesseln stand ein Beistelltischchen, auf welchem Flyer mit den Konditionen des Ladens lagen. Bimal griff nach einem Exemplar.

»Je peux vous aider?« Eine Frau im Blaumann erschien im Durchlass. Sie mochte um die vierzig sein, ihre Physiognomie hatte etwas Kaltherziges. Griesgrämige Fältchen hatten sich über Jahre hinweg in ihre Mundwinkel gegraben, die Augen waren klein und matt. Das kurz geschorene Haar verstärkte den Eindruck.

»Interpol«, sagte Bimal und hielt ihr seinen Presseausweis entgegen. »Seymour Smith.« Zügig steckte er die Karte wieder weg, um ihr keine Zeit zu lassen, sie genauer anzuschauen. Er tat es zielstrebig, beiläufig, wie ein Agent in professioneller Eile, der die Routine bereits unzählige Male hinter sich gebracht hatte. Für Bimal war ein Journalist schon immer ein Schauspieler gewesen. Ein Schauspieler im Dienste der Wahrheit. Zu Beginn seiner Karriere hatte Bimal noch den Fehler gemacht, Kollegen seine Methoden zu schildern. Sie hatten ihn ausgelacht. Tja. Die meisten von ihnen arbeiteten seit vierzig Jahren bei Käseblättern. Und Bimal hatte den RedInk Award für sein Lebenswerk im Schrank, den wichtigsten Journalistenpreis Indiens.

»Darf ich Ihnen einige Fragen stellen?«

»Comment?« Die Frau sah ihn ausdruckslos an.

Heiliger Brahmane. Bimal hatte nicht erwartet, auf jemanden zu treffen, der nur Französisch beherrschte. Es überraschte ihn immer wieder, dass viele Leute in Europa nicht besser Englisch sprachen als die indische Landbevölkerung.

»Polizei«, versuchte er es. »Wo ist der Manager?«

»Manager?«

»Manager.«

Die Frau regte sich nicht, in die Leere ihres Gesichtsausdrucks mischte sich Ablehnung. Bimal blickte auf den Flyer, den er immer noch in der Hand hielt. Tatsächlich, es war ein Impressum angegeben. Der Betreiber hieß Patrice Lacroix.

»Monsieur Lacroix«, sagte er.

Die Frau kniff die Augen zusammen und musterte ihn skeptisch.

»Un moment«, sagte sie schließlich und verschwand durch den Durchlass. Bimal wartete. Er sah sich den Flyer genauer an. Nichts Auffälliges. Die Preise schienen normal zu sein, soweit Bimal das abschätzen konnte. Das Layout war dilettantisch, aber im Rahmen des Üblichen. Bimal war nervös. Je länger man ihn warten ließ, desto unruhiger wurde er. Spielte die Frau ein Spiel mit ihm? Hatte sie etwas geahnt? Oder wurde er einfach vollends paranoid? Ein gutes Zeichen war es nicht, dass die Frau so lange wegblieb. Instinktiv griff Bimal in die Hosentasche, tastete nach seiner Glücksmünze, drehte sie zwischen den Fingern. Wenn in der nächsten Minute niemand käme, würde er sich aus dem Staub machen.

»Bonjour.« Ein Mann im Anzug betrat den Raum. Die Haare trug er nach hinten gegelt, sein Lächeln war so falsch wie das Weiß seiner Zähne.

»Interpol, Seymour Smith«, wiederholte Bimal seine Finte und hielt seinen Ausweis kurz hoch. »Sprechen Sie Englisch?«

»Ja, tue ich«, sagte der Mann. »Ich bin der Geschäftsführer. Wie kann ich Ihnen helfen, Sir?«

»Wir fahnden nach einem Mädchenhändlerring. Und unsere Ermittlungen haben ergeben, dass einer der Köpfe seine Wäsche zu Ihnen in die Reinigung bringt.«

Bimal machte eine Pause, sah seinem Gegenüber scharf ins Gesicht. In zahllosen Interviews hatte er gelernt, wie schieres Abwarten selbst höchste Politiker und Wirtschaftsbosse verunsichern konnte. Wenn sie etwas zu verbergen hatten, musste man keine Fragen stellen, nur warten. Irgendwann wurden sie nervös und fingen ganz von allein an, sich zu rechtfertigen.

Das Lächeln auf den Lippen des Geschäftsführers verschwand.

»Ein Mädchenhändlerring? In Aulnay-sous-Bois?«, fragte er misstrauisch. »Warum schicken die keinen Kommissar aus Paris?«

Das Entscheidende bei einem Bluff war, sich nicht auf Detailfragen einzulassen. »Der Ring operiert international. Deswegen hat Interpol eine internationale Taskforce gegründet«, erklärte er knapp. Er reichte dem Geschäftsführer die Rechnung. »Können Sie mir den Namen des Kunden zu diesem Auftrag nennen?«

Der Mann warf einen kurzen Blick auf den Zettel. »Nein, leider nicht. Wir ordnen die abgegebenen Kleidungsstücke nur einem Nummerncode zu, Namen nehmen mir nicht auf.«

Bimal wollte fluchen, unterdrückte den Impuls.

»Können Sie mir die Kunden der letzten Wochen beschreiben?«

»Die meisten sind Stammkunden. Manche kommen seit vielen Jahren zu uns.« Der Geschäftsführer kratzte sich hinterm Ohr, überlegte. Es sah ganz so aus, als hätte er Bimals Geschichte geschluckt.

»Denken Sie an Zugezogene«, schlug Bimal vor. »War jemand darunter, der Ihnen aufgefallen ist?«

»In den letzten Wochen?«

»Oder länger. Jemand, der anders war als andere.«

»Hm. Also kein Kunde ist wie der andere. Die meisten sind Geschäftsleute. Es gibt aber auch Restaurantbetreiber, Rentner, Familienmütter, Flughafenmitarbeiter. Wir haben fünfzig Kunden am Tag, da kann man nicht mit allen dicke werden.«

»Ausländer vielleicht?«

»Aus welchem Land kommt denn dieser Boss, den Sie suchen?«

»Zu laufenden Ermittlungen darf ich leider nichts sagen. Welche Nationalitäten sind denn unter Ihren Kunden vertreten?«

»Hauptsächlich Franzosen und die ehemaligen Kolonien. Marokkaner, Tunesier. Ein Spanier ist ab und zu da. Türken.«

»Ein Spanier?«

»Ja, ein Geschäftsmann.«

»Mit großen Brauen?« Bimal legte sich den ausgestreckten Zeigefinger quer über die Nasenwurzel.

Der Geschäftsführer nickte.

»Wissen Sie seinen Namen?«

»Leider nicht.«

»Was hat er hier gewollt?« Noch während Bimal die Frage stellte, wurde ihm ihre Dämlichkeit bewusst.

»Wäsche reinigen lassen«, antwortete der Geschäftsführer.

»Hat er telefoniert? Namen fallen lassen?«

Der Geschäftsführer schüttelte den Kopf.

»Kam er mit einem Fahrzeug?«

»Ich glaube schon.«

»Was heißt das, Sie glauben es? Können Sie sich an ein Nummernschild erinnern?«

»Sir, ich betreibe eine Reinigung, keine Privatdetektei.«

»Irgendetwas, das merkwürdig war?«

Der Geschäftsführer schüttelte den Kopf. »Nichts.«

»Was waren es denn für Kleidungsstücke, die er abgab?«

»Anzüge.«

»Stets nur Anzüge?«

»Ja.«

»Irgendetwas Auffälliges an den Anzügen? Offene Nähte, Blutflecken, was auch immer?«

Der Geschäftsführer zuckte mit den Schultern. »Es war mal ein Bewirtungsbeleg drin. Von einem Fischrestaurant. Ziemlich stolze Preise. Da wir nicht wussten, ob unser Kunde den Beleg noch brauchte, haben wir ihn ihm mit den gereinigten Kleidungsstücken zurückgegeben.«

»Erinnern Sie sich an den Namen des Restaurants?«

»Leider nicht.«

»Wie viele renommierte Fischrestaurants gibt es denn in Paris?«

»Wahrscheinlich Hunderte. Aber das Restaurant ist nicht in Paris.«

»Woher wissen Sie das?«

»Ich habe mir die Adresse auf dem Beleg angesehen, weil ich

mir nicht vorstellen konnte, dass es die Haute Cuisine nach Aulnay-sous-Bois geschafft hat. Hat sie nicht.«

»Sondern?«

»Saint-Flour. Hören Sie, ich muss zurück zu meiner Arbeit, so ein Laden hält sich nicht von allein.«

»Erinnern Sie sich an die Straße?«

»Leider nicht.«

»Gut«, brummte Bimal, während er die neu gewonnene Information verarbeitete. »Ich will Sie nicht weiter aufhalten.«

Er wandte sich zur Tür.

»He, lassen Sie mir denn nicht Ihre Karte da oder so? Im Fernsehen machen die das immer.«

»Nein, nicht nötig, schönen Tag.«

»Und wenn mir noch was einfällt?«

»Rufen Sie in Paris an.«

Saint-Flour. Bimal ging nachdenklich zum Hotel zurück. Der Regen, der inzwischen in schweren Tropfen auf den Asphalt prasselte, war ihm egal. Er brauchte seinen Laptop. Eine erste Suche auf dem Telefon hatte nur verraten, dass es sich um eine Kleinstadt dreihundert Kilometer südwestlich von Paris handelte. Saint-Flour also. Die nächste Brotkrume. Nicht viel, aber auch nicht nichts. Nein, Bimal Kapoor war niemand, der sich so einfach abschütteln ließ. Nach wie vor. Er hatte seine Preise nicht umsonst gewonnen, verdammt noch mal. Jitendras Mörder würden noch bereuen, sich mit ihm angelegt zu haben. Bimal ballte die Fäuste. Sie würden leiden.

Er gelangte zum Hotel. Der Fahrstuhl war besetzt. Er wählte die Treppe und nahm zwei Stufen auf einmal. Als er sein Stockwerk erreichte, war ihm Schweiß auf die Stirn getreten. Er war nicht mehr der Jüngste. Um Atem zu schöpfen, verlangsamte er seine Schritte. Er kramte seinen Zimmerschlüssel hervor und stellte fest, dass am Türknauf der Hinweis für die Reinigungskraft hing, dass man nicht gestört werden wolle. Er verglich die Nummer von Zimmertür und Schlüssel. Nein, in der Tür vertan hatte er sich nicht. Er hätte darauf schwören können, dass er selbst den Hinweis nicht angebracht hatte. Wer aber dann? Das Zimmermädchen? Das ergab keinen Sinn. Warum sollte sie ihm das Betreten des Zimmers verwehren? Er presste ein Ohr an die Tür und lauschte. Stimmen? Instinktiv griff er nach seinem Pfefferspray. Irgendjemand war dort. Jemand, der nicht gestört werden wollte. Aber demjenigen müsste doch klar sein, dass Bimal sich von dem Schild nicht abhalten ließe. Also galt das Schild nur für das Zimmermädchen. Bimal klopfte das Herz. Seine Gedanken überschlugen sich. Also störte es die Person da drinnen nicht, wenn er eintrat. Also rechnete sie damit. Also war sie vorbereitet. Wusste sie, wann er eintreten würde? Sie kannte sein Hotel, sein Zimmer, sie würde ihn beobachten lassen. Oder zumindest das Hotel. Wie hatten sie ihn gefunden? Es war nicht weit zur Adresse von *The Children's Best*. Im Zweifelsfall hatten sie einfach alle Hotels in der Nähe abgegrast und den Rezeptionisten sein Aussehen beschrieben. So hätte er es gemacht. Bimals Hände wurden feucht. Verflucht, früher war er nie so leichtsinnig gewesen. Wer immer in seinem Zimmer war, würde draußen Posten aufgestellt haben, würde bereits wissen, dass Bimal das Hotel betreten hatte. Schritte. Vom Flur. Bimal entfernte sich in die andere Richtung. Zügig, ohne zu rennen, er zwang sich zur Ruhe, bog um eine Ecke, wartete. Die Schritte wurden schneller. Es wurde an eine Tür geklopft, die durchaus die zu seinem Zimmer sein konnte. Die Tür öffnete sich, Stimmen, ein hektischer Austausch, gebrochenes Englisch, Bimal verstand nicht, was gesagt wurde. Schritte entfernten sich. Andere Schritte kamen näher, schnell.

Ein paar Zimmer weiter lief der Staubsauger. Die Tür war angelehnt, Bimal warf einen Blick hinein. Die Reinigungsfrau saugte unterm Bett, Bimal schlich hinter ihrem Rücken in das

Bad, zog so leise wie möglich die dazugehörige Türe zu. Er stellte sich in die frisch geputzte Dusche und wartete, das Pfefferspray sprühbereit auf die Tür gerichtet. Jemand rannte, blieb vor dem Zimmer stehen, fragte die Putzfrau etwas auf Französisch. Die Stimme klang sehr nah. Bimal schoss das Adrenalin gegen die Schädeldecke. Die Putzfrau antwortete, die Stimme sagte etwas, dann folgten wieder polternde Schritte, eilig, schwer, leiser werdend.

Als Bimal hörte, wie die Reinigungsfrau den Staubsauger abschaltete, auf ihren Wagen stellte, diesen aus dem Zimmer schob und die Tür hinter sich zuzog, wurden ihm die Knie so weich, dass er an der Wand der Duschkabine herunterrutschte wie ein nasser Sack.

Es dauerte einige Minuten, bis seine Gedanken wieder klarer wurden. Lange durfte er nicht warten. Wenn seine Verfolger ihn im Hotel nicht fanden, würden sie die Ausgänge bewachen. Solange sie noch suchten, hatte er eine Chance, dass sie in der Lobby keinen Aufpasser zurückgelassen hatten. Vorausgesetzt, dass es nur zwei oder drei Verfolger insgesamt waren. Aber wenn er hier wartete und ein neuer Gast das Zimmer bezog, gäbe es einen Aufruhr, der ihn ebenfalls verraten könnte.

Bimal zog seine Glücksmünze hervor, warf sie in die Luft, fing sie auf, stürzte sie mit der einen Hand auf den Rücken der anderen. Er seufzte. Vorsichtig spähte er aus dem Bad. Das Zimmer war leer und bezugsfertig. Bimal atmete zweimal tief durch. Dann drückte er die Klinke und spähte nach draußen.

30. Kapitel

Moskau, Russland; Montag, 16:32 Uhr UTC+3

Sie fuhren zu dritt. Viggo saß vorn neben dem Chauffeur, Conrada hinten mit Matušek. Während Matušek vor Ort der höchste Vertreter der EU war und Viggo Nielsen ihr lokaler Repräsentant, besaß Conrada keine offizielle Funktion. Sie hatte Matušek schlicht darum gebeten, ihn begleiten zu dürfen. Die Einladung vonseiten Russlands war nicht namentlich erfolgt, daher hatte Matušek zugestimmt.

Conrada musste sich eingestehen, Matušek unterschätzt zu haben. Dass der Asien-Chef des EAD nicht im Gedächtnis blieb, war nicht seiner Untätigkeit geschuldet. Vielmehr verfügte er über die Begabung, sein Ego zum Wohle der Sache zurückzunehmen. Er stellte konsequente Fragen, formulierte kluge Gedanken – aber er schmückte sich nicht damit. Conrada hatte diese selten anzutreffende Bescheidenheit während der Vormittagskonferenz ausgiebig bewundern dürfen. Seine Mitarbeiter dankten es ihm mit Einsatz und Loyalität.

Conrada hatte gemeinsam mit Viggo und Maurizio zu Mittag gegessen. Zwischen Suppe und Piroggi fragte sie die beiden, woher Matušeks Ruf kam, seine Botschafter mit Überraschungsbesuchen unter Druck zu setzen. Viggo lachte nur, die Besuche kämen zwar ohne lange Ankündigung. Doch wirklich darüber klagen würden nur diejenigen Diplomaten, die es allgemein an Motivation mangeln ließen. Maurizio grinste zustimmend: Matušek habe ein ausgezeichnetes Gespür für Mitarbeiter, die keine Ambitionen zeigten. Oder auch Mitarbeiter, fügte Viggo hinzu, deren Ambitionen eher privater Natur seien.

Conrada dachte an Rhodes und Kopański und bedauerte insgeheim, dass sie nicht mehr Vorgesetzte hatte wie Matušek und Mitarbeiter wie Nielsen.

Der Chauffeur musste einen Umweg nehmen. Für den Nachmittag war eine Demo angekündigt, die fünfte in fünf Tagen. Alle großen Straßen waren abgesperrt. Auf den Bürgersteigen drängten sich die Leute, ganz Moskau schien auf den Beinen; manche hatten Fahnen und Transparente dabei, manche schoben Kinderwagen, manche Bollerwagen mit Bier. Manchen baumelte eine Atemmaske um den Hals, manche trugen Anzug und Aktentasche. Jugendliche mit Kopfhörern ließen sich von der Masse treiben, den Blick aufs Handy gerichtet, eine Gruppe von stiernackigen Glatzköpfen schob sich an einer Greisin vorbei. Alle gingen in dieselbe Richtung: zum Roten Platz. Beklommen dachte Conrada an Brasilien. Was, wenn die Demonstranten nicht friedlich blieben? Wie würde Putin reagieren?

Sie mussten den Kreml fast vollständig umrunden, um die Zufahrt zu erreichen. Sie fuhren vorbei an der Basilius-Kathedrale und drei verschiedenen Kaufhäusern, während die goldenen Kuppeln der Zwiebeltürme hinter den abweisenden roten Mauern kaum näher kamen. Schließlich gelangten sie zu einer Straßensperre. Obwohl sie ein Diplomatennummernschild hatten, kontrollierte ein Polizist ihre Pässe. Er ließ sie passieren. Sie erreichten einen Torturm der Außenmauer, wieder wurden sie kontrolliert. Conrada war aufgeregt. Nicht wegen Putin. Sie war im Begriff, das Epizentrum der russischen Machtgeschichte zu betreten. Die Anlage beherbergte nicht nur den Senat und den Präsidentenpalast, sondern darüber hinaus mehrere Kathedralen und den berühmten Glockenturm Iwans des Großen. Dessen goldene Kuppel hatte Conrada während der Anfahrt hinter den Mauern hervorragen sehen. Museen gab es auch, doch das gesamte Gelände war heute für die Öffentlichkeit gesperrt.

Ihnen wurde ein Parkplatz zugewiesen, der Chauffeur blieb im Wagen. Conrada bemerkte die zahlreichen Kameras und muskelbepackten Salzsäulen mit Knopf im Ohr. FSB wahrscheinlich. Boris Nemzow fiel ihr ein, der russische Oppositionelle, der 2015 erschossen worden war auf der bekanntesten Brücke über der Moskwa, die auf den bekanntesten Platz Russlands führte, welcher direkt angrenzte an die bekannteste Befestigungsanlage der Welt. Niemand hatte etwas gesehen. Es gab keine Videoaufzeichnungen.

Die Sicherheitsvorkehrungen waren immens. Bevor sie den Kaiserpalast betreten durften, wurden sie erneut kontrolliert, man filzte sie aufs Gründlichste. Selbst beim G7-Gipfel in La Malbaie – damals hatte sie Juncker als Südamerika-Expertin begleitet – hatte man Conrada weniger hartnäckig durch die Mangel gedreht.

Kein Getränk, kein Kugelschreiber, kein Lippenstift durfte in den abgesicherten Gebäudetrakt mitgenommen werden. Sie mussten sogar ihre Diplomatenpässe abgeben, um einen Besucherausweis zu erhalten. Das war das Gegenteil von dem, was sie unter Diplomatie verstand. Viggo erklärte ihr, dass es sich um eine Schikane handle, die Putin sich erst vor ein paar Monaten habe einfallen lassen. Man habe die Pässe bisher stets beim Verlassen der Sicherheitszone wiederbekommen.

»Bisher?«

Viggo hob die Schultern.

Zumindest ihr Telefon bekam sie zurück, nachdem ein Sicherheitsmann es durch einen Scanner geschickt hatte. Als sie den Palast betraten, wurde Conrada fast erschlagen von dem Glanz, dem Gold, dem überbordenden Prunk jahrhundertealten unfassbaren Reichtums. Es war nicht schön, es war nicht elegant. Doch Conrada ertappte das kleine Mädchen in ihr, das die Arme ausbreiten, sich im Kreis drehen wollte und Prinzessin spielen. Die Kronleuchter strahlten im Spiegel des polierten Marmorbodens.

Putin empfing nicht im Pressesaal, sondern in einem Salon, in dem historische Polstermöbel um zierliche Tischchen standen. Die Wände waren mit hellem Holz getäfelt, Orange- und Rottöne dominierten die Einrichtung. Livrierte Diener liefen mit Tabletts umher und reichten Getränke. Tatsächlich, dachte Conrada. Hier empfing kein demokratisch gewählter Präsident, hier gewährte ein Monarch Audienz. Noch war er nicht anwesend, ließ seine Gäste warten. Zigarren wurden geraucht. Der Qualm kratzte in Conradas Hals, sie musste husten.

Der Rote Salon, erklärte ihr Viggo, habe ursprünglich der Familie des Zaren als Rückzugsort gedient. Doch Putin nutze ihn regelmäßig, wenn er sich mit ausländischen Diplomaten austausche.

Conrada begrüßte ein paar Gäste, die ihr vertraut waren. Außerdem erkannte sie einige weitere; der US-Botschafter war da, die Chinesen, der Gesandte Irans. Es waren bestimmt drei Dutzend Leute versammelt. Trotzdem hätte Conrada mit mehr gerechnet.

»Wo sind die ganzen NGOs?«, fragte sie Viggo leise. »Ich dachte, die seien auch eingeladen?«

»Tja«, flüsterte Viggo zurück. »Eingeladen schon. Diejenigen, die es noch gibt, zumindest. Sind ja nicht mehr viele. Und von denen haben offensichtlich noch weniger das Bedürfnis, sich vom Löwen in dessen Höhle bitten zu lassen.«

Ein Diener bot Conrada Getränke an, sie entschied sich für einen Sekt. Sie war nur halb offiziell hier, verteidigte sie sich still vor sich selbst. Und ihre beiden männlichen Begleiter hatten bereits jeweils einen Schnaps gekippt.

Das Rauschen vieler erwartungsvoller Stimmen mäanderte durch den Saal. Es war ein gedämpftes Durcheinander, man unterhielt sich leise, mit kleiner Geste, wie in einem vornehmen

Restaurant. Die Gesellschaft wusste sich im Herrschaftsgebiet einer fremden, dunklen, unberechenbaren Macht. Conrada fühlte sich wie ein Eindringling, beobachtete das Geschehen mit stiller Faszination. Der US-Botschafter hatte die Physiognomie einer Bulldogge. Conrada wusste nicht, ob er von Trump berufen worden war, aber das Gesicht symbolisierte den Regierungsstil des US-Präsidenten, als hätte man es aus dem Klischeebuch abgezeichnet. Der Iraner trug einen zu großen Anzug und hielt sich möglichst entfernt von dem Ort, wo sich der Amerikaner befand. Viggo und Matušek gesellten sich zu ihren Kollegen aus den europäischen Nationalstaaten. Es war offensichtlich, dass der Deutsche den Ton angab. Eine Gruppe älterer Männer stand zusammen, präsentierte den Bauch und unterhielt sich auf Russisch. Die Einzigen, die gänzlich unbeeindruckt von der Angelegenheit schienen, waren die Sicherheitsleute. An jeder der drei Türen des Salons standen zwei von ihnen, reglos, unbeteiligt. Nur die Augen bewegten sich, glitten kalt und konzentriert über die Gäste. Ihre Körper waren sehr breit. Im Vergleich zu ihnen wirkte Viggo, der dänische Hüne, wie ein schlaksiger Schuljunge. Offensichtlich verstand Putin nicht nur Politik als Boxkampf, sondern setzte auch dann auf physische Überlegenheit, wenn es den konkreten Schutz seiner Person betraf. Was wohl in den Köpfen dieser fleischlichen Schilde vor sich ging? Egal wie hart oder lange jemand auch trainieren mochte, hinter jeder professionellen Kälte verbarg sich ein 37 Grad warmes menschliches Wesen. Zumindest zwang sich Conrada, das zu glauben. Und wenn man genauer hinsah, bemerkte man die Zeichen. Einer musste einmal einen Ohrring getragen haben, die Narbe im Ohrläppchen war noch zu erkennen. Ein anderer fuhr sich mit den Fingerkuppen über die seitliche Hosennaht. Vielleicht war er gelangweilt, vielleicht war er nervös, so oder so – er fühlte etwas. Ein Dritter hatte rote Flecken am Hals. Ein Ausschlag? Conrada nahm ein Glänzen auf seiner Stirn wahr. Schweiß. Der hier war ganz sicher nervös.

Sein Blick sprang nicht zwischen den Anwesenden hin und her, sondern war starr zu Boden gerichtet. Für ein Bewerbungsfoto als Bodyguard taugte das Bild, das der Mann gerade bot, auf jeden Fall nicht. Conrada musste an den ermordeten brasilianischen Präsidenten Bolsonaro denken, den seine Leibwächter in der Bedrohungssituation hatten zurücklassen müssen, als er ihnen befahl, nach seiner Tochter zu sehen. Menschen waren Menschen, ganz gleich, wie viele Maßanzüge oder Medaillen oder Marschflugkörper sie besaßen.

Conrada rieb sich die Augen, der Zigarrenrauch brannte.

Mit einem Schlag erstarben die Gespräche. Ohne Vorankündigung zeigte sich der Souverän, betrat der Regisseur das Theater. Begleitet von vier weiteren Bodybuildern im Anzug schritt er durch die ehrfurchtsvoll zurückweichenden Reihen, sprang – geradezu beschwingt – auf die schmale Bühne, die man vor einem deckenhohen Fresko errichtet hatte. Bestürzt stellte Conrada fest, dass Putin so klein war, wie sie sich Napoleon immer vorgestellt hatte. Die verdammten kleinen Männer. Es fehlte einfach viel zu vielen von ihnen die Begabung, Fußballer zu werden.

Auf die Bühne hatte man ein mikrofoniertes Stehpult gestellt. Putin hatte kein Skript dabei. Er legte die Hände auf die Seitenkanten des Pults und musterte seine Gäste. Genüsslich, schoss es Conrada durch den Kopf, das war das Wort, das seinen Gesichtsausdruck beschrieb.

»Meine sehr verehrten Damen und Herren.« Er sprach russisch, Viggo übersetzte für Conrada, einen Dolmetscher gab es nicht. »Schön, dass Sie es alle einrichten konnten, meiner Einladung zu folgen.« Er machte eine Pause. Zweifelsohne ein Mann, der das Scheinwerferlicht auskostete. Die Pause wurde länger, dennoch wagte niemand die kleinste Bewegung. Würdenträger aus der ganzen Welt hingen an den Lippen dieses kleinen Jungen vom Hinterhof einer Mietskaserne. Kein Wunder, dass die Droge Macht für viele so verführerisch war. Conrada schielte nach dem schwitzenden Agenten. Inzwischen starrte er nicht mehr auf den Boden, sondern durchs Fenster auf die goldenen Kuppeln einer der Kremlkathedralen. Auch das war merkwürdig, seine Kollegen beobachteten nach wie vor die Gäste. Das war es ja, wofür sie bezahlt wurden. Wenn ihrem Schützling eine Gefahr drohte, dann doch wohl von hier.

»Wie Sie wissen«, sagte Putin endlich, »gibt es einige Unzufriedene in meinem schönen Land.« Wieder Pause. Conrada konnte nicht umhin, gegenüber der Kaltschnäuzigkeit des Dompteurs eine verquere Bewunderung zu empfinden.

»Obwohl ich alles tue, sie zufriedenzustellen.« Die Sprache der Autokraten, dachte Conrada. Kein demokratischer Staatschef erwähnte nur sich selbst, wenn der Regierungsapparat gemeint sein sollte. So redete Kim Jong Un. Erdoğan. Bolsonaro. Sie presste die Lippen zusammen, als könnte sie den nächsten Namen damit verschwinden lassen. Trump.

»Allerdings werden meine Bemühungen erheblich erschwert.« Putins winzige Augen blitzten kühl, konterkarierten das Lächeln, zu dem sein Mund sich gebogen hatte. »Die Sabotageakte nehmen zu, Russlands Angreifer sind zahlreich. Besonders trifft mich, dass viele unter den Anwesenden sich als meine Freunde bezeichnen.« Pause. »Während sie sich wie Feinde verhalten.«

Eine hauchdünne Unruhe legte sich über die Gäste. Man verlagerte das Gewicht, man fuhr sich den Hemdkragen entlang, man drehte die Rolex am Handgelenk. Vielleicht erklärte das die Nervosität der Sicherheitsleute. Dass sie wussten, was Putin mitzuteilen hatte. Und dass die Mitteilung nicht gut aufgenommen werden würde.

»Aus diesem Grund sehe ich mich zu einer unangenehmen Maßnahme gezwungen.« Pause. Putin griff nach einem Wasserglas, nahm einen Schluck, stellte das Glas wieder ab, wartete. Ließ seinen Blick durch den Raum schweifen.

»Ach«, murmelte Matušek, »immer das Opfer, der Arme.«

Putins Blick zuckte in Matušeks Richtung, fand den Tschechen, fixierte ihn.

»Bitte?«, fragte der König, freundlich und maliziös.

Matušek schwieg.

»Gut«, sagte Putin. »Wo war ich?« Seine Zungenspitze strich kurz über die Lippen. »Um die Stabilität Russlands zu gewährleisten, bitte ich alle ausländischen Vertreter, künftig ihre Niederlassungen nur noch in Begleitung eines meiner Mitarbeiter zu verlassen. Auch würde ich Sie bitten, vor einer etwaigen Reise über Landesgrenzen hinweg einen Antrag beim Konsulardepartement zu stellen.«

Einen Augenblick war es still. Die Information sackte nur langsam ins Bewusstsein der Gäste, war zu schwer, um sich schnell verdauen zu lassen. Was Putin machte, widersprach einer ganzen Reihe internationaler Abkommen. Die Sprachlosigkeit erschlug den Raum wie ein irrtümlich ausgelöster Airbag.

Matušek traute sich zuerst. »Herr Ministerpräsident, Sie wollen sagen, dass wir nicht mehr ohne Ihre Zustimmung das Land verlassen dürfen?« Allein die Frage entfaltete, indem sie ausgesprochen wurde, eine Wucht, die Conrada die Ohren klingeln ließ.

Putin neigte den Kopf leicht zur Seite. Die Geste des mitleidvollen Herrschers. »Fürs Erste«, sagte er, »ja.«

»Können Sie das präzisieren?«, fragte Matušek bemüht ruhig. Doch Conrada hörte, wie seine Stimme bebte vor Misstrauen und Wut.

»Selbstverständlich«, sagte Putin und schwieg. Erneut nahm er einen Schluck von seinem Wasser. Stellte mit provozierender Langsamkeit das Glas zurück aufs Pult. »Sobald wir ehrliche Anzeichen sehen, dass Ihre Freundschaft zu Russland mehr als ein Lippenbekenntnis ist.«

»Sie meinen«, hakte Matušek nach, »wenn wir die Sanktionen beenden?«

Putin schwieg.

»Das ist doch …«, Matušek beendete den Gedanken nicht. »Wir sind Botschafter unserer Länder«, presste er stattdessen hervor, »nicht gewählte Politiker. Wir wurden eingeladen mit dem Hinweis, es gehe um die russischen Demonstrationen. Wir haben gar keinen Einfluss auf die Sanktionen.«

Putin ließ den Blick über die Gäste gleiten. Und schwieg.

Conrada erschauerte. Dieser Mann hatte gerade das Gespräch mit der westlichen Welt beendet. Und ihre Verhandler als Geiseln genommen.

Sie beobachtete die Reaktionen der anderen. Die Europäer blickten mit geweiteten Augen hilflos zwischen Putin und Matušek hin und her. Der Iraner wirkte gelassen, auch die Chinesen gaben sich entspannt. Es musste sich um ein abgekartetes Spiel handeln. Der US-Botschafter ließ sich beiläufig ein neues Getränk bringen. Conrada blinzelte vor Ungläubigkeit. Die USA etwa auch?

Die ganze Welt hatte zugesehen, wie das FBI Trumps Verbindungen zu Russland offengelegt hatte, detailliert gezeigt hatte, wie sein Wahlkampf vom Kreml aus unterstützt worden war. Der Rücktritt Trumps schien unausweichlich, und dann geschah – nichts. In den vielen Monaten, die die Ermittlungen gedauert hatten, hatten die Medien den Skandal bereits so farbenfroh ausgemalt, dass die Vorlage der Beweise kaum noch Wirkung erzielte. Trump gelobte Besserung, und die Republikaner lobten seine Reue. Der liberale Teil der USA versank in fassungsloser Apathie. Es gab keine Demonstrationen.

Conrada musste zugeben: Welchen Grund hatte Trump jetzt noch, den Schulterschluss mit Putin zu fürchten?

Ihr Blick traf den des US-Gesandten. In seinen Mundwinkeln zuckte ein Lächeln, gleich verschwand es wieder.

Conrada ahnte, sie übersah etwas, irgendetwas stimmte nicht. Ihr Telefon vibrierte. Irritiert sah sie aufs Display. Stéphane. Conrada zögerte. Wie konnte sie jetzt den Raum verlassen – andererseits: Sie war nicht mehr für Südamerika zuständig. Wenn Stéphane sie anrief, musste es wichtig sein.

Conrada wandte sich zum Ausgang. Einen Moment fragte sie sich, ob die Sicherheitsleute sie zurückhalten würden, aber stattdessen öffneten sie ihr höflich die Tür.

31. Kapitel

Kreta, Griechenland; Montag, 06:21 Uhr UTC+3

Als Giorgos erwachte, roch er die Veränderung sofort. Er musste das Radio nicht anschalten, um zu wissen, dass der Regen kam. Früher als sonst. Zwei Monate hatte der Himmel über Kreta keine Wolke gesehen, hatten sich glühend heiße Tage mit drückend schwülen Nächten abgewechselt. Doch der Sommer war vorbei.

Giorgos öffnete die Kiste im hinteren Teil des Wohnwagens und kramte seine Gummistiefel hervor. Mit Mühe presste er seine gichtig aufgedunsenen Füße hinein. Er band seinen schweren Mantel zu einem Bündel zusammen, hängte ihn an seinen Regenschirm und griff nach seinem Stab. Früher hatte er außerdem einen Vesperbeutel mitgenommen, aber über die Jahre hatte sein Hunger nachgelassen. Inzwischen aß er nur noch abends.

Er kletterte aus dem Wohnwagen und ging zum Pferch. Die Schafe blökten bereits aufgeregt. Auch sie schmeckten den nahenden Regen in der Luft. Giorgos musste nicht viel tun, die Schafe kannten den Weg. Immer den geschlungenen Schotterweg entlang, zuerst vorbei an künstlich bewässerten Olivenhainen, dann bergauf, durch eine kargere Landschaft.

Die Sonne brannte mit aller Kraft herunter, ein letztes Aufbäumen in der Gewissheit, dass ihre Herrschaft sich dem Ende zuneigte. Der Geruch des Thymians hing schwer zwischen den Dornensträuchern. Am Horizont tasteten sich die ersten Wolken über das Meer. Nach und nach gewann der Boden wieder an Farbe, das staubige Gelb wurde dunkler, erlangte ein rötliches Braun, schließlich spross zaghaftes Grün. Die Schafe wackelten mit ihren Köpfen vor freudiger Erwartung. Nirgendwo war das Gras saftiger als am Fuße des Ida.

Giorgos hatte sein ganzes Leben Schafe gehütet im Schatten des magischen Berges.

Chronos, der Herr über die Zeit, war Sohn des Uranos, des Herrn der Himmel, und der Gaia, der Herrin der Erde. Chronos blickte voller Neid auf seinen allmächtigen Vater. Als Uranos seine Kinder nicht ehrte, zürnte Gaia ihrem Gatten und half Chronos, den Vater zu verstümmeln. Ein goldenes Zeitalter lang herrschte Chronos mit Rhea, seiner Schwester. Doch die Eltern sagten ihm voraus, er werde dasselbe Schicksal erleiden wie sein Vater, sein eigenes Blut werde ihn überwinden. Darum fraß Chronos die Kinder, die Rhea ihm gebar. Als Rhea mit ihrem sechsten Kind schwanger ging, floh sie nach Kreta und fand Zuflucht in den Höhlen des Ida. Dort brachte sie Zeus zur Welt. Ihrem Gatten reichte sie einen mit Tüchern umwickelten Stein. Chronos verschlang den Stein und wurde getäuscht.

Die Ziege Amaltheia zog den Göttlichen auf. Damit Chronos das Schreien des Säuglings nicht hörte, sammelte Amaltheia neun Dämonen um sich und befahl ihnen, am Fuße des Berges Trommeln zu schlagen.

Zeus wuchs heran. Er zwang Chronos, die verschlungenen Geschwister zu erbrechen. Gemeinsam mit seinen Brüdern und Schwestern überwand Zeus den Vater. Und die Herrschaft des Donnergottes begann.

Giorgos gab nicht viel auf die alten Mythen. Die Mythen waren nur wichtig für die Touristen, die ab und zu von der Küste kamen und den Berg besteigen wollten. Normalerweise gelangten sie nicht weit. Giorgos war wichtig, dass seine Knie ihren Dienst erfüllten, dass er keines seiner Schafe verlor. Er empfand es als unnötig, den Berg zu besteigen. Er selbst war niemals auf dem Gipfel gewesen.

Giorgos erreichte das Wrack des Polizeiautos, seine Füße schmerzten. Er lehnte sich an die rußschwarze Karosserie und rastete. Alle paar Jahre traute sich eine tollkühne Streife zwischen die Hügel. Dann machten die Hanfbauern kurzen Prozess. Seit die Touristen nach Kreta gekommen waren, pressten die Olivenbauern im Hinterland nicht mehr nur Öl, das die Verwandten an der Küste dann verkauften. Sie bauten jetzt Hanf an, und die Verwandten an der Küste verkauften den Touristen das Haschisch. Die Geschäfte liefen gut, und der Obrigkeit brachte man bei, sich um ihre eigenen Angelegenheiten zu kümmern.

Giorgos war das Haschisch nicht wichtig. Wichtig war ihm, dass die Lecks in seinem Wohnwagen dicht genug versiegelt waren, um den Regen abzuhalten. Ächzend drückte er sich von dem Autowrack weg und führte seine Herde auf einem Trampelpfad den Berg hinauf. Einige Kilometer später erreichten sie die Stelle, wo er sie heute weiden lassen würde.

Eine Brise kam auf, raschelte durch die Sträucher, kühlte die Haut. Schwarze Wolken mit schweren Bäuchen eilten heran. Giorgos zog sich seinen Mantel über die Schultern, lehnte sich auf seinen Stab, wartete auf den Regen. Still wartete er, ungerührt. Sein Kopf war frei. Er dachte an nichts. Es gab nichts, worüber Giorgos sich hätte Gedanken machen müssen. Wenn man sich Gedanken machte, verging die Zeit langsamer. Aber Giorgos brauchte nicht mehr Zeit, er besaß genug.

Mit einem Schlag wurde es dunkel. Als der Regen kam, spannte Giorgos seinen Schirm auf. Die Frische tat gut. Es war ein starker, ungeduldiger Regen. Er fiel eilig, wütend, als wollte er die Monate aufholen, die er hatte warten müssen. An der Küste würde das Wasser bald aus den Gullys schießen. Bis zum Abend stünde es kniehoch auf den Straßen. Giorgos' Gummistiefel waren dicht. Er trug sie bereits seit fünfzehn Wintern, es war das vierte Paar seines Erwachsenenlebens. Vermutlich würde es sein letztes bleiben. Im Dorf schüttelten sie die Köpfe über Giorgos' Gummistiefel, die scheinbar alle Zeiten überdauerten. Regenschirme hatte Giorgos schon viele besessen. Selten überstanden sie mehr als eine Saison.

Die Stunden vergingen, das Wasser rauschte nieder mit gleichmäßiger Gewalt. Giorgos wartete. Die Wolkendecke blieb unbeweglich und schwarz. Aber obwohl Giorgos die Sonne nicht sehen konnte, brauchte er keine Uhr, um zu wissen, wann es Zeit war, die Herde zurück in ihren Pferch zu führen.

Der Abstieg verlangte Achtsamkeit. Schlammige Bäche schossen schäumend den Berg hinunter. Wo sich mehrere Ströme trafen, bildeten sich Strudel. Die Schafe waren unbeeindruckt, aber Giorgos spürte, wie das Ziehen im Rücken zurückkehrte, das er letzten Winter zum ersten Mal bemerkt hatte. Vorsichtig setzte er seine Schritte, immer halb auf den Stab gestützt. Als der Pfad gänzlich unter einer reißenden Schlammlawine verschwand, wich Giorgos ins Gelände aus. Hier gab es anstatt eines Flusses immerhin einen erkennbaren Boden. Aufpassen musste man dennoch. Giorgos' Stiefel sanken schmatzend in den Matsch, feste Stellen wechselten sich ab mit tückischen Löchern.

Giorgos kannte jeden Stein, jeden Strauch, doch alles war anders: Manches war weicher, manches war härter, manches war nicht mehr da. Die Schafe drängten ungeduldig vorwärts, aber Giorgos versagte es sich zu hasten.

Der Abend kam und färbte den dunklen Himmel noch dunkler. In Kürze würde es finster sein. Wenn Giorgos nicht bald den Schotterweg erreichte, würde er hier draußen übernachten müssen.

Weiter oben war der Boden felsig, langsam wurde er wieder erdiger. Giorgos watete durch eine lehmige Suppe. Sein Stab sank tief ein, in die Gummistiefel lief der Schlamm. Giorgos sah nur noch wenige Meter weit. Seine Herde hatte ihn zurückgelassen, die letzten Tiere verschwanden im Dunkel. Das Rauschen des Regens schluckte ihr Blöken. Das Autowrack und der erlösende Schotterweg mussten nahe sein. Sein Stab stieß auf etwas Hartes, rutschte ab, beinahe wäre Giorgos gestürzt. Giorgos stocherte vorsichtig nach dem Ding, es gab ein dumpfes Geräusch. Er bückte sich und tastete es mit den Händen ab. Eine runde Platte aus Kunststoff. Eingefasst in einen Metallring. Außerdem eine Metallzunge. Dann begriff er: der Deckel einer Tonne.

Die Tonne ging ihn nichts an. Giorgos hatte Wichtigeres zu tun, er musste den Schotterweg erreichen, er musste zusehen, dass alle Schafe den Pferch erreichten. Doch Giorgos hatte sein ganzes Leben als Hirte verlebt, hatte nichts gekannt als den Berg und die Schafe, die Sonne und den Regen und die Ägäis. Giorgos empfand Neugier. Ohne sich zu besinnen, legte er den Spannhebel um. Der Metallring sprang auf. Überraschend leicht ließ sich der Plastikdeckel von der Tonne ziehen. Von der gebückten Haltung knirschte Giorgos der Rücken. Er wollte sich schon aufrichten, um sich zu strecken, um Luft zu holen, als er des Inhalts der Tonne gewahr wurde. Ihm stockte der Atem.

Giorgos wurde geboren im April 1941. Nur einen Monat später besetzten die Deutschen seine Insel. Giorgos erinnerte sich nicht an viel. Wenn er an Krieg dachte, dachte er an den griechischen Bürgerkrieg, der im Anschluss an den Sieg über die Deutschen ausbrach.

Doch sein Onkel Giannis war Partisan gewesen, hatte sich in den kretischen Bergen versteckt und gegen die Wehrmacht gekämpft. Ein einziges Bild aus der Zeit der deutschen Besatzung fand sich in Giorgos' Gedächtnis. Es war das Bild von seinem Onkel Giannis: Lederstiefel, Wollhose, dunkle Weste über weißem Hemd, Patronengürtel, Filzhut, im Gesicht ein gewaltiger Schnurrbart. In den Händen ein Gewehr. Keine lange Jagdflinte, kurz war es und aus glänzendem Stahl. Onkel Giannis sagte, mit so einem Gewehr konnte man in einer einzigen Sekunde tausend Nazis töten.

Die Tonne war voll von Gewehren. Gewehre wie das, welches Onkel Giannis damals gehabt hatte.

Der Regen prasselte ohrenbetäubend laut auf das Dach des Wohnwagens. An verschiedenen Stellen tropfte es. Giorgos saß an seinem kleinen Klapptisch und blickte auf das Telefon. Maroula hatte es ihm geschenkt. Es war eines von den neuen, die kein Kabel brauchten. Maroula hatte ihm auch gezeigt, wie man es benutzte, aber bisher hatte er sie noch nie angerufen. Er traf sie ja immer, wenn er einkaufte.

Die Herde war wohlbehalten und vollständig angekommen, Giorgos hatte sich trockene Sachen angezogen. Jetzt saß er am Tisch und dachte nach. Es gab nicht nur eine Tonne. Vier weitere hatte er entdeckt – ohne lange zu suchen, wahrscheinlich waren es mehr. In einer Tonne waren wieder Gewehre gewesen, in einer anderen Granaten und Munition. Die übrigen hatte er nicht geöffnet.

Er war aufgeregt. Er schaltete das Radio an. Das Radio beruhigte ihn. Eine Unwetterwarnung wurde durchgegeben. Wer brauchte so viele Waffen? Die Hanfbauern vielleicht. Aber auf Kreta besaß sowieso jeder eine Waffe, Giorgos hatte eine Pistole. Jemand, der so viele Waffen versteckte, musste etwas im Schilde führen.

Im Radio wurde Giannis Ploutarxos gespielt, *Ah Koritsi Mou.* Giorgos liebte das Lied. Dass der Regen den Ton knistern ließ, störte ihn nicht. Ach mein Mädchen. Leise sang er die Verse mit, ich vermisse dich. Ich habe so lange auf dich gewartet. Ich sehne mich nach dir. Giorgos seufzte; wie schön das war.

Er ging zur Anrichte und nahm eine Dose Bohnen heraus. Giorgos war nicht anspruchsvoll, er aß oft nur Bohnen aus der Dose, das reichte ihm. Während er nach dem Öffner suchte, erinnerte er sich an die vergrabenen Tonnen. Er fand den Öffner, schnitt den Deckel aus der Dose und schüttete die Bohnen auf seinen blauen Plastikteller. Er hätte sie auch aufgewärmt, aber seine Herdplatte war kaputt.

Mit dem Teller ging er an den Tisch zurück und setzte sich. Das Telefon lag immer noch da. Er sollte jemanden anrufen. Die Polizei. Die würden sicher wissen wollen, wenn einer am Hang des Ida fässerweise Waffen vergrub.

Im Radio spielten sie *Eleni.* Das war von Anna Vissi, die mochte Giorgos nicht so sehr. Eigentlich hatte Giorgos keine Lust, die Polizei anzurufen. Die hätten sicher viele Fragen an ihn, und dann müsste er irgendwelche Zettel unterschreiben. Giorgos hatte Angst davor, Zettel zu unterschreiben. Nie war er sicher, ob die Leute, die ihm vorlasen, ehrlich waren.

Er aß seinen Teller leer und stellte ihn in den Spüleimer. Wie viele Dosen mit Bohnen hatte er eigentlich noch? Er zählte die Stapel. Es waren drei Stapel, alle gleich hoch, jeweils fünf Dosen. Also insgesamt fünfzehn. Giorgos beschloss, schon diese Woche neue zu kaufen, dann musste er sich darüber keine Gedanken mehr machen.

Im Radio kamen Nachrichten. In Athen gab es irgendwelche Demonstrationen. Giorgos wusste nicht, warum das Radio das wichtig fand, es gab immer Demonstrationen in Athen. Die Gicht in seinen Füßen schmerzte. Es war nicht so, dass er die Polizei auf jeden Fall anrufen musste. Niemand würde je wissen, dass er die Tonnen gefunden hatte. Zum Glück hatte er daran gedacht, die Deckel wieder festzuschnallen. Er war nur ein Hirte, es war nicht gut, wenn er sich in fremde Angelegenheiten einmischte.

Im Radio wurde gesagt, dass die USA Soldaten nach Mexiko geschickt hatten und jetzt dort kämpften. Aber Mexiko fände das gar nicht problematisch, sondern hätte das selbst so gewollt.

Das verstand Giorgos nicht. Er wollte jedenfalls keine türkischen Soldaten auf Kreta. Gegen wen kämpften die in Mexiko überhaupt? Er war müde. Eigentlich war es Giorgos nicht so wichtig, was in Amerika passierte.

Er schaltete das Radio aus, legte sich auf seine Matratze und schlief ein.

32. Kapitel

Moskau, Russland; Juni 1993

Wladimir.

»Bruder«, sagte Wladimir, »du weißt mehr als die meisten.«

»Ich weiß, Bruder«, sagte Dimitri.

Sie lachten.

Wladimir breitete die Arme aus und drückte Dimitri fest an sich.

»Wir müssen trinken«, sagte er.

»Ja«, rief Dimitri und warf die Mütze in die Luft.

Wladimir barst vor Stolz. Sein eigener kleiner Bruder hatte die Aufnahmeprüfung für die FSB-Akademie geschafft. Die härteste Schule Russlands. Sie sagten, wer einmal auf der Akademie gewesen war, der fürchtete keinen Gulag mehr. Wladimir war auf der Akademie gewesen. Wladimir wusste, dass sie recht hatten.

Schlimmer als die Akademie war die Spezialausbildung gewesen, die Wladimir im Anschluss absolviert hatte. Das Eiswasser, das Licht, der Hunger, die Dunkelheit. Die Märsche durch die sibirische Tundra. Die Drogen. Die Vergewaltigungen. Er bereute nichts. Wladimir suchte den Schmerz. Der Schmerz stählte ihn, um zu schützen, was ihm wertvoll war: Wladimir verehrte Russland. Und Wladimir liebte seinen Bruder.

Dass Dimitri sein Leben nun ebenfalls in den Dienst Russlands stellen wollte, erfüllte Wladimir mit einem unbeschreiblichen Glück.

Grosny, Tschetschenien; März 1995

Die Luft stank vom Mündungsfeuer der Gewehre. Die Ohren dröhnten vom Explodieren der Granaten. Sie befanden sich in einem Wohnhaus. In dem Parkhaus gegenüber hatten sich feindliche Scharfschützen verschanzt.

Seit Monaten hielt die russische Armee die Stadt, ohne sie befrieden zu können. Die Rebellen wehrten sich bis zum letzten Tropfen Blut. Am gefährlichsten waren die Scharfschützen. Wladimir und seine Einheit säuberten ein Nest nach dem anderen, nichts konnte sie aufhalten. Sie waren Wympel, sie waren geboren für den Kampf. Doch kaum hatten sie eine feindliche Position aufgerieben, wurden in einem anderen Viertel der Stadt zwei neue gemeldet.

Die übrigen russischen Truppen waren schlecht ausgebildet und noch schlechter ausgerüstet, es fehlte an allem außer Wodka. Der Krieg gegen den unsichtbaren Feind, der aus jedem Fenster den Tod bringen konnte, der keine Uniform trug und keine Regeln kannte – von ihnen wurde er nicht für Russland gefochten, sondern gegen die eigene Angst.

Wladimir kämpfte, tötete wie in Trance. Je ängstlicher die Regulären wurden, desto verbissener verrichtete Wympel sein Werk. Er befahl zweien seiner Soldaten, sich dem Parkhaus von der Rückseite zu nähern.

»Wladimir«, rief der Kommunikationsoffizier und streckte ihm das Funkgerät entgegen. »Es ist Stepaschin.«

Endlich. Wladimir nahm das Gerät. Seit Tagen hatten sie versucht, den FSB-Direktor zu erreichen.

»Ja?«, fragte er.

»Wir können euch aktuell keine weiteren Spezialeinheiten schicken«, sagte Stepaschin. »Nehmt die Regulären.«

Verfluchter Bastard. Sie brauchten Männer, keine Zweihandwichser.

»Aber«, fuhr Stepaschin fort, »bei ALFA ist ein Zug Frischlinge so gut wie einsatzfähig. Wir verschieben die Abschlussprüfungen und schicken sie runter. In einer Woche sind sie da.«

»Nein«, sagte Wladimir. »Anfänger können wir nicht brauchen.«

»Bist du sicher?«, fragte Stepaschin. »Es sind ALFA.«

ALFA war das einzige russische Kommando, das es mit Wympel aufnehmen konnte. Feindliche Scharfschützen fraß man bei ALFA zum Frühstück.

»Lassen Sie sie ihre Ausbildung fertig machen«, sagte Wladimir.

Er wollte nicht, dass Dimitri nach Grosny kam.

Im Süden von Moskau; September 1999

Wladimir holte die Sporttasche aus dem Van. Nachdem er die Hecktüren geschlossen hatte, ging er mit der Sporttasche in den Keller des Wohnblocks, in welchen er bereits die drei schweren Säcke geschleppt hatte. Man hatte ihm eine Karte gegeben. Jeder der Säcke musste an eine andere, genau bestimmte Stelle des Gewölbes gebracht werden.

Danach öffnete Wladimir die Sporttasche, nahm Kabelrolle und Zeitzünder heraus. Er verkabelte die drei Säcke, aktivierte den Zeitzünder und verließ den Keller.

Mit dem Van fuhr er einige Hundert Meter in eine Seitenstraße, drehte um, sodass er den Wohnblock sehen konnte, stellte den Motor ab und wartete. Er hatte nie eine richtige Sprengstoffausbildung genossen. Er wusste nicht, ob man ihn korrekt eingewiesen hatte, ob die Technik funktionieren würde.

Zehn Minuten später wusste er es.

Als die Detonation die Grundpfeiler des Hochhauses zerfetzte und daraufhin Etage um Etage in einer gewaltigen Staubwolke verschwand, tötete Wladimir Romanowitsch einhundertvierundzwanzig Menschen. In der folgenden Nacht konnte er nicht schlafen. Er wusste, dass es nötig war, für Russland. Die tschetschenischen Terroristen hatten Aufwind. Und im Gegensatz zu Stepaschin war der neue FSB-Direktor ein Mann der Tat. Man musste Tschetschenien gegenüber härtere Maßnahmen ergreifen – und Wladimir Wladimirowitsch Putin würde dafür sorgen, dass die Öffentlichkeit diese Maßnahmen mittrug.

Wladimir wusste, dass es nötig war. Trotzdem fühlte er sich wie ein Mörder. Alle einhundertvierundzwanzig Toten waren Zivilisten gewesen. Er erzählte Dimitri von seinen Gewissensbissen. Doch selbst sein kleiner Bruder konnte ihm das Gefühl der Schuld nicht nehmen.

Zypern; Juli 2002

Das Meer funkelte in der tief stehenden Sonne. Wladimir setzte seine Sonnenbrille auf. Ohne Angst raste er die zyprische Küstenstraße entlang. Gänzlich gewöhnt an den Linksverkehr hatte er sich noch nicht, aber es war kaum jemand unterwegs.

Er steckte sich eine Zigarette an. Vor zwei Wochen hatte er gekündigt. Er hatte aufgegeben, was ihm das Wertvollste gewesen war. Russland. Seinen Bruder. Er versuchte, es Urlaub zu nennen.

Im Rückspiegel tauchte ein Wagen auf. In Anbetracht seiner eigenen Geschwindigkeit musste der andere eine halsbrecherische Fahrweise an den Tag legen. Wladimir hatte zu lange für den Geheimdienst gearbeitet, um nicht misstrauisch zu sein.

Er bremste ab und parkte sein Cabrio am Straßenrand. Er nahm die Serdjukow SPS aus dem Handschuhfach, legte sie sich in den Schoß und seine Jacke darüber. Wer immer ihm folgte –

wenn er Ärger machen wollte, würde er es bereuen. Gegen die SPS würde ihm selbst eine Schutzweste nichts bringen.

Der andere Wagen bremste erst spät, mit quietschenden Reifen kam er auf gleicher Höhe mit dem Cabrio zum Stehen.

Es war Dimitri.

»Bruder«, sagte Dimitri.

»Dich haben sie also geschickt«, sagte Wladimir.

»Sie wissen nicht, ob sie dir trauen können.«

»Du hast Ihnen erzählt, warum ich gegangen bin.«

»Ich liebe dich.«

»Aber dein Herz gehört Russland.«

»Bruder«, sagte Dimitri, »du weißt mehr als die meisten.«

»Ich weiß, Bruder«, sagte Wladimir.

Dimitri hob seine Pistole, richtete sie auf Wladimir und drückte ab.

Moskau, Russland; Oktober 2002

Dimitri.

Dimitri weinte. Er hatte nicht geweint, als sein Vater gestorben war, er hatte nicht geweint, als sie in der ALFA-Ausbildung seine psychische Belastbarkeit geprüft hatten, er hatte nicht geweint, als er Verhörtechniken testen sollte. Sie hatten ihn gezwungen, seinen eigenen Bruder zu erschießen, und er hatte nicht geweint.

Jetzt weinte Dimitri. Er starrte auf das tote Kind in seinen Händen und weinte. Aus den Werkstätten und der Garderobe des Theaters knallten Schüsse. Seine Kameraden erledigten die letzten Geiselnehmer. Dimitri kannte den Aufbau des Gebäudes bis auf die winzigste Putzkammer, tagelang hatten sie den Grundriss studiert.

Tschetschenische Terroristen hielten für Tage das Dubrowka-

Theater besetzt, verlangten die Unabhängigkeit Tschetscheniens. Sie hatten achthundertfünfzig Menschen in ihrer Gewalt, darunter vierundvierzig Kinder. Aber sie hatten Putin unterschätzt. Putin hasste Erpressung.

Putin schickte eine junge Agentin ins Theater. Sie wurde erschossen. Daraufhin schickte er einen erfahrenen Oberst. Auch er wurde erschossen. Am Abend des dritten Tages kündigten die Terroristen an, alle Kinder am nächsten Morgen freizulassen. Es war zu spät. In der Nacht war das Gas bereit. Zwei Kameraden leiteten es in das Belüftungssystem. Nach einer halben Stunde wirkte das Gas, von allen Seiten drangen sie in das Theater ein. Wer von den Terroristen noch lebte, wurde erschossen. Das Gas hatte ganze Arbeit geleistet. Dimitri starrte auf das tote Kind.

Am nächsten Morgen reichte er seine Bewerbung für den FSO ein, den Sicherheitsdienst des russischen Präsidenten. Er wurde angenommen.

Dann wartete Dimitri. Fünf Jahre, zehn Jahre, fünfzehn Jahre. Geduldig wartete er auf die passende Gelegenheit. Bis heute. Heute hatte das Warten ein Ende. Heute war die Gelegenheit da. Er hatte lange gebraucht, die nötige Menge Sprengstoff zu erlangen. Heute besaß er sie. Er war nur selten für den persönlichen Schutz des Präsidenten verantwortlich. Heute war er es; aufgrund der Demonstrationen hatte man zusätzliche Kräfte eingeteilt. Die FSO-Mitglieder wurden regelmäßig nach Auffälligkeiten untersucht. Das war vorgestern schon geschehen.

Dimitri stand an einem der Zugänge zum Salon und beobachtete, wie die Gäste des Präsidenten eintrafen. Manche kannte er, manche nicht. Anstelle der kugelsicheren Weste trug er unter seinem Anzug ein Hemd mit zwanzig gleichmäßig verteilten Taschen, das er sich eigens hatte nähen lassen. Die Taschen waren so flach, dass das Sakko nicht mehr über ihnen spannte, als es das über der Weste getan hätte. In jeder der Taschen steckte ein CL-20-Paket zu je einem Kilo. Der Sprengstoff war um ein Vielfaches stärker als TNT. Außer dem FSB und den Amerikanern besaß ihn niemand. Um an ihn heranzukommen, hatte er sich zum Explosivmittelexperten ausbilden lassen. Seine Dienstwaffe konnte er nicht gebrauchen. Sie zu ziehen kostete Zeit. Nur wenig, er war schnell. Doch seine Kollegen auch.

Hatte die Blonde ihn gerade gemustert? Ahnte sie etwas? Über Funk erfuhr er, dass der Präsident gleich erscheinen würde. Das Gewicht der zwanzig Kilo, die er trug, bemerkte er kaum, trotzdem wurde ihm heiß. Er schielte nach der Blondine, sie nippte an ihrem Sekt.

Der Präsident betrat den Salon. Dimitri schwitzte. Da war es, sein Ziel. Den Zünddraht hatte er in den präparierten Gürtel geführt. Ihn zu betätigen war ein einfacher Handgriff.

Er legte die Hand auf den Gürtel, fühlte den Zünder. Doch er drückte ihn nicht. Stattdessen sah er verstohlen zu der Blondine hinüber. Sie stand bei der Delegation der Europäer. Ihr Gesicht war ihm unbekannt. Sie war nicht unter denjenigen gewesen, deren Profile sie im Vorfeld analysiert hatten. War sie nicht wichtig? Hatten die Kollegen sie übersehen? Gewöhnlich besaß der FSO Akten zu jedem, der in die Nähe des Präsidenten kam. Sie sah wieder her. Dimitri wandte hastig den Blick ab, schluckte.

Wie immer, wenn der Präsident sprach, folgte ihm sein Publikum gebannt. Es war der perfekte Zeitpunkt. Ob unter den Anwesenden jemand Kinder hatte? Bestimmt hatte jemand Kinder. Darauf durfte Dimitri keine Rücksicht nehmen. Wieder sah die Blondine zu ihm herüber. Verdammt, sie ahnte etwas. Er musste sich beeilen. Es gab nur diese eine Chance. Er musste sie nutzen, er war es Wladimir schuldig.

Die Blondine sah nun wieder zu Putin, die Stirn in Falten gelegt. Wer war sie? INTCEN? Europol? War sie seinetwegen da? Wenn sie ihm auf die Schliche gekommen waren, warum hatten sie ihn nicht hochgenommen? Hatten sie etwa darauf spekuliert, dass er seine Tat zu Ende brächte? Die Blondine zog ihr Telefon aus der Hosentasche. Den Blick aufs Display gesenkt, wandte sie sich einem der Ausgänge zu. Ausgerechnet die Europäer, dachte Dimitri. Mit schweißnassen Fingern tastete er nach dem Zünder.

33. Kapitel

In der Nähe von Saint-Flour, Frankreich; Montag, 19:17 Uhr UTC+2

Bimal näherte sich der Stadt von Norden. Der Zug donnerte an dem Flüsschen L'Ander entlang, Wald und Felder wechselten sich ab. Bimal zweifelte. Er war dreihundert Kilometer weit gefahren in ein Kaff im französischen Nirgendwo, um ein Haute-Cuisine-Fischrestaurant zu finden, dessen Website so exklusiv war, dass Google sie nicht gefunden hatte. Bimal drehte seine Glücksmünze. Ein Fischrestaurant. Dass Saint-Flour über zweihundert Kilometer vom nächsten Meer entfernt lag, war nicht besonders ermutigend. Vielleicht hatte er den Ortsnamen falsch ausgesprochen, als er in Paris am Gare de Lyon gefragt hatte. Er war nicht mehr in sein Hotelzimmer zurückgekehrt, er besaß nichts weiter als seinen Geldbeutel, seinen Reisepass, sein Telefon, das Pfefferspray. Bald würde er ein Ladekabel brauchen.

Der Bahnhof von Saint-Flour befand sich in der modernen Unterstadt. Die historische Altstadt erstreckte sich über einen malerischen Hügel, Bimal konnte sie bereits vom Bahnsteig aus sehen. Auf dem Vorplatz entdeckte er ein Taxi. Der Fahrer lehnte an der Kühlerhaube und rauchte. Bimal grüßte ihn und fragte nach einem Fischrestaurant. Der Fahrer versuchte, hilfsbereit zu sein, verstand allerdings kein Wort Englisch. Bimal versuchte es mit Zeichensprache, der Fahrer zeigte auf den Bahnhofimbiss. Also zog Bimal sein Telefon hervor und suchte nach der passenden Übersetzung. Der Ladebalken leuchtete bereits rot.

»Restaurant du Poisson«, ließ er die Computerstimme sagen.

»Ici? Non.« Der Taxifahrer schüttelte bestimmt den Kopf.

»Sind Sie sicher?«

Der Fahrer sah ihn fragend an. Mist. Bimal brauchte jemanden, der Englisch sprach. Er sah sich um. Es war später Nachmittag, doch der Bahnhofplatz bot nichts als gähnende Leere.

»Haute cuisine?«, versuchte er es noch einmal.

»Ici?« Der Fahrer zog an seiner Zigarette, runzelte die Brauen. Bimals Hoffnung schwand. Tatsächlich konnte er sich nicht vorstellen, dass ausgerechnet hier ein Edelrestaurant zu finden sein sollte. Da verwandelte sich der Ausdruck des Fahrers in ein Strahlen.

»Oui, maintenant je sais«, rief er, warf den Zigarettenstummel weg und riss die Beifahrertür auf. »Montez à bord!«

Bimal war sich nicht sicher, ob der Fahrer wirklich eine Eingebung gehabt hatte. Aber weiter am Bahnhof herumzustehen schien ihm keine verlockende Alternative. Er steckte sein Telefon weg und stieg ein. Er hatte sich noch nicht angeschnallt, als der Fahrer bereits rasant losfuhr. Aber anstatt zum Altstadthügel, wie Bimal vermutet hatte, lenkte er das Taxi in die entgegengesetzte Richtung. Als die Wohnhäuser Fabrikhallen wichen, wurde Bimal misstrauisch. Er sah den Fahrer fragend an, aber der winkte ihm nur beruhigend zu. Die Sprachbarriere machte jede tiefer gehende Kommunikation zunichte. Bimal ergab sich in sein Schicksal.

Sie befanden sich bereits am Rande der Stadt, als der Fahrer hielt. Er zeigte aus seinem Seitenfenster. Bimal stieg aus dem Taxi, um besser sehen zu können. In der Tat, da war ein Restaurant. Mitten im Industriegebiet. Er bezahlte die Fahrt. Als er den Fahrer bat zu warten, nickte dieser fröhlich und brauste davon.

Es dämmerte bereits. Auf dem Parkplatz vor dem Restaurant parkten einige Fahrzeuge. Sportwagen, Limousinen. Bimal spürte das vertraute Kribbeln in den Fingern. Vielleicht doch das Lokal, das er suchte? Die Fassade verriet wenig; schlicht, ein bisschen bieder, nicht weiter auffällig. Der Name über dem Eingang lautete *La Distinction*. Bimal stemmte die Arme in die Hüfte. Zeit für ein Abendessen.

Als er das Gebäude betrat, fand er sich in einem kurzen Flur wieder. Großformatige Malereien hingen an den Wänden rechts und links, der Boden war parkettiert und mit Teppich belegt. Man legte durchaus Wert auf den ersten Eindruck, konnte Bimal konstatieren.

Durch eine doppelte Flügeltür gelangte er in das Lokal selbst. Sechs große runde Tische waren in zwei Reihen im Raum angeordnet. Die Tischdecken reichten bis zum Boden, schwere Ledersessel rahmten sie ein. Indirektes Licht flutete den Raum: blau von oben, orange von unten. An den Wänden ringsum lief Wasser herunter und verschwand leise plätschernd in einer Kiesrinne.

Nur einer der Tische war besetzt. Mehrere ältere Männer im Anzug saßen daran. Als sie Bimal bemerkten, drehten sie sich so synchron nach ihm um, als hätte sie jemand dirigiert.

»Sie wünschen?«, fragte eine Mittdreißigerin in akzentfreiem Englisch. Empfing man hier stets nur internationale Gäste? Sie trug ein faltenloses Kostüm, Perlenohrringe, um den Hals hatte sie eine Seidenschleife gebunden. Der Blick, mit dem sie seine Kleidung musterte, war unmissverständlich missbilligend.

»Einen Tisch bitte«, sagte Bimal.

»Sie haben reserviert?«

»Ja. Baker.«

Neben ihnen stand ein Pult. Es war aus einem einzigen Stück Holz geschnitzt. Der Bogen, in dem es sich um die eigene Achse gedreht nach oben schwang, entsprach der Linienführung in den Verzierungen der Sessellehnen. Auf dem Pult lag das Reservationsbuch. Die Empfangsdame sah nicht hinein.

»Verzeihung«, sagte sie mit einem Ton, der alles war außer einer Bitte um Entschuldigung, »auf diesen Namen haben wir leider keine Reservierung erhalten.«

»Sind Sie sicher?«

Der Blick, den Bimal für diese Frage erhielt, hätte Kinder zum Weinen bringen können.

»Meine Begleitung hat reserviert. Wahrscheinlich hat sie ihren eigenen Namen genannt.«

»Ach so«, sagte die Empfangsdame. Bimal spürte förmlich, wie es kälter wurde, während sie sprach. »Und der Name Ihrer Begleitung wäre?«

»Vivienne«, sagte Bimal. »Vivienne ter Stegen.«

Die Empfangsdame öffnete den Mund, vergaß, was sie sagen wollte, und stand reglos vor ihm, mit heruntergefallener Kinnlade. Die Herren folgten noch immer dem Geschehen.

Schließlich fing seine Gesprächspartnerin sich wieder. »Entschuldigen Sie mich«, sagte sie und ging zu dem besetzten Tisch, beugte sich zu einem Glatzkopf und flüsterte ihm etwas zu. Er antwortete ebenfalls so leise, dass Bimal nichts verstand. Neben dem Reservationsbuch lag ein Füllfederhalter. Er trug eine Gravur: *Frederic McFadden Laboratories S.à.r.l.*

Die Empfangsdame kam zurück. »Es tut mir leid«, sagte sie, »auch für Ms. ter Stegen liegt keine Reservierung vor. Ich muss Sie bitten, nun zu gehen.«

»Wie ärgerlich«, sagte Bimal. »Aber haben Sie Dank für Ihre Bemühungen.« Er schenkte ihr sein gewinnendstes Lächeln und nickte der Herrenrunde kurz zu. Der Glatzkopf hatte sein Telefon am Ohr. Bimal verließ das Lokal.

Er brauchte Strom und ein Taxi.

34. Kapitel

Moskau, Russland; Montag, 18:27 Uhr UTC+3

»Störe ich?«, fragte Stéphane.

»Egal«, entgegnete Conrada, während ihre Absätze auf dem Marmor des Kremlflurs klackten. »Was ist passiert?«

»Zuerst einmal gibt es Neuigkeiten von Prinz. Neben dem Hashtag *killtherich* existiert seit letzter Woche auch eine entsprechende Facebook-Seite. Diese Seite hat in wenigen Tagen mehr als fünfzehn Millionen Likes gesammelt.«

»Ist das viel?« Emilia hatte Conrada einmal erzählt, Shakira habe über hundert Millionen.

»Zum Vergleich: Die Fanpage von Trump hat fünfundzwanzig Millionen. Und es geht nicht nur um diese eine Seite, es gibt Ableger für jeden Kontinent. *killtherich in Europe*, *killtherich in Africa* und so weiter – bis auf Asien finden sich jeweils Millionen Supporter. Und sie vernetzen sich. Sie planen Treffen, sie posten Bilder von Polizeigewalt, rufen zu Demos auf, geben einander juristische Ratschläge. Es organisiert sich gerade eine neue Internationale der Wütenden.«

»Wie die Occupy-Bewegung.«

»Mit hundertfacher Reichweite. Und gewalttätiger. Hier in Brüssel haben einige mächtig Muffensausen. Venizelos will bis heute Abend von jeder Bereichsleitung ein Konzept, wie wir die Onlineentwicklung in den Griff bekommen.«

»Stéphane, du weißt, dass ich beurlaubt bin.« Conrada warf einen Blick den Gang hinunter, Richtung Salon. Warum musste er ausgerechnet jetzt anrufen? Die Türen waren noch geschlossen. »Rhodes ist zuständig.«

»Rhodes ist immer noch in Buenos Aires. Und selbst wenn er Ideen hätte … Na ja, ich muss dir nichts erzählen, du kennst ihn besser als ich.«

Conrada seufzte. »Ich sehe zu, dass ich dir bis heute Abend was schicke. Nehmt auf jeden Fall Kontakt mit den Betreibern der Seiten auf, drängt sie, konkrete Forderungen zu erarbeiten – dazu können wir Stellung beziehen. Je genauer wir wissen, woher der Zorn kommt, desto schneller bekommen wir die Lage wieder unter Kontrolle. Habt ihr schon mit Colasanti gesprochen?«

»Rhodes hält das für gefährlich. Er meint, wir legitimieren damit im Nachhinein eine Pseudowahl.«

»Seit dem Gründungstag des EAD verhandeln wir mit den furchtbarsten Diktatoren der Welt. Und Rhodes hält Colasanti für untragbar? Das ist absurd.«

»Er ist der Chef.«

»Ja. Du, ich muss Schluss machen. Wenn du noch eine Frage hast, klingel mich an, ich ruf dann zurück. Okay?« Sie wandte sich wieder in Richtung des Roten Salons.

Stéphane zögerte. »Conrada, es gibt ein Problem.«

»Ja?« Ungeduldig blieb sie stehen.

»Eins, das dich betrifft. Deswegen habe ich eigentlich angerufen.«

»Ich habe meine Turnschuhe im Büro liegen lassen?«

»Kopański ist übergeschnappt«, sagte Stéphane. »Er will deinen Posten. Abteilungsleiter für Südamerika.«

»Er ist der Letzte, der dafür geeignet wäre.«

»Ja, das mag sein. Es kommt noch schlimmer. Er will, dass du dich bei Venizelos für ihn einsetzt.«

Conrada musste lachen. »Warum sollte ich das tun?« Es war eine ausgesprochen rhetorische Frage.

Stéphane schwieg.

»Stéphane«, rief Conrada, »jetzt sag schon.« Sollte sie sich im Ernst mit Kopańskis Kapriolen auseinandersetzen, jetzt, während dreißig Meter weiter Geschichte geschrieben wurde?

Sie hörte, wie Stéphane sich am anderen Ende der Leitung räusperte.

Conrada wurde stutzig. »Warum hat Kopański eigentlich dich angerufen, und nicht mich?«

»Ich weiß es nicht«, druckste Stéphane herum. »Vielleicht hat er sich nicht getraut, es dir direkt zu sagen.«

»Ja was denn, Mensch?«, rief Conrada. »Jetzt rück schon raus mit der Sprache.«

»Kopański sagt, wenn er nicht Abteilungsleiter wird, erfährt die Presse, weswegen sie dich aus den Verhandlungen mit UNASUR rausgenommen haben. Und zwar nicht wegen des Interviews.«

»Weil ich Miller Paroli geboten habe?«

»Genau.«

Conrada brauchte einige Augenblicke, um das Gesagte zu verstehen. Die Erkenntnis traf sie wie ein Schlag in die Magengrube. Es war perfide.

»Er meint«, flüsterte sie, »dass die DSG denken werden, ich hätte die Information geleakt. Um mich zu rächen. Ich bin die Einzige mit einem klaren Motiv.«

»Ja«, sagte Stéphane, »ich fürchte schon.«

»SecState würde toben, wenn die Öffentlichkeit erführe, wie er mit seinen Verhandlungspartnern umspringt.«

»Ja, vermutlich.«

Ihre Arbeit beim EAD könnte sie vergessen, genauso wie die Einstellung in irgendeiner anderen europäischen Einrichtung. »Ich wäre am Ende«, murmelte sie.

»Hör zu, du kannst bestimmt mit ihm reden, so schlimm …«

Mehr hörte Conrada nicht. Denn in diesem Augenblick explodierten im Salon hinter ihr zwanzig Kilogramm CL-20 und erzeugten eine Druckwelle, die so stark war, dass sie die gepanzerten Flügeltüren aus ihren Angeln sprengte, die Sicherheitsfenster zersplittern ließ und Conrada mit einer solchen Wucht in den Rücken traf, dass sie meterweit durch die Luft geschleudert wurde, bevor sie auf dem Marmor aufschlug, weiterrutschte und schließlich regungslos liegen blieb.

35. Kapitel

Saint-Flour, Frankreich; Montag, 19:52 Uhr UTC+2

Gerade als Bimal das Restaurant La Distinction verließ, öffnete sich die Fahrertür einer der Limousinen. Der Mann trug einen Anzug, der selbst auf die Entfernung teuer aussah. Doch der Stoff konnte nicht über die Profession seines Trägers hinwegtäuschen. Als der Kerl ausstieg, federte der Wagen aufgrund des verringerten Gewichts. Der Kerl war mehr Bulle als Mensch. Bimal bat Shiva um gutes Karma und ging zügig in die andere Richtung. Augenblicklich hörte er Schritte hinter sich.

»Halt!«, rief der Bulle. Bimal ignorierte die Aufforderung.

»Bleiben Sie stehen!« Der Ton seines Verfolgers wurde fordernder.

Bimal rannte los, aber er hatte keine Chance im physischen Duell, so viel war klar. Der Kerl rannte jetzt ebenfalls. Seine Schritte klangen zu leicht für solch einen Koloss. Zu schnell. Es würde nur Sekunden dauern, bis er ihn eingeholt hätte. Bimal sprintete um eine Hausecke.

Sekunden später bog der Koloss um dieselbe Ecke und bremste abrupt ab. Damit, dass Bimal einfach stehen geblieben war, hatte er nicht gerechnet. Bevor der Koloss reagieren konnte, hielt Bimal ihm mit ausgestrecktem Arm das Pfefferspray ins Gesicht und drückte den Sprühknopf. Der Koloss jaulte auf und schlug sich die Hände vor die Augen. Das Zeug war so stark, dass selbst Bimal die Tränen kamen. Er ließ von seinem Opfer ab und floh. Statt Schritten hörte er diesmal nur schmerzerfülltes Fluchen hinter sich.

Er eilte zurück Richtung Bahnhof. Nach ein paar Minuten fanden sich die ersten Wohnhäuser zwischen den Industriehallen. Verdammt, tat seine Lunge weh. Er war in der letzten Woche mehr gerannt als in den letzten zehn Jahren. Wenn das so weiterging, konnte er bald einen Marathon laufen. Er wischte sich den Schweiß von der Stirn.

Was sollte er tun? Am Bahnhof würden sie auf ihn warten. Als er die Straßenkarte lud, ging seinem Telefon der Saft aus. Auch das noch. Er kam an einem ghanaischen Restaurant vorbei. Nicht unbedingt erwartbar in einem Ort wie Saint-Flour, aber hilfreich.

Kurz entschlossen trat er ein. Das Licht war gedimmt, der süßliche Geruch afrikanischen Essens hatte sich im schweren Teppichboden festgesetzt. Ein hübsches, dunkelhäutiges Mädchen kam auf ihn zu und fragte etwas auf Französisch. Erleichtert bemerkte Bimal den Pidgin-Akzent. Wo immer er gewesen war auf der Welt – die selbst Entwurzelten hatten ihn stets unterstützt.

»Guten Abend«, sagte er, immer noch außer Atem.

Die junge Frau lächelte. »Guten Abend«, antwortete sie in dem aufgeweichten Englisch ihrer Heimat. »Möchten Sie einen Einzeltisch?«

»Nein, danke«, sagte Bimal und erwiderte ihr Lächeln. »Ich bin Journalist. Ramesh Chandhok ist mein Name. Haben Sie einen Augenblick Zeit?«

»Sicher«, sie grinste verlegen. »Montags ist nie so viel los. Oder wollen Sie lieber meine Eltern sprechen?«

»Wer in Ihrer Familie kennt sich denn hier in der Gegend am besten aus?«

»Das bin ich«, sagte sie und lachte. Sie war wirklich liebenswert. »Mein Französisch ist besser, deswegen besorge ich immer die Lebensmittel. Worüber schreiben Sie?«

»Über Fischrestaurants.«

Sie machte große Augen. »Wir haben aber gar keinen Fisch.«

»Nicht? Ist das hier nicht La Distinction?«

»La Distinction?« Das Mädchen schüttelte den Kopf. »Da haben Sie sich vertan. Das Distinction ist im Industriegebiet. Da müssen Sie noch ein ganzes Stück laufen. Oder Sie nehmen ein Taxi.«

»Und lohnt es sich? So unter uns?« Bimal zwinkerte ihr zu.

»Weiß ich nicht. Da gehen nur die Leute von McFadden hin. Ich weiß gar nicht, ob die auch normale Gäste haben.«

»McFadden?«

»Na, die Manager von denen, nicht die Arbeiter. Das ist auch richtig teuer da. Da kostet ein Wein hundert Euro – und dann ist er noch billig.«

»McFadden ist ein Unternehmen? Was machen die denn?«

»Keine Ahnung«, das Mädchen stülpte die Unterlippe vor. »Tabletten oder so, glaub ich. Die sind noch gar nicht lange da. Wenn Sie von hier zum La Distinction fahren und dann noch mal ein Stück in dieselbe Richtung, dann kommen Sie zu einem richtig großen Würfel. Mit einem Zaun drum herum. Und Kameras überall. Das sind die. Ich kenne aber niemanden, der da arbeitet. Doch wenn Sie wollen, kann ich mal meinen Freund fragen, der ist Installateur, der kennt jeden.«

»Ja, gerne.«

»Dauert gar nicht lange.« Sie holte ihr Telefon hervor und wählte eine Nummer. Jemand nahm ab, und sofort redete sie in leidenschaftlichem Französisch auf ihn ein.

Bimal schätzte ihre Hilfe, aber langsam wurde er nervös. Der Koloss hatte bestimmt Kumpane. Sie würden nach ihm suchen. Bimal beobachtete die junge Frau, die arglos für ihn Erkundigungen einzog. Er bekam ein schlechtes Gewissen. Was, wenn er sie zu einem Eifer trieb, der ihr gefährlich werden konnte? Dass mit diesen Leuten nicht zu spaßen war, hatte er bereits zur Genüge erfahren dürfen. Er log zu viel. Sein Beruf verlangte es, ein Schauspieler zu sein. Aber wenn es keine Bühne gab, wurde das Schauspiel schnell zum Betrug.

Die Frau unterbrach ihr Gespräch und wandte sich wieder ihm zu. »Also Jacques sagt, dass er eigentlich nur in Altbauten unterwegs ist. Weil dort das meiste anfällt. Da wohnen aber selten Zugezogene, schon gar nicht welche, die Geld haben. Die Reichen haben außerdem Anlagen, für die er gar nicht ausgebildet ist. Jedenfalls, der einzige Mensch, der ihm eingefallen ist, ist Gérard Courier. Der hat früher die IT bei denen gemacht, jetzt aber nicht mehr. Ist wohl nicht gut auf die zu sprechen. Wollen Sie seine Adresse?«

»Ja, das wäre sehr nett.«

Das Mädchen strahlte und sprach wieder ins Telefon.

»Rue Bonnet fünfzehn«, sagte sie dann.

»Danke schön. Können Sie mir ein Taxi rufen? Und haben Sie vielleicht ein Ladekabel, das ich mir ausleihen dürfte? Mini-USB.«

»Ich schenke Ihnen eins. Da habe ich echt genug von. Da ist ja immer eins dabei, wenn man ein neues Handy bekommt. Aber sagen Sie, was hat McFadden überhaupt mit Ihrem Fisch-Artikel zu tun?«

»Um ehrlich zu sein«, log Bimal, »Fischrestaurants bilden nur einen Teil meiner Recherche; eigentlich schreibe ich eine Reportage über die französische Provinz.«

Rue Bonnet, Hausnummer 15. Die Adresse verwies auf einen hässlichen Wohnblock in Bahnhofsnähe. Wäre Saint-Flour groß genug gewesen, um in Viertel unterteilt zu sein, hätte man in diesem hier seine Drogen gekauft.

Der Taxifahrer sprach etwas Englisch und versprach zu warten.

Bimal überflog die Namen auf dem Klingelschild, fand Courier und drückte den Knopf. Nachdem er einige Augenblicke gewartet hatte, schepperte die Gegensprechanlage: »Oui.«

»Mr. Courier. Sprechen Sie Englisch?«

»Ja. Was wollen Sie?«

»Ramesh Chandhok. Ich bin Journalist und schreibe eine Reportage über französische Kleinstädte.«

»Viel Spaß.« Die Anlage knisterte kurz, dann war es still.

Bimal seufzte und machte eine Kniebeuge zur Entspannung, bevor er ein zweites Mal klingelte.

Knistern. »Verschwinden Sie.« Wieder Stille.

Bimal wollte ein drittes Mal klingeln, da trat eine Frau neben ihn, schloss die Tür auf und versuchte, ihren Kinderwagen hineinzubugsieren. Bimal hielt ihr auf und trat hinter ihr ins Treppenhaus. Die Frau fragte etwas auf Französisch.

»Monsieur Courier«, sagte Bimal. Die Frau nahm ihr Kind auf den Arm, bedeutete Bimal, den Kinderwagen zu nehmen und winkte ihm, ihr zu folgen, während sie die Treppen hochstieg. Im dritten Stock zeigte sie auf eine Tür, machte aber deutlich, dass der Kinderwagen noch höher musste. Bimal seufzte ergeben. Als Frau, Kind und Kinderwagen endlich wohlbehalten ihr Ziel erreicht hatten, kehrte Bimal in den dritten Stock zurück. An der Klingel stand kein Name, er musste wohl der Frau vertrauen. Er läutete zwanzig Minuten, bis er Schimpfen und schlurfende Schritte hörte. Auf der anderen Seite der Tür wurde ein Hörer abgenommen, eine Stimme knurrte: »Hauen Sie ab. Oder ich rufe die Polizei.«

»Mr. Courier«, sagte Bimal.

Einen Augenblick war es still. Dann wurde ein Schloss umgedreht, noch ein zweites, die Tür öffnete sich einen Spaltbreit, die Kette blieb vorgelegt. Ein hagerer Mann im Unterhemd lugte hervor. Aus dem faltigen Kinn sprossen nur wenige verlorene Bartstoppeln. Die rote, großporige Nase trug den Stempel des Alkohols.

»Das ist Hausfriedensbruch. Sie können jeden anderen hier fragen, wenn Sie was über die Wohnsituation erfahren wollen. Warum kommen Sie zu mir?« Couriers Englisch war fließend.

»Warum wurden Sie von McFadden entlassen?«

Couriers ohnehin finsterer Blick wurde feindselig, sein Körper zuckte wie der eines Tieres, das sich bereit zu Angriff oder Flucht machte.

»Wer hat Sie geschickt?«

»Niemand. Ich zeige in meiner Reportage persönliche Schicksale. Sie sind ein interessanter Fall. Die Folgen kalter Personalpolitik von Großkonzernen.«

»Schwachsinn. Was wollen Sie?« Die bläulich geäderten Augen sahen trübe aus, doch Bimal glaubte in ihnen einen Hinweis zu erkennen, dass Courier beileibe nicht immer ein so tristes Leben gefristet hatte. Dieser Mann war mehr, als er schien. Man hatte ihn verletzt, vielleicht zerstört, aber seine Augen verrieten das begrabene Potenzial. Und offensichtlich mochte er es nicht, wenn man versuchte, ihm einen Bären aufzubinden. Mit seinen Lügengeschichten kam Bimal hier nicht weiter.

»Jitendra«, sagte er, »die Liebe meines Lebens«, und noch während er den Namen aussprach, schnürte es ihm die Kehle zu. Er hatte nach Jitendras Tod mit niemandem darüber geredet – er hatte ja nicht einmal jemandem von Jitendra erzählt, als dieser noch am Leben gewesen war. Bimal räusperte sich. »Sie haben ihn umgebracht. Ich bin einer Spur gefolgt. Und die Spur hat mich hierhergeführt. Zu McFadden.«

Courier sah ihn einen unendlichen Augenblick lang an. Bimal versuchte, sich auf sein Gegenüber zu konzentrieren, dessen Gesichtsausdruck zu lesen, doch Erinnerungen fluteten seinen Kopf, ertränkten jeden Gedanken.

»Bitte«, sagte er nur. »Helfen Sie mir.«

»Sie haben ihn geliebt?«

»Ja.«

»Lilou Moreau.«

»Wer ist sie?«

»Das ist alles, was ich Ihnen geben kann.«

»Wo finde ich sie?«

»Sie wollte nach Marseille.« Courier versuchte ein Lächeln. »Viel Glück.«

36. Kapitel

Brasília, Brasilien; Montag, 12:48 Uhr UTC-3

Die Amerikaner in Mexiko. Ramon Miguel Ferreira de Luiz, Drei-Sterne-General der brasilianischen Armee und Militärkommandant des Planalto, hob das Telefon, um es an die Wand zu werfen, besann sich aber und stellte es wieder ab. Das letzte war bei seinem Wutausbruch in Formosa zersprungen, und sein Kommunikationsoffizier hatte zwei Stunden gebraucht, um einen abhörsicheren Ersatz zu finden.

Ferreira de Luiz kannte die Mexikaner gut genug, um zu wissen, weswegen sie den Amerikanern das Eingreifen erlaubt hatten: Korruption. Egal wo auf der Welt, die ganze politische Kaste war korrumpiert. Eine Eiterbeule im Fleisch der Gesellschaften.

Die offizielle gemeinsame Erklärung von Trump und López Obrador lautete, das Atomkraftwerk in Laguna Verde sei von Terroristen besetzt worden. Es habe ein Super-GAU gedroht, die mexikanischen Einsatzkräfte seien der Lage nicht Herr geworden.

Ferreira de Luiz' Quellen erzählten die Geschichte anders: Ein Sicherheitsmann sei Amok gelaufen und habe sich mit Geiseln im Kontrollraum eines der beiden Reaktoren verschanzt. Der Reaktor sei heruntergefahren worden. Doch zu keinem Zeitpunkt sei seine Stabilität gefährdet gewesen. Die Amerikaner hatten mit dem Amokläufer kurzen Prozess gemacht.

Ferreira de Luiz beunruhigte vor allem, dass die Amerikaner nicht einfach eine Einheit SEALs geschickt hatten, sondern mehrere Bataillone Bodentruppen. Es war furchteinflößend, wie schnell sie Mexikos Handlungsunfähigkeit genutzt hatten, um Fakten zu schaffen. López Obrador versuchte einen Eierdieb zu fassen, indem er den Fuchs in den Hühnerstall ließ.

»Ihr Wagen ist bereit, Herr General.«

Ferreira de Luiz wechselte die Uniform mit einem zivilen Anzug, bevor er nach draußen ging. In unruhigen Zeiten war es manchmal besser, diskret unterwegs zu sein. Das Nummernschild des alten Ford verwies auf eine private Zulassung.

Der Stützpunkt lag ruhig in der Mittagssonne. Mechaniker warteten Fahrzeuge, Rekruten wurden gedrillt, der Wachoffizier stellte sich in Habacht, als der General ihn passierte. Das Land mochte in Trümmern liegen, doch die Truppe stand. Zumindest darauf konnte Ferreira de Luiz stolz sein.

Sein Chauffeur startete den Motor, ein paar Minuten später befanden sie sich auf der 030 Richtung Brasília. Es gab nur wenig Verkehr. Aber Ferreira de Luiz wunderte sich, dass überhaupt jemand unterwegs war. Freilich hatten die Nachrichten behauptet, viele Leute versuchten ihren Alltag wieder aufzunehmen. Sie hatten einige gute Gründe für die Annahme vorweisen können: Systeme, die kritisch für die Infrastruktur waren, mussten aufrechterhalten werden. Funktionierten die Wasserwerke nicht, drohten Epidemien. Wer im Krankenhaus arbeitete, blieb nicht einfach zu Hause, nur weil nicht klar war, ob er bezahlt werden würde. Supermärkte, die nicht öffneten, müssten ihre verderbliche Ware abschreiben oder Plünderer fürchten. Energieversorger drosselten ihre Lieferungen nicht, in dem Wissen, dass ein Failed State sie noch bedeutend teurer zu stehen käme als ein bankrotter Staat mit einer Witzregierung. Zweihundert Millionen Menschen saßen in einem Flugzeug, in dem es keinen Piloten mehr gab, und beteten, dass der Indígena-Zwerg, den sie ins Cockpit geschickt hatten, fliegen konnte.

Als sie auf den nördlichen Flügel Brasílias einbogen, erwartete Ferreira de Luiz, die Überreste eines Bürgerkriegs vor Augen geführt zu bekommen. Stattdessen wirkte alles merkwürdig friedlich. Hier und da sah er ein ausgebranntes Autowrack, eingeschlagene Schaufenster wurden repariert, Barrikaden aus Sperrmüll zur Seite geräumt – als wäre die Zukunft Brasiliens bereits gesichert. Ferreira de Luiz schnaubte. Das bisschen Aufräumen konnte ihn nicht täuschen. Nur wenn eine Partei sich aufgab, konnte ein Krieg als beendet gelten. Das hier war nicht mehr als eine törichte Verschnaufpause.

Der Chauffeur fuhr Ferreira de Luiz zur Esplanada dos Ministérios. Der Platz, der vor ein paar Tagen unter wütenden Menschenmassen erstickt war, wirkte gespenstisch leer.

Der General stieg aus. Bevor er sich dem Palácio do Planalto zuwandte, blickte er sich um wie ein Verfolgter. Ferreira de Luiz war nervös. Noch immer bezweifelte er, ob es eine gute Idee gewesen war, der Bitte Colasantis zu folgen. Er riskierte viel – und das, ohne zu wissen, ob es überhaupt etwas zu gewinnen gab.

Auf der Rampe, die zum Palast hochführte, entdeckte er eine kleine Menschenansammlung. Demonstranten? Randalierer? Ferreira de Luiz hätte sich in seinem Kommandofahrzeug deutlich sicherer gefühlt als in diesen lächerlichen Nadelstreifen. Vorsichtig näherte er sich der Gruppe. Missmutig stellte er fest, dass es Journalisten waren. Er ging um das Gebäude herum. Auf der Rückseite befand sich ein Eingang für Gäste, die auf einen großen Auftritt verzichten konnten. Handwerker waren damit beschäftigt, einen Teil der Glasfront auszutauschen.

Der Empfang war besetzt, Ferreira de Luiz musste seinen Namen sagen. Er war verblüfft, wie gewöhnlich alles wirkte: Sekretäre trugen geschäftig Akten durchs Foyer, dicke Machtmenschen telefonierten, ein Bildschirm verkündete den Energiegewinn, der der Solaranlage auf dem Palastdach zu verdanken war.

»Bitte folgen Sie mir«, sagte die Empfangsdame. Sie führte ihn in einen kleinen Raum mit Sitzgelegenheiten und einem Wasserspender. Auf einem Beistelltischchen stand ein Drahtkorb. An der Decke blinkte eine Kamera.

»Warten Sie bitte hier«, sagte sie. Kaum war sie verschwunden, erschien durch eine zweite Tür ein Sicherheitsmann. Sein Abzeichen ordnete ihn der Leibwache des Präsidenten zu.

»Haben Sie Wanzen dabei?«, fragte er. »Oder andere elektronische Geräte?«

»Mein Telefon.«

»Legen Sie es bitte in den Korb. Tragen Sie Waffen bei sich?«

Ferreira de Luiz schüttelte den Kopf. »Sie arbeiten jetzt für den Chauffeur?«, fragte er streng. »Er vertraut Ihnen?«

»Ich arbeite für den Präsidenten, Herr General. Breiten Sie bitte die Arme aus.« Der Sicherheitsmann tastete ihn sorgfältig ab. »Folgen Sie mir«, sagte er dann.

Ferreira de Luiz wurde in den dritten Stock geführt, in einen kleinen Besprechungsraum, von dem man die Eixo Monumental bis zum Fernsehturm hinunterschauen konnte. Gelber Teppichboden und cremefarbene Tapeten vermittelten eine warme Atmosphäre, die Wände waren frei bis auf zwei Whiteboards und eine Projektionsfolie. In der Mitte befand sich eine Tafel aus poliertem Holz, umringt von einem halben Dutzend lederner Bürosessel. Ferreira de Luiz hatte in seiner Laufbahn schon mehrere Präsidenten getroffen, aber das war stets im größeren Rahmen geschehen, bei Militärparaden oder Empfängen. Zu einem persönlichen Gespräch war er noch nie in den Palast geladen worden. Nun, es handelte sich bei Colasanti auch nicht um einen richtigen Präsidenten.

Im Raum empfing ihn ein Bediensteter, der ihn fragte, ob er etwas trinken wolle. Der General bestellte einen Tee und wartete. Der Bedienstete entfernte sich, während der Sicherheitsmann bei Ferreira de Luiz blieb. Der General griff nach einem der Sessel und setzte sich. Plötzlich wurde er unsicher, stand wieder auf, schob den Sessel zurück. Es war verhext, wie der Ort ihn einschüchterte. Der Tee kam, ungeduldig trank er, verbrannte sich die Lippen, fluchte.

»Senhor General Ferreira de Luiz?«

Er fuhr herum. Der Mann, der ihm durch die Tür entgegenschritt, war Colasanti, der Chauffeur. Die hängenden Schultern, die Ironie im Blick – er sah genauso aus wie damals vor vier Tagen, als Rede Globo ihn zum ersten Mal interviewt hatte. Vier Tage wie vier Jahre. In Fleisch und Blut wirkte Colasanti noch kleiner als auf den Bildern. Eine Eigenschaft, die der sinkenden Selbstsicherheit von Ferreira de Luiz wieder Auftrieb verlieh. Hinter Colasanti betrat Senatspräsident Ramos den Raum. Unfassbar, dass der Hund auf seine alten Tage noch zum Feind überlief.

»Senhor Colasanti.« Er brachte es nicht über sich, Präsident zu sagen. Ramos ignorierte er.

Der Chauffeur reichte ihm die Hand, Ferreira de Luiz drückte sie mit Gewalt. Doch sein Gegenüber verzog keine Miene. Zum hundertsten Mal rief sich der General ins Gedächtnis, dass er diesen Hochstapler nicht unterschätzen durfte.

»Schön, dass Sie gekommen sind«, eröffnete Colasanti das Gespräch. »Setzen wir uns doch.« Er bot Ferreira de Luiz einen Sessel an und setzte sich direkt in einen daneben, sodass kein schützender Tisch sie trennte. Ramos blieb stehen.

»Ich hoffe, Sie sehen mir nach, wenn ich auf eine umfangreiche Einleitung verzichte«, sagte der Chauffeur. »Sie können sich vermutlich vorstellen, dass ich aktuell einiges zu tun habe.«

»Ja, sicher«, brummte Ferreira de Luiz.

»Ahnen Sie, weshalb ich Sie zu diesem Treffen eingeladen habe?«

»Sie haben Angst, dass wir Sie stürzen.« Hätte ich an deiner Stelle auch, Kleiner.

»Hm.« Colasanti wiegte den Kopf. »Ich weiß nicht. Ich habe Angst, sicher. Allerdings nicht davor, zu meinem alten Leben zurückzukehren. Eher davor, dass eine solche Rückkehr nicht mehr möglich ist.«

»Sie fürchten, wir würden Sie exekutieren?«

»Nein, eigentlich nicht«, Colasanti machte eine wegwerfende Handbewegung. Der Mann war eine wandelnde Provokation. »Aber jetzt, wo es im Raum steht, würden Sie denn?«

Ferreira de Luiz konnte sich kaum beherrschen. Was sollte das?

»Und«, ließ Colasanti nicht locker, »würden Sie mich exekutieren?«

»Wollen Sie darauf wirklich eine Antwort?«

»Warum nicht, jetzt, da Sie schon mal hier sind.«

»Wir dienen dem Frieden und dem Wohlstand Brasiliens«, knurrte Ferreira de Luiz. »Dafür tun wir alles, was nötig ist. Das haben wir geschworen.«

»Na, wer sagt's denn«, grinste Colasanti. »Dann darf ich also am Leben bleiben.«

Ferreira de Luiz hätte beinahe widersprochen, hielt sich aber im letzten Moment zurück.

»Sehen Sie, Senhor General«, sagte Colasanti, »ich fürchte den Verlust meines alten Lebens deswegen, weil ich mich in diesem wunderbaren System eingerichtet habe. Doch leider ist das System ein bisschen krank geworden. Nicht nur ein bisschen. Und wenn wir es nicht gehörig mit Farofa vollstopfen, stirbt es uns vielleicht sogar.«

»Sie sind ein verdammter Chauffeur«, entfuhr es Ferreira de Luiz. »Das ist das Leben, das Sie zurückwollen? Anstelle der Macht über das größte Land Südamerikas? Millionen, die Sie als ihren neuen Messias feiern? Und Sie wollen lieber wieder Leute herumkutschieren? Machen Sie mir doch nichts vor.«

Colasanti lächelte. »Senhor General, ist es nicht bisweilen beschwerlich, Soldat zu sein?«

»Natürlich. Aber das gehört dazu, wenn man seinem Land dienen will.«

»Und so ist es auch bei mir. Mit einem feinen Unterschied. Ich diene mir selbst.«

»Sie sind Egoist.«

»Ach, ein bisschen gesunder Egoismus schadet manchmal weniger als kranke Ideale.« Dieses schamlose Lächeln. »Ich behaupte, es wurden mehr Indianer abgeschlachtet, weil man sich von heiligem christlichem Eifer erfüllt sah, als weil man sich selbst etwas Gutes tun wollte. Wissen Sie, ich fahre gerne Auto. Ich bin im Dschungel des Matto Grosso aufgewachsen. In meinem Stamm hatte niemand ein Auto. Ich war der Erste, der zur Schule gegangen ist. Zu Fuß. Anderthalb Stunden jeden Morgen hin, anderthalb Stunden jeden Abend zurück. Manchmal haben mich Holzfäller mitgenommen. Warum habe ich das getan? Weil ich lesen lernen wollte. Ich lese sehr gerne, wissen Sie. Ich will nicht viel vom Leben. Ich will genug Essen haben, ich will Auto fahren, ich will lesen.«

»Als Chauffeur fahren Sie Auto, gut«, bemerkte Ferreira de Luiz irritiert, »aber ich verstehe nicht, wie Sie während des Fahrens in Ihren Büchern schmökern wollen.«

»Tja, Sie verraten sich als ein Mensch, der über lange Zeit hinweg Macht ausgeübt hat«, versetzte Colasanti. »Die Welt derer, denen Sie Befehle geben, bleibt Ihnen fremd. Sicher hat ein Fahrer Sie hierhergebracht. Was glauben Sie, was der gerade tut?«

»Woher soll ich das wissen?«

»Natürlich wissen Sie es nicht, Sie haben nie darüber nachgedacht. Er wartet. Er wartet Stunde um Stunde, immer einsatzbereit, so lange, bis Sie ihn brauchen. Wenn ich auf meine Fahrgäste warte, lese ich.«

»Worauf wollen Sie eigentlich hinaus?«, fragte Ferreira de Luiz ungeduldig.

»Ja, wir sind vom Thema abgekommen«, Colasanti grinste. »Was ich von meinem Leben will, ist nicht viel, und ich bekomme es auch. Solange unser schönes Brasilien schön bleibt. Damit es schön bleibt, brauche ich aber einen Präsidenten, der sich schön darum kümmert. Der nicht nach ein paar Wochen oder Monaten unschöne Aufstände produziert.«

»Sie wollen die Wahlen manipulieren?«

»Im Gegenteil, ich möchte, dass sie sauber über die Bühne gehen. Nur wenn die überwältigende Mehrheit der Bevölkerung die Wahlen akzeptiert, kann ein neuer Präsident das Land trotz der derzeitigen Schieflage erfolgreich reformieren.«

»Und ich soll Ihnen dabei helfen?«

Colasanti bat Ramos, den Diener und den Sicherheitsmann, den Raum zu verlassen. Der Sicherheitsmann erhob Einspruch, Colasanti blieb hart.

Als sie allein waren, wandte sich Colasanti wieder Ferreira de Luiz zu. »Sie mögen mich nicht«, sagte er. »Das ist in Ordnung. Aber ich brauche Sie. Und wir teilen dasselbe Ziel. Also helfen Sie mir.«

»Dasselbe Ziel?« Ferreira de Luiz schnaubte geringschätzig. »Da wäre ich mir nicht so sicher.«

»Doch, doch. Sonst hätten Sie doch längst eingegriffen mit Ihren Panzern und Gleichschrittmarionetten.«

Ferreira de Luiz verschränkte die Arme. Genau genommen, hatten sie deswegen nicht eingegriffen, weil der Hype um Colasanti zu groß war. Noch.

»Sie müssen es nicht zugeben, solange wir beide wissen, dass es stimmt. Sie lieben Ihr Land. Und insgeheim hoffen Sie, dass dieser verabscheuungswürdige, unverschämte, kleine Indígena Erfolg hat mit seinem hanebüchenen Plan. Denn wenn nicht, müssen Sie eingreifen. Und dann werden Sie das Blut Ihrer Landsleute vergießen, das Blut derer, die zu verteidigen Sie geschworen haben.«

Ferreira de Luiz schwankte zwischen Zorn und Misstrauen. Er konnte nicht leugnen, dass Colasanti einen Punkt hatte. Ferreira de Luiz würde das Töten gern vermeiden.

»Was wollen Sie von mir?«

»Ich will, dass das Militär ausdrücklich verspricht, zu einem fairen und transparenten Wahlprozess beizutragen, und zwar konsequent.«

Ferreira de Luiz verzichtete darauf, sich empört zu geben. »Das Militär vertritt selbstverständlich den demokratischen Gedanken.«

»Außerdem will ich«, fuhr Colasanti fort, »dass das Militär mir öffentlich die Unterstützung ausspricht. Bis zu den Wahlen. Keinen Tag länger. Dass es bis zu den Wahlen meine Position entschieden verteidigt – Sie verstehen, was ich mit entschieden meine?«

Ferreira de Luiz dachte lange nach. Es war eine ungeheure Forderung. Ferreira de Luiz sah auf seine sorgfältig geschnürten Stiefel, das abgewetzte Leder, das von seinen Schlachten erzählte, gewonnenen, verlorenen. Der General ist das Bollwerk des Staates, schrieb Sunzi.

»Und?«, fragte Colasanti. »Unterstützen Sie mich?«

Wenn ein General das Prinzip der Anpassungsfähigkeit vernachlässigt, schrieb Sima Qian, darf man ihm keine bedeutende Position anvertrauen. Ferreira de Luiz hob den Blick, sah Colasanti an. Langsam nickte er.

»Was meine ich mit entschieden?« Der Ton war bestimmter, als es dem kleinen Indígena zuzutrauen gewesen wäre. »Sagen Sie es.«

Siegen wird der, der weiß, wann er kämpfen muss und wann nicht, schrieb Sunzi. Ferreira de Luiz sagte: »Notfalls mit Gewalt.«

Colasanti nickte. »Notfalls mit Gewalt.«

»Und wenn Sie doch Appetit auf die Macht gewinnen und die Wahlen sich … verzögern?«

»Ich garantiere Ihnen, die Wahlen finden noch dieses Jahr statt. Wenn es logistisch möglich ist, im November.«

Ferreira de Luiz blieb misstrauisch: »Warum haben Sie mich eingeladen statt des Oberkommandierenden? Sie hätten auch den Militärkommandanten Süd fragen können, der befehligt die meisten Truppen. Ich bin nicht einmal Vier-Sterne-General.«

»Was halten Sie von der Militärpolizei?«

»Was soll ich von denen halten?«, fragte Ferreira de Luiz irritiert. »Bolsonaro hat sie zu seiner persönlichen Schutzstaffel umfunktioniert. Die Hunde können mir gestohlen bleiben.«

»Sehen Sie«, Colasanti lächelte fein, »ich teile Ihre Meinung. Einige Ihrer Kameraden fällen ein weniger kritisches Urteil.«

»Und das ist der Grund, weswegen Sie mich an die Front stellen wollen?«

»Es gibt noch einen zweiten«, Colasanti sah beiläufig auf die Uhr. »Sie haben vielleicht nicht die meisten Truppen. Aber Sie sind es, auf dessen Meinung man hört.«

»Wie kommen Sie darauf?«

»Herr General, ich fahre seit zwölf Jahren wichtige Menschen durch die Gegend, und alle haben sie wichtige Telefonate zu führen. Wer achtet schon auf seinen Chauffeur, wenn es um Weltpolitik geht.« Colasanti zwinkerte ihm zu. »Ich habe ein gutes Gedächtnis.«

37. Kapitel

Moskau, Russland; Montag, 18:35 Uhr UTC+3

Fußgetrappel. Rufe. Der Geruch von verbranntem Grillfleisch. Ein Geschmack von Metall auf der Zunge. Jemand stieß sie, schrie sie an. Sie verstand ihn nicht. Eine slawische Sprache. Wo war sie? In Moskau, richtig. Also Russisch? Was wollte der Mensch? Mit einer Willensanstrengung gelang es ihr, die Augen zu öffnen. Die Wand war voller goldener Rauten. Außerdem war die Wand kalt, hart drückte sie ihr gegen den Wangenknochen. Warum presste sie sich gegen die Wand? Sie versuchte sich wegzudrücken. Wie schwer ihr Körper sich auf einmal anfühlte. Nein, sie lehnte gar nicht an der Wand. Der Boden. Sie lag auf dem Boden. Deswegen fühlte ihr Körper sich so schwer an. Warum hatte sie sich auf den Boden gelegt? War sie gestürzt? Wie kalt der Marmor war. Der Russe hatte sich neben sie gekniet, redete weiter auf sie ein. In ihren Ohren rauschte es. Eine Explosion. Aber was war explodiert?

Der Salon. Plötzlich erinnerte sich Conrada wieder an alles. Ein Attentat. Fragen prasselten auf sie ein. Viggo. Wie ging es ihm? Was war mit Matušek? Hatte Putin sie in eine Falle gelockt?

Sie sprang auf, taumelte, fand die Balance. Der Russe vor ihr wollte sie aufhalten, sie ignorierte ihn. Der Gang war voller Menschen: Sanitäter, Sicherheitsleute, telefonierende Anzugträger. Feuerwehrmänner mit Atemmaske rannten in den Salon, andere waren damit beschäftigt, die goldenen Flügeltüren aus dem Weg zu räumen. Beißender Rauch stieg Conrada in die Nase. Aus dem

Salon qualmte es dicht und schwarz. Sie hielt sich den Ärmel ihres Blazers vors Gesicht und versuchte hineinzugelangen. Doch ein Sanitäter packte sie am Arm, schrie sie auf Russisch an, dann auf Englisch, sie müsse in die andere Richtung, der Ausgang sei in der anderen Richtung.

»Meine Leute sind noch da drinnen!« Conrada versuchte sich loszureißen, ihre Arme waren so schwach. Ein zweiter Sanitäter kam herbei, Conradas Beine gaben nach, gemeinsam zerrten die Sanitäter sie den Gang hinunter, weg vom Salon.

Es hatte niemand überlebt. Conrada saß im Laderaum eines Rettungswagens, eingewickelt in eine knisternde Wärmefolie, und starrte auf den Kaiserpalast. Zahllose Einsatzkräfte rannten umher, brüllten in Funkgeräte, rollten Wasserschläuche aus, schleppten Bahren. Putin war tot. Und mit ihm Viggo. Matušek. Diplomatische Vertreter der gesamten Welt.

Conrada rief Hermann an, erreichte ihn aber nicht. Kaum hatte sie aufgelegt, klingelte das Telefon. Maurizio.

»Conrada, du lebst!«

Conrada war sich nicht sicher. »Ich glaube schon.«

»Dio buono! Geht es dir gut?«

»Ja. Geht schon.«

»Was ist passiert? Die Medien sagen, es gab eine Explosion im Kaiserpalast. Wie katastrophal ist es denn? Es heißt, jede verfügbare Einheit der Rettungskräfte ist im Kreml.«

»Viggo und Matušek sind tot.«

Conrada konnte es kaum aussprechen. Es klang fremd, falsch. Sie hatte die beiden nur für ein paar Stunden gekannt, trotzdem spürte sie einen unsäglichen Verlust.

»Nein«, flüsterte Maurizio.

»In dem Salon, wo wir uns versammelt haben, wurde wohl ein Sprengsatz gezündet.«

»Heilige Mutter Gottes. Bist du verletzt?«

»Ich hatte Glück, ich war gerade telefonieren.« Wegen Kopański, dachte Conrada. Ohne Kopański wäre sie nicht mehr am Leben. Welche Laune des Schicksals.

Eine Weile schwiegen sie beide.

»Sag was«, bat Conrada.

»Was macht Putin?«, kam Maurizio ihrer Aufforderung nach, »Das ist doch ein gefundenes Fressen für ihn. Mit Verweis auf den Anschlag kann er jeden verschwinden lassen, der ihm nicht in den Kram passt. Wie Erdoğan damals. Vielleicht steckt er sogar dahinter.«

»Putin ist tot.«

Conrada konnte Maurizios Sprachlosigkeit durch den Hörer hindurch spüren.

»Uns stehen heiße Zeiten bevor«, bemerkte sie leise. Sie wusste, dass sie unter Schock stand. Aber sie konnte sich nicht mit dem Geschehenen beschäftigen, sie brauchte die Ablenkung, musste nach vorn schauen, weg von der Tragödie. »Könntest du sagen, wer in der Hierarchie jetzt oben steht?«

»Niemand.« Maurizio atmete hörbar aus. »Alles war auf Putin zugeschnitten. Wirklich alles. Wenn er weg ist, entsteht ein unglaubliches Vakuum – ich will mir gar nicht ausmalen, was passiert, wenn es implodiert.«

Conrada sah, wie auf der anderen Seite des Platzes Leute zusammengebracht wurden. Mitarbeiter der Diplomaten, Fahrer. Conrada zog sich tiefer in den Rettungswagen zurück.

»Maurizio, ich kann nicht mehr lange sprechen. Ich fürchte, sie werden mich als Verdächtige festhalten.«

»Warte«, rief Maurizio hastig. »Kann ich irgendwas tun?«

»Ruf zuerst Venizelos an. Mogherini soll die Nationalregierungen überzeugen, Russland geschlossen die Hand zu reichen. Die Rücknahme der Sanktionen, neue, freundlichere Handelsverträge, Abzug von NATO-Truppen aus Osteuropa – alles muss denkbar sein. Von mir aus sollen sie die Krim als russisch akzeptieren. Wenn wir jetzt nicht auf die staatstragenden Kräfte hier zugehen, verlieren wir sie. Und dann droht uns ein zweites Brasilien. Mit FSB statt Colasanti.« Sie erschauerte.

»Conrada, das macht Venizelos nicht. Und selbst wenn er Mogherini überzeugt, Juncker wird abwarten wollen. Erhol dich erst mal. Du hast gerade ein Attentat überlebt.«

»Wie du meinst.« Sie sah, wie die internationale Gruppe, die man zusammengetrieben hatte, ihre Telefone abgeben musste. Jeder Einzelne wurde nach versteckten Gegenständen abgetastet. Beamte in Zivil – FSB vermutlich – untersuchten die parkenden Autos.

»Aber DSG-SEC muss mit den USA reden«, fuhr Conrada eilig fort, »die NATO darf auf keinen Fall eine Presseerklärung veröffentlichen. Egal was Stoltenberg sagen würde, zu diesem Zeitpunkt würde es entweder als hinterlistig oder als Drohung aufgenommen werden.«

»Conrada …«

Die Beamten kamen näher, Conrada hatte nicht mehr viel Zeit. »Gib den Botschaften Bescheid, was hier passiert ist. Ich muss Schluss machen. Ciao.«

Sie steckte das Telefon gerade rechtzeitig weg, bevor ein grober Kerl, dessen Nase wohl mehr als einmal gebrochen worden war, mit einer Taschenlampe den Wagen ausleuchtete, sie entdeckte und ihr einen russischen Befehl entgegenbrüllte.

Der Raum war leer bis auf zwei Stühle und einen Tisch. Alle drei Möbelstücke waren aus Metall und an den Boden geschraubt. Von der Decke hing eine Kamera. Conrada fühlte sich unangenehm an die Polizeistation von Goiânia erinnert. Nur dass sie diesmal keine Uhr hatte, um sich freizukaufen. Und dass es kein brasilianischer Provinzpolizist war, der sie verhörte, sondern der FSB. Der berüchtigtste Nachrichtendienst der Welt.

Sie konnte ihr Gegenüber nicht erkennen, man hatte zwei gleißend helle Scheinwerfer auf der anderen Seite des Tisches aufgebaut und auf Conrada gerichtet.

Die Fragen wurden in geschliffenem Englisch gestellt. Ohne jede Emotion.

»Sie sind die Niederländerin Conrada van Pauli?«

»Ja.«

»Sie leben in Brüssel?«

»Ja.«

»Sie sind gestern in Moskau-Scheremetjewo eingetroffen?«

»Ja.«

»Sie arbeiten für den EAD als Bereichsleiterin für Südamerika?«

»Gerade nicht. Ich bin …«

»Also nein. Als was arbeiten Sie?«

»Als Beraterin der EU-Delegation hier in Moskau.«

»Mögen Sie Russland?«

»Bitte?«

»Mögen Sie Russland?«

»Ja, na ja, ich habe noch nicht so viel gesehen.«

»Also mögen Sie Russland nicht?«

»Was? Nein, doch.«

»Was mögen Sie an Russland?«

»Ich bin ja noch nicht so lange hier, also die Leute scheinen herzlich, die Landschaft … die Oper soll großartig sein.«

»Haben Sie schon einmal eine russische Oper gesehen?«

»Wie? Nein, bisher leider nicht.«

»Woher wollen Sie dann wissen, dass die Oper großartig ist?«

»Ich habe davon gehört.«

»Von wem?«

»Ich weiß nicht. Immer mal wieder. Also Freunde von mir gehen gern in die Oper. Die schwärmen von Anna Netrebko. Die ist doch Russin, oder nicht?«

»Was denken Sie?«

»Ich glaube schon.«

»Sie wissen nicht, ob Anna Netrebko Russin ist, und behaupten trotzdem, dass Sie sich für russische Oper interessieren?«

»Sie drehen mir die Worte im Mund herum.«

»Interessieren Sie sich für russische Oper oder nicht?«

»Ich würde mir gern einmal eine ansehen.«

»Warum haben Sie es noch nicht getan?«

»Ich bin erst seit gestern in Moskau.«

»Wie alt sind Sie? Sechsundvierzig?«

»Ja.«

»Und da haben Sie es nie geschafft, sich eine russische Oper anzusehen?«

»Nein, leider nicht.«

»Sie mögen Russland nicht?«

»Das habe ich nicht gesagt.«

»Wenn Sie Russland nicht mögen, warum sind Sie dann hier?«

»Ihre Fragen sind manipulativ.«

»Wollen Sie behaupten, dass ich meinen Job nicht ordentlich erledige?«

»Ich frage mich nur, was Sie erreichen wollen.«

»Sind Sie immer so aggressiv?«

Conrada schwieg. Hinter ihren Schläfen pochte es.

»Sind Sie wütend, weil Sie mit sich selbst unzufrieden sind?«

»Ich bin nicht wütend.«

»Woher kommt Ihr Hass auf Präsident Putin?«

»Ich verspüre keinen Hass auf Mr. Putin. Möge er in Frieden ruhen.«

»Aber Russland leidet unter seiner Expansionspolitik stärker als unter Jelzins Passivität. Das haben Sie doch gesagt, oder?«

»Ich weiß nicht, vielleicht.«

»März 2012, als Sie einen Vortrag an der Universität Utrecht hielten. Sie haben auch gesagt, Putin heilt die Wunden der sowjetischen Vergangenheit nicht, er schlägt neue. Stimmt das? Haben Sie das gesagt?«

»Möglicherweise.«

»Möglicherweise? Juni 2014, informelles Treffen der Südamerika-Verantwortlichen des EAD. Wir haben noch weitere Beispiele. Sagen Sie mir, Ms. van Pauli: Wenn Sie keinen Hass auf Präsident Putin verspüren, warum beschäftigt Sie seine Politik dann so sehr? Wir dachten, Sie sind Bereichsleiterin für Südamerika.«

Conrada schwieg.

»Macht es Sie glücklich, dass Präsident Putin ermordet wurde, Ms. van Pauli?«

»Was? Nein, natürlich nicht.«

»Warum haben Sie den Anschlag überlebt, Ms. van Pauli?«

»Ich musste telefonieren. Deswegen habe ich den Raum verlassen.«

»Sie fanden nicht interessant, was Präsident Putin zu sagen hatte?«

»Doch.«

»Aber das Telefonat war Ihnen wichtiger?«

»Ja.«

»Warum waren Sie überhaupt im Kreml? Niemand hat Sie eingeladen.«

»Ich habe die europäische Delegation vertreten. Die Einladungen waren nicht namensgebunden.«

»Haben Sie Kinder?«

»Sie wissen doch sowieso schon alles über mich.«

»Bringen Sie Ihren Töchtern eine Watruschka mit, wenn Sie sie wiedersehen.«

»Bitte?«

»Ein russisches Hefegebäck. Ihre Töchter werden es lieben. Sie können jetzt gehen.«

38. Kapitel

Saint-Flour, Frankreich; Montag, 21:12 Uhr UTC+2

Für den Fall, dass man am Bahnhof auf ihn wartete, nahm Bimal ein Taxi bis zur nächsten Haltestelle. Selbige befand sich siebzehn Kilometer weiter direkt an Eiffels monumentaler Brücke über die Truyère. Als Gustave Eiffel im Jahre 1884 den Bau der größten Brücke der damaligen Welt fertigstellte, galt das Massif central als eine der unwirtlichsten Regionen Frankreichs. Tiefe Schluchten durchzogen die Gegend, die Bewohner lebten von der Viehzucht, ihre Häuser errichteten sie auf dem Basaltboden erloschener Vulkane.

Eiffels fünfhundertfünfundsechzig Meter langer luftiger Koloss brachte Saint-Flour erst wirtschaftlichen Aufschwung, später Touristen. Wirklich wachsen wollte die Stadt trotzdem nicht. Im Mittelalter hatte der Papst sie zum Bischofssitz erhoben, sie zählte siebentausend Einwohner. Inzwischen waren es weniger.

Autofahrer überquerten das Flüsschen nur zweihundert Meter entfernt, es bot sich ein grandioser Anblick auf das stählerne Kunstwerk.

Bimal bezahlte den Taxifahrer. Die Haltestelle war nur für den Viadukt eingerichtet worden, es gab nichts außer einem Hotel mit einem angeschlossenen Restaurant. Bimal studierte den ausgehängten Fahrplan. Es war spät geworden, der nächste Zug Richtung Marseille würde erst morgen früh fahren. Bimal suchte das Hotel auf. Man ließ ihn einchecken, ohne dass er seinen Ausweis zeigen musste. Er bestellte eine Zwiebelsuppe auf sein Zimmer, ging hoch, hängte sein Handy an die Steckdose und wählte sich ins Hotel-WLAN ein.

Die USA waren in Mexiko einmarschiert, in Moskau hatte es einen Terroranschlag gegeben, doch Bimal interessierte der Nachrichten-Feed nicht. Ihn interessierte nur eines: Wer war Lilou Moreau?

Sein Telefon verriet ihm, dass Marseille fast anderthalb Millionen Köpfe zählte. Er suchte die Tanne im Nadelwald. Lilou Moreau. Die nächste Brotkrume. Vielleicht die letzte? Von Narayan und Woodearth zu ter Stegen, von ter Stegen zu McFadden. Von McFadden zu Moreau. Bimal blies die Backen auf. Hatte Moreau die Antwort auf die Frage, was McFadden, ter Stegen, Narayan und Woodearth verband? Warum Jitendra sterben musste? Bimal rieb sich die Schläfen.

Er wusste ja noch nicht einmal, wie man Lilou Moreau richtig schrieb. Die Zwiebelsuppe kam. Die Servicekraft sprach Englisch – wenig überraschend für ein Hotel an einem touristischen Ausflugsort –, und er bat sie, den Namen zu buchstabieren. Vielleicht war es leichtsinnig, aber was hatte er zu verlieren?

Bimal googelte. Nach einer Viertelstunde kam er zu dem Schluss, dass er entweder mit den französischsprachigen Telefonbüchern nicht zurechtkam oder in ganz Frankreich keine einzige Lilou Moreau verzeichnet war. Er recherchierte die Hintergründe des Namens. Moreau war ein Allerweltsname, Lilou allerdings erstmalig 1994 belegt. War die Frau, die er suchte, erst in den Neunzigern geboren? Hatte er sich den Namen falsch gemerkt? Oder handelte es sich um einen Spitznamen? Letzteres würde die Suche enorm erschweren. Bimal ärgerte sich über das kleine Display. Er hätte seinen Laptop gebraucht.

Es war zu spät, um noch jemanden anzurufen. Er brauchte frische Wäsche. Mit dem pelzigen Geschmack ungeputzter Zähne stieg er ins Bett und wälzte sich in einen unruhigen Schlaf.

Am nächsten Morgen ließ er sich von der Rezeption zuerst Zahnpasta und -bürste geben. Nachdem seine Mundhygiene wieder ein erträgliches Maß erreicht hatte, wählte er die Nummer des Rathauses von Marseille. Er wartete geduldig, bis er mit jemandem verbunden wurde, der Englisch sprach. Das Internet hatte ihm nicht geholfen. Es war Zeit, dass sich Bimal auf seine journalistische Erfahrung besann.

»Ramesh Chandhok, Maharadscha Ressort Hotel, Neu-Delhi«, begann Bimal. »Vor einigen Monaten hatten wir einen Gast namens Lilou Moreau. Sie hat eine Halskette vergessen. Wir haben die Kette an die Adresse geschickt, die Ms. Moreau bei uns hinterlegt hat. Leider kam das Paket zurück. Können Sie vielleicht überprüfen, ob die Adresse sich geändert hat?«

»Lilou Moreau war der Name?«, fragte der Beamte. Bimal hörte gespannt das Klappern einer Tastatur. »Welche Adresse hatte Ms. Moreau denn angegeben?«

Bimal war auf die Frage vorbereitet. »Rue Dragon 11.« Die Straße hatte er willkürlich gewählt.

Mehr Klappern. »Nein, da haben Sie eine falsche Adresse. Ms. Moreau hat nie in der Rue Dragon gewohnt.«

»Könnten Sie mir vielleicht die aktuelle Adresse nennen?«

»Leider dürfen wir keine Daten an Dritte herausgeben. Ich fürchte, Sie müssen sich gedulden, bis Ms. Moreau sich bei Ihnen meldet.«

»Können Sie ihr vielleicht eine Nachricht zukommen lassen, dass sie mich anrufen möge?«

»Leider auch das nicht, wir dürfen die Daten nur zu amtlichen Zwecken verwenden.«

Bimal hakte noch einmal nach, blieb jedoch erfolglos. Enttäuscht bedankte er sich und beendete das Gespräch. Er hatte viel Übles über die deutsche Regelvernarrtheit gehört. Dass die französische Bürokratie nicht besser war, kam ihm äußerst ungelegen. Doch immerhin wusste er jetzt, dass es eine Lilou Moreau in Marseille gab.

Er rief die Post von Marseille an. Sie gaben ebenfalls keine Daten heraus.

Als Nächstes versuchte er es bei ANPE, der französischen Arbeitsagentur. Auch hier musste er sich gedulden, bis sich jemand mit Englischkenntnissen fand.

»Ramesh Chandhok, Wipro Technologies, Bangalore«, begann Bimal diesmal. »Ms. Lilou Moreau hat sich über Sie bei unserer Pariser Niederlassung beworben. Wir haben sie per Mail zu einem Telefonat eingeladen. Allerdings scheint die Nummer falsch zu sein.«

»Wenn Sie Ms. Moreaus Mailadresse haben, warum schreiben Sie ihr nicht?«

»Tun wir ja, mein Kollege verfasst gerade eine Mail. Aber das Telefonat sollte bereits begonnen haben. Moreaus potenzieller Vorgesetzter hat nicht allzu viel Zeit, deswegen dachten wir, vielleicht könnten Sie uns die richtige Nummer geben?«

»Ich verbinde Sie mit dem zuständigen Sachbearbeiter.«

Bimal lauschte der Fahrstuhlmusik, dann nahm jemand ab. »Hallo?«

Bimal wiederholte seine Geschichte.

»Lilou Moreau?«, fragte der Sachbearbeiter, »sind Sie sicher?«

»Ja.«

»Ich habe keine Lilou Moreau im System.«

Bimal dankte für die Geduld und verabschiedete sich.

Bimal ging in den Speisesaal hinunter und holte sich noch rasch ein Brötchen, bevor das Buffet abgeräumt wurde.

Ohne das Brötchen anzurühren, sah er die Nummer der RTM nach, der Verkehrsbetriebe von Marseille. Auf YouTube fand er ein Video über U-Bahnen, das die passenden Geräusche beinhaltete. Er ließ es laufen, während er die Nummer wählte. Das Programm, welches dafür sorgte, dass die Tonausgabe während Telefonaten nicht gedämpft wurde, hatte Bimal schon mehrmals gute Dienste erwiesen.

»Ramesh Chandhok«, begann er, als endlich jemand am Apparat war, der Englisch sprach. »Ich bin hier in der U-1 und habe eine ältere Frau vor mir, die etwas verwirrt scheint. Sie sagt, sie heißt Lilou Moreau. Haben Sie zufällig ihre Adresse? Dann bringe ich sie nach Hause.«

»Wieso sollten wir die Adresse haben?«

»Vielleicht besitzt sie ein Abonnement?«

»Sparen Sie sich den Aufwand. Steigen Sie an der nächsten Haltestelle aus – wo befinden Sie sich gerade? Dann schicken wir die Polizei dorthin.«

»Ach, ich mache das gerne. Meine Mutter war jahrelang dement. Ich müsste nur die Adresse wissen, dann bringe ich Ms. Moreau nach Hause. Es wäre echt keine große Sache.«

»Wie Sie meinen. Ich sehe mal nach.« Tastaturklappern, dann: »Ich muss Sie enttäuschen, wir haben keine Abonnentin namens Lilou Moreau.«

»Kein Problem. Wir kriegen das schon. Schönen Tag.«

Bimal biss lustlos in sein Brötchen. Er hatte sich nicht die Mühe gemacht, es zu belegen. Langsam gingen ihm die Ideen aus. In welchem System könnte sie noch gespeichert sein? Krankenhäuser vielleicht. Er rief das erstbeste an, das sein Telefon ihm anzeigte. Diesmal hatte er Glück. Zumindest, was das Englisch betraf.

»Guten Morgen«, sagte er, »mein Name ist Ramesh Chandhok. Eine Freundin von mir, Lilou Moreau, befindet sich zurzeit bei Ihnen in Behandlung. Können Sie mir verraten, in welchem Trakt sie liegt? Ich würde sie gerne heute Mittag besuchen kommen.«

»Was hat sie denn?«

»Bauchspeicheldrüsenkrebs.«

Tastaturklappern. »Tut mir leid, Mr. Chandhok, eine Ms. Moreau betreuen wir nicht. Vielleicht haben Sie sich im Krankenhaus geirrt?«

»Das ist ja merkwürdig. Möglicherweise liegt sie auf einer anderen Station?«

»Ich habe alle Stationen im System.«

»Na gut, trotzdem danke für die Hilfe.«

Bimal versuchte es mit schwindender Zuversicht bei drei weiteren Krankenhäusern.

Die Patientenkartei des vierten führte den Namen. »Lilou Moreau, sagen Sie? Das ist Jahre her, dass die Dame bei uns war. Wäre es möglich, dass sie in einem anderen Krankenhaus untergebracht ist?«

»Ich weiß nicht«, sagte Bimal, bemüht, seine Aufregung zu verbergen. »Vielleicht hat sie sich auch umentschieden, sie neigt unter uns gesagt zur Hypochondrie. Wenn Sie mir die Adresse geben, schaue ich bei ihr zu Hause vorbei.«

»Résidence le Beaumont 1.«

»Herzlichen Dank.«

»Keine Ursache.«

39. Kapitel

Tel Aviv, Israel; September

Mittwoch.

Es gibt eine gute Nachricht und eine schlechte. Die schlechte zuerst: Ich bin echt am Arsch. Scharet hat gesagt, wenn ich nicht bis Oktober abgebe, dann lässt er mich durchfallen. Das ist jetzt der dritte Prof, der es auf mich abgesehen hat. Vielleicht werfe ich hin und studiere in Haifa. In der WG ist auch gerade miese Stimmung. Vor allem Salim macht Stress. Ich weiß nicht, was sein Problem ist. Ich putze genauso oft wie die anderen, ich trage den beschissenen Müll runter, ich stelle sogar die Schuhe nicht mehr in den Flur. Hält sich wohl für so eine Art Vater oder so. Als ob ich ein Drogenproblem hätte. Ich habe seit Tagen nicht gekifft. Was für eine Sucht soll das denn sein, wo ich drei Tage keinen Joint brauche. Und Danny und Mariam kiffen ja auch ab und zu. Die mault er nicht so an wie mich. Wirklich anstrengend.

Jetzt die gute Nachricht: Fallout 5 ist raus. Also Special-Pre-Release-Steam-Key. Habe ich mir natürlich geholt. 200 GB groß das Ding, ich lade seit drei Stunden runter. Wir haben die krasseste Militärtechnik der Welt, aber Tel Aviv hat kein ordentliches Netz. Bescheuert. Jedenfalls ist es bald gepackt. Und dann wird gezockt, bis nix mehr geht. Cola steht im Kühlschrank.

Donnerstag.

Es gibt eine gute Nachricht und eine krasse. Zuerst die gute: Das Spiel ist scheißgut. Ich habe vierzehn Stunden am Stück gezockt. Echt gut, dass ich mir den neuen Rechner gekauft habe, sonst hätte ich ver-

gessen können, dass das sauber läuft. Dumm war, dass ich mich verskillt habe, ich musste noch mal von vorn anfangen, da war ich schon fünf Stunden ingame. Salim hat gesagt, wenn ich nicht bald meine Miete bezahle, wirft er mich raus. Als ob der sich das überhaupt leisten könnte. Ich glaube, seine Aggressionen kommen vom Wehrdienst, der hat wohl gegen Hisbollah gekämpft und muss da ziemlich übles Zeug erlebt haben. Hat Mariam mal erzählt. Ich hab ja ziemlich Glück gehabt.

Jetzt die krasse Nachricht: Es gibt so einen Tweet, #killtherich, *der total gehypt wird gerade. Das ist derb, was da für Zeug gepostet wird. Vor allem die Videos. Klar, im Internet gibt's jeden Scheiß, aber ich schau mir so was ja normal nicht an. Also bei diesem Tweet, da gibt's so Sachen wie: Ein Polizist schießt einem gefesselten Typen Pfefferspray ins Gesicht, ein Richter, der eine Anwältin begrabscht, ein Porsche, der einen Kinderwagen überfährt und dann einfach abhaut, so Sachen. Manches ist echt derb. Und andersrum gibt's auch viel, also, dass man sich wehren soll. Da ist dann viel so Unsinn dabei wie ein Tankwart, der bei einer Limousine Zucker in den Tank schüttet. Aber auch richtig krankes Zeug, wie Leute totgeprügelt werden, weil die eine Rolex haben oder aus einem fetten Auto steigen.*

Jedenfalls hab ich eine Facebook-Page erstellt, killtherich, *nur aus Scheiß eigentlich. Ich hätte auch* #killtherich *gemacht, aber Hashtags darf man bei FB nicht. Und jetzt kommt das Krasse: Das ist vielleicht zwei Stunden her, dass ich das gemacht habe, und ich habe schon fünfzehntausend Likes. Keine Ahnung, was ich posten soll.*

Freitag.

Krass. Die haben gestern den brasilianischen Präsidenten erschossen. Auf meiner Page gehen alle voll ab. Ich habe schon achtzigtausend Likes. Und haufenweise Kommentare. Die Hälfte verstehe ich nicht, die Leute schreiben in den verschiedensten Sprachen. Ich hab's Mariam gezeigt, die war ganz aus dem Häuschen. Die studiert ja Politik. Die meinte, ich muss das moderieren, da ist riesiges Potenzial drin. Dass wir total was bewegen können. Ich weiß nicht. Ich habe ihr Admin-Rechte gegeben, soll sie sich austoben, wenn es ihr wichtig ist. Mexiko dreht auch durch. Da ist so ein Video aufgetaucht, wie ein Typ von Polizisten halb totgetreten wird, weil er irgendein Bild an eine Mauer gesprayt hat.

Samstag.

Ich bin vollkommen im Arsch. Die letzte Nacht habe ich keine Sekunde geschlafen. Und zwar nicht, weil ich gezockt habe. Vierhundertzwanzigtausend Likes. Mariam wollte erst, dass wir alle Kommentare bestätigen, aber das waren viel zu viele. Also haben wir geschaut, wer viel postet und nicht zu aggro klingt. Die haben wir zu Redakteuren gemacht. Die können jetzt auch Kommentare freigeben, dann müssen wir nicht alles selber machen. Mariam hat schon recht, wenn einer Scheiße anstellt, kicken wir ihn eben wieder.

Außerdem hat sie Gruppen erstellt, Onlinearbeitskreise nennt sie die. Auf der Seite sammeln wir jetzt alles, was in der Welt an Scheiße passiert, in den Gruppen können die Leute diskutieren, was sie machen wollen. Ist aber viel Gelaber. Inzwischen gibt es eine Gruppe für Flashmobs, eine Gruppe für Straßenkämpfe, eine Gruppe für politische Theorie und Kapitalismuskritik, eine Gruppe zu Genderfragen und noch mindestens fünf mehr. Wir haben als Hauptsprache Englisch, für ein paar andere Sprachen gibt es extra Gruppen. Und klar, wenn ein Flashmob oder so in einem konkreten Land zusammenkommen will, dann gründen die auch wieder ihre eigene Gruppe. Das juckt den Rest ja nicht. Das Mädel, das dieses Video in Mexiko gedreht hat, hat geschrieben, ob sie bei uns mitmachen darf. Keine Ahnung, ob sie das ernst meint, ich habe ihr gesagt, sie kann vorbeikommen.

Danny hat sich uns jetzt auch angeschlossen. Total absurd, der hat sich noch nie für Politik interessiert. Aber er hat ein Logo entworfen, das ist megastylisch geworden. Ein Männchen, das wie ein Hashtag aussieht, in so einem Graffiti-Style. In der einen Hand hält es eine Fackel hoch, wie die Freiheitsstatue. Die andere hat es zur Faust geballt, aus der ein Geldschein guckt, und von dem Geldschein tropft Blut. Mariam wollte das Blut erst nicht, aber es passt einfach total gut.

Sonntag.

Krass. Ich habe seit Freitag nicht mehr gezockt. Neunhunderttausend Likes. Ständig schreiben uns Leute, dass sie uns kennenlernen wollen. Die meisten behaupten, sie sind Journalisten. Manche finden einfach nur gut, was wir machen. Mariam hat entschieden, dass wir niemandem mehr antworten. Lieber anonym bleiben. Es gibt auch eine Menge Posts, die uns beleidigen oder drohen. So was gehört wahrscheinlich einfach dazu, wenn man eine Revolution anführt. Dannys Logo wird total abgefeiert. Die Leute nehmen es reihenweise als Profilbild.

Heute Morgen hat Mariam zwei Freundinnen mitgebracht. Studieren auch Politik. Gab gleich Stress, die eine fand gar nicht gut, was wir tun. Sie meinte, wir rufen zur Gewalt auf, und das findet sie scheiße. Dabei lassen wir die Leute nur diskutieren. Mariam hat gemault, wenn sie keinen Bock hat mitzumachen, kann sie auch gleich wieder gehen. Da ist sie gegangen. Die andere ist aber jetzt fest dabei, glaube ich. Habe ihren Namen vergessen.

Mariam hat neue Fanpages erstellt. Für Europa, Nordamerika, Südamerika, Afrika und Asien. Es gab eine ziemlich heftige Diskussion, ob Israel da überhaupt repräsentiert ist. Wir haben uns dann geeinigt, dass wir lieber dann noch mehr Gruppen gründen, wenn es Bedarf für regionale Sachen gibt. Die Seiten für die einzelnen Kontinente gehen jedenfalls voll ab. Klar, jeder, der unsere Seite likt, likt auch die für den Kontinent, wo er herkommt.

Gerade hat uns einer angeschrieben, der behauptet, José Colasanti zu sein. Der Typ, der in Brasilien so rockt. Er will bei uns mitmachen. Mariam telefoniert gerade mit ihm.

Dienstag.

Scheiße. Scheiße. Scheiße. Facebook hat unsere Seite gelöscht. Ein-

fach so. Ohne Erklärung. Plötzlich ist sie abgestürzt, und wenn du neu geladen hast, kam eine Fehlermeldung, dass die Seite nicht mehr existiert. Krass. Jetzt, wo es gerade erst richtig abging. Mariam wollte von Colasanti, dass Brasilien öffentlich unsere Seite empfiehlt. Weil sie geglaubt hat, dass der Typ am Telefon nur ein Laberer war. Aber dann hat er das tatsächlich gemacht. Also die FB-Page von der brasilianischen Regierung hat auf uns verlinkt. Ganz Facebook ist ausgeflippt. Innerhalb von einer Stunde hatten wir nicht mehr zwei Millionen Likes, sondern zwölf. Zum Schluss waren es zwanzig. Fucking zwanzig Millionen Likes. Und jetzt haben sie die Seite gelöscht. Mariam ist seit einer Stunde im Bad und heult. Danny ist in die Uni, wegen irgendeiner Vorlesung. Mariams Freundin ist keine Ahnung wo.

Ich hab's natürlich sofort getwittert. Facebook wird schon sehen, was es davon hat. Jetzt zocke ich erst mal. Das habe ich mir verdient, denke ich.

Salim beäugte argwöhnisch die merkwürdigen Machenschaften seiner Mitbewohner. Dass sie weder über seine Disziplin verfügten noch seine Werte teilten, wusste er schon lange. Er hatte sich bereits einige erbitterte Gefechte mit ihnen geliefert, egal ob es den Putzplan betraf, Musiklautstärken oder ihren Drogenkonsum. Studenten. Ein fieser Menschenschlag. Sobald sein Gemüseladen besser liefe, würde er sie allesamt hochkant aus der Wohnung befördern.

So viele Schnitzer sich seine drei Untermieter bisher geleistet hatten, nichts kam annähernd heran an die Anarchie der letzten Tage. Sie hatten sich mit ihren Laptops in Joshuas Zimmer verkrochen und kifften Kette. Sie nahmen ihre Pakete nicht an, die leeren Pizzaschachteln stapelten sich im Flur. Eine Freundin von Mariam war eingezogen, ohne dass irgendjemand sich die Mühe gemacht hätte, Salim vorher um Erlaubnis zu fragen. Daniel brachte den Müll nicht runter, obwohl er dran war.

Als Salim sie fragte, was sie eigentlich machten, brabbelten sie nur unverständliches Zeug über eine Weltrevolution, die bevorstehe, und sie selbst bildeten die Speerspitze. Mariam gab den Ton an. Eigentlich mochte er sie; kurz nachdem sie eingezogen war, hatten sie sogar mal was gehabt miteinander. Aber dann war Joshua dazugekommen. Der Typ kannte zwei Beschäftigungen: Wenn er nicht vor seinem Computer hing, kiffte er. Und er verführte die anderen zum Mitziehen. Erst Daniel, später Mariam. Dass Mariam immer seltener mit Salim kochte, war schade. Dass sie nicht mehr mit ihm schlafen wollte, musste er akzeptieren. Aber dass sie kaum noch in die Uni ging – eine Veränderung, die ihn selbst im Grunde nicht betraf –, regte ihn auf. Joshuas Einfluss zerstörte dem Mädchen die Zukunft.

Was den Gemüseladen betraf, so brachte der Dienstag guten Umsatz. Seit sechs Uhr früh war Salim auf den Beinen, hatte die Lieferungen in Empfang genommen, die Ware eingeräumt, die Eingangstür aufgemacht, Kunden begrüßt, beraten, Paprika gewogen, abkassiert, aufgeräumt, Reis abgepackt. Seit Stunden musste er pinkeln, wartete auf den einen Moment, in dem kein Kunde im Laden war. Endlich. Schnell lief er zur Tür, um das Gleich-wieder-da-Schild aufzuhängen. Ein Mädchen trat ein. Mist. Salim wollte sie schon wegscheuchen, als ihm der Atem stockte. Sie war wunderschön. Auf den Rücken hatte sie einen Wanderrucksack geschnallt, offensichtlich war sie nicht hier, um Gemüse zu kaufen.

»Was willst du?«, stotterte er.

»Hi«, sagte sie auf Englisch, »ist Joe da?« Sie sprach die Worte weich und melodisch aus, Salim konnte den Akzent nicht zuordnen. Ihre mandelbraunen Haare umflossen ihr Gesicht, als wären sie der Rahmen eines Gemäldes.

»Joe?«, Salim konnte sich nicht konzentrieren, er schwitzte. »Meinst du Joshua?«

Das Mädchen hielt ihm einen Zettel hin. Salims Adresse. »Wir haben geschrieben. Er meinte, ich kann mich euch anschließen.«

Das Mädchen strich sich eine Strähne von der Stirn, Salim wurde die Kehle trocken.

»Anschließen?«, fragte er verwirrt. »Bei was denn?«

Der Blick des Mädchens wurde unsicher.

»Bleib da!«, rief Salim, ängstlich, das Mädchen könnte sich umdrehen und einfach gehen. »Warte hier, ich hole ihn.«

Auf der Treppe drehte er sich noch einmal um. »Wie heißt du überhaupt?«

»Angelette.«

Während Salim in die Wohnung hochrannte, spürte er seine Blase wieder. Okay – pinkeln, durchatmen, dann zu Joshua.

Das Badezimmer war besetzt.

»Hey, wer ist denn drin?« Salim schlug nervös gegen die Tür. »Joshua? Bist du da? Ich muss mit dir reden.«

Eine Sekunde war es still, dann wurde der Riegel zurückgeschoben, Mariam kam heraus. Sie war vollkommen verheult.

»Mariam, hey«, sagte Salim, überrumpelt von ihrem Anblick. »Was ist denn passiert?«

Mariam sah ihn nicht an. »Nichts«, sagte sie, während sie sich an ihm vorbeidrängte. »Scheiße.« Schon war sie in ihrem Zimmer verschwunden.

Salim wurde wütend. Joshua. Er ballte die Fäuste. Das war zu viel. Joshua war das Gift der WG. Wie nur gelang es einer solchen Kanaille, dass ein Mädchen wie Angelette ihn besuchen wollte? Salim rannte zu Joshuas Zimmer und riss die Tür auf.

»Du Mistkerl«, rief er, »du kannst dir eine neue Wohnung suchen.« Warum sollte er Joshua überhaupt von Angelette erzählen? Egal weswegen sie da war, sie erwartete bestimmt nicht diesen narzisstischen Fettsack.

Joshua drehte sich nicht von seinem Computer weg. Er war damit beschäftigt, mit einer Schrotflinte auf Riesenbienen zu schießen. Sein Soundsystem untermalte jeden Schuss mit dramatisch lautem Wummern.

»Was?«, fragte er.

»Ich werf dich raus«, erklärte Joshua zornbebend.

»Hä? Was habe ich denn jetzt schon wieder gemacht? … Stirb endlich.« Immer noch blickte er nicht von seinem Bildschirm auf.

»Hey, sieh mich an, wenn ich mit dir rede!«

Vom Flur kam ein Krachen, so laut, dass das Donnern des Soundsystems davon geschluckt wurde. Stiefelgetrampel. Schwarz vermummte Gestalten stürmten ins Zimmer, warfen Salim auf den Boden, pressten ihm den Kopf in den lumpigen Teppich, rissen ihm die Arme nach hinten, irgendetwas bohrte sich ihm in den Rücken. Plötzlich war die Angst wieder da. Die Angst, die er kannte aus den Tunneln der Hisbollah. Die Angst, von welcher Salim gehofft hatte, sie nie wieder erleben zu müssen. Seine Blase gehorchte ihm nicht mehr.

40. Kapitel

Moskau, Russland; Dienstag, 06:43 Uhr UTC+3

»Bitte schön.« Maurizio reichte Conrada einen Kaffee.

»Danke.« Sie griff vorsichtig nach der heißen Tasse. Erst nach Mitternacht hatte sie das Hauptquartier des FSB verlassen dürfen, die sogenannte Lubjanka – der Name wurde in Russland nur geflüstert, schon der KGB hatte hier residiert. Conrada hatte erwartet, zur Beobachtung in eine Klinik gebracht zu werden, zumindest über Nacht. Doch sobald sie auf der Straße gestanden hatte, hatte sich niemand mehr für sie interessiert.

»Hast du schlafen können?«

»Ging«, behauptete Conrada. Maurizios Blick sagte deutlich, wie wenig gewillt er war, ihr das zu glauben.

»Ich habe noch mit Emilia telefoniert. Und Hermann.« Tatsächlich hatte sie sich nach dem Telefonat die Joggingschuhe angezogen und war die Moskwa entlanggerannt. Nachts allein durch Moskau zu laufen war so schon keine kluge Idee. Doch in Conradas Zustand hätte jeder Arzt es wohl verboten. Sie hatte keine schweren Verletzungen davongetragen, trotzdem hatte ihr Körper bei jedem Schritt gebrannt.

Es dämmerte bereits, als sie zur Botschaft zurückkam. Conrada fühlte sich taub. Und sie ahnte, dass das beileibe nicht bedeutete, sie hätte die Ereignisse bereits verarbeitet. Sie war schlicht noch nicht fähig, das Geschehene an sich heranzulassen. Der Gedanke, Maurizio könnte sehen, wie verletzlich sie sich fühlte, beunruhigte sie.

»Willst du wirklich mitkommen?«, fragte er.

»Was soll ich allein?«

»Na gut.«

Sie betraten das Sitzungszimmer der Delegation. Eigentlich gab es mehr zu tun als jemals zuvor. Doch die Mitarbeiter saßen in düsterem Schweigen da, die Laptops zugeklappt, den Blick nach unten gerichtet, die Kaffeetassen umklammernd wie den letzten Fluchtpunkt einer sich auflösenden Welt.

Conrada hatte schon in der Nacht kurz ihre Erfahrungen geschildert. Darüber hinaus war immer noch an keine Informationen zu gelangen, was genau im Salon geschehen war. Der FSB verriet nichts und hatte die Delegation nur benachrichtigt, dass die Leichen von Viggo Nielsen und Matej Matušek bis auf Weiteres nicht herausgegeben werden könnten, sie unterliefen eine forensische Untersuchung.

Putins Tod war am Abend offiziell bestätigt worden. Allerdings nicht von Medwedew, dem Ministerpräsidenten, sondern von Koljakow, dem Direktor des FSB. Medwedew hatte sich bisher nicht öffentlich geäußert.

Als die Mitarbeiter wahrnahmen, wie Conrada den Raum betrat, drehten sie die Köpfe. Conrada versuchte ihre Mundwinkel so nach oben zu ziehen, dass es aufmunternd wirkte. Sie suchte sich einen freien Platz und setzte sich.

Die anderen sahen weiter zu ihr, niemand wollte beginnen.

»Mir geht es gut«, sagte Conrada ungeduldig. Trotzdem regte sich niemand.

»Was ist denn los? Fangen Sie ruhig an«, forderte sie die Runde auf.

»Äh«, machte Maurizio und lächelte verlegen, »ich glaube, sie warten auf dich.«

»Auf mich?«

»Dass du die Sitzung eröffnest. Du bist die ranghöchste Mitarbeiterin im Raum.«

Conrada überlegte nicht lange. »In diesem Fall gebe ich Ihnen für heute frei. Nehmen Sie sich etwas Zeit für sich. Baden Sie, gehen Sie essen, machen Sie Sport – was immer Sie entspannt.«

Niemand stand auf.

»Worauf warten Sie. Gehen Sie schon. Wenn Venizelos sich beschwert, übernehme ich die Verantwortung.«

Alle blieben. Conrada blickte sich hilfesuchend nach Maurizio um.

»Ich denke«, sagte der Italiener, »keiner will jetzt seinen Posten verlassen. Wir können Viggos Tod nicht ungeschehen machen. Aber wir können mit der Arbeit weitermachen, für die er gelebt hat.«

»Ist das so?«, fragte Conrada in die Runde. »Gibt es jemanden, der heute lieber arbeiten möchte, anstatt heimzugehen?«

Alle meldeten sich.

Conrada holte tief Luft.

»Gut«, sagte sie schließlich. »Dann an die Arbeit.«

Sie arbeiteten wie im Rausch. Die Telefone klingelten unaufhörlich. Alle hatten Fragen, niemand Antworten. Die wenigen Informanten, die ihnen im Zeitalter Putin geblieben waren, ließen sich nicht erreichen oder wussten nichts. Die Gerüchte änderten sich im Minutentakt. Putin war noch am Leben, hieß es zuerst, er habe den Anschlag fingiert. Dann hieß es, der Anschlag sei echt gewesen, doch nur ein Double von Putin sei gestorben. Nein, Putin selbst sei tot, aber der FSB stecke dahinter. Conrada dachte an den Sicherheitsmann, der so nervös gewirkt hatte. Es lief ihr kalt den Rücken hinunter.

Um 12:30 Uhr Moskauer Ortszeit traten Dimitri Medwedew und Sergej Koljakow im Pressesaal des Kremls vor die Kameras. Von der mongolischen Steppe bis zu den Stränden Hawaiis stockte den Zuschauern der Atem, als der Direktor des FSB verkündete, der Präsident der Russischen Föderation, Wladimir Wladimirowitsch Putin, sei tot. Er sei ermordet worden von tschetschenischen Terroristen. Darüber hinaus hätten die Terroristen die russischen Staatsorgane unterwandert. Obwohl der FSB die politische Klasse seit Jahren gewarnt habe, seien überall Spione zu fürchten.

Nun trat Medwedew an die Mikrofone. Der Ministerpräsident hielt sich am Rednerpult fest, seine Stimme war tonlos, das Gesicht papierweiß. Um die Sicherheit und den Frieden in Russland zu erhalten, habe er sich entschieden, die Geschäfte der russischen Regierung vorübergehend in die Hände des FSB zu legen.

Im Konferenzraum der EU-Delegation war es totenstill. Conrada starrte auf den Bildschirm, unfähig zu der kleinsten Regung, geschweige denn zu einem klaren Gedanken. Koljakow redete wieder, die Simultandolmetscherin übersetzte, Conrada lauschte den Worten, doch sie bemühte sich nicht um deren Sinn. Alles, was sie empfand, war kindliche Bewunderung für die Übersetzerin, die mit gleichgültig sicherer Stimme ihre Arbeit tat.

Von ferne fragte jemand, wie das denn möglich sei. Conrada erinnerte sich an den Abend, den sie mit Maurizio in Buenos Aires verbracht hatte. »Artikel 32«, murmelte sie. Sie hatte seit jeher ein gutes Gedächtnis besessen.

»Was besagt der?«, fragte der Kommunikationstechniker Bartas.

»Maurizio«, bat Conrada. Sie fühlte sich in einer Trance gefangen.

Es kam keine Antwort. Conrada sah nach ihm. Maurizio saß über den Konferenztisch gebeugt, die Stirn auf die verschränkten Arme gelegt.

»Maurizio?«

Der Angesprochene hob den Kopf. Sein Gesicht war so weiß geworden wie das von Medwedew. »Artikel 32 des russischen Regierungsgesetzes«, sagte er endlich, »regelt die Zuständigkeiten des FSB. In der aktuellen Version des Artikels …« Er verstummte.

Leute rutschten auf ihren Stühlen herum, jemand hustete.

»Wollen Sie sagen, das ist legal?«, fragte Bartas, und sein Gesicht verriet, wie wenig die Worte ihm schmeckten. »Der FSB darf die Regierungsgeschäfte tatsächlich übernehmen?«

»Nein«, sagte Maurizio, »nicht nur die Regierungsgeschäfte. Der FSB darf alles.«

In den nächsten Stunden überschlugen sich die Nachrichten. NATO-Generalsekretär Stoltenberg kündigte Truppenverlegungen nach Osteuropa an. Chinas Präsident Xi erklärte sein Bedauern über Putins Tod, er werde aber selbstverständlich die Entscheidung Medwedews akzeptieren. Die UN-Generalversammlung hatte aufgrund der Zeitverschiebung noch nicht begonnen. António Guterres revidierte die Tagesordnung – zum zweiten Mal innerhalb der letzten Woche: Erst hatte man das Hauptthema an die Verhältnisse in Südamerika angepasst, nun an Russland.

Conrada arbeitete mit ihrem neuen Team rastlos am Report für Mogherini. Obwohl Conrada die russischen Verhältnisse nur oberflächlich kannte, schien ihr die Notwendigkeit offensichtlich, einer möglichen Geheimdienstdiktatur mit Bestimmtheit entgegenzutreten.

Zugleich galt es, progressive Kräfte innerhalb der russischen Bevölkerung zu unterstützen. Es handelte sich um einen Balanceakt: War man zu direkt, wäre es für den FSB ein Leichtes, von imperialistischer Einflussnahme zu reden. War man zu subtil, kam man nicht an gegen die gut geölte Propagandamaschinerie des Kremls. Dass die staatliche Medienkontrolle schon seit Längerem in den Aufgabenbereich des FSB fiel, war kein Geheimnis.

Während die anderen Informationen zusammentrugen, sortierten und im jeweiligen Zusammenhang interpretierten, formte

Conrada mit Maurizios Hilfe aus dem Material den Bericht. Als sie den Leitfaden zur ersten Presseerklärung überarbeiteten, fluchte plötzlich ein Mitarbeiter. Alle wandten sich in seine Richtung. Der Mann zog ein Videofenster von seinem Laptop auf den Hauptbildschirm. Mogherini. Enttäuschtes Stöhnen erfüllte den Raum. Sie hatte den Bericht nicht abgewartet. Die EU-Außenbeauftragte verkündete, sie verurteile den Anschlag scharf und spreche den Angehörigen der Opfer ihr tiefstes Beileid aus. Kein Wort zum FSB.

»Federica«, flüsterte Maurizio und riss sich am Ohr, »figlia di una brava donna di Roma.«

Was hätten sie tun sollen? Sie schlossen den Bericht ab und schickten ihn nach Brüssel. Sie bearbeiteten ihre Informanten, sie durchforsteten das Internet, sie baten den FSB – erfolglos – um die Leichen von Nielsen und Matušek. Sie versuchten sich auch mit den Botschaften der Nationalstaaten abzustimmen, doch die hatten mit sich selbst genug zu tun. Conrada hatte das Gefühl, im Hamsterrad eine Schnecke verfolgen zu sollen. Egal wie sehr sie sich abstrampelte, das Geschehen kroch langsam, aber unaufhaltsam ihrem Einfluss davon. Was tat sie hier? Ihre Familie war in Brüssel. Und ihre Arbeit sollte in Südamerika sein. Conrada vermisste die Sonne und das Spanisch und ihr Team. In Moskau war sie eine Fremde. Über die politischen Verhältnisse wusste sie kaum mehr, als in der Zeitung stand.

Stéphane rief an.

»Conrada, geht es dir gut?«

»Ja.« Wieder drängte sich die Frage in ihr Bewusstsein, die sie quälte, seit die Wucht der Explosion sie durch den Gang des Kaiserpalasts geworfen hatte: Warum? Warum hatte sie überlebt und die anderen nicht? Hätte Stéphane nicht angerufen, hätte sie das Schicksal der anderen geteilt. Wäre Kopański nicht mit seiner Vendetta auf den Plan getreten, hätte Stéphane sie nicht angerufen. Es war eine müßige Frage. Und trotzdem: Warum? Warum hatte sie überlebt?

»Mensch, hast du uns eine Angst gemacht. Du kannst dir nicht vorstellen, wie erleichtert wir alle waren, als wir gehört haben, dass du mit heiler Haut davongekommen bist. Stimmt es, dass der FSB dich verhört hat?«

»Ja. Aber nur routinemäßig, glaube ich.« Conrada war es unangenehm, ihrem Team Sorge bereitet zu haben. Sonst war sie die Kümmerin. Stéphanes Stimme machte ihr nur noch mehr bewusst, wie sehr sie ihre Abteilung vermisste.

»Wie ist es bei euch?«, wechselte sie das Thema.

»Die UNASUR-Verhandlungen zu Brasilien stehen vor dem Aus, seit die USA in Mexiko Fakten geschaffen haben. Alle sind heillos zerstritten. Rhodes sagt, er habe noch nie einen solchen Kindergarten erlebt.«

»Welche Fakten denn? Ich habe die letzten zwei Tage nicht viel mitbekommen. Was ist mit dem Atomkraftwerk passiert?«

»Das ist wieder unter Kontrolle. Aber die USA haben nach ihrer fragwürdigen Hilfe bei der Niederschlagung der Aufstände ihre Truppen nicht aus Mexiko abgezogen. Offiziell auf Bitten López Obradors, und nur so lange, bis die Lage sich stabilisiert hat. Salminen geht allerdings davon aus, dass sie den Fuß nicht mehr aus der Tür nehmen. Auf jeden Fall nicht, bevor sie die Kartelle unter Kontrolle bekommen.«

»Wie steht es um Brasilien?«

»Überraschend gut. Colasanti hat versprochen, bis Ende November Neuwahlen durchzuführen, und bisher begegnen ihm die Leute mit Wohlwollen. Er scheint tatsächlich zu wissen, was er tut. Mehrere Fernsehsender haben sich schon öffentlich zu ihm bekannt. Sein größter Coup ist ihm heute Morgen gelungen: Die Streitkräfte haben erklärt, ihn als Präsidenten anzuerkennen, und ihm ihre Unterstützung ausgesprochen.«

»Unglaublich!«, rief Conrada. »Wer redet mit ihm?«

»Du meinst, von unseren Leuten? Niemand. Die Kommission hört auf Venizelos, der hört auf Rhodes, und Rhodes will noch abwarten. Vor Ort haben wir sowieso nur Kopański. Der scharrt zwar mit den Hufen, aber im Grunde wäre es dein Job. Weißt du eigentlich, wann du zurück bist?«

Conrada wusste es nicht. Nachdem sie sich von Stéphane verabschiedet hatte, wählte sie die Nummer von Venizelos.

»Dr. van Pauli«, begrüßte sie der Generalsekretär des Europäischen Auswärtigen Dienstes. »Wie passend, ich wollte Sie gerade anrufen.«

»Dr. Venizelos.«

»Geht es Ihnen gut?«

Conrada konnte die Frage schon nicht mehr ertragen. »Passt«, sagte sie.

»Ein Glück. Es muss furchtbar gewesen sein. Sie haben mein tiefstes Mitgefühl. Mit Dr. Nielsen und Dr. Matušek verliert der EAD zwei herausragende Mitarbeiter. Gerade in diesen unruhigen Zeiten.«

Ja, dachte Conrada. Aber empfand er tatsächlich nur Mitgefühl? Zumindest Matušek hatte der Generalsekretär bedeutend besser gekannt als sie selbst.

»Danke«, sagte sie.

»Ich habe Ihren Bericht gelesen«, fuhr Venizelos fort. »Ausgezeichnete Arbeit.«

»Danke.«

»Ich bin einmal mehr beeindruckt, wie schnell Sie sich in neue Zusammenhänge einarbeiten können.«

»Danke, Sir. Um ehrlich zu sein, Sir, habe ich Sie angerufen, weil ich fragen wollte, ob ich meine alte Arbeit wieder aufnehmen kann – jetzt, da die UNASUR-Gespräche keinen Erfolg mehr versprechen.«

»Ich habe einen besseren Vorschlag«, sagte Venizelos. »Wir brauchen in der aktuellen Situation die besten Leute an den entscheidenden Stellen. Und Südamerika ist einfach zu weit weg, um Ihre Fähigkeiten zu verschwenden.«

»Was meinen Sie damit?«

»Dr. van Pauli, werden Sie Exekutivdirektorin für Zentralasien.«

»Bitte?«

»Dr. Matušek muss schnellstmöglich ersetzt werden. Und wer könnte das besser als Sie?«

»Sir, ich spreche nicht einmal Russisch.« Conrada wollte sich geschmeichelt fühlen. Aber der Gedanke, für die ehemaligen Sowjetrepubliken und deren Anrainerstaaten verantwortlich zu sein, kam ihr nicht gerade verlockend vor.

»Lassen Sie mich darüber nachdenken«, bat sie.

»Ach was«, wiegelte Venizelos ab. »Sie können das. Im Übrigen haben wir niemanden sonst. Wir machen das jetzt. Mogherini hat schon zugestimmt. Herzlichen Glückwunsch.« Er legte auf.

»Was ist los?«, fragte Maurizio, als Conrada sich seufzend in ihren Lehnstuhl sinken ließ.

»Nichts.«

Russland kannte keine demokratische Geschichte. Nur Herrscher, Aufstände, Eroberungen, Niederlagen. Die viel besungene russische Seele gewann ihre symbolische Kraft aus der Tragik ihres Ursprungs. Ein kolossales Land. Ein Vielvölkerstaat, der seit Beginn seiner Existenz vom Verfall bedroht war, den die Zaren nicht zusammenhalten konnten außer mit Pathos und Gewalt. Im Kleinen unterstützte man sich, trotzte gemeinsam dem ungnädigen Winter, sang die Lieder der Ahnen und trank auf die Freundschaft. Das Kollektiv, das die Bauern überleben ließ, führte zu einem Kollektivismus, in dem das Leben des Einzelnen verschwand. Auf diesem Boden mordete Stalin. Man entfremdete sich voneinander, um die eigene Seele zu retten. Man verlor sie dennoch. Was blieb, waren Wodka, Pathos und Gewalt.

Conrada versuchte sich einen Weg auszumalen, dieses eigenartige Land diplomatisch zu bewältigen. Erfolglos. Russland war ein Land, in dem man um die Liebe rang. Nicht um Formulierungen des internationalen Handelsrechts.

Hermann rief an. Conrada war überrascht, sie hatten gestern Nacht vereinbart, am Abend erst wieder zu telefonieren.

Sie tauschten ein paar Floskeln aus, etwas stimmte nicht.

»Was hast du?«

»Ich will mich trennen.«

Conrada suchte nach einer Entgegnung. Sie dachte an Heidelberg, als sie den schlaksigen deutschen Jungen das erste Mal im Seminar gesehen hatte. Sie dachte an die Zeit in Frankfurt, dann Bonn, an die Zeit, als Hermann in Berlin gearbeitet hatte und sie in Südafrika, sie dachte an den Umzug nach Brüssel. Vor allem dachte sie an ihre Töchter: an Theresa, an Emilia. Mit niemandem hatte sie auch nur annähernd so viel Zeit verbracht, so viele Erfahrungen geteilt wie mit Hermann.

»Was ist mit den Kindern?«

»Bleiben bei dir.«

»Ja«, sagte sie, »können wir machen.«

41. Kapitel

Marseille, Frankreich; Dienstag, 13:05 Uhr UTC+2

Résidence le Beaumont. Ein Wohnblock im Herzen Marseilles, gelegen in Saint-Julien, einem der besseren Viertel der Stadt. Bimal trat zu dem Eingang, der mit der Nummer 1 versehen war, und überflog die Namen auf der Klingeltafel. Da stand es. Schnörkellos in das Metallplättchen graviert. Lilou Moreau. Bimal drehte nervös seine Glücksmünze in der Hosentasche. Hoffentlich waren die Götter gnädig gestimmt.

Er klingelte. Hinter ihm schrie jemand. Bimal drehte sich abrupt um, aber es waren nur Jugendliche. Sie hatten einen Basketball dabei, passten ihn sich zu, lachten. Für den unrasierten Inder im zerknitterten Sakko interessierten sie sich nicht.

Bimal wandte sich wieder der Gegensprechanlage zu, wiederholte leise die Sätze, die er sich zurechtgelegt hatte. Vermutlich würden ihm nur wenige Augenblicke bleiben, Moreau davon zu überzeugen, ihm die Türe zu öffnen. Wenn sie ihn abwies, würde er warten müssen. Ihm graute davor. Er würde seine Verfolger nicht ewig abschütteln können.

So sehr beschäftigte ihn der Gedanke, niemand würde öffnen, dass die Frauenstimme aus der Gegensprechanlage ihn zusammenzucken ließ. »Montez.« Das war alles. Das Türschloss summte.

Überrascht und misstrauisch trat Bimal in das Treppenhaus. Die steinernen Stufen waren schlicht, aber intakt, der Boden gepflegt, die Wände unbeschmiert. Moreau wohnte augenscheinlich erfreulicher als Courier.

Bimal nahm den Fahrstuhl in den sechsten Stock. Vier Wohnungstüren empfingen ihn. An einer hing ein Lebkuchenherz, vor einer zweiten standen Kinderstiefel, neben der dritten stapelten sich leere Bierkästen, die vierte war nackt. Instinktiv ging Bimal auf die vierte Tür zu. Ja. Das Schildchen zeigte es an: Hier wohnte Lilou Moreau. Die letzte Brotkrume.

Bimal stand vor der Tür, legte den Zeigefinger auf den Klingelknopf. Würde er hier Antworten finden? Doch er zögerte. Was immer er herausfinden mochte, nichts konnte ihm Jitendra zurückbringen. Sein Rachefeldzug kam ihm auf einmal klein und lächerlich vor. Genau genommen, war er selbst es gewesen, der Jitendras Tod zu verantworten hatte. Er allein hatte die Drohne ins Wespennest gesteuert. Er kam sich schäbig vor. Die aufgeregte Recherche, die Flucht vor anonymen Schlägern, die wichtigtuerischen Anrufe – welchem Zweck konnte das alles dienen, außer dem, ihn von seiner eigenen Schuld abzulenken? Bimal wurden die Knie weich, ihn schwindelte. Er stützte sich an der Wand ab, versuchte die Bilder zurückzudrängen, aber sie waren zu stark. Jitendra grinsend vor dem Taj Mahal, Jitendra grinsend im goldenen Morgenmantel, Jitendra mit zerschossenem Hirn in der Dusche.

Die Tür öffnete sich. Eine freundliche Frauenstimme sagte etwas auf Französisch. Dieselbe Stimme, die ihn hochgebeten hatte.

Bimal versuchte sich aufzurichten, den nebligen Strudel in seinem Kopf zu bändigen.

Die Stimme sagte wieder etwas, deutlich kühler jetzt.

»Bimal Kapoor«, brachte Bimal nur hervor, alles drehte sich. »Ich bin Journalist.«

»Was wollen Sie?«, fragte die Frau auf Englisch. Dann milder: »Geht es Ihnen gut?«

»Tut mir leid, dass ich Sie behelligt habe. Ich sollte wieder gehen.« Bimal drückte sich von der Wand ab, schwankte, fiel.

Bimal träumte von Chennai. Doch die Metropole besaß nicht mehr nur eine Hochbahn, sondern Hunderte, die kreuz und quer durcheinander geführt wurden. Das Netz der Schienen war so eng gewebt, dass es ein Dach bildete, über dem der Himmel nicht mehr zu erkennen war. Die Stützpfeiler standen dicht wie ein Wald. Das Donnern der Züge erstickte alle anderen Geräusche der Stadt.

»Wachen Sie auf«, drang eine sanfte Stimme durch das Tosen. Er spürte, wie seine Wange getätschelt wurde.

Bimal blinzelte. Über ihn gebeugt sah er eine Dame, die offensichtlich orientalische Wurzeln besaß. Ihr dunkler Teint und die dicken angegrauten Locken entsprachen seinem Bild einer arabischen Fürstin. Er schätzte sie auf sein Alter. Das Gesicht war fein geschnitten, in den großen klaren Augen schimmerte ein Sternenhimmel. Ihre Züge spiegelten noch immer die Schönheit, die sie in ihrer Jugend besessen haben musste.

»Wo bin ich?«, stotterte Bimal verlegen.

»Im sechsten Stock der Résidence le Beaumont 1. Sie hatten einen Schwächeanfall.«

»Wie lange war ich bewusstlos?«

»Nur eine Minute. Ich hätte sie in meine Wohnung gebracht, aber das Alter … nun ja.«

»Haben Sie den Notdienst angerufen?«

»Nein.«

»Gut.« Bimal atmete erleichtert aus. Mit etwas Mühe gelang es ihm, sich aufzusetzen.

»Dachte ich mir«, sagte die Frau.

»Was meinen Sie?«

»Dass Sie kein Interesse daran haben, Aufmerksamkeit zu erregen.«

»Sie sind Lilou Moreau?«

»Lilou reicht.«

Bimal kam wieder zu Kräften, Lilou führte ihn in ihre Wohnung. Im Flur stapelten sich Pakete. Lilou erklärte, dass sie ihn für den Lieferdienst gehalten habe, da sie gewöhnlich die Pakete für ihre Nachbarn annehme.

Doch verglich man den Flur mit dem Wohnzimmer, wirkte er geradezu luftig. Das Wohnzimmer beherbergte ein Sammelsurium von Vasen, Statuetten, Pflanzen, Musikinstrumenten, altertümlichen Waffen, Bildern, Wandteppichen aus den verschiedensten Kulturen. Man konnte kaum einen Schritt tun, ohne an ein Mobile zu stoßen oder über ein ausgestopftes Tier zu stolpern.

»Du riechst, als ob du in einer Mülltonne übernachtet hättest«, sagte Lilou, aber es klang nicht unfreundlich. Ihr Gesicht verriet ein bewegtes Leben. Die Lachfältchen ließen einen Trieb zur Fröhlichkeit erkennen, der schwermütige Zug um die Lippen erzählte von erlittenem Schmerz. »Dusch dich erst mal«, sagte sie. Bimal wollte protestieren, aber Lilou schob ihn resolut in ein winziges Bad und drückte ihm ein Handtuch an die Brust. Sie musterte ihn streng. »Und dein Hemd hat auch schon bessere Tage gesehen. Warte kurz.« Sie ließ ihn stehen, eingeklemmt zwischen Dusche und Waschbecken, nach einer Minute war sie zurück und reichte ihm ein T-Shirt. »Sollte dir passen, mir ist es zu groß, ich trage es nur zum Schlafen.«

Als Bimal geduscht aus dem Badezimmer trat, hatte Lilou Brote geschmiert, Tee gekocht und beides auf dem Wohnzimmertischchen angerichtet. Sie deutete auf einen barocken Polstersessel und bat ihn, Platz zu nehmen. Bimal konnte es kaum glauben. »Warum tust du das alles?«

»Weil du mich brauchst.«

»Woher weißt du das?«

»Iss.«

Wie auf Absprache knurrte sein Magen. Bimal folgte eilig der Aufforderung. Kauend begann er Fragen zu stellen, aber Lilou gebot ihm, erst zu Ende zu essen. Bimal bebte vor Wissbegier, doch er traute sich nicht, sich ihrem Wunsch zu widersetzen. Der

Hunger tat das Übrige. Als er die Brote restlos verputzt hatte, räumte Lilou den Teller weg und schenkte den Tee ein, der inzwischen auf Trinktemperatur abgekühlt war.

Bimal ertrug das Warten nicht länger. »Woher weißt du, dass ich dich brauche?«

»Weil du hier bist. Niemand besucht mich. Und die Geißeln würden nicht klingeln, wenn sie etwas von mir wollten.«

»Die Geißeln?«

»Du erzählst zuerst. Und lüge nicht. Egal was du zu erreichen suchst – ich will nicht dramatisch klingen, aber ich bin vermutlich deine einzige Chance.«

Bimal erzählte alles. Es war eine Befreiung. Ein ähnliches Gefühl wie gestern, als er Courier die Wahrheit gesagt hatte, nur um ein Vielfaches stärker. Lilou hörte aufmerksam zu. Als Bimal Courier erwähnte, fragte sie teilnahmsvoll nach dessen Befinden. Ansonsten schwieg sie, die Teetasse in der Hand, ein Funkeln in den Augen. Wie ein lauerndes Raubtier, schoss es Bimal durch den Kopf. Doch der Gedanke hatte nichts Beunruhigendes. Nicht Bimal war die Beute.

Als er geendet hatte, schwieg Lilou eine lange Zeit. Der Tee wurde kalt. Schließlich stellte sie ihre Tasse auf das Tischchen. Ihr Blick suchte den seinen.

»Bimal«, sagte sie, »willst du einen Unterschied machen?«

Bimal schluckte. »Ich weiß nicht«, sagte er, »ja.«

»Sie werden dich töten«, sagte Lilou.

Bimal schwieg. Er dachte an Jitendra. Nicht wütend, nicht verzweifelt. Nur traurig.

»Gut«, sagte Lilou. »Ich helfe dir.«

Ihr Tonfall machte klar, dass er ihr für diese Hilfe nicht dankbar zu sein brauchte. Sie schenkte sich Tee nach, stellte fest, dass er kalt geworden war, und setzte die Tasse wieder ab.

»Bist du bereit, Bimal?«

Bimal hatte seine gefalteten Hände zwischen die Oberschenkel geklemmt. Er nickte. Jeder Muskel war angespannt. Bereiter konnte man nicht werden.

Lilou begann. »Ich möchte dir vier Nachrichten nennen, die in den Medien frei verfügbar sind. Erstens«, sie zählte mit den Fingern mit, »in den Folgejahren der Finanzkrise hat eine Gruppe von Großbanken durch Manipulationen von Referenzzinssätzen der Weltwirtschaft einen Schaden von über siebzehn Milliarden Dollar zugefügt.

Zweitens: Ehemalige Mitarbeiter der Investmentbank Goldman Sachs bekleiden entscheidende Posten in der Politik, leiten Großkonzerne, beraten international renommierte Think Tanks.

Drittens: 2010 musste Toyota Millionen Autos zurückrufen, deren Gaspedale angeblich klemmten. Der Vorwurf wurde allerdings nie bewiesen.

Viertens: 2013 enthüllten Snowdens Dokumente, dass das Telefon der deutschen Bundeskanzlerin von der NSA abgehört wurde. Das deutsche Amt für Informationssicherheit wurde mit der Aufklärung betraut. 2016 erklärte das Amt, die Regierung habe ihm das Telefon allerdings nie zur Verfügung gestellt.« Lilou schwieg.

»Du willst sagen«, meinte Bimal, »die Banken haben Toyota und Merkel unter Druck gesetzt?«

»Nein. Die Banken sind nur ein Rädchen der Maschine. Ich will sagen, dass es sich nicht um unabhängige Ereignisse handelt. Die Fäden laufen zusammen. Und zwar in den Händen einiger Hundert Personen; viele weiß, aber nicht nur, viele männlich, aber nicht alle. Was sie vereint, ist das Geld. Ich nenne sie die Geißeln. Die Geißeln der Menschheit. Sie kontrollieren alles.«

»Klingt nach einer Verschwörungstheorie.« Bimal grinste unsicher.

Lilou grinste nicht. »Ich weiß«, sagte sie. »Es gibt so viele Verschwörungstheorien, dass die offensichtlichen Zusammenhänge verloren gehen. EZB-Chef Draghi ist Mitglied der Group of

Thirty, des Lobbyverbands der Großbanken. 2010 wurde vom Obersten Gerichtshof in den USA ein Gesetz gekippt, das die Höhe von Parteispenden begrenzte. Putin hat den Rassemblement National in Frankreich unterstützt, die AfD in Deutschland, die Lega Nord in Italien, Fidesz in Ungarn.«

»Wurde er deswegen umgebracht?« Bimal hatte die Nachricht auf den Infosäulen des Marseiller Bahnhofs gesehen.

»Mag sein. Darum geht es mir nicht. Die EU zwingt afrikanischen Staaten Freihandelsabkommen auf, die Ausfuhr- wie Importzölle streng regulieren. Europäische Waren zersetzen so die afrikanische Produktion, während zugleich Rohstoffe zu Billigpreisen exportiert werden müssen. Entwicklungshilfe bestand jahrzehntelang darin, armen Ländern Kredite zu geben – deren Zinsen sind inzwischen so gewachsen, dass die Dritte Welt die Erste subventioniert, nicht umgekehrt. Die Welthandelsorganisation treibt Abkommen voran, die die Privatisierung von Wasser erleichtern sollen. Nestlé und Coca-Cola kaufen seit Jahren ganze Landstriche auf, um in den Besitz des Grundwassers dort zu gelangen. Du findest selbst genug weitere Beispiele, wenn du nur ein bisschen suchst.«

»Und du meinst, es sind nur ein paar wenige Männer, die das alles steuern?«

»Ich meine es nicht nur, ich weiß es.«

»Woher?«

»Weil ich für sie gearbeitet habe.«

Lilou griff nach der Teekanne und erhob sich. »Willst du auch noch einen Tee?«

Bimal nickte abwesend, versuchte, das Gehörte einzuordnen, Lilou verschwand in der Küche. Während sie das Wasser aufsetzte, erzählte sie ihm, dass sie in Marokko geboren war, als Tochter eines Vertrauten des Königs. Das verschaffte ihr die Möglichkeit, auf der Sciences Po in Paris zu studieren. Eine Weile arbeitete sie im Beraterstab von Jacques Chirac, als dieser Pariser Bürgermeister war. Damals hieß sie noch Lulu Murad. Erst viel später passte sie ihren Namen an das Französische an.

Sie brachte die Kanne, aus der das frische Wasser dampfte.

Später war sie als Personalerin bei verschiedenen internationalen Konzernen angestellt. Trotzdem riss der Kontakt zu Chirac nicht ab, selbst als er Präsident wurde. Mehrmals half sie ihm dabei, dass im passenden Moment unangenehme Papiere verschwanden beziehungsweise nützliche Papiere gefunden wurden. Auch hatte sie ein gutes Gespür dafür, wie dick die Umschläge sein mussten, um den jeweiligen Empfänger weder zu beleidigen noch überheblich werden zu lassen. Mit dieser Gabe stand sie Chirac gleich zweimal bei. Zuerst 2007 während der Clearstream-Affäre: Die Offenbarung des größten Geldwäscheskandals der französischen Geschichte schien unvermeidlich. Aber Geduld und Schecks mit vielen Nullen zahlten sich aus. Am Ende wurde Chirac nicht einmal mehr als Zeuge zu dem Fall geladen, der als billige Denunziation in die Akten einging. Dann 2009 bis 2011, als er sich dafür zu rechtfertigen hatte, dass er während seiner Zeit als Bürgermeister Gelder der Stadt Paris veruntreut und Posten verschachert hatte. Es gelang, die Staatsanwaltschaft dazu zu bringen, einen Freispruch zu fordern. Die Richter waren sturer und gaben ihm zwei Jahre auf Bewährung.

Lilou prahlte nicht. Im Gegenteil, sie redete sehr zurückhaltend über ihren Anteil an der Geschichte. Doch es war gerade diese unaufdringliche Art, die dafür sorgte, dass Bimal ihr Glauben schenkte.

Nach den Prozessen gegen ihren Mentor kontaktierte sie ein Schotte namens McFadden, ob sie Lust habe, für ihn zu arbeiten.

»Frederic McFadden?«, fragte Bimal. Inzwischen saß er auf der Kante seines Sessels.

»Genau der«, nickte Lilou. »Sein Vater Francis McFadden arbeitete in den 1970er-Jahren bei British Petroleum, in deren Auftrag er Förderrechte für das Nordseeöl vor Aberdeen aushandelte. Vor allem ging es darum, Klagen der ansässigen Fischereibetriebe abzuwenden. Francis war so erfolgreich, dass er eine Anwaltskanzlei gründete, die Großkonzerne gegen Schadensersatzforderungen vertrat. Die Nachfrage war enorm. Je größer ein Unternehmen wird, desto mehr Feinde muss es sich unvermeidlich machen, wenn es Gewinne einfahren will: Wälder werden gerodet, Flüsse vergiftet, Anwohner vertrieben, Konkurrenten in den Ruin getrieben, Arbeiter ausgebeutet. Frederic McFadden, der Sohn, führte die Geschäfte des Vaters fort – allerdings war er bei Weitem ambitionierter.«

»Du sagtest doch gerade, Francis sei ausgesprochen erfolgreich gewesen.«

»War er, im Vergleich zu seiner Konkurrenz. Aber nicht im Vergleich zu seinem Sohn. Frederic McFadden verspricht Unternehmen keinen Rechtsbeistand. Er sorgt dafür, dass sie keinen brauchen.«

»Lass mich raten – nicht, indem er sie zur Integrität erzieht?«

Lilou lächelte traurig. »Er ist der Teufel. Seit es Arbeitsteilung gibt, gibt es Korruption. McFadden jedoch hat daraus eine Dienstleistung gemacht. Das Gesetz hat die Reichen schon immer bevorzugt. Aber während sie es früher selbst biegen mussten, übernimmt McFadden die Arbeit für sie. Auch das Risiko. Das kann er sich teuer bezahlen lassen, seine Kunden interessieren Preise nur selten. Und McFadden ist nicht nur ein Naturtalent, er lernt auch schnell. Das Geschäft ist eine Goldgrube. Sein Erfolg spricht sich herum: Nach dem ersten Jahr hatte er die geerbten Millionen verzehnfacht, nach dem zweiten war er Milliardär. Inzwischen nehmen ihn sogar die Ölscheichs ernst.«

Lilou erzählte nüchtern, unprätentiös, nichts an ihr wirkte, als wolle sie Eindruck schinden. In schweigendem Staunen war Bimal ihrer Erzählung gefolgt.

»Ölscheichs?«, fragte er jetzt. »Was kann McFadden denn einem saudischen Prinzen bieten, was der nicht schon hat?«

»Nicht die Saudis. Katar. Die Fußballweltmeisterschaft 2022 hat McFadden ihnen besorgt. Das war sein finaler Durchbruch. Inzwischen sind alle bei ihm.«

»Bestechungs-Outsourcing spricht sich herum?«

»Wie gesagt, an der Spitze der Macht kennt man sich.«

»Ja, aber du willst doch nicht behaupten, dass ein einzelner Mann die komplette Machtelite der Welt betreut.«

»Es gibt natürlich andere, die sich zu profilieren versuchen. Bisher ohne rechten Erfolg.« Lilou zuckte mit den Schultern. »Herdentrieb.«

»Superreiche verhalten sich wie Schafe?« Bimal wollte es nicht glauben.

»Denk an die Panama Papers. Reiche besitzen zahllose Möglichkeiten, Steuern zu hinterziehen. Und trotzdem – sie gingen alle zu einem einzigen Dienstleister in Panama-Stadt. Natürlich nicht physisch; Mossack Fonseca hatte Niederlassungen in der ganzen Welt. Genau wie McFadden heute in jeder Metropole ein Büro betreibt.«

»Korruptionsbüros?« Bimal schüttelte den Kopf. »Man klingelt und gibt seine Bestellung auf? Und niemand wird misstrauisch?«

»Doch, natürlich. Aber der wird dann zum Schweigen gebracht. Mit Geld oder Gewalt. McFadden ist ein Teufel – doch er ist auch brillant. Es sind ja keine Büros im herkömmlichen Sinne. Scheinfirmen, echte Firmen mit falschen Abteilungen, Einzelpersonen, die für ihn arbeiten. Du kannst dir die Dimensionen nicht vorstellen. McFadden hat einen unfassbaren Markt eröffnet. Er schleust die Geldströme so geschickt, dass sie kaum zurückzuverfolgen sind. Es passiert, dass er ein viele Millionen teures Unternehmen kauft, es dann ein einziges Mal als Strohfirma nutzt und wieder abstößt. Manchmal mit Millionenverlusten, aber die stellt er seinen Kunden in Rechnung, und die zahlen. Die Summen sind gigantisch.«

»Das ist doch unmöglich zu organisieren.«

»Es erfordert eine Menge Raffinesse, aber es geht. Zuerst muss das Geld an McFadden überwiesen werden. Hier haben sich Stiftungen bewährt. McFadden hat sechs oder sieben davon, inzwischen vielleicht auch mehr. Stiftungen können unsäglich viel Geld versickern lassen. Wurden wirklich zwei Millionen indische Kinder ärztlich untersucht oder nur achthunderttausend? Niemand zählt, wie viele Aids-Medikamente eine NGO in Afrika tatsächlich verkauft hat. Oder die Forschung an Medikamenten: Jahrelange Tests können Milliarden verschlingen, und dennoch wird niemand misstrauisch, wenn danach kein Heilmittel gefunden ist. Und jetzt kommt das Beste: McFaddens Kunden überweisen ihr Geld als Spende. Sie können es steuerlich absetzen.«

Bimal erinnerte sich an Aulnay-sous-Bois. »*The Children's Best* gehört zu McFadden?«

»Ja. *TCB* arbeitet offiziell an einem massentauglichen Impfstoff für Malaria. Aber sie haben nicht einmal ein Labor.«

»Und wenn Kontrollen kommen?«

Lilou lächelte müde. »Bimal, du hast keine Vorstellung, wie vernetzt McFadden mittlerweile ist. Früher gab es wohl ab und zu Nachfragen zu dem ein oder anderen Unternehmen, in den Neunzigern war das, lange vor meiner Zeit. Dann wurden entweder die Kontrolleure bestochen oder, wenn das nicht möglich war, jemand, der ein passendes Labor zur Verfügung stellen konnte. Oder es wurde schlichtweg eins gekauft. Du musst bedenken: Wer von McFadden Geld angenommen hat, muss fürchten, dass er, wenn McFadden auffliegt, mit ihm unter die Räder kommt. Und es haben viele Geld von ihm angenommen.«

»Wie leitet er das Geld an die Leute weiter, die er bestechen soll? Wie wäscht er es?«

»Er nutzt eine Vielzahl an Methoden. Vier der zehn umsatzstärksten Kasinos in Las Vegas gehören ihm. Er managt Sport- und Kulturevents; niemand zählt die verkauften Karten nach. Er besitzt Versicherungen, die Scheinkunden führen. Sobald eine Versicherung international operiert, wird es schier unmöglich, die Identität ihrer Versicherten zu überprüfen. Der Vorteil ist, dass je nach Bedarf höhere Einnahmen durch mehr vermeintliche Beitragszahler verbucht werden können – oder höhere Ausgaben durch mehr vermeintliche Schadensfälle. McFadden besitzt über zwanzig Banken, von denen die Hälfte nur auf dem Papier existiert. Wohl in Andenken an seinen Vater hat er Rohstofffirmen gekauft. Diese runden dann ihre Fördermengen großzügig auf. Bauunternehmen – die ebenfalls ihm gehören – verbauen die Rohstoffe. Aber da die Rohstoffe nicht genügen, müssen sie nachordern, die Mehrkosten werden an den Bauherrn weitergegeben. Der Bauherr besteht aus einem Briefkasten auf einer Pazifikinsel. Der Briefkasten gehört McFadden. Er hat so viele Trusts so vielfältig verflochten, dass er selbst sie nicht entwirren könnte. Was er auch gar nicht bezweckt.«

»Warum muss er denn das Geld überhaupt waschen, wenn er all die Scheinfirmen besitzt? Bestechung?«

»Genau. Und die Bestochenen fühlen sich wohler, wenn sie belegen können, wer ihre zusätzliche Finca auf Mallorca finanziert hat. Gerade, wenn es Politiker sind. Was Immobilien betrifft, werden diese normalerweise den Zielpersonen günstig verkauft – zum Beispiel von einem Rohstoffunternehmen – und ein paar Jahre später teurer wieder abgenommen, zum Beispiel von einer Versicherung.

Andere Möglichkeiten sind Beraterhonorare, die die Zielpersonen ausgezahlt bekommen, ohne dass sie je einen Fuß in die Firma gesetzt hätten. Oft gibt es die Firma ja auch nur auf dem Papier. Manchmal wird ihnen eine bestimmte Aktie empfohlen. Die kaufen sie, und zwei Tage später investiert ein Hedgefonds ein paar Milliarden, die Aktie macht einen Sprung, und schon hat man ein hübsches Sümmchen verdient – ein bisschen Startkapital vorausgesetzt. Doch das ist eigentlich immer vorhanden. Zielpersonen sind generell die Entscheidungsträger. Und die sind reich. Das macht McFadden so erfolgreich.«

»Ja«, pflichtete Bimal bei. Er hatte sich lange genug an ähnlichen Strukturen abgearbeitet. »Die Reichen sind viel korrupter als die Armen. Wer sich alles mit Geld kauft, findet es nicht verwerflich, andere zu kaufen. Und von da ist es nur ein kleiner Schritt noch, es nicht verwerflich zu finden, sich selbst kaufen zu lassen.«

»Und es ist nur die Spitze des Eisbergs. Denn die Zielpersonen werden nicht nur mit Geld bestochen, sondern auch mit Macht.«

»Was meinst du damit?«

»Ganz schlicht und sehr beliebt sind Parteispenden. Niemand findet etwas dabei, wenn ein Unternehmen eine Partei unterstützt. Es nimmt ja nicht einmal jemand Anstoß daran, wenn ein Unternehmen zwei konkurrierende Parteien unterstützt. Goldman Sachs in den USA hat für Republikaner und Demokraten gleichermaßen gespendet. Ganz öffentlich. In so einem Umfeld hat McFadden leichtes Spiel. Aber natürlich gibt es auch subtilere Möglichkeiten der Unterstützung. Ein Manager, der in den Vorstand will, kann finanziell nicht mehr bieten als ein Manager, der im Vorstand ist. Aber wenn McFadden Ersterem hilft, sein Ziel zu erreichen, steht dieser in seiner Schuld und wird sich bei Gelegenheit erkenntlich zeigen.«

»Ein Mafiafilm.«

»Mit einem sehr, sehr mächtigen Paten. Und seit das Internet die Meinung prägt, ist er noch mächtiger geworden. Macht lässt sich jetzt online kaufen.«

»So wie Putin es getan hat? Mit gefälschten Nachrichtenportalen und Trollen in Kommentarspalten?«

»Zum Beispiel. Wobei menschliche Trolle keine rosigen Zukunftsaussichten haben. Bots sind weitaus leistungsfähiger. Bots erkennen viel schneller, worum es geht, wählen die entsprechenden Textbausteine und posten drauflos. Millionenfach. Wenn die Posts zu schnell gelöscht oder anders als erwartet kommentiert werden, passt der Algorithmus die Texte an.« Lilous dunkle Augen funkelten. »Aber woher bekomme ich solche Bots?«

»McFadden?«

»McFadden. Noch spannender ist die Big-Data-Auswertung. Viele haben die Entwicklung seit Jahren gefürchtet, McFadden hat gehandelt. Es gibt weltweit drei relevante Firmen, die Big Data verwenden, um individuelle Persönlichkeitsprofile zu erstellen. McFadden hat alle drei Firmen gekauft. Natürlich ohne die Öffentlichkeit erfahren zu lassen, dass die Firmen jetzt ein gemeinsames Dach besitzen. Nicht einmal die Firmen selbst wissen das. Die User-spezifischen Posts auf Facebook, mit denen Trump im Wahlkampf beworben wurde, waren nur ein Vorgeschmack dessen, was inzwischen möglich ist.« Lilou nahm einen Schluck aus ihrer Tasse.

Bimal hatte hundert Fragen. Er stellte die, die ihm am heißesten auf der Zunge brannte: »Wenn du das alles weißt, wenn du für ihn gearbeitet hast, warum wohnst du dann hier?« Er zögerte. »Und warum bist du noch am Leben?«

Lilous große dunkle Augen verloren ihren Glanz. Sie wich Bimals Blick aus, sah auf die Tasse in ihren Händen. Bimal wartete. Minutenlang schwiegen sie.

»Ich würde gerne behaupten«, sagte sie schließlich, »dass mich das schlechte Gewissen gepackt hat.«

»Aber …?«

»Ich hatte kein schlechtes Gewissen. Es war Gérard. Er war derjenige, der aufgewacht ist. Als es mit Syrien schlimmer wurde.«

»Syrien?«

»Die rote Linie, die Obama gezogen hat. Sollte es zu Giftgasangriffen seitens Assads kommen, wollte Obama eingreifen. Die Angriffe kamen, und Obamas Berater schickten ihn in den Kongress, wo ihm die Intervention versagt wurde.«

»Und was hattet ihr damit zu tun?«

»Wir haben sowohl die Berater bezahlt als auch einige Stimmungsmacher im Kongress. War nicht billig, aber für einen Saudi okay.«

»Die Saudis waren das? Aber die sind doch mit den USA verbündet, dachte ich.«

»Vergiss, was in der Presse steht.«

»Das heißt?«

»Eigentlich ist McFadden neutral, offiziell bilden wir uns keine Meinung zu den Aufträgen unserer Kunden. Persönlich denke ich: Die Saudis wollten dem IS den Weg nicht verbauen. US-Soldaten in Syrien hätten seine Ausbreitung enorm gedämpft.«

»Und dieser Gérard bekam damals Gewissensbisse?«, nahm Bimal den Faden wieder auf.

»Du kennst ihn. Gérard Courier. Wir hatten eine Affäre. Er hat mit McFadden geredet. Er wollte, dass McFadden seine Arbeitsweise ändert, dass er nicht mehr jedem Kunden vorbehaltlos Hilfe gewährt. Gérard erzählte mir direkt danach von dem Gespräch, und ich dachte nur: Jetzt ist es aus. McFadden kann Zweifler nicht ausstehen. Doch vor allen Dingen erfordert sein Geschäftsmodell absolute Loyalität. Nach der ersten Schreckminute habe ich die Auftragshistorie kopiert. Inklusive des Codes, der die eingehenden Gelder mit den ausgehenden verband. Denn natürlich hatten wir die Zuordnung von Sender und Empfänger verschlüsselt. Unser gesamtes Geschäftsmodell basierte ja darauf. Dann bin ich mit Gérard getürmt. Erst nach Paris. McFadden habe ich darauf hingewiesen, dass er uns in Ruhe lassen soll, dann veröffentlichen wir die Liste nicht. Gérard wollte aber genau das – dass wir sie der Presse geben. Ich habe mich geweigert. Die Daten waren unsere Lebensversicherung.«

Lilou wischte mit einer Serviette langsam über einen Teefleck auf dem Beistelltischchen. »Was soll ich sagen. Wir haben uns getrennt. Ich bin nach Marseille, er zurück nach Saint-Flour.« Sie lachte freudlos. »Beweise suchen. Ich hatte die Liste, und Gérard wusste so gut wie ich, dass es aussichtslos war, mit leeren Händen gegen McFadden vorzugehen.«

»Sie behelligen dich nicht, weil sie Angst davor haben, du veröffentlichst die Daten? Könnten sie nicht einfach aus dem Hinterhalt zuschlagen?«

Lilou strich mit der Fingerkuppe den Rand ihrer Teetasse entlang. »Nun, sie wissen, dass ich weiß, dass ich ihrer Rache nicht entkäme, wenn ich die Daten veröffentlichen sollte. Was sie nicht wissen können, ist, welche Vorkehrungen ich getroffen habe, welche Menschen eingeweiht sind, angewiesen sind, bei meinem Verschwinden zu handeln.« Lilou lächelte matt. »Bisher jedenfalls lassen sie mich in Ruhe.«

Bimal schluckte. »Ich hoffe, ich habe dich nicht in Gefahr gebracht.«

»Mach dir um mich keine Sorgen.«

Sie schwiegen. In die Stille hinein erklang eine kastenförmige Uhr, aus der ein kleiner hölzerner Vogel heraussprang. Bimal zuckte erschrocken zusammen. Schon verschwand der Vogel wieder, die Stille kehrte zurück.

»Wir haben uns seitdem nicht mehr gesehen«, bemerkte Lilou gedankenverloren.

»Das tut mir leid.«

»Muss es nicht. Wie merkwürdig, dass Gérard noch immer in Saint-Flour wohnt. Dass McFadden ihn gewähren lässt. Dass er noch immer nicht aufgegeben hat.«

Der Mann, den Bimal gesehen hatte, hatte aufgegeben. Doch Bimal sagte nichts.

»Ich habe Angst, Bimal«, sagte Lilou.

»Ja«, sagte Bimal, »ich auch.«

»Nicht vor McFadden. Klar, er lässt mich beobachten. Sicher auch Gérard. Und irgendwann wird er uns holen. Aber das ist es nicht, wovor ich Angst habe. Ich habe Angst, dass die Welt zugrunde geht.«

Lilou hob zum ersten Mal seit mehreren Minuten den Blick und sah Bimal direkt an. »Und ich habe Angst«, sagte sie, »dass ich eine Schuld auf mich geladen habe, für die es keine Sühne gibt.«

42. Kapitel

Moskau, Russland; Dienstag, 12:49 Uhr UTC+3

»Also willst du?«

Maurizio grinste spitzbübisch: »Solange du mir sagst, was ich zu tun habe.«

Conrada fiel ein Stein vom Herzen. Sie versprach es. Nicht nur der Posten des Abteilungsleiters war frei geworden, auch ein neuer Delegationschef wurde gebraucht. Conrada hatte Venizelos Maurizio vorgeschlagen, und der Generalsekretär des EAD hatte zugestimmt – wenn auch fürs Erste nur zur kommissarischen Leitung. Die EAD-internen Regularien erlaubten kaum Ad-hoc-Beförderungen. Dass Conrada so formlos Exekutivdirektorin geworden war, war nur der Dringlichkeit der Lage und Mogherinis persönlichem Wunsch zu verdanken.

Conrada versammelte umgehend das Team. Je früher die neue Hierarchie offiziell gemacht wurde, desto früher konnte man der russischen Seite formal korrekt begegnen. Gestern wäre sie um ein Haar einem Attentat zum Opfer gefallen, ihr Mann hatte sich von ihr getrennt, nur Tage zuvor war ein anderer Mann für sie gestorben – vermutlich hätte sie sich eine psychotherapeutische Betreuung suchen sollen.

»Los geht's«, sagte Conrada und nickte ihrem frischgebackenen Botschafter zu. Conradas Therapie war die Arbeit. Gemeinsam traten sie vor ihre Mitarbeiter und verkündeten die neuen Gegebenheiten, standen im Anschluss zu allen Fragen Rede und Antwort. Erleichtert stellte Conrada fest, dass niemand murrte. Sie selbst war fachfremd hereingeplatzt, was für das soziale Gefüge schon genügend Konfliktpotenzial barg. Maurizio jedoch wandelte sich vom Kollegen zum Chef – ein Prozess, der regelmäßig vorkam und ebenso regelmäßig Neid und Missgunst hervorrief. Aber Conrada hatte Maurizio als umgänglich und kompetent erlebt, und offenbar teilten seine zukünftigen Untergebenen diese Einschätzung. Conrada selbst würde sich noch beweisen müssen, da machte sie sich nichts vor.

Nachdem es keine Fragen mehr gab, ordnete sie an, das russische Außenministerium MID über die Personalie zu informieren. Überraschenderweise meldete dieses sich direkt mit den Worten zurück, man freue sich auf die Zusammenarbeit. Im Übrigen veranstalte man am späten Nachmittag eine Pressekonferenz, in der man seinen internationalen Partnern versichern werde, dass Präsident Wladimir Wladimirowitsch Putins Ermordung nichts an der russischen Bereitschaft für eine aufrichtige Zusammenarbeit ändere. Und wenn es sich so kurzfristig überhaupt einrichten ließe, lade man Dr. van Pauli und Herrn Pellegrini ausdrücklich ein, an der Konferenz teilzunehmen.

Sie hatten nur zwei Stunden Zeit. Conrada telefonierte mit Venizelos und DSG-POL, in der Zwischenzeit entwickelten Maurizio und das Team einen Katalog möglicher Fragen und Antworten. Traditionell balancierte der EAD gegenüber Russland zwischen verschiedenen sehr unterschiedlichen Positionen. Die ehemaligen Sowjetrepubliken Osteuropas forderten eine klare Kante und härtere Sanktionen. Die Westeuropäer wollten Geschäfte machen und verlangten eine offene Haltung, die Sanktionen sähen sie am liebsten abgeschafft.

Eine Dreiviertelstunde bevor sie in den Wagen steigen müssten, zogen sich Conrada und Maurizio in das Botschafterbüro zurück, um sich final abzusprechen.

Die Einrichtung war seit dem gestrigen Tag nicht verändert worden. Beklommen sah Conrada die Fotos an der Wand. Viggo mit russischen Ministern, beim Segeln, in der Mitte seiner Delegation.

»Es ist fast«, flüsterte Maurizio, »als könnte er jeden Augenblick durch die Türe kommen.«

»Hatte er Kinder?«, fragte Conrada.

Maurizio schüttelte den Kopf.

»Wie lange habt ihr euch gekannt?«

»Seit ich in Moskau bin. Vier Jahre.«

»Packst du das? Die Pressekonferenz, ich meine, so schnell, nachdem er …« Conrada verstummte.

Maurizio zuckte mit den Schultern. »Ich weiß nicht. Nichts tun wäre schlimmer.«

Zwei hohe Bücherregale standen links und rechts neben dem Schreibtisch. Conrada strich über die Buchrücken. Generation um Generation von Genies hatte ein unfassbares Wissen gesammelt. Und wozu? Am Ende wurde doch alles wieder zu Asche.

»Und du?«, holte sie Maurizio aus ihren Gedanken zurück.

»Was?«

»Was ist mit dir, Conrada? Du bist beinahe umgekommen. Geht es dir gut?«

»Ich weiß nicht.« Sie warf Maurizio ein erschöpftes Lächeln zu. »Nichts tun wäre schlimmer.«

»Ja.« Maurizio trat zum Fenster, sah hinaus. Conrada folgte ihm, gemeinsam beobachteten sie das graue Wasser der alten Moskwa.

»Manchmal«, sagte Conrada, »hasse ich die Diplomatie. Du baust eine Beziehung auf zu Machtmenschen, Autokraten, sogar Mördern, bist freundlich und lächelst, selbst wenn du weißt, dass dein Gegenüber deine Kinder umbringen würde, wenn ihm das einen Vorteil verschaffen könnte – und das machst du für Wochen, Monate, manchmal Jahre, und dann kommt irgendwas, eine Wahl im Nachbarland, ein geleaktes Dokument, irgendeine winzige Störung, ein Härchen in der Bouillon, ein Staubfleck auf der Linse, und die ganze Arbeit war umsonst.«

»Ja. Und manchmal, wenn man denkt, alles ist verloren, passiert es andersherum. Ein kluges Wort nur, eine kleine Geste, und du vermeidest einen Krieg, den andere für unausweichlich hielten.«

»Ach, Maurizio. Ich würde so gern daran glauben. Aber wenn du immer und immer wieder versuchst, ein Gespräch konstruktiv zu gestalten, und dann poltert irgendein Alphatier, und sofort rennt die ganze Herde hinterher, verzweifelst du irgendwann. Manchmal liege ich nach einer Konferenz auf meinem Hotelbett und fühle mich so fertig, als hätte man mir alles Mark aus den Knochen gesaugt. Ich bin hier, weil ich geglaubt habe, verschiedene Meinungen könnten sich gegenseitig befruchten. Und jetzt verbringe ich den lieben langen Tag mit Worthülsen und damit, meine eigene Meinung so gut zu verbergen, wie es nur geht. Während die anderen die Ellenbogen ausfahren, heuchle ich Rücksicht. Und was erreiche ich damit? Die Alphatiere trampeln lachend über mich hinweg.«

»Du bist zu hart zu dir. Du bist die beste Diplomatin, die ich kenne.«

»Nimm mich in den Arm, Maurizio.«

Maurizio tat es. Sie reichte ihm kaum bis zum Kinn. Conrada legte den Kopf an seine Brust und hörte auf seinen Herzschlag. Ein dumpfes, unbeirrbares Pochen, nicht übermäßig schnell, nicht übermäßig langsam. Wie viele Leute sie in ihrem Leben traf, dachte sie, und wie wenigen sie nahekam. Sie roch Rasierwasser, spürte die Knöpfe von Maurizios Hemd an ihrer Wange. Alles wurde am Ende Asche. Der Gedanke machte sie nicht nur traurig. Er beruhigte sie auch. Nicht nur Don Quichotte segnete irgendwann das Zeitliche – auch die Windmühlen taten es. Nicht nur der Hamster, auch das Hamsterrad und selbst der Konstrukteur des Hamsterrades waren letztendlich dem Untergang geweiht. Conrada vermisste die Religiosität ihrer Kindheit. Nicht das Glauben im Sinne der Religionen, das hatte sie lange aufgegeben. Mehr ein Sehnen war es nach dem Gefühl, dass nicht alles verschwand, sobald man die Augen abends schloss. Sie schloss die Augen, und Maurizio war noch da. Sie fühlte, roch ihn, hörte seinen gleichmäßigen Atem. Und plötzlich überschwemmte sie ein euphorisches Gefühl, eine Lust am Feiern des Augenblicks, des Vergänglichen. Nur das Wissen um den Verfall verschaffte dem Schönen Bedeutung. Am Ende mochte alles Asche sein. Doch nur so konnte es zuvor Feuer werden. Und mit einem Mal erkannte Conrada, dass sie diesen Preis zu zahlen bereit war.

Sie küsste ihn.

Sie öffnete die Knöpfe seines Hemdes und tastete sich unter dem Stoff seinen Rücken hinauf. Sie schob ihm das Sakko von den Schultern, dass es raschelnd zu Boden glitt. Sie schälte sich aus ihrem Blazer. Sie strich ihm mit der Nase über das Kinn. Sie umfasste seinen Nacken und zog seine Lippen zu den ihren herunter. Sie löste die Spange aus ihren Haaren. Sie öffnete ihre Bluse. Sie öffnete seinen Gürtel. Sie nahm seine Hände und legte sie auf ihre Brüste. Sie fuhr mit ihren Fingerkuppen die Kontur seiner Brustmuskeln entlang. Sie zupfte mit ihren Zähnen an seiner Unterlippe. Sie kratzte ihm über den Oberarm. Sie küsste ihm das Schlüsselbein. Sie drückte ihn zu Boden, schälte ihn aus der Anzughose, legte sich auf ihn. Sie fasste ihm in die Haare. Sie biss ihm in den Hals. Sie folgte dem uralten Rhythmus.

Unten, auf der anderen Seite der Straße, floss schweigend die alte Moskwa.

»Wir sprechen den Angehörigen der Opfer unser tiefstes Mitgefühl aus«, erklärte Conrada auf Englisch, »der Russischen Föderation wünschen wir Kraft und Zuversicht bei der Bewältigung dieser Tragödie.«

Der Pressesaal des MID war nicht einmal zur Hälfte gefüllt. Das war keine Überraschung; ausländische Medien gab es in

Moskau schon länger nicht mehr viele, die russischen beschäftigten sich aktuell verständlicherweise vorrangig mit der Innenpolitik. Conrada wich entgegen ihrer Gewohnheit kaum vom Skript ab. Das warme Gefühl in ihrer Köpermitte war noch zu präsent, um aus dem Stegreif die geeigneten Worte zu finden.

»Die Europäische Union teilt den Wunsch Russlands nach einer freundlichen Zusammenarbeit auf Augenhöhe. Sosehr uns der Verlust unserer verdienten Mitarbeiter Viggo Nielsen und Matej Matušek schmerzt, so froh sind wir, Herrn Pellegrini als neuen Botschafter für Moskau gewonnen zu haben.« Sie drehte kurz den Kopf und nickte Maurizio zu, der neben ihr auf dem Podium stand, ruhig, aufrecht, der Anzug faltenfrei wie stets.

»Ich selbst werde Herrn Matušeks Arbeit fortsetzen«, fuhr sie fort. »Eine Aufgabe, der ich mit großem Respekt begegne und der ich mich im Andenken an Herrn Matušeks Fleiß, an seine Klugheit und seine Hingabe mit ganzem Herzen widmen will. Herzlichen Dank für Ihre Aufmerksamkeit.«

Der russische Beamte, der die Konferenz leitete, erklärte, dass Frau Dr. van Pauli und Herr Pellegrini nun für Fragen zur Verfügung stünden.

Zögerlich meldeten sich ein paar Journalisten, fragten jedoch nichts, was Conradas diplomatisches Geschick herausgefordert hätte. Eine Kopie des vorbereiteten Katalogs lag ungeöffnet vor ihr auf dem Pult.

Ein Mann in der hintersten Reihe hob den Arm. Conrada erteilte ihm das Wort.

»Was sagen Sie zu den Vorwürfen, die EU habe die am Attentat beteiligten tschetschenischen Terroristen finanziert, um Russland zu destabilisieren?«

Das Gerücht war Conrada völlig neu, doch die Stimme des Fragestellers kam ihr bekannt vor.

»Woher stammen diese Vorwürfe denn?«

»Sind sie wahr?«

»Nein.«

»In einem Interview vom vergangenen Samstag, das Sie in Buenos Aires gegeben haben, sagten Sie, manchmal erfordere der marode Zustand eines Systems einen Regierungswechsel.«

Jetzt wusste Conrada, woher sie die Stimme kannte. Es war dieselbe, von der sie letzte Nacht aus dem Scheinwerferlicht heraus verhört worden war. FSB.

»Worauf wollen Sie hinaus?«, fragte sie.

»Ist es nicht merkwürdig, dass die EU so schnell einen Nachfolger für Matušek gefunden hat? Jemanden, der sich nur ein paar Tage zuvor als moralische Instanz aufgespielt hat?«

Regungen im Publikum. Das war es also. Man diskreditierte sie bereits am ersten Arbeitstag. Sie spürte keinen Zorn. Der Mann wurde auch nur bezahlt. Es war sein Beruf, Misstrauen zu säen. Fast bemitleidete sie ihn.

»Kein Kommentar«, sagte sie.

»Stimmt es«, fragte der Agent, »dass der FSB Sie als Komplizin der Attentäter verdächtigt?« Die Leute im Saal waren auf einen Schlag hellwach, begannen sich Notizen zu machen.

Conrada war beeindruckt. Selbst wenn sie wortlos die Bühne verließe, die Wunde war geschlagen. »Fragen Sie den FSB«, sagte sie.

»Stimmt es, dass Sie an dem Umsturz in Brasilien ebenfalls mitgewirkt haben?«

Alles wird Asche, dachte Conrada ohne Groll. Das ist der Preis des Feuers.

»Ich möchte Ihnen eine Gegenfrage stellen«, sagte sie. »Wenn die Bevölkerung Russlands zwischen Colasanti und dem FSB wählen dürfte – was glauben Sie«, Conrada erlaubte sich ein Lächeln, »wer gewinnt die Wahl?«

43. Kapitel

Athen, Griechenland; ein paar Wochen zuvor

Giannis rieb sich den Schlaf aus den Augen. Es wurde schon dunkel. Zeit, sich nach Kohle umzusehen. Er stieg aus seinem Schlafsack und streckte sich. Dann kletterte er über die Fixer, ohne deren Flüche zu beachten. Früher hatte er gewöhnlich ein paar Hundert Schritte weiter in Exarcheia geschlafen; aber das Anarchoviertel Athens konnte Junkies nicht ausstehen, mehrmals war Giannis halb totgeprügelt worden.

Seit er am Omonia-Platz sein Lager aufgeschlagen hatte, hatte er keinen Stress mehr. Hier herrschte die Königin, da traute sich niemand Fremdes rein. Wie die meisten Sniffer verabscheute Giannis die Fixer, aber ein sicherer Schlafplatz war viel wert.

Er trat Kostas in die Seite. Kostas knurrte irgendwas, drehte sich um und schlief weiter. Giannis trat ihn noch einmal. Er war nicht fit genug, um allein zu rödeln. Kostas zischte ihm eine Beleidigung zu, stand aber auf. Sie machten sich auf den Weg Richtung Kolonaki. Hier gingen abends viele Ausländer essen, seit der Syntagma-Platz von den Demonstranten in Beschlag genommen worden war. Und Ausländer waren die Einzigen, die eine lohnenswerte Beute versprachen.

Nicht heute. Stundenlang trieben Giannis und Kostas sich zwischen den Boutiquen und Restaurants herum, ohne ein geeignetes Ziel ausfindig zu machen. Athen war ein Loch geworden. Vor ein paar Jahren hatten die im Fernsehen behauptet, es gehe wieder aufwärts, die große Krise sei vorbei. Schwachsinn. Die fetten Schweine, die das behaupteten, hatten nie die Straße gesehen. Inzwischen machten sich sogar die Ticker Richtung Saloniki aus dem Staub, weil die Junkies hier sie nicht mehr bezahlen konnten.

Giannis begann zu schwitzen. Es war anderthalb Wochen her seit der letzten ergiebigen Aktion. Und selbst wenn man Geld hatte, war das Zeug, das man bekam, so gestreckt, dass man sich stattdessen einfach eine Tüte Mehl reinziehen konnte. Kostas schlug vor, beim Syntagma vorbeizuschauen. Vielleicht fänden sich dort ausländische Journalisten. Giannis stimmte zu.

Doch auch das war vergebens. Nur zeltende Demonstranten und die Polizeikette, die das Parlament schützte. Journalisten waren nirgendwo zu sehen. Giannis interessierte sich nicht für Politik. Aber dass die EU sich einen Dreck um das Schicksal Griechenlands scherte, wusste er so gut wie jeder andere. Die griechische Regierung selbst war hoffnungslos verloren. Die Demonstranten, die ihre Nächte vor dem Parlament verbrachten, mussten das ebenfalls wissen. Wahrscheinlich hatten sie schlicht nichts Besseres zu tun.

Giannis schon. Er brauchte seine weiße Lady. Dringend. Der kalte Schweiß klebte ihm das Hemd an den Rücken. Monastiraki, schlug Kostas vor. Sie wussten beide, dass es sinnlos war, nachts im Shoppingviertel zu suchen. Aber was hätten sie tun sollen?

Nervös und ohne große Hoffnung liefen sie an den Souvenirgeschäften vorbei. Überall waren die metallenen Rollläden heruntergelassen – viele davon blieben auch tagsüber unten. Dass sich früher lärmende Touristenströme durch diese engen Gassen gewunden hatten, kam Giannis wie ein makaberes Märchen vor.

»Halt«, flüsterte Kostas und blieb stehen. Sie lauschten. Tatsächlich, da sprach jemand. Kein Griechisch. Es musste ein Ausländer sein. Aufgeregt folgten sie der Stimme. Sie wurde lauter. Ein Mann im Anzug trat ins gelbliche Licht der Straßenlaterne, kam ihnen entgegen. Er telefonierte. Giannis zitterte der Unterkiefer vor Anspannung. Wenn es ein aktuelles Galaxy-Modell war, bekämen sie mindestens fünfzig Euro dafür. War es ein iPhone, bekämen sie mehr. Leicht wäre die Aktion nicht. Der Mann war ein Koloss. Giannis warf Kostas einen Blick zu, Kostas nickte. Sie waren ein eingespieltes Team, die Überraschung würde ihnen helfen.

Gemeinsam gingen sie auf ihr Opfer zu, blieben vor ihm stehen.

»Entschuldigen Sie«, sagte Giannis auf Englisch, »können Sie uns sagen, wie viel Uhr es ist?«

Der Berg musterte sie einen Augenblick misstrauisch, dann nahm er das Telefon vom Ohr und schaute auf das Display. Giannis schlug das Herz wie wahnsinnig. Es war ein iPhone. Kostas griff blitzschnell danach, riss es dem Koloss aus der Hand. Giannis warf sich nach vorn, brachte ihren Gegner zum Taumeln, bevor der überhaupt wusste, wie ihm geschah.

Dann rannte Kostas los, Giannis sofort hinterher. Der Koloss schrie etwas und verfolgte sie. Kostas bog in die erste Seitenstraße ab, Giannis floh geradeaus weiter. Wie geplant heftete sich der Koloss an Giannis' Fersen, Kostas und die Beute waren sicher. Jetzt musste Giannis nur noch den Verfolger abschütteln. Nur noch. Der Typ war verflucht schnell. Wie konnte solch ein Bulle so schnell sein? Giannis brannte die Lunge, er war nicht in Topform. Er kannte sich perfekt aus, aber egal welchen Schleichweg er nahm, sein Verfolger blieb hinter ihm.

Erschöpft gab er auf. Er beugte sich nach vorn, stützte sich auf den Knien ab und rang keuchend nach Luft. Sein Verfolger kam neben ihm zum Stehen.

»Gib mir mein Telefon zurück«, verlangte der ruhig. Er war nicht im Mindesten außer Atem.

»Hat der andere.« Giannis hob entschuldigend die Hände. Er konnte Englisch ganz gut, er hatte früher in Monastiraki Fußballtrikots verkauft.

»Führ mich zu ihm.«

»Ich weiß nicht, wo er ist.« Obwohl Giannis tatsächlich nicht wusste, wo sich Kostas gerade befand, klang es selbst in seinen eigenen Ohren wie eine ausgesprochen erbärmliche Ausrede. Von Nahem sah der Koloss noch bedrohlicher aus. Ein Turm aus Muskeln, vom Sakko nur notdürftig verschnürt.

»Was zahlen die Hehler hier für ein Smartphone? Siebzig Euro? Hundert? Ich gebe dir hundertfünfzig, wenn ich es wiederbekomme.«

»Echt?« Giannis glaubte es nicht.

»Hier«, sagte der Koloss, zog einen Geldbeutel aus seiner Hosentasche und reichte ihm einen Fünfziger. Giannis nahm schnell das Geld. »Sind Sie sicher?«

»Das Telefon ist mir wichtig«, sagte der Koloss. »Bringen Sie es mir zurück.«

Scheiße, dachte Giannis, für hundertfünfzig Euro konnte er einen Monat lang chillen. Selbst wenn er Kostas was abgab.

»Erst muss ich Kostas finden.«

»Dann los.«

»Wo treffen wir uns?«

»Ich komme mit.«

Giannis versuchte den Koloss davon zu überzeugen, dass das keine gute Idee war, doch erfolglos. Zusammen gingen sie nach Omonia. Als Giannis mit dem Koloss die Fixergasse betrat, hoben sich die Blicke von den Nadeln. Ein Mann im Anzug war hier schon lange nicht mehr gewesen. Jemand mit Geld. In den Augenhöhlen der Junkies glühte es.

Giannis wich ihnen aus, so gut es ging, er hatte keine Lust auf Ärger. Hastig fragte er die paar Kumpels, denen er vertraute, ob sie Kostas gesehen hätten. Hatte niemand. Mistkerl. War direkt zu einem Schieber gerannt. Später würde er dann behaupten, keinen ordentlichen Preis bekommen zu haben, um den Löwenanteil selbst einzustecken. Stinkende Masche. Giannis erklärte dem Koloss, dass ihnen nichts übrig blieb, als die verschiedenen Schieber abzuklappern. Der Koloss nickte.

Sie hatten die Fixergasse kaum verlassen, als es um sie herum zu schlurfen begann. Hagere Gestalten lösten sich aus dem Dunkel der Hauseingänge. Junkies. Sie kamen von allen Seiten. Wenn die Junkies zu schwach wurden, um allein noch jemanden überfallen zu können, rotteten sie sich zusammen. Es waren vier, nein, fünf. Von der anderen Seite noch zwei. Scheiße. In ihren Händen blitzten die Nadeln. Giannis hatte nie verstanden, wie Touristen sich von Fixernadeln einschüchtern lassen konnten. Jetzt verstand er es. Von vorn kamen auch welche. Sie ächzten wie wandelnde Tote. Giannis wusste, dass die dürren Schatten nur noch Haut und Knochen waren, zusammengehalten von nichts als ihrer Gier nach der Gnade der Königin. Aber die Gier war absolut. Wenn die Fixer glaubten, Kohle finden zu können, Kohle für die Königin, verlieh die Königin ihnen eine Kraft jenseits des Menschlichen. Die Toten kamen näher. Giannis wurde panisch.

»Wir müssen hier weg«, schrie er. Seine Stimme überschlug sich. Verzweifelt suchte er nach einer Lücke, aber sie waren überall.

»Bleib«, sagte der Koloss. Er sagte es so kalt, dass Giannis ihm trotz allen Terrors gehorchte. Der erste Junkie war auf Armeslänge heran. Sein schwärender Hals schimmerte im verwaschenen Licht der Nacht. »Geld her«, röchelte er, mit einem Messer fuchtelte er vor dem Riesen herum. Der hielt auf einmal – Giannis hatte nicht die Bewegung gesehen – eine Pistole in der Hand, zielte auf den Totenschädel, die Mündung nur Zentimeter von der Stirn entfernt.

»Zurück«, befahl er auf Englisch. Tonfall und Waffe des Kolosses ließen keine Zweifel offen.

Fiebrig leuchtete es aus den Augenhöhlen des Schädels. Das Skelett starrte die Pistole an. Die anderen Zombies rückten näher. Giannis stöhnte vor Angst. Wer der Königin diente, fürchtete den Tod nicht, fürchtete nichts außer der Königin selbst. Giannis warf ihnen seinen Fünfzig-Euro-Schein entgegen. Mehrere warfen sich darauf, kämpften um den Schatz. Egal. Giannis würde sich nicht freikaufen können. Er war gemeinsam unterwegs mit dem Ausländer. Das genügte, dass sie ihn töten und durchsuchen würden.

»Zurück«, befahl der Koloss erneut. Noch immer war seine Stimme vollkommen ruhig. Das Skelett hob sein Messer, Giannis zuckte in Erwartung des Schusses. Doch der Koloss schoss nicht, reglos stand er da, ein Berg, umringt von giftigen, tödlichen Schatten. Das Skelett stockte nur eine Sekunde, dann drang es auf den Riesen ein, Giannis schrie auf vor Entsetzen, mit einem Kreischen stieß das Skelett zu.

Und brach tot zusammen. Im Hals steckte ihm das eigene Messer. Noch während es fiel, trat der Koloss ein zweites vor die Brust, dass es krachend in ein drittes geschleudert wurde. Ein viertes griff ihn mit einer Spritze an, der Koloss riss ihm den Arm auf den Rücken, ein knirschendes Geräusch, ein Röcheln, ein Schlag zwischen die Schulterblätter, das Skelett wurde in ein fünftes geschleudert, beide gingen zu Boden. Ein sechstes donnerte gegen einen geparkten Kleinlaster, die Alarmanlage heulte los, ein siebtes folgte, ein achtes rannte auf den Riesen zu, die Faust des Riesen zuckte, ein hässliches Knacken, das Skelett schlug auf den Asphalt und bewegte sich nicht mehr. Die anderen flohen.

»Wir sollten hier weg«, sagte der Riese. Sein Atem ging ruhig.

Giannis folgte wie in Trance.

Sie fanden Kostas nicht. Als es hinter der Akropolis zu dämmern begann, hatten sie von den fünf Hehlern, von denen Giannis wusste, drei ausfindig gemacht. Der vierte war gerüchteweise nach Saloniki abgehauen, vom letzten fehlte jede Spur.

»Gut«, sagte der Koloss. »Du hast es versucht.«

»Es tut mir leid«, entschuldigte sich Giannis.

»Macht nichts. Hier.« Der Koloss hielt ihm einen Hunderter hin. Giannis starrte ungläubig auf das Geld.

»Nimm.«

Zögerlich griff Giannis nach dem Schein. »Aber ich, also, das Telefon, ich meine …«

»Macht nichts. Du bist in Ordnung. Nimm ruhig.«

»Danke«, brachte Giannis nur hervor.

»Es ging nicht um das Telefon«, sagte der Koloss.

»Um was dann?«

»Ich habe dich kennenlernen wollen.«

»Weshalb?«

»Ich brauche jemanden, der sich auskennt in Athen. Der in Ordnung ist.«

Giannis begann zu zittern bei der Vorstellung daran, der Koloss könnte noch mehr Scheine für ihn haben. »Was immer Sie wollen, Sie können auf mich zählen.«

»Gut.« Der Koloss hielt ihm ein durchsichtiges Plastiktütchen hin. »Hier.« Das Tütchen war mit weißem Pulver gefüllt.

»Ist das …?«

Der Koloss nickte. »Eine Mischung.«

»Für mich?«

»Der beste Stoff, den du je probiert haben wirst. Verkauf es zum Preis deiner Wahl. Oder nimm es selbst.«

Giannis verstand nichts.

»Meine Firma bietet Drogen für Geschäftsleute an. Neue Mischungen testen wir vorher. Willst du als Produkttester arbeiten?«

»Im Ernst?«

»Ja. Du musst den Stoff nicht bezahlen. Wir treffen uns einmal die Woche, und du sagst mir, wie hoch der Andrang ist, welche Preise du machen kannst, wie die Rückmeldungen sind. Den Gewinn kannst du behalten.«

Giannis blickte mit klopfendem Herzen auf das Tütchen.

»Wenn ich Straßenpreise mache, habe ich das hier in einer Nacht vertickt.«

»Keine Sorge. Du bekommst so viel Nachschub, wie du willst.«

Es war die beste Zeit seines Lebens. Giannis wachte high auf und schlief high ein. Der Stoff war unglaublich, es gab keine Nebenwirkungen. Ein ununterbrochener Glücksrausch. In den ersten Tagen verkaufte Giannis noch, doch bald ließ er es bleiben. Jeden Montag traf er sich mit dem Koloss, bekam sein Tütchen und musste nichts tun, außer zu erzählen, wie das Zeug ankam. Großartig, natürlich. Es war verrückt. Es war unfassbar. Wenn der Koloss nach den Preisen fragte, erfand er welche, er kannte ja den Markt.

»Nein«, flehte Giannis, »bitte nicht, tun Sie das nicht.«

»Ich kann nichts daran ändern.« Die Stimme des Riesen war eisig.

Panik stieg Giannis die Luftröhre hoch, schnürte ihm die Kehle zu. »Bitte, ich brauche den Stoff.«

Immer verzweifelter hatte er zuhören müssen, wie der Riese erklärt hatte, dass die Testphase abgeschlossen sei. Dass Giannis' Dienste nicht länger benötigt würden. Scheiße.

»Willst du weiterhin für uns arbeiten?«

Hoffnung. »Ja«, rief Giannis, »ja!« Alles, alles würde er tun. »Ja! Was immer Sie wollen.«

»Gut. Hier, nimm.« Der Koloss reichte ihm einen kleinen silbernen Kasten. Giannis nahm ihn. »Ein Radio?«

»Nicht nur. Wenn du den roten Schalter betätigst, hast du dreißig Sekunden. Dann wird Pfefferspray freigesetzt.«

»Scheiße.«

»Mach, was ich dir sage, und wir testen weiterhin unsere Mischungen mit dir.«

»Was soll ich tun?«

»Heute Nacht, 23 Uhr, gehst du zum Syntagma und stellst das Radio zur Polizeikette vorm Parlament. Beim Brunnen. Du drückst den Knopf und gehst. Das ist alles.«

»Was? Wozu?«

»Heute Nacht, 23 Uhr. Nicht früher, nicht später. Wenn du es tust, treffen wir uns nächste Woche wie immer. Tust du es nicht, sehen wir uns nie wieder.«

44. Kapitel

London, Vereinigtes Königreich; Dienstag, 15:51 Uhr UTC+1

Frederic McFadden stellte die Steigung seines Laufbands eine Stufe höher. Vor ihm hing ein Monitor, und der Stream, der darauf gezeigt wurde, machte ihm die Schritte wunderbar leicht. Freunde vom FSB hatten ihm den Link zur Verfügung gestellt. Und so konnte er live dabei sein, als Conrada van Pauli dem skrupellosesten Geheimdienst der Welt den Kampf ansagte.

In dem Profil, das er über van Pauli gelesen hatte, wurde erwähnt, dass sie ebenfalls eine Läuferin war. Das Wissen um die Gemeinsamkeit verschaffte ihm ein geradezu erregendes Gefühl der Intimität.

Er schnaufte. Hauptsächlich wegen der sportlichen Anstrengung, ein bisschen vor Enttäuschung – er hätte gerne herausgefunden, wie tough van Pauli tatsächlich war. Bedauerlich, dass sich nun der FSB um sie kümmern würde.

45. Kapitel

Marseille, Frankreich; Dienstag, 16:41 Uhr UTC+2

Bimal verließ die Résidence le Beaumont durch den Hinterausgang. Mit geballten Fäusten rannte er zu dem Taxi, das Lilou für ihn in die Nachbarstraße bestellt hatte. Die Finger seiner rechten Faust umklammerten seine Glücksmünze. In der linken glühte der Pokerchip von Lilou. Der Chip besaß eine Besonderheit. Zog man an der richtigen Stelle, hielt man einen winzigen USB-Stick in der Hand. Die Daten auf dem hauchdünnen Plättchen seien bereits entschlüsselt. Und wenn Lilou nicht gelogen oder übertrieben hatte, handelte es sich um die gefährlichsten Daten der Welt.

Das Taxi stand da. Bimal sprang hinein und befahl dem Fahrer, ihn zum Flughafen zu bringen. Nervös sah er nach hinten, niemand schien ihm zu folgen. Seine Gedanken rasten. Was sollte er tun? Der Pokerchip brannte regelrecht. »Mach damit, was du für richtig hältst«, hatte Lilou gesagt. Shiva tanzte in Bimals Schädel. Verflucht, was sollte er tun? Er hatte schon in einige Wespennester gestochen in seinem Leben. Aber niemals waren die Wespen so groß gewesen. So giftig.

Schweißnass erreichte er den Flughafen. Rannte in den Terminal. Starrte auf die Tafel mit den Abflugzeiten. Wohin? Wem konnte er trauen? Nicht *The Hindu*. Wen gab es sonst? Bimal zermarterte sich das Hirn. Niemand fiel ihm ein. Kaffee. Er hastete zu einem Imbiss, bestellte einen Espresso. Beim Trinken merkte er, dass seine Finger zitterten. Er kannte viele Journalisten. Aber wer hätte den Mumm, sich einer solchen Sache anzunehmen? WikiLeaks? Zu verantwortungslos. Das Center for Public Integrity vielleicht. Die hatten immerhin die Panama Papers aufgearbeitet. Ganz gleich, wem er den Pokerchip anvertraute, er würde dessen Leben gefährden. Interpol? Vielleicht waren sie gekauft. Verflucht, jeder konnte gekauft sein.

Über der Theke des Imbisses hing ein Fernseher. CNN. Der Mord an Putin war noch keine vierundzwanzig Stunden her, es wurde über kaum etwas anderes berichtet. Premierminister Medwedew hatte Koljakow, den Direktor des FSB, als neuen Präsidenten bekannt gegeben und kurz darauf seinen Rücktritt erklärt. Wie auch immer, das durfte Bimal jetzt nicht ablenken. Er brauchte einen Plan. Dringend. Er bestellte noch einen Espresso. Die EU hatte durch das Attentat mehrere hochrangige Vertreter verloren. CNN zeigte eine Blondine, die jetzt wohl das Heft in die Hand nehmen sollte. Bimal sah genauer hin, sie kam ihm bekannt vor. Bei ihrer ersten Pressekonferenz war es zum Eklat gekommen: Die Frau verglich den FSB mit dem Usurpator Colasanti in Brasilien. Zwar hatte es keine Liveübertragung gegeben, und die Russen hatten versucht, die Speicherkarten der anwesenden Pressekameras zu konfiszieren. Doch eine einzelne verwackelte Aufnahme war trotzdem an die Öffentlichkeit gelangt. Die Frau hieß van Pauli. Jetzt erinnerte sich Bimal. Die Kühne, die die Wahrheit sagte. Petrobras. Das UNASUR-Treffen.

Bimal blies die Backen auf. Ihm fehlte die zündende Idee. Auf dem Bildschirm wurde noch einmal die verwackelte Aufnahme gezeigt. Irgendetwas war eigenartig. Plötzlich erkannte er, was es war. Sie hielt sich nicht an ihrem Pult fest. Ein skrupelloser Geheimdienst übernahm in Russland die Macht – und diese Frau befand sich mitten in Moskau, sagte dem Geheimdienst den Kampf an und hielt sich nicht am Pult fest. Sie konnte gerade erst erfahren haben, dass sie den wohl schwersten

Job der EU-Außenpolitik übernehmen sollte. Man sah es ihr nicht an.

Bimal zog seine Glücksmünze hervor, drehte sie zwischen den Fingern. Doch er warf sie nicht. Er hatte sich schon entschieden. Er musste nach Moskau. Zu van Pauli.

46. Kapitel

Moskau, Russland; Dienstag, 18:13 Uhr UTC+3

»Du warst unglaublich.«

»Es war ein Fehler.« Conradas Ton war schroffer als beabsichtigt. Sie konnte Maurizios bewundernden Worten nichts abgewinnen. Sie war leichtsinnig gewesen. Eitel. Dass es eine Aufnahme von der Pressekonferenz an die Öffentlichkeit geschafft hatte, war eine Katastrophe.

Maurizio mochte versuchen, sie zu trösten. Doch sie fand die Kraft nicht, freundlich zu bleiben. Dass sie ungerecht ihm gegenüber war, verdross sie nur noch mehr. Eine Weile bearbeiteten sie schweigend ihre Telefone, während ihr Fahrer sie durch den zähen Moskauer Stadtverkehr lotste.

Plötzlich stieß Maurizio einen italienischen Fluch aus.

»Was ist?«

»Kurotschkin.«

»Der verstoßene Bürgermeister von St. Petersburg? Was will er?«

Maurizio hielt ihr das Display seines Telefons hin.

»Das ist Russisch«, bemerkte Conrada gereizt.

»Sorry. Es heißt übersetzt: Ich bleibe bei meiner Meinung, was das Stück betrifft. Sagen Sie das Ihrer Freundin.«

»Und? Was bedeutet das?«

»Als ich Kurotschkin in Buenos Aires besucht habe, waren wir im Theater. *Das siebte Kreuz*, nach dem Roman von Anna Seghers.«

»Häftlinge brechen aus einem KZ aus. Was meint er damit?« Auf dem Weg zum Erwachsenwerden hatte Conrada Anna Seghers ihre kommunistische Phase zu verdanken gehabt. »Ich muss fliehen?«

Maurizio rieb sich den Nacken. »Was sonst?«, erwiderte er.

47. Kapitel

In der Nähe von Throckmorton, Texas; Dienstag, 16:22 Uhr UTC-5

Reginald hatte sich freiwillig gemeldet. Zu viele Brüder, zu viele Schwestern hatten Staub gefressen. Wenn es schiefging, ging es eben schief. Das hier war Krieg. Wer glaubte, mit halbem Einsatz spielen zu können, verlor.

Reginald saß hinten im Bus. Er hätte sich jeden beliebigen Platz aussuchen können, bis auf den Fahrer und ein weißes Mädchen war der Greyhound leer. Es war einer von den ganz alten. Das schmierige Kunstleder der Sitzpolster war vielfach aufgeplatzt. Bei jedem Schlagloch stob der Staub aus dem hervorquellenden Schaumstoff. Die Klimaanlage war ausgefallen. Die tödliche texanische Sonne brach sich im Staub wie Scheinwerferlicht im Nebel.

Reginald sah auf sein Handy. Halb fünf. Er müsste bald da sein. Langsam wurde er unruhig. Der Plan kam ihm auf einmal ziemlich dämlich vor. Der GPS-Tracker in seinen Boxershorts zwickte. Er schwitzte höllisch in seiner Lederjacke. Fuck, wie lange krochen sie denn noch durch diese verdammte Wüste. Durch den holpernden, ächzenden Bus schwankte er vor zu dem Mädchen.

»Sorry, kommst du von hier?«

Das Mädchen sah von ihrer Zeitschrift auf. »Throckmorton, wieso?« Sie war ziemlich hübsch.

»Da will ich hin«, sagte Reginald. »Weißt du, wie weit das noch ist?«

»Gleich da. Viertelstunde vielleicht.« Ihre Stirn war voller Sommersprossen. Reginald mochte Sommersprossen. Hätte er sie an einem anderen Tag getroffen, er hätte sie auf jeden Fall angegraben.

»Danke«, sagte er. Er schwankte zurück zu seinem Platz.

»Hey«, rief das Mädchen ihm nach. Er drehte sich wieder um.

»Was willst du denn in Throckmorton?«, fragte sie.

»Meinen Onkel besuchen.«

Sie neigte den Kopf zur Seite. »Du musst dich vertan haben. Dein Onkel kann nicht in Throckmorton sein.«

»Wieso nicht?«

»Na, weil …« Sie verstummte.

»Weil was?«

»Na ja, weil du schwarz bist. Es gibt keine Schwarzen in Throckmorton.«

Daran hatte er nicht gedacht. »Scheiße.«

»Was?«, fragte das Mädchen.

Hatte er das laut gesagt? Er hatte den Hang dazu, seine Gedanken auszusprechen. Mist. »Ich meine, der Onkel meiner Schwester.«

»Hä?«

»Mist, ich meine, der Onkel des Mannes meiner Schwester. Der ist weiß. Also der Mann meiner Schwester. Also der Onkel natürlich auch.«

»Wirklich? Wie heißt der denn?«

»Jack.«

»Und weiter?«

»Warum willst du das denn alles wissen?«

»Ist schon gut. Du musst mir nicht sagen, was du in Throckmorton willst. Aber an deiner Stelle würde ich nicht aus dem Bus steigen. Du handelst dir nur Ärger ein.«

»Was willst denn du dort?«

»Ich wohne da. Halt dich fest.« Ein Schlagloch hatte Reginald ordentlich durchgeschleudert.

»Du kannst dich auch zu mir setzen«, bot das Mädchen ihm an.

»Danke.« Reginald setzte sich. »Du bist in Wichita Falls eingestiegen, habe ich gesehen«, sagte er.

»Ja.«

»Arbeitest du da?«

»Nee.« Das Mädchen schwieg.

»Blödes Thema?«, fragte Reginald.

Das Mädchen zuckte mit den Schultern. »Ich habe einen Fehler gemacht, das ist alles.«

»Ach so.«

Unvermittelt wurden ihre Augen feucht. »Ich habe gesündigt.«

Reginald wusste nicht, was er sagen sollte. »Das tun wir alle«, versuchte er es. »Du musst keine Angst vor Gott haben. Gott ist gnädig.«

»Zu mir nicht.«

Reginald bemerkte, dass ihre Hand die ganze Zeit über auf ihrem Bauch lag.

»Du bist schwanger?«

»Nicht mehr.« Sie begann zu schluchzen, Tränen liefen ihr über die Wangen.

»Tut mir leid«, sagte sie.

»Macht nichts.«

»Throckmorton zehn Minuten«, brummte der Fahrer aus dem Lautsprecher über ihnen.

»Weißt du, du bist nett«, sagte das Mädchen. »Steig hier nicht aus. Ich will nicht, dass dir was passiert.«

»Ich muss.«

»Ja, ich erinnere mich«, das Mädchen lächelte schief. »Onkel Jack wartet.«

Die Kleine war erste Sahne. Doch kaum berührte sein Turnschuh den texanischen Sand, wusste Reginald wieder, weshalb er hier war. Er verabschiedete sich hastig von ihr. Schnell entfernte er sich von der Bushaltestelle; marschierte Richtung Ortskern, bevor das Mädchen ihm anbieten konnte, den Weg gemeinsam zurückzulegen.

Zugenagelte Geschäfte, windschiefe Briefkästen, der von der Hitze klebrige Asphalt – die ganze Stadt stank nach Verfall. Sie hatte es verdient. Nicht zufällig war Reginald heute hier. Er holte aus seinem Rucksack eine Flasche Jackie und trank. Der Schnaps gehörte zwar zu seiner Rolle, aber er tat auch echt gut.

Während Reginald durch die Straßen lief, bemerkte er, wie sich hinter schmutzigen Fenstern die Gardinen bewegten. Ein Pick-up raste gefährlich nah an ihm vorbei. Ein Alter, der auf einer Bank saß, sah ihn an und führte die Faust vom schräg gelegten Hals nach oben.

Die Häuser lagen so weit verteilt wie die Bauklötzchen eines wütenden Kleinkinds. Zwischen ihnen hindurch konnte man bis zum Horizont sehen, wo die Sonne sich blutig in den Sand senkte. Reginald trank. Die Kirche der Methodisten und die der Baptisten lagen direkt nebeneinander. Er setzte sich auf die steinerne Treppe der ersteren und wartete.

Der Jackie war schon halb leer, die Sonne bereits untergegangen, als der Sheriff schließlich erschien. Mehrere Bilderbuch-Rednecks begleiteten ihn.

»Das ist öffentlicher Grund.«

»Okay.«

»Schweine wie dich wollen wir hier nicht. Wir sind ein rechtschaffener Ort.«

»Fick dich.« Reginald spuckte dem Bastard vor die Füße. Der zog seinen Schlagstock und drosch auf ihn ein. Reginald wehrte sich nicht. Das Adrenalin und der Alkohol linderten den Schmerz.

»Hey, Leute, schaut mal.« Einer der Rednecks schlug ihm die Jacke zurück.

»Verfluchte Scheiße«, knurrte der Sheriff. Unter seiner Jacke trug Reginald ein schwarzes Shirt. Auf dem Shirt stand in klaren gelben Großbuchstaben: *Black Lives Matter*.

Reginald wusste nicht, wie lange er schon in der Zelle gelegen hatte, als jemand das Licht anschaltete. Geblendet kniff er die Augen zusammen. Der Sheriff befahl ihm, sich auszuziehen. Zum Glück hatte Reginald sich den GPS-Tracker bereits in den Darm geschoben. Sie hatten extra den kleinsten genommen, den Amazon im Angebot hatte. Als Reginald komplett nackt war, musste er seine Arme durch die Gitterstäbe stecken. Der Sheriff legte ihm Handschellen an und öffnete die Tür. Mehrere Typen packten ihn, zerrten ihn nach draußen und warfen ihn auf einen Pick-up.

Die Nacht war kalt in Texas. Nackt und gefesselt lag Reginald auf der Ladefläche, während der Pick-up unter dem Sternenhimmel dahinwummerte. Bisher war alles gut gegangen, die Gerüchte hatten gestimmt. Bis zum Schluss hatte Reginald daran gezweifelt, dass sein plötzliches Erscheinen nicht hinterfragt werden würde. Sicher, der gefährlichste Teil stand noch bevor.

Endlich bremste der Wagen ab, schmerzhaft schrubbte Reginald über das rostige Blech. Die Heckklappe wurde nach unten geschlagen, grobe Hände zerrten ihn vom Highway weg in die Wüste. Er hörte, wie hinter ihm weitere Geländewagen hielten. In einer Senke standen zwei Kreuze. Um das kleinere schichteten mehrere Männer Kanthölzer auf.

Reginald wurde auf den Boden geschmissen, er konzentrierte sich darauf, die Pobacken zusammenzukneifen. Wenn der GPS-Tracker gefunden wurde, war er geliefert. Als der Scheiterhaufen fertig war, band man ihn an das Kreuz, das daraus hervorragte, und übergoss ihn mit einigen Gallonen Benzin.

Die Kukluxer stellten sich in einem weiten Halbkreis auf, es waren Dutzende. Die wallenden weißen Gewänder, die spitz zulaufenden Kapuzen, die Fackeln – Reginalds Kehle schnürte sich zusammen. Alle Bilder und Videos hatten ihn nicht vorbereiten können darauf, die Scheiße in echt zu erleben.

Einer der Vermummten trat auf ihn zu. Seine Kapuze schimmerte golden im Licht der Fackeln. In der Hand hielt er einen langen weißen Stab. Er drehte sich zu dem Halbkreis.

»Kinder Israels«, rief er, »die Knechte Satans walten mannigfach. Doch der Herr sagt: Fürchte dich nicht. Denn ich bin mit dir, und niemand soll sich unterstehen, dir zu schaden.«

»Amen«, blökten die Kukluxer. Reginald brannte das Benzin in den Augen. Bald war es vorbei. Wo blieben die anderen bloß?

»Du mein Gott, lass deine Feinde davonwirbeln wie trockene Disteln, wie Spreu im Wind. Sei ihnen wie ein Feuer, das den Wald verzehrt, wie eine Flamme, die Berge anzündet. Jage sie mit deinem Sturm, stürze sie in Panik durch deinen Orkan. Sie sollen erkennen: Du, Herr, unser Gott, du allein bist der Höchste in aller Welt!«

»Amen.«

Verflucht, warum passierte denn nichts? Vielleicht funktionierte der Tracker nicht. Panik erfasste Reginald. Die Goldmütze ließ sich eine Fackel reichen und näherte sich dem Scheiterhaufen.

»Wie den Stoppeln geht es ihnen, die im Nu das Feuer frisst: Keiner kann sein Leben retten, wenn der Feuersturm hereinbricht.«

»Scheiße«, rief Reginald. »Halt! Warte!«

Die Goldmütze zögerte.

Reginald musste Zeit schinden. Irgendwie. »Habt ihr euch nicht gefragt, weswegen ich nach Throckmorton gekommen bin?«

Gemurmel im Halbrund, doch die Goldmütze senkte die Fackel auf den Scheiterhaufen.

»Nein«, schrie Reginald.

»Lass ihn doch reden«, rief jemand. Die Goldmütze hielt inne, die Fackel eine Handbreit über dem benzingetränkten Holz.

»Ich bin gekommen«, rief Reginald, seine Stimme überschlug

sich vor Furcht, »um euch das Evangelium zu verkünden. Ihr seid auserwählt.«

»Er redet Scheiße«, rief jemand, »zünde ihn an.«

Fuck.

»Ihr werdet sterben, heute Nacht«, schrie er.

»Grill das Schwein.«

Und da, endlich, drang aus der Ferne der texanischen Nacht das Rattern der Zweitaktmotoren an Reginalds Ohr. Reginald stieß einen Jubelschrei aus.

»Ihr seid am Arsch.«

Auch die Kukluxer hörten die Motoren jetzt. Sahen sich um, rannten in verschiedene Richtungen, schrien sich Befehle und Beleidigungen zu. Eine Welle der Entzückung überschwemmte Reginald. Die Goldmütze stand noch vor ihm, die Fackel unschlüssig in der Hand, es war alles egal. Sollte er ihn doch anzünden, Reginald lachte ihn aus, nichts konnte ihm etwas anhaben, er war unsterblich.

Die Motorräder sprangen über die umliegenden Hügel, von allen Seiten flammten die Scheinwerfer, johlend fuhren seine Brüder in die Meute. Das Heulen der Motoren, das Knallen der Maschinenpistolen, das Schreien der Kukluxer vermischte sich zu einer gigantischen Musik. Reginald lachte und lachte. Fackeln fielen in den Sand, die weißen Kutten färbten sich dunkel.

Als es vorbei war, lachte er noch immer. Vom Highway hallten vereinzelte Schüsse. Die letzten Flüchtenden.

Jordan band Reginald vom Kreuz.

»Du stinkst«, sagte er, während er seinen Helm abnahm.

»Fick dich«, sagte Reginald. »Scheiße, war das knapp. Warum habt ihr so lange gebraucht?«

»Wir haben gedacht, die labern länger. Außerdem wollten wir erst einen Ring schließen, damit keiner abhauen kann.« Er boxte ihm gegen die Schulter und grinste. »Hat doch alles geklappt. Du zitterst. Zieh dir was an.«

»Mein Zeug ist noch in der Stadt.«

»Dann sieh halt nach, ob einer von denen was Brauchbares unter seiner Kutte hat.«

Reginald ging zum nächstgelegenen Kukluxer und zog ihm die Kapuze vom Kopf. Es war ein Mädchen. Er kannte es. Es war das Mädchen aus dem Bus.

48. Kapitel

Moskau, Russland; Dienstag, 19:31 Uhr UTC+3

»Mama, ich habe Angst.«

»Musst du nicht, Emilia.«

»Im Fernsehen behaupten sie, du hast den FSB ziemlich fertiggemacht. Dass er das nicht auf sich sitzen lassen kann. Auf WhatsApp fragen mich alle, ob es dir gut geht. Wann kommst du zurück?«

»Au«, rief Conrada. Maurizio schnitt ihr die Haare mit einer Büroschere.

»Mama?«

»Entschuldigung, alles gut. Wie geht es Papa?« Conrada hatte ihrer Tochter noch nichts von der vereinbarten Scheidung erzählt. Hatte Hermann es getan?

»Wann kommst du zurück?«

»Emilia, ich arbeite hier. Ich kann nicht einfach weg.«

Nachdem Kurotschkin sich gemeldet hatte, hatte auch Venizelos angerufen und sie aufgefordert, sofort nach Brüssel zurückzukehren. Im Parkhaus der Botschaft hatte der vorgebliche Kommunikationstechniker gewartet. Tatsächlich handelte es sich bei Jonas Bartas um einen INTCEN-Verbindungsbeamten, welcher eine Mitteilung von Prinz zu überreichen hatte. Der FSB höre die Telefone ab. Kritische Nachrichten seien nur noch über Bartas zu vermitteln. Dieser kümmere sich auch um Conradas Ausreise. Ihr Flug sei gebucht und gehe um 23:40 Uhr Ortszeit.

Conrada dachte an den FSB-Offizier, der jetzt vermutlich in irgendeinem grauen Büro hockte und sich mit beiden Händen die Kopfhörer an die Ohren hielt. »Glaub mir, Emilia, es ist alles halb so schlimm. Die Medien kochen das hoch.«

»Trump hat gesagt, du hast Russland beleidigt.«

»Trump? Wer soll das sein?«

»Mama! Du weißt genau, was ich meine: Wenn der Chef von elf Flugzeugträgern es für notwendig hält, seinen Senf dazuzugeben, dann kochen die Medien nichts hoch. Dann kriegst du Ärger.«

Conrada hasste es, Emilia gegenüber nicht aufrichtig sein zu dürfen – zugleich bewunderte sie den Scharfsinn ihrer Tochter. Maurizio wechselte von der Schere zum Rasierapparat und stellte den Abstandshalter auf zwei Zentimeter ein. Jetzt ziepte es nicht mehr. Der Italiener besaß einen sorgfältig gestutzten Bart, mit einem Trimmer konnte er umgehen. Conrada beobachtete, wie blonde Strähnen zu Boden segelten.

»Mach dir keine Sorgen. Ich genieße diplomatische Immunität.«

»Mama. Das nützt dir nichts, wenn jemand dafür sorgt, dass du einen Autounfall hast. Warum ist es denn so laut bei dir? Außerdem bist du erst seit Montag in Moskau. Du willst mir wirklich einreden, sie hätten dich schon akkreditiert?«

Es brachte auch Nachteile mit sich, kluge Töchter zu haben. Natürlich galt Conradas Diplomatenpass nur in den Ländern, die sie auch als EU-Vertreterin akkreditiert hatten. Russland war bisher nicht dabei.

Ein Mitarbeiter der Botschaft betrat den Raum und wies auf das Telefon, das er in der Hand trug.

»Emilia, ich muss jetzt Schluss machen. Ich ruf dich später zurück. Einverstanden?.«

»Okay.« In dem Wort schwang nichts mit, was nach Zustimmung klang.

Conrada presste die Lippen zusammen. »Ich hab dich lieb«, sagte sie dann. Aber Emilia hatte schon aufgelegt.

Der Mitarbeiter reichte Conrada sein Telefon. Es war Koljakow. Der FSB-Direktor lud sie zum Gespräch ein. Es sei dringend. Sie werde als Zeugin gebraucht bezüglich des Mordes an Präsident Putin. Conrada versprach, sich unverzüglich auf den Weg zu machen.

Als Maurizio sein Werk vollendet hatte, erkannte sich Conrada kaum wieder. Bis auf eine flüchtige, ihr im Nachhinein ziemlich peinliche Phase während ihrer Zeit in Amsterdam hatte sie die Haare immer lang getragen. Die Frisur der Frau im Spiegel war raspelkurz. Und braun statt blond. Bartas holte Conrada ab und schoss ein biometrisches Foto von ihr. Dann verschwand er im Traforaum – zumindest behauptete die offizielle Beschilderung, dass es sich um einen solchen handelte –, und eine halbe Stunde später kam er zurück mit dem bordeauxroten Pass für europäische Zivilisten. Das Medienecho, das Conradas Gegenüberstellung von FSB und Colasanti erfahren hatte, beunruhigte sie fast weniger als die kühle, unnachgiebige Routine, die Bartas an den Tag legte.

Sie blätterte den Pass durch. Überrascht entdeckte sie ein gültiges Visum. »Ist das echt?«

Bartas nickte.

»Woher kommt das?«

»Das kann ich Ihnen nicht sagen.«

»Sie wissen nicht, woher dieses Visum kommt?«

»Doch«, entgegnete Bartas.

»Aber Sie können es mir nicht sagen?«

»Ich kann es Ihnen nicht sagen.«

Bartas zog Schnipsel einer transparenten Folie von einem Plastikblättchen und klebte sie ihr auf die Fingerkuppen.

»Falls sie Abdrücke nehmen?«

Er nickte. Dann befahl er ihr, eine gelbe Ballonjacke anzuziehen und eine Perücke mit schwarzen Locken aufzusetzen. Als sie seiner Anweisung nachgekommen war, trat er einen Schritt zurück, musterte sie kurz und nickte wieder. »Wird schon gehen.«

Maurizio hatte sie die ganze Zeit über stumm beobachtet. Conrada spürte seine Anspannung. Sie versuchte ein Grinsen. »Und, bin ich schick?«

»Pass auf dich auf.«

Mit der Botschaftslimousine fuhr sie Richtung Osten bis zur Arcadia Mall. Der Chauffeur hielt in zweiter Reihe, sie befahl ihm, mit gesetztem Blinker mindestens eine halbe Stunde zu warten. Sie ging in das Einkaufscenter, suchte eine Toilette auf, stopfte Perücke und Jacke in einen Mülleimer, verließ das Einkaufscenter auf der gegenüberliegenden Seite, eilte zum dortigen Taxistand, nahm ein Taxi und fuhr zurück in den Nordwesten, Richtung Moskau-Scheremetjewo.

Bartas hatte ihr das Flugticket ausgedruckt, sie konnte direkt zur Sicherheitsschleuse gehen. Mit pochendem Herzen reichte sie den Sicherheitsleuten ihren bordeauxroten Pass. Auf den Bildschirmen, die im Terminal hingen, leuchteten Conradas blonde Locken. Inzwischen war bekannt geworden, dass das Video von einem *Guardian*-Reporter an die Öffentlichkeit gebracht worden war. Der FSB hatte ihn in Gewahrsam genommen und damit den nächsten Eklat produziert, diesmal mit Großbritannien. Wenn eine Banalität wie Conradas flapsiger Spruch solche Wellen schlug, konnte das nur eines bedeuten: Beim FSB lagen die Nerven blank.

Von den sechs Sicherheitsleuten steckten nur vier in Uniformen. Die zwei übrigen trugen dunkle Wollpullover, Anzughosen und Lackschuhe. Einer der beiden verschwand mit dem Pass. Der andere bat Conrada, aus der Schlange zu treten. Etwas abseits warteten sie. Conrada betete, dass Prinz wusste, was er tat. Der verschwundene Kollege kam wieder und brachte einen weiteren

Mann in Pullover und Lackschuhen mit. Der Neuankömmling machte ein ernstes Gesicht und fragte sie etwas auf Russisch. Sie hob entschuldigend die Schultern und schüttelte den Kopf. »Englisch bitte.«

»Warum waren Sie in Moskau?«

»Urlaub.«

Der Beamte warf einen Blick in ihren Pass. »Sie sind Deutsche?«

»Ja.«

Der Beamte fragte auf Deutsch: »Sie wohnen in Stuttgart?«

»Ja.«

»Mit welcher Straßenbahn gelangt man zur Alten Oper?«

»Da nehmen Sie am besten den Zug. Sie müssten nämlich nach Frankfurt. Stimmt irgendetwas nicht?«

Der Beamte sah sie mehrere Sekunden lang starr an. Conrada zwang sich, seinem Blick standzuhalten. Sie konzentrierte sich auf seine Augenfarbe. Eine große dunkle Iris, umringt von einem intensiven Türkis, wie Conrada es von Badeurlauben auf Kreta in Erinnerung hatte. Am äußeren Rand der Pupille bekam das Türkis einen Grünstich.

Der Beamte wandte den Blick ab.

»Nein, alles in Ordnung.« Er reichte ihr den Pass. »Eine gute Heimreise, Frau Christ.«

49. Kapitel

Brasília, Brasilien; Dienstag, 19:08 Uhr UTC-3

Russão hatte sehr schlechte Laune, als er aus dem Bus stieg. Selbst nach einem Drecksloch wie São Paulo war São Sebastião ein Downgrade. Achtmal war er in den letzten zwei Jahren in São Paulo gewesen, er hatte es jedes einzelne Mal gehasst. São Paulo war größer als Rio, die Paulistanos trugen ihre Nasen höher als die Cariocas. Aber vor allem waren sie Hurensöhne. Russão war ein Sohn Rios, und er war es von ganzem Herzen. Nach São Paulo war er nur geflogen, um den General zu treffen. Doch jetzt hatten sie den General verlegt. Die häufigen Verlegungen waren dem armseligen Versuch geschuldet, dem General das Rekrutieren zu erschweren. Diesmal hatten sie ihn nach São Sebastião gebracht. Russão fluchte.

São Paulo mochte ein Eimer Scheiße sein, aber zumindest war die Anreise keine Folter. Grimmig drückte Russão seinen verspannten Rücken durch. Zwanzig Stunden Busfahrt lagen hinter ihm. Er hasste es, dass er nicht fliegen durfte, aber das Kommando hatte aufgrund der unruhigen Lage die Sicherheitsbestimmungen verschärft.

Er stopfte die Jacke, die er wegen der Klimaanlage im Bus getragen hatte, in seinen Rucksack. Mit dem Taxi fuhr er zu dem erbärmlichen Vorort Brasílias. Nach einer halben Stunde erreichte er schließlich sein Ziel: die Haftanstalt zur provisorischen Verwahrung in São Sebastião. Sie hatten extra für den General die Anlage auf die höchste Sicherheitsstufe ausgebaut. Aufgrund der starken Fluktuation der Insassen glaubten sie, der General könnte hier keine Kontakte knüpfen. Sie hatten ja keine Ahnung. Als ob das Kommando auf die Kontakte angewiesen wäre. Zur Jahrtausendwende hatte sich das Kommando dem General unterworfen, und dieser hatte es zum gefürchtetsten Kartell Brasiliens gemacht. Und trotzdem wurde er noch immer unterschätzt. Russão schnaubte höhnisch.

Die Gebühren waren bereits alle bezahlt. Das Gefängnis wurde von der Militärpolizei verwaltet, und das Kommando konnte auf eine Tradition guter Zusammenarbeit zurückblicken. Als Russão der Gegensprechanlage neben dem Stahltor den vereinbarten Namen nannte, schob sich die metallene Wand schnurrend zur Seite. Man durchsuchte ihn nur oberflächlich, bevor er in den Besuchertrakt vorgelassen wurde. Nach einer Viertelstunde brachte man den General herein. Dass der General keine Handschellen trug, war ein gutes Zeichen. Offensichtlich war der Hype um Colasantis Antikorruptionsmaßnahmen dummes Geschwätz. Was für ein lächerlicher Dschungelzwerg.

Sie gingen zum Basketballfeld. Der General befahl dem Wärter, sich aus dem Staub zu machen. Der Wärter gehorchte, blieb aber in Sichtweite stehen.

Der General umarmte Russão.

Eigentlich organisierte der General das Rote Kommando über sein Telefon. Doch die Codes sprach er persönlich mit Russão ab. Das kostete ein Vermögen; jede Gefängnisleitung hielt gleichermaßen unverschämt die Hände auf. Aber der General war ein vorsichtiger Mann, und Russão pflichtete ihm bei.

Als sie die neuen Codes besprochen hatten, berichtete Russão, was es an Neuigkeiten aus Rio gab. Die Unruhen machten auch vor den Favelas nicht halt; die Kämpfe um die Hügel wurden heftiger. Jede Gruppe versuchte, die Lage zu nutzen, ihren Einflussbereich zu erweitern. Das Dritte Kommando hatte die Amigos aus dem Complexo da Maré vertrieben. Die Amigos schlugen in anderen Vierteln erbittert zurück. Das Rote Kommando selbst war damit beschäftigt, sich die Kolumbianer vom Leib zu halten, die in Scharen einfielen, seit die USA die Drogenroute durch Mexiko kontrollierten. Ein Leutnant war gefallen. Aber im Grunde nichts Außergewöhnliches, fand Russão.

Der General rieb sich mit dem Daumennagel seine Schneidezähne. »Russão«, sagte er, »nichts, was gerade passiert, ist gewöhnlich. Wir stehen am Vorabend einer Schlacht, die das Rote Kommando unsterblich machen wird«, er sah sich seinen Daumen an, »oder vernichten.«

»Was meinst du?«

»Wenn der Landweg nach Mexiko geschlossen bleibt, bleiben die Kolumbianer in Brasilien. Und dann werden sie mit uns um den Seeweg kämpfen. Es wird ein furchtbarer Krieg werden. Aber wenn wir ihn gewinnen, werden wir herrschen wie Götter.«

»Sollen sie nur kommen«, rief Russão begeistert, »wir werden sie bluten lassen, wir werden sie schlachten.«

»Russão, du bist jung. Du hältst dich für stark. Das macht dich schwach. Und du unterschätzt die Kolumbianer. Das bringt dich um.« Der General schob seine Zunge unter die Oberlippe, als suchte er etwas, dann schnalzte er.

»Was ist dein Plan?«, fragte Russão.

»Wir kämpfen gemeinsam gegen sie.«

»Mit dem Dritten Kommando?« Russão war schockiert.

Der General schüttelte den Kopf.

Russão wurde heiß, sein Schlund fühlte sich mit einem Mal staubtrocken an. »Nicht die Amigos, bitte.«

»Nein«, sagte der General. Er lächelte spöttisch: »Du denkst zu klein. Nicht die Amigos. Du musst nach São Paulo.«

Es gab nur eine Gruppe in Brasilien, die dem Roten Kommando das Wasser reichen konnte. Sie waren Brüder gewesen, für die man starb – und zu Verrätern geworden, die nur die Hölle verdient hatten.

»Das Erste Kommando der Hauptstadt?«, fragte Russão. Seine Kehle war trocken.

Der General nickte.

50. Kapitel

Marseille, Frankreich; Dienstag, 21:15 Uhr UTC+2

Bimal kaufte sich ein Telefon mit Prepaidkarte, das alte warf er weg. Womöglich hätte es gereicht, nur die Karte zu wechseln, aber sicher war sicher. Er hob so viel Geld ab, wie sein täglicher Kreditrahmen es ihm erlaubte, und zahlte das Flugticket nach Moskau in bar. Gerne wäre er auch seinen Reisepass losgeworden, doch damit hätte er mehr Schwierigkeiten geschaffen als vermieden. Ein Vorteil von der Arbeit bei *The Hindu* war, dass Bimal eine bunte Anzahl gültiger Journalistenvisa in seinem Pass trug.

Als die Maschine abhob, Marseille unter ihm kleiner wurde, ließ sich Bimal als Erstes Wein bringen. Zur Beruhigung, hatte er gehofft, doch es half nicht. Kleinmütig dachte er an die letzten Tage zurück. Warum saß er in diesem Flugzeug? Vielleicht hatte er wirklich geglaubt, es könnte den Schmerz lindern, wenn er Rache für Jitendra nahm. Ganz bestimmt aber hatte er seinem Ego Genüge tun wollen: Bimal Kapoor, der große Journalist. Doch er war so müde. Sein Leben lang war er angetrieben worden von der Sehnsucht nach Anerkennung. Aber wen gab es denn noch, der sich für ihn interessierte? Wem wollte er denn noch etwas beweisen?

Bimal dachte an Lilou Moreau. An ihre Geschichte. Die Geißeln der Menschheit. Lilou kannte ihn nicht. Und hatte ihm dennoch ihr Vertrauen geschenkt. Sie hatten sich einander verbunden gefühlt, wie es nur zwei Seelen konnten, die verloren waren. Würde er sie enttäuschen, so wie er Jitendra enttäuscht hatte?

Wahrscheinlich, dachte er traurig. Wahrscheinlich würde er den einen Menschen enttäuschen, der noch an ihn glaubte. Es war verrückt, dass es überhaupt noch Menschen gab, die Hoffnung hatten. Van Pauli auch, die Holländerin. Woher nahmen diese Frauen bloß ihre Kraft? Bimal leerte den Wein. Es gab nur einen Weg. Er musste kämpfen. Für Lilou. Für sich selbst. Der Kampf um ihre Seele war seine letzte Chance, sich mit seiner eigenen zu versöhnen.

51. Kapitel

Brüssel, Belgien; Mittwoch, 06:47 Uhr UTC+2

Der Mittwoch zeigte sich mit einem ersten nebligen Grauen, als Conradas Maschine samtweich auf der Landebahn des Flughafens Brüssel-Zaventem aufsetzte. Die Mitreisenden holten hastig ihre Telefone hervor und tippten los. Conrada konnte ihnen keinen Vorwurf machen, sie selbst brannte auf Neuigkeiten. Sie hatte ihr eigenes Telefon auf Geheiß von Bartas in Moskau lassen müssen.

Kaum hatte sie die Fluggastbrücke passiert, entdeckte sie Prinz und Stéphane. Mehrere Polizisten standen bei ihnen.

»Conrada«, rief Stéphane. Sogleich schlich sich ein Grinsen auf sein Gesicht: »Schicke Frisur.«

»Stéphane.«

Als sie ihn an sich drückte, merkte Conrada erst, wie sehr sie den gutmütigen Belgier vermisst hatte. Sie grüßte auch Prinz und nickte den Polizisten zu. »Gibt es ein Problem?«, fragte sie in die Runde.

»Sie sind hier, Ms. van Pauli«, sagte Prinz, »also nein.«

Stéphane verzog das Gesicht. Conrada sah ihn auffordernd an.

»Also, ein kleines vielleicht«, bemerkte Stéphane.

»Und zwar?«

»Der FSB sucht dich. Für den Mord an Putin.«

Conrada glaubte, sich verhört zu haben. »Du meinst, als Zeugin?«

Stéphane schüttelte den Kopf. »Als Tatverdächtige.«

»Das ist ein Witz.«

»Nein«, sagte Prinz, »Politik. Wir sollten los.«

Conrada musste nicht durch den Sicherheitscheck. Die Polizisten führten sie durch den Mitarbeiterbereich zu einem Polizeibus. Der Flughafen besaß einen abgegrenzten militärischen Bereich. Die Fahrt zu dessen Parkplatz dauerte zehn Minuten. Dort wartete eine schwere Limousine. Prinz und Stéphane stiegen mit ein, die Polizisten begleiteten sie mit zwei Streifenwagen.

»Panzerglas?«, fragte Conrada verblüfft. »Zwei Streifenwagen? Ist das alles?« Sie hatte es ironisch gemeint.

»Leider ja«, sagte Prinz. »Mehr wurde uns nicht genehmigt.«

Sie fuhren zur EAD-Triangel. Venizelos hatte ihr den Zugang zu ihrer alten Abteilung gestattet. Als externe Beraterin – und gegen den Willen von Rhodes.

Auf dem Weg lieh sich Conrada Stéphanes Telefon und schickte Emilia eine Nachricht, dass sie sicher in Brüssel gelandet sei.

Dann wandte sie sich wieder Stéphane zu. »Also«, sagte sie und atmete tief durch, »schieß los.«

»Ich weiß gar nicht, wo ich anfangen soll.«

»Brasilien.«

»Überraschend stabil. Die UN-Vollversammlung hat beschlossen, mit Colasanti zu reden. Die Videoschaltung ist auf acht Uhr New Yorker Zeit angesetzt. Neun Uhr in Brasília, vierzehn Uhr bei uns.«

Conrada sah instinktiv auf ihr Handgelenk, bevor sie sich daran erinnerte, dass sich ihre Uhr im Besitz eines brasilianischen Polizeibeamten befand.

Stéphane fuhr fort: »UNASUR hat sich mit den USA und Rhodes darauf geeinigt, sich erneut zu beraten, sobald es zu weiteren Unruhen in Brasilien kommt.«

»Großartig«, murmelte Conrada enttäuscht. Ihr kam die Kopenhagener Klimakonferenz 2009 in den Sinn. Jeder dachte nur an sich selbst – und am Ende ging man gemeinsam unter. Langsam fürchtete Conrada, Prinz könnte mit seiner Domino-Theorie recht behalten. »Wie ist es in den anderen Ländern?«

»Verhältnismäßig ruhig. Maduro ist zurückgetreten.«

»Höchste Zeit«, seufzte Conrada erleichtert. Seit Jahren glomm in Venezuela die Lunte des Systems.

»Freu dich nicht zu früh. Arango hat die Regierungsgeschäfte übernommen.«

»Oh nein.« Der Verteidigungsminister war ein General, der bei weiten Teilen der Bevölkerung regelrecht verhasst war; viele fürchteten, dass er eine Militärdiktatur anstrebte. Ein Wiedergänger Bolsonaros.

»Außerdem gibt es Demonstrationen in einer Reihe weiterer südamerikanischer Staaten. Bisher allerdings alles gewaltfrei.«

»Hoffen wir, dass das so bleibt. Ist Rhodes zufrieden mit dem Ausgang der UNASUR-Konferenz?«

»Du kannst ihn nachher selbst fragen, er ist in Brüssel.«

»Wie sieht es in Mexiko aus?«

»Salminen sagt, es wäre ein Wunder, wenn sich die USA nicht bald wieder aus Mexiko zurückzögen. Sie haben zu viele Probleme zu Hause, die sie nicht in den Griff bekommen. Gewaltbereite Gruppierungen aller Lager sind die letzten Tage in Erscheinung getreten. Vor allem Schwarze und ultrarechte Gruppierungen. Aber auch Hispanics, Linksautonome, Öko-Aktivisten, sogar gemäßigte Gruppen. Wer noch nie einen Stein geworfen hat, kommt plötzlich auf den Geschmack – alle scheinen nur auf einen Vorwand gewartet zu haben, sich gegenseitig an die Gurgel zu gehen.«

»Wie 1914«, murmelte Conrada. Ein Attentat auf den österreichischen Thronfolger hatte damals den Ersten Weltkrieg ausgelöst.

»Nur dass es diesmal nicht um nationalistischen Größenwahn geht, sondern um Ohnmachtsgefühle. Das Feindbild ist die Oberschicht. Wer reich ist, reich aussieht oder das Kinn zu hoch trägt, ist seines Lebens nicht mehr sicher. Wir haben aktuell zweihundert bestätigte Fälle von Lynchjustiz. Viele davon im Mittleren Westen, hier ist die falsche Hautfarbe allerdings noch tödlicher als Wohlstand. Der Ku-Klux-Klan fährt mit gecharterten Bussen an die Küste und verspricht das Weiße Paradies. Auf ihren Instagram-Posts halten sie automatische Waffen hoch.«

»Schreckt das nicht die gemäßigten Demonstranten ab?«

»Die Eigendynamik überrollt alles. Und ich fürchte, wir sind erst am Anfang. Es finden sich erste Merchandise-Artikel mit dem Slogan *#killtherich*. Dass Trump die Facebookseite hat lahmlegen lassen, hat alles noch schlimmer gemacht. Der Mossad hat die Betreiber hochgenommen, ein paar Studenten aus Tel Aviv und eine Französin, die gerade erst die Schule hinter sich gebracht hat. Es soll ihnen wohl nach israelischem Recht der Prozess gemacht werden.«

»Weswegen denn?«

»Hochverrat. Arme Schweine. Zu allem Überfluss wurden sie natürlich sofort instrumentalisiert. Die liberale Linke wettert gegen die Behandlung harmloser Studenten als Terroristen …«

»Und die andere Seite sieht mal wieder einen Beweis für die jüdische Weltverschwörung?«

Stéphane zog die Schultern hoch. »Was sonst. Die reichen US-Amerikaner im Gegenzug igeln sich ein. Die Preise für Sicherheitstechnik haben sich seit letzter Woche verdreifacht. Die Nachfrage nach Wachpersonal ist so hoch, dass Söldnerfirmen ihre Mitarbeiter von anderen Standorten abziehen und in die USA schicken, weil sie dort eine ungleich höhere Marge erzielen können.

Den gesellschaftlichen Zusammenhalt wiederherzustellen wird Unsummen verschlingen. Der einzige Grund, dessentwegen Trump sich entscheiden könnte, das teure Abenteuer in Mexiko fortzuführen, besteht in der Chance, die Drogenkartelle ein für alle Mal zu zerschlagen.«

»Was er nicht tun wird«, warf Prinz ein. »Zu viele Leute verdienen zu gut am Drogenhandel.«

»Oder er legalisiert ihn«, überlegte Stéphane. »Die Steuereinnahmen waren ja schon beim Gras ein überzeugendes Argument.«

»Ich fürchte, nicht«, sagte Conrada. »Privatisierte Gefängnisse, Sicherheitsdienste, die Polizei, die Waffenlobby, sogar Alkohol- und Tabakindustrie, Pharmaunternehmen – alle profitieren vom Feindbild der illegalen Drogen.«

»Wie gesagt«, lenkte Stéphane ein, »Salminen vermutet, dass sie sich eher zurückziehen werden.«

»Zu Unrecht«, widersprach Prinz. »Die USA werden Mexiko nicht mehr hergeben. Dazu ist die Gelegenheit in der Tat zu günstig. Aber nicht, um die Kuh zu schlachten, sondern um sie zu melken. Was bedeutet, dass die Kartelle ein gewaltiges Problem haben. Stellen Sie sich einen bankrotten Großkonzern vor – mit dem Unterschied, dass die frustrierten Mitarbeiter Maschinenpistolen besitzen. Die Bosse wissen um die Gefahr und orientieren sich nach Mittelamerika oder sogar noch weiter Richtung Süden. Was den kolumbianischen Kartellen nicht gefallen wird.«

»Es könnte der furchtbarste Drogenkrieg aller Zeiten werden«, sagte Conrada beklommen.

Prinz nickte. »Es beginnt bereits. Uns erreichen Berichte über eine ungewöhnlich hohe Anzahl an Bandenschießereien in Tegucigalpa, Medellín, Bogotá, Rio. Alles Städte auf der Hauptroute.«

Mehrere Minuten lang schwiegen sie. Passend zu der düsteren Stimmung begann es zu regnen. Stéphane und Prinz beschäftigten sich mit ihren Telefonen. Der Regen prasselte schwer auf das Limousinendach. Die Tropfen fielen so dicht, dass ihr Platzen zu einem ununterscheidbaren Rauschen verschwamm. Ein ähnliches Geräusch kam Conrada in den Sinn, aus einer Fernsehshow, die zu Beginn des Jahrtausends die ganzen Niederlande in ihren Bann gezogen hatte: Domino Day.

»Was gibt es sonst noch?«, fragte sie schaudernd.

»Ein Selbstmordattentäter hat sich gestern Nacht vorm griechischen Parlament in die Luft gesprengt«, sagte Stéphane. »Hast du das mitbekommen?«

Peinlich berührt schüttelte Conrada den Kopf. Sie war so mit sich selbst beschäftigt gewesen, dass sie nicht einmal mehr die Nachrichten verfolgt hatte.

»Die Bombe galt wohl der Kette, die die Polizei um das Parlament gebildet hatte«, berichtete Stéphane. »Sie riss mehrere Polizisten wie Demonstranten in den Tod. In den Ausschreitungen danach starben Hunderte. Die Regierung erwägt, den Notstand auszurufen.«

»Hat sie gerade«, sagte Prinz, ohne von seinem Display aufzuschauen.

»Welcher Hintergrund?«, fragte Conrada.

»Daesh«, antwortete Stéphane. »Sagt Prinz.« Conrada war überrascht. Um die Islamisten war es eigentlich ruhig geworden. Sie bat den Geheimdienstler um eine Erklärung.

»Die Sprengstoffmischung ähnelt einer, die Daesh schon früher verwendet hat. Und vor ein paar Stunden in Marseille. Wenn es Daesh nicht ist, hat sich in beiden Fällen jemand viel Mühe gemacht, es zumindest nach denen aussehen zu lassen.«

»Was ist in Marseille passiert?«

»Explosion in einem Wohnblock. Eine Tote, welcher wohl der Anschlag galt. Die Rettungskräfte fanden im Kühlschrank ein Metallplättchen, auf das die Nummernfolge 4,107 gekratzt worden war.«

Prinz machte eine Kunstpause.

Conrada brauchte keine Spielchen. »Und?«, fragte sie ungeduldig. »Sie haben sicher schon herausgefunden, was das bedeutet?«

»Streite nicht zur Verteidigung derer, die sich selbst betrügen. Allah liebt nicht, wer ein Verräter und Sünder ist.«

»Koran?«

»Ja.«

»Wer war das Opfer?«

»Lulu Murad. Ehemalige Vizebürgermeisterin von Paris. Und Muslima.«

»Deswegen die Sure über Verrat? Weil sie für den Westen gearbeitet hat?« Conrada seufzte. »Wasser auf die Mühlen Le Pens. Da habe ich in Russland ja beinahe ein paar ruhige Tage hinter mir.«

»Na ja«, bemerkte Stéphane. »Der FSB hat jede öffentliche Versammlung verboten, um die Demonstrationen unter Kontrolle zu bekommen. Außerdem eskaliert die Situation in Tschetschenien. Die russische Armee geht knallhart gegen die Rebellen vor, die zahlen es mit gleicher Münze zurück. Die Organisation der nichtrepräsentierten Nationen und Völker heizt den Konflikt weiter an, indem sie Tschetschenien zum Symbol stilisiert hat – zum ersten Schritt der Minderheiten zu ihrem Recht. Die dortigen Kämpfe werden weltweit neue Konflikte schüren. Unabhängig davon, wer in Tschetschenien die Oberhand behält.«

»Gibt es auch gute Nachrichten?«, fragte Conrada.

Die anderen schwiegen.

In die Stille hinein vibrierte Stéphanes Telefon. Nach einem Blick aufs Display sagte er: »In Paraguay wurde der Senat gestürmt.«

»Das kann doch nicht wahr sein.« Conrada fuhr sich über ihren frisch geschorenen Hinterkopf. »Hat Eindhoven wenigstens gewonnen?«

52. Kapitel

Moskau, Russland; Mittwoch, 08:00 Uhr UTC+3

Moskau-Scheremetjewo. Nachdem Bimal sich auf einer der Flughafentoiletten halbwegs frisch gemacht hatte, fragte er an einer Infotheke nach der Nummer der europäischen Delegation.

Es nahm direkt jemand ab, Bimal fragte nach Dr. van Pauli.

»Worum geht es?«

»Es ist wichtig, glauben Sie mir. Es geht um Korruption.«

»Wo nicht?«

»Und um ein mögliches Attentat.«

»Noch eins?« Die Stimme klang etwas weniger gelangweilt. »Auf wen?«

»Auf Dr. van Pauli.«

Am anderen Ende der Leitung war es einen Moment still. »Gut, ich verbinde.«

Nach dreimaligem Klingeln wurde er durchgestellt.

»Dr. van Pauli?«

»Sie sprechen mit Maurizio Pellegrini, dem europäischen Botschafter.«

»Könnten Sie mich mit Dr. van Pauli verbinden?«

»Ms. van Pauli ist leider zurzeit nicht erreichbar.«

»Es ist wichtig.«

»Ja, das kann sein. Erreichbar ist sie trotzdem nicht. Sie haben Hinweise auf ein geplantes Attentat?«

»Ich muss mit Dr. van Pauli persönlich sprechen.«

»Dann kann ich Ihnen leider nicht helfen. Die Geschichte

mit dem Attentat ist offenbar erfunden?« Mehr Feststellung als Frage.

»Ich weiß, wer Putin umgebracht hat.« Es war eine bittere Welt, in der man stets lügen musste, um ans Ziel zu gelangen.

Bimal hörte, wie der Mann am anderen Ende der Leitung laut ausatmete.

»Wir haben gerade genug um die Ohren«, sagte der Botschafter schließlich. »Auf Verschwörungstheorien können wir verzichten.«

Dann kam das Freizeichen.

Was war passiert? Bimal starrte entgeistert auf den Telefonhörer. Er gab ihn der Servicekraft zurück, wie in Trance stand er da. Ein alter, verlorener Mann in der Hektik des Flughafenbetriebs.

Das Telefon klingelte. Die Servicekraft nahm ab, dann reichte sie es ihm.

Es war der europäische Botschafter. »Die andere Leitung ist nicht sicher. Nehmen Sie ein Taxi in die Botschaft.«

»In Ordnung«, sagte Bimal.

Bimal bedeutete dem Taxifahrer per Handzeichen, links abzubiegen. Der Fahrer gehorchte. Mit klopfendem Herzen starrte Bimal in den Außenspiegel. Zwei Sekunden. Drei Sekunden. Da. Ein schwarzer SUV tauchte hinter ihnen auf. Bimal hatte sich nicht getäuscht. Er wurde verfolgt.

Fieberhaft dachte er nach. Wenn er es bis zur Botschaft schaffte, war er erst einmal sicher. Aber dann brachte er die dortigen Mitarbeiter in Gefahr. Wer verfolgte ihn? FSB? McFadden? Machte das überhaupt einen Unterschied? Je weniger Leute Bimal in die Sache hineinzog, desto besser. Er wählte die Nummer, die der Botschafter ihm genannt hatte, und wartete ungeduldig, bis er mit Pellegrini verbunden wurde.

»Ich kann nicht zur Botschaft kommen.«

»Warum nicht?«

»Nennen Sie mir einen Bahnhof in Ihrer Nähe.«

»Kijewski.«

»Buchstabieren Sie.«

Der andere tat es. »Augenblick.« Bimal tippte das Wort in sein Telefon und zeigte es dem Fahrer, wie er ihm zuvor die Adresse der Botschaft gezeigt hatte. Offenbar waren lateinische Buchstaben kein Problem. Der Fahrer nickte. Bimal zeigte auf die Uhrzeitanzeige am Taxameter. Der Fahrer ballte eine Faust, bevor er sie mit gespreizten Fingern wieder öffnete, und wiederholte die Geste viermal.

Bimal nahm das Telefon wieder ans Ohr. »Ich bin in frühestens zwanzig Minuten dort. Schaffen Sie das?«

»Ja, wäre möglich. Aber warum kommen Sie nicht zur Botschaft?«

»Steigen Sie in das Taxi mit folgendem Nummernschild …«, Bimal las die Nummer vom Fahrerausweis ab, der unterm Taxameter befestigt war. »Warten Sie am Taxistand vorm Haupteingang des Bahnhofs. Was für eine Farbe hat Ihre Jacke?«

»Ich habe eine rote und eine schwarze, wieso?«

»Ziehen Sie die rote an.«

»Hören Sie …«

Bimal beendete die Verbindung. Es hing alles davon ab, dass dieser Pellegrini wirklich erschien. Und je weniger Bimal ihm vorher verriet, desto eher weckte er dessen Neugier. Neugier war eine bedenklich unterschätzte Triebfeder für menschliches Handeln.

Exakt vierundzwanzig Minuten später erhob sich das neoklassizistische Gebäude des Kijewski-Bahnhofs vor Bimal. Die Hände ins Polster seines Sitzes gekrallt, hielt er Ausschau nach einer roten Jacke. Da, ein einzelner Mann. Das musste Pellegrini sein. Hoffentlich. Bimal gebot dem Taxifahrer, direkt vor jenem zu halten. Bimal hatte vergessen, am Flughafen Rubel zu tauschen, er gab dem Fahrer ausreichend Euro, sprang aus dem Taxi und eilte fort, ohne dem mutmaßlichen Pellegrini einen einzigen Blick zuzuwerfen. Er zwang sich dazu, sich nicht umzudrehen, ob der andere tatsächlich in das Taxi stieg, ob er den Pokerchip im Fußraum fand. Alles hing davon ab, dass Bimals Verfolger keinen Verdacht schöpften.

Er ging den Kai an der Moskwa entlang.

»Bleiben Sie stehen«, rief jemand hinter ihm. Bimal hatte sein Pfefferspray am Marseiller Flughafen abgeben müssen. Er ging weiter. Der schwarze SUV parkte fünfzig Meter vor ihm. Zwei Männer in dunklen Anzügen stiegen aus. Kamen ihm entgegen. Bimal machte sich keine Illusionen, welchen Erfolg er damit hätte, ihnen Lügen aufzutischen. Er dachte an Jitendra. Wie es Lilou wohl gerade erging? Wenn er einfach losrannte, würden sie ihn dann auf offenem Gelände niederschießen? Neben dem Kai führte eine mehrspurige Straße entlang. Auf der anderen Seite der Straße entdeckte Bimal einen weiteren Typen im schwarzen Anzug. Mindestens vier waren es also. Zwanzig Schritte bis zu den beiden vor ihm. Fünfzehn. Unter den geöffneten Sakkos waren Holsterriemen zu erkennen. Zehn. Es begann zu regnen. Wie viel kälter es war als in Marseille. Fünf. Erst recht verglichen mit Chennai. Drei. Der Regen war eigentlich nur ein Nieseln, aber eisig kalt. Bimal drehte seine Glücksmünze zwischen den Fingern.

»Bleiben Sie stehen«, rief es erneut hinter ihm. Sehr nahe diesmal.

Das Geländer auf der Kaimauer war nicht hoch. Bimal schwang sich darüber. Die Gorillas sprangen auf ihn zu, griffen nach ihm, versuchten ihn zu packen. Doch Bimal brauchte bloß das Geländer loszulassen, und schon rauschte er hinunter in die Fluten der Moskwa. Er war nie ein guter Schwimmer gewesen. Freilich musste er das auch nicht sein. Er hatte kein Ziel zu erreichen. Nur tiefer in den Fluss. Immer weiter, solange es eben ging. Bis die Lunge brannte, bis ihm die Glieder erschlafften. Jitendra, dachte Bimal, Liebe meines Lebens. Dann wurde es dunkel.

53. Kapitel

Brüssel, Belgien; Mittwoch, 13:46 Uhr UTC+2

Das COREU-Verschlüsselungssystem wurde von INTCEN betreut und war dementsprechend in dessen Räumlichkeiten untergebracht. Für Videokonferenzen wurde gewöhnlich der Archipow-Petrow-Saal genutzt. Dieser befand sich im obersten Stock der EAD-Zentrale, nur wenige Schritte von Mogherinis Büro entfernt. Benannt war der Saal nach zwei sowjetischen Offizieren.

Wassili Archipow diente 1962 während der Kubakrise auf einem russischen Atom-U-Boot. Als das U-Boot von US-Kriegsschiffen bedrängt wurde, hätte Archipow den Abschuss eines Torpedos freigeben müssen. Was er nicht tat. Stanislaw Petrow war 1983 der diensthabende Offizier, als das sowjetische Frühwarnsystem US-Raketen meldete. Das Protokoll verlangte den nuklearen Gegenschlag. Petrow hätte seinen Vorgesetzten umgehend Meldung machen müssen. Er entschied jedoch, dass es sich um einen Fehlalarm handelte. Und behielt recht.

Dienst nach Vorschrift hätte in beiden Fällen einen Atomkrieg zur Folge gehabt.

Den Saal nach den Offizieren zu benennen war Mogherinis Idee gewesen. Als Mahnung, sich vom einfachen, naheliegenden Weg nicht verführen zu lassen. Prompt hatte der Militärstab der EU – ironischerweise eine Abteilung des EAD – seine Nachrichtenstelle Abrahamson-Zentrum getauft. James Abrahamson sollte in den 1980er-Jahren Reagens Raketenschild aufbauen. Eine bei Militärs beliebte Lesart der historischen Entwicklung war, dass die Sowjetunion erst dadurch besiegt werden konnte, totgerüstet wurde, da sie dem milliardenschweren Programm nichts entgegenzusetzen hatte. Eine Botschaft an Mogherini, die Wirkung militärischer Abschreckung nicht zu verunglimpfen.

Conrada fragte sich, ob noch irgendjemand die EU ernst nähme, wenn bekannt würde, wie man in der höchsten diplomatischen Vertretung Meinungsverschiedenheiten diskutierte.

Der Archipow-Petrow-Saal summte wie der Garten eines Imkers. Conradas Südamerika-Abteilung war fast komplett vertreten, einige Mitarbeiter von Salminen, Rhodes natürlich, Prinz. Hier und da leuchteten die blauen Poloshirts der Mitarbeiter des Emergency Response Coordination Centre ERCC. Venizelos und DSG-SEC waren ebenfalls anwesend. Nur Mogherini fehlte, höchstwahrscheinlich würde sie sich die Übertragung im Kommissionsgebäude ansehen.

Als Conrada den Raum betrat, stand sie sogleich im Mittelpunkt des Interesses. Unzählige Fragen nach ihrem Befinden prasselten auf sie ein. Sie antwortete knapp, aber freundlich – nur Rhodes strapazierte ihre Geduld, als er nach einem Blick auf ihre Haare fragte, ob sie vorhabe, sich umoperieren zu lassen. Das Wissen, dass er nicht länger ihr Vorgesetzter war, erleichterte sie ungemein. Als Exekutivdirektorin für Zentralasien war sie ihm formal gleichgestellt.

Die Direktübertragung aus dem UN-Hauptquartier war nicht öffentlich, deswegen war der Archipow-Petrow-Saal so voll. Nur hier konnte man – zumindest innerhalb der Triangel – in den Genuss eines verschlüsselten und dennoch stabilen Livemitschnitts gelangen.

Der Hauptbildschirm zeigte das leere Rednerpodest und die golden verkleidete Rückwand des UN-Plenarsaals. Der Beitrag von Colasanti sollte den Sitzungstag eröffnen. Über die Soundanlage waren vereinzelte Satzfetzen zu hören. Offenbar betraten die ersten Diplomaten den Raum. Auf den Nebenbildschirmen waren relevante EU-Mitarbeiter zugeschaltet. DSG-POL, der Generaldirektor des Militärstabs, Salminen.

Conradas Telefon vibrierte. Einen Moment war sie irritiert, weil eine unbekannte Nummer angezeigt wurde. Dann erinnerte sie sich, dass sie ihr eigenes Gerät ja in Moskau gelassen hatte. Stéphane hatte ihr am Vormittag ein neues besorgt. Sie verließ den Raum und nahm das Gespräch an.

»Van Pauli«, sagte sie.

»Hier ist Jan.«

Kopański? Warum um alles in der Welt rief der jetzt gerade an? »Was gibt's?«

»Ich wollte dich an unsere Abmachung erinnern. Dass ich neuer Abteilungsleiter für Südamerika werde.«

»Wir hatten keine Abmachung. Außerdem überschätzt du meinen Einfluss auf Venizelos. Ich kann nichts für dich tun.« Conrada biss die Zähne zusammen. Warum kämpften so viele nur für ihren eigenen Vorteil? Es war nicht der Stolz, der sie dazu brachte, sich gegen Kopańskis Erpressungsversuch zu wehren. Im Gegenteil, Conrada traf Vernunftentscheidungen selbst dann, wenn sie wusste, dass die Konsequenzen ihr monatelange Bauchschmerzen verursachen würden. Das Problem war Kopański selbst: Er wäre schlicht kein guter Abteilungsleiter.

»Gut«, knirschte der Pole. »Dann kann ich aber vielleicht nicht verhindern, dass die Presse erfährt, warum du aus den UNASUR-Verhandlungen verbannt wurdest.« Und weil SecState Miller unantastbar war, müsste Conrada als Bauernopfer herhalten. Es wäre leicht. Eine Pressemitteilung, sie streue Verleumdungen aufgrund einer Privatfehde. Man müsse sich bedauerlicherweise von ihr trennen. Ende. Es war nicht so, dass die EU-Diplomatie keine Erfahrung darin hätte, Skandale kleinzureden.

Conrada erinnerte sich an ihr Gespräch mit Maurizio: wie leid sie es war, permanent diplomatische Rücksicht walten zu lassen.

»Weißt du was, Jan«, sagte sie, »dann tu es.«

»Conrada, ich meine es ernst.«

»Ich auch. Tu es. Schau, was passiert. Glaubst du, ich habe keine Freunde hier? Glaubst du, ich weiß nicht, mit wem du schläfst? Du willst in einem Land wie Polen Karriere machen, und dann vögelst du mit Minderjährigen? Da kann man nur hoffen, dass das nie an die Öffentlichkeit gelangt.«

»Conrada!«

»Sorry, ich muss Schluss machen. Du hast es vielleicht nicht mitbekommen, aber Colasanti spricht gleich vor der UN-Generalversammlung.«

»… habe ich die Ehre, bei den Vereinten Nationen begrüßen zu dürfen: Seine Exzellenz José Colasanti, Interimspräsident von Brasilien.« Der Präsident der Generalversammlung lehnte sich in seinem cremefarbenen Ledersessel zurück. Die Techniker im Archipow-Petrow-Saal tippten ihre Codes in die Tasten, und das Bild aus dem Plenarsaal der Vereinten Nationen wurde auf einen der Nebenbildschirme verbannt. Auf dem Hauptbildschirm erschien die Aufnahme eines zierlichen Mannes mit schwarz glänzenden Haaren und kupfernem Teint. José Colasanti. Er war nicht schwer zu erkennen; außer das von Putin war kein Gesicht die letzten Tage häufiger in den Nachrichten zu sehen gewesen. Colasanti stand frei vor einem beigefarbenen Vorhang, nur ein Notizblatt in der Hand.

»Meine sehr verehrten Damen und Herren. Wie schön, dass ich heute zu Ihnen sprechen darf. Ich werde Sie nicht lange aufhalten.«

Conrada sah sich verstohlen im Raum um. Die Videobotschaft würde sie sich später noch oft genug ansehen können. Wichtiger war es ihr, die unmittelbaren Reaktionen zu beobachten, die Colasanti auslöste.

»Ich habe meinen Mitbürgern versprochen«, sagte dieser gerade, »mich allein der Aufgabe zu widmen, demokratische

Neuwahlen zu gewährleisten. Allerdings habe ich feststellen müssen, dass globale Entwicklungen dieses Ziel gefährden. Daher sehe ich mich gezwungen, politisch aktiv zu werden.« Dass Colasanti Englisch sprach, nötigte Conrada Respekt ab, der Text war nicht abgelesen. Selbst erfahrene Staatsführer zogen für einen so formellen Anlass gewöhnlich ihre Muttersprache vor. Der Akzent war nicht zu verleugnen, doch die Grammatik war geschliffen.

»Für den Anfang habe ich Ihnen drei Punkte mitzuteilen. Erstens: Die Geschehnisse in Mexiko führen dazu, dass kolumbianische Drogenkartelle versuchen, hier in Brasilien Fuß zu fassen. Dies hat einen destabilisierenden Einfluss auf unser Land. Aus diesem Grund werden wir mit sofortiger Wirkung alle Drogen entkriminalisieren. Abhängig von ihrer pharmakologischen Potenz werden sie entweder frei verfügbar sein oder sich über die Apotheken beziehen lassen. Besonders starke Wirkstoffe benötigen das Attest eines Amtsarztes. Was gesundheitliche Aufklärung und Besteuerung betrifft, werden wir uns an dem Konzept orientieren, welches 2013 bis 2015 von der Regierung Guatemalas entwickelt wurde.«

Und auf Druck der USA nie umgesetzt worden war, erinnerte sich Conrada. Sie schielte nach Venizelos, der die Arme verschränkt hielt und das Kinn auf die Brust drückte. Er schien nicht begeistert von Colasantis Plan. DSG-SEC neben ihm hatte tiefe Falten auf der Stirn. Salminen grinste nur aus seinem Bildschirm hervor. Ob aus Erstaunen oder Belustigung, wagte Conrada nicht zu entscheiden.

»Zweitens«, sagte Colasanti nach einer kurzen Pause, »beobachte ich mit Sorge die Destabilisierung eines Großteils der reichen Gesellschaften. Meiner bescheidenen Meinung nach liegt das daran, dass der Wohlstand ungleich verteilt ist. Aus diesem Grund bitte ich die Mitglieder der UN, bis zum übernächsten Wochenende eine internationale Superreichensteuer zu vereinbaren: Wer mehr als den Gegenwert von einer Milliarde US-Dollar besitzt, hat den darüber hinausgehenden Betrag mit einem Satz von 70 Prozent zu versteuern. Die zusätzlichen Einnahmen fließen in Antikorruptions- und Sozialprogramme. Ich bin für Vorschläge offen, wie Versuche zu bestrafen sind, der Steuer zu entgehen.«

Belustigtes Geflüster im Archipow-Petrow-Saal. Während Salminens Leute und Conradas ehemalige Mitarbeiter die Meldung recht gelassen vernommen hatten, konnte man das von den führenden Kräften nicht behaupten. Rhodes schimpfte vor sich hin, Venizelos stand da mit offenem Mund. DSG-POL hob sein Telefon ans Ohr, ungehemmt von dem Umstand, dass er sich gerade in einer Videokonferenz befand. Conrada wunderte sich über Colasantis Naivität. Bisher war ihr der Mann ziemlich scharfsinnig vorgekommen.

»Sie werden sich fragen«, sagte Colasanti, »weswegen Sie auf mich hören sollten. Ich will nicht angeben. Doch ich habe einige Fans. Nach ein paar bedauerlichen Zwischenfällen mit sozialen Netzwerken hat mir TV Brasil freundlicherweise etwas Webspace zur Verfügung gestellt. Mein Blog ist seit gestern Abend online. Bisher hatte ich circa fünfzig Millionen Zugriffe. Pro Stunde. Nachdem ich erfahren habe, dass Sie beabsichtigen, meinen kleinen Beitrag hier der Öffentlichkeit vorzuenthalten, habe ich mir die Freiheit erlaubt, selbst einen Stream einzurichten. Glauben Sie, was in Brasilien geschehen ist, wird sich nicht wiederholen? Handeln Sie klug. Es schauen viele Menschen zu.«

Conrada spürte, wie ihr das Blut in die Wangen schoss. Hier wurde gerade die Geschichte umgeschrieben. Und nicht besonders diskret. Was glaubte Colasanti, was er tat? Seine Forderungen waren in zehn Jahren nicht zu erfüllen, geschweige denn in der Kürze der Zeit. Und selbst wenn eine Reihe von Nationalstaaten eine verschärfte Reichensteuer in Betracht zöge, die Ergebnisse würden weit hinter den Erwartungen zurückbleiben, die Colasanti da unter seinen Anhängern schürte. Der Mann riskierte einen globalen Bürgerkrieg.

»Mein dritter Punkt«, fuhr er unbeirrt fort, »behandelt Kommunikation. Ich bin nicht allzu bewandert, was die Abläufe internationaler Politik betrifft. Auf der Suche nach einem geeigneten Vermittler bin ich auf die Aufzeichnung einer Pressekonferenz in Moskau gestoßen, auf welcher sich die EU-Diplomatin Conrada van Pauli recht freundlich zu mir geäußert hat. Von politischer Seite etwas Positives zu hören ist für mich eine erfrischende Erfahrung. Sollte Ms. van Pauli mich unterstützen wollen und anderweitig entbehrlich sein, würde ich mich freuen, sie als außenpolitische Beraterin zu gewinnen.«

Conrada starrte noch den Bildschirm an, da vibrierte ihr Telefon bereits.

54. Kapitel

Serra san Bruno, Italien; Mai 1988

Die Zitronenbäume wiegten sich sanft in der Mittagssonne, als das Mädchen zum ersten Mal im Dorf erschien. Es war das schönste Mädchen, das die Dorfbewohner je gesehen hatten. Seine Gestalt war schlank wie der Stamm der Zypresse, sein Haar glitzerte wie das Meer, seine Augen waren dunkel wie der kalabrische Wein, sein rotes Kleid umflatterte es wie den Leib einer Göttin. Neid und Missgunst erfüllten die Frauen, die Männer erfüllte Gier.

Doch es gab nur einen einzigen Jungen, an dem das Mädchen Gefallen fand. In der Nacht gab es sich ihm hin. Und als der Junge dem Mädchen das rote Kleid von den Schultern schob, da kostete er ein Leben, so süß, wie er es sich nie hätte vorstellen können.

Als sie sich erschöpft in den Armen lagen, da fragte der Junge das Mädchen nach dessen Geschichte. Und das Mädchen erzählte. Sie komme aus der Stadt. Die 'Ndrangheta bedrohe ihren Vater. Der besitze eine kleine Osteria, könne aber das Schutzgeld nicht bezahlen. Nun suche sie verzweifelt nach Hilfe. Der Junge gab dem Mädchen seine Ersparnisse. Nachdem das Mädchen versprochen hatte zurückzukommen, verabschiedete es sich im Morgengrauen.

Es dauerte zwei Wochen, dann kam es zurück. Sie liebten sich so heftig wie der Westwind den Ostwind. Doch das Mädchen war düster. Die Kundschaft des armen Vaters blieb aus. Die Alten starben, die anderen zogen in den Norden – die 'Ndrangheta verlangte gleichwohl ihren Tribut. Der Junge gab dem Mädchen, was er entbehren konnte.

Das Mädchen besuchte den Jungen nun regelmäßig. Was immer er übrig hatte, schenkte er ihr. In den Nächten brannten sie wie zwei Scheite Holz, die man in dasselbe Feuer gelegt hatte. Eines Tages schoss die 'Ndrangheta dem Mädchen eine Kugel in den Kopf. Die Geschichte mit dem Vater war eine Lüge gewesen. Und die 'Ndrangheta mochte es nicht, wenn man ihren Namen missbrauchte.

Das Mädchen wurde beerdigt. Der Junge sah in das offene Grab, schmeckte das Salz seiner Tränen und beschloss, sich einer Frau niemals mehr preiszugeben, so schön und edel sie auch scheinen mochte.

Maurizio vermisste Conrada. Grüblerisch drehte er den Pokerchip zwischen den Fingern. Conrada hätte gewusst, was zu tun war. Er war den Anweisungen des mysteriösen Anrufers gefolgt und in das Taxi gestiegen, das vor dem Kijewski-Bahnhof gehalten hatte. Im Fußraum des Taxis hatte er den Pokerchip gefunden. Sonst nichts.

Obwohl Maurizio sich in der Botschaft befand, hatte er Angst. Der Anrufer hatte behauptet zu wissen, wer für den Mord an Putin verantwortlich war. Maurizio schauderte vor der Implikation, sollte der Mann die Wahrheit gesagt haben. Außerdem hatte er Conrada sprechen wollen. Warum gerade sie? So oder so, solange Maurizio nichts in der Hand hielt als einen Pokerchip, scheute er sich vor dem Risiko, Kontakt zu ihr aufzunehmen. INTCEN hatte am Vormittag die Übermittlung jedweder strategischen Information untersagt. Die technische Abteilung hatte von Brüssel aus die Verbindungen überprüft und Unregelmäßigkeiten im Übertragungsprotokoll einer der Hauptleitungen gefunden.

Maurizio brütete. Er musste das Rätsel lösen. Was bedeutete der Chip? Welche Assoziationen sollte er wecken? Maurizio hatte sich nie für Poker interessiert. In Kalabrien verlor man sein Geld an die Mafia, lange bevor man es verspielen konnte.

War in das Hartplastik eine Nachricht gekratzt? Er sah sich das runde Blättchen näher an. Er entdeckte zwei feine Linien, die zur Mitte hin verliefen. Ein Druck, ein Zug, ein Teil des Chips löste sich. Maurizio hatte einen winzigen, quadratischen USB-Stick gefunden.

Mit kribbligen Fingern wollte er den Stick in seinen Laptop schieben, besann sich aber. Er wählte die Nummer von Bartas und bat ihn hoch in sein Büro. Nielsens Büro. Er fühlte sich noch immer wie ein Eindringling in den ehemaligen Räumlichkeiten des Dänen.

Der Verbindungsbeamte kam, Maurizio fragte ihn nach einem sicheren Laptop ohne strategische Daten. Das Beeindruckendste an Bartas war nicht seine ruhige, analytische Vorgehensweise, sondern der Umstand, dass er niemals eine inhaltliche Frage stellte. Er entfernte sich, blieb zehn Minuten weg und kam mit einem Laptop zurück.

»Bitte schön«, sagte er. »Festplatte und Arbeitsspeicher sind sauber, die Netzkarte wurde entfernt. Sollten Sie externe Geräte anschließen wollen, kann ich für deren Integrität natürlich nicht garantieren.«

»Sagen Sie, Mr. Bartas, Sie stammen aus Litauen, richtig?«

»Ja«

»Sie sind so ruhig, lassen Sie die Geschehnisse Russlands wirklich kalt?«

Bartas zuckte die Schultern. »Nein«, sagte er. »Wenn Sie mich brauchen, rufen Sie einfach durch.« Er verließ das Büro und zog die Tür hinter sich zu.

Maurizio wartete ein paar Sekunden, bevor er sich erhob, ebenfalls zur Tür ging und sie von innen abschloss. Er trat zu den Fenstern und kippte die Jalousien, bis die Lamellen blickdicht ineinandergriffen.

Dann setzte er sich an seinen Schreibtisch, klappte den Laptop auf, schaltete ihn an und atmete tief durch.

Er schob den Stick in den USB-Port.

Ein Ladebalken erschien.

Der Stick wurde erkannt.

Der Stick war leer bis auf einen zwei Gigabyte großen Ordner. Der Ordner trug den Namen *Neuer Ordner*. Maurizio öffnete ihn. Hunderte .txt-Dateien. Er öffnete die erste. Der Text war mehrere Millionen Anschläge lang; Zahlen und Sonderzeichen. Hin und wieder Buchstaben, noch seltener ein ganzes Wort. Weitere Dateien sahen ähnlich aus.

Zum Glück war auf dem Laptop Bürosoftware vorinstalliert; Maurizio kopierte den gesamten Inhalt mehrerer Dateien in ein Open-Office-Dokument. Er ließ das Programm alle Ziffern durch Leerzeichen ersetzen, ebenso die Sonderzeichen. Jetzt konnte er die wenigen Wörter herauslesen, die wie Raupen durch die weiße Leere krochen. Aktien. Börsenbegriffe. Technische Termini. Phrasen, die nach Wirtschaftsjargon klangen. Unternehmen, Sprachen, Städte, Länder. Und Namen. Vor allem waren es Namen. Maurizio konnte nur die wenigsten von ihnen zuordnen: Politiker, Wirtschaftsmagnaten, Manager, Warlords, Schauspieler, Sportler, Journalisten. Manchmal verrieten Titel militärische oder kirchliche Macht, wissenschaftlichen Einfluss. Wenn jemand anrief oder klopfte, blieb Maurizio so kurz angebunden wie möglich. Gebannt scrollte er Stunde um Stunde durch die Dateien. Nach und nach begann er, auch die Zahlen zu verstehen. Konten. Geldbeträge. Transaktionen. Was immer er hier gefunden hatte, es war groß.

Es war schon lange die Nacht über Moskau niedergesunken, als er einen Namen las, der ihm den Atem stocken ließ. Der Name durfte da nicht stehen. Wenn diese Daten nur einen Bruchteil dessen bedeuteten, was Maurizio vermutete, durfte der Name da nicht stehen.

Er musste Conrada anrufen.

55. Kapitel

Brüssel, Belgien; Mittwoch, 17:19 Uhr UTC+2

»Theresa kommt zurück.«

»Schon? Ist etwas passiert?« Conrada war hin- und hergerissen zwischen der Freude, ihre Älteste wiederzusehen, und der Angst, nur kalte Abweisung zu erfahren.

»Nö«, sagte Emilia. »Also, es ist schon ziemlich Terror und so. Deswegen hat die Organisation beschlossen, alle Freiwilligen heimzuschicken.«

»Ist vielleicht besser.« Conrada war erleichtert. Nachdem Subsahara-Afrika Anfang des neuen Jahrtausends eine Phase der relativen Stabilität erlebt hatte, war es die letzten Jahre wieder deutlich gefährlicher geworden. Dies war der Hauptgrund, weshalb Conrada Theresa von dem Jahr in Tansania hatte abhalten wollen. Das Ergebnis: Theresa war trotzdem gefahren und redete nicht mehr mit ihr.

Merkels Migrationspolitik hatte nicht nur in dem ungeeinten Europa eine Krise heraufbeschworen. In Afrika waren Verzweifelte, aber auch viele gut Ausgebildete dem angeblichen Ruf der deutschen Kanzlerin gefolgt; die Länder verloren die wichtigsten Köpfe für einen nachhaltigen Weg in die Zukunft, radikale religiöse Gruppen und korrupte Autokraten kämpften gnadenlos um die Vorherrschaft. Trieben auf diese Weise weitere Menschen in die Flucht. Ein blutiger Teufelskreis. Umso bitterer, dass substanzielle Unterstützung seit Langem möglich gewesen wäre. Doch die tatsächliche Entwicklungszusammenarbeit der letzten Jahrzehnte war nicht viel mehr als moderner Ablasshandel. Im besten Fall. Kritische Stimmen behaupteten, dass die konzeptlosen Symptomhilfen den Ländern die Motivation genommen hätten, selbst ihre Probleme anzupacken. Noch kritischere Stimmen erklärten, mit all den Hilfs- und Spendengeldern habe man die Korruption in ihrem jetzigen Ausmaß erst ermöglicht. Die kritischsten Stimmen behaupteten, mit Absicht.

»Sag Theresa, sie kann jederzeit wieder bei uns einziehen.«

»Ich glaub nicht, dass sie das will. Sie hat jetzt einen Freund. Toby. Mit Ypsilon. Der ist aus der Schweiz, hat auch für die Organisation gearbeitet. Ich glaub, sie will zu dem ziehen.«

Conrada schluckte. »Wie geht's Papa?«

»Keine Ahnung. Hab den seit Tagen nicht gesehen. Ist in Straßburg, glaube ich.«

Stéphane bedeutete Conrada, dass Mogherini nun bereit war, sie zu empfangen.

»Hör zu, Schatz, ich muss Schluss machen. Ich hab dich lieb.«

»Okay.«

Federica Mogherini, Hohe Vertreterin der Europäischen Union für Außen- und Sicherheitspolitik und Vizepräsidentin der EU-Kommission, hatte ihr Büro im obersten Stockwerk der Triangel. Der Raum war groß, aber nicht riesig, der Einrichtungsstil spartanisch: Schreibtisch, Laptop, Sessel, drei Lehnstühle für Gäste. Akten und Bücher waren in Wandschränken verborgen. Die Wände waren weiß gestrichen, der Teppichboden war im Blau der EU-Flagge gehalten und mit gelben Sternen gesprenkelt. Einziges Dekoelement bildete ein gerahmtes Schwarz-Weiß-Foto von einem älteren Herrn mit schlohweißem Haarkranz und buschigem Bart, auf der Nase eine Nickelbrille. Conrada kannte und schätzte ihn: Karl Kautsky, Vordenker einer internationalen Sozialdemokratie.

Als Conrada den Raum betrat, wurde sie nicht von Mogherini allein erwartet. Ebenfalls anwesend waren Rhodes, Venizelos und DSG-SEC. DSG-POL sah von einem Bildschirm aus zu, der an der Wand befestigt war. Mogherini war größer als Conrada, doch neben den drei wuchtigen Männern wirkte die Italienerin dennoch zierlich.

»Dr. van Pauli«, sagte sie, »schön, dass Sie Zeit gefunden haben.«

»Hohe Vertreterin.« Sie schüttelten sich die Hände. Conrada begrüßte auch die Herren. Sie fragte sich, was Venizelos tun würde, wenn er Mogherini nicht mit ihrem Amtstitel anreden könnte – denn einen Doktortitel besaß sie nicht.

Sie setzten sich.

»Colasanti«, sagte Mogherini, »was machen wir mit ihm?« Die Hohe Vertreterin war keine Frau, die sich mit Floskeln aufhielt.

»Ich halte ihn für naiv«, entgegnete Conrada, »aber nicht für dumm.«

»Gut. Da sind wir einer Meinung. Wissen Sie, weshalb Sie hier sind?«

»Sie möchten wissen, ob ich bereit wäre, seinem Gesuch nachzukommen?« Conrada hoffte inbrünstig, dass Mogherini sie zurück nach Brasilien schickte. Die Welt brannte, und Colasanti war der Schlüssel zum Löschsand. Und auch zum Öl.

»In der Tat. Wir können Sie nicht schicken, wenn Sie nicht wollen.« Conradas Herz machte einen Sprung. Hieß das, sie wollten?

»Ich halte es auf jeden Fall für richtig, den Kontakt zu ihm zu suchen«, sagte sie vorsichtig.

»Ich auch. Halten Sie sich für geeignet dazu?«

»Nun ja«, Conrada lächelte säuerlich, »erst mal sollte ich mich wohl dem Vorwurf stellen, ich hätte Putin auf dem Gewissen.«

»Lassen Sie das meine Sorge sein. Ich habe gerade mit Herrn

Juncker und Herrn Rutte telefoniert. Die Kommission und der niederländische Ministerpräsident sehen sich in der Verantwortung, die Vorwürfe auf institutioneller Ebene abzuwehren.«

»Das zu hören lässt mich ruhiger schlafen. Danke.«

»Also? Halten Sie sich für fähig, die Verhandlungen mit Colasanti zu führen?«

»Ich besitze jedenfalls einige Erfahrung, was Südamerika betrifft«, sagte Conrada. Das klang selbst in ihren eigenen Ohren zaghaft. »Ja«, setzte sie hinzu, »ich halte mich für geeignet.«

»Wissen Sie, andere bezweifeln das.«

»Wer?«, fragte Conrada überrascht und biss sich auf die Zunge. Rhodes. Wer sonst.

Und tatsächlich neigte Mogherini ihren Kopf leicht in seine Richtung.

»Dr. Rhodes sagt, Sie hätten Ihren Mitarbeiter Kopański genötigt, seine Botschaft überhastet zu räumen, was zu deren Verwüstung geführt habe.«

Rhodes saß in seinem Sessel, die Hände auf den dicken Bauch gelegt, und tat unbeteiligt. Nein, Conrada hatte wirklich keine Lust mehr auf Spielchen.

»Er hat recht«, sagte sie. »Und ich würde dieselbe Entscheidung wieder treffen. Bevor ich die Gesundheit meiner Mitarbeiter riskiere, opfere ich gerne ein paar Akten.«

»Nun, Dr. Laim hält Sie ebenfalls für ungeeignet«, sagte Mogherini mit Blick auf DSG-SEC. »Nicht Sie persönlich, aber er hält es für ein Risiko, auf Colasanti zuzugehen. Sei es auch nur, um mit ihm zu sprechen. Er denkt, je mehr wir ihn in den Fokus rücken, desto mächtiger wird er. Dr. Laim schlägt vor, stattdessen den Hype auszusitzen.«

»Das mag in Fällen gelingen, in denen ein Abebben der Konflikte absehbar ist.« Sie wandte sich an Laim. »Sehen Sie irgendwelche Anzeichen, dass die Krise bald vorbei ist?«

Laim war ein zurückhaltender Deutscher mit Vollbart – eine

Rarität in den Führungsetagen der EU. Offensichtlich war er von der Frage überrumpelt, er antwortete nicht gleich.

»Und«, setzte Conrada nach, »haben Sie Lösungskonzepte, wie die Destabilisierung der Amerikas aufgehalten werden kann? Der sich anbahnende Drogenkrieg? Die weltweiten Aufstände, die Colasanti wie einen Heiligen zum Vorbild nehmen?«

DSG-SEC schwieg.

»Lassen wir diese Fragen fürs Erste beiseite«, sagte Mogherini. »Am meisten überrascht haben mich Dr. Venizelos' Zweifel, ob Sie der Aufgabe gewachsen sind. Bisher habe ich aus seinem Munde nur Positives über Sie gehört.«

Conrada fühlte sich vor den Kopf gestoßen. »Weswegen denn?«, wandte sie sich direkt an den Generaldirektor. Der hob entschuldigend die Hände. »Sie wissen, wie sehr ich Sie schätze«, sagte er. »Aber Sie sind zu impulsiv. Sie lassen sich fortreißen. Wie Sie Verhandlungen führen, Interviews geben – das ist zu stürmisch, zu spontan.«

»Sie sehen«, sagte Mogherini, »meine engsten Mitarbeiter raten mir ab. Was soll ich tun?«

»Ganz einfach«, sagte Conrada, während sie versuchte, die aufkeimende Enttäuschung zu verbergen. »Sie schicken mich nach Brasilien. Entweder es läuft gut. Oder Sie erklären, ich hätte auf eigene Faust gehandelt.«

Mogherini hatte ihre Handflächen auf den Schreibtisch gelegt. Ihre Daumen klopften in einem langsamen Rhythmus auf das Holz. Niemand traute sich, die Hohe Vertreterin in ihren Überlegungen zu stören. »Gut«, sagte sie endlich, »so machen wir das.«

Stéphane wartete im Gang.

»Ich bin zurück im Geschäft«, grinste Conrada ihn an.

»Auf Kreta haben Bewaffnete die Rathäuser von Iraklio, Rethymno und Chania gestürmt«, sagte Stéphane. »Sie haben die Unabhängigkeit vom griechischen Festland ausgerufen. Sie sollen schwer gerüstet sein – Maschinenpistolen, Schutzwesten, Granaten. Die Polizei hatte ihnen nichts entgegenzusetzen.«

»Gibt es nicht einen Militärstützpunkt in Chania?« Noch letztes Jahr hatte sie mit Hermann auf der Insel Urlaub gemacht. Es kam ihr vor, als wären Jahrhunderte seitdem vergangen. »Und wenn Athen den Notstand ausgerufen hat, dann können sie die Armee doch im Inland einsetzen.«

»Tja«, sagte Stéphane, »laut Prinz setzen sie die in Chania stationierten Einheiten bereits ein. Allerdings um die Polizei in Athen zu unterstützen.«

»Und jetzt? Artikel 42?«

Artikel 42 des EU-Vertrags sah vor, dass im Falle eines bewaffneten Angriffs auf einen Mitgliedsstaat die anderen Mitglieder ihm zu Hilfe eilen mussten, und zwar mit allen ihnen zur Verfügung stehenden Mitteln.

Stéphane nickte.

56. Kapitel

Barreiras, Brasilien; Mittwoch, 16:23 Uhr UTC-3

Dr. Alcántara liebte Autos und Frauen. Deswegen war er Kinderarzt geworden. Es gab nichts Einfacheres, als eine Mutter zu verführen, deren Säugling man gerade das Leben gerettet hatte. Die Väter machten manchmal Ärger. Nichts, womit er bisher nicht fertiggeworden wäre. Seine Kollegen sagten, er sei eine Schande. Am schlimmsten schimpfte Liliana über ihn, die Oberschwester. Dr. Alcántara war sich sicher, Liliana war untervögelt. Dabei war sie ziemlich heiß. Seit einem halben Jahr versuchte er, sie herumzukriegen. Dr. Alcántara hegte die Vermutung, dass Liliana ihn ebenfalls gar nicht so schlecht fand, ihre Lästerei nur ihr Versuch war, ihre Gefühle zu verbergen. Sie waren heute allein auf der Station, vielleicht ergab sich ja was.

Sein Telefon vibrierte. Wie in den meisten südamerikanischen Krankenhäusern fand die klinikinterne Kommunikation via WhatsApp statt. Im Kreißsaal gab es Komplikationen. Komplikationen war das Stichwort, dass das Kind in Lebensgefahr schwebte. Dr. Alcántara rannte los. Die Gynäkologie war in einem anderen Gebäude untergebracht, einige Hundert Meter entfernt. Während er das Treppenhaus hinunterstürzte, schrieb er Liliana, dass sie in den Kreißsaal kommen solle. Wenn es Dr. Alcántara vor Lilianas Augen gelang, das Kind zu retten, hätte er deutlich bessere Chancen, später bei ihr zu landen. Egal wie viele Notfälle eine Frau miterlebt hatte – sah sie ein dem Tode entrissenes Neugeborenes, wurde sie schwach.

Er stürmte die Straße hinunter bis zur Gynäkologie. Von draußen hörte man kein Schreien. Schlecht. Das hieß, die Mutter war höchstwahrscheinlich bewusstlos oder tot.

Er platzte in den Kreißsaal. Die Mutter lag reglos auf dem Entbindungsbett. Überall Blut. Dr. Alcántara reichte ein Blick, um zu wissen, dass sie ohne Transfusion nicht überleben würde.

Der Gynäkologe streckte Dr. Alcántara das Baby entgegen, in seinen Augen brodelte die Panik. Kein Wunder. Ein Assistenzarzt.

Dr. Alcántara brauchte nur einen Blick auf das Baby zu werfen, um zu wissen, dass es ernst war. Sauerstoffmangel. Er musste beatmen. Wo war Liliana? Er konnte nicht auf sie warten. Der Gynäkologe machte sich an der Mutter zu schaffen. Die einzige anwesende Schwester ebenfalls. Scheiße. Es war ein Skandal, wie am Personal gespart wurde.

»Ich brauche Hilfe«, rief er.

»Jetzt nicht«, schrien Gynäkologe und Schwester gleichzeitig.

Er hatte keine Wahl. Das Baby noch in der einen Hand, griff Dr. Alcántara mit der anderen nach Beatmungsbeutel und Stethoskop. Herzfehler. Verdammt. Not-OP.

»Schickt meine Schwester in den OP«, rief er den anderen zu und drückte die Tür mit der Schulter auf. »Schickt alle, die ihr findet.« Allein zu operieren war aussichtslos.

Er rannte in den OP. Nichts war vorbereitet. Woher auch. Er musste intubieren. Er konnte nicht gleichzeitig den Beatmungsbeutel halten und sedieren. Wo war der Tubus? Scheiße, nichts war in Reichweite. Liliana sollte endlich ihren Arsch herschwingen. Der Mandrin fehlte. Er hatte keine Zeit. Dann eben die Nabelvene katheterisieren. Wo war das Natriumchlorid?

Noch minutenlang mühte er sich ab, obwohl er bereits wusste, dass der Säugling verloren war.

Nachdem sich Dr. Alcántara das Blut von den zitternden Händen gewaschen hatte, marschierte er geradewegs zum Schwesternzimmer. Er hatte noch ein Hühnchen zu rupfen. Was glaubte diese Pute, wer sie war?

Tatsächlich, Liliana saß seelenruhig im Schwesternzimmer und trank Kaffee. Dr. Alcántara weinte fast vor Zorn. Als Liliana ihn sah, fuhr sie erschrocken zusammen. »Was ist los?«

»Bete zum Erlöser. Du hast ein Kind auf dem Gewissen.«

Liliana riss die Augen auf. »Was ist passiert?«

»Tu nicht so. Glaubst du, ich mache Witze, wenn ich dich in den Kreißsaal bestelle?«

Liliana starrte ihn ausdruckslos an. »Übers Intercom?«

»Übers Intercom? Warum denn übers Intercom? Über WhatsApp natürlich.«

Plötzlich schien ihr die Erkenntnis zu kommen. »Ihr Engel des Herrn«, flüsterte sie. Sie fuhr sich mit der Hand an den Mund. »Per WhatsApp?«

»Wie denn sonst?«

»Wann war das?«

»Hä? Wozu willst du das wissen?« Er sah auf die Uhr, die über der Spüle hing. »Vor zwanzig Minuten vielleicht.«

Liliana stellte die Kaffeetasse auf den Tisch. »Das Internet ist tot. Seit zwanzig Minuten.«

57. Kapitel

Brüssel, Belgien; Mittwoch, 21:59 Uhr UTC+2

»Was soll das heißen, das Internet ist tot?«

Conrada fragte sich, ob Prinz sich einen Spaß mit ihr erlaubte. Sie war zu erschöpft, um sich von der Nachricht des Geheimdienstlers noch aufregen zu lassen. Seit Stunden hagelten Anfragen von UN und NATO auf sie ein, von den EU-Staaten ganz zu schweigen. Presse stellte Stéphane gar nicht erst durch. Es war, als hielte die halbe Welt Colasanti entweder für den Erlöser oder Satan persönlich – und Conrada für seine irdische Vertretung.

Und in der Zwischenzeit schickten Frankreich und Deutschland Kriegsschiffe nach Kreta. Die Schiffe waren eigentlich gegen Schlepperbanden im Einsatz. Conrada bezweifelte, ob sie überhaupt für eine kriegerische Auseinandersetzung gewappnet waren. Der EAD war traditionell skeptisch gegenüber militärischer Gewalt – doch Griechenland war Innenpolitik. Und die französische Interimsregierung unter dem Sozialisten Mélenchon versuchte vor den Wahlen am Sonntag verzweifelt, mit rechtskonservativem Aktionismus den voraussichtlichen Erdrutschsieg Le Pens noch abzuwenden. Die Angst vor Le Pen erklärte vermutlich auch, weshalb Deutschland das Vorhaben unterstützte. Conrada war es unbegreiflich. Das Umschwenken auf Positionen der Gegenpartei nutzte erfahrungsgemäß vor allen Dingen: dieser.

»Wie viel Zeit haben Sie?«, fragte Prinz. Er war mit einem Kollegen in den vierten Stock der Triangel gekommen, Conrada bereitete sich in ihrem alten Büro auf die Videokonferenz mit Colasanti vor. Den Kollegen stellte Prinz als technischen Mitarbeiter vor.

Conrada füllte sich Kaffee nach. »Fangen Sie schon an.«

»Um 16:23 Uhr Ortszeit, also 21:23 Uhr hier in Brüssel, sind vier der dreizehn globalen Root-Server-Adressen vollständig oder teilweise ausgefallen. Datenpakete, die nach, von oder in Brasilien versendet werden sollten, wurden nicht oder verspätet bearbeitet.«

Conrada wusste nicht, was Root-Server-Adressen waren. Die Uhrzeit fiel ihr auf: »Das ist schon über eine halbe Stunde her.«

»Ja, die untergeordneten Nameserver speichern Abfragen eine gewisse Zeit, deswegen gab es erst nur lokale Auffälligkeiten. Inzwischen handelt es sich um einen flächendeckenden Ausfall.«

»Das Internet wurde … gehackt?«

»Grob vereinfacht gesagt, ja. Soweit es Brasilien betrifft.«

Conradas Kopf war Matsch. Dieses neue absurde Problem überstieg ihre geistigen Ressourcen. Sie musste sich dringend hinlegen. Eine Stunde oder zwei wären schon mal ein Anfang.

»Aber«, sagte sie, »sollte es nicht Vorkehrungen geben für so etwas? Redundante Systeme?«

»Ja. Für die dreizehn Root-Server-Adressen gibt es über sechshundert tatsächliche Server. Fällt ein Server aus, kann einer der anderen einspringen.«

»Aber …«

»Aber es wurden nicht die Server blockiert, sondern die Adressen.«

Conrada bemühte sich gar nicht erst darum, Verständnisfragen zu stellen. »Und damit konnte keiner rechnen?«

Prinz wand sich. »Es ist eigentlich nicht möglich.«

»… aber passiert?«

»Unsere Techniker arbeiten an einer Erklärung.« Prinz kniff die Lippen zusammen. Sein stummer Kollege ebenfalls.

»Los, spucken Sie's aus«, drängte ihn Conrada.

»Es gibt im Grunde nur eine einzige Möglichkeit, wie die Adressen manipuliert werden konnten. Als sie angelegt worden sind.«

»Sie meinen nicht, das Pentagon …?« Conrada verstummte. Die Ursprünge des Internets gingen auf Forschungen des US-Militärs zurück.

»Offiziell wurde das Netz schon vor Anlegen der Root-Adressen in einen kommerziellen und einen militärischen Teil aufgespalten.«

»Offiziell? Was enthalten Sie mir vor, Mr. Prinz?«

Prinz antwortete nicht, blickte an ihr vorbei. Sein Kollege ebenfalls. Es wirkte wie eine ungelenke Imitation.

»Geheimhaltung?« Conrada rieb sich die Augen. »Sie hätten mir das nicht alles erzählt, wenn Sie nicht wollen würden, dass ich mit den Informationen etwas anfange.«

»Lesen Sie Trumps Twitter-Meldungen.«

Der EAD verfolgte und speicherte die medialen Äußerungen wichtiger Staatsführer. Conrada musste nicht lange suchen, um zu finden, was Prinz meinte.

15:29 Uhr Brüsseler Zeit: *#Colasanti. Keine Sorge, Leute. Der ist bald wieder weg.*

21:08 Uhr: *#Colasanti: Du wirst dich wundern. Wir knipsen dir das Licht aus.*

21:12 Uhr: *#Colasanti: Wer Trump nicht für voll nimmt, kriegt die Quittung.*

Einer Regung folgend, öffnete Conrada ihren Browser und sah online in Trumps Timeline nach. Ihr Bauchgefühl behielt recht: Alle drei Tweets waren gelöscht. Als ob das Netz vergessen würde. Nichts wurde heißer diskutiert als diese drei Tweets.

Sie hörte, wie die Tür sich hinter ihr öffnete.

»Stéphane, was gibt's?«, fragte sie, ohne sich umzudrehen. Ihre anderen Mitarbeiter hätten geklopft.

»Prinz braucht dich«, nuschelte Stéphane. Conrada bemerkte besorgt, wie eingesunken seine Schultern waren.

»Schon wieder?«

»Und Venizelos will, dass du nach Brasília fliegst.«

»Warum?« Allein die Vorstellung eines Interkontinentalflugs sorgte dafür, dass ihre eigenen Schultern sich verspannten. »Ich dachte, wir machen eine Videoschaltung.«

»Es ist gerade aussichtslos, eine stabile Internetverbindung nach Brasilien herzustellen. Und laut DSG-SEC lassen sich die analogen Leitungen nicht ausreichend verschlüsseln.«

Conrada brauchte nicht nachzufragen, um zu wissen, dass Stéphane in Gedanken bei Jasmin war.

»Na gut«, nickte sie. »Wo soll ich Prinz treffen?«

»Im Hub.«

Als Hub bezeichneten die EAD-Mitarbeiter den Raum, in dem die COREU-Kommunikationsanlage untergebracht war. Sie wurde von INTCEN betreut und befand sich dementsprechend auch in dessen Trakt.

Der Bereich war nicht frei zugänglich; Conrada musste vor einer Sicherheitstür warten, bis Prinz sie abholte. Sie liefen eine ganze Weile durch kahle Gänge und eine Treppe hinunter, mehrmals passierten sie schwere Stahltüren, die Prinz mit seiner Zugangskarte öffnete. Als sie ihr Ziel endlich betraten, hatte Conrada alle Orientierung verloren. Sie war noch nie persönlich hier gewesen. Normalerweise wurden die COREU-Nachrichten von INTCEN-Mitarbeitern empfangen und ins Intranet eingespeist.

Der Hub sah aus wie ein gewöhnliches Konferenzzimmer, auf dem Tisch war ein Mikrofon installiert, mehrere Bildschirme erlaubten Videoschaltungen – natürlich nicht über das verschlüsselte System, versicherte Prinz rasch, als er Conradas fragenden Blick sah. Um COREU zu nutzen, benötigte man ein gesondertes Terminal. Ein Gerät, das aussah wie ein PC aus den Neunzigern.

Im Raum befand sich ein schlanker Herr mit Glatze und Brille. Er mochte um die sechzig sein. Conrada glaubte ihn zu kennen. Der Direktor von INTCEN. Der Mann trat so selten in Erscheinung, dass es beinahe verdächtig wirkte – nun, er war der Chef des europäischen Geheimdienstes.

»Direktor Laurent?«

»Dr. van Pauli.«

»Was verschafft mir die Ehre?«

»Wir haben eine Nachricht aus Moskau erhalten«, sagte der Direktor, »die ausdrücklich nur an Sie gerichtet war.«

»Aus Moskau?« Maurizio, schoss es Conrada durch den Kopf. »Worum geht es?«

»Botschafter Pellegrini hat Ihnen etwas mitzuteilen, Ihnen persönlich. Setzen Sie sich.« Er wies Conrada an, vor dem Uraltrechner Platz zu nehmen. Auf dem Bildschirm flimmerte ein Text in dunklem Grün. Die Auflösung ließ einzelne Pixel erkennen.

Persönliche Nachricht für Conrada van Pauli. Höchste Dringlichkeit. Maurizio Pellegrini, Botschafter für Moskau. Administrator vor Ort: Jonas Bartas.

»Und jetzt?«, fragte Conrada.

Laurent deutete auf die Tastatur. »Antworten Sie. Das System funktioniert ganz einfach. Wie ein Chat-Programm.«

Hallo, tippte Conrada. Sie kam sich dämlich vor. Die Buchstaben leuchteten gelb. Sie drückte die Eingabe-Taste.

Eine Weile geschah nichts.

»Es dauert etwas«, erklärte Laurent nachgiebig.

Die Buchstaben wurden violett. Das musste in den Neunzigern hip gewesen sein. Wieder warten. Dann blinkten drei kleine Punkte am unteren Rand des Bildes.

»Er schreibt«, erklärte Laurent.

Conrada? Welche Cocktails haben wir in Buenos Aires getrunken?

Conrada stutzte kurz, dann verstand sie. Er wollte sichergehen, dass sie es war.

Wein, tippte sie. *Du rot, ich weiß.*

Warten. Wow. Die EU besaß das langsamste Chat-Programm der Welt.

Bist du allein?, leuchtete es grün auf.

Direktor Laurent und Prinz sind bei mir.

Sie sollen die Protokollfunktion ausschalten.

Conrada sah sich nach dem Direktor um, der hinter ihr stand. »Was meint er?«

»Üblicherweise wird die Kommunikation aufgezeichnet. Allerdings lässt sich die Funktion deaktivieren.«

»Dann deaktivieren Sie sie.«

Laurent zögerte.

»Vielleicht scheint Mr. Pellegrini paranoid«, versuchte Conrada ihn weichzuklopfen, »aber bedenken Sie, dass er sich in Moskau befindet. Sie vor allen anderen sollten da doch eine gewisse Paranoia schätzen.«

Laurent brummte etwas, nickte dann aber Prinz zu. Der verschwand durch eine unscheinbare Tür. Nach einer halben Minute war er wieder da. »Das Protokoll ist deaktiviert.«

Conrada fragte sich kurz, ob Prinz vertrauenswürdig war. Sie war ihre anfängliche Skepsis gegen den Österreicher noch immer nicht losgeworden. Aber im Grunde hatte sie keine andere Wahl, als ihm Glauben zu schenken. Er könnte ihr alles erzählen.

Ist deaktiviert, schrieb sie Maurizio.

Die Warterei begann lästig zu werden.

Bitte sie, den Raum zu verlassen.

»Leider nicht möglich«, sagte Laurent, der mitgelesen hatte. »Wir können die Konsole nicht unbeaufsichtigt lassen. Prinz kann ich wegschicken, aber ich selbst muss bleiben.«

Conrada akzeptierte den Kompromiss, Prinz verließ umstandslos den Raum. Conrada schrieb es Maurizio.

Zäh floss die Zeit, bis endlich seine Entgegnung kam: *Ich habe vermutlich den Beweis für zahllose irreguläre Geldströme zwischen hochrangigen Persönlichkeiten aus allen Ecken der Welt. Panama und Paradise sind nichts dagegen.*

Conrada starrte minutenlang auf den Bildschirm, unfähig zu einer Reaktion.

Was soll ich tun?, flammte es grün auf.

Mit der Langsamkeit einer Betäubten tippte sie die Buchstaben in die Tastatur. *Das Material muss nach Brüssel.*

Gut. Ich bringe es.

Warum schickst du es nicht?

Nach endlosen Sekunden die Antwort: *Zu gefährlich. Auch EU-Funktionäre sind betroffen.*

Eine Gänsehaut kroch ihr den Rücken hoch. *Wer?*

Quälend lange blinkten die drei kleinen Punkte am unteren Bildrand. Dann erschien der Name.

Venizelos.

58. Kapitel

Pullendorf, Deutschland; Mittwoch, 22:03 Uhr UTC+2

Der Geruch von Schweiß und Urin hing schwer in dem kleinen gekachelten Raum. Das Licht der Baustrahler ließ die ausgemergelten Gesichter der Würste noch bleicher aussehen. Nackt standen sie da, vier Stück waren übrig, zitternd, wimmernd, die Arme vor ihrem Geschlecht verschränkt, die Handschellen erlaubten es nicht anders. Die Augenbinden, die sie trugen, waren mit Tränengas getränkt.

»Würste!«, brüllte Simon Witt sie an. Als Reaktion bekam er nur Stöhnen. »Streckt die Arme aus!«

Sie gehorchten.

Witt wartete. Er hatte viel Zeit. Er ließ sich mit einem wohligen Seufzer auf den einzigen Stuhl im Raum fallen. »Endlich sitzen.« Die Würste standen seit sechzehn Stunden, geschlafen hatten sie seit zwei Tagen nicht mehr. Witt öffnete eine Cola. Die Würste zuckten zusammen bei dem Geräusch der zischenden Kohlensäure, neigten die Köpfe, witterten. Sie standen zwei Meter entfernt, trotzdem rochen sie den süßen Duft, versuchten so viel wie möglich von ihm zu erhaschen. Die Verzweiflung schärfte ihre Sinne für alles, was Linderung von ihren Qualen versprach.

»Ich habe nur eine«, sagte Witt entschuldigend.

Eine der Würste fiel auf die Knie.

»Willst du einen Stuhl?«, fragte Witt. Die Wurst nickte. »Dann steh auf.« Die Wurst kämpfte sich hoch. Der Rotz hing ihr in einem langen Faden vom Kinn. Witt packte die Lehne seines Stuhls. Mit der freien Hand zog er die Arme der Wurst nach vorn. »Hier, halt mal.« Er führte die Sitzfläche an die Finger der Wurst, sodass sie den Stuhl greifen konnte. »Nicht fallen lassen.«

Die Wurst seufzte auf, als sie verstand, dass sie, statt sitzen zu dürfen, ihre Lage verschlimmert hatte.

Die anderen Würste seufzten ebenfalls.

»Ich habe leider nur einen Stuhl«, sagte Witt.

Stöhnen.

»Fresse!«, brüllte Witt. Er packte ein rohes Kotelett aus seiner Kühltasche, zog sein Feuerzeug hervor und hielt das Kotelett über die Flamme. Den Geruch nach verbranntem Fleisch empfand sogar er selbst als unangenehm. Als der Geruch die Würste traf, bäumten sie sich, als litten sie physischen Schmerz.

Außer Witt und den Würsten befanden sich nur noch Dr. Lengfeld und seine Assistentin im Raum. Dr. Lengfeld hob den Arm, Witt nickte ihm zu. Der Arzt näherte sich der Wurst, die den Stuhl hielt, und legte ihr die Hände um den Hals. Es war nur eine leichte Berührung, doch die Wurst jaulte auf, zuckte, zitterte noch heftiger als zuvor, fast spastisch. Die anderen Würste ahnten Furchtbares, verstärkten sich in ihrer Panik gegenseitig. Dr. Lengfeld trat von einer zur nächsten. Wen immer er mit seinen gepflegten Chirurgenfingern berührte, der schrie auf.

Die Würste wussten nicht, weswegen Dr. Lengfeld ihnen die Hände um den Hals legte.

Er tat es, um ihren Puls zu fühlen.

Obwohl Witt formal die Befehlsgewalt besaß, entschied faktisch Dr. Lengfeld, welcher der Bewerber die Übung bestand. Zwar unterschrieben alle Teilnehmer vor dem Prüfungslehrgang, für ihre Gesundheit selbst verantwortlich zu sein. Aber Witts Vorgesetzte konnten auf schlechte Presse verzichten. Seit dem Unglück auf der Gorch Fock war man vorsichtig geworden.

Damals war eine Offiziersanwärterin zur See während des Aufenterns zu Tode gestürzt.

Dr. Lengfeld gab Witt das Zeichen, sie sollten die Übung beenden. Witt war zufrieden, vier war keine schlechte Zahl. Manchmal schaffte es nicht einer. Er schrieb der Trainingseinheit, sie solle sich bereithalten. Dann öffnete er die Handschellen. »Bewerber, nehmen Sie die Augenbinden ab.«

Die rot aufgequollenen Augen wirkten noch unnatürlicher im Weiß der Gesichter.

»Eine unbekannte Anzahl an Terroristen hat eine Schule besetzt. Es befindet sich ein hochrangiger Politiker in ihrer Gewalt. Braucht jemand eine Pause?«

Die Gestalten schwankten, aber keiner sagte etwas. Witt war beeindruckt.

»Dann los!«, brüllte er.

Die Bewerber stolperten Richtung Spindraum. Witt lief hinterher. »Schneller!«, schrie er. »Westen, Helme, Waffen!«

Der erste Bewerber kämpfte mit seiner Unterhose, er konnte sich kaum auf den Beinen halten. »Habe ich etwas von Hosen gesagt?«, brüllte Witt. »Westen, Helme, Waffen!«

Das Ausbildungszentrum für Spezielle Operationen in Pullendorf unterstand der Bundeswehr. Doch das Bundeskriminalamt durfte das Areal ebenfalls nutzen, um polizeiliche Spezialkräfte auszubilden. Gerade für Schlüsselübungen wie Stressbewältigung und Häuserkampf eignete sich die Anlage sehr gut.

Viele Trainings wurden in Kooperation durchgeführt. Die Terroristen im Planspiel etwa waren Sondereinheiten der Luftlandebrigade 1 des Heeres. Man hatte Witt bisweilen auch Mitglieder des Kommandos Spezialkräfte zur Verfügung gestellt, aber die hatten mit seinen Bewerbern stets kurzen Prozess gemacht.

Witt eilte zum Kontrollraum, Oberkommissar Sören und der Koordinator der Terroristen warteten einsatzbereit, alle Bildschirme waren aktiv. Witt stieg rasch in Anzughose und -schuhe.

Die Kamerabilder wurden sowieso aufgezeichnet, er könnte sie sich später ansehen. Er zog es vor, vor Ort zu sein. Statt eines Sakkos zog er die Weste mit den AGDUS-Empfängerblättchen an. AGDUS war das Lasertag der Bundeswehr – die Funktionsweise war ähnlich, der Preis fünfzehnmal so hoch. Dass die Weste Witt kaum wie den Politiker wirken ließ, den er spielen sollte, war zu verschmerzen. Auf die Details kam es nicht an. Das Szenario war schon fragwürdig genug: Wie viele Politiker mussten aus Schulen befreit werden?

Witt rannte in die vorgebliche Schule und in einen Raum im ersten Stock, wo er sich mit den Sparrings-Terroristen verabredet hatte. Ohne großes Federlesen banden sie ihm die Arme auf den Rücken, setzten ihn in eine Ecke und sicherten den Raum. Die Befehle waren bestimmt, die Bewegungen klar, ein eingespieltes Team. Sie hatten eine ähnliche Tortur hinter sich wie ihre Gegner.

Witt war immer wieder aufs Neue fasziniert davon, wie verschieden die Aura einer Einheit sein konnte, abhängig davon, wie und wofür sie ausgebildet worden war. Während die GSG9 der Bundespolizei ihm manchmal wie eine kalte Maschine vorkam, glaubte er bei militärischen Kräften wie dem KSK oder dem britischen SAS Testosteron und Todesverachtung beinahe riechen zu können. Die Soldaten der Luftlandebrigade, deren Geisel er gerade spielte, ließen sich keiner der beiden anderen Gruppen zuordnen. Ohne ihre Aura benennen zu können, beobachtete Witt mehrere Minuten, wie sie warteten, lauschten, beinahe reglos, auf einem Knie oder stehend an die Wand gelehnt, jeder den Finger am Abzug seiner G36.

Melancholie.

Das war das Wort, das ihm schließlich einfiel. Die Aura der Soldaten hätte er am ehesten mit dem Begriff Melancholie beschrieben. Witt wunderte sich über seinen Gedanken. Vielleicht war er darauf gekommen, weil sie dem Szenario entsprechend unter ihren Schutzwesten zivile Kleidung trugen.

Dann ging es los.

Die Bewerber nutzten Blendgranaten, konnten zwei Terroristen ausschalten, verloren selbst zwei Kameraden, der dritte Terrorist zog sich zurück. Die Bewerber packten Witt und zerrten ihn hoch. Keiner fragte ihn, ob er verwundet sei. Nachlässigkeit. Oder ob er etwas über die verbliebenen Gegner wüsste. Torheit.

Nackt, wie Witt es befohlen hatte, sicherten sie den Raum, zerrten ihn dann raus in den Flur, zum Treppenhaus, zwei Terroristen griffen an, ein Bewerber fiel, Witt erlitt eine Beinwunde. Der letzte Bewerber wuchtete ihn hoch, stützte ihn, schleifte ihn die Treppe hinunter.

Ein Terrorist überraschte sie, der Bewerber riss das Gewehr herum, schoss, der Laser blitzte, das Empfangsgerät des Terroristen piepste, tot. Schritte. Noch ein Terrorist. Der Bewerber warf Witt durch die nächste Tür und sprang hinterher. Der Terrorist folgte, der Bewerber schoss, der Terrorist war ausgeschaltet.

Witt erhob sich.

»Bleib unten«, zischte der Bewerber.

»So, das war's«, sagte Witt. »Sie haben alle Ziele ausgeschaltet.«

Das von der Anstrengung verzerrte Gesicht des Bewerbers entspannte sich zu einem Grinsen. Er sah viel zu jung aus; die Teilnahme an Witts Programm war erst nach mindestens acht Jahren Polizeidienst möglich.

»Wie alt sind Sie?«, fragte Witt.

»Sechsundzwanzig, Herr Hauptkommissar.«

»Wo haben Sie schießen gelernt?«

»Mein Vater hat eine Paintball-Arena.«

»Sind Sie zufrieden mit Ihrem Ergebnis?«

Der Bewerber grinste noch breiter. »Ich denke doch, Herr Hauptkommissar.«

»Sie sind durchgefallen.«

Das Grinsen gefror, klebte sekundenlang wie eine Maske

auf dem jugendlichen Gesicht, bevor die Maske zerfloss und Fassungslosigkeit wich. »Was? Das können Sie nicht machen!«

»Was wir hier tun, ist kein Sport, Bewerber.«

Witt bedauerte den Jungen. Er hatte Potenzial gezeigt. Aber er hatte keine Vorstellung davon, was es bedeutete, Teil der GSG 9 zu sein, der Antiterroreinheit der Bundespolizei. Witt hatte als Ausbilder für die Dienststelle Personenschutz im Ausland eine besondere Verantwortung. Intern wurde seine Abteilung Kommando Kamikaze genannt. Der Spitzname war vielleicht nicht allzu raffiniert, traf jedoch den Kern: Kein deutscher Polizist lebte gefährlicher.

»Ich habe Sie ganz allein da rausgeholt«, motzte der Junge. »Das ist ungerecht.«

»Sie sind tot«, sagte Witt mit Blick auf den Terroristen, der hinter dem Jungen erschienen war, die Waffe hob und schoss. Das Empfangsgerät des Jungen piepste.

»Was soll das?«, rief der Junge. »Sie haben gesagt, die Übung ist vorbei!«

»Tja«, sagte Witt.

»Hauptkommissar Witt«, tönte es aus den Lautsprechern der Beschallungsanlage. »Bitte finden Sie sich im Kontrollraum ein. Der Innenminister für Sie.«

Als Witt den Kontrollraum erreichte, war zusätzlich zu Oberkommissar Sören und dem Übungsleiter der Luftlandebrigade auch der Kommandeur der Einrichtung anwesend. Dieser streckte ihm sein Telefon entgegen.

Witt nahm es. »Hauptkommissar Simon Witt am Apparat«, meldete er sich. »Wie kann ich Ihnen behilflich sein, Herr Minister?«

»Sie haben doch Erfahrung mit internationalen Missionen?«

»Ja, Herr Minister.«

»Gut. Ich hatte soeben einen Anruf vom EAD. Brüssel braucht jemanden, der weiß, was er tut.«

»Worum geht es denn?«

»Kaufen Sie sich Sonnencreme, Herr Witt. Sie fliegen nach Brasilien.«

59. Kapitel

Brüssel, Belgien; Donnerstag, 01:28 Uhr UTC+2

Es knallte. Conrada schreckte von ihrem Schreibtisch hoch. In der Ferne waren Sirenen zu hören. Ein Blick auf die Uhr ließ sie aufstöhnen: halb zwei morgens. Sie musste eingenickt sein. In vier Stunden ging ihr Flug. Ihr Telefon meldete drei Anrufe in Abwesenheit. Sie hatte die Vibration nicht gehört. Seit Jahren war ihr das nicht mehr passiert.

Sie fühlte sich, als hätte sie mindestens zwei Gin Tonic zu viel intus. Hatte sie getrunken? Ihre Kehle war trocken. In der Tasse neben ihrem Laptop schlummerte nur noch etwas eingetrockneter Kaffeesatz vor sich hin. Sie richtete sich auf und wankte auf den Gang. Das Licht brannte, aber es war alles ruhig. Keine Stimmen, kein Tastaturgeklapper, kein Scheppern zugeschlagener Aktenschränke. Irgendwo klingelte ein Telefon. Niemand nahm ab. Stéphane musste die Belegschaft nach Hause geschickt haben. Die Tür zu seinem Büro stand offen. Conrada warf einen Blick hinein. Der Belgier hatte seinen grauen Wuschelkopf auf die Schreibtischplatte gelegt und schnarchte leise. Das Bild, das sie selbst noch vor ein paar Minuten abgegeben hatte, dürfte gar nicht so unähnlich gewesen sein. Conrada seufzte. Jasmin. Mit jedem Tag, der verstrich, wurde es unwahrscheinlicher, dass Stéphanes Exfrau noch am Leben war. Leise schloss Conrada die Tür.

Sie ging zur Mitarbeiterküche und griff nach der Dose mit den Kaffeepads. In zweieinhalb Stunden würde der Chauffeur sie abholen, schlafen könnte sie vorher vermutlich sowieso nicht mehr. Andererseits: So zerstört, wie sie sich fühlte, wäre es auch sinnlos, noch etwas arbeiten zu wollen. Sie stellte die Dose zurück ins Regal und ging wieder ins Büro.

Ihr rosa Trainingsanzug mit den lila Streifen hing exakt so im Mantelständer, wie sie ihn das letzte Mal darübergeworfen hatte. Niemand hatte ihr Büro betreten, während sie suspendiert gewesen war. Ein rührendes Zeichen ihrer Mitarbeiter, dass sie auf ihre Rückkehr gehofft hatten. Unglaublich, dass die Suspendierung erst Samstag geschehen war.

Sie zog sich um und schlüpfte in ihre Laufschuhe.

Der Sicherheitsmann am Mitarbeitereingang sah nur kurz auf, als sie das Gebäude verließ. Sie lief die vertraute Strecke zum Parc de Woluwe. Brüssel bei Nacht hatte etwas von einer Filmkulisse – zumindest hier im EU-Viertel, wo sich Prestigebauten aneinanderreihten. Unterwegs war kaum jemand. Ob die europäische Bürokratie das Biedermeier in Brüssel gesucht oder selbst der Stadt mitgebracht hatte? Aber wie kam Conrada überhaupt darauf, von den Vierteln, die sie kannte, auf die allgemeine Stimmung schließen zu wollen? Sie musste sich eingestehen, nichts über das Nachtleben dieser merkwürdigen Stadt zu wissen, in der sie seit fünf Jahren lebte. Sie dachte an Amsterdam, als sie von zu Hause ausgezogen war, zum ersten Mal allein gelebt hatte. Wie anders hatte sie die Nächte dort erlebt. Aber das mochte an ihr selbst gelegen haben. Es war eine paradoxe, unwirkliche Zeit gewesen. Wie fern war ihr das Mädchen von damals: die Haare abrasiert, noch kürzer als jetzt, die Piercings, die Drogen; die absurden Streits mit ihrem ersten Freund, bei denen unterschiedliche Meinungen über den Nutzen von Zahnseide in Handgreiflichkeiten hatten enden können. Die Beziehung hatte zwei Wochen nicht überstanden. Conrada erinnerte sich an die Begebenheiten, aber sie spürte nichts mehr. Melancholisch wurde sie der Tatsache gewahr, ihrem früheren Ich keine Empathie mehr entgegenbringen zu können.

Sie dachte an ihren Vater, den sie kaum gekannt hatte, an den sie keine Erinnerungen besaß außer an den Rauch, der immer in der Wohnung hing, wenn er nicht auf Geschäftsreise war. Noch Jahre nach seinem Tod stanken die Gardinen. Ihre Mutter wusch sie nicht, egal wie sehr Conrada sich beschwerte. Erst Jahre später verstand sie, dass es für die Mutter Verrat an ihrem Mann gewesen wäre, den Geruch aus den Gardinen zu bannen.

Conrada hatte in der Beziehung zu ihrer Mutter jede Phase erlebt, die man als normal bezeichnen würde: die kindliche, bedingungslose Liebe, das zornige Aufbäumen in der Pubertät; die Verachtung, die sie als junge Erwachsene empfand, wenn sie voller euphorischer Überzeugung die Prinzipien der Welt durchdrungen zu haben glaubte und die Ansichten der Mutter beschränkt und reaktionär schienen; die freundschaftliche Verbundenheit, wenn die Mittzwanzigerin erkannte, was sie der Mutter zu verdanken hatte; das Aufleben begrabener Konflikte, als Theresa geboren wurde, das erste Enkelkind – in den verschiedenen Erziehungsansätzen gerieten die Weltbilder erneut aneinander, freilich nicht mehr so heftig wie früher. Dann das Stürzen in die Arbeit, das Kämpfen um die eigene Familie; der Kontakt zur Mutter trat in den Hintergrund und verkümmerte. Das Mitgefühl mit der alten Frau, die vor sich hin dämmerte, während sie selbst keine Woche ohne Jetlag verbrachte. Und endlich die grauenvolle Erfahrung, wie dieser Mensch, dem man sein Leben zu verdanken hatte, von Verbitterung und Demenz aus der Welt getrieben wurde.

Conrada erreichte den Parc de Woluwe. Der Wind raschelte in den Kastanien. Durch die diesigen Lichtkegel der Straßenlaternen fielen die ersten gelben Blätter des Jahres.

Ob Theresa einmal ebensolche Gedanken ihr gegenüber entwickeln würde? Eine Mischung aus Mitleid und verlorener Nähe? Zumindest wie Theresa sich aktuell ihrer Mutter entzog, bildete durchaus eine Parallele zu Conradas Flucht nach Amsterdam. Sie schauderte. Es wurde kühl. Die kälteste Stunde der Nacht verkündete das baldige Morgengrauen. Conrada vermisste Hermann. Nicht den Menschen. Aber die Idee, die er verkörpert hatte: dass jemand da war, wenn man sich nicht stark genug glaubte, den Herausforderungen des Lebens allein entgegenzutreten.

Seit ein paar Tagen redete alle Welt über Dr. van Pauli, die Frau, die dem FSB die Stirn bot, die von Colasanti zum Gespräch eingeladen wurde. Doch Conrada fühlte sich einsamer denn je. Sie brauchte dringend den Urlaub mit Emma.

Sie rannte schneller. Die Toten verfolgten sie. Nielsen. Matušek. Geraldo, der brasilianische Taxifahrer. Das Leben war über ihr Bedürfnis hinweggerauscht, sich angemessen zu verabschieden. Die Toten forderten Zeit zur Besinnung. Zeit. Nichts besaß Conrada weniger.

Sie dachte an den Chat mit Maurizio.

Der Generaldirektor des EAD war der wichtigste Mann im Schatten der EU-Außenpolitik. Er war es, der entschied, welche Informationen, welche Strategievorschläge an die politischen Entscheidungsträger herangetragen wurden. Wenn Venizelos sich verkaufte, verkaufte er die Idee Europa. Politiker wurden beobachtet – ihre Berater kaum. Niemand konnte die Idee einer gemeinsamen Wertegemeinschaft, des gemeinsamen Kampfes für Frieden und Wohlstand gründlicher zerstören als Venizelos. Und wer sagte, dass er der Einzige war?

Conrada ließ die letzten Jahre Revue passieren. Die Art, wie die EZB entgegen ihrem Auftrag Politik machen durfte; das Scheitern der Transaktionssteuer; der Umgang der Kommission mit Griechenland (zu rücksichtslos) oder Ungarn und Polen (zu rücksichtsvoll); die verschleppten Reformen der Südeuropäer, die ignorante Flüchtlingspolitik der Deutschen, die egoistische Flüchtlingspolitik aller anderen, die Desinformation der Öffentlichkeit zu verschiedensten Themen – so viele Dinge hatten stümperhaft oder fahrlässig gewirkt. Was, wenn den vermeintlichen Missgeschicken Absicht zugrunde lag? Conrada wurde übel.

Sie befand sich nur wenige Laufminuten von Hermanns und ihrem Haus entfernt. Doch vorbeizuschauen verspürte sie keine Lust. Was sollte sie dort? Emilia war im Internat, Wechselkleidung für Brasilien hatte sie im Büro, Hermann war in Straßburg – nicht dass sie Letzteren gerade hätte sehen wollen.

Nachdem sie ihre fünfte Runde im Parc de Woluwe gedreht hatte, wandte sie sich wieder in Richtung Triangel.

Der Sicherheitsmann hatte gewechselt. Er musterte sie skeptisch, während er ihre Karte scannte. Conrada war kurz irritiert, dann kam sie darauf, dass der Anblick einer Joggerin mit Priority-Zugangskarte nachts um vier nicht alle Tage vorkommen dürfte.

Er gab ihr die Karte zurück, sie lächelte ihm aufmunternd zu und ging zu den Fahrstühlen. Als sie den vierten Stock erreichte, hörte sie Stéphanes unverwechselbares Englisch schon vom Gang aus. Er befand sich statt in seinem in ihrem Büro. Gerade als sie eintrat, beendete er das Telefonat.

»Stéphane, was gibt's?«

»Conrada.« Offenbar hatte er das Gespräch von ihrem Telefon aus geführt. »Entschuldigung.« Er legte das Gerät aus der Hand. »Es hat vibriert, ich habe gesehen, dass es Prinz war, und abgenommen.«

»Was wollte er?«

»Russland. Der FSB hat ein generelles Ausreiseverbot für Ausländer verhängt.«

Verdammt, dachte Conrada. Maurizio.

»Ms. Pauli?«, fragte jemand, als sie an der Abflughalle 1 des Flughafens Brüssel-Zaventem aus der Limousine stieg. Erschrocken fuhr sie herum. Ein kleiner Glatzkopf in schlecht sitzendem Anzug trat auf sie zu.

»Kennen wir uns?«, fragte Conrada.

Der andere streckte ihr die Hand entgegen, eine wahre Pranke. Das Sakko spannte über den Schultern, verriet eine gedrungene Statur.

»Hauptkommissar Simon Witt«, sagte der Mann auf Englisch, »ich arbeite für die deutsche Bundespolizei.« Auch ohne den expliziten Hinweis verriet der Akzent unverkennbar die Herkunft.

»Van Pauli, erfreut«, sagte sie misstrauisch und nahm seine Hand. Er drückte sie so fest, dass Conrada einen Aufschrei unterdrücken musste.

»Haben Sie Schmerzen?«, fragte der erklärte Hauptkommissar.

»Geht schon«, murmelte Conrada und wedelte demonstrativ mit ihren gequetschten Fingern. »Was wollen Sie von mir?«

»Nichts direkt. Ich bin hier im Auftrag des deutschen Innenministers. Ich soll Sie nach Brasilien begleiten.«

»Wozu?«

»Zu Ihrem Schutz.«

»Hören Sie, ich weiß von nichts, ich habe noch nie Ihren Namen gehört, und mit dem deutschen Innenminister habe ich erst recht nichts zu schaffen. Ich bin Niederländerin und arbeite im Auftrag der EU. Sie müssen sich vertan haben.«

»Nicht, wenn Sie Conrada Pauli sind. Niemand hat Ihnen Bescheid gesagt?« Das Muskelpaket legte den Kopf schief. »Da kann ich jetzt auch nichts machen. Ich soll Sie jedenfalls begleiten.«

Conrada wählte Stéphanes Nummer. Er nahm nicht ab.

»Haben Sie einen Ausweis?«, fragte sie.

Witt zeigte ihn.

Conrada betrachtete die Karte. Es war hoffnungslos. Als ob sie in der Lage gewesen wäre, eine Fälschung zu erkennen. Sie dachte an Bartas und den Reisepass, den jener ihr gegeben hatte.

»Ich brauche Sie nicht«, sagte sie.

»Darum geht es nicht«, erwiderte der Deutsche. »Ich wurde

abkommandiert, Sie zu begleiten. Also werde ich das tun. Wenn Sie es nicht wollen, rufen Sie das deutsche Innenministerium an.«

Conrada lachte auf. »Klar. Wenn ich doch nur die Nummer hätte.«

»Bitte.« Witt streckte ihr sein Telefon entgegen.

Conrada musterte ihn unschlüssig.

»Lassen Sie es gut sein«, seufzte sie schließlich, zu müde für weitere Diskussionen, »kommen Sie mit.«

60. Kapitel

In der Nähe von Fulton, Texas; Mittwoch 11:01 Uhr UTC+5

Mike Woodearth atmete ein. Seine Beine waren Bäume, tief verwurzelt in der Erde seiner Väter. Die Büchse saß eng an der Schulter. Mit der linken Hand stabilisierte er den Vorderschaft. Der Druck war nur leicht, aber kompromisslos. Die rechte Hand hielt den Griff mit eiserner Ruhe, der Zeigefinger lag neben dem Abzug. Er atmete aus. Mike Woodearth war ein guter Schütze. Er würde das Arschloch nicht verfehlen.

Das Nussbaumholz wärmte ihm die Wange. Sein Zielauge wartete eine Handbreit vorm Fernrohr auf den Moment. Er fokussierte das Fadenkreuz und atmete ein. Es roch nach Regen. Er atmete aus. Wie könnte man lebendiger sein? Dieser Bruchteil einer Sekunde zwischen Aus- und Einatmen. Wenn die Zeit stillstand. Wenn man den Tod brachte. Er atmete ein. Er legte den Zeigefinger auf den Abzug. Er atmete aus. Der unendlich kurze Augenblick, wenn der Orgasmus kam. Wenn dein Schwanz sich schon zusammengezogen hatte, aber deinen Samen noch nicht freiließ. Er atmete ein. Es brauchte keinen Gott. Er atmete aus.

Mike Woodearth schoss. Das Arschloch brach tot zusammen.

Beglückt senkte er die Büchse.

»Hammer!«, johlte Kent und schlug ihm bewundernd auf die Schulter. Anderson klatschte immerhin nachlässig in die Hände. Mehr hätte Woodearth von dem norwegischen Eisblock eh nicht erwartet. Gemeinsam sahen sie nach dem Bison. Der Wichser war ein Prachtstück, bestimmt eine Tonne schwer. Er schnaubte noch, dunkles Blut rann ihm aus den Nüstern.

»Gnadenschuss?«, fragte Anderson.

Woodearth schüttelte den Kopf. Fasziniert beobachtete er, wie das Weiß aus den Augen erst feucht glänzend hervorquoll, dann matter wurde. Er lauschte auf den rasselnden Atem des Monsters. Nah trat er an es heran, legte ihm die Hand aufs Fell, spürte das Zucken der Muskeln darunter. Er kniete sich hin, neigte sich zu dem mächtigen Schädel des Sterbenden, näherte sich mit der Nase dem schäumenden Maul und sog die Luft ein. Es war erhebend. Nichts roch so stark, so machtvoll wie der modrig schwere Duft des Todes.

Was für eine grandiose Beute gab ein Bison ab. Es war eine Schande, dass es kaum noch welche gab. Woodearth stellte sich mit lustvollem Schaudern die Zeit vor, als man die Tiere im Vorbeifahren aus dem Zug hatte erledigen dürfen. Wenn er selbst jagen wollte, musste er sie sich aufwendig züchten lassen.

Der Wichser hörte nicht auf zu röcheln. Bäumte sich hartnäckig gegen das Unvermeidliche. Woodearth versank in die Betrachtung. Der Todeskampf hatte eine fast meditative Wirkung auf ihn.

»Gehen wir essen?«, fragte Kent ungeduldig. »Jagen macht hungrig.«

»Na gut«, sagte Woodearth. Er stand auf und klopfte sich den Staub von den Knien.

Sie hatten den Wagen so nah geparkt, dass sie hinter sich das Röcheln noch hören konnten, als sie einstiegen. Der Wagen war ein Chevrolet Colorado ZH2 Extra: Brennstoffzellenantrieb, 660 PS, kugel- und minensicher. Kent hatte ihn mitgebracht. War auch mächtig stolz auf sein Baby. Was für ein Idiot. Nein, Woodearth unterschätzte die rechte Hand des Präsidenten nicht. Kent war ein gerissenes Arschloch. Aber er hatte zu schnell Karriere gemacht, der Erfolg stieg ihm zu Kopf. Kent war SecState, nicht

Verteidigungsminister. Ohne dessen Zustimmung einen streng geheimen militärischen Prototypen durch drei Bundesstaaten fahren zu lassen, nur um vor Woodearth Eindruck zu schinden – das war nicht dumm wie Scheiße, das war dumm wie ein ganzer Berg aus Scheiße. Na ja, vielleicht wurde man einfach dumm, wenn man zu lange mit Donald abhing.

Sie rasten über den texanischen Sand. Die Fahrwerksfedern des ZH2 verwandelten jeden Aufprall auf Büsche und Steinbrocken in ein unwesentliches Schaukeln. Was nicht nachgab, wurde zermalmt von den 37-Zoll-Reifen. Der Landrover mit Kents Bodyguards blieb bald zurück. Nach einer knappen halben Stunde erreichten sie das Anwesen an der Aransas Bay. Das Stahltor schob sich zur Seite.

»Viel Wachpersonal hast du«, bemerkte Kent, als sie die Posten passierten, die hinterm Tor warteten.

»Scheißbohnenfresser«, erklärte Woodearth. »Seit wir Mexiko unter Kontrolle haben, strömen sie massenweise zu uns und suchen Ärger. Sollen sie nur kommen.«

Schon immer war das Anwesen mit Mauer und Bewegungsmeldern gesichert gewesen. Doch der elektrifizierte Zaun, der die Mauer um einen zusätzlichen Meter wachsen ließ, war erst vor ein paar Monaten installiert worden. Gerade rechtzeitig. Woodearth bewunderte sich selbst für sein Gespür, was gesellschaftliche Entwicklungen betraf. Vor ein paar Tagen hatte er die Sicherheitsmannschaft verstärkt, inzwischen waren es fast vierzig Leute. Ununterbrochen schoben mindestens zwölf davon Dienst.

Woodearth parkte und hielt Kent den Autoschlüssel hin.

»Kannst du behalten«, sagte Kent.

Woodearth warf den Schlüssel einer der Torwachen zu. »Willst du mich kaufen?«

»Immer.«

Sie lachten.

Über die Veranda gelangten sie in den Speisesalon.

Im blauen Wohnzimmer kamen sie an Cherry vorbei, die im Pyjama auf einem Sofa lag und fernsah. »Hi, Daddy«, rief sie, sprang auf und gab ihm einen Kuss.

»Meine Tochter«, stellte er sie vor. »Das hier sind Kent und Anderson.« Er hätte auch den Norweger mit seinem Vornamen vorgestellt, hätte es sich nicht um einen bescheuerten europäischen Namen gehandelt, den kein Mensch sich merken konnte.

»Hi«, sagte Cherry und lächelte frech. Er müsste ihr dringend mal Manieren beibringen. Aber sie war einfach so süß. Sie hätte ihn um einen Eiffelturm bitten können, und er hätte ihr einen gebaut.

»Willst du mitessen?«, fragte er sie.

»Nee, ich mach gerade Low-Carb.«

Es gab Steaks. Woodearth aß wie immer mit gesundem Appetit. Kent fraß wie ein Schwein, schmatzend, mit offenem Mund. Anderson rührte sein Essen kaum an – als fürchtete er, das lächerliche Arrangement zu stören, das der Koch auf seinem Teller angerichtet hatte. Woodearth trank Bourbon, Kent Bier, Anderson Wasser. Woodearth nahm sich vor, sich vor Anderson in Acht zu nehmen; dieser bleiche europäische Banker wirkte so dürr und schwächlich, dass es sich um eine Fassade handeln musste. Denn wenn er wirklich der Wurm wäre, nach dem er aussah, wäre er heute nicht hier. Woodearth hasste Leute, die sich verstellten.

»Ich sage nicht«, meinte Kent, »dass Mexiko nicht unter Kontrolle ist. Ich sage nur, dass wir einen höheren Preis dafür zahlen werden, als wir angenommen hatten. Möglicherweise einen um ein Vielfaches höheren Preis.«

»Pussy«, sagte Woodearth. »Während des Übergangs rumpelt es, das ist immer so. Das macht gar nichts. Du wirst schon sehen. Bald wird das Land so instabil, dass López Obrador mehr Angst davor bekommt, wir könnten gehen, als dass wir zu lange bleiben.«

»Klasse. Afghanistan, oder was?«

»Nein«, sagte Woodearth. »Es geht um Koks. Nicht Heroin.«

»Sehr witzig. Du weißt, was ich meine. Ihr habt hier in Texas doch den Stress schon mit den Scheißniggern. Und in den Innenstädten im Norden rumort es auch. Wir hatten in vier Tagen über zwanzig Gefangenenaufstände. Von denen fast die Hälfte an die Öffentlichkeit gelangt ist. Der ganze Abschaum kommt aus seinen Löchern. Wir enden noch alle wie Silver letzte Woche in Brasília.« Kent säbelte heftig an seinem Steak herum. Ohne aufzuschauen, fuhr er fort: »Und seitdem Putin aus dem Spiel ist, ist Donald nervös. Und du weißt, du willst nicht, dass er das lange bleibt.«

»Anderson«, wandte sich Woodearth an den Norweger, »haben wir inzwischen Kontakt zu Koljakow?«

»Seien Sie versichert«, antwortete Anderson, »Fred arbeitet mit allen Kräften daran.«

»Scheiße«, rief Woodearth. »Wie konnte das passieren?«

»Dass jemand Putin umbringt?«, fragte Anderson, während er nach einem Salbeiblatt griff. »Das war absehbar, dass das irgendwann passieren würde.« Er lutschte kurz an dem Blatt, ließ es aber gleich wieder sinken. »Meinen Sie nicht?«

Machte der sich über ihn lustig? Was für ein unverschämtes Arschloch. »Kannst du mir wenigstens erklären, wer diese Französin kaltgemacht hat? Das war doch eine von euch, oder nicht?«

»Lilou Moreau?«, fragte Anderson. »Wir waren das.«

Woodearth vergaß einen Moment zu kauen. »Eure Mitarbeiterin?«, fragte er dann.

»Genau genommen, war sie nicht unsere Mitarbeiterin. Sie hat schon vor Längerem gekündigt.«

»Und warum habt ihr sie umgelegt?«

Anderson strich den Rand seiner Serviette entlang. »Sie wurde ein Sicherheitsrisiko.«

»Was bedeutet das?«

»Sie hat einen Großteil der Transaktionsaufzeichnungen der Jahre 2001 bis 2014 entwendet.«

Woodearth schnaufte vor Entsetzen. »Aufzeichnungen zu wem?«

Anderson nahm die Serviette, die eine Falte geworfen hatte, und glättete sie wieder.

»Zu allen«, sagte er.

Es war so still, dass man zwei Räume weiter Cherrys Fernseher hören konnte. Sogar Kent hatte zu essen aufgehört. Woodearth spürte, wie die Wut in ihm hochstieg, wuchs und wuchs, er hasste Versagen, das Versagen erforderte eine Bestrafung. Er stand auf, ging zu der Kommode aus poliertem Sandelholz, öffnete die oberste Schublade, nahm den Revolver heraus, ging zurück zur Tafel und richtete die Waffe auf das Arschloch. »Du steckst in der Scheiße, Anderson. Du und dein Boss. Ihr steckt so tief in der Scheiße, das glaubt ihr gar nicht.«

Anderson sah von seinem unangetasteten Steak auf, suchte Blickkontakt, sah wieder weg, griff nach seinem Glas, nahm einen Schluck Wasser. Ein definitives Einhundert-Prozent-Arschloch.

»Du Arschloch«, sagte Woodearth zornbebend. »Was hält mich davon ab, dir einfach eine Kugel in den Kopf zu jagen? Scheiße.«

»Sehr treffend beobachtet«, sagte Anderson, stellte das Glas ab, sah Woodearth an, hielt seinem Blick diesmal stand. »Wir stecken in der Scheiße. Ganz tief drin. Wir alle. Sie können mit mir machen, was Sie wollen. Aber wenn Sie aus der Scheiße rauswollen, dann sollten Sie mir besser zuhören. Wir haben noch lange nicht verloren.«

»Er hat recht«, brummte Kent. »Nimm die Knarre runter, Mike.«

In diesem Moment hasste Woodearth auch Kent. Sein Coach sagte, er solle seinen Zorn kontrollieren, aber der Coach war ein Armleuchter. Er ballte die Faust um den Griff des Revolvers. Wie sollte man ernst genommen werden, wenn man Dummheit ungestraft ließ? Anderson war gefährlich. Aber Kent? Brauchte er ihn wirklich?

»Daddy, alles okay?« Cherry stand in der Tür. Sie hatte den Pyjama gegen ein Kleidchen getauscht. Hinreißend sah sie aus, wie immer.

»Sweetie«, Woodearth senkte verlegen den Revolver. »Brauchst du irgendwas?«

»Ich hab nur gehört, dass es Stress gibt.« Ihr Lächeln war Gold. »Ich dachte, ich frag mal nach, ob ich was tun kann.« Gold und Sünde. »Wie bei dem Mexikaner.«

»Nein«, stammelte Woodearth, »danke dir.«

»Okay«, sie warf ihm einen Kussmund zu. »Du findest mich, wenn du mich brauchst.« Und weg war sie.

Benommen setzte er sich wieder an den Tisch.

Kent beäugte ihn wie ein Raubtier. Ihm hing Bratensoße auf den Lippen. Anderson legte die Hände vor sich in den Schoß. Saß mit geradem Rücken da, wie unbeteiligt. Endlich rang Woodearth sich zu der Frage durch: »Ihr habt die Daten wieder?«

»Nein.«

Woodearth spürte, wie der Zorn erneut in ihm wuchs. Er ballte die Fäuste, um ihn zu kontrollieren. Aus dem Fernseher schallte Popmusik zu ihnen herüber.

»Wer hat die Daten jetzt?«

»Der EU-Botschafter für Moskau.«

»Nur er weiß davon?«

»Er hat es seiner Vorgesetzten verraten. Conrada van Pauli.«

»Die kenne ich«, warf Kent ein. »Die hat bei dem UNASUR-Treffen die EU vertreten. Zähes Biest.«

»Du hast dich nicht bei Venizelos beschwert?«, fragte Woodearth.

»Doch, habe ich«, grinste Kent. »Am nächsten Tag war sie weg.«

Woodearth rang gegen seinen Zorn. Was grinste der Idiot? Wusste er nicht, was auf dem Spiel stand?

»Wie, bitte schön«, blaffte er Anderson an, »konnten die Infos von Frankreich nach Moskau und von da zu dieser Pauli geraten?«

»Wissen wir nicht«, sagte Anderson, provozierend ruhig.

»Ihr habt sie doch abgehört?«

»Es war Zufall. Sie haben eine Leitung benutzt, die von Venizelos' Leuten kontrolliert wird. Der hat uns die Info dann weitergegeben.«

»Scheiße«, rief Woodearth, »wir legen sie um. Ich lege sie persönlich um.«

Kent aß wieder. Woodearth konnte es nicht fassen. Alles flog ihnen um die Ohren, alles, und der Typ saß da und fraß.

»Nein«, sagte Anderson. »Wir legen sie nicht um.« Er nahm eine Zitronenscheibe, hielt sie über sein Glas und träufelte etwas Saft hinein. »Wir kaufen sie.«

»Warum folgen wir nicht Mikes Vorschlag«, fragte Kent kauend, »und legen sie um? Dann ist Ruhe.«

»Dafür ist es zu spät«, erwiderte Anderson. »Wir können nicht sagen, wer alles Bescheid weiß. Bisher wissen wir nur von zweien. Und von diesen beiden ist van Pauli der Schlüssel. Der Mann in Moskau hätte jeden anrufen können. Hat er aber nicht getan. Vermutlich, weil er klug ist und fürchten musste, an den Falschen zu geraten – Pech für ihn, dass Venizelos es mitbekommen hat. Jedenfalls brauchen wir van Pauli. Haben wir sie, haben wir den anderen auch.«

»Und wenn nicht?«

»Sie hat einen hoch dotierten Job. Sie hat Kinder. Sie wird sich überzeugen lassen.«

»Gut. Ich überzeuge sie«, knurrte Woodearth.

»Nein«, wagte Anderson, die Hure, zu widersprechen. »Lassen Sie Ihre Finger von ihr. Sie krümmen ihr kein Haar.« Er sah auch Kent an: »Von Ihnen beiden wünscht sich McFadden das Gegenteil. Räumen Sie van Pauli Steine aus dem Weg. Je erfolgreicher sie zu sein glaubt und je weniger isoliert sie sich sieht, desto wahrscheinlicher ist es, dass sie mit der Weitergabe der Daten wartet.«

»Was ist«, fragte Kent, »wenn sie die Daten schon weitergegeben hat?«

»Dann gehen wir den losen Enden nach. Jedem einzelnen.«

»Und wenn die Sache trotzdem öffentlich wird?«, fragte Woodearth.

»Seit sie die Daten gestohlen hat, arbeiten wir daran, alle Spuren zu beseitigen. Wir brauchen nur noch ein paar Monate, bis die Daten wertlos werden.«

»Und wenn wir diese Monate nicht bekommen?«

»Dann, meine Herren«, Anderson roch an seinem mit Zitronensaft gemischten Wasser, »ist das Spiel vorbei.«

Als Woodearth Kent und Anderson nach draußen brachte, um sich von ihnen zu verabschieden, fehlte der ZH2.

»Was ist los?«, fragte er die Torwache, der er den Schlüssel gegeben hatte.

»Ihre Tochter hat ihn genommen, Sir.«

»Was?« Das Balg konnte was erleben.

»Sie sagte, Sie hätten es ihr erlaubt, Sir.«

Das Gör. Woodearth rief sie an, Cherry nahm nicht ab. Per Sprachnachricht wünschte er sie zum Teufel.

Zwei Stunden später kam der Anruf. Der Wagen war bei der Johnson-Brücke gefunden worden. Sie war tot. Cherry. Seine Tochter. Die Bohnenfresser hatten sie umgebracht.

»Nein, Sir. Es war ein Unfall.«

Sie sei von der Fahrspur abgekommen und ins Meer gestürzt. Lächerlich. Die Leitplanken hätten dem tonnenschweren Wagen nicht standgehalten. Sie habe Drogen genommen. Unmöglich.

Als ob seine Cherry nicht abschätzen könnte, ob sie fahrtüchtig war oder nicht. Scheiße. Cherry. Seine Cherry. Sein Mädchen. Die einzige Frau, die er je geliebt hatte. Warum. Woodearth ging in sein Arbeitszimmer, nahm eine Magnum aus seinem Schreibtisch und schob sie sich in den Mund.

61. Kapitel

Brüssel, Belgien; Donnerstag, 05:40 Uhr UTC+2

Conrada flog mit einer niederländischen Gulfstream, die ihr vom EATC zur Verfügung gestellt worden war – dem Europäischen Lufttransportkommando.

Exakt eine Woche war es her, dass Conrada nach Brasília geflogen war, um mit Außenminister Domingos über Hilfspakete zu verhandeln, damals noch mit einem Linienflug. Diesmal flog sie, um einen Mann zu treffen, der nominell nicht im Ansatz so viel Macht besaß. Und faktisch ein Vielfaches davon. Damals ging es um die Rettung Brasiliens. Diesmal ging es um ungleich viel mehr.

Witt hatte sich als höflicher, aber mundfauler Begleiter herausgestellt. Kaum hatten sie Reiseflughöhe erreicht, war er eingeschlafen. Eine weitere Begleitung hatte sie nicht, da sie offiziell nicht im Namen der EU unterwegs war. Die Gulfstream war ihr formal von der niederländischen Regierung zur Verfügung gestellt worden. Conrada arbeitete sich durch den Stapel von Dossiers, die Stéphane ihr mitgegeben hatte. So ziemlich jede Abteilung der EU hatte ihr ihre Meinung kundgetan, was Colasanti zu tun beziehungsweise zu lassen habe. Ebenso die EZB und die Regierungen der europäischen Einzelstaaten. Eine weitere dicke Akte umfasste die Wünsche von Dritten. Die Forderungen waren so vielfältig wie unrealistisch: Colasanti solle sich der brasilianischen Justiz stellen; er solle den gewählten Volksvertretern die Regierungsgeschäfte überlassen; er solle die Wahlen schon nächste

Woche abhalten, um den globalen Markt zu stabilisieren; er solle davon Abstand nehmen, Gesetze verabschieden zu wollen; er solle sich davor hüten, Klientelpolitik für die indigene Bevölkerung zu betreiben; er solle seine medialen Auftritte vorher von den UN absegnen lassen; er solle sicherstellen, dass die Börse in São Paulo ihren Betrieb aufrechterhalten könne – absurd, wo nicht einmal klar war, wie viele Brasilianer überhaupt noch online waren. Der vernünftigste Vorschlag war der von Mogherini: Colasanti solle Beobachtern der OSZE Zugang zu der beabsichtigten Wahl verschaffen, um gegen Anfechtungen gewappnet zu sein.

Conrada rieb sich die Augen. Neben ihr hatte Witt sich in seinen Sitz geschmiegt, gleichmäßig hob und senkte sich sein breiter Brustkorb. Sie beneidete ihn, wie gerne hätte sie die Ruhe gehabt, jetzt schlafen zu können.

Der Flughafen war gespenstisch leer. Conrada brauchte ein paar Sekunden, bis ihr klar wurde, warum. Der Betrieb konnte ohne stabilen Internetzugang sicher nicht in vollem Umfang aufrechterhalten werden.

Bei der Passkontrolle machten ihre Fingerabdrücke kurz Probleme, bevor Conrada sich an Bartas' Folie erinnerte und deren Reste abrieb. Zum Glück hatte sie daran gedacht, aus Brüssel einen ihrer Reservepässe mitzunehmen. Dass sie mehrere hatte, war kein Luxus: Je nachdem, in welches Land sie einreiste, konnten Aufenthaltsstempel aus einem anderen Land einige Unannehmlichkeiten bedeuten.

Sie wurden empfangen von einem halben Dutzend Sicherheitskräften in Zivil, Kopański und einem Kaugummi kauenden Brasilianer, den Conrada nicht kannte. Er stellte sich als Chauffeur Júlio vor, er sei ein Freund von José und von diesem gebeten worden, sie abzuholen. Conrada dankte ihm. Mit einer gewissen Genugtuung beobachtete sie, dass Kopański unter Witts Handschlag ähnlich litt, wie sie selbst es zuvor getan hatte.

»Herzlichen Glückwunsch zur Beförderung, Frau Exekutivdirektorin«, sagte der Pole, ein falsches Lächeln auf den Lippen, »wie laufen die Geschäfte in Russland?«

»Es geht«, antwortete Conrada. »Wie laufen die Geschäfte in Brasilien?«

Die Stimmung war kühl.

Júlio führte sie zu seinem Fahrzeug. Die Sicherheitsleute folgten.

»Setzen Sie zuerst Herrn Kopański in der Botschaft ab«, wies Conrada ihn an.

»Nein«, widersprach Kopański, »ich komme mit.«

»Jan, bitte«, seufzte Conrada, während Júlio ihr die Beifahrertür öffnete. Sie fühlte sich beansprucht genug. Nach einer Auseinandersetzung mit Kopański verspürte sie nicht das geringste Bedürfnis. Aber einen Selbstdarsteller wie ihn bei dem heiklen Gespräch mit Colasanti dabeizuhaben, war keine Alternative.

Kopański blieb neben der Limousine stehen und verschränkte die Arme. »Noch einmal bremst du mich nicht aus.«

»Darum geht es nicht. Ich denke nur, es ist besser, wenn unser Botschafter in der Botschaft bleibt und Kontakt mit Brüssel hält.«

»Tut er ja«, Kopański konnte sich das Grinsen nicht verkneifen. »Petersen ist Botschafter. Ich bin Bereichsleiter für Südamerika.«

»Nicht wirklich«, rutschte es Conrada heraus.

»Von Venizelos höchstselbst ernannt. Und da du inzwischen für Asien zuständig bist, hast du mir *nada* zu sagen.«

Conrada zuckte schicksalsergeben die Schultern. »Wie du meinst.«

Die blauen und roten Lichter der Polizeieskorte beunruhigten Conrada mehr, als dass sie ihr Sicherheit vermittelten. Abgesehen davon war Brasiliens Hauptstadt beklemmend ruhig. Conrada hätte nicht sagen können, was sie erwartet hatte, doch das hier jedenfalls nicht; ein paar weniger Autos als sonst, ein paar weniger Fußgänger am Straßenrand, ein paar weniger Geschäfte, die geöffnet hatten. Aber kein Anzeichen dafür, dass hier vor ein paar Tagen ein Bürgerkrieg auszubrechen gedroht hatte, nach wie vor ausbrechen konnte, die digitale Infrastruktur zusammengebrochen war, der Staatsführer weder politische Erfahrung noch eine befriedigende Legitimation hatte. Stattdessen trieb er sich durch seine – gelinde formuliert – unkonventionelle Pressearbeit in die internationale Isolierung.

Als sie auf die Eixo Monumental einbogen, erspähte Conrada einen Trupp Soldaten. Sie sprach den unentwegt kauenden Júlio darauf an.

»Zur Sicherheit«, schmatzte dieser. »Einige wollen nicht, dass die Wahlen stattfinden, wie José es angekündigt hat. Sie greifen ihn an. Deswegen muss er sich schützen.«

»Wodurch hat er sich Feinde gemacht?«

Er deutete auf seine ausgebeulte Backe. »Dadurch.«

»Koka?«

Júlio nickte.

»Und das ist nicht mehr verboten?« Hatte Colasanti sein Versprechen so schnell wahr gemacht?

»Nein, nicht mehr.«

Die Kartelle. Kein Wunder, dass sie sauer waren. Wenn Drogen nicht mehr verboten waren, verloren Schmuggler ihre Geschäftsgrundlage.

»Andere Feinde hat er nicht?«

»Er hat das Militär auf seiner Seite.« Júlio schob das Kokabällchen von der einen Backe in die andere. »Außer den Kommandos legt sich niemand mit ihm an.«

Den Rest der Fahrt schwiegen sie. Júlio kaute, Kopański tippte auf seinem Telefon herum. Witt blätterte durch eine Akte, die er aus einem kleinen Wanderrucksack gezogen hatte, seinem einzigen Gepäckstück. Conrada blickte durch die Windschutzscheibe, beobachtete die Stadt mit ihren Bewohnern und fragte sich in einem Anflug von Wehmut, wie es Hermann wohl gerade erging.

Es hatte zu nieseln begonnen, als Júlio die Limousine vor dem rückseitigen Eingang des Palácio do Planalto zum Halten brachte. Es empfing sie ein Beamter, der von zwei mit Maschinenpistolen bewaffneten Sicherheitsleuten begleitet wurde. Conrada bedankte sich bei Júlio. Mit Witt und Kopański im Schlepptau folgte sie dem Beamten ins Gebäude. Conrada war vor Jahren das letzte Mal hier gewesen. Wenn ihre Erinnerung ihr keine Streiche spielte, hatte sich an der Einrichtung nicht allzu viel geändert. Sie wurden in eine kleine Lounge geführt, wo sie gemeinsam mit den Sicherheitsleuten warten mussten. Ein weiterer Sicherheitsmann trat hinzu. Im Gegensatz zu seinen uniformierten Kollegen trug er Zivil; nur der Schallschlauch, der sich aus seinem Kragen ans Ohr ringelte, verriet ihn.

Während die Uniformierten ihre Tasche durchsuchten, wurde Conrada von dem Mann in Zivil abgetastet. Dieser ging so gründlich vor, dass sie es in einer anderen Situation als unanständig empfunden hätte. Computer und Telefon musste sie abgeben, außerdem ihre Wasserflasche.

Als man mit ihr fertig war, wurde Kopański untersucht. Auch er musste sein Telefon abgeben, eine Tasche hatte er nicht dabei.

Dann war Witt an der Reihe. Als die Sicherheitsleute bemerkten, dass er eine kugelsichere Weste anhatte, wurden sie misstrauisch. Als sie entdeckten, dass er unter der Achsel ein Holster mit Pistole trug, zogen sie ihre eigenen, der Mann in Zivil forderte Verstärkung an. Sekunden später betraten vier weitere Uniformierte den Raum. Als sie das Kampfmesser aus seinem Stiefel zogen, entsicherten sie ihre Waffen. Als sie Granaten in seinem Rucksack fanden, trat auch Conrada einen Schritt zurück.

Witt hob die Hände. »Personenschutz«, sagte er, er klang überrascht. »Meine Ausstattung wurde nicht angemeldet?«

»Von wem?«, fragte Conrada.

Witt stutze. »Na, von Ihnen.«

»Ich wusste ja bis vorm Abflug nicht einmal, dass Sie mich begleiten.«

»Dann von Ihren Vorgesetzten.«

»Sie sind sicher«, fragte Conrada den Mann in Zivil, »dass Sie nicht benachrichtigt wurden?«

»Zumindest haben wir keine Nachricht erhalten.« Der Mann verzog das Gesicht. »Seit das Internet kaum noch funktioniert, sind auch die Telefonleitungen heillos überlastet. Vielleicht wurde die Nachricht zwar gesendet, ist aber nicht angekommen.«

»Und jetzt?«, fragte Conrada.

»Wir müssen Sie bitten, die Waffen abzugeben.«

»Auf keinen Fall«, sagte Witt.

»Lassen Sie Ihre Waffen hier«, sagte Conrada. Witt wurde ihr immer unheimlicher. Sie dachte an den Roten Salon im Kreml. Ein Schauer lief ihr den Rücken hinunter.

»Was ist mit dem Messer?«, fragte Witt.

Der Sicherheitsmann schüttelte den Kopf.

Sie wurden in einen Konferenzraum geführt, von dessen Fensterfront man die Eixo Monumental kilometerweit hinunterblicken konnte. Der Abend nahte, gerade wurde die Beleuchtung des Fernsehturms eingeschaltet.

Die warmen Farben, in denen die Tapeten und der Teppichboden gehalten waren, versprachen ein angenehmes Arbeitsklima. Am Fenster stand ein kleiner Mann mit tiefschwarzem Haar. Als sie eintraten, wandte er sich nach ihnen um.

»Senhora van Pauli? Es ist mir eine Ehre, Sie in meiner Hütte willkommen heißen zu dürfen. Herzlichen Dank, dass Sie so zügig meiner Einladung gefolgt sind.«

»Senhor Colasanti.«

Wie wenig erschöpft der Mann aussah, war das Erste, was

Conrada auffiel. Sein Händedruck war fest, aber nicht schmerzhaft wie der von Witt. Sie stellte erst Kopański vor, dann den Leibwächter.

»Wenn Sie den Herren Ihr Vertrauen schenken«, sagte Colasanti, »besitzen sie das meine ebenfalls. Bitte setzen Sie sich.«

Conrada schwieg. Es war wohl der falsche Moment, darauf hinzuweisen, dass sie für keinen der beiden die Hand ins Feuer legen würde. Sie setzte sich, Kopański folgte ihrem Beispiel. Witt blieb an der Tür stehen.

»Wissen Sie, warum ich Sie eingeladen habe?«, fragte Colasanti. Statt sich zu setzen, trat er an die Fensterfront, drehte ihr den Rücken zu.

»Verraten Sie es mir.« Solange sie nicht wusste, woran sie mit ihm war, gab sie sich lieber keine Blöße.

»Ich mag Ihre Haltung, wie Sie am Rednerpult stehen. Sie machen keine Kompromisse.«

»Hm«, machte Conrada. »Kompromisse sind mein Beruf.«

Colasanti drehte sich zu ihr um, er lächelte. Es wirkte nicht gekünstelt, aber auch nicht warm. Abwesend. Das könnte es sein. Langsam schritt er um den Tisch. »Möglicherweise habe ich mich falsch ausgedrückt. Ich glaube, Sie sind eine Frau mit Überzeugungen. Und sind bereit, für Ihre Überzeugungen einzustehen.«

In seiner Stimme hallten weder Bewunderung wider noch Schmeichelei, in seinem Blick lag nichts als kühle Beobachtung. Ihr Eindruck, dass er ihr gedanklich fern war, verstärkte sich.

»Wer würde eine solche Unterstellung verneinen?«, fragte sie. Sie musste ihren Oberkörper drehen. Colasanti stand halb hinter ihr, es war unangenehm.

»Weinen Sie oft?«, fragte er.

Conrada zögerte. »Manchmal«, sagte sie schließlich.

»Ich habe früher oft geweint«, sagte Colasanti.

»Weswegen?«

»Weil ich Überzeugungen hatte, die ich verraten musste.«

Wieder das sonderbare Lächeln, das keine Brücke schaffen wollte. Als ob Colasanti sich nicht für die Beziehung zu ihr interessierte, sondern nur für die Funktion, die sie bot. Als wäre sie eine Figur auf seinem Schachbrett.

»Ich fürchte«, sagte Conrada, »das ist der Preis, den wir für unsere Überzeugungen bezahlen müssen: dass wir ihnen nur selten gerecht werden können. Dass wir immer wieder scheitern, Kompromisse eingehen müssen.«

»Vielleicht«, sagte Colasanti.

»Welche Überzeugung haben Sie verraten?«

»Ich wollte Politiker werden. Als Student. Die Welt verändern, Sie wissen schon.«

»Und jetzt sind Sie in einer Position, in der Sie tatsächlich etwas verändern können.«

Auf einem Beistelltischchen stand eine Teekanne mit einigen Tassen. Colasanti griff nach der Kanne. Conrada ruckte ihren Stuhl zurecht, um ihm zugewandt zu bleiben.

»Ja«, sagte er, während er die Tassen füllte. »Jetzt kann ich etwas verändern. Wollen Sie Tee?«

Conrada nickte. Colasanti reichte ihr eine Tasse und bot auch ihren Begleitern eine an. Beide lehnten dankend ab.

»Haben Sie Angst vor dem Tod?«, fragte er Conrada.

Sie nickte.

»Ich auch«, sagte er. »Aber noch mehr Angst habe ich davor, meine Überzeugungen noch einmal zu verraten.«

Zum ersten Mal glaubte Conrada, in seinen Augen echtes Gefühl aufblitzen zu sehen. »Warum sind Sie damals nicht Politiker geworden?«, fragte sie.

»Ich könnte behaupten, dass es an den Studiengebühren lag. Aber das war es nicht. Geld findet sich immer irgendwie.«

Conrada schwieg.

»Es war Faulheit«, sagte er.

»Legitim«, sagte Conrada. »Es ist ein fordernder Beruf.«

Sein Blick wurde wieder unbeteiligt, nüchtern. »Glauben Sie an Gott?«

»Manchmal«, sagte Conrada.

»Ich nicht. Ich habe nicht den blassesten Schimmer, woher ich diese neue Chance bekommen habe. Aber ich habe sie bekommen.«

»Sie haben gesagt, Sie wollen nicht politisch aktiv werden, sondern nur Wahlen ermöglichen.«

»Ja«, gab Colasanti zu. »Das habe ich gesagt. Ich habe gedacht, dass ich das könnte. Einfach das System wiederherstellen. Aber diese Chance vorüberziehen zu lassen«, er trat wieder an die Glasfront, starrte auf die Stadt hinunter, »ich könnte es mir niemals verzeihen.«

»Wie haben Sie vor, Ihre Chance zu nutzen?«

Colasanti setzte sich zu ihr. Nicht auf die andere Seite des Konferenztisches, sondern direkt neben sie. Er legte die Unterarme auf den Tisch, faltete die Hände, beugte sich leicht nach vorn und starrte seine verschränkten Finger an. Minutenlang verharrte er reglos in dieser Position.

»Radikal«, sagte er dann. »Radikal will ich sie nutzen.«

»Überschätzen Sie sich nicht. Ja, zurzeit sind Sie der Mann der Stunde. Weil man Ihnen glaubt, dass Sie nicht nach Macht streben. Verspielen Sie dieses Vertrauen nicht.«

Colasanti lächelte.

»Beachten Sie«, fuhr Conrada fort, »dass die internationale Politik ihre Strukturen und Mechanismen über Jahrhunderte hinweg aufgebaut hat. Unzählige Kräfte arbeiten in unzählige Richtungen. Sie wissen nicht, worauf Sie sich eingelassen haben.«

Colasanti drehte ihr den Kopf zu. Obwohl sie beide saßen, musste er zu ihr aufblicken.

»Deswegen«, sagte er, »habe ich Sie eingeladen, Senhora van Pauli.«

62. Kapitel

Luziânia, Brasilien; Donnerstag, 20:51 Uhr UTC-3

Endlich gaben sie klein bei, die Bastarde aus Rio.

Es hatte zwei fehlgeschlagene Angriffe auf Colasanti gebraucht und die erste verlorene Schlacht gegen die Kolumbianer, bis die Bastarde gelernt hatten, dass es bloß ein Kommando gab. Das Erste Kommando der Hauptstadt.

Nur die Unterstützung aus São Paulo hatte es den Bastarden aus Rio ermöglicht, die Kolumbianer zurückzuschlagen. Lange ihre Wunden lecken würden die Hunde allerdings nicht. Schon explodierten in Mittelamerika die Straßenpreise. Doch der Landweg gehörte den Amerikanern; die verdienten sich dämlich, während die Kartelle das Nachsehen hatten – und nach Brasilien flohen.

Hier war es andersherum: Colasantis beschissene Drogenpolitik hatte die Preise ins Bodenlose stürzen lassen. Die Bauern fuhren mit ganzen Lastern voll Kokain in die Städte und verkauften das Zeug selbst. Die Polizei ließ sie in Ruhe. Natürlich verfolgte das Kommando jeden Bauern, der glaubte, die alten Abkommen missachten zu können. Aber es waren schlicht zu viele. Und inzwischen hatte Colasanti sogar Militär zu ihrem Schutz abgestellt.

Bevor die Kolumbianer wieder angriffen, musste Colasanti aus dem Weg geräumt werden. Und wenn er sich in seinem Palast verschanzt hatte, dann erledigte man ihn eben dort.

Durch die Lagerhalle hallten Rufe. Russão war eingetroffen.

Der Hauptmann der Bastarde aus Rio. Marcos ging ihm gemessenen Schrittes entgegen, er war kein unhöflicher Mann.

Sie begrüßten einander per Bruderkuss. Russão sah jung aus, noch jünger als sein waffenstarrender Tross. Marcos kannte Russão kaum. Er hatte gehört, der General des Roten Kommandos hielt große Stücke auf ihn. Nun ja.

»Deine Männer sind bereit?«, fragte Marcos.

»Ein Anruf, und die Busse können losfahren.«

»Du hast Empfang?«

»Telefon nicht. Ich habe ein Funkgerät.«

»Gut.«

Die Bastarde aus Rio waren mit zwei Bussen dabei, das Erste Kommando mit drei. Jeder der Busse fasste zwischen fünfzehn und zwanzig Kämpfer. Colasanti würde sie kommen hören. Egal. Sie würden ein Zeichen setzen.

Es dürfte die teuerste Aktion in der Geschichte des Ersten Kommandos werden. Jedem Kämpfer, der überlebte, hatten sie eine Million US-Dollar versprochen – vorausgesetzt natürlich, Colasanti wäre auch wirklich Geschichte. Marcos war stolz auf seine Jungs. Es hatten sich so viele Freiwillige gemeldet, dass hatte ausgelost werden müssen, wer mitdurfte.

»Russão«, sagte Marcos, »die Beziehung zwischen euch und uns hat gelitten in letzter Zeit.«

»Kann man wohl sagen«, knurrte die Rotznase. Seine Kumpane glotzen giftig. Marcos scherte sich nicht um sie.

»Aber ich verspreche dir bei der Mutter Gottes«, sagte er feierlich, »heute Nacht schmieden wir die alten Bande neu. Wenn Colasanti weg ist, wird Brasilien starke Stützen brauchen. Und diese Stützen werden zwei sein. Eine wird in São Paulo stehen – und die andere in Rio de Janeiro.«

»Seid ehrlich zu uns«, sagte Russão, »und ihr werdet keine besseren Gefährten finden.«

»Alte Bande«, sagte Marcos. Er bot ihm die Rechte.

»Alte Bande«, sagte Russão und schlug ein.

»Los«, sagte Marcos. »Gib deinen Leuten das Zeichen. Es ist Zeit.«

63. Kapitel

Brasília, Brasilien; Donnerstag, 21:33 Uhr UTC-3

Der ehemalige Senatspräsident Ramos stieß zu ihrer Runde. Zu viert besprachen sie mögliche Strategien. Die Stunden rasten nur so vorbei. Colasanti hatte nicht nur eine rasche Auffassungsgabe, sondern auch das Selbstbewusstsein, seine Unkenntnis für politische Prozesse offen zuzugeben. Zum Einstieg gab Conrada ihm eine kurze Zusammenfassung darüber, wie die Staatengemeinschaft Entscheidungen traf. Es gab eine ganze Reihe von suprastaatlichen Organisationen: neben der EU die AU in Afrika, UNASUR und MERCOSUR in Südamerika, ASEAN in Südostasien, CARICOM in der Karibik, die Arabische Liga LAS und viele weitere. Den weitreichendsten Einfluss auf ihre Mitglieder hatte die EU – und auch das nur, weil ihr wichtigstes Entscheidungsgremium aus den Regierungschefs der Nationalregierungen bestand. Auf globaler Ebene wich die Bedeutung der regionalen Organisationen, an ihre Stelle traten die UN als primäre Austauschplattform der Einzelstaaten. Hier war die EU der einzige relevante suprastaatliche Verband, der zumindest Beobachterstatus besaß.

Damit die UN die Wünsche all ihrer Mitglieder unter einen Hut bringen konnten, war ihre Charta bewusst unkonkret gehalten. Ihre Befugnisse waren bis zur Bedeutungslosigkeit beschnitten. Nur der Sicherheitsrat konnte verbindliche Resolutionen verabschieden, und nur dessen fünf ständige Vertreter hatten ein Vetorecht – wodurch jede Entscheidung blockiert werden konnte, die nur einem der Staaten USA, China, Russland, Großbritannien oder Frankreich nicht gefiel. Die Debatte wurde üblicherweise von kurzfristigen geopolitischen Einzelinteressen geprägt.

Vor diesem Hintergrund war Colasantis Forderung nach einer internationalen Reichensteuer schlicht utopisch. Die Lobby der Reichen war ausgesprochen einflussreich. Als beispielsweise 2013 in der Schweiz darüber abgestimmt worden war, ob Führungskräfte nicht mehr als das Zwölffache ihrer Angestellten verdienen sollten, wurde die Initiative deutlich abgelehnt. Obwohl nur ein paar Tausend Spitzenverdiener etwas zu verlieren hatten; die übrigen acht Millionen Schweizer hätten aller Voraussicht nach von der Reform profitiert.

Und es gab noch ein zweites Problem. Die internationale Komponente der Idee. Die Finanztransaktionssteuer in Europa war gescheitert, obwohl alle wichtigen EU-Staaten die Idee propagiert hatten. Doch die Angst vor Standortnachteilen untergrub die Verhandlungen massiv. Niemand wagte es, den Unwillen der Märkte herauszufordern.

Noch weniger als die EU konnten die UN eine Resolution verabschieden, die nicht von ihren Mitgliedern getragen wurde. Die UN zählten einhundertdreiundneunzig Mitglieder.

Colasanti war ernüchtert. »Was schlagen Sie vor?«

Conrada dachte nach. Sie erinnerte sich an Auenrieder. Ein Lieblingsthema des Professors war die Schuldenspirale als Wurzel globaler Ungerechtigkeit.

»Wir brauchen einen Schuldenschnitt«, sagte sie schließlich.

»Die gibt es immer wieder.« Ramos wiegte skeptisch den Kopf. »Und viel haben sie nie gebracht.«

Conrada spürte ein Kribbeln im Bauch. »Wie Senhor Colasanti es gesagt hat: radikal. Der Schnitt muss radikal sein. Alle Staaten, die am Tropf hängen.«

»Das bringen wir nicht durch«, sagte Kopański.

»Doch«, sagte Conrada, das Kribbeln wurde stärker, »die Unruhen verringern schon jetzt das globale BSP um Milliarden. Und Entwicklungsländern die Schulden zu erlassen bedeutet nicht nur Abschreibungen. Es bedeutet auch neue Märkte.«

»Es müsste klar sein«, sagte Ramos nachdenklich, »wer Schulden erlassen bekommt. Und wie viele. Welche Folgen das für die Gläubiger hat.«

»Ja«, sagte Conrada. »Es muss Regeln geben. Je einfacher, desto besser. Jeder muss es verstehen können.«

Sie spürte die Aufregung in ihren Wangen glühen. Auch durch die anderen ging ein Ruck. Sie saßen aufrechter als zuvor, stellten die Kaffeetassen ab, zogen die Laptops näher zu sich heran. Es war, als merkten sie alle im selben Moment, dass es nicht unmöglich war, etwas zu ändern. Dass die Welt – trotz aller Risse – nicht zerbrechen musste. Die Energie im Raum war so hoch, dass sie von den Wänden widerhallte.

Sie arbeiteten wie im Fieber. Einen fertigen Handlungsplan konnten sie nicht leisten, aber ein explosives Abstract durchaus. Zum Feststecken der wirtschaftlichen Rahmenbedingungen fehlten ihnen die Daten, das würden sie später nachholen. Die politische Ebene hingegen beherrschten sie. Wenn Conrada ein Detail nicht parat hatte, half ihr Kopański aus. Wusste selbst Kopański nicht weiter, sprang Ramos ein. Colasanti war zufrieden damit, Kaffee und Koka-Tee nachzuschenken.

Witt rief etwas, riss sie aus ihrem Brüten.

»Was sagten Sie?«, fragte Conrada.

»Wir müssen hier weg.«

»Weswegen?«

Witt, gerade noch an der Glasfront, stand bereits an der Tür, öffnete sie einen Spaltbreit, spähte in den Flur. »Wir werden angegriffen. Lassen Sie alles liegen, ziehen Sie Ihre Schuhe aus und folgen Sie mir.«

»Was ist los?«, fragte Conrada unwirsch, herausgerissen aus ihren wirbelnden Gedanken.

»Tun Sie, was ich sage. Die Socken auch.« Der Mann war gewohnt zu befehlen.

»Sagen Sie uns erst, was los ist?«, fragte nun auch Kopański.

»Bewaffnete nähern sich dem Gebäude.« Es war offensichtlich, dass Witt sich nicht auf Diskussionen einlassen würde. Conrada zog ihre Pumps von den Füßen und trat zu ihm.

»Wir auch?«, fragte Kopański verständnislos.

»Alle.«

Witt selbst trug Kampfstiefel, die er anbehielt. »Sie werden leiser sein ohne Schuhe. Und schneller.«

Im Flur standen zwei Sicherheitsleute. Witt forderte sie auf, Alarm zu schlagen. Im selben Moment krachte eine Explosion, der Boden vibrierte.

»Fordern Sie Verstärkung an«, befahl Witt den Sicherheitsleuten auf Englisch, seine Stimme so ruhig, als ob nichts gewesen wäre. »Jeden, den Sie kriegen können.« Die Männer wirkten ratlos. Conrada übersetzte. Einer der Männer brüllte in sein Funkgerät.

Witt eilte den Gang hinunter, Richtung Treppenhaus. Conrada folgte ihm. Aus den unteren Stockwerken waren Schüsse zu hören.

»Wir müssen hoch«, sagte Witt und eilte bereits die Stufen hinauf.

»Oben sitzen wir in der Falle«, rief ein Sicherheitsmann, zog Colasanti nach unten.

»Haben Sie die Schüsse nicht gehört?«

»Durchs Untergeschoss kommen wir raus. Da gibt es einen Fluchttunnel.«

»Den erreichen wir nicht rechtzeitig«, rief Witt. »Wir müssen hoch.«

Kopański schien Witt eher zu vertrauen als den brasilianischen Sicherheitskräften, wollte nach oben.

Die Sicherheitskräfte zogen Colasanti nach unten, Ramos folgte.

Conrada blieb unschlüssig stehen. Kopański mit ihr.

»Kommen Sie«, schrie Witt.

»Colasanti«, rief Conrada. »Er ist nach unten.«

»Keine Zeit.«

»Wir brauchen ihn.«

»Nein«, Witts Stimme war hart. »Kommen Sie.«

Zum Streiten hatten sie wirklich keine Zeit, Conrada rannte die Treppen hinunter, Colasanti und Ramos hinterher.

Sekunden später war Witt an ihrer Seite. »Warten Sie hier«, zischte er, »ich hole ihn.« Schon stürmte er weiter.

Conrada wartete, Kopański harrte ein paar Stufen weiter oben aus.

Noch eine Explosion, synchron zuckten sie zusammen. Schüsse. Büromitarbeiter flohen an ihnen vorbei. Manche die Treppen hinunter, manche herauf. Schreie. Befehle. Das Rattern automatischer Waffen, gedämpft, weiter weg, aus einer anderen Richtung als der übrige Lärm. Sie warteten. Die Angst lähmte Conradas Gedanken. Eines war klar: Auf der Treppe konnten sie nicht bleiben. Runter oder hoch? Hatten sie überhaupt eine Chance ohne Witt? Weitere Schüsse unter ihnen, näher diesmal. Wo war nur das Sicherheitspersonal? Sie mussten hier weg. Schritte, von unten.

»Scheiße«, rief Kopański, Panik in der Stimme, »ich hau ab.«

Er wandte sich um.

»Es ist Witt«, rief Conrada.

»Helfen Sie mir.« Der Personenschützer sprang die Treppe hoch. Auf seiner Stirn leuchtete eine Platzwunde. Mit der einen Hand hatte er Colasanti am Gürtel gepackt und zerrte ihn neben sich her, in der anderen hielt er eine Maschinenpistole.

Conrada eilte ihm entgegen, Kopański zögerte. »Packen Sie mit an«, befahl Witt, den Blick auf Colasanti. Auf dessen Gesicht glänzte der Schweiß, das Hemd unter seinem Sakko hatte sich dunkel verfärbt. Wie bei dem Taxifahrer Geraldo, schoss es Conrada durch den Kopf.

»Sie haben ihn getroffen?«, rief Kopański mit weit aufgerissenen Augen. Gewehrsalven, diesmal sehr nah. Statt nach dem Verwundeten zu greifen, wich er zurück.

»Helfen Sie mit!«, rief Witt, aber Kopański hörte nicht auf ihn.

»Wen sollten die wollen außer Colasanti? Wenn er bei uns bleibt, bringen sie uns alle um. Ich hau ab.« Er rannte die Treppe hinauf.

Gemeinsam mit Witt schleppte Conrada Colasanti hinterher.

»Was ist mit Ramos?«, fragte sie.

»Legen Sie sich seinen Arm um die Schultern, das ist einfacher«, sagte Witt. Halb schleiften, halb trugen sie Colasanti drei Stockwerke hoch. Er war nicht schwer, Conrada wäre ohne die Bürde kaum schneller gewesen. Allerdings hatte sie den Verdacht, dass Witt den Löwenanteil der Last trug.

»Jetzt den Gang entlang«, befahl Witt.

»Wohin gehen wir?«

»Raum 6.18.«

»Und was machen wir dort?«

»Reden Sie nicht. Atmen Sie gleichmäßig. Sparen Sie Ihre Kräfte.«

Sie erreichten den Raum mit der Plakette 6.18. Er war abgeschlossen, Witt schoss mit der Maschinenpistole einen Halbkreis um die Klinke herum, Holzsplitter und Patronenhülsen schwirrten durch die Luft. Witt trat gegen die Tür, die Tür hielt stand. Ohne es auch nur ein zweites Mal zu versuchen, eilte er zum Treppenhaus zurück. »Wir müssen es weiter oben probieren.«

Sie schleppten Colasanti in den siebten Stock. Im Treppenhaus hallten die Schusswechsel von unten hoch, in der Ferne waren Sirenen zu hören. Sie fanden den Raum, zu dem Witt wollte, diesmal hatten sie Glück, die Tür war weniger massiv.

Es handelte sich wohl um ein Archiv. Lange Reihen von Aktenschränken füllten den Raum. Auch hier gab es eine Glasfront, Witt überließ Conrada den Verwundeten und rannte hin, öffnete ein Fenster, sah hinaus, zuckte sofort wieder zurück. Draußen knallten Schüsse.

»Wurden Sie gesehen?«, fragte Conrada erschreckt.

Witt schüttelte den Kopf. Er wies auf das Fenster. »Das hier ist unser Exit.«

»Da runter?«, fragte Conrada ungläubig. Aus dem siebten Stock, das war Selbstmord.

Witt zeigte auf einen roten Kasten, der in die Wand eingelassen war. »Wir nehmen den Feuerwehrschlauch.«

»Was ist mit Kopański?«

»Ist das Ihr Ernst?«

»Hat er eine Chance ohne uns?«

Witt schwieg.

»Dann holen wir ihn.«

Witt zog die Augenbrauen zusammen.

»Es ist mein Ernst.«

Witts Blick bohrte sich in den ihren. Conrada hielt ihm stand.

Eine endlose Sekunde starrten sie sich an.

»Warten Sie hier«, sagte Witt.

Conrada wartete. Sie ließ Colasanti so sanft wie möglich zu Boden gleiten. Er stöhnte leise. Sie riss sein Hemd auf. Seine linke Körperseite war dunkelrot verschmiert. Bis auf einen Kurs im Rahmen ihrer Führerscheinprüfung war Conrada vollkommen blank, was Erste Hilfe betraf. Sie zog sich den Blazer aus, band ihn Colasanti eng um den Bauch und hoffte, dass es als Wundenabbinden zählte. Was, wenn auch er noch starb? Lag es an ihr? War es ihre Nähe, die den Menschen den Tod brachte? Sie versuchte, den Gedanken abzuschütteln. Warum war Witt vom Fenster zurückgezuckt? Vorsichtig näherte sie sich und sah hinaus. Sie befand sich auf der Ostseite des Gebäudes, ein paar Kilometer entfernt reflektierte der Lago Paranoá schimmernd die Lichter der Nacht. Direkt am Gebäude parkten zwei Minibusse, ein Dutzend Bewaffneter hatte sich dahinter verschanzt und lieferte sich ein Gefecht mit Polizisten, die aus der Deckung ihrer eigenen Fahrzeuge heraus auf die Busse schossen. Die Polizisten waren in der Unterzahl.

»Weg vom Fenster«, befahl Witt, seine Stimme so kühl und fest wie zuvor. Conrada drehte sich nach ihm um. Wie konnte jemand in Stiefeln so leise sein? Hinter Witt erschien Kopański. Die Haare klebten ihm in der Stirn, in seinem Blick flackerte die Panik, doch er schien unverletzt zu sein. Conrada atmete erleichtert aus.

Witt eilte ans Fenster, warf einen Blick nach unten und rannte schon wieder Richtung Flur. »Warten Sie hier«, befahl er noch, es schien sein bevorzugter Befehl zu sein.

Beklommen lauschte Conrada auf die Kampfgeräusche, die sich mit Colasantis Stöhnen, dem Schnaufen Kopańskis mischten.

Plötzlich klirrte es, nicht unter ihnen, sondern auf ihrer Höhe, gefolgt von einem Scheppern, das war unter ihnen, aber ein Stück entfernt. Dann Schüsse. Von den Bussen drangen Schreie, Augenblicke später wurde das Feuer erwidert. Conrada lugte nach unten. Zwei Bewaffnete direkt unter ihr lagen reglos am Boden. An der Ecke des Gebäudes, gute vierzig Meter entfernt, lag ein weiterer. In dessen Nähe erkannte sie einen verbeulten Aktenschrank. Dorthin orientierten sich die anderen, rannten die Fassade entlang, suchten Deckung, schossen wild nach oben. Von dort musste der Angriff gekommen sein.

Witt war wieder da. »Los jetzt«, sagte er, während er den Feuerwehrkasten öffnete. Darin befand sich ein Schlauch, den er Richtung Fenster entrollte. »Sie zuerst«, befahl er Kopański, während er den Schlauch nach unten gleiten ließ.

»Was soll ich tun?«

»Ziehen Sie Ihr Sakko aus, wickeln Sie es um den Schlauch und rutschen Sie daran runter. Unten warten Sie.«

»Ich kann das nicht.«

»Doch.«

»Ich bin zu schwach für so was. Ich bin kein Sportler.«

»Das Adrenalin hilft Ihnen.«

Kopański schluckte. Dann wuchtete er sich ungelenk über das Fensterbrett, wickelte sein Sakko um den Schlauch. Noch einmal sah er angsterfüllt nach Conrada. Dann rutschte er davon. Ohne das Sakko hätte der Schlauch ihm das Fleisch von den Händen geschmirgelt.

»Jetzt Sie«, sagte Witt zu Conrada.

»Was ist mit Colasanti?«

»Ich kümmere mich um ihn.«

Witt reichte ihr sein Sakko. Mit weichen Knien stieg sie über das Fensterbrett, schlang das Sakko um den Schlauch und packte das umwickelte Stück mit beiden Händen. Ohne nach unten zu schauen, ließ sie sich in die Tiefe gleiten. Bevor sie überhaupt Zeit gehabt hätte, panisch zu werden, war die Reise vorbei. Sie spürte wieder Boden unter den Füßen und stolperte, konnte sich aber fangen. Kaum hatte sie den Schlauch losgelassen, begann er zu schwanken.

Sie sah nach oben.

Witt hatte ihn mit der Rechten gepackt, in seinem linken Arm hing Colasanti. Sein schwarzer Schatten kam rasend schnell auf sie zu, hastig sprang Conrada zur Seite, schon war Witt unten. Während er sich Colasantis zerfetztes Hemd von der Faust riss, blickte er sich um. Nur eine Buslänge weiter flogen die Kugeln. Bisher schien sie niemand entdeckt zu haben. Die Maschinenpistole baumelte an ihrem Trageriemen um Witts Hals. Er nahm sie ab und reichte sie Conrada. Dann warf er sich Colasanti über die Schultern.

»Mir nach«, rief er. Und spurtete los.

64. Kapitel

Moskau, Russland; Freitag, 13:22 Uhr UTC+3

Der INTCEN-Mitarbeiter reichte ihm den Pass. Maurizio griff zögerlich danach.

»Sie sind überzeugt, das ist der beste Weg?«

Bartas nickte.

»Ich kann die Daten nicht senden?«

Bartas seufzte. »Wie gesagt, das COREU-System ist nicht für größere Datenmengen ausgelegt. Die anderen Kanäle, die uns zur Verfügung stehen, sind nicht sicher. Sie haben erklärt, die Daten sind hochsensibel.«

Maurizio bejahte.

»Und Sie wollen sie niemandem anvertrauen?«

Maurizio bejahte erneut.

»Dann, Herr Botschafter«, sagte Bartas, »müssen Sie wohl selbst gehen.«

»Wann?«

»Heute Nacht. Aber zuerst regeln Sie Ihre Geschäfte in der Botschaft. Zumindest so weit, dass Ihr Verschwinden bis kommende Woche unbemerkt bleiben kann.«

Der Palácio do Planalto war unter Beschuss. Während Conrada bei Colasanti war. Und weil die strategische Kommunikation mit Brüssel untersagt worden war, wusste Maurizio nicht mehr als die Gerüchte, die die Medien streuten. Rastlos wartete er darauf, dass Bartas ihn endlich abholte. Alle dringenden Angelegenheiten, die

die Botschaft betrafen, waren erledigt. Die Gardinen im Büro des Botschafters waren mit kyrillischen Buchstaben bedruckt, Maurizios Vorgänger Nielsen hatte sie ausgesucht. Maurizio trat ans Fenster und schob den Stoff etwas zur Seite. Ein Blick genügte. Die Kastenwagen, die auf der anderen Seite des Kadaschowskaya-Damms parkten, hatten sich nicht bewegt. Am Zaun standen Männer in Lodenmänteln und rauchten. Maurizio wusste von weiteren Männern auf den anderen Seiten der Botschaft.

Die Ausgangssperre kannte keine Ausnahmen. Selbst der Koch der Delegation war aufgehalten worden, als er seine Einkäufe hatte erledigen wollen. Der Lieferdienst, auf den sie ausgewichen waren, war ebenfalls abgefangen worden. Die russischen Agenten nahmen dem Boten die Kiste ab, filzten die Lebensmittel und brachten sie dann persönlich ans Tor. Die Geste wirkte beinahe freundschaftlich, trotz oder vielleicht auch wegen der grotesken Situation.

Die Nacht brach herein. Das Warten zehrte an Maurizios Nerven. Neben den Sicherheitsflutern der Delegation, die das EU-Gelände in gleißend helles Licht tauchten, gaben die orangefarbenen Pfützen, die von den öffentlichen Laternen auf die umgebenden Straßen geworfen wurden, ein kümmerliches Bild ab.

»Es wird Zeit«, sagte Bartas. »Haben Sie alles?«

Maurizio hatte den Anzug gegen Jeans und Lederjacke getauscht. Die Jacke besaß eine Innentasche mit Reißverschluss. Dort hinein hatte er den Pokerchip gesteckt. Das Geld hatte er auch. Außerdem die Kreditkarte und den Reisepass – beides von Bartas. Teppich und Leiter lagen griffbereit.

»Kann losgehen«, sagte Maurizio.

Bartas packte die Leiter, Maurizio den zusammengerollten Teppich. Gemeinsam gingen sie ins Erdgeschoss hinunter, in die Küche. Der Koch hatte bereits Feierabend. Bartas stieg auf eine

Arbeitsfläche, öffnete mit einem Schraubenzieher die Verschalung des Rauchmelders und knipste mit seinem Seitenschneider eines der Kabel durch. Anschließend verschwand er in einer Vorratskammer und holte einen Sack Reis hervor. Dann nahm er den größten Topf aus dem Regal, entzündete die Flamme des Gasherds und stellte den Topf darauf. Der Topf war so groß, Maurizio hätte hineinsteigen können. Bartas füllte ihn bis obenhin mit Reis.

Sie warteten. Ab und zu knackte es innen. Als es zu qualmen begann, gingen sie aus der Küche und warteten im Vorraum. Als es schwarz unter dem Türschlitz hervorquoll, holte Bartas tief Luft und rannte in die Küche, um die Fenster dort zu öffnen. Er hatte die Tür noch nicht vollends aufgerissen, da rauschte ihnen schon eine schwarze Wand entgegen, schluckte sie. Maurizio sprang zurück, beobachtete mit ehrfürchtiger Faszination, wie das Dunkel aus der Küche brach. Es dauerte einige bange Sekunden, dann war Bartas wieder da.

Sie eilten zur anderen Seite des Gebäudes, ohne die Küchentür zu schließen. Der Rauch jagte hoch und unter der Decke hinter ihnen her, bevor er sich in den Gängen verlor. Sie begegneten niemandem, die Arbeits- und Schlafräume der Delegation befanden sich in den oberen Stockwerken. Das Rauchmeldesystem heulte durch die Botschaft. Sie erreichten ihr Ziel, einen kleinen Nebenausgang, und warteten. Durch die Fenster konnte man den hell erleuchteten Rasen sehen. Nach wenigen Minuten hörten sie die Sirenen der Feuerwehr.

»Warten Sie«, sagte Bartas. Er eilte den Gang entlang.

Maurizio wartete.

Nach einer Minute erlosch die Außenbeleuchtung.

Bartas kehrte zurück. »Jetzt«, sagte er.

Sie stürmten ins Freie, über den Rasen zum Zaun.

Bartas hatte recht behalten. Die kleine Seitenstraße vor ihnen lag verlassen in der Nacht. Niemand stand am Zaun und rauchte.

Auf dem Kadaschowskaya-Damm hingegen war die Hölle los. Signallichter, Geschrei, Hupen, dazu das Heulen der Sirenen. Die schweren Löschfahrzeuge kamen an den Kastenwagen des FSB nicht vorbei. Feuerwehrleute beugten sich durch die heruntergekurbelten Fenster ihrer Führerhäuschen und brüllten auf die Straße hinunter, FSB-Agenten brüllten wild gestikulierend von unten zurück.

Bartas eilte mit der Leiter zum Zaun und lehnte sie dagegen. Maurizio rannte hinterher.

»Schnell«, rief Bartas.

Maurizio gab dem Geheimdienstmitarbeiter den Teppich und stieg die Leiter hoch. Der Zaun war von Stacheldraht bekränzt. Bartas reichte ihm den Teppich, Maurizio zog ihn hoch und schlug ihn über den Stacheldraht. Er wälzte sich darüber, schickte ein Stoßgebet gen Himmel und sprang. Er landete glücklich. Bartas war bereits oben auf der Leiter, riss den Teppich vom Draht zurück und ließ ihn hinter sich fallen.

»Hauen Sie endlich ab«, zischte Bartas von oben.

»Danke«, sagte Maurizio.

»Viel Glück«, sagte Bartas.

65. Kapitel

Brasília, Brasilien; Freitag, 06:01 Uhr UTC-3

Colasantis Zustand sei kritisch, befand der Kapitän der EU-eigenen Gulfstream. Er werde nicht abheben. Colasanti müsse umgehend in ein Krankenhaus. Witt widersprach vehement, in keinem brasilianischen Krankenhaus sei der Staatsführer sicher. Im Übrigen sei Colasantis Zustand stabil. Der Pilot – ein Major der niederländischen Luftwaffe – verwies auf seine Fortbildung zum Rettungssanitäter. Witt ebenfalls.

»Genug«, beendete Conrada den Streit. »Wir fliegen.«

Der Pilot schaute grimmig, wagte aber keinen Einwand. »Nach Brüssel?«, fragte er.

»Nach New York«, antwortete Conrada. Der Zorn war global, nur gemeinsam war er zu besänftigen. Und in New York tagte seit Dienstag die Generalversammlung der Vereinten Nationen. Außerdem war Emma dort. In einer Welt voller Feinde vermisste Conrada die entwaffnende Herzlichkeit ihrer Freundin mehr denn je.

Kopański, der schwer atmend auf einem der Sessel lag, horchte auf. »In die USA? Trump macht Hackfleisch aus Colasanti.«

»Nein«, sagte Conrada, »das traut sich selbst Trump nicht, er steht jetzt schon mit dem Rücken zur Wand. Und auch in den USA lieben die Leute Colasanti – wenn Trump Colasanti etwas antut, fliegt ihm das Land vollends um die Ohren. Bleibst du hier, Jan, oder kommst du mit?«

Kopański stemmte sich ächzend aus seinem Sessel hoch. »Ich bleibe hier. Irgendjemand muss ja die Stellung halten.«

»Wie du meinst. Pass auf dich auf.«

Jan nickte nur und wandte sich an Witt. »Danke. Sie haben mir das Leben gerettet.«

Witt kniete neben Colasanti und räumte gerade die Verpackung der Morphinspritze weg, die er dem Angeschossenen verabreicht hatte. Ohne aufzusehen, knurrte er: »Danken Sie Pauli. Ich hätte Sie zurückgelassen. Pauli hat mich gezwungen, nach Ihnen zu suchen.«

Kopański drehte sich nur halb zu Conrada um. »Dann danke«, murmelte er und stieg die Gangway hinunter.

Der Co-Pilot klappte die Gangway ein, während der Kapitän bereits ins Cockpit ging und die Triebwerke anließ. Ein paar Minuten später waren sie in der Luft.

Der Internetzugang der Gulfstream war exzellent. Conrada schickte Professor Auenrieder das Abstract, das sie mit Kopański und Ramos ausgearbeitet hatte, bat ihn um seine Meinung.

Der Flug dauerte sieben Stunden. Sie hätte Nachrichten lesen sollen, stattdessen klappte sie den Laptop zu. Erschöpft starrte sie auf die Wolkennebel, die an ihrem Fenster vorbeiwaberten. Noch immer konnte sie die abenteuerliche Flucht aus dem Palácio do Planalto nicht ganz begreifen. Zu schnell war alles geschehen. Läge nicht Colasanti vor ihr auf dem Kabinenboden, sie wäre versucht, die Erlebnisse der letzten Stunden als Einbildung abzutun. Nach der akrobatischen Abseilaktion mit dem Feuerwehrschlauch war es ihnen gelungen, sich in eine Häuserschlucht zu retten – unbemerkt von Killern wie Polizisten gleichermaßen. Witt hatte ein Auto angehalten und den Fahrer kurzerhand auf die Straße gezerrt. Der Fahrer wusste noch nicht, wie ihm geschah, da hatte Witt bereits das Auto gekapert, seine Schützlinge hineingestopft und den Weg zum Flughafen eingeschlagen.

Witt, dachte Conrada, dieser unnahbare Deutsche mit dem

kahlen Schädel, er hatte sie gerettet. Nicht nur sie selbst, auch Kopański, vor allem aber Colasanti.

Conrada beobachtete den Personenschützer, wie er mithilfe eines Spiegels ruhig und konzentriert seine Platzwunde nähte. Als er fertig war, räumte er seine Utensilien säuberlich in den Erste-Hilfe-Koffer zurück. Dann stand er auf und verstaute den Koffer ordnungsgemäß im hinteren Bereich der Kabine.

»Herr Witt«, fragte Conrada auf Deutsch, als er zurückkam, »woher wussten Sie das alles?«

»Was?«

»In welchen Raum wir mussten. Wo es den Feuerwehrschlauch gab.«

Er zuckte die Schultern. »Ich habe mir den Gebäudeplan vorher angesehen.«

»Sie haben uns allen das Leben gerettet.«

Er brummte etwas Unverständliches.

»Ich weiß nicht, wie ich Ihnen danken kann.«

»Ich habe nur meinen Job gemacht.«

»Wenn Sie etwas brauchen, sagen Sie es mir. Ich habe einige Kontakte, ich lege gern ein Wort für Sie ein.« Nicht dass sie glaubte, jemals ihre Schuld würde begleichen zu können.

»Frau Pauli«, sagte Witt, »sobald wir gelandet sind, sind wir geschiedene Leute.«

Conrada war vor den Kopf gestoßen. »Warum?«

Witts Blick wich dem ihren aus. »Sie mögen ein gutes Herz haben, Frau Pauli. Aber ich hatte die Mission, Ihr Leben zu schützen, nicht das von Herrn Colasanti. Und auch nicht das von Herrn Kopański. Mit Ihrer Sturheit haben Sie meine Mission beinahe zum Scheitern gebracht.«

Conrada konnte es nicht glauben. »Und deswegen wollen Sie mich verlassen?«

»Von New York fliege ich direkt weiter nach Brüssel.«

»Ich brauche Sie.« Es war die Wahrheit.

»Ich sollte Sie nach Brasilien begleiten. Das habe ich getan. Suchen Sie sich jemand anderen für Ihre Heldentaten.«

Der Flughafen LaGuardia war nicht so groß wie der John F. Kennedy International und nicht so alt wie der Newark Liberty International. Wenn LaGuardia berühmt für etwas war, dann für seine Baufälligkeit. Conrada war es gleich, Hauptsache, sie hatten eine Landeerlaubnis.

Conrada hatte ihr Kommen angekündigt. Als die Gulfstream auf den Parkbereich für Privatmaschinen rollte, warteten bereits Rettungskräfte und Polizei. Colasanti wurde unverzüglich verladen und abtransportiert, Conrada konnte gerade noch den Namen des Krankenhauses erfragen, zu welchem er gebracht werden würde.

Sie selbst wurde von Emma van der Gragt empfangen – der Frau, mit der Conrada als Kind Fußball gespielt hatte, als Jugendliche ins Ottenbad eingebrochen war und als Zwanzigjährige LSD genommen hatte. Seit Conrada für die EU tätig war und Emma für die niederländische Botschaft in New York, sahen sie sich seltener denn je. Als Conrada das vertraute Lachen auf Emmas sommersprossengesprenkeltem Gesicht sah, blühte ihr das Herz auf. Emma rannte ihr strahlend entgegen, Conrada drückte sie an sich. Die Nähe zur Freundin erfüllte sie so, dass sie ewig in der Umarmung hätte verharren können.

Ein Räuspern hinter ihr weckte sie.

Der Herr, von dem das Räuspern stammte, stellte sich als Luis Sagasta vor. Sagasta war Leiter der Delegation, welche die EU bei den UN vertrat. Die Versammlung befand sich gerade in der Mittagspause, daher hatte er sich entschieden, sie persönlich abzuholen. Conrada kannte ihn nicht. Er war erst seit ein paar Monaten im Amt. Soweit sie wusste, hatte er zuvor Portugal in der NATO vertreten.

»Warum sind Sie barfuß?«, fragte Sagasta.

»Hat sich angeboten«, murmelte Conrada.

»Schau mal, ob die passen«, sagte Emma und reichte ihr die Schuhe, die zu besorgen Conrada sie gebeten hatte. Sie passten wunderbar. Conrada fragte nach dem Preis, doch Emma winkte ab.

Als sie zur Passkontrolle traten, erinnerte sich Conrada an den ominösen Ausweis, den Bartas ihr in Moskau mitgegeben hatte. Es war ein bedeutend besseres Gefühl, ihren grünen Diplomatenpass auf den Scanner zu legen, als vorgestern in Scheremetjewo den gefälschten der – vermutlich erfundenen – Frau Christ. Der Zollbeamte überflog ihr Einreiseformular – sie hatte Kurzaufenthalt angekreuzt – und ließ sie passieren, ohne nur aufzuschauen.

Witt machte seine Ankündigung wahr und verabschiedete sich in Richtung der Schalterhalle, um einen Rückflug zu buchen. Es beunruhigte Conrada zutiefst, dass sie noch immer nicht wusste, wer ihn überhaupt geschickt hatte.

Sagasta saß vorn, Conrada und Emma im Fond der UN-Limousine. Sie fuhren einen umständlichen Umweg zum Hauptquartier der Vereinten Nationen. Auf den letzten Kilometern war die Straße komplett abgesperrt. Obwohl sie ein Diplomatennummernschild hatten, wurden sie zweimal kontrolliert.

»Die Innenstadt ist nicht sicher«, erklärte Emma. »Manhattan ist ein Schlachtfeld geworden. Brooklyn auch.«

Bei den UN fand nicht nur gerade die Generaldebatte statt, die zweiwöchige Eröffnung der Generalversammlung – durch die globalen Unruhen ging der Meinungsaustausch auch weitaus brisanter vonstatten als sonst. Während der Fahrt informierte Emma Conrada über den Verlauf der Debatte. Kaum einer der Redner hielt sich an das Skript, das er ursprünglich vorbereitet hatte. Wem keine Zeit blieb, seine Rede anzupassen, der hatte Pech gehabt, dem wurde kaum Gehör geschenkt. Besonders tragisch war es dem Präsidenten Südafrikas ergangen: Dieser hatte das Los gezogen, in dem Moment sprechen zu müssen, als die

Meldung von Brasiliens Internetausfall eintraf. Das gesamte Publikum verließ beinahe geschlossen den Raum, das Telefon am Ohr, während der arme Ramaphosa seinen Text verstört und ahnungslos herunterhaspelte.

Am meisten interessierte Conrada, welche Positionen vertreten wurden. Nach Emmas Eindruck ließen sich vier Tendenzen ausmachen:

Colasantis Forderung nach einer internationalen Reichensteuer sei weder angemessen noch realisierbar.

Der Internetausfall in Brasilien müsse gründlich untersucht werden.

Der FSB solle das Wertesystem der UN-Charta beherzigen, dem sich Russland ausdrücklich verschrieben habe.

Minderheiten seien zu schützen; doch gegen staatszersetzende Gruppierungen müsse mit Gewalt vorgegangen werden. Der Arabische Frühling habe gezeigt, dass nur ein starker Staat Sicherheit und Wohlstand für seine Bürger garantieren könne.

»Ist das alles?«, fragte Conrada. »Was ist mit den Ängsten derer, die aufbegehren? Was ist mit deren Leid? Ihrer wirtschaftlichen, sozialen und politischen Unterdrückung?«

»Ach, Conrada«, sagte Emma, »du weißt doch selbst, wie es ist. Wenn du mich fragst – es brennt das Weiße Haus, bevor der erste unserer wackeren Diskutanten das Mitgefühl entwickelt, das er propagiert.«

Sie überquerten den East River. Stau. Conrada schilderte das Konzept, das sie mit Kopański und Ramos entwickelt hatte. Sowohl Emma als auch Sagasta hörten interessiert zu, blieben aber skeptisch.

»Schuldenerlasse könnten helfen, klar«, meinte Emma. »Aber die Idee ist ja nicht neu – und bisher wurden die Konditionen solcher Ansätze immer aufgeweicht. Warum sollte es diesmal anders sein?«

»Weil die Forderung von einem Mann kommt, der mehr Facebook-Fans hat als Cristiano Ronaldo. Das kann die Politik nicht ignorieren.«

»Abwarten«, brummte Sagasta.

Sie fuhren nicht direkt zum UN-Komplex. Aufgrund der zahlreichen hohen Politiker, die sich an der Generaldebatte beteiligten, war die United Nations Plaza großräumig abgesperrt. Der Chauffeur durfte nur Konferenzteilnehmer in die Sicherheitszone bringen. Da Conrada noch nicht akkreditiert war, entschlossen sich Sagasta und Emma, sie auf dem kurzen Fußweg zu begleiten.

Während der Chauffeur einen Platz zum Halten suchte, rief Conrada bei dem Militärkrankenhaus an, in dem sich Colasanti befand. Endlich einmal gab es gute Nachrichten: Die Kugel hatte keine wichtigen Organe verletzt, er werde überleben und sogar bald wieder auf den Beinen sein, womöglich schon morgen.

»Herr Botschafter«, sagte Conrada, »wir müssen Colasanti morgen sprechen lassen.«

Sagasta runzelte die Stirn. »Ich fürchte, das wird nicht möglich sein. Schon als er das erste Mal sprechen durfte, war das eine Konzession des Versammlungspräsidenten. Sie müssen bedenken, dass Brasilien traditionell die Generaldebatte eröffnet, also faktisch bereits zweimal sprechen durfte. Und die Übertragung zu veröffentlichen war kein trivialer Verstoß gegen das Protokoll, das war schlichtweg unverschämt.«

»Aber diesmal wird er einen Unterschied machen. Die Versammlung sollte unser Konzept hören. Können wir ihm nicht das Redefenster unserer Delegation geben? Wer ist überhaupt als Redner für die EU vorgesehen? Der Ratspräsident?«

»Nein. Tusk hat abgesagt wegen der Kretakrise. Juncker und Mogherini streiten sich gerade, wer es machen muss.«

In weniger turbulenten Zeiten verzichtete kaum jemand auf die Möglichkeit, sich während der Generaldebatte zu profilieren. Doch seit deutsche Korvetten die Nordküste Kretas beschossen, befand sich die EU im Ausnahmezustand. Sowenig die meisten Festlandgriechen von der Unabhängigkeitserklärung ihrer größten Insel hielten – der Angriff deutscher Kriegsschiffe weckte ungleich heftigere Emotionen. Die Massaker, welche die Wehrmacht auf Kreta verübt hatte, waren der griechischen Bevölkerung nach wie vor präsent. Dass weder die Schulden- noch die Flüchtlingskrise überwunden war, lag für viele Griechen ebenfalls an der deutschen Politik.

»Wie ist denn die Situation auf Kreta gerade?«, fragte Conrada.

»Katastrophal. Die Deutschen schießen mit Kanonen auf Spatzen, ohne jede Wirkung. Gestern gab es die ersten zivilen Opfer, ein PR-Desaster.«

»Kinder?«

»Schafe.«

»Das heißt, es könnte Ihnen selbst überlassen werden, vor den UN zu sprechen?«, führte Conrada zum Thema zurück. Für den Botschafter wäre es keine kleine Auszeichnung.

Sagasta schwieg.

»Erlauben Sie, dass Colasanti redet.«

Sagasta bemühte sich nur mittelmäßig, so zu wirken, als erwöge er den Vorschlag tatsächlich. »Ist er Europäer?«

»Das natürlich nicht.«

»Ich denke, er soll warten. Er soll seinen Plan einem der Ausschüsse vorstellen, wenn die Generaldebatte vorüber ist. Und die brasilianische Delegation freut sich sicher, wenn sie mal wieder Anweisungen erhält. Die Rede des Botschafters war mitleiderweckend.«

Der Chauffeur fand einen Taxistreifen, auf dem er halten konnte. Er sprang aus dem Wagen und öffnete die Beifahrertür. Conrada blieb sitzen. »Wenn wir warten, bis die Ausschüsse tagen, ist es vielleicht zu spät.«

»Politik erfordert Geduld«, dozierte Sagasta, während er aus dem Fond der Limousine stieg.

»Warum stellst nicht du das Konzept vor?«, fragte Emma. »Im Grunde ist es doch deins.«

Conrada lachte leise. »Nein, Colasanti muss das machen. Er ist es, der die Leute begeistert.«

»Unser Redefenster ist am Mittwoch«, rief Sagasta von draußen. »Schicken Sie mir Ihr Abstract. Vielleicht lässt sich ja was damit anfangen.« Er zückte sein Telefon und entfernte sich Richtung UN-Komplex.

Conrada lehnte sich in ihrem Sitz zurück und legte den Kopf in den Nacken. Sie spürte eine Hand an ihrem Haar. Die Hand begann, Conradas Hinterkopf zu kraulen.

»Bist du okay?«, fragte Emma. Jetzt, da Sagasta nicht mehr dabei war, wechselte sie vom Englischen ins Niederländische. »Du hast eine krasse Woche hinter dir.«

Conrada genoss stumm die Massage ihrer Freundin.

»Du solltest mal wieder Urlaub machen«, schlug Emma vor. »Am besten mit mir.«

Conrada seufzte.

»Neuseeland«, führte Emma ihren Gedanken fort. »Oder Mongolei. Wir suchen uns den Ort mit dem miesesten Handyempfang der Welt. Da fahren wir dann hin.«

»Liebend gern.«

»Sobald sich die Wahnsinnigen eine Verschnaufpause gönnen.«

Conrada richtete sich auf, drehte sich zu ihrer Freundin um. »Weißt du, Emma, ich habe wirklich Angst.«

»Dass es keine Verschnaufpause gibt?«

Conrada nickte.

Emma strich ihr über die Augenbraue. »Du bist echt schön, weißt du das?«

Langsam führte sie ihre Fingerkuppen Conradas Wange hinunter. So einfach das Kompliment war, warm wehte es Conrada den Stress aus den Gliedern.

»Aber du darfst nicht so grimmig gucken.« Emma lächelte verschmitzt. »Das macht Falten.«

Emmas Telefon vibrierte. Sie kramte es aus ihrer Handtasche. Als sie auf das Display blickte, glitt ein Strahlen über ihre Sommersprossen.

»Tatsächlich!«, rief sie.

»Was gibt's?«

»Unser geschätzter Ministerpräsident hat die Generaldebatte ebenfalls abgesagt.«

»Und?«

»Ich habe gerade unseren Botschafter gefragt, ob du sein Redefenster haben darfst.« Sie grinste. »Er hat nichts dagegen einzuwenden.«

»Was?«, fragte Conrada verdutzt. »Wie hast du das gemacht?«

Emma zuckte die Schultern. »Du hast es vielleicht nicht mitbekommen. Aber in den Niederlanden kräht kein Hahn nach Colasanti.« Sie lächelte. »Unsere Heldin heißt Conrada van Pauli und stammt aus Breugel bei Eindhoven.«

»Ich soll wirklich vor den Vereinten Nationen reden?« Conrada konnte es nicht fassen. »Wann überhaupt?«

Emma sah auf ihre Armbanduhr. »Jetzt«, sagte sie.

66. Kapitel

Moskau, Russland; Samstag, 05:34 Uhr UTC+3

Maurizio zeigte dem Taxifahrer die Adresse, die Bartas ihm aufgeschrieben hatte. Der Fahrer runzelte die Stirn. Maurizio reichte ihm einen Fünfhundert-Rubel-Schein, der Fahrer fuhr los. In den äußersten Südosten Moskaus. Nach Kapotnya. Die Vergessene. Der Spitzname war irreführend, kaum ein Bezirk der Hauptstadt war bekannter. Doch es war ein zweifelhafter Ruhm. Von Kapotnya sagte man, wer von hier nicht wegzog, war zu schwach zum Gehen. Wer herzog, tat es, um zu sterben.

Das Viertel war eingerahmt von Autobahn und Moskwa, als wollte der Rest der Stadt sich vor ihm schützen. Dominiert wurde es von einer gewaltigen Ölraffinerie, die Tag und Nacht giftige Dämpfe spuckte. Die Luft war so schlecht, dass die Arbeiter nicht in den Wohnblocks wohnen wollten, die für sie errichtet worden waren. Wer in Kapotnya wohnte, konnte sich woanders die Miete nicht leisten. Oder konnte sich überhaupt keine Miete leisten und schlief unter den meterdicken Rohren, durch welche die Raffinerie heißes Gas und Öl pumpte.

Maurizio war noch nie in Kapotnya gewesen. Die Schlaglöcher in den Straßen und die verfallende Sowjetarchitektur bildeten einen krassen Kontrast zum Glitzern der Moskauer Innenstadt.

Der Taxifahrer hielt vor einer gepflasterten Einfahrt zwischen grauen Wohngebäuden. Maurizio stieg aus; er verabschiedete sich noch, da brauste das Taxi bereits davon. Es war ein mulmiges Gefühl, an diesem gottverlassenen Flecken zu stehen, völlig allein, mit nichts in der Tasche als einem Telefon, einem Haufen Bargeld und einem gefälschten Reisepass.

Die Einfahrt wies ein rostiges Tor auf, das offen stand und früher einmal blau gewesen sein mochte. Dahinter war ein Innenhof zu erkennen. Das Gras zwischen den Pflastersteinen wuchs fröhlich und büschelweise.

Bange trat Maurizio durch das Tor. Der Hof war vollgestellt mit Kühlschränken und Fernsehern, Fahrradrahmen, Waschmaschinen, Heizkörpern. Ein Schrottplatz. Hoffentlich wusste Bartas, was er tat.

Maurizio hielt Ausschau nach einem menschlichen Wesen, aber es war niemand zu sehen. Vielleicht war er zu früh, das Morgenrot schimmerte zwischen den Hochhäusern hervor. Er kam sich wie ein Eindringling vor. Wie ein Eindringling in eine sehr, sehr finstere Höhle. Hinter einem Berg alter Autoreifen entdeckte er eine Halle. Die dem Schrottplatz zugewandte Seite entbehrte einer Wand, gab den Blick auf das Innere der Halle frei. Es schien sich um eine Werkstatt zu handeln. Maurizio näherte sich vorsichtig, rief hinein. Zwischen Werkzeug und Elektroschrott parkte ein alter Lada.

»Augenblick«, rief jemand in dem schweren Dialekt Sibiriens.

Maurizio wartete, reichlich angespannt.

Aus der Werkstatt trat ein junger Mann, bekleidet mit nichts als einer Jogginghose und Flipflops. Der russische September war nicht für seine Milde bekannt, Maurizio fror allein beim Anblick des nackten Oberkörpers. Die Hände und Arme des Mannes waren ölverschmiert.

»Was willst du?«

»Sie sind Artjom?«, fragte Maurizio unsicher.

Der Mann zog Tabak aus der Hosentasche und machte sich daran, eine Zigarette zu drehen. »Ja.«

»Oleg schickt mich«, sagte Maurizio.

Artjom rollte den Tabak in ein Zigarettenpapier und fuhr dessen Kante mit der Zunge entlang. »Was willst du?«

»Ein Auto.«

»Habe ich nicht.«

»Aber Oleg meinte, dass …«

»Normal schon. Gerade nicht.«

»Mutter Gottes«, entfuhr es Maurizio. Ohne Auto war er aufgeschmissen. »Was ist mit dem Lada?«

»Das ist meiner.«

»Bitte verkaufen Sie ihn mir.«

»Ist unverkäuflich.« Artjom zündete sich seine Zigarette an, nahm einen Zug.

Maurizios Kiefer mahlten. Er brauchte dieses verdammte Auto.

Artjom sah ihn mit gleichgültigem Gesichtsausdruck an. »Dir geht der Arsch auf Grundeis, oder?«

»Ja«, gab Maurizio zu.

»Vielleicht«, sagte Artjom.

»Was? Jetzt reden Sie schon.«

»Hast du Geld?«

»Ja.«

»Wie viel?«

»Hunderttausend Rubel.« Etwa tausendfünfhundert Euro. An mehr Bargeld war er auf die Schnelle nicht gekommen. Bartas hatte versichert, es würde reichen. »Ist das genug?«

»Voller Tank?«, fragte Artjom.

»Ja, natürlich.«

»Dann nicht.«

»Wie viel wollen Sie haben? Ich gebe Oleg Bescheid, er bringt Ihnen den Rest.«

»Du bist in Russland, Bruder. Hier macht man keine Geschäfte auf Verdacht.« Artjom schnippte den Rest seiner aufgerauchten Zigarette weg. »Verpiss dich.« Er wandte sich Richtung Werkstatt.

Mist. Maurizio brauchte das Auto. Wenn Artjom nicht mit

sich verhandeln ließ, was sollte er tun? Maurizio rieb sich den Nacken. Die Überraschung war auf seiner Seite. Größer als sein Gegner war er auch. Wenn es nicht anders ging, dann eben mit Gewalt. Er ballte die Fäuste. Er musste schnell sein. Mit einem Satz sprang er auf sein Opfer zu.

Es dauerte nur eine Sekunde.

Bevor Maurizio zuschlagen konnte, hatte ihm Artjom einen Hieb versetzt, dass er taumelte. Er versuchte sein Gleichgewicht wiederzugewinnen, da traf ihn die Faust des Russen ein zweites Mal. Mit glühenden Kopfschmerzen ging er zu Boden. Es wurde dunkel. Er nahm kaum noch wahr, wie seine Taschen durchsucht wurden.

»Aufwachen, Bruder.«

Das Wasser riss Maurizio beißend kalt aus der Bewusstlosigkeit. Artjom stand mit dem leeren Eimer über ihm. Er trug Maurizios Jacke.

Maurizio fluchte, griff sich an seinen dröhnenden Schädel.

»Nicht jammern, Bruder. Steh auf.«

Er folgte stöhnend dem Befehl. »Was wollen Sie?«, fragte er schicksalsergeben. Er hatte versagt. Er hatte Conrada im Stich gelassen.

»Wir machen den Deal«, sagte Artjom. Er hatte bereits wieder Tabak in der Hand, drehte eine neue Zigarette.

»Wirklich?« Das konnte nur eine Falle sein.

»Du bekommst den Lada.«

»Im Ernst?«

»Ja. Aber hunderttausend sind zu wenig. Das verstehst du hoffentlich.«

»Ich habe nicht mehr.«

»Doch. Ich behalte deine Jacke.«

»Das können Sie gerne tun. Aber mein Telefon ist da noch drin. Und mein Pass.«

»Die behalte ich auch.«

»Nein, bitte nicht, die brauche ich.«

»Was willst du tun?« Artjom stellte die Frage mit der Gelassenheit des Unverwundbaren. Zugegeben, er hatte eindrucksvoll bewiesen, dass Maurizio ihm nicht viel entgegenzusetzen hatte.

»Gut«, sagte Maurizio kleinlaut, »Sie behalten alles. Lassen Sie mir nur meinen Pokerchip, bitte.«

»Den hier?«, fragte Artjom und hielt ihn hoch. »Wofür brauchst du den?«

»Ist mein Glücksbringer.«

»Von mir aus.« Er schnippte ihm den Chip zu. »Grüß Oleg von mir.«

67. Kapitel

New York, USA; Freitag, 13:05 Uhr UTC-4

Herr Vorsitzender der Generalversammlung, Herr Generalsekretär, meine sehr verehrten Damen und Herren Exzellenzen, meine sehr verehrten Damen und Herren Delegierte, sehr verehrte Anwesende.
Die Welt steht am Abgrund.
Dieser Satz ist nicht neu. Seit es Schriftkulturen gibt, finden wir Belege für die Angst vor dem Ende. Die einzigartige Erfolgsgeschichte der Spezies Mensch wurde erkauft mit Gewalt. Gewalt gegen Menschen, Gewalt gegen Tiere, Gewalt gegen das Ökosystem Erde.
Wir erleben einen unvorstellbaren wissenschaftlichen Fortschritt. Der Fortschritt hat die Menschen weltweit miteinander verbunden. Aber er hat sie nicht gleichermaßen an seinen Früchten beteiligt. Konflikte gab es schon immer. Doch so, wie der Reichtum sich durch die Globalisierung potenziert hat, haben es auch die Konflikte getan.
Reichtum ist nicht das Problem. Wir brauchen den Reichtum. Es leben mehr Menschen auf unserem Planeten als jemals zuvor. Sie alle brauchen Essen, Kleidung, Häuser, Ärzte, Schulen. Aber wenn wir unseren Reichtum nicht dafür nutzen, allen Menschen ein lebenswertes Leben zu gewährleisten, schaffen wir Wut, Angst und Leid in nie gekanntem Ausmaß. Voll Wut werden die sein, die wir im Stich lassen. Voll Angst werden wir selbst sein. Wir werden beherrscht sein von der Angst vor der Rache der Wütenden.

Voll Leid sein werden wir alle.
Ich appelliere nicht an Ihr Mitgefühl. Moral hat zwei Schwächen: Einerseits verliert sie, sobald es existenziell wird, ihren Schwung. Andererseits verleitet sie zu einem Gefühl der Überlegenheit – und ich kenne nichts, das so zerstörerische Blüten treiben kann wie die Abwertung deines Mitmenschen.
Ich appelliere an Ihre Vernunft, meine sehr verehrten Damen und Herren, an Ihren eigenen Anspruch an sich selbst, ja auch an Ihren Egoismus.
Kein Land ist so autark, dass es sich den globalen Konflikten entziehen kann. Egal wie reich es ist, egal wie sehr es sich isoliert – wenn die Welt brennt, wird es Feuer fangen.
Doch wenn es uns gelingt, den Reichtum gerechter zu verteilen, wenn wir die Völker und Menschen versöhnen, wenn der globale Handel geordnet und fair organisiert wird – dann werden die am meisten profitieren, die jetzt, in gerade diesem Moment, am meisten zu verlieren fürchten.
Gerechtigkeit ist keine philosophische Frage. Gerechtigkeit, meine Damen und Herren, ist eine unabdingbare Notwendigkeit für die Erhaltung unseres Wohlstands, unserer Würde, unserer Welt.

Sie hielt inne und sah auf ihre Notizen. Sollte sie wirklich so dick auftragen? Emma hatte glücklicherweise übertrieben, eine halbe Stunde Vorbereitungszeit war Conrada geblieben bis zum Redefenster der Niederlande. Inzwischen war die halbe Stunde allerdings auf zehn Minuten zusammengeschmolzen. Conrada musste noch durch die Akkreditierung. Emma war bereits mit ihrem Pass vorgelaufen, um die Formalien zu erledigen. Freundlicherweise hatte sie auch gleich Conradas Reisetasche und Laptop mitgenommen.

Conrada rieb sich ihr bürstenkurzes Haar. Es ging nicht nur darum, den radikalen Schuldenschnitt schmackhaft zu machen. Darüber hinaus war es nötig, so schnell wie möglich gewichtige

Zustimmung zu erhalten – Lippenbekenntnisse wiederum bargen die Gefahr, mittelfristig enttarnt zu werden und die Wut der Enttäuschten noch zu steigern.

Sie musste los. Unruhig ging sie die Absperrung entlang, die die United Nations Plaza umgab. Denk nach, Conrada, verdammt. Normalerweise funktionierte sie unter Stress. Aber die Zeit lief ihr davon. Sie würde improvisieren müssen. Bei der wichtigsten Rede, die sie je halten würde. Die Schüsse, die immer wieder zwischen den Hochhäusern widerhallten, beachtete Conrada kaum noch. Über ihr knatterten Militärhubschrauber. Conrada starrte in den wolkenlosen Himmel Manhattans und flehte um eine Eingebung. Das höchste Gebäude am Platz gehörte nicht den UN. Es gehörte Donald Trump und trug den Namen Trump World Tower. Kein gutes Omen.

Sie musste an Chaplin denken: Unser Wissen hat uns zynisch werden lassen. Umgeben von den gewaltigen Bauten aus Stahl und Glas fühlte Conrada sich ohnmächtiger denn je. Die Gier. Conrada war überzeugt, dass die meisten Menschen nicht zu gierig waren. Gierig waren nur wenige. Aber diese wenigen waren unaufhaltsam. Chaplin, der große Tröster. Was hatte er noch gesagt? Das Elend entspringt der Angst derer, die den Fortschritt fürchten. Und plötzlich war er da, der Funke einer Idee. Knisterte in Conradas Hirn, sprang von Synapse zu Synapse. Setzte ihren ganzen Körper unter Strom, während er wuchs, in ihr Bewusstsein drängte.

Hinter ihr kam ein Wagen mit quietschenden Reifen zum Stehen. Eine Schiebetür schepperte, jemand packte sie von hinten, ein Tuch wurde ihr ins Gesicht gepresst, sie wollte sich wehren, Hände wie Schraubstöcke hielten sie fest, etwas stach sie in den Arm, eine Spritze, die Hände rissen sie zurück, sie wollte schreien, das Tuch, alles drehte sich mit einem Mal. Die Hände schleiften sie zu einem Van, ihre Beine gehorchten ihr nicht mehr, auf einmal fühlte sie sich erbärmlich schwach, schreien, sie musste schreien. So schwach.

68. Kapitel

Paris, Frankreich; Freitag, 21:23 Uhr UTC+2

Es war spät, als Xavier endlich die Villa erreichte. In allen Stockwerken brannte Licht, aber Xavier hatte nichts anderes erwartet. Der Rasen war akkurat gemäht wie immer, die Büsche sorgfältig geschnitten. Die Villa Montretout war nicht das imposanteste Gebäude von Saint-Cloud, aber mit Abstand das bekannteste. Die berühmteste Frau Frankreichs wohnte hier, die Vorsitzende des Rassemblement National. Die zukünftige Präsidentin der Großen Nation.

Das vertraute Geräusch, wie die Reifen über den Kies der Zufahrt rollten, ärgerte Xavier. Er hatte Marine schon oft vorgeschlagen, den Weg zu befestigen, vergebens. Ihr Vater wolle es nicht. Xavier konnte nicht verstehen, warum Marine noch immer bei ihrem Vater wohnte. Sie hasste ihren Vater. Und seit sie versucht hatte, ihn aus der Partei zu werfen, verlor auch Jean-Marie Le Pen kein gutes Wort mehr über seine Tochter.

Xavier klingelte. Marine hatte ihm noch immer keinen Schlüssel gegeben, ein weiteres Ärgernis. Seit 2011 schliefen sie miteinander, noch immer hielt Marine ihn auf Abstand. Noch immer verleugnete sie die Beziehung. Verfluchter Louis. Marines Freund war ein Schlappschwanz, tausendmal hatte Xavier ihr gesagt, sie solle den Affen in den Wind schießen. Er klingelte wieder, zorniger. Er wusste, dass Marine noch auf einer Wahlkampfveranstaltung in Paris war. Doch heute Nacht wollte Xavier nicht zu Marine, sondern zu Odette.

Von den vier Töchtern, die Jean-Marie in die Welt gesetzt hatte, wohnten drei noch immer unter seinem Dach, Yann, Marine und Odette, das Nesthäkchen. Alle vier Töchter versuchten sich an der Politik, doch nur Odette wusste, was sie tat. Sie stand nicht gern im Mittelpunkt, der Öffentlichkeit war sie weitgehend unbekannt, doch sie allein war es, der Marine ihren Aufstieg zu verdanken hatte. Jeden von Marines Wahlkämpfen hatte Odette minutiös geplant, fast alle ihrer Reden entsprangen Odettes Feder, den Zeitpunkt des Misstrauensvotums hatte Odette festgelegt. Sie war es, die den Front National in Rassemblement National umbenannt hatte.

Der Tunesier öffnete. Ein weiterer Coup, den Marine Odette zu verdanken hatte: Der Rassemblement National war nicht rassistisch – ein Ausländer, der sich anstrengte, konnte es bis zum Hausdiener der Vorsitzenden bringen. Die Medien stürzten sich begeistert auf Khaled, den integrierten Muslim.

Xavier ging direkt durchs Foyer und die Prunktreppe hoch in den ersten Stock. Er fand Odette wie erwartet im Schlafzimmer. Über den Laptop gebeugt, saß sie auf dem Bett. Sie hatte das Kostüm, in dem sie heute die Veranstaltung in Paris vorbereitet hatte, noch nicht abgelegt.

»Salut«, sagte sie, ohne aufzublicken.

»Salut«, sagte Xavier, setzte sich auf die Bettkante und gab ihr einen Kuss auf die Lippen. Es bereitete Xavier große Genugtuung, dass Marine so wenig von seiner Liaison mit Odette wusste wie Louis von seiner Liaison mit Marine. Odette wandte den Blick kaum vom Laptop-Display ab. Xavier musste sich die Balkendiagramme nicht ansehen, um zu wissen, dass es sich um Umfragewerte handelte, Wahlprognosen. Odette war süchtig danach.

»Komm, mach den Laptop zu«, sagte er. »In ein paar Stunden musst du schon wieder raus.«

»In Saint-Germain haben wir nur vierunddreißig Prozent«, seufzte Odette.

»Dafür in Marseille dreiundsechzig«, sagte Xavier. »Vielleicht gewinnen wir nicht den ersten Wahlgang« – dass selbst hier ein Sieg im Bereich des Möglichen lag, konnte Xavier immer noch kaum fassen –, »aber in der Stichwahl auf jeden Fall.« Er begann ihren Nacken zu massieren. »Entspann dich. Mach den Laptop zu.«

Odette tat es widerstrebend.

Xavier musste ein Thema ansprechen, das seinen gesamten Mut erforderte. »Wir sollten reden«, sagte er.

»Worüber?«

»Über mich.«

Odette legte den Laptop auf den Nachttisch und kletterte aus dem Bett, ging zu ihrem Schminkspiegel hinüber. »Und zwar?«

Xavier schluckte. Es ging um nicht weniger als seine Zukunft. »Louis ist Vizepräsident des Rassemblement National«, begann er.

»Ich weiß«, entgegnete Odette. Sie holte einen Wattebausch aus einer Schublade des Spiegeltischs und tränkte ihn mit einer Flüssigkeit.

»Spätestens in drei Wochen wird man Marine zur Präsidentin Frankreichs wählen«, fuhr Xavier fort.

»Wahrscheinlich«, sagte Odette, während sie mit dem Wattebausch ihren Lidschatten wegwischte.

»Ich habe gehört«, Xavier rieb sich die schweißigen Hände an der Anzughose, »Marine will Louis zum Premierminister machen.«

»Kann sein.«

»Er ist ein Affe.«

»Zweifellos.«

»Jeder andere wäre besser geeignet.«

Zum ersten Mal sah Odette zu ihm auf. »Du etwa?«

Xavier räusperte sich, versuchte, eine selbstbewusste Haltung einzunehmen. »Ich habe nicht wenig dafür getan, dass wir so weit gekommen sind.«

»Ja, du hast mir geholfen.« Odette griff sich in den Nacken und öffnete ihre Halskette.

»Du hast bisher nie ein Wort darüber verloren«, bemerkte Xavier, »wer deiner Meinung nach am ehesten zum Premierminister taugt.«

Odette legte die Halskette weg. Sie griff nach einer Tube, drückte sich etwas Creme in die hohle Hand und massierte sie in die Haut ihres Gesichts ein. Beiläufig fragte sie: »Du willst es wirklich werden? Premierminister? Traust du dir das zu?«

»Es wäre nur fair, meinst du nicht? Ich habe viel mehr für unseren Erfolg getan als Louis. Sprich mit Marine. Sie hört auf dich.«

Odette zog ihren Blazer aus. Sie holte einen Kleiderbügel aus dem Wandschrank und hängte ihn darauf.

»Zieh dich aus«, sagte sie.

»Sofort?«

»Sofort.«

Während sich Xavier das Hemd aufknöpfte, fragte er: »Also … sprichst du mit Marine?«

»Die Hose«, sagte Odette.

Xavier gehorchte.

»Den Rest auch.«

Nackt lag Xavier auf dem Bett. Odette stand vor ihm und musterte ihn mit verschränkten Armen. Der Sex mit Odette war selten gut, und auch jetzt konnte Xavier der Situation nichts Erotisches abgewinnen. Wenn er ehrlich zu sich war, schlief er überhaupt nur mit Odette, um sich für Marines Gleichgültigkeit zu rächen. Und, zugegebenermaßen, aus taktischen Gründen.

»Wer bin ich?«, fragte Odette.

»Die mächtigste Frau Frankreichs.«

»Macht dich das an?«

»Ja«, behauptete Xavier.

»Offensichtlich nicht.« Odette lächelte nachsichtig. Doch ihr Blick blieb gnadenlos auf seine schlaffe Männlichkeit gerichtet.

»Es war ein stressiger Tag«, rechtfertigte sich Xavier.

»Ach so, Stress.« Sie sagte es mit maliziöser Freundlichkeit. »Glaubst du, als Premier hättest du weniger Stress?«

»Mon dieu, Odette«, Xavier wurde böse, »was soll der Unsinn?«

Seine Beine ragten über die Bettkante. Odette kniete sich zwischen sie, roch an den Füßen.

»Wer bin ich?«, fragte sie wieder.

»Meine Herrin?«, versuchte es Xavier.

Odette leckte ihm den Fußrücken entlang. »War da ein Fragezeichen dabei?«

»Meine Herrin«, erklärte Xavier, fester diesmal. Er hatte Füße nie besonders attraktiv gefunden. Dass Odette von keinem anderen Körperteil ähnlich angezogen wurde, machte es Xavier nicht einfacher, seinen Mann zu stehen.

Sie fuhr mit der Zunge durch seine Zehenzwischenräume. »Gehorchst du mir?«, fragte sie.

»Ja.«

Sie schob sich mehrere Zehen in den Mund und lutschte an ihnen. Xavier sah auf ihren Scheitel mit den sich wiegenden Haaren, auf ihre geschlossenen Augen, es war ein lächerliches Bild. Odette stöhnte lustvoll.

Dann biss sie zu.

So fest, dass Xavier aufschrie vor Schmerz. Reflexhaft zog er die Beine weg.

»Scheiße«, rief er, »bist du verrückt geworden?«

Odette legte einen Finger auf die Lippen. »Pst«, machte sie. »Papa schläft schon.«

»Was sollte das?«

»Gib mir deinen Fuß.«

»Damit du reinbeißen kannst? Scheiße, ich blute.« Xavier war außer sich. »Hast du sie noch alle?«

»Gib ihn mir.« Es war ein Befehl, keine Bitte.

Xavier zögerte.

»Gehorchst du mir?«

»Nach der Aktion gerade? Spinnst du?«

»Marine wird als Präsidentin viel Gegenwind erfahren. Ein Premier, der sich nicht unterwerfen kann«, sie sog bedauernd die Luft ein, »das könnte Marine den Kopf kosten, Xavier.«

»Was willst du von mir?«

»Gib mir deinen Fuß.«

Xavier hatte schon einige unangenehme Seiten Odettes kennenlernen müssen. Aber das hier war die Krönung.

»Willst du Premier werden, Xavier?«

»Ja«, presste er hervor.

»Dann gib mir deinen Fuß.«

Xavier streckte langsam die Beine aus.

Odette nahm seinen großen Zeh zwischen die Zähne, Xavier stockte der Atem, Odette lutschte. Leidenschaftlich, stöhnend. Xavier atmete erleichtert aus. Odette biss zu.

Der Schmerz war unvorstellbar.

Xavier brüllte. Sein Körper zuckte, bäumte sich. Xavier wollte Odette beleidigen, doch seine Stimme versagte, es blieb nur ein Röcheln. Er war in Schweiß gebadet, sein Puls raste.

Ein feines Lächeln lag auf Odettes dünnen Lippen.

»Warum machst du das?«, brachte Xavier endlich hervor.

»Gehorchst du mir?«

»Merde, du bist wahnsinnig.«

»Willst du Premier werden?«

Xavier hätte sie am liebsten ins Gesicht getreten.

Odettes Blick war kalt. »Willst du?«

»Ja«, knirschte er.

»Dann gib mir deinen Fuß.«

69. Kapitel

New York, USA; Freitag, 14:16 Uhr UTC-4

Als Conrada wieder zu sich kam, dachte sie, sie flöge. Sie sah Wolkenkratzer, doch sie sah sie von oben. Wo bist du, Conrada? Sie lag auf einer Chaiselongue, mühsam richtete sie sich auf. In ihrem Kopf pochte es. Ihre Muskeln brannten, als hätte sie gerade einen Triathlon bewältigt.

Neben der Chaiselongue stand ein Tischchen mit einer Blumenvase. Zwei Sessel standen der Chaiselongue gegenüber. Der Boden war fast vollständig von einem schweren Teppich bedeckt. Nichts davon war besonders außergewöhnlich. Außergewöhnlich war die Wand, die es nicht gab. Stattdessen Glas. Nichts als Glas. Und ein Blick über die Stadt, der sprachlos machte. Langsam gelang es Conrada, den Nebel aus ihren Gedanken zu vertreiben. Sie kannte die Skyline. Manhattan.

»Wach?«, fragte jemand auf Englisch.

Sie fuhr herum. Offenbar hatte sie sich nur in einer Art Erker befunden. Hinter der Chaiselongue öffnete sich der Raum zu einem mit Parkett ausgelegten Saal, in dessen Mitte ein glänzend schwarzer Flügel stand. Keine Säulen – die Decke wurde von nichts getragen als den Metallverstrebungen, in welche die Glasscheiben eingelassen waren. Der Kopf einer Wendeltreppe schraubte sich aus dem Parkett. Der Deckel des Flügels war geschlossen, zahlreiche Schnapsflaschen standen darauf. Das Instrument schien zu einer Bar umfunktioniert worden zu sein. Ein Mann mit grauem Haarkranz und Bauchansatz füllte gerade zwei

Kristallpokale. Der Anzug sah teuer aus, doch das Sakko war zerknittert.

»Wo bin ich?«, fragte Conrada.

Der Mann ergriff ein Glas, leerte es auf einen Zug und füllte es neu. Dann nahm er in jede Hand je eines der beiden Gläser und kam auf Conrada zu.

»Hier«, sagte er. Der Mann hatte ein speckiges Gesicht, die Augen waren rosa umrandet, zuckten fahrig.

»Sie haben mich entführt«, sagte Conrada. Sie ignorierte das Glas, das er ihr entgegenhielt.

»Dann eben nicht.« Der Mann leerte erneut sein Glas, stellte es auf das Beistelltischchen und führte jenes an die Lippen, welches er zuvor Conrada angeboten hatte.

»Was wollen Sie von mir?«, fragte Conrada. Ihre Stimme klang kratzig, außerdem brauchte sie eine Kopfschmerztablette.

»Wie ironisch«, sagte der Mann. »Ich habe mehr Macht, als sich Menschen wie Sie überhaupt vorstellen können.« Er stellte auch das zweite Glas aufs Tischchen, leer. »Und trotzdem bin ich machtlos.«

Conrada wusste nicht, ob ihr Gegenüber mit ihr spielte oder schlicht wahnsinnig war. Beide Alternativen machten ihr Angst.

Der Mann taxierte sie mit einem ruhelosen Blick. »Halten Sie mich für schwach?«

Trotz der bedrohlichen Situation musste Conrada lachen. »Ich kenne Sie überhaupt nicht.«

»Mike Woodearth.«

»Woodearth …« Der Name kam Conrada bekannt vor. »Der Spülmaschinenhersteller?«

»Ja, möglich, bestimmt bauen wir so was auch. Wollen Sie noch einen Drink?«

»Danke, nein.«

Woodearth hatte bereits die beiden Gläser genommen und wankte zum Flügel zurück. »Haben Sie jemals geliebt?«, fragte er, während er einschenkte. »So sehr, dass Sie glauben, Sie könnten ohne diesen Menschen nicht leben?«

Theresa, dachte Conrada, Emilia. »Ja. Haben Sie?«, fragte sie.

Ein Schrei wie ein Riss, Woodearth fegte die Flaschen vom Flügel. Manche schlugen hart auf und barsten, andere kullerten weit über das Parkett.

»Es tut mir leid«, sagte Conrada. »Sie haben jemanden verloren, nicht wahr? Ich ahne, wie Ihnen zumute sein muss.«

Woodearth stand am Flügel, mit dem Rücken zu Conrada, stöhnend, die Arme auf den Deckel gestützt.

»Nein«, sagte er endlich. »Sie wissen nichts.«

Minutenlang sprach keiner ein Wort. Die Nachmittagssonne senkte sich durch die Glaswand und floss gemeinsam mit dem verschütteten Schnaps über das Parkett.

»Weswegen bin ich hier?«, brach Conrada schließlich das Schweigen.

Woodearth reagierte nicht.

»Sosehr es mir leidtut, dass Sie jemanden verloren haben – ich kann ihn nicht zurückbringen.«

Langsam drehte Woodearth sich um. »Sie«, sagte er und kam wieder auf Conrada zu, »Sie halten sich für ausgesprochen klug.« Er näherte sich mit seinem ausgestreckten Zeigefinger ihrem Gesicht. »Sie glauben, Sie könnten Ihre Nase in Angelegenheiten stecken, die Sie nichts angehen. Die zu groß für Sie sind.« Der Nagel des Zeigefingers war schwarz. »Eine beschissene Beamtin will Mike Woodearth vorschreiben, was er zu tun und zu lassen hat.«

Conrada kam ein furchtbarer Gedanke. Glaubte dieser Mann etwa, dass sie die UN bereits von dem Schuldenschnitt überzeugt hatte? Woher wusste er überhaupt davon? Hastig ging sie die Namen durch: Emma, Sagasta, Colasanti natürlich, Ramos. Witt. Kopański. Hatte Kopański sie verraten? Maurizio fiel ihr ein. Verflucht, wenn selbst Venizelos korrupt war, auf wen war dann noch Verlass? Ihr Kopf dröhnte.

»Ich will Ihnen nicht schaden«, versuchte Conrada ihn zu beschwichtigen. »Ich kenne Sie ja nicht einmal.«

»Sie haben meine Tochter umgebracht!«

»Was?« Conrada war entsetzt.

»Ohne Sie hätte der beschissene Miller keinen Grund gehabt, seine beschissene Karre in meine beschissene Einfahrt zu stellen.«

»Ich weiß nicht, wovon Sie reden. Wie gesagt, ich kenne Sie nicht einmal.«

»Ha«, schnaubte Woodearth, »natürlich behaupten Sie das. Halten Sie mich für dumm?« Sein Kinn zitterte vor Wut, er ballte die Faust, Conrada zuckte zurück. Doch Woodearth schlug nicht zu. »Sie werden schon noch sehen, was Sie davon haben«, knurrte er. »Von Ihrer europäischen Arroganz.«

»Sie fürchten einen Schuldenschnitt?«, fragte Conrada in dem Versuch, ihn wegzubringen von dem irritierenden Thema seiner offenbar verunglückten Tochter. »Wenn ich es richtig verstanden habe, sind Sie ein erfolgreicher Unternehmer.«

»Kann man wohl sagen«, zischte Woodearth.

»Dann sind Sie sicher breit aufgestellt. Arbeiten international und langfristig. Ein Schuldenerlass ist nichts anderes als Ihre Investition in einen solventen Handelspartner. Sie produzieren. Je weniger Leute Ihre Produkte abnehmen können, desto weniger verdienen Sie. Die Abschreibungen, die Sie heute vornehmen, können Ihnen übermorgen Dividende bringen.«

Woodearth zog eine Grimasse, als hätte er in einen unreifen Apfel gebissen. »Ihre Naivität tut mir weh. Soll ich Ihnen jetzt auch noch Highschool-Wissen zur Wirtschaft beibringen? Glauben Sie wirklich, jemand wird reich, weil er Dinge produziert? Weil er Handel treibt?« Er machte ein Würgegeräusch. »Eure Blümchenmarktwirtschaft in Europa in allen Ehren, aber so läuft das nicht. Haifischbecken. Das ist es. Fressen oder gefressen werden. Zeig eine Schwäche, und es ist vorbei. Du zahlst Steuern? Aus. Du kümmerst dich nicht um die Politik? Aus. Du pochst auf internationales Recht? Aus. Du vertraust darauf, dass die Qualität deines Angebots sich schon durchsetzen wird? Aus, aus, aus.«

»Bedenken Sie, dass diejenigen Wirtschaftsgemeinschaften am erfolgreichsten sind, welche die transparentesten Strukturen besitzen, die niedrigste Korruption, die höchste Rechtssicherheit.«

»Falsch«, rief Woodearth. »Dort, wo die Konkurrenz am härtesten ist, wächst die Wirtschaft am stärksten. Globaler Handel bedeutet, dass jede Regel, die dein Staat dir aufdrückt, dich schwächer werden lässt gegenüber der internationalen Konkurrenz.«

»Aber Sie sehen doch, wie die Gewalt eskaliert. Ihr eigenes Land ist nachhaltig in Gefahr: Lynchmobs, Autobomben, Brandstiftung. Allein gestern gab es Tausende Tote. Und alles deutet darauf hin, dass es heute mehr sein werden.«

»Und?«, fragte Woodearth. »Von mir aus soll es noch schlimmer kommen. Glauben Sie, ich habe Angst vor einem Bürgerkrieg?«

»Ihre Geschäfte lägen brach.«

Woodearth lächelte schmierig. »Im Gegenteil. Im Krieg stirbt nur der Schwache. Der Starke wird stärker. Ich betreibe Gefängnisse, Schätzchen. Ich vermittle Sicherheitsdienste, verkaufe Alarmanlagen, Waffen. Wissen Sie, wie viele Bereiche unseres Militärs bereits privatisiert sind? Und wissen Sie, wer am meisten an dieser Privatisierung verdient? Wissen Sie …«

Conrada ertrug das Zuhören nicht länger. »Haben Sie nicht den Wunsch«, unterbrach sie ihn, »morgens in den Spiegel zu schauen und mehr zu sehen als Hass?«

Woodearth wandte sich von Conrada ab, ging an den Schnapspfützen vorbei zur Fensterfront, starrte hinaus. »Nein«, sagte er.

»Was wollen Sie?«, fragte Conrada.

»Der eine Mensch, den ich geliebt habe, wurde mir genommen. Ich werde dafür sorgen, dass Sie mir nicht nehmen, was mir geblieben ist.«

»Ich versichere Ihnen: Weder habe ich mich je in Ihre Geschäfte eingemischt, noch habe ich vor, es künftig zu tun.«

Woodearth drehte sich zu ihr um. »Hör auf«, sagte er. »Hör auf, die Welt retten zu wollen.« In seinem Blick lag eine Kälte, die Conrada erschauern ließ. »Oder ich sorge dafür, dass du nicht weniger leiden wirst«, seiner Stimme fehlte jedes Gefühl, »als ich es gerade tue.«

70. Kapitel

Bukoba, Tansania; Freitag, 18:27 Uhr UTC+3

Das Toben der Menge war ohrenbetäubend. Obwohl die Sonne bereits aufgebläht und rot hinter der Gegentribüne versank, lag die Hitze nach wie vor bleiern auf der Stadt. Das Fußballfeld hatte schon lange kein Gras mehr gesehen. Bei jedem flach gespielten Pass zog der Ball eine wirbelnde Staubspur hinter sich her. Die Regenzeit im Frühjahr war ausgeblieben, und noch gab es keinen Wetterdienst, der sich traute, die des Herbstes anzukündigen. Blieb sie ebenfalls aus, wäre die Hungersnot unausweichlich.

Der Zeitpunkt war denkbar ungünstig. Der milde Aufschwung, den Tansania die letzten Jahrzehnte erlebt hatte, war verebbt, die Korruption grassierte schlimmer denn je. Der Frust und die Verzweiflung der Bevölkerung führten zu Demonstrationen, die immer häufiger in Gewalt mündeten – stets schoben sich Demonstranten und Ordnungskräfte gegenseitig den Schwarzen Peter zu, wer begonnen habe.

Bukoba freilich war zu klein und zu weit ab vom Schuss, als dass es zu großen Konflikten gekommen wäre. Tess war sauer, dass sie trotzdem nicht bleiben durfte. Sie hatte sich gerade erst eingelebt.

»Figg di!«, rief Toby in seinem lustigen Schweizerdeutsch.

Ihr Deutsch war nicht besonders gut, deswegen sprach Tess Englisch mit Toby. Seine Flüche verstand sie trotzdem. Toby krümmte sich, raufte sich die Haare. Fünftausend Tansanier taten dasselbe. Tess blickte gleichgültig aufs Spielfeld. Ein Tor war nicht gefallen, der Ball rollte lustlos durchs Niemandsland. Tess hatte keine Ahnung, woher die Aufregung rührte.

Vor allen Dingen war Tess sauer, dass sie ihren letzten gemeinsamen Abend mit Toby in diesem nach Schweiß stinkenden Stadion verbrachte. Sie verabscheute Fußball. Als sie noch klein gewesen war, hatte Mama sie ab und zu zum PSV mitgenommen. Furchtbar. Besoffene dicke Männer mit fettigen Haaren, die glaubten, wenn nur genügend Leute mitmachten, konnte man guten Gewissens jede Scheiße brüllen. Nazilogik.

Wenigstens war ihr Suaheli zu schlecht, als dass sie verstanden hätte, was die tansanischen Fans für Parolen riefen. Der Schiedsrichter stieß einen langen Pfiff aus, die Spieler schlurften zum Spielfeldrand. Das Publikum strömte zu den Ausgängen.

»Ist es vorbei?«, fragte Tess hoffnungsvoll.

Toby sah sie kopfschüttelnd an. »Halbzeit.«

»Scheiße.« Tess stöhnte.

»Du hast echt keinen Bock mehr, oder?« Toby nahm sie in den Arm. »Bist du mir böse, dass ich dich hierhergeschleppt habe?«

Ja, musste Tess insgeheim zugeben. Doch im Grunde konnte sie Toby keinen Vorwurf machen, er hatte sie gefragt, und sie hatte leichtsinnigerweise zugestimmt.

»Soll ich dir was zu trinken holen?«, bot er an. Coca-Cola beherrschte den Softdrinkmarkt in Tansania schon lange. Doch seit letztes Jahr das Kaitaba-Stadion in Coca-Cola-Stadion umbenannt worden war, gab es zu den Eintrittskarten ein Freigetränk dazu.

»Danke«, Tess schüttelte den Kopf.

»Deine Mutter war heute wieder in den Nachrichten«, sagte Toby.

»Schön für sie.«

»Hast du schon mit deinen Eltern geredet, dass du nach Zürich ziehen willst?«

»Was geht die das denn an?«

»Na ja, es wäre ganz nett von dir, denkst du nicht?«

Manchmal spielte sich Toby auf, als ob er sie erziehen wollte – nur weil er ein paar Jahre älter war. Tess konnte das nicht ausstehen. »Die haben sich auch nicht um mich gekümmert«, sagte sie trotzig. »Warum soll ich nett zu denen sein?«

»Ich mein ja nur«, sagte Toby gereizt.

Die letzten Wochen waren sie wiederholt aneinandergeraten. Tess' anfängliche Verliebtheit war einem mulmigen Gefühl gewichen, seit sie sich entschlossen hatten, nach Tess' Freiwilligendienst zusammenzuziehen. Sie kannten sich ja erst dreieinhalb Monate. Toby hatte zugegeben, dass es ihm ähnlich erging.

Tess drückte sich an ihn. »Ich will nicht weg von dir.«

»Wir sehen uns ja nächste Woche schon wieder.«

»Trotzdem.«

Über ihnen knatterte ein Business-Jet durchs Abendrot. Was wollte der in Bukoba? Eine Weile schmiegten sie sich schweigend aneinander. Die Ränge füllten sich wieder, die Zuschauer trugen ihre frisch erworbenen Sambusas und Softdrinks stolz vor sich her.

Tess glitt mit der Hand unter Tobys Shirt, streichelte ihm den Rücken. Die Umstehenden warfen ihnen ein paar verstohlene Blicke zu, Tess war es egal. Zärtlichkeiten in der Öffentlichkeit waren in Tansania eigentlich nicht gern gesehen, doch Wazungu gegenüber war man tolerant.

Tess begann, sich langsam an Toby zu reiben. Sie spürte seine Erektion.

»Du Luder«, flüsterte Toby.

»Willst du wirklich noch für die zweite Halbzeit bleiben?« Sie fuhr mit den Fingern seinen Rücken hinunter, unter seinem Gürtel entlang.

»Wenn du mich so fragst«, grinste Toby, »das Ergebnis ist sowieso gekauft.«

Während Toby als Projektkoordinator eine eigene Wohnung zur Verfügung gestellt bekommen hatte, war Tess mit den anderen Freiwilligen im Gästehaus der katholischen Kirche untergekommen.

»Geh schon mal vor«, sagte Toby, als sie das Stadion verlassen hatten. »Wir treffen uns bei dir. Ich muss noch kurz bei mir vorbei.« Er küsste sie.

»Weswegen?«

Er grinste. »Ein Geschenk für dich.«

Er schwang sich auf sein Moped und brauste davon.

Tess war immer noch fasziniert, wie schnell die Nacht hier hereinbrach. Sie musste im Dunkeln nach Hause laufen. Übermäßige Sorge bereitete ihr das nicht. Natürlich war Bukoba nicht Brüssel. Aber auch bei Weitem nicht so gefährlich, wie es ihr vor dem Flug von allen Seiten weisgemacht hatte werden sollen. Sie ging nie durch unbeleuchtete Gassen, und auf den Hauptstraßen waren immer genug Licht und Verkehr, dass sie sich sicher fühlte.

Ihre vorerst letzte Nacht in Tansania. Wie schnell die Zeit vergangen war. Sie wäre echt gern länger geblieben. Sie musste auf jeden Fall wieder herkommen. Aber jetzt erst einmal Zürich. Toby hatte nicht unrecht. Sie müsste ihren Eltern ihre Entscheidung bald mitteilen, ob sie wollte oder nicht. Sie brauchte Geld für ihr Studium. Und Toby meinte, Zürich war nicht billig.

Der Geruch von überreifen Mangos und frittiertem Teig streifte sie. Das Obst würde sie am meisten vermissen. Eine Frau baute ihren Straßenstand ab, auf der Grillschale lag noch ein letzter Maiskolben. Tess kaufte ihn. Die Frau strahlte, als sie das großzügige Trinkgeld sah, und rieb den Mais ebenso großzügig mit Chili ein.

Während Tess weiter den Straßenrand entlangschlenderte, knabberte sie vorsichtig an ihrem Imbiss. Die Schärfe grenzte an Körperverletzung. Ansonsten kannte sie nur Emilia, die so fahrlässig mit Gewürzen umging. Die Augen begannen ihr zu tränen.

Und auf einmal wurde sie ergriffen von einem überwältigenden Gefühl der Freiheit, so stark, dass sie stehen bleiben musste. Ihr ganzes verkorkstes Leben, alles hatte sich zum Guten entwickelt. Die Erkenntnis ließ sie erschauern in einer Woge der Euphorie. Sie war jung, sie würde studieren, sie hatte einen Freund mit Wow-Faktor. Die Welt war wundervoll. Am liebsten hätte sie sofort Emilia angerufen. Obwohl ihre Schwester drei Jahre jünger war, verstand sich Tess mit niemandem besser.

Sie erreichte das Gästehaus. Wenn Toby wirklich nur kurz bei sich zu Hause vorbeischauen wollte, würde er nicht lange auf sich warten lassen. Rasch ging Tess auf ihr Zimmer und räumte auf. Eigentlich hatte sie schon fertig gepackt haben wollen, aber dann hatten die Nonnen sie auf einen Tee eingeladen, und plötzlich war der Nachmittag vorbei gewesen. Sie würde einfach früh aufstehen morgen.

Die Nonnen waren großartig. Sie hatten nicht einmal etwas dazu gesagt, dass Toby manchmal bei ihr übernachtete. Vielleicht hatten sie sich auch diskret dafür entschieden, seinen Besuchen nichts Sittenwidriges zu unterstellen. Schlimmer waren die Lästereien der anderen Freiwilligen. Diese befanden sich am See und nahmen dort Abschied von der Stadt. Tess und Toby waren beide ausdrücklich eingeladen worden – und waren auf Anhieb einer Meinung gewesen, den Abend lieber zu zweit zu verbringen.

Tess zündete Kerzen an. Nicht zu viele, sie wollte es gemütlich, nicht kitschig. Die letzte Nacht mit Toby. Das Duschen dauerte nur eine Minute. Enttäuscht stellte sie fest, dass das Wickelkleid, das er so mochte, schon eingepackt war. Rasch durchwühlte sie ihre Reisetasche. Ganz unten war es. Typisch. Sie schlüpfte hinein, entschied sich, auf den BH zu verzichten, und fühlte sich auf elektrisierende Weise verrucht.

»Hey«, kam es von der Tür. Toby.

»Hey«, rief Tess, fast atemlos von der Hektik und Vorfreude.

Tobys Blick glitt über ihren Körper. Er lächelte. »Du bist wunderschön«, sagte er.

»Ich liebe dich«, sagte Tess.

Sie küssten sich.

Tess wollte Toby direkt auf die Matratze stoßen, aber der drückte sie sanft von sich. »Erst dein Geschenk.« Er zog zwei Flaschen aus seinem Rucksack.

»Bier?« Tess lachte. »Perfekt. Ich habe keins mehr da.«

Toby grinste, während er das Bier auf den Boden stellte. »Das ist noch nicht alles. Komm her.«

Sie setzten sich gemeinsam auf die Matratze.

»Ich habe dir doch von meinem Projekt im Frühjahr erzählt. Bevor du im Team warst.«

»Die Hexenjagden?« In Ostafrika kam es immer wieder vor, dass Frauen malträtiert oder sogar getötet wurden, weil man ihnen unterstellte, mit dem Teufel im Bunde zu sein. Ein blutiger Zusammenprall schamanistischer Traditionen mit christlichem Missionierungseifer. Die Berichterstattung hatte solche Wellen geschlagen, dass eine internationale Kampagne zur Aufklärung und Versöhnung ins Leben gerufen worden war. Toby war zuständig für die Haya, ein indigenes Volk aus der Gegend von Bukoba. Nach einem halben Jahr waren die Fördermittel gestrichen worden. Und seitdem arbeitete Toby wieder als Koordinator für Freiwillige, die er in die umliegenden Schulen schickte, wo sie Englisch unterrichteten.

»Die Hexenjagden, genau.« Er kramte in seinem Rucksack, schien zu finden, was er gesucht hatte, hielt es allerdings noch verborgen. »Wir haben damals einer Frau das Häuschen wieder aufgebaut, das ihre Nachbarn angezündet hatten.«

»Weil sie eine Hexe gewesen sein soll?« Tess staunte, wie wenig überwunden das Mittelalter war.

»Um ehrlich zu sein«, Toby machte ein geheimnisvolles Gesicht, »sie war eine Hexe.«

»Was meinst du damit?« Tess wurde ungeduldig. Geschenk hin oder her, im Grunde wollte sie gerade nur eines: die Klamotten von diesem Traumkörper reißen. »Ich mach mal das Bier auf, okay?«

»Bitte. Bedien dich. Jedenfalls war sie wirklich eine Schamanin. Und als Dank für unsere Hilfe hat sie mir das hier geschenkt.« Er zog eine Kette aus seinem Rucksack. Es war eine Halskette. Kleine schwarze Perlen, ebenmäßig aneinandergereiht; schlicht, aber ganz hübsch. Toby reichte sie ihr.

»Ist die für mich?«

»Nimm.«

Tess griff nach der Kette, sie war echt schön.

»Die Schamanin hat sie extra für mich gemacht«, fuhr Toby fort. »Sie hat gesagt, sie hat ihren stärksten Liebeszauber darauf gesprochen. Auf jede einzelne Perle. Sie meinte, es wird eine Frau in mein Leben treten, die die Geister für mich ausgewählt hätten. Dieser Frau soll ich diese Kette schenken. Und die Frau wird mich lieben wie ich sie.«

Tess war sprachlos.

»Leg sie dir um«, bat Toby.

Tess gehorchte.

Toby atmete hörbar aus. »Sie steht dir unglaublich.«

Während Emilia das dunkelste Haar in der Familie hatte, dunkler noch als Papa, war Tess' Schopf so blond geraten wie der von Mama.

»Ich liebe dich«, sagte Toby.

Tess sah ihn an. Mit dem Zeigefinger fuhr sie vorsichtig seine Lippen entlang. »Du bist so schön«, sagte sie. Eine kleine Unendlichkeit lang schwieg die Zeit.

Mit einem Lachen beendete Tess die Stille. »So, genug gelabert. Jetzt vögeln wir uns die Seele aus dem Leib.«

Sie taten es.

Die Frage, ob die Nonnen ihre Schreie hören würden,

bewegte Tess nur eine Sekunde – dann war sie wieder nichts als Körper.

Danach lagen sie da, fest aneinandergedrückt. Schweißnass waren sie, ihr Atem ging schwer. Das Bier in den offenen Flaschen wurde schal, die Kerzen brannten herunter. Reglos verharrten sie, ineinander verschlungen für die Ewigkeit.

Eine Bewegung. Tess nahm sie nur aus dem Augenwinkel wahr, im Halbschlaf. Sie blinzelte. Die Tür. Die Tür öffnete sich. Tess erstarrte vor Schreck.

»Was ist los?« Toby, der auf ihr lag, folgte ihrem Blick.

Im Türrahmen stand ein Mann, der so groß war, dass er sich bücken musste. Ein Riese. Was wollte der hier? Wie war er hereingekommen? Er hielt etwas in seiner Hand, eine Pistole, Tess blieb das Herz stehen. Der Riese richtete seine Pistole auf Toby, Tess wollte dazwischen, doch der Riese hatte schon abgedrückt. Der Schuss war lautlos. Toby stöhnte, ein Zittern lief durch seinen Körper, dann bewegte er sich nicht mehr. Tess hörte sich schreien, da schoss der Riese ein zweites Mal, ein glühender Schmerz durchzuckte sie. Es war ein Schmerz, wie sie keinen gekannt hatte.

71. Kapitel

In der Nähe von Spaster, Russland; Samstag, 10:31 Uhr UTC+3

Der Zeiger glitt in den rot eingefärbten Bereich. Maurizio schlug fluchend auf das Lenkrad seines klapprigen Lada. Ohne Telefon konnte er nicht genau sagen, wie weit er gekommen war. Aber es mussten mindestens zweihundert Kilometer bis zur lettischen Grenze sein. Ausgeschlossen, dass der Sprit reichte. Mist. Ein Schild kündigte in fünf Kilometern eine Tankstelle an. Maurizio hatte keine Wahl, er würde es riskieren müssen.

Das blaue Gazprom-G leuchtete ihm schon von Weitem entgegen. Mit schwitzigen Fingern lenkte er den Lada zur Zapfsäule. Diesel. Während er den Tank volllaufen ließ, wurde Maurizio der Magen flau vor Nervosität. Die eigentliche Herausforderung lag noch vor ihm: das Bezahlen. Dank des Schrotthändlers und Halunken Artjom besaß er keinen einzigen Rubel mehr. Die Zapfpistole klickte, der Tank war voll.

Maurizio flehte stumm die Himmel um Gnade an, dann betrat er schwungvoll den Verkaufsraum. Ein älterer Mann in blauschwarzem Gazprom-Overall wartete an der Kasse auf ihn.

Maurizio ging zügig auf ihn zu. »Guten Tag«, sagte er mit einer Stimme, von der er hoffte, dass sie streng klang. Es wäre schon eine Hilfe, wenn sein Russisch besser wäre.

Der Kassierer schwieg gelangweilt.

»FSB«, sagte Maurizio, während er sich zwei Wasserflaschen griff.

Der Kassierer riss die Augen auf.

»Ich bin im Auftrag der Regierung unterwegs«, sagte Maurizio, ohne die Flaschen zur Abrechnung auf den Tresen zu stellen. »Wenn Sie irgendjemand fragt – ich war nie hier.«

Der Mann war von der Kasse zurückgetreten, sichtbar verängstigt starrte er ihn an.

Maurizio versuchte, seine eigene Anspannung zu verbergen. »Haben wir uns verstanden?«

Der Kassierer nickte nur.

Maurizio wandte sich zur Tür.

»Verzeihung«, rief es zaghaft hinter ihm.

»Was denn noch?«, fragte Maurizio gespielt unwirsch. »Wollen Sie, dass ich bezahle oder was?« Sein Herz trommelte ihm wild gegen die Brust.

»Natürlich nicht«, stotterte der Kassierer. »Aber könnten Sie mir Ihren Ausweis zeigen?«

Maurizio griff sich in die Jeans, tat überrascht. »Oh, der liegt im Auto. Hören Sie, ich habe keine Zeit für so was. Wenn Sie Beschwerde einlegen wollen, wenden Sie sich an die Lubjanka.« Wenige Wörter in Russland besaßen so eine Macht wie der Name des FSB-Hauptquartiers. »Aber unter uns«, warnte Maurizio, »ich würde es Ihnen nicht raten. Schönen Tag.«

Hastig lief er nach draußen, sprang in den Lada. Während er den Motor anließ, blickte er zurück zum Verkaufsraum. Im Fenster stand der Kassierer und beobachtete ihn. Ihre Blicke trafen sich. In den Augen des Kassierers war keine Angst mehr zu entdecken. Nur Misstrauen. Er hatte einen Telefonhörer am Ohr.

Maurizio raste die Fernstraße entlang. Der Lada röchelte Protest, mehr als einhundertzwanzig Stundenkilometer waren nicht aus ihm herauszuholen. Sie würden Maurizio jagen. Den Namen des FSB zu missbrauchen – das würden sie nicht auf sich sitzen lassen. Heilige Jungfrau Maria. Was war nur in ihn gefahren? Mit seinem Russisch auf B2-Niveau, das hatte ja schiefgehen müssen. Er musste den Lada loswerden. Sofort. Zentralrussland war zwar viel dichter besiedelt als der Osten – aber hier, an der nördlichen Grenze zu Weißrussland, wirkte die Gegend so verlassen wie Sibirien. Nadelwald säumte den Fahrbahnrand. Maurizio nahm die erste Ausfahrt, folgte dem Weg einige Hundert Meter und steuerte den Lada dann geradewegs zwischen die Fichten hinein. Die Räder gruben sich in den weichen Boden, rumpelnd kam der Wagen zum Stehen. Nicht weit genug weg von der Straße. Mist. Maurizio riss Äste von den Bäumen, warf sie auf die Kühlerhaube, ein notdürftiger Versuch der Tarnung.

Die Aktion hatte Maurizios Hände aufgeschürft; ob sie etwas gebracht hatte, würde er hoffentlich nie herausfinden. Rasch ging er zu Fuß zur Fernstraße zurück. Zwei Flaschen Wasser hatte er dabei, für eine Strecke, die gefährlich war und zu lang. Verbissen marschierte er los.

Er lief neben der Straße, im Schutz der Bäume, stapfte mühsam durchs Dornicht. Alle paar Schritte sah er sich um, ob hinter ihm die Straße frei war. Viel Verkehr gab es nicht. Am auffälligsten war die geringe Zahl an LKW. Seit die EU ihre Sanktionen verschärft hatte, war der Handel zwischen dem Baltikum und Russland fast zum Erliegen gekommen. Wann immer ein Fahrzeug am Horizont auftauchte, drang Maurizio tiefer in den Wald. Nach zwanzig Minuten passierte ihn der erste Streifenwagen mit Blaulicht. Nach einer Stunde der erste schwarze SUV, ebenfalls mit Blaulicht. Jedes Mal horchte Maurizio klopfenden Herzens darauf, ob jemand bremsen würde, wartete lange hinter den Büschen, bevor er sich wieder an die Straße traute.

Wenn sich am Horizont die Silhouette eines LKW abzeichnete, versuchte er sich so zu positionieren, dass er das Nummernschild erkennen konnte. Gelang es ihm, und handelte es sich um ein europäisches Kennzeichen, zeigte er sich und winkte. Immer zu spät, denn bis er das Schild sah, donnerte der LKW bereits an ihm vorbei.

Es war zum Verzweifeln.

Die erste Flasche Wasser war leer. Es wurde kühl, seine Jacke war bei Artjom, Maurizio fror erbärmlich. Seine Knie schmerzten. Die Hand, in der er den Pokerchip barg, ebenfalls. Er brauchte mehrere Sekunden, bis ihm die Ursache bewusst wurde – seit Stunden hielt er die Faust krampfhaft fest um den Chip geballt. Was nützte es, wenn er nicht entdeckt wurde, aber Conrada die Daten nicht erhielt? Die Weltpolitik eskalierte, Zeit war niemals so kostbar gewesen.

Conrada. Wie ging es ihr? Maurizio flehte die Götter an, dass sie den Anschlag im Palácio do Planalto heil überstanden hatte. Die erotische Stunde in Nielsens Büro schien Maurizio ganz unwirklich geworden; die Geschehnisse wiederholten sich in seiner Erinnerung so oft, bis er nicht mehr hätte sagen können, was davon passiert war – und was er sich in nachträglichen Schwelgereien nur erträumt hatte. Hatte das, was passiert war, eine Bedeutung, die über das Passierte hinausging? Für Maurizio ja. Aber für Conrada? Die fruchtlose Frage zermarterte ihm das Hirn. Je länger er grübelte, desto weniger gelang es ihm, den Pokerchip nur als – zugegebenermaßen höchst brisanten – Auftrag zu sehen. Vielmehr beherrschte ihn die Ahnung, dass das Schicksal des Chips darüber bestimmen würde, welche Wendung seine Verbindung zu Conrada nehmen würde. Maurizio fühlte, der Chip musste in die Hände Conradas und keines Menschen sonst.

Als er hinter sich sah, entdeckte er einen schnell wachsenden Punkt. Ein LKW. Statt in Deckung zu gehen, trat Maurizio auf die Mitte der Straße. Alles oder nichts. Er hob die Arme über den Kopf und winkte. Der LKW brauste heran. Auf einmal kam Maurizio seine Idee gar nicht mehr so klug vor. Ein Zurück gab es nicht. Der LKW wurde nicht langsamer. Mist. Vielleicht war die Idee sogar ausgesprochen dumm gewesen. Maurizio sprang von der Straße.

Der LKW kam zischend zum Stehen. Zwei Meter vor dem Punkt, wo Maurizio gerade noch gestanden hatte. Ein lettisches Kennzeichen. Dem Himmel sei Dank.

Das Beifahrerfenster surrte nach unten, jemand rief etwas. Maurizio verstand nichts. Er fasste sich ein Herz und stieg auf den zum Einsteigen vorgesehenen Tritt, sodass er in die Kabine des Sattelschleppers sehen konnte.

Der Fahrer trug einen mächtigen Bart, eine mächtige Plauze und roch mächtig nach Alkohol.

»Was willst du?«, fragte er. Sein Russisch war fließend, aber nicht das eines Muttersprachlers.

»Mein Auto ist kaputtgegangen, ich bin auf dem Weg nach Lettland.«

»Ich fahre nach Riga. Spring rein.«

»Perfekt. Danke.«

Noch während Maurizio die Tür schloss, drückte der Fahrer das Gaspedal durch, dass der Motor aufheulte. Maurizio schnallte sich hastig an. Er musterte seinen Retter verstohlen aus dem Augenwinkel. Nach den Erfahrungen der letzten Tage kam ihm die Sache zu einfach vor.

»Danke für die Hilfe«, sagte er.

»Wie heißt du?«

Maurizio öffnete den Mund, stockte aber gerade rechtzeitig. »Äh«, machte er, »Oleg.«

»Ist in Ordnung«, sagte der Fahrer. »Du musst mir nicht verraten, wie du heißt. Ich bin Valdis. Willst du ein Bier?«

»Nein, danke«, sagte Maurizio verwirrt. Erst jetzt fielen ihm die Blechdosen auf, die durch seinen Fußraum kullerten. Valdis zuckte die Schultern, zog eine offene Dose aus seiner Getränkehalterung und nahm einen Schluck. Er hatte einen beachtlichen Zug. Die Dose knackte, als ob sie sich kurz vor der Implosion befand.

»Und?«, fragte Valdis. »Warum suchen sie dich?«

»Wie bitte?« Maurizio spürte Panik in sich aufsteigen.

»Der FSB.«

Maurizio zwang sich zur Ruhe. »Ich weiß nicht, wovon Sie reden.«

Valdis lachte. »Lass das Siezen. Wir sind doch Brüder. Also, warum suchen sie dich?«

»Ich habe keine Ahnung, was du meinst.«

»Mensch, Oleg. Ich nenne dich jetzt einfach Oleg, in Ordnung? Hörst du kein Radio? Außerdem haben sie mich schon zweimal gefilzt seit Rschew.« Valdis grinste schief. »Es wäre doch ein merkwürdiger Zufall, wenn sich hier zwei Ausländer mit Jeans und braunem Hemd herumtreiben würden. Findest du nicht?«

Maurizio schwieg.

»Du musst keine Angst haben«, sagte Valdis leichthin. »Auf, gib mir noch ein Bier.«

Maurizio fischte eines aus dem Fußraum und reichte es dem Fahrer.

»Danke dir, Bruder. Willst du echt keins?«

Maurizio schüttelte den Kopf.

»Mehr für mich.« Valdis lachte los, Bart und Bauch wackelten gleichermaßen. Als er sich wieder beruhigt hatte, sagte er: »Aber jetzt rück schon raus mit der Sprache. Was hast du verbrochen?«

Maurizio ergab sich in sein Schicksal. »Ich habe bei einer Tanke die Zeche geprellt.«

»Und das war alles?« Einhändig und mit erstaunlicher Geschicklichkeit öffnete Valdis die Bierdose.

»Ich habe behauptet, ich sei vom FSB.«

Valdis verschluckte sich an seinem Bier, so heftig, dass es ihm aus der Nase spritzte, die halbe Windschutzscheibe wurde von Hunderten Tröpfchen besprenkelt.

»Nicht dein Ernst.«

Maurizio blies verlegen die Backen auf.

»Oleg, mein Freund«, sagte Valdis und hob seine Bierdose, »ich trinke auf dich. Du bist ein Held.« Sie hatten einen klapprigen Pritschenwagen eingeholt. Das Bier an den Lippen, wechselte Valdis halsbrecherisch auf die Gegenspur und brauste an dem Pritschenwagen vorbei.

»Ich bin geliefert«, brummte Maurizio, »das bin ich.«

»Nein«, rief der Fahrer, das Bier noch immer in die Höhe gestreckt, »bist du nicht. Valdis passt jetzt auf dich auf!«

»Wenn sie mich in deinem Wagen finden, bist du genauso dran wie ich. Spätestens an der Grenze.«

»Niemals!«, rief Valdis. In einem Zug trank er die Dose aus. Maurizio konnte nicht sagen, ob der Überschwang des Fahrers vom Bier oder Wahnsinn stammte. Er wollte es auch nicht wissen.

»Was hast du vor?«, fragte er.

Valdis rülpste. »Lass mich nur machen«, wiegelte er ab.

Die Fahrt dauerte noch anderthalb Stunden, ohne dass sie in eine Kontrolle gerieten. Dann erreichten sie ein Schild, das darauf hinwies, die Grenze zu Lettland und damit zur Europäischen Union stehe unmittelbar bevor.

Valdis lenkte den LKW in eine Haltebucht. »Du musst jetzt nach hinten«, sagte er lakonisch.

Maurizio war mehr als skeptisch. »Sie werden den LKW durchsuchen. Sie schnappen uns beide. Ich versuche es ab hier lieber allein. Durch den Wald.«

»Unsinn. Die haben eine Mauer und Laserscanner. Da schaffst du's niemals rüber. Besser, du kommst mit mir.« Valdis sprang aus der Zugmaschine. Maurizio folgte ihm notgedrungen. Der Lette ging zur Rückseite des Anhängers und öffnete das Flügeltor. »Hereinspaziert.«

Zwei lange Reihen metallener Kisten füllten die Ladefläche, nur in der Mitte war ein schmaler Gang frei gelassen worden.

»Wohin?«, fragte Maurizio.

»Einfach nach hinten durch. Du kannst dich auf den Boden setzen.«

»Da finden sie mich sofort.«

»Vertrau mir.«

Maurizio wollte protestieren, aber gegen Valdis' unerbittliche Bestimmtheit kam er nicht an. Resigniert fügte er sich. Er saß auf dem Boden der Ladefläche, ganz vorn, direkt über der Sattelkupplung, die den Auflieger mit der Zugmaschine verband. Ununterbrochen schaukelte es, dunkel war es auch, Maurizio fühlte sich wie ein Lamm, das zur Schlachterei geliefert wurde.

Wenig später hörte das Schaukeln auf, der Motor wurde ausgestellt. Maurizio hörte Rufe, ihm stockte der Atem. Eine Weile passierte nichts. Dann setzte sich der Sattelzug wieder in Bewegung, langsam nur, rollte ein paar Meter, hielt wieder an. Maurizios Muskeln krampften vor Anspannung. Erneut Rufen, wieder Bewegung und Halten. Warten. Das Warten dauerte. Eine Stunde? Zwei? Es war unmöglich abzuschätzen. Maurizio spielte mit dem Gedanken, das relevante Teilstück des Pokerchips einfach zu schlucken. Aber die Magensäure würde dafür sorgen, dass die Daten unwiederbringlich verloren wären. Er versuchte leise bis Hundert zu zählen, es half nichts. Das Warten zermürbte ihn, bald war er schweißdurchnässt. Conrada. Was hätte sie an seiner Stelle getan? Noch während ihm der Gedanke kam, erschien er ihm bereits lächerlich. In einer so ausweglosen Situation hätte selbst Conrada nichts tun können außer warten.

Endlich, der LKW setzte sich in Bewegung. Und hielt wieder, heilige Mutter Gottes. Maurizio glaubte verrückt zu werden. Wie war er überhaupt auf die Schnapsidee gekommen, sein Leben in die Hände dieses versoffenen LKW-Fahrers zu legen? Wieder Bewegung. Maurizio biss sich in die Faust. Die Bewegung wurde schneller. Und noch schneller, Maurizios Herz raste, tatsächlich, sie beschleunigten. Hatten sie es geschafft?

Eine Viertelstunde später hielt der LKW ein weiteres Mal. Maurizio starrte schreckerfüllt auf das Ladetor, als er hörte, wie es von außen geöffnet wurde. Nach dem Warten im Dunkeln blendete ihn das Licht, als blickte er direkt in die Sonne.

»Hey«, rief jemand. Maurizio blinzelte. Langsam gewöhnten sich seine Augen an die Helligkeit. Er erkannte ein Gesicht, es musste zu der Stimme gehören. Ein gewaltiger Bart.

»Willkommen in Lettland«, sagte Valdis fröhlich.

Maurizio glaubte zu sterben vor Erleichterung. Benommen stolperte er aus dem Anhänger. Wie viel besser die Luft hier draußen war. Valdis hielt ihm ein Bier hin, Maurizio nahm es und trank. Er hatte nie etwas Köstlicheres genossen.

»Mensch, Valdis«, sagte er, noch immer fassungslos, »wie hast du das gemacht?«

Valdis zuckte lachend mit den Schultern. »Ich bin im Auftrag des Kreml unterwegs.«

Maurizio verschluckte sich. »Wie bitte?«, fragte er hustend.

Valdis erklärte es. Seit der Ukrainekrise setzte die EU die Russische Föderation mit immer schärferen Sanktionen unter Druck. Putin reagierte darauf, indem er seinerseits russische Waren mit einem Ausfuhrbann belegte, Waffen zum Beispiel. Um die Effekte der Sanktionen abzumildern, hatte Putin nun – in aller Stille natürlich – einigen europäischen Speditionen erlaubt, Waren einzuführen, an welchen der Kreml ein großes Interesse besaß. Medizinische Hightechgeräte etwa. Und um das Schmuggelangebot lukrativ zu machen, durften die Speditionen auf ihrem Rückweg sanktionierte Waren aus Russland mitnehmen. Die Transporte bekamen einen Freifahrtschein, der den Grenzbeamten untersagte, die Fahrzeuge zu überprüfen.

»Ein bisschen nervös war ich schon«, schloss Valdis seinen Bericht. »Echt viel mehr FSB an der Grenze als sonst. Aber offensichtlich wollten sie dann doch nicht für diesen einen ausländischen Provokateur ihre Geschäftspartner vergraulen.«

»Unglaublich.« Maurizio merkte, wie ihm schummrig wurde, er hatte das Bier zu schnell getrunken. Etwas ergab keinen Sinn. »Du musst doch auch durch den lettischen Zoll.«

Valdis grinste. »Das ist kein Stress. Das zahlen die Russen.«

72. Kapitel

New York, USA; Freitag, 18:20 Uhr UTC-4

Emma eilte ihr entgegen, fiel Conrada um den Hals.

»Wir haben uns solche Sorgen gemacht. Nur hundert Meter entfernt tobt der Mob, und plötzlich verschwindest du einfach. Was ist passiert?«

Conrada erzählte der Freundin, wie Woodearth sie entführt hatte.

»Und warum?«

»Die Hälfte der Zeit habe ich nicht begriffen, wovon er geredet hat«, gestand Conrada. »Seine Tochter ist wohl ums Leben gekommen.«

»Und was hat das mit dir zu tun?«

»Ich habe nicht den blassesten Schimmer. Außerdem sieht er mich als Gefahr für seine Unternehmen an.«

»Das ergibt schon mehr Sinn. Aber warum hat er dich dann wieder freigelassen?«

»Ich bin mir nicht sicher. Er war stockbetrunken und entsprechend diffus. Die Entführung sollte wohl eine Warnung sein.«

An Emmas großen Augen merkte Conrada, wie irrsinnig die Geschichte war – sie selbst hatte alles einfach hingenommen. Vielleicht waren die letzten Tage schlicht zu wahnwitzig gewesen, als dass ihr noch irgendetwas außergewöhnlich vorkommen konnte.

»Du bist ja ganz bleich«, sagte Emma, »ich bringe dich jetzt erst mal in unser Konsulat.«

Das niederländische Generalkonsulat befand sich in der 3rd Avenue, nur fünfhundert Meter von der United Nations Plaza entfernt. Conrada leistete sich den Luxus nicht, abergläubisch zu sein, und war ganz dankbar dafür: Das Gebäude trug die Hausnummer 666. Mit dem Aufzug fuhren sie in den neunzehnten Stock. Zufälligerweise besaß die europäische Delegation dieselbe Adresse; Sagasta und seine Leute waren allerdings im einunddreißigsten Stock untergebracht. Emma stellte Conrada der Belegschaft vor. Es war erfrischend, endlich einmal wieder unter Landsleuten zu sein, die eigene Sprache zu sprechen, etwas Abstand von der Arbeit zu gewinnen. Natürlich drehten sich alle Fragen um ihr plötzliches Verschwinden nur Minuten bevor sie vor den Vereinten Nationen hätte reden sollen. Conrada erzählte nichts von der Entführung, fabulierte etwas von einem Kreislaufzusammenbruch aufgrund der vielen Zeitverschiebungen. Niemand stellte die Ausrede infrage, vermutlich war sie wirklich so bleich, wie Emma behauptete. Die Leute fragten nach Russland, nach Colasanti. Conrada wollte es gerade zu viel werden – sie war noch immer behängt mit Reisetasche und Laptop –, da erklärte Emma die Vorstellungsrunde für beendet und brachte sie in ihr eigenes Büro.

»Leg dich erst mal hin.« Emma deutete auf ein mit blauem Stoff bespanntes Sofa. »Ich hole dir Tee.«

Conrada folgte der Aufforderung und schlief auf der Stelle ein.

Als sie erwachte, brauchte sie ein paar Sekunden, bis sie wieder wusste, wo sie sich befand. Zwischen den Lamellen der Jalousien blinzelte die Sonne hindurch. Emma saß an ihrem Laptop und tippte. Conrada richtete sich auf, und sogleich wandte Emma sich nach ihr um.

»Wie viel Uhr ist es?«, fragte Conrada.

Emma sah auf ihren Bildschirm. »Halb elf.«

»Oje«, stöhnte Conrada, »und keiner hat was von mir gewollt? Emilia?«

»Ich habe ihr geschrieben, dass es dir gut geht. Dann habe ich dein Telefon ausgeschaltet.«

Conrada streckte sich. »Habt ihr eine Dusche, die ich benutzen dürfte?«

»Klar.«

Nachdem Conrada geduscht und Zähne geputzt hatte, fühlte sie sich so ausgeruht wie lange nicht. Belebt ging sie ins Büro zurück.

Emma sah von ihrem Laptop auf und strahlte. »So gefällst du mir schon viel besser. Wollen wir frühstücken gehen? Es gibt ein veganes israelisches Café hier direkt um die Ecke. Unfassbar leckerer Hummus.«

»Hast du eine Steckdose?«

»Wozu?«

Aber Conrada hatte neben dem Sofa schon eine gefunden, sie steckte das Ladekabel ihres Laptops hinein. »Frühstücken ist überbewertet«, sagte sie grinsend.

»Ich habe es befürchtet«, sagte Emma und stand auf. »Ich koch mal Kaffee.«

Conradas Laptop stellte eine Internetverbindung her, und ihr Mailprogramm lud die neuen Nachrichten. Es waren viele.

Die Infomails des EAD überflog sie nur. Sie zeichneten ein furchteinflößendes Szenario. In allen großen US-amerikanischen Innenstädten war es inzwischen zu Krawallen gekommen. Die Polizei hielt brutal dagegen. Die Parallele zu Brasilien anderthalb Wochen zuvor war erschreckend. In Mexiko hatte es mehrere Anschläge gegen US-Militäreinheiten gegeben. Paraguay stand vor einem Bürgerkrieg, Chile ebenfalls. Brasilien verharrte in Schockstarre, seit Schwerbewaffnete den Regierungssitz gestürmt hatten, vermutlich Mitglieder von Drogenbanden. Das Land war nach wie vor offline, die Gerüchte wucherten, keine Information war gesichert.

Die Aufstände in Subsahara-Afrika gewannen Brisanz durch eine nahende Hungerkatastrophe. Die wichtigsten meteorologischen Institute verkündeten übereinstimmend, es lasse sich kein Ende für die Dürre vorhersagen, die Zentral- und Ostafrika zurzeit heimsuche. Schon jetzt zeichne sich ab, dass es die schlimmste Dürre seit Beginn der Messungen werden dürfte. Der UNHCHR warnte vor der größten Flüchtlingsbewegung aller Zeiten.

Während die griechische Bevölkerung für die Unabhängigkeitserklärung Kretas die europäischen Institutionen verantwortlich machte, waren selbige Institutionen gelähmt von den bevorstehenden Wahlen in Frankreich. Niemand profitierte deutlicher von der Eskalation in Griechenland als Marine Le Pen. Am morgigen Sonntag war es so weit. Und die Umfragen ließen keinen Zweifel daran: Zum ersten Mal in der Geschichte der Fünften Republik würde die überwältigende Mehrheit der Franzosen ihre Stimme einer rechtsextremen Partei geben. Im Spiegel der aktuellen Herausforderungen bedeutete das nicht weniger als das Aus der Europäischen Union.

In Russland herrschte der FSB mit eiserner Faust. Es gab unbestätigte Berichte von Massenexekutionen in Tschetschenien. Europäische Diplomaten hatten Ausgangssperre.

Kaschmir hatte – inspiriert von den Bewegungen auf Kreta und in Tschetschenien – seine Unabhängigkeit erklärt. Sowohl Indien als auch Pakistan hatten mit der Entsendung von Truppen reagiert.

Emma brachte den Kaffee. Conrada nahm ihr dankend eine Tasse ab.

»Furchtbar, nicht wahr?«, fragte Emma, den Blick auf Conradas Laptop gerichtet.

»Vielleicht hat PSV gewonnen«, seufzte Conrada.

Emma schüttelte den Kopf. »Unentschieden.«

»Immerhin.«

Conrada widmete sich wieder ihren Mails. Auenrieder hatte

geschrieben. Er habe sich das Abstract angeschaut und sei beeindruckt. Conradas Herz machte einen kleinen Hüpfer, ihre Stimmung besserte sich etwas. Normalerweise versuchte sie unabhängig von der Meinung anderer zu sein – doch das Lob des Professors spornte sie noch genauso an wie zum ersten Mal vor fünfundzwanzig Jahren, damals im »Heidelberger Seminar zur politischen Theorie und ihrer Nutzbarmachung für ökonomische Modelle«.

Aber, fuhr Auenrieder fort, der Ansatz sei nutzlos. Das Kapital sei zu ungleich verteilt, als dass ein Schuldenschnitt allein viel bewirken könne. Alle entscheidenden Ressourcen für Wohlstand – Bildung, Infrastruktur, Rechtsstaatlichkeit – akkumulierten in einer kleinen Anzahl reicher Nationen. Eine einmalige Schuldentilgung verpuffe spätestens nach ein paar Jahren, denn wettbewerbsfähig wären die unterstützten Staaten trotzdem nicht. Eine Reihe weiterer Fragen erschwere das Vorhaben: Wer bekomme wann welche Last von wem abgenommen? Eine Grundlage für Streitereien bis zum Sankt-Nimmerleins-Tag. Je komplexer das System, desto einfacher müsse man die Reform gestalten. Natürlich sei aber die Zeit nie günstiger gewesen, um substanzielle Reformen zu propagieren. Er habe einen eigenen Vorschlag als PDF-Datei mitgeschickt.

Die Datei war acht Seiten lang. Conrada kämpfte sich durch lange Abschnitte professoral formulierter Theorie, bis sie überhaupt erfuhr, worum es Auenrieder eigentlich ging. Als sie die Idee verstanden hatte, musste sie den Text ein zweites Mal lesen. Sie vergaß ihren Kaffee. Die Idee war einmalig, glattweg visionär – und unmöglich durchzusetzen.

Auenrieder schrieb:

Es gilt, einen Mechanismus zu entwickeln, der die Staatengemeinde zu einer solidarischen Umverteilung zwingt, die drei Kriterien gehorcht: Stetigkeit, Transparenz *und* Machbarkeit.

Entsprechend könnte die Struktur des Mechanismus folgenden Prinzipien folgen:
1. Staaten betreiben ihre Entwicklungsarbeit nicht mehr unabhängig voneinander, sondern über einen gemeinsamen, von den UN verwalteten Fonds. Die teilnehmenden Staaten werden anhand ihrer Haushaltspläne in eine ärmere und eine reichere Hälfte geteilt. Die reichere Hälfte der Staaten zahlt je ein Prozent ihres Haushalts in den Fonds ein. Der ärmste Staat bekommt so viel, wie der reichste eingezahlt hat, der zweitärmste so viel, wie der zweireichste eingezahlt hat, et cetera. Geschieht dies jedes Jahr, wird die Verstetigung *der Umverteilung automatisch erreicht. Da der Reichtum am Pro-Kopf-Einkommen gemessen wird, kann es geschehen, dass ein größeres Land mehr einzahlt als ein kleineres, obwohl es in der Liste weiter unten steht. Deswegen müssen die Einzahlungen gemäß ihrer absoluten Größe geordnet werden. Außerdem müssen die armen Länder so sortiert werden, dass kleinere Staaten nicht übermäßig begünstigt werden.*
2. Indem die einzuzahlenden Beträge an den Haushaltsplan gekoppelt sind, wird die Transparenz *sichergestellt.*

Conrada kaute auf ihrer Unterlippe. Im Vergleich zu Privatpersonen konnten Staaten ihre Einnahmen nur schwierig verschleiern. Und prinzipiell hatten sie auch kein Interesse daran – maß doch eine Regierung ihren Erfolg nach wie vor über das wirtschaftliche Wachstum. Sie las weiter.

3. Machbarkeit. *Viele reiche Staaten investierten bereits in Entwicklungsarbeit, nicht wenige ein Prozent ihres Budgets oder mehr. Die Kosten sind somit tragbar und der eigenen Bevölkerung zu vermitteln. Natürlich ist politische Einflussnahme auf diesem Weg nicht mehr möglich.*

Die Möglichkeit der Einflussnahme war gemäß Auenrieder der Hauptgrund, weshalb Entwicklungsarbeit nach wie vor Konjunktur hatte, obwohl die Zielländer erwiesenermaßen kaum davon profitierten. Ließ die Staatengemeinschaft sich von dem Mechanismus überzeugen? Verzichtete sie also darauf, Entwicklungsarbeit als politisches Instrument zu nutzen? Ja, argumentierte Auenrieder, das sei zwar knifflig, aber möglich.

Es muss ausreichend signalisiert werden, dass die heuchlerische Art, wie reiche Staaten ärmere unter Druck setzen, maßgeblich zum aktuellen Zustand der Welt beigetragen hat. Natürlich nur in der internen Diskussion mit den Entscheidungsträgern. Öffentlich wird kein reiches Land zugeben, Entwicklungshilfe aus egoistischen Motiven geleistet zu haben.
Wer in Verhandlungen mit wirtschaftlich schwächeren Ländern nicht auf das Argument Geld verzichten will, kann das selbstverständlich tun und so viel investieren, wie er möchte – solange er das eine Prozent konsequent in den Fonds einzahlt.

Conrada nahm den Laptop vom Schoß, setzte ihn neben sich ab, lehnte sich auf dem Sofa zurück. War Auenrieder brillant? War er naiv? Und wenn sie seinem Vorschlag folgte, ihn verbreitete, welche Konsequenzen würde das haben – Woodearth, wie würde der reagieren, dieses verwundete, betrunkene, einsame Tier? Sie musste mehr über die Realisierbarkeit des Konzepts in Erfahrung bringen. Sie griff nach ihrem Laptop, leitete Auenrieders Mail an Salminen weiter. Der EAD-Abteilungsleiter für Mittelamerika war Jurist für Internationales Recht, er würde zumindest wissen, ob der Vorschlag eine rechtliche Basis hätte. Conrada rieb sich die Schläfen.

»Müde?«, fragte Emma.

»Meine Migräne.«

»Die bekommst du doch nur im Urlaub.«

Conrada lächelte schief. »Bei dir zu sein, ist wie Urlaub. Ist nicht schlimm. Ich schick dir mal was. Sag mir, was du davon hältst.« Sie leitete Auenrieders Mail an Emmas Adresse weiter.

Emma gab ihr eine Packung Kopfschmerztabletten. »Ich habe nur die. Wir gehen jetzt erst mal was essen. Dann können wir auch bei einer Apotheke vorbei und Triptan kaufen.«

»Gleich.«

»Sofort. Und wenn du nicht freiwillig mitkommst, veröffentliche ich dein Schnarchen auf YouTube.«

»Was?«

Emma hielt grinsend ihr Telefon hoch. »Ich hab alles aufgenommen.«

»Wehe!« Conrada bewarf sie lachend mit der Tablettenschachtel.

Nachdem sie gegessen hatten, widmete sich Emma Auenrieders Vorschlag, Conrada ging noch eine kleine Runde für sich spazieren. Sie musste den Kopf freibekommen. Auf Anordnung Emmas ohne Telefon und fern der großen Straßen. Der notwendige Bericht an Venizelos verursachte ihr Bauchschmerzen. Sie wusste nicht, welche Alternative sie stärker fürchtete: dass der Generalsekretär des EAD in der Tat korrupt war – oder dass er im Gegenteil sein Bestes versuchte und die schwerfällige Bürokratie Europas ihr Auseinanderbrechen selbst zu verantworten hatte. Es dunkelte. Wie schnell der Tag vergangen war. Es war schon eine besonders perfide Laune des Schicksals, dass Zeit umso schneller verging, je dringender man ihrer bedurfte. Wo war Maurizio? Das Grinsegesicht des Italieners hätte ihr gerade ganz gutgetan. Vielleicht hatte er sich inzwischen gemeldet?

Zurück im Büro, ging sie direkt zu ihrem Laptop. Einige organisatorische Mails aus Brüssel. Keine Nachricht von Maurizio. Sie griff nach ihrem Telefon und sah die Liste der verpassten Anrufe durch. Nichts. Hoffentlich war ihm nichts passiert. Sie öffnete die Liste mit den Textnachrichten. Stéphane, Prinz, sogar Rhodes. Von Maurizio allerdings – nichts.

Eine der Nachrichten war von einem Gerät mit Nummerunterdrückung geschickt worden. Conrada öffnete sie irritiert. Beim Lesen zersprang ihr das Herz.

Wir haben Theresa. Sei brav. Dann passiert ihr nichts.

Mit zitternden Fingern wählte Conrada Theresas Nummer.

Die Verbindung konnte nicht hergestellt werden.

73. Kapitel

Riga, Lettland; Samstag, 20:28 Uhr UTC+3

Riga. Maurizio hatte die lettische Hauptstadt schon mehrmals besucht, doch die prächtigen Jugendstilgebäude beeindruckten ihn nach wie vor. Neu war die enorme Polizeipräsenz. Die Einheiten waren überall, marschierten schwer gerüstet durch die Innenstadt.

Valdis hatte Maurizio westlich der Düna abgesetzt, bei den Z-Towers, den beiden zylindrischen Wolkenkratzern, die seit ein paar Jahren die Skyline prägten. Um in den mittelalterlichen Stadtkern und zur italienischen Botschaft zu gelangen, hätte Maurizio nur den Fluss überqueren müssen. Doch stattdessen wandte er sich nach Westen, ging die Kalnciema-Straße hinunter. Eine Kolonne Panzerwagen brauste ihm entgegen. Nicht Polizei – Militär. Die Soldaten, die in den Luken standen, hielten ihre Maschinengewehre einsatzbereit an die Brust gedrückt.

Maurizio beschleunigte seine Schritte. Hoffentlich stimmte die Adresse. Er wusste nicht viel über das Rigaer NATO-Kompetenzzentrum für Strategische Kommunikation. Gegründet worden war es 2013, als Reaktion auf Putins aggressive Medienmanipulation. Es war Bartas gewesen, der Maurizio dazu geraten hatte, StratCom aufzusuchen – wenn es um Russland gehe, sei niemand nachrichtendienstlich besser aufgestellt. Maurizio hoffte das Beste. Dass die Daten auf dem Pokerchip möglicherweise gar nichts mit dem FSB zu tun hatten, hatte er Bartas nicht gesagt.

Immerhin, die Adresse war richtig. Ein Schild neben dem Eingang des unscheinbaren Backsteingebäudes verkündete freimütig die Informationsabteilung der NATO. Es gab eine unbeschriftete Klingel. Maurizio drückte sie.

Augenblicklich summte der Schließmechanismus der Tür. Überrascht von der Plötzlichkeit, musste Maurizio sich einen Moment sammeln, dann trat er ein. Er gelangte in einen kleinen Vorraum, der auf der einen Seite durch einen von Plexiglas geschützten Abfertigungsschalter begrenzt wurde. Bis auf eine massive Stahltür war der Raum ansonsten leer. Hinter dem Schalter saß eine brünette Enddreißigerin, die ihn interessiert musterte.

»Guten Abend«, sagte Maurizio auf Englisch und etwas eingeschüchtert, »ich brauche Ihre Hilfe.«

Statt zu antworten, blickte die Frau zu der Stahltür, die sich summend zur Seite schob. Ein Mann mit grau meliertem, kurz geschorenem Haar erschien. Sein Anzug war faltenfrei, aber Konfektionsware.

»Mr. Pellegrini, wie schön, dass Sie so schnell hergefunden haben. Kommen Sie herein.« Der Mann drehte sich wieder um. Maurizio folgte ihm mit wachsender Verwirrung in eine Sicherheitsschleuse. Er musste durch einen Metalldetektor treten, ein Soldat tastete ihn ab, fand den Pokerchip.

»Mein Glücksbringer«, erklärte Maurizio.

Der Graumelierte führte ihn einen Gang entlang und in eine Teeküche. Dort öffnete er einen Wandschrank. »Wollen Sie einen Kaffee?«

»Ich würde gerne wissen, woher Sie meinen Namen kennen.«

»Ich koche einfach mal welchen.« Der Graumelierte machte sich an der Kaffeemaschine zu schaffen. »Woher ich Sie kenne? Ich gebe Ihnen drei Möglichkeiten. Erstens: Sie wurden uns angekündigt. Zweitens: Wir versuchen, den Überblick über jeden einzelnen Akteur auf der politischen Bühne Russlands zu bewahren. Drittens: Wir haben eine Datenbank mit allen Gesichtern der westlichen Welt. Nun, welche der drei Möglichkeiten war es?«

»Verraten Sie es mir.«

Der Graumelierte lächelte zufrieden. »Alle drei.«

»Hm«, überlegte Maurizio misstrauisch. »Mr. Bartas hat mich angekündigt, in Ordnung. Und ich bin der EU-Botschafter für Russland. Aber Sie haben eine Datenbank, in der ohne Ausnahme alle Gesichter gespeichert sind?«

»Jeder, der einmal von einer öffentlichen Kamera erfasst wurde, jeder, von dem ein Foto im Netz existiert. Die Zuordnung zur Person klappt noch nicht immer. Ein temporäres Problem. Big Data macht schnell Fortschritte. Dank der Chinesen, natürlich. Milch? Zucker?«

»Nur Milch, danke. Dürfte ich Ihren Namen erfahren?« Es war abstrus, von einem Überwachungssystem zu hören, vor dessen Umfang jedes Datenschutzgesetz wie ein Scherz wirkte – und gleichzeitig in einer Teeküche zu stehen.

»Oberst Winston Arcade. Verzeihen Sie meine Aufmachung in Zivil. Wir versuchen, möglichst diskret zu arbeiten.«

»Sie sind Brite?«

»Kanadier. Kommen Sie, wir machen es uns gemütlich.«

Der Oberst führte Maurizio in einen Aufenthaltsraum, dessen Teppichboden den Charme des Wartezimmers einer Arztpraxis besaß. An den Wänden hingen Fotos von Fischtrawlern. Auf einem Bürotisch blubberte ein Aquarium. Die ganze Einrichtung wirkte deplatziert.

Arcade schien seinen skeptischen Blick zu bemerken. »Wir sind noch nicht fertig eingerichtet«, sagte er entschuldigend.

»Ich dachte, es gibt das Zentrum seit 2013.«

»Wir haben selten Besuch.«

Maurizio nippte am Kaffee. Keine gute Bohne; aber durstig und verfroren, wie Maurizio war, trotzdem eine Wohltat.

»Ich brauche Ihre Hilfe«, sagte er.

»Alles, was in unserer Macht steht.«

»Ich muss nach Brüssel.«

»So gut wie erledigt.«

»Ich habe keinen Pass.«

Arcade machte eine wegwerfende Handbewegung.

»Und ich fürchte, der FSB ist hinter mir her.«

»Sie können eine unserer NATO-Maschinen nutzen.«

Maurizio staunte. »Die NATO würde mir ein Flugzeug zur Verfügung stellen?«

»Die Maschinen sind sowieso gerade unterwegs. Wegen der Kretakrise sind die europäischen Kräfte gebunden. Damit Russland gar nicht erst auf den Gedanken kommt, diese Schwäche auszunutzen, verlegen wir amerikanische Truppen ins Baltikum. Drehkreuz ist Geilenkirchen. Dort könnten wir Sie absetzen.«

»Daher das Militär in Riga?«

»Unsere Truppen sind eher an der Grenze. In Riga handelt es sich primär um lettische Einheiten. Der russische Anteil an Rigas Bevölkerung beträgt vierzig Prozent. Die Regierung hat Sorge, dasselbe Schicksal wie die Ostukraine zu erleiden; von der russischen Minderheit in einen Bürgerkrieg getrieben zu werden.«

»Nun«, griff Maurizio das Angebot wieder auf, »ich wäre Ihnen tatsächlich sehr dankbar, wenn Sie mich nach Geilenkirchen fliegen könnten, Herr Oberst. Das ist Westdeutschland, richtig?«

»An der Grenze zu den Niederlanden. Von dort bringt Sie ein Hubschrauber in einer halben Stunde nach Brüssel.«

»Das würden Sie machen?«

»Selbstverständlich.«

»Weshalb?«

»Mr. Bartas sagte, sie besäßen sensible Daten. Ihre riskante Flucht spricht dafür, dass Sie von der Wichtigkeit der Informationen überzeugt sind. Wir unterstützen Sie gerne dabei, diese Informationen vor dem Zugriff des FSB zu schützen.«

»Danke.«

»Wenn Sie möchten«, sagte Arcade beiläufig, »werten wir die Daten auch gerne hier für Sie aus.«

Maurizio stellten sich die Nackenhaare hoch. Misstrauisch sagte er: »Danke. Ich denke, es genügt, wenn Sie mich nach Brüssel bringen.«

»Vertrauen Sie mir«, entgegnete der Oberst, »Sie werden in ganz Europa keine besseren Datenanalysetools finden als hier. INTCEN in allen Ehren, aber unsere Ressourcen übersteigen eure um das Fünfzigfache. Und das ist keine Übertreibung.«

Heilige Jungfrau. In welche Falle war Maurizio hier getappt? So eng die NATO mit der EU zusammenarbeitete, so regelmäßig die Europäer den Generalsekretär stellten, es gab nur eine Partei, die wirklich etwas zu melden hatte – und das waren die USA. Der Oberst selbst mochte sogar integer sein. Wenn die Korruption so umfassend war, wie Maurizio befürchtete, reichte es, wenn er die Informationen nach oben weitergab. Irgendein Glied der Kette würde betroffen sein.

»Ich hoffe trotzdem, dass Sie mir nicht übel nehmen, wenn ich auf Ihr Angebot verzichte.«

Der Oberst legte die flachen Hände zusammen, führte sie an die Lippen. Die joviale Atmosphäre, die er zuvor verbreitet hatte, war verschwunden. Maurizio fragte sich, ob er im Zweifelsfall mit Gewalt entkommen könnte. Aber die Erfahrung mit dem Schrotthändler Artjom bot keinen Anlass zu Optimismus. Die Stille war drückend, Maurizio glaubte, kleiner zu werden unter ihr. Kein Geräusch war zu hören, einzig die Wasserreinigung des Aquariums surrte leise.

»Gut«, sagte der Oberst. »Wie Sie meinen.« Er sah auf seine Armbanduhr. »Die nächste Maschine von Riga aus geht noch heute Nacht. Die können Sie nehmen.«

Bis die Maschine von der Startbahn abhob, war Maurizio argwöhnisch geblieben, ob der Oberst ihn tatsächlich gehen lassen würde. Jetzt saß er in dem riesigen Frachtraum der Galaxy-Transportmaschine, allein bis auf ein paar Soldaten, und war tatsächlich Richtung Brüssel unterwegs. In Händen hielt er einen Gästeausweis für NATO-Mitarbeiter. Stumm dankte er dem Himmel.

Die Soldaten zockten World of Warcraft auf ihren Laptops. Das Spiel musste mindestens fünfzehn Jahre alt sein. Handelte es sich nicht um ein Onlinespiel?

»Sie haben eine Internetverbindung?«, fragte Maurizio.

»Klar.«

»Dürfte ich mir später einmal einen Ihrer Laptops ausleihen?«

»Du kannst den haben«, einer der Soldaten zeigte auf einen Laptop, der in einem Tarnnetz an der Bordwand steckte. »Der gehört der Mannschaft.«

Maurizio dankte und holte sich das Gerät. Die Internetverbindung war phänomenal.

Die Nachrichten hingegen, die er lesen musste, waren alles andere als das. Am deprimierendsten waren die Prognosen zu den Wahlen in Frankreich. Maurizio teilte die Meinung der Kommentatoren, dass Europa der derzeitigen Zerreißprobe nicht standhalten würde, sollte morgen der Rassemblement National gewinnen. Doch als einzige Hoffnung war nur geblieben, dass es zumindest einen zweiten Wahlgang brauchte. Was nicht mehr bedeutete als etwas Zeitgewinn, denn die anderen Parteien waren heillos zerstritten. Dass sie ihre unterschiedlichen Wählerschaften hinter einem gemeinsamen Kandidaten würden vereinen können, war unwahrscheinlicher als ein Rücktritt Le Pens.

Maurizio fluchte leise. Dann stutzte er. Von einer Eingebung getroffen, sprang er auf. Die Soldaten warfen ihm kurze Blicke zu, beachteten ihn aber nicht weiter. Maurizio zwang sich zur Ruhe, setzte sich wieder. Vor Aufregung rieb er sich den Nacken.

Unter den Namen, die er auf seinem Pokerchip-USB-Stick gefunden hatte, befand sich auch Le Pen. Jean-Marie Le Pen. Und Marine Le Pen. Wegen ihrer aktuellen Relevanz hatte er sich Letztere genauer angesehen. Er erinnerte sich an die Namen, die ihr zugeordnet waren. Mit kaltschweißigen Fingern bearbeitete Maurizio die Tastatur. Er lud sich den Tor-Browser herunter, um anonym surfen zu können. Dann erstellte er ein Mailkonto unter Pseudonym. Marine Le Pen besaß mehrere öffentliche Mailadressen. Er wählte die, die ihr durch das Europäische Parlament zur Verfügung gestellt wurde. Sein Französisch war nicht gut, aber für das, was Maurizio vorhatte, reichte es.

Madame Le Pen, begann er.

Was haben Wladimir Wladimirowitsch Putin, Michael Davison Woodearth und Sundar Narayan gemeinsam? Treten Sie nicht innerhalb von 24 Stunden von allen politischen Ämtern zurück, wird die Welt es erfahren.

Mit herzlichen Grüßen
ein Demokrat

74. Kapitel

New York, USA; Samstag, 19:47 Uhr UTC-4

Wir haben Theresa.

Conrada starrte auf das Display ihres Telefons.

Wir haben Theresa.

»Was ist los?«, fragte Emma.

Conrada schwieg.

Sie war sechsundzwanzig Jahre alt gewesen, als sie auf einer Kloschüssel im Erdgeschoss des Bergheimer Campus der Heidelberger Universität gesessen hatte, das Schwangerschaftsteststäbchen in der schweißnassen Hand. Sie wollte keine Kinder. Hatte nie welche gewollt. Es war ein Wunder, dass sie während der Zeit in Amsterdam nicht schwanger geworden war. Mit Schaudern dachte sie an die Naivität zurück, mit der sie sich auf dem Grachtengürtel ausprobiert hatte. Partys, Drogen, Männer bildeten austauschbare Schablonen für den Versuch, eine Weltsicht zu entwickeln. Besitz war Verbrechen, Vandalismus war Street Art.

Sieben Jahre lag die Zeit in Amsterdam zurück, als Conrada auf jener Toilette saß. Inzwischen hatte sie gelernt, die Dinge differenzierter zu betrachten. Noch immer sah sie das Menschliche kritisch – doch inzwischen wusste sie, wie viel Anstrengung es kostete, von der Ablehnung des Zustands zu seiner Reform zu gelangen. Sie wollte ihren Beitrag leisten. Was zur Hölle sollte sie mit einem Kind? Der zweite rosa Streifen erschien.

Egal auf welche Weise Hermann sie auch verdrießen mochte – dafür, dass er sie überredet hatte, das Kind zu behalten, würde sie ihm ewig dankbar sein. Nie hätte sie gedacht, eine solche Liebe empfinden zu können.

»Conrada, bitte«, drängte Emma, »was ist los?«

»Entschuldige«, murmelte Conrada, stand auf, taumelte aus dem Büro, den Gang hinunter, zur Toilette. Gerade rechtzeitig gelangte sie zu einem Waschbecken. Übergab sich. Starrte in den Spiegel. Übergab sich. Jemand redete auf sie ein, strich ihr über den Rücken. Es musste Emma sein. Conrada schwindelte. Sie musste sich am Waschbecken festhalten, um nicht zu stürzen. Wieder übergab sie sich. Sie hatte nichts mehr zu erbrechen, da würgte sie noch immer. Das Zucken in ihrem Magen ließ nicht nach.

»Conrada!«, rief Emma. »Rede mit mir.«

»Ich … ich muss was Falsches gegessen haben«, stöhnte Conrada. »Ich glaube, ich sollte mich hinlegen.«

»Ich bringe dich zu mir.«

»Lass nur, ich nehme ein Hotel.«

Conrada schwankte zum Aufzug.

»Unsinn. Warte hier. Ich hole deine Sachen.«

Während Emma zurück ins Büro rannte, ging die Aufzugtüre auf. Conrada trat ein und fuhr nach unten. *Sei brav.* Sie konnte Emma nichts erzählen. Sie durfte niemandem etwas erzählen. *Sei brav. Dann passiert ihr nichts.*

Conrada winkte ein Taxi heran.

»Ma'am, geht es Ihnen gut?«, fragte der Fahrer. »Soll ich Sie in ein Krankenhaus bringen?«

»Nein. Woodearth International Building, bitte.« Woodearth war ein verletztes Tier gewesen. Wie hatte sie glauben können, dass er sie einfach wieder gehen ließe? Glaubte er, wenn er ihr denselben Schmerz zufügte, den er selbst gerade erlitt, könnte er seinen eigenen bändigen?

Mit zitternden Fingern schrieb sie Stéphane, er möge alle relevanten Stellen umgehend darüber in Kenntnis setzen, dass sie ihre Tätigkeit für den EAD aus gesundheitlichen Gründen aufgeben müsse.

Sie hatte ihren Geldbeutel vergessen, sie zahlte den Taxifahrer über ihr Telefon. In der Lobby des Gebäudes befand sich ein Brunnen, der einer natürlichen Felsformation nachempfunden war. Im Stil einer japanischen Zen-Landschaft waren Bonsaigewächse, Miniaturkatarakte, Sandterrassen arrangiert. Wasser gab es keines. Ein Schild verkündete Wartungsarbeiten. Sieh an, zuckte ein Gedanke in Conradas schlingerndes Bewusstsein, aller Reichtum der Welt schützte nicht davor, dass die Pumpe ausfiel.

»Woodearth«, sagte sie der Rezeptionistin.

»Ja«, sagte diese kühl, »aber zu wem wollen Sie?«

»Woodearth. Mike. Er erwartet mich. Conrada van Pauli.«

»Augenblick.« Die Rezeptionistin machte keinen Hehl daraus, wie suspekt Conrada ihr war. Mit spitzen Fingern griff sie nach einem Telefonhörer. Sie nannte den Namen van Pauli, wartete, nannte ihn noch einmal. »Was wollen Sie?«, frage sie dann, an Conrada gewandt.

»Mike schuldet mir etwas.«

Die Rezeptionistin hielt wiederum Rücksprache, dann sagte sie: »Zweiunddreißigster Stock, Mr. Woodearth erwartet Sie. Nehmen Sie den ersten Fahrstuhl links, ich deaktiviere die Etagensperre.«

Woodearth empfing sie in einem Büro, das groß genug war, um einen Ball zu veranstalten. Von den Wänden glotzten ausgestopfte Tierköpfe: Löwen, Elefanten, Büffel.

Woodearth selbst lag auf seinem Schreibtisch, den Blick zur Decke gerichtet. »Was wollen Sie?«, fragte er, ohne den Kopf zu drehen. Er sah noch schlimmer aus als zuvor. In der Hand hielt er eine halb volle Schnapsflasche.

»Geben Sie mir meine Tochter zurück«, sagte Conrada.

Woodearth lachte freudlos. »Geben Sie mir meine.«

Conrada schluckte. Sie hatte keinen Plan. »Hören Sie, Sie haben gewonnen. Ich habe gekündigt. Geben Sie mir meine Tochter zurück.«

»Sie haben gekündigt?«

»Meinen Dienst für den EAD. Ich mische mich nicht mehr ein. Ich werde nicht versuchen, die Welt zu retten. Geben Sie mir nur meine Tochter.«

Woodearth nahm einen Schluck aus seiner Schnapsflasche. Er hob den Kopf nicht weit genug, verschluckte sich, hustete.

»Hauen Sie ab«, sagte er, als er sich wieder gefasst hatte.

»Bitte«, sagte Conrada, »ich tue, was Sie wollen. Aber geben Sie mir meine Tochter wieder.«

Jetzt endlich drehte er den Kopf, sah sie zum ersten Mal an.

»Ich habe Ihre verfickte Tochter nicht. Hauen Sie ab!«

»Lassen Sie die Spielchen. Ich sagte Ihnen doch, Sie haben gewonnen.«

»Und ich sage Ihnen, ich habe Ihre verfickte Tochter nicht.«

»Sie wollen behaupten, die Entführung war ein Witz?«

»Ich habe keine Ahnung, was es mit Ihrer Tochter auf sich hat. Lassen Sie mich in Ruhe. Hauen Sie ab.«

Emma hatte achtmal angerufen. Conrada schrieb ihr, alles sei in Ordnung, sie befinde sich auf dem Weg zurück zur Botschaft. Im Taxi rasten ihre Gedanken wild durcheinander. Woodearth hatte Theresa angeblich nicht entführt. Von wem war die SMS gekommen? War Theresa überhaupt entführt worden? Oder war es nur ein grausamer Scherz von irgendwem, dem Conrada in den letzten Wochen auf den Schlips getreten war? Hatte sie mit ihrer Kündigung überhastet reagiert? Sie rief Theresa an, keine Verbindung. Bei Stéphane war besetzt. Conrada presste die Lippen zusammen, Venizelos kam ihr in den Kopf. Was war dran an Maurizios Verschwörungstheorie? Hatte Venizelos die Nachricht geschickt? Wusste der Generalsekretär des EAD, dass Maurizio ihm auf die Schliche gekommen war? Woher? Hatte Maurizio sich verraten? Sie wählte die Nummer des Italieners. Erfolglos. Oder hatte sie selbst einen Fehler gemacht? Während des COREU-Chats waren nur Prinz dabei gewesen, der Geheimdienstler, und Laurent, sein Chef. Steckte der Geheimdienst mit Venizelos unter einer Decke?

Emma wartete auf der Straße. Ihre Augen glänzten vor Sorge und Erleichterung. Conrada glühte vor Scham. »Es tut mir leid«, sagte sie, während sie die Freundin an sich drückte.

»Was war los?«, fragte Emma schlicht.

»Es tut mir so leid«, wiederholte Conrada.

»Macht nichts«, sagte Emma, sah sie an, liebevoll und ruhig, und lächelte ihr magisches Lächeln. Trotz allen Schreckens, der Conrada gefangen hielt, konnte sie sich Emmas Zauber nicht erwehren. Wenn es überhaupt noch jemanden gab, dem sie sich anvertrauen konnte, dann war es diese Frau. Während sie mit dem Aufzug in den neunzehnten Stock fuhren, berichtete Conrada ihrer Freundin, was geschehen war.

»Alles wird gut«, sagte Emma sanft, als Conrada geendet hatte, sie befanden sich bereits wieder in der Botschaft. »Vielleicht ist es wirklich nur ein gemeiner Scherz gewesen.«

»Und wenn nicht?«

»Dann werden sie ihr nichts tun. Sie wollen sie als Druckmittel, nicht wahr?«

Conrada griff nach Emmas Hand, legte sie sich an die Wange. »Danke«, sagte sie. Emma legte ihr die freie Hand in den Nacken und zog sie an sich. Eine Weile verharrten sie so.

»Kennst du einen Thomas Prinz?«, fragte Emma dann.

»Ja. Wieso?«, fragte Conrada alarmiert.

»Er hat mich angerufen. Wollte wissen, wie es dir geht.«

»Dich? Warum hat er denn dich angerufen?«

»Er meinte, du hättest einem deiner Exmitarbeiter geschrieben, dass du fristlos kündigen willst. Ich hatte den Eindruck, dieser Prinz wollte mich darauf abklopfen, ob an der Sache was dran ist.«

Conradas Telefon vibrierte. Es war Stéphane. Er hatte noch niemandem von ihrem irritierenden Kündigungswunsch erzählt. Conrada bat ihn erleichtert, es dabei zu belassen und die Verwirrung zu verzeihen.

»Er hat niemandem davon erzählt?«, fragte Emma, als sie die Neuigkeit erfuhr.

»Zum Glück«, seufzte Conrada.

»Woher weiß dann Prinz davon?«

In der Nacht schlief Conrada nicht. Emma hatte sie zu beruhigen versucht, vielleicht werde sich Theresa bald melden. Solange sie nichts Genaueres wüssten, könne man nur abwarten. Conrada saß auf Emmas blauem Sofa, starrte auf ihr Telefon und wartete ab. Bei jedem Vibrieren ihres Telefons setzte ihr Herz einen Schlag aus.

In Europa war der Morgen bereits angebrochen, als der Anruf kam. In New York hatte es noch nicht zu dämmern begonnen. Projects Abroad. Theresa sei nicht zu ihrem Rückflug erschienen und auch in ihrer Unterkunft nicht auffindbar gewesen. Es handle sich um eine vorsorgliche Information, es bestehe kein Grund zur Beunruhigung. Die anderen Freiwilligen nähmen an, sie sei mit dem Projektkoordinator unterwegs, der ebenfalls nicht zu erreichen sei.

Conrada versuchte nicht, die Tränen zurückzuhalten.

75. Kapitel

Manchester, Vereinigtes Königreich; Sonntag, 09:58 Uhr UTC+1

»Jake, Will!«, rief Tyler. »Kommt mal her.«

Die beiden eilten herbei, beugten sich über den Bildschirm. »Das dürfte was für uns sein.« Tyler startete das Video.

Colasanti, der Kerl aus Brasilien, hatte es gemacht. So, wie der Winkel war, musste er das Handy selbst gehalten haben. Er trug eine Art weites Nachthemd, ein Schlauch lief ihm wie ein dünner Schnurrbart unter der Nase lang. Auf der Stirn glänzten Schweißtropfen, allgemein sah er ziemlich fertig aus.

»Hallo, Welt.« Der Kerl wisperte nur, Spanisch oder Portugiesisch oder so was, aber es gab Untertitel. »Ich bin hier in einem Militärkrankenhaus in New York. Um genau zu sein, auf der Toilette.« Er veränderte den Winkel der Kamera, zeigte kurz ein kleines weiß gekacheltes Badezimmer, bevor er die Linse wieder auf sich selbst richtete.

»Verzeiht, dass ich nicht lauter rede, aber hier sind einige Gorillas, die auf mich aufpassen sollen. Gut, dass sie einen allein aufs Klo gehen lassen. Manche von euch haben sicher mitbekommen, dass ein paar Narcos versucht haben, mir das Licht auszublasen. Schiefgelaufen, würde ich mal sagen. Erwischt haben sie mich, mitten in den Bauch.« Er nickte bedeutsam. »Ist aber an allen Organen vorbei. Die Ärzte behaupten, das passiert so gut wie nie. Ein Wunder.« Er versuchte ein Lachen, doch augenblicklich verzerrte sich sein Gesicht vor Schmerz. »Ja, Bewegung ist nicht gut. Was ich euch sagen will: Es waren noch nie so viele Menschen vereint in einer gemeinsamen Überzeugung wie ihr in den vergangenen Wochen. Nutzt diese Macht. Viele von euch sind schon auf die Straße gegangen. Die anderen rufe ich auf, es ebenfalls zu tun. Zeigt euch. Zeigt, wie viele wir sind. Wir haben eine Freundin bei den Vereinten Nationen. Sie heißt Conrada. Sie wird für uns kämpfen. Aber allein schafft sie es nicht. Sie braucht unsere Unterstützung. Wichtig ist, dass ihr friedlich bleibt. Gebt den Bossen eine letzte Chance.« Seine Lippen verzogen sich zu einem bedrohlichen Grinsen. »Aber ich verspreche euch: Wenn sie nicht auf uns eingehen, werden sie es bereuen. Dann hauen wir ihre Welt in Stücke. *Kill the rich.* Sagt man das noch? Wie auch immer – wenn man uns nicht hören will, dann sorgen wir dafür, dass das keine Floskel bleibt.«

Das Video war vor nicht einmal einer Stunde gepostet worden. Es hatte bereits über achtzig Millionen Aufrufe.

Tyler sah zu Will, dann zu Jake, wieder zu Will. Sekundenlang standen sie da wie betäubt.

Dann brachen sie in Jubel aus.

»Wir brauchen mehr Leute«, rief Will.

»Mehr Drucker«, rief Jake.

Tyler starrte seine Freunde an, immer noch fassungslos. »Wir werden reich«, flüsterte er andächtig.

Tyler lebte in Manchester. Und wie jeder, der in Manchester lebte, hatte er sich früh entscheiden müssen zwischen United und City. Es war United geworden. Vierundvierzig Jahre waren seitdem vergangen, kein einziges Heimspiel hatte er verpasst. Bis zum gestrigen Samstag. Tyler war eigentlich Barmann, hatte nie etwas anderes getan, nie etwas anderes gewollt. 2014 war sein Bruder Mason bei einem Autounfall gestorben. Mason war Betreiber von funshirts24.uk gewesen, einem Onlineshop für individuell bedruckte T-Shirts. Um das Andenken an den Bruder aufrechtzuerhalten, führte Tyler den Laden weiter. Eine üble Plackerei, gelohnt hatte sie sich nie. Bis jetzt.

Am Mittwoch war Betsy vorbeigekommen und hatte ihm erklärt, sie wolle auf eine Demo, ob er ihr ein *#killtherich*-Shirt designen könne. Eigentlich mussten die Kunden ihre Layouts selbst mitbringen, aber für Betsy machte Tyler eine Ausnahme. Nichts Aufwendiges; Helvetica, die Wörter zentriert untereinander angeordnet, schwarz auf weiß, fünf Minuten Arbeit.

Betsy fand es okay.

Am Donnerstag kamen mehrere Freundinnen von Betsy, die mit ihr auf der Demo gewesen waren, und wollten das gleiche Shirt. Tyler stellte das Design auf seine Website und postete den Link in ein paar Facebook-Gruppen.

Am Freitag hatte er über achthundert Interessenten. Er rief Jake an. Sie liehen sich einen Sprinter und klapperten erst Groß- dann Einzelhandel ab, kauften jedes einfarbige T-Shirt unter acht Pfund. Danach besorgten sie kistenweise Tintenpatronen. Zum Glück hatte Tyler auf Digitaldruck umgestellt, die Technik war schneller als die anderen Verfahren. Sie arbeiteten die Nacht durch und schafften zweihundert Shirts. Tyler rief Will an. Am Samstag bekamen sie dreitausend Bestellungen. Die Anfragen kamen aus der ganzen Welt. Tyler telefonierte herum. Bis zum Abend waren sie zu siebt. Manchester spielte gegen Tottenham. Tyler ging nicht hin.

»Wir brauchen definitiv mehr Drucker«, wiederholte Jake.

»Sicher?« Trotz aller Euphorie wollte Tyler die Dinge nicht überstürzen. Klar, das Video war krass, aber wie lange würde der Hype anhalten? Drucker waren teuer.

»Unser Webspace-Provider warnt, dass unser Volumen bald erschöpft ist«, bemerkte Will, den Blick auf sein Handy gerichtet.

Jake zeigte auf den Fernseher, der an der Wand hing. »Wir brauchen so was von mehr Drucker.« Auf dem Bildschirm waren verschiedene Plätze zu sehen, auf denen sich Menschenansammlungen bildeten, eine Stimme erklärte, es handle sich um Liveaufnahmen aus Rom und Madrid. Die Leute hätten keine konkreten

Forderungen, sie seien schlicht dem Aufruf Colasantis gefolgt. Polizei und Politik forderten dazu auf, sich aus Sicherheitsgründen in die eigene Wohnung zurückzuziehen und dort die weitere Entwicklung abzuwarten. Die spanische Regierung habe soeben die EU um polizeiliche Unterstützung aus anderen Mitgliedsstaaten gebeten. Allerdings sei nicht klar, ob eine solche Hilfe rechtlich überhaupt möglich sei.

»Gut«, entschied Tyler, »wir kaufen zwei neue Drucker.«

»Besser vier«, sagte Jake, der immer noch die Nachrichten verfolgte. Inzwischen wurden Bilder aus Paris gezeigt. Nachdem die Favoritin der Präsidentschaftswahl, Marine Le Pen, ihre Kandidatur heute Morgen zurückgezogen habe, am Morgen der Wahl, sei Frankreich in Aufruhr. Le Pen habe erklärt, persönliche Gründe hätten sie zu der Entscheidung bewogen. Viele ihrer Anhänger witterten jedoch eine Verschwörung. In wütenden Scharen zogen sie durch die Städte, warfen Scheiben ein, zündeten Autos an.

»Scheiße, Jake«, entfuhr es Tyler, »du hast recht. Vier neue Drucker.« Und wenn alles gut läuft, fügte Tyler in Gedanken hinzu, eine Harley.

»Wir haben ein Problem«, sagte Will.

»Was ist los?«

Wortlos reichte Will ihm sein Handy.

Es handelte sich um eine Google-Suchanfrage: *kill the rich shirt*. Gestern waren sie das erste Ergebnis gewesen, das angezeigt wurde. Der Schock traf Tyler so hart, dass er sich setzen musste.

»Wir sind nur noch auf Platz fünf?«, fragte er fassungslos.

»Nein«, erwiderte Will. »Auf Platz fünf der dritten Seite.«

76. Kapitel

New York, USA; Sonntag, 04:56 Uhr UTC-4

Als Colasanti ihren Namen nannte, schlug Conrada die Hand vor den Mund. Ihre Eingeweide zogen sich zusammen. Gemeinsam mit Emma sah sie sich das Video an.

Sei brav. Conrada wollte, musste runter von der Bühne – und Colasanti hatte sie zur zentralen Figur des Stücks gemacht. *Wir haben Theresa.* Sie musste die Leute finden, von denen die Nachricht gekommen war. Sie musste ihnen klarmachen, dass sie nichts mit Colasantis Botschaft zu tun hatte, dass sie alles zu tun bereit war, wenn nur Theresa verschont bleiben würde. Was hatte es mit diesem Projektkoordinator auf sich, den Projects Abroad erwähnt hatte?

Prinz. Conrada erinnerte sich an das COREU-Gespräch mit Maurizio. Prinz hatte behauptet, er habe die Protokollfunktion des Verschlüsselungssystems ausgeschaltet. Wenn er das nicht getan hatte, wenn er sich unter denen befand, die Maurizios Daten fürchten mussten, dann war Venizelos bereits im Bilde. War es Venizelos, der Theresa entführt hatte? Selbst wenn er es nicht gewesen war, Conrada war sich fast sicher, dass er etwas wusste. Ein Schauer lief ihr durch die Glieder. Kein Wunder, dass sie Maurizio nicht erreichte. Sie würden sich bereits um ihn gekümmert haben. Sie rief Emilia an. Ihre Tochter war das Wochenende auf einem Musikfestival und entsprechend kurz angebunden.

»Was gibt's?« Im Hintergrund wummerten die Bässe.

»Geht es dir gut?«

»Bis du angerufen hast.«

Conrada zögerte. Sollte sie die Polizei alarmieren? *Sei brav.* Wahrscheinlich war Emilia nirgendwo sicherer als in der Anonymität der Masse betrunkener Festivalgänger.

»Mama?«

»Pass auf dich auf.«

»Emma«, sagte Conrada, als sie sich von ihrer Tochter verabschiedet hatte, »ich muss nach Brüssel.«

»Jetzt?«

Conradas Telefon vibrierte. Eine unbekannte Nummer.

Wir müssen uns treffen. Maurizio

Conrada atmete erleichtert auf, dann wurde sie misstrauisch.

Welche Unterwäsche hast du am Dienstag getragen?

Blaue Boxershorts.

Wo bist du?

In ein paar Stunden lande ich in Brüssel.

Dann treffen wir uns in Brüssel.

Gut.

Um 21 Uhr dort, wo Walnüsse tödlich sind.

Hoffentlich erinnerte sich Maurizio an die Geschichte, die er ihr in Buenos Aires erzählt hatte.

Die Antwort kam prompt: *Gut.*

Wirf dein Telefon weg, tippte Conrada. *Sprich mit niemandem. Bis dann.*

77. Kapitel

Geilenkirchen, Deutschland; Sonntag, 11:02 Uhr UTC+2

Maurizio gab das Telefon dem Soldaten zurück, von dem er es geliehen hatte. Zum hundertsten Mal sah Maurizio auf die Wanduhr, die in der Kantine des Stützpunkts hing.

Der mysteriöse Oberst Arcade von dem Rigaer NATO-Kommunikationszentrum hatte ihm einen Hubschrauber von Geilenkirchen nach Brüssel versprochen – dass Maurizio einen halben Tag auf das Ding würde warten müssen, hatte er nicht gesagt. Maurizio konnte sich leicht ausmalen, dass der Ausnahmezustand auch logistisch kaum zu beherrschen war. Das NATO-Drehkreuz Geilenkirchen summte wie ein Bienenstock.

Endlich war der Hubschrauber bereit. Während des kurzen Flugs nach Brüssel unterhielten die Piloten sich erregt auf Deutsch. Maurizio verstand nichts außer dem wiederholt vorgebrachten Namen Le Pen. Keinen Namen hatte er diesen Morgen häufiger gehört.

Heilige Mutter Gottes. Was hatte er getan? Die prominenteste Frau Frankreichs hatte nicht nur ihre Kandidatur für die Präsidentschaftswahlen zurückgezogen, sondern war darüber hinaus von allen politischen Ämtern mit sofortiger Wirkung zurückgetreten.

Die Wahlen fanden dennoch statt, was bedeutete, die aktuell populärste Partei, der Rassemblement National, hatte keine Zeit gehabt, einen neuen Kandidaten zu nominieren. Ihre Anhänger schäumten vor Wut, riefen zum Boykott auf, besetzten Wahllokale. In Anbetracht der weltweiten Hysterie befürchtete die Interimsregierung um Mélenchon eine Eskalation der Lage, Massenausschreitungen bahnten sich an. Mélenchon hatte den Notstand ausgerufen, die Armee wurde für den Inlandseinsatz vorbereitet.

Maurizio schwitzte. Er tastete nach dem Pokerchip in seiner Hosentasche, presste die Faust um ihn. Was hatte er angerichtet? Wie viel Macht lag in den Daten verborgen? Le Pen war nur ein einziger Name gewesen, von Hunderten.

Hoffentlich würde Conrada wissen, was zu tun war.

Der Hubschrauber landete auf dem für militärische Zwecke abgesperrten Bereich des Brüsseler Flughafens. Neben dem Landeplatz stand ein schmaler Mann im Anzug. Es nieselte, er hatte einen Regenschirm aufgespannt. Zwei Uniformierte begleiteten ihn. Maurizio fragte die Piloten nach Formalitäten, die wiegelten ab. Sein NATO-Gästeausweis genüge. Aber ob man ihn erwarte? Die Piloten wussten von nichts.

Die Frage, ob der Mann vielleicht gar nichts von ihm wollte, beantwortete sich rasch. Er kam geradewegs auf ihn zu.

»Maurizio Pellegrini«, er streckte ihm die Hand entgegen, »willkommen in Brüssel.«

Maurizio nahm sie zögerlich, der Händedruck war fest. »Erfreut. Und mit wem habe ich das Vergnügen?«

»Thomas Prinz. Ich arbeite für den EAD.«

»Ich auch«, sagte Maurizio misstrauisch, »aber ich kenne Sie nicht.«

»Wir arbeiten in verschiedenen Abteilungen.«

»In welcher Abteilung arbeiten Sie denn?«

»Informationsanalyse.«

»Und was möchten Sie von mir?«

»Ich möchte Sie bitten, mich in die Triangel zu begleiten.«

»Liebend gern, aber ich habe vorher noch einen wichtigen Termin. Ich komme nach, in Ordnung?«

»Sie können Ms. van Pauli in der Triangel treffen.«

»Weswegen glauben Sie, dass ich Ms. van Pauli treffen will?«

»Ich habe Ihre Gespräche mitgeschnitten.«

»Sie haben uns belauscht?« Maurizio war erschrockener über das unverfrorene Geständnis als über die eigentliche Tat.

»Ich erkläre Ihnen alles, sobald wir in der Triangel sind.«

»Vergessen Sie's. Ich komme nicht mit.«

»Vertrauen Sie Jonas Bartas?«

Maurizio schwieg überrascht. Der litauische INTCEN-Mitarbeiter hatte sowohl Conrada als auch ihm selbst zur Flucht aus Moskau verholfen.

»Nun«, sagte Prinz, »Jonas arbeitet für mich. Wir sind auf Ihrer Seite. Im Übrigen können Sie mir glauben oder nicht – wenn Sie nicht freiwillig mitkommen, lasse ich meine Leute Sie tasern.«

78. Kapitel

Brüssel, Belgien; Sonntag, 19:41 Uhr UTC+2

Conrada nutzte für den Rückflug nach Brüssel erneut die Gulfstream des Europäischen Lufttransportkommandos. Ein Flugzeug zur privaten Verwendung zu haben war kolossal. Nicht dass sie den Komfort hätte genießen können. Die Angst um Theresa begleitete sie wie ein Schatten. Wegen der Zeitverschiebung erreichte sie ihr Ziel erst am Abend.

Sie landete im militärischen Bereich des Brüsseler Flughafens. Es nieselte. Prinz erwartete sie. Umso besser.

»Bringen Sie mich zu Venizelos?«, fragte sie den Österreicher.

»Nein«, antwortete der, während er seinen Regenschirm über sie hielt. »Zu Mogherini.«

Wieder fuhren sie mit einer gepanzerten Limousine, aber diesmal ohne begleitende Polizeiwagen. Überall waren Sirenen zu hören, Straßen waren abgesperrt.

»Was ist los?«, fragte Conrada.

»Sie haben Le Pens Rücktritt mitbekommen? Die Demonstrationen in Spanien und Italien?«

Conrada nickte. Sie hatte im Flugzeug die Nachrichten verfolgt.

»Nun ja, der belgische Regierungssprecher hat eine etwas unglückliche Stellungnahme abgegeben, in der er die Bevölkerung gebeten hat, sich kein Beispiel zu nehmen. Des Weiteren hat er Colasanti als Hetzer bezeichnet. Offensichtlich teilen nicht viele Belgier seine Meinung.«

Sie fuhren durch den Tunnel, der unter dem Parc du Cinquantenaire hindurchführte, erreichten die Triangel. So trotzig ragte sie in den wolkenverhangenen Himmel, als gäbe es keine Probleme auf der Welt. Doch statt ins Parkhaus abzubiegen, nahm der Fahrer im Schuman-Kreisel die zweite Ausfahrt, blieb auf der Rue de la Loi. Wasserwerfer donnerten an ihnen vorbei.

Conrada traute Prinz nicht über den Weg. Aber was immer er im Schilde führte, je früher sie Bescheid wusste, was es mit der – unbestätigten – Entführung Theresas auf sich hatte, desto besser.

An der Rue de Trèves bogen sie links ab. Am Square du Bastion hielt der Fahrer am Fahrbahnrand.

»Die Botschaft Österreichs?«, fragte Conrada irritiert.

»Exakt«, bestätigte Prinz trocken.

»Hier soll ich also die Hohe Vertreterin treffen«, sagte Conrada. Was für eine fadenscheinige Geschichte.

»Sie kommt gleich«, erwiderte Prinz, ohne jede Ironie in der Stimme. »Wir können drinnen auf sie warten.«

Prinz führte Conrada durch die Sicherheitsschleuse. Sein Ausweis bewirkte, dass er gar nicht und sie nur oberflächlich überprüft wurde. Statt der Beschilderung zu folgen, welche alle Gäste ins Foyer zur Anmeldung wies, öffnete Prinz mit einer Schlüsselkarte eine Seitentür und geleitete sie an verschiedenen Büroräumen vorbei. Manche Türen waren offen, Leute telefonierten, eilten durch die Gänge, grüßten Prinz. Conrada musterten sie verstohlen, tuschelten hinter ihrem Rücken. Klar, Colasantis vermaledeites Video, dachte Conrada bitter. Ihr Foto würde in jeder Nachrichtensendung gezeigt werden, in der es nicht um Le Pen ging.

Von den verstohlenen Blicken abgesehen, welche die Belegschaft ihr zuwarf, fiel Conrada nichts auf, was nicht dem normalen Betrieb einer Botschaft zugeschrieben werden konnte. Hektisch wirkte die Atmosphäre, aber das mochte der Krise geschuldet sein – genauso wie der Umstand, dass der Sonntag niemanden vom Arbeiten abhielt.

Am Ende eines Ganges blieb Prinz stehen. »Treten Sie ein«, sagte er und öffnete eine Tür.

Conrada trat hindurch und gelangte in einen Konferenzraum, wie sie tausend andere gesehen hatte. Zwei Polizisten bewachten einen dritten Mann – Maurizio. Als er Conrada sah, sprang er freudig auf. Sie wollte ihn umarmen, fühlte sich auf einmal seltsam befangen, zögerte, reichte ihm die Hand, fand das albern und umarmte ihn doch.

»Sie können wegtreten.« Prinz nickte den Uniformierten zu, diese verließen den Raum und schlossen die Tür hinter sich.

»Wollen Sie etwas trinken?«, fragte Prinz und deutete auf ein Beistelltischchen mit Wasser und Kaffee. »Bedienen Sie sich.«

»Geht es dir gut?«, fragte Conrada Maurizio.

»Passt«, sagte der, mit einem Seitenblick auf Prinz.

»Bevor die Hohe Vertreterin dazustößt«, sagte Prinz, »freuen Sie sich sicher, über die etwas merkwürdigen Umstände Ihrer Einladung aufgeklärt zu werden.«

»Haben Sie meine Tochter entführt, Mr. Prinz?«, fragte Conrada.

»Was?«, fragte Maurizio erschrocken.

»Nein«, antwortete Prinz.

»Sie wirken nicht überrascht«, bemerkte Conrada kühl. »Also wissen Sie von der Entführung?«

»Ich weiß von der Nachricht, die Sie erhalten haben, Ms. van Pauli. Das ist alles.«

Aber wenn es nicht Prinz und Venizelos waren, wer dann? »Sie haben mich bespitzelt.«

»Es war nötig. Ob Ihre Tochter tatsächlich entführt wurde, kann ich zu diesem Zeitpunkt aber weder bestätigen noch widerlegen. Sie haben mein Mitgefühl.«

»Ich glaube Ihnen kein Wort.«

»Conrada«, warf Maurizio vorsichtig ein, »gib ihm eine Chance.«

»Du vertraust ihm?«

»Nicht unbedingt.« Maurizio kratzte sich den Kopf. »Aber was er zu erzählen hat, ist schon interessant.«

»Na, wenn du meinst«, sagte Conrada zerknirscht, und zu Prinz gewandt: »Dann erzählen Sie mal.«

Prinz zog einen Stuhl zu sich heran und setzte sich. »Ich habe die Hohe Vertreterin 2011 in Wien kennengelernt; Mogherini war damals noch Außenministerin Italiens, ich beim österreichischen Heeres-Nachrichtenamt angestellt. Wir arbeiteten beide in der Arbeitsgruppe CTBTO, Sie haben davon gehört?«

»Es geht um ein generelles Verbot von Nuklearversuchen«, erinnerte sich Conrada.

»Wir haben uns gut verstanden«, fuhr Prinz fort. »Als Mogherini 2014 zur Hohen Vertreterin des EAD ernannt wurde, stieß sie auf einige Widerstände. Sie wechselte Generalsekretär und Stabschef aus. Trotzdem hatte sie das Gefühl, regelmäßig fehlerhaft oder falsch informiert zu werden. Also hat sie mich gebeten, nach Brüssel zu kommen, zu INTCEN zu wechseln, hat extra eine Stelle für mich geschaffen. Ich sollte der Frage nachgehen, ob Mutwille hinter den Desinformationen steckte. Sabotage. Nun, was glauben Sie, was ich herausgefunden habe?«

»Sie hatte recht«, sprach Conrada das Offensichtliche aus.

»Sie hatte recht«, wiederholte Prinz. »Erst habe ich vermutet, dass es Rhodes war. Ich habe Hinweise gefunden, dass Bolsonaro während seiner Machtergreifung in Brasilien von der Triangel aus Unterstützung erhielt. Geheimdienstliche Informationen zu seinen Gegnern, die neben INTCEN und der Führungsebene nur noch dem Bereichsleiter der Amerikas zugänglich waren.«

»Deswegen sind Sie in meiner Abteilung aufgetaucht?«

»Genau. Es war aber nicht Rhodes.«

»Sondern Venizelos«, nickte Conrada.

»Nein. Laurent.«

»Der Geheimdienstdirektor? Ihr Chef?«

»Erst nachdem Sie beide über COREU in Kontakt getreten sind, habe ich es herausgefunden. Ihr Gespräch muss Laurent zutiefst verunsichert haben, denn unmittelbar danach befahl er Jonas Bartas, Mr. Pellegrini zu arrestieren. Das war zutiefst verdächtig. Den Botschafter für Moskau arrestieren. Ohne Belege für irgendeine Straftat. Jonas und ich sind gut befreundet, er hat mich um Rat gebeten. Ich habe mir Laurents Hintergrund genauer angeschaut und herausgefunden, dass er vor ein paar Jahren über zwei Millionen Euro geerbt hat – von seiner Großtante Maria Laurent. Die Krux: Maria Laurent hat es zwar gegeben.« Prinz machte eine seiner bedeutungsschwangeren Pausen. In diesem Charakterzug unterschied er sich kaum von Venizelos, schoss es Conrada durch den Kopf. »Doch sie war Einzelkind. Also habe ich Jonas gesagt, er soll Mr. Pellegrini so schnell wie möglich aus Moskau schaffen – und so unauffällig wie möglich.«

»Und Oberst Arcade von der NATO war ebenfalls von Ihnen instruiert?«, hakte Maurizio nach.

»Sagen wir so«, es war das erste Mal, dass Conrada sah, wie Prinz sich ein Lächeln erlaubte, »wir haben darauf spekuliert, dass er die richtige Entscheidung treffen würde.«

»Das heißt«, nahm Conrada den Faden wieder auf, »Laurent ist korrupt. Aber Venizelos ist unschuldig?«

Die Tür öffnete sich, und herein kam Federica Mogherini, die Hohe Vertreterin der Europäischen Union.

Sie grüßte freundlich, war aber sichtbar abgespannt. »Ms. van Pauli, Mr. Pellegrini, hat Mr. Prinz Sie schon aufgeklärt? Verzeihen Sie bitte etwaige Unannehmlichkeiten.«

Prinz erstattete kurz Bericht, Mogherini schenkte sich Kaffee ein.

»Die Frage ist«, sagte sie, als Prinz geendet hatte, »welche

Informationen Sie haben, Mr. Pellegrini, dass Laurent so nervös geworden ist.«

Maurizio zog einen Pokerchip aus seiner Hosentasche, legte ihn behutsam auf den Konferenztisch.

»Eine ziemlich umfangreiche Dokumentation von schmutzigen Geldströmen«, sagte er bedächtig. »Inklusive Namen, von wem das Geld kam und an wen es ging. Große Namen.«

»Wie groß?«, fragte Mogherini.

»Venizelos zum Beispiel.«

»Venizelos?«, Prinz wirkte ehrlich überrascht.

»Das wussten Sie nicht?«, fragte Conrada.

»Woher denn?«

»Mr. Pellegrini hat es mir über COREU geschrieben.«

»Ich war nicht mehr im Raum. Dachten Sie, ich hätte mich dazuschleichen können, ohne dass Laurent etwas merkt?«

»Wer noch?«, fragte Mogherini Maurizio.

Maurizio zählte ein paar der Namen auf, an die er sich erinnern konnte. Mit jedem Namen wurde die Luft im Raum drückender. Als ihm keine mehr einfielen, wurde es still. Keiner sagte ein Wort. Conrada fühlte sich, als hätte ein Hagelschauer sie zu Boden geworfen.

»Das sind schwerwiegende Anschuldigungen, die Sie da vorbringen«, sagte Mogherini schließlich. »Woher wissen Sie, dass Sie nicht einer Täuschung unterliegen?«

Maurizio nahm den Pokerchip in die Hand, drehte ihn zwischen den Fingern. »Le Pen«, sagte er leise.

Die Sekunden flossen vorbei. Conrada spürte, wie die Erkenntnis in ihr Gehirn sickerte, sah, dass es den anderen ähnlich erging. Le Pen. Sie wollte nachfragen, aber Maurizio kam ihr zuvor.

»Ja«, sagte er, »ich habe ihr geschrieben.«

Mogherini hielt es nicht mehr auf ihrem Stuhl, sie stand auf und wanderte um den Tisch herum. »Mr. Prinz«, sagte sie, ohne ihre Schritte zu verlangsamen, »Sie werten die Daten aus. Mr. Pellegrini, Sie helfen Mr. Prinz. Solange wir nicht wissen, wer alles Schmutz unter den Fingernägeln hat, erzählen wir niemandem ein Wort.« Sie wandte sich an Conrada: »Und Sie verraten mir, was es mit diesem Video auf sich hat.«

Conrada schilderte ihre Zusammenkunft mit Colasanti, die Entwicklung des Schuldenschnittkonzepts, den Überfall, die Flucht nach New York.

»Und Sie glauben wirklich«, fragte Mogherini, »dieses Konzept, das Sie da entwickelt haben, überzeugt die plündernden Massen, die gerade die Welt in Stücke hauen?«

Conrada erinnerte sich an Auenrieders Gegenvorschlag, die reichere Hälfte der Staaten solle je ein Prozent ihres jeweiligen Jahreshaushalts der ärmeren Hälfte überweisen. »Ich weiß nicht«, sagte sie unsicher. »Es gibt noch eine Idee.«

»Wenn Sie das Konzept weiterentwickeln möchten, tun Sie es.« Mogherini blieb vor Conrada stehen. »Aber beeilen Sie sich. Wenn wir die UN nicht bald von einer gemeinsamen Kampagne überzeugen, gibt es keine UN mehr.«

»Es tut mir leid«, sagte Conrada kleinlaut. »Aber ich kann nicht.«

»Was meinen Sie?«

Sei brav.

Conrada erzählte von Theresas Entführung.

»Ich kann nicht aktiv werden, geschweige denn in die Öffentlichkeit treten«, schloss sie resigniert, »nicht, solange ich nicht weiß, wie es Theresa geht.«

»Es tut mir so leid«, sagte Mogherini, nahm Conradas Hand, drückte sie. Dann sagte sie bestimmt: »Wir werden Ihre Tochter finden.«

»Es würde nichts nützen«, murmelte Conrada. »Selbst wenn es gelänge, sie zu befreien – diese Leute würden genügend andere Möglichkeiten besitzen, mich unter Druck zu setzen.« Emilia.

»Haben sie denn klare Forderungen gestellt?«, fragte Maurizio.

Conrada schüttelte den Kopf. »Nur, dass ich brav sein soll.«

»Vielleicht«, überlegte Maurizio, »verstehen die etwas anderes darunter als wir? Was sind ihre Ziele? Vielleicht kann man mit ihnen verhandeln.«

Conrada hatte wenig Hoffnung. »Dazu müsste ich erst einmal herausfinden, wer sie sind.«

»Mr. Prinz?«, sagte Mogherini.

»Ich kann sofort Witt anrufen, wenn Sie möchten«, sagte der Agent.

»Tun Sie das.«

Conrada horchte auf: »Simon Witt? Von der deutschen Bundespolizei?«

Prinz nickte.

»Sie waren es, der ihn mir nach Brasilien mitgeschickt hat?«

»Der Auftrag kam von der Hohen Vertreterin«, entgegnete Prinz. »Aber ja, ich habe es ihr geraten. Unsere Analysen hatten ergeben, dass es brenzlig werden könnte. Trotzdem hat Laurent Personenschutz für unnötig erklärt, da mussten wir auf externe Hilfe zurückgreifen.«

»Er hat mir das Leben gerettet«, sagte Conrada.

»Wer weiß«, sagte Mogherini, »vielleicht kann er Ihnen ja auch in Bezug auf Ihre Tochter helfen.«

»Er ist nicht mehr allzu gut auf mich zu sprechen.«

»Ach was«, sagte Prinz. »Der grummelt immer, wenn nicht alles nach seiner Vorstellung läuft. Inzwischen hat er sich bestimmt wieder beruhigt.« Er griff nach seinem Telefon. »Keine Sorge«, er lächelte Conrada aufmunternd zu, »ich kenne den Mann schon ein paar Jährchen.«

79. Kapitel

Warschau, Polen; Sonntag, 17:42 Uhr UTC+2

»Der PiS-Vorsitzende Kaczyński erklärte am Vormittag, im Notfall auch Gewalt gegen die Unterstützer des brasilianischen Machthabers Colasanti einsetzen zu wollen. Inzwischen sind so viele Leute auf den Straßen Warschaus, dass die Fläche vor dem Präsidentenpalast sie nicht mehr alle fassen kann. Der Platz der Verfassung, der Schlossplatz, der Piłsudski-Platz, der Platz des Warschauer Aufstands – überall wogt das Meer der Demonstranten. Die Stadtverwaltung schätzt die Menge auf dreihunderttausend Menschen, mehr als 1989, mehr als 2016. In Krakau …«

Damian-Vitus Kopański schaltete den Fernseher aus. Er steuerte den Elektrorollstuhl in den Westflügel, zu seinen Hanfpflanzen. Vor Jahren hatte er den Wintergarten umbauen lassen; nach Zuzankas Tod waren die Migräneanfälle schlimmer geworden, die Ärzte wussten keine wirksamen Tabletten mehr zu verschreiben. Damian-Vitus hatte den Tipp von einem Bekannten bekommen.

Er maß die Feuchtigkeit der Erde, sah sich die Blüten an, rollte dann zu den zum Trocknen aufgehängten Pflanzen und befühlte die Blätter. Er war ein guter Züchter. Zufrieden rupfte er ein paar der Blätter ab, zerbröselte sie und verteilte sie großzügig auf ein vorbereitetes Zigarettenpapier. Er verzichtete schon länger darauf, Tabak unterzumischen. Er liebte das Geräusch des Knisterns, das den ersten Zug begleitete.

Es klingelte.

Damian-Vitus schnaubte verärgert. Die Reporter. Früher war es ihm nie passiert, dass er sich in der Zeit verschätzt hätte. Er hatte sich zu lange mit den Nachrichten aufgehalten. Ausdrücken konnte er den Joint nicht; es war einfach nicht dasselbe Gefühl, Gras zu rauchen, das ein zweites Mal angezündet worden war. Was kümmerten ihn die Reporter. Kurz entschlossen fuhr Damian-Vitus zum Foyer, der Diener erwartete bereits seine Anweisungen.

»Sie dürfen öffnen, Jacek. Bringen Sie die Herren in den Spiegelsalon.«

Der Diener warf einen skeptischen Blick auf den Joint, gehorchte aber natürlich. Damian-Vitus fuhr vor, um die Reporter standesgemäß empfangen zu können.

Es war eine Frau. Danuta Król, stellte sie sich vor. Damian-Vitus war nur kurz überrascht. Früher waren die Reporter immer Männer gewesen. Vergangene Zeiten. Auch dass Frau Król allein erschienen war, konnte ihn nicht beleidigen. Eher war es bemerkenswert, dass sich überhaupt noch jemand für seine Meinung interessierte. Damian-Vitus machte sich nichts vor, er war ein Dinosaurier.

»Wollen Sie etwas trinken, Pani Danuta?«

»Ein Wasser, danke.«

»Sie können auch Wodka haben.«

»Nein, Wasser reicht, danke.«

Damian-Vitus gab Jacek ein Zeichen. Er bemerkte, wie Danuta auf seinen Joint starrte. »Stört es Sie, dass ich rauche?«

»Nein, nein. Ich bin nur überrascht, dass …« Sie verstummte.

»… ein Mann von meiner Reputation Drogen nimmt?«

Sie schaute etwas verlegen, nickte aber.

»Wollen wir beginnen?«, versuchte sie Haltung zu gewinnen.

Damian-Vitus nahm einen genussvollen Zug. »Beginnen Sie«, sagte er, legte den Kopf in den Nacken und entließ den Rauch aus seiner Lunge.

»Pan Kopański«, begann die Reporterin, »in aufgeregten Zeiten wie diesen freuen sich unsere Leser, die Gedanken eines Mannes zu erfahren, der die polnische Politik länger geprägt hat als irgendjemand sonst. Doch bevor wir uns den aktuellen Geschehnissen zuwenden, wollen wir uns Ihrer Person widmen. Sie wissen, dass unser Blatt versucht, persönliche Porträts zu zeichnen.«

Damian-Vitus hatte sogar den Namen der Zeitschrift wieder vergessen.

»Widmen Sie sich«, sagte er.

»Sie entstammen einem der wichtigsten polnischen Fürstenhäuser. Ihr Stammbaum lässt sich bis zu dem litauischen Großfürsten Gedimin zurückverfolgen. Während viele Adelsfamilien nach 1990 ihre alten Titel wieder aufgenommen haben, haben Sie bis heute darauf verzichtet. Sagen Sie uns, wieso.«

Ein Sonntag im Mai 1935. Marschall Piłsudski hatte am 23. April die Verfassung geändert. Drei Wochen später holte ihn der Leberkrebs. Damian-Vitus war zehn Jahre alt. Seine Großeltern – die Eltern des Vaters – waren zu Besuch. Die Mutter servierte Ente mit Roter Bete. Der Vater stritt sich mit dem Großvater so sehr, dass die Großmutter das Haus verließ, ohne ihre Portion angerührt zu haben. Damian-Vitus machte sich über Omas Bruststück her. Die Mutter hätte es nicht gestattet, war aber zu sehr damit beschäftigt, die Scherben wieder aufzulesen, nachdem der Großvater die Weinkaraffe an die Wand geschleudert hatte, genau auf die Sternschnuppe, Mutters Lieblingsbild.

Nach der Gründung der Zweiten Polnischen Republik 1918 waren Adelstitel verboten worden. Piłsudskis Verfassungsänderung machte das Verbot rückgängig. Vater und Großvater stritten darüber, ob sie den alten Namen wieder annehmen sollten. Vater war vehement dafür, das damit verbundene Prestige sei von unschätzbarem Wert. Man müsse auch an die Kinder denken. Großvater fand, man könne den Verhältnissen nicht trauen, in ein paar Jahren könne der Adel erneut zur Zielscheibe werden. Es sei klüger, mit seiner Macht nicht hausieren zu gehen. Um seiner Meinung Nachdruck zu verleihen, warf er die Karaffe gegen die Wand. Im Übrigen sei er der Familienälteste, es sei seine Entscheidung. Vater schwor, noch am selben Tag, an dem Großvater ins Gras beißen würde, den Namen zu ändern. Was ins Gras beißen bedeutete, musste Damian-Vitus sich am Abend von seiner großen Schwester Dorota-Irena erklären lassen.

Großvater sollte recht behalten. Als die Deutschen kamen, war es besser, kein Adliger zu sein. Allerdings war es den Deutschen egal, dass die Kopańskis nur noch Kopański hießen. Die Familie musste trotzdem ins KZ. Außer Damian-Vitus erlebte niemand mehr, wie 1945 die Adelstitel erneut verboten wurden.

1990 wurden sie wieder erlaubt. Aber Damian-Vitus erinnerte sich an die Worte seines Großvaters, man solle mit seiner Macht nicht hausieren gehen.

»Pani Danuta«, sagte er und zog an seinem Joint, »Titel schauen nicht auf den Menschen selbst, sondern auf seine Herkunft. Ich habe mich immer darum bemüht, auf den Menschen zu schauen.«

»Ihre Familie wurde während des Zweiten Weltkrieges von den Nazis ermordet. Sie selbst wurden im Arbeitslager Płaszów interniert. Waren die Erfahrungen dort bestimmend für die Entwicklung Ihrer politischen Haltung?«

1943. Lagerkommandant Amon Göth, der Schlächter, trat auf den Balkon seiner Villa und rief Damian-Vitus zu sich. Damian-Vitus brachte die eleganten Handschuhe aus weißem Leder, außerdem den weißen Schal, den Hut. Der Schlächter zog sich die Handschuhe an, warf sich den Schal um, setzte den Hut auf. Damian-Vitus brachte das K98 und die Munition. Der Schlächter nahm das Präzisionsgewehr und lud es. Die Häftlinge im Lager unten sahen nicht auf. Gingen ihren Aufgaben nach, als bekämen sie nicht mit, was auf dem Balkon geschah. Aber sie wussten es.

Wer?, fragte der Schlächter.

Damian-Vitus zeigte auf einen Mann, der damit beschäftigt war, das Dach einer Baracke auszubessern.

Weshalb?, fragte der Schlächter.

Er hat Zigaretten geschmuggelt.

Als der Schlächter schoss, zuckte Damian-Vitus nicht.

Über zehntausend Lagerinsassen. Wer länger als vierzehn Tage überlebte, machte sich verdächtig, ein Spion zu sein. Indem Damian-Vitus morgens die Hunde des Schlächters fütterte und nachmittags auf Menschen zeigte, überlebte er dreiundsiebzig Wochen.

»Danke schön«, sagte Danuta, als Jacek das Wasser brachte. Sie nahm einen Schluck, dann wiederholte sie ihre Frage: »Nun, welchen Einfluss haben Ihre Erfahrungen im Konzentrationslager auf Ihre politische Karriere genommen?«

Damian-Vitus inhalierte den letzten verbliebenen Rauch, zerrieb die glimmenden Reste des Joints im Aschenbecher. »Die Zeit in Płaszów«, sagte er ruhig, »war keine gute Zeit.«

Die Reporterin wartete auf weitere Ausführungen, doch Damian-Vitus verzichtete darauf, ihr den Gefallen zu tun.

»Sie haben in Moskau promoviert. Trotz Ihrer Kritik an der polnischen Regierung haben Sie den Kommunismus lange verteidigt. Lech Wałęsa nannte Sie einmal einen Schützen ohne Pulver. Als Führer der Gewerkschaften wäre Wałęsa eigentlich Ihr natürlicher Verbündeter gegen das System gewesen. Und Sie haben ihn ja unterstützt, den Widerstand gemeinsam aufgebaut. Der Solidarność allerdings sind Sie nie beigetreten. Es heißt, Sie und Wałęsa seien nie wirklich miteinander warm geworden. Warum?«

Damian-Vitus verstand immer noch nicht, dass die Leute glaubten, ein Elektriker ohne nennenswerte Ausbildung hätte ganz Polen mobilisieren und darüber hinaus sogar einen Systemwechsel erzwingen können. Natürlich hatte die Solidarność ihren

Anteil an der Demokratisierung Polens – aber weit gekommen wären die Arbeiter nicht, hätten nicht Kirche und Intelligenzija über Jahre hinweg den Weg zu Verhandlungen mit dem Regime geebnet. Das Volk wollte Helden, die in einfachen Sätzen einfache Lösungen versprachen. Schon Platon hatte bemängelt, dass die demokratische Staatsform nicht die Klugen, sondern die Lauten bevorteilte.

»Lech und ich kamen immer miteinander aus«, sagte Damian-Vitus.

»Sie haben ihn wiederholt stark kritisiert. Zuletzt 2008, als er dementierte, in den Siebzigern für den polnischen Geheimdienst die Solidarność bespitzelt zu haben. Sie sagten, seine Tat sei eine Schande für die Bewegung. Und dass er sie leugne, eine Schande für Polen.«

»Unter Freunden ist es normal, sich auch Wahrheiten zu sagen, die unangenehm sind.«

Danuta öffnete den Mund, suchte nach einer passenden Entgegnung, fand aber keine, griff nach ihrem Wasser.

»Kommen wir zur Gegenwart. Wie beurteilen Sie die aktuellen Ereignisse? Halten Sie das Video Colasantis für authentisch?«

»Ich habe es nicht gesehen.« Damian-Vitus merkte enttäuscht, dass er keine Geduld mehr für armselige Interviewfragen hatte. Authentizität, dieses Modewort der Küchensoziologie – als wäre es möglich, gesellschaftlich aktiv zu werden, ohne eine gesellschaftliche Rolle einzunehmen.

»Mit Authentizität kenne ich mich nicht aus. Aber ich halte die Menschen für echt, die gerade auf der Straße sind.«

»Unterstützen Sie deren Proteste?«

»Ich bin der Meinung Colasantis, dass die UN sich reformieren müssen. Aber das Volk gegen die Volksvertreter aufzuhetzen ist Erpressung.«

»Also unterstützen Sie die Proteste oder nicht?«

»Ich habe mir so viele Meinungen zu allem Möglichen bilden

müssen.« Er lächelte müde. »Ich würde sagen, ich habe mir einen Meinungsbildungs-Ruhestand verdient.«

»Ihr Sohn Jan-Tadeusz vertritt die Europäische Union in Südamerika«, schnitt Danuta ein neues Thema an, sichtlich verzweifelt ob der mageren Ausbeute, die ihre Fragen erzielten.

Jan-Tadeusz war Karrierepolitiker. Alle Ambitionen, die er hatte, galten seinem eigenen Erfolg. Es war das Gegenteil dessen, weswegen Damian-Vitus sein Leben lang politisch aktiv gewesen war. Damian-Vitus verabscheute seinen Sohn. Seit Jahren hatte er ihn nicht gesprochen, geschweige denn gesehen.

»Wenn Sie Ihren Sohn treffen, fragt er Sie dann manchmal um Rat?«

»Nein.«

Endlich war er die Reporterin losgeworden, erleichtert atmete Damian-Vitus aus. »Jacek, Sie können Feierabend machen.«

»Aber Herr, Sie wollen doch nicht allein bleiben?«

»Krystyna kommt in zwei Stunden, so lange komme ich zurecht.«

»Wie Sie wünschen, Herr.«

Damian-Vitus steuerte den Rollstuhl in sein Schlafgemach. Mit einiger Mühe wuchtete er sich aufs Bett. Er griff nach dem Telefon und rief Krystyna an, dass er ihre Dienste heute nicht in Anspruch zu nehmen gedenke. Er zog in seinem Nachtschränkchen die Schublade auf, in welcher sich seine Tabletten befanden. Eine Inventur ergab: gegen den Bluthochdruck zwei Packungen Wassertabletten und eine fast volle Maxipackung Betablocker, anderthalb Packungen Alpha-Glukosidasehemmer gegen den Diabetes, vier Packungen Serotonin-Wiederaufnahmehemmer gegen die Depression, sechs Dosen Paracetamol gegen die Rückenschmerzen, gegen das Rheuma drei Cremetuben und zwei Tablettenpackungen Diclofenac, dreieinhalb Packungen Phenobarbital gegen die Schlafstörungen.

Er nahm ein Schnapsglas vom Nachtschränkchen, zerdrückte vier Phenobarbital-Tabletten darin, nahm die Wodkaflasche vom Nachtschränkchen, füllte das Glas, leerte es und wiederholte den Vorgang so oft, bis das Vergessen sich seiner Seele erbarmte.

Es war kein trauriges Handwerk. Damian-Vitus hatte lange für eine bessere Welt gekämpft. Jetzt war es genug.

80. Kapitel

Brüssel, Belgien; Sonntag, 21:51 Uhr UTC+2

Gemeinsam mit Prinz fuhr Conrada nach Brüssel-Zaventem. Witt kam mit der Gulfstream. Mogherini hatte sie Conrada zur freien Verfügung gestellt.

Als der gedrungene Deutsche die Gangway herunterstieg, wartete Conrada beklommen. Doch offenbar hatte Prinz nicht übertrieben, Witt schien ihr nicht gram zu sein. Sein Händedruck war grausam wie immer.

Prinz und Witt packten sich gegenseitig den Oberarm. Die freundschaftliche Begrüßung unter Männern einer Generation, in der eine Umarmung noch als unmännlich galt. Es war kühl, doch Witt trug statt Anzug nur Jeans und T-Shirt, außerdem ein Brustholster mit Pistole. Seine Muskeln wirkten im Kontrast zu Prinz' schmalem Oberkörper geradezu übertrieben definiert.

Sie fuhren mit einer gepanzerten EU-Limousine, allerdings hatte Prinz auf einen Chauffeur verzichtet und den Wagen selbst gesteuert. Für die Rückfahrt setzte sich Witt in aller Selbstverständlichkeit hinters Lenkrad, Prinz reichte ihm wortlos den Zündschlüssel.

Ziel war die österreichische Botschaft. Prinz hatte zwei Argumente dafür angeführt, sich dort zu verkriechen: Zum einen kannte er die Belegschaft recht gut; zum anderen hielt er hier Maulwürfe für weit unwahrscheinlicher als in den EU-Institutionen und den Vertretungen größerer Länder.

Maurizio befand sich noch dort, hatte bereits begonnen, die

Daten auf dem Pokerchip auszuwerten. Prinz hatte ihm einen Botschaftsmitarbeiter namens Felskellner zur Seite gestellt, der vorgeblich in der IT beschäftigt war und tatsächlich dem Heeres-Nachrichtenamt zuarbeitete.

Während der Fahrt unterrichteten Prinz und Conrada den Deutschen über die Sachlage. Witt unterbrach nicht, fragte nicht nach. Schweigend lenkte er den Wagen durch die Brüsseler Innenstadt. Conrada war sich nicht sicher, ob er überhaupt zuhörte. Ihn auf seine Zurückhaltung anzusprechen traute sie sich allerdings nicht.

Der Metalldetektor in der Botschaft piepste. Wie in Brasilien war Witt neben der Pistole mit einem Kampfmesser ausgerüstet, welches er sich um den Unterschenkel gegürtet hatte – zumindest auf Handgranaten hatte er diesmal verzichtet. Prinz zeigte seinen Ausweis, und die Sicherheitsleute ließen Witt passieren, ohne dass er seine Waffen abgeben musste. Conrada war überrascht, über welch weitreichende Befugnisse Prinz verfügte.

Sie suchten sogleich den sogenannten Serverraum auf. Es stimmte zwar, dass hier die Backup-Server der Botschaft standen, doch darüber hinaus war es gemäß Prinz »Felskellners Techniktempel«. Näher ausgeführt hatte er die blumige Bezeichnung nicht, Conrada musste jedenfalls zugeben, dass es viele Bildschirme gab.

Felskellner und Maurizio hielten beide eine Tasse Kaffee in der einen Hand und rieben sich mit der anderen das Kinn, während sie vor einer Videowand standen und auf eine Tabelle mit Zahlen starrten. Es wirkte wie das Werbeposter einer Unternehmensberatung.

Prinz stellte Witt vor. Nacheinander reichten ihm Felskellner und Maurizio die Hand, verzerrten schmerzerfüllt das Gesicht und wandten sich wieder ihrer Tabelle zu.

Prinz begann, Witt über die Arbeit der beiden aufzuklären, doch Witt blockte ab. »Ich bin hier, um Paulis Tochter zu finden, der Rest interessiert mich nicht und geht mich auch nichts an. Wo können wir arbeiten?«

Prinz führte Witt und Conrada in ein kleines, vom eigentlichen Serverraum separiertes Büro. Es gab nur einen Stuhl, aber niemand machte Anstalten, sich zu setzen.

»Der Projektkoordinator heißt Tobias Blättl«, erklärte Conrada. »Vielleicht führt er uns zu den Hintermännern.«

»Blättl führt uns nirgendwo hin«, sagte Witt lakonisch.

Prinz nickte.

»Wie kommen Sie darauf?« Conrada war erstaunt über die Bestimmtheit des Tons.

»Als Ihre Tochter den Freiwilligendienst angetreten hat, waren Sie noch nicht relevant«, sagte Witt. »Blättl müsste innerhalb der letzten Woche gedreht worden sein. Aber Leute, die bei Hilfsorganisationen arbeiten, sind Überzeugungstäter. Die zu drehen ist schwierig. Und ein Misslingen brächte die Operation in Gefahr. Aber vor allen Dingen hätte Thomas« – er wies auf Prinz – »mich nicht angerufen, wenn es so einfach wäre.«

»Direkt nach Ihrem Gespräch mit Projects Abroad habe ich Blättl überprüft«, bestätigte Prinz. »Er ist es nicht.«

»Sind Sie sicher?«

Prinz sah sie mitleidig an. »Ich habe mir seine Kontoauszüge angeschaut, seine Steuererklärungen, die Gesprächsprotokolle seines Telefons, seine Mailkommunikation, seine Arbeitszeugnisse – weil ich gründlich sein wollte, sogar seine Krankenakte. Glauben Sie mir, wenn es Blättl sein könnte, könnte es auch Herr Witt sein.«

Conrada warf einen besorgten Blick auf den Deutschen.

»Blättl ist es nicht, okay?«, seufzte Prinz. »Genauso wenig wie Herr Witt hier.«

»Gesunde Skepsis ist nie verkehrt«, ergriff Witt überraschend Partei für sie. »Das müsste dir doch gefallen, Thomas.« Beinahe glaubte Conrada Ironie in seinem Blick zu erkennen. »Seid ihr Geheimdienstler nicht beruflich zur Paranoia verpflichtet?«

Prinz knurrte etwas, Conrada lenkte rasch das Gespräch zurück zum Thema. »Wenn Blättl uns nicht weiterbringt, was machen wir dann?«

»Ich kenne einen BKA-Verbindungsbeamten im Luftfahrtbundesamt«, sagte Witt. »Er hat möglicherweise Zugriff auf Landegenehmigungen der tansanischen Flugsicherung. Es wäre ein großer Zufall, wenn unsere Zielpersonen bereits vor der Aktion im Lande gewesen wären – oder auch nur Kräfte vor Ort besessen hätten, denen sie eine solche Aufgabe anvertraut hätten.«

Witt blickte auf sein Telefon; die Serveranlage befand sich im Keller, er hatte keinen Empfang. »Darf ich eure Telefonanlage nutzen?«, fragte er Prinz. »Das ist sowieso sicherer.«

Sie gingen in den Hauptraum und ließen sich von Felskellner eine Verbindung einrichten.

»Es hört garantiert niemand mit?«, fragte Conrada. »Wir wissen nicht, wer alles Angst vor unseren Daten haben muss.« Sie zeigte auf die Zahlen auf der Videowand. »Ich gebe zu bedenken, dass selbst der INTCEN-Direktor auf der Seite des Gegners steht.«

»Für eine Verbindung, die nicht an COREU angeschlossen ist, gibt es keine bessere Verschlüsselung«, sagte Witt. »Das BKA hält sie für praktisch unknackbar.«

»Sollten den Decodierern allerdings ein paar Variablen bekannt sein – durch Spionage oder Sabotage etwa«, warf Prinz ein, »hätten zumindest die Amerikaner die Ressourcen, den Code zu entschlüsseln. Wahrscheinlich auch die Israelis. Vielleicht die Franzosen.«

»Sehr beruhigend«, murmelte Conrada.

»Wie gesagt«, brummte Witt, »die Paranoia ist berufsbedingt.«

»Läster du nur.« Prinz verschränkte die Arme. »Aber der Dritte Weltkrieg wird ein Krieg der Informationen.«

»Komisch, dass überhaupt noch herkömmliche Waffen hergestellt werden«, frotzelte Witt. »Wo wir gerade bei der Paranoia sind – was ist eigentlich mit deinem Techniker«, er nickte Richtung Felskellner, »können wir dem vertrauen?«

»Ich habe persönlich die Profilprüfung durchgeführt, bevor wir ihn eingestellt haben«, entgegnete Prinz mürrisch. Er schien tatsächlich eingeschnappt.

»Vielleicht wurde er gedreht«, versetzte Witt.

Wie ein altes Ehepaar, dachte Conrada.

Felskellner wies daraufhin, dass er die beiden hören könne, sah aber nicht von seinen Displays auf.

Witt telefonierte mit seinem Bekannten in Frankfurt. Das Gespräch dauerte. Conrada versuchte sich abzulenken und von Maurizio den Algorithmus erklären zu lassen, den dieser mit Felskellners Hilfe entwickelt hatte, um die Daten effizienter zu sortieren. Doch sie konnte sich nicht konzentrieren, ihre Gedanken schweiften ab, kreisten um Theresa. Sie hatte weder Hermann noch Emilia bisher von der Entführung unterrichtet. Hätte Projects Abroad auch Hermann angerufen, hätte der sich sicher bereits bei Conrada gemeldet. Offenbar hatte Theresa ihre Nummer als einzigen oder zumindest ersten Notfallkontakt angegeben.

Witt nahm den Hörer vom Ohr und legte ihn zurück in die dafür vorgesehene Wanne, die in die Armatur der Telefonanlage eingefügt war.

»Wir haben eine Spur«, sagte er.

Conradas Muskeln spannten sich an. »Was haben Sie herausgefunden?«

»Der Flughafen Bukoba hat letzte Woche nur ein einziges Privatflugzeug registriert. Es ist Freitagabend gelandet und in derselben Nacht wieder abgehoben. Eine Gulfstream G500, kaum ein Geschäftsflugzeug hat eine größere Reichweite. Die Maschine war gechartert von *The Children's Best*, einer französischen Hilfsorganisation.«

Maurizio horchte auf. »*The Children's Best*? Eine Stiftung?«

»Ja«, bestätigte Witt.

»Heilige jungfräuliche Maria!«, rief Maurizio. »Die kommen auch in unseren Daten vor.«

»Sie sind bestochen?« Conradas Herz klopfte schneller. Gab es wirklich eine Möglichkeit, an Theresas Entführer heranzukommen?

»Kann man nicht sagen«, rief Maurizio, seine Augen glänzten, »es gibt eine Menge Gelder, die in ihre Richtung fließen, und eine Menge Gelder, die sie auf andere Konten zahlen. Wie bei einer Bank.«

»Oder einer Strohfirma«, fügte Prinz hinzu.

»Wo ist die Stiftung gemeldet?«, fragte Conrada.

Felskellner googelte. »Paris. Aulnay-sous-Bois.«

»Das Flugzeug ist allerdings nicht nach Paris unterwegs gewesen«, bemerkte Witt.

»Sondern?« Conrada stockte der Atem.

»Saint-Flour Coltines. Ein Flugfeld im französischen Zentralmassiv, das eigentlich für Leichtflugzeuge konzipiert ist.«

»Trotzdem kann eine Maschine mit interkontinentaler Reichweite dort landen?«, fragte Conrada.

»Meinem Bekannten ist es gelungen, sich Zugriff auf die Stammdaten des Flugfelds zu verschaffen. Die Landebahn wurde 2011 ausgebaut.«

»Hat Ihr Bekannter herausgefunden, wieso?«

»Nicht direkt. Aber die Kosten wurden damals übernommen von einer Firma aus Saint-Flour. Ein Pharmakonzern namens Frederic McFadden Laboratories.«

Witt sagte es ohne jede Aufregung. Conrada wäre ihm am liebsten um den Hals gefallen. Schnell wurde sie wieder nüchtern. »Was machen wir jetzt?«

»Solange wir nicht wissen, wer alles korrumpiert ist, sind wir auf uns allein gestellt«, sagte Prinz.

»Ich fliege hin und hole sie«, sagte Witt.

»Allein?«, fragte Conrada. Was für ein abenteuerlicher Vorschlag.

»Der Mann wäre gern James Bond«, sagte Prinz. »Leider hat er weder das Aussehen noch die Sprüche.«

Witt grunzte verärgert.

»In Ordnung«, sagte Conrada, »Sie fliegen. Und ich komme mit.«

»Auf keinen Fall«, riefen Witt und Prinz aus einem Munde.

»Wir fliegen zu zweit oder gar nicht«, sagte Conrada. Witt wollte etwas einwenden, sie kam ihm zuvor: »Und wir fliegen nicht, um alles in Schutt und Asche zu legen«, sie sah ihm fest in die Augen, »sondern um zu reden.«

»Ms. van Pauli …«, begann Prinz.

»Und Sie würde ich bitten«, unterbrach ihn Conrada, »meine Tochter Emilia in Sicherheit zu bringen. Versprechen Sie mir das?«

Prinz nickte ergeben.

81. Kapitel

Peking, China; Sonntag, 17:39 Uhr UTC+8

Konfuzius verlangte Demut. Die Schlange war lang, doch Frau Feng wartete geduldig. Sie war mit dem Bus nach Peking gefahren, die Fahrt hatte siebenunddreißig Stunden gedauert. Tochter Yi hatte ihr empfohlen, ein Buch mitzunehmen, aber Frau Fengs Augen waren schwach geworden, das Lesen wurde ihr zu anstrengend. Ihr Leben lang hatte Frau Feng sich in Demut geübt, sie blickte auf das Land und wartete ruhig, während der Bus das Reich durchquerte. Seit ein paar Jahren spürte sie ihren Rücken, auch die Hüfte, die Arbeit auf den Reisfeldern, doch Frau Feng hatte gelernt, dass es keine Schmerzen gab, die unerträglich waren. Die Straßen waren besser als früher.

Frau Feng war einmal in Kunming gewesen, und sie hätte sich nicht träumen lassen, dass eine Stadt so groß sein konnte. Peking war größer. Schön war Peking nicht. Viel Beton, viele Autos, die Luft war nicht gut. Der Bus fuhr direkt zum Platz des Himmlischen Friedens. Der Busfahrer erklärte, es handle sich um den größten Platz der Welt. Der Platz war tatsächlich sehr groß.

Auf der Mitte des Platzes befand sich das Mausoleum, welches den Körper des Großen Vorsitzenden barg. Das Mausoleum wurde sehr gut bewacht. Um nur auf den Platz zu gelangen, musste man durch einen Tunnel gehen, in welchem man nach Waffen durchsucht wurde. Frau Feng musste sogar ihre Wasserflasche abgeben. Sie wusste, warum. Tochter Yi hatte es ihr erklärt: Die Muslime aus Xinjiang versuchten, Benzin auf den

Platz zu schmuggeln, um sich damit zu übergießen und anzuzünden. Tochter Yi behauptete, die Regierung sei schuld.

Frau Feng mochte ihre Tochter Yi. Aber dass Tochter Yi so kritisch gegenüber der Regierung war, mochte Frau Feng nicht. Es war nicht klug, gegen die Regierung zu sein. Schon zur Zeit des Großen Vorsitzenden war das nicht klug gewesen.

Die Luft war nicht gut. Frau Feng stand in der Schlange vor dem Mausoleum des Großen Vorsitzenden und wartete. Auf dem Platz waren viele Ausländer, aber in der Schlange war keiner. Frau Feng hatte sich Blumen gekauft. Gerne hätte sie etwas getrunken.

Das Mausoleum war ein schönes Gebäude. Es war rechteckig und hatte eine Veranda mit Säulen. Die Säulen waren aus Beton wie die Wände, aber das Dach war so, wie es die Kaiser früher gebaut hätten. Frau Feng mochte chinesische Geschichte. Sie hätte gern die Verbotene Stadt besucht. Aber dafür reichte die Zeit nicht. Sie hätte ein Hotel bezahlen müssen. Frau Feng war stolz auf ihre Sparsamkeit. Sie war eine demütige Frau, aber auf ihre Sparsamkeit war sie stolz. Und auf Tochter Yi.

Die Schlange bewegte sich. Frau Feng war die Letzte in ihrer Gruppe, hinter ihr standen Nordchinesen an. Es war ein komischer Dialekt. Tochter Yi hatte einen Nordchinesen geheiratet. Schwiegersohn Dong. Frau Feng mochte ihn nicht. Er kam aus Jinan und dachte, nur weil er aus einer Stadt kam, wäre er etwas Besseres. Als er das letzte Mal zu Besuch gewesen war, hatte sie ihm Zucker für den Tee geholt, und als sie wiederkam, hatte er sich bereits eingeschenkt. Obwohl sie gesagt hatte, dass er warten solle. Tochter Yi behauptete, das sei nicht böse gemeint gewesen, im Gegenteil – in der Stadt gebe es weniger Zeremonien, das sei die moderne Zeit. Frau Feng mochte die moderne Zeit nicht. Zu viele Veränderungen. Sie hatte genügend Veränderungen erlebt. Die einzige Veränderung, die sie sich noch wünschte, war, Großmutter zu werden. Aber Tochter Yi war alt. Zu alt, fürchtete Frau Feng.

Ein Soldat sah sich ihre Eintrittskarte an, dann durfte Frau Feng das Mausoleum betreten. Es war sehr schön. Der Boden war aus poliertem Stein, und in die Wände waren Platten aus Porzellan eingelassen. Sie durfte nicht stehen bleiben, hinter ihr drängten die Nordchinesen. Frau Feng mochte ungeduldige Leute nicht.

Sie ging den Weg entlang, der ihr durch Absperrbänder vorgegeben war. Es waren sehr viele Menschen, Frau Feng musste aufpassen, dass sie niemandem auf die Hacken trat. In der Mitte der Halle befand sich ein großer marmorner Sockel. Soldaten standen links und rechts davon, kerzengerade, mit weißen Handschuhen. Der Sockel trug einen leuchtenden Sarg. Nicht aus Holz. Aus Kristall. Frau Feng war aufgeregt. Es war der Sarg des Großen Vorsitzenden.

Als Frau Feng an den Sarg treten durfte, kniete sie sich hin und legte die Blumen vor sich auf die Stufen. Erst danach schaute sie hoch. Da, nur eine Armlänge entfernt, lag er, der Große Vorsitzende. Die Arme hielt er auf der Brust gefaltet, die Augen hatte er geschlossen. So lebendig wirkte er, als schliefe er nur. Friedlich und gütig sah er aus. Eine Welle tiefster Dankbarkeit überschwemmte Frau Feng. Niemand hatte sich so demütig hingegeben für China wie dieser Mann. Frau Feng hatte einige Opfer gebracht in ihrem Leben, einige Entbehrungen erlitten, aber in diesem Moment spürte sie, niemand konnte so glücklich sein wie der, der sich hingab für sein Land.

Frau Feng mochte die moderne Zeit nicht, aber es war die Zeit eines erwachenden Drachen. Und das Wissen, dass der Drache die Welt beherrschen würde wie einst, machte sie glücklich.

Frau Feng war nur ein Reiskorn, doch als Teil Chinas würde sie teilhaben am Ewigen.

82. Kapitel

Saint-Flour, Frankreich; Montag, 01:17 Uhr UTC+2

Die Leuchten der Landebahn glitzerten in der kalten Septembernacht. Mogherini hatte den Flug autorisiert.

Das Flugfeld Saint-Flour Coltines sah von oben aus wie ein verlorener schwarzer Strich im braunen Flickenteppich abgemähter Weizenfelder. Neben den Piloten war Conrada mit Witt allein im Flugzeug. Prinz und Maurizio waren bei Felskellner in Brüssel geblieben und werteten die Chipdaten weiter aus. Conrada war bereits in der Luft gewesen, als Prinz ihr schrieb, Emilia sei in die österreichische Botschaft gebracht worden. Außerdem habe er gerade Nachricht von einem Kontaktmann in Daressalam erhalten: Tobias Blättl habe sich bei Projects Abroad zurückgemeldet. Er sei in der Nähe von Bukoba am Rande einer Überlandstraße zu sich gekommen. Er habe leicht verwirrt gewirkt, mit Erinnerungslücken, offenbar unter Drogeneinfluss, im Übrigen aber unversehrt. Zu Theresas Verbleib wisse der Schweizer nichts. Der Kontaktmann habe Prinz versprochen, dass er sich um Blättl kümmern werde.

Der Flugkommandant bat darum, sich auf eine holprige Landung einzustellen, eine Minute später rumpelten sie über den Asphalt. Die Schubumkehr der Turbinen zerrte rabiat an Conrada. Obwohl die Gulfstream des Europäischen Lufttransportkommandos kein großes Flugzeug war und die Piloten durchaus nicht zimperlich bremsten, brausten sie beinahe die gesamte Bahn hinab, bevor die Maschine endlich zum Stehen kam.

Conrada bedankte sich bei den Piloten und machte mit ihnen aus, dass diese auf dem Flugfeld warten würden, während sie selbst mit Witt unterwegs wäre. Hoffentlich nicht länger als ein paar Stunden.

Prinz hatte erwogen, sie und Witt von einem ihm bekannten INTCEN-Mitarbeiter aus Lyon abholen zu lassen, sich allerdings mit Conradas Zustimmung dagegen entschieden. Je weniger Leute sie in die Angelegenheit hineinzogen, desto besser.

Ein Taxi musste genügen. Nach zwanzig Minuten war es da. Die Fahrt ins Industriegebiet von Saint-Flour dauerte eine gute Viertelstunde. Witt saß schweigend neben ihr im Fond, den Rucksack auf dem Schoß. Conrada war ihm dankbar für die Stille.

Die Angst um Theresa drohte alles zu verdrängen, Conrada konnte, durfte sie nicht gewähren lassen. Sie brauchte einen klaren Kopf, dringender als je zuvor. Sie wusste nicht, was vor ihr lag, Vorbereitung war unmöglich. *Sei brav.* Sie zwang sich dazu, bewusst zu atmen, langsam. Je nebulöser die Lage, desto bedeutender wurde ein klarer Blick. Sie durfte die Angst nicht gewinnen lassen.

Prinz hatte ihnen noch einige Informationen zukommen lassen, was McFadden Laboratories S.à.r.l. betraf. Die Firma gehörte Frederic McFadden, dem Sohn eines schottischen Juristen namens Francis McFadden, der als Unternehmensberater zu Wohlstand gekommen war. Frederic war in die Fußstapfen seines Vaters getreten und hatte sich auf die Beratung von Pharmaforschungsunternehmen spezialisiert. Mit ausgesprochenem Erfolg, seine Kanzlei wurde zum Marktführer. Als im Jahr 2006 der Schmerzmittelhersteller Mont Santé vor der Insolvenz stand, kaufte McFadden die Firma und benannte sie in McFadden Laboratories um. Seitdem wuchs sie moderat, aber stetig. Über die Jahre kamen einige weitere Unternehmen dazu. Auffällig war, dass es keine Fotos von McFadden gab, weder im Internet noch auf den exklusiven Plattformen, die Prinz zur Verfügung standen. Ansonsten hatte er auf die Schnelle nichts Auffälliges entdeckt. Zwar gab es eine beachtliche Reihe an Anzeigen, doch das war in der Branche nichts Unübliches. Die wenigen Fälle, die es vor Gericht geschafft hatten, hatten in Vergleichen geendet; die meisten Klagen waren im Sande verlaufen. Maurizio und Felskellner allerdings hatten die Pokerchip-Daten auf McFadden hin durchforstet und zahlreiche Einträge gefunden. Sie arbeiteten fieberhaft an der Auswertung.

Das Industriegebiet von Saint-Flour war nicht besonders beeindruckend, schon gar nicht des Nachts. Sie hatten es bereits durchquert, als ihr Fahrer auf ein Gebäude zeigte, das einige Hundert Meter abseits der übrigen Lagerhallen und Fabriken stand: McFadden Laboratories, ihr Ziel. Ein schwarz glitzernder Würfel, rundum angestrahlt, umzäunt, von Feldern umgeben. Eine Schranke versperrte die Zufahrt. Conrada bezahlte den Fahrer, bat ihn aber zu warten.

Witt schulterte seinen Rucksack, und sie näherten sich gemeinsam dem Würfel. Die Rasenfläche zwischen Gittermattenzaun und Gebäude glänzte im Flutlicht. Im Würfel selbst leuchteten nur ein paar Fenster der obersten Etage.

Sie gelangten an ein schmuckloses Stahltor. Eine Klingel gab es nicht, nur ein Keypad. Unschlüssig stand Conrada davor. Sie wollte bereits gegen das Tor schlagen, da packte Witt sie am Arm und zog sie ein paar Schritte zurück.

»Was ist los?«

»Wir können versuchen«, schlug Witt vor, »hineinzukommen, ohne Aufmerksamkeit zu erregen.«

»Ich will nicht einbrechen. Ich will mit ihnen reden.«

»Wie Sie meinen.«

Conrada trat ans Tor heran und klopfte. Das Geräusch war enttäuschend matt. Sie wartete eine Weile, klopfte noch mal, wartete, vergeblich. Der Stahl rührte sich nicht.

Witt stand neben ihr und schwieg.

»Na gut«, meinte Conrada. »Aber wie wollen Sie das machen? Die sehen uns doch.« Conrada zeigte auf die Kameras, welche auf die Pfosten des Tors montiert waren.

»Kommen Sie mit«, forderte Witt sie auf. Sie traten wieder einige Meter vom Tor weg. Witt holte ein Gerät aus seinem Rucksack, das wie ein sehr dickes Tablet aussah, und schaltete es ein. Er öffnete eine Kommandozeile und gab ein paar Befehle ein. »Fertig«, sagte er dann.

»Was ist fertig?«

»Die Kameras sind im Standbildmodus. Wir haben keinen Wind, sie werden es stundenlang nicht merken.«

»Haben Sie uns nicht schon gesehen?«

»Sie haben niemanden geschickt, also haben sie uns entweder nicht bemerkt oder halten uns für harmlos. Spaziergänger oder so.«

»Wenn Sie meinen.« Conrada war nicht überzeugt. Wie Touristen sahen sie nicht gerade aus. »Und wie kommen wir durch das Tor?«

»So.«

Conrada sah Witt argwöhnisch über die Schulter. Wieder tippte er etwas, über sein Display rasten Zahlenkolonnen, froren ein.

»Fertig.«

»Sie haben das Tor geöffnet?«

»Kommen Sie.« Er ging zurück zum Tor, Conrada folgte.

Es war verrückt. Der Fußgängerdurchlass, der ins Tor eingelassen war, ließ sich aufdrücken. »Sie haben den Einbruch von Anfang an vorgehabt.«

»Nein«, erwiderte Witt. »Doch es ist immer gut, auf Eventualitäten vorbereitet zu sein. Nach Ihnen.« Er bemühte sich nicht darum, seine Stimme zu senken.

»Unglaublich«, murmelte Conrada. »Was ist mit den Wachen?«

»Controller gibt es«, entgegnete Witt, während er zügig auf

den Würfel zuging. »Aber Wachleute im klassischen Sinne finden sich kaum noch in modernen Sicherheitssystemen. Zu teuer, zu fehleranfällig, bestechlich, faul.«

»Und stattdessen?«, fragte Conrada. Sie musste sich anstrengen, mit dem Deutschen Schritt zu halten.

»Mikrowellen. Laser. So was«, erklärte Witt. »Keine Sorge. Mit dem Öffnen der Tür wird das Sicherheitssystem kurzzeitig deaktiviert. Schwieriger ist es, die Information zu unterdrücken, dass die Tür überhaupt geöffnet wurde. Sollte aber funktioniert haben.« Sie erreichten den Gebäudeeingang. Es handelte sich um eine gläserne Drehtür. Witt starrte auf sein Tablet.

»Woher können Sie das alles?«

Es schien Witt nicht zu stören, dass Conrada ihn mit ihren Fragen behelligte, während er gerade damit beschäftigt war, in einen hochgesicherten Gebäudekomplex einzudringen.

»Ich nutze nur die Software. Das lernt man in einem Wochenendseminar.« Wieder rasten Zahlenkolonnen übers Display. »Es sind zwei Firmen, die neunzig Prozent der Codes programmieren, welche in modernen Sicherheitssystemen zu finden sind. Orson Industries in Texas und Airbus. Den Deal mit Orson hat die CIA eingefädelt.« Zu Airbus sagte er nichts. Conrada konnte sich den Zusammenhang ausmalen. Der europäische Rüstungskonzern war halbstaatlich – Deutschland, Frankreich und Spanien hielten gemeinsam eine Sperrminorität.

»Die deutsche Polizei scheint ihre Mitarbeiter ja umfassend auszubilden«, sagte Conrada beiläufig. »Aber Sie wollen mir nicht weismachen, dass das rechtlich wasserdicht ist, oder?«

»Natürlich nicht. Im Übrigen war ich nicht immer bei der Polizei.«

»Ach.«

Von der Drehtür ertönte ein leises Surren. Witt drückte testend gegen das Glas, die Tür gab nach. Er ging vor, spähte ins Foyer, winkte Conrada dann, ihm zu folgen.

Als sie nachgekommen war, führte Witt sie zur Damentoilette und gab ihr seinen Lieblingsbefehl: »Warten Sie hier.«

Nach fünf zähen Minuten war er wieder da.

»Wo waren Sie?«

»Fürs Erste haben wir Ruhe. Aber ich weiß nicht, wann die Wachablösung ist. Wir sollten uns beeilen. Hoch?«

»Hoch«, nickte Conrada. Dort hatte Licht gebrannt, und wenn McFadden ein typischer Repräsentant seiner Zunft war, dürfte er sein Büro so weit oben wie möglich eingerichtet haben.

Der Fahrstuhl war nicht gesichert. Es gab acht Stockwerke. Nervös beobachtete Conrada, wie eine Nummer nach der anderen aufglühte und wieder verlosch. Dann waren sie da.

Sie traten auf einen weiten, warm erleuchteten Gang mit hoher Decke. Auf der einen Seite war er gesäumt von einer Fensterfront, die den Blick auf die dunkel schlafende Landschaft der französischen Provinz freigab. Die Wand auf der gegenüberliegenden Seite wies eine lange Reihe impressionistischer Gemälde auf, dazwischen hin und wieder eine Tür. Neben den Türen waren statt einer Beschilderung Displays angebracht, die allerdings nur Raumnummern verrieten.

»Ihre Show«, sagte Witt.

Conrada war mulmig zumute, doch umzukehren kam nicht infrage. Und sie hatte Witt an ihrer Seite. Der kleine Deutsche mit den Superkräften hatte sie schon einmal rausgehauen, seine Anwesenheit spendete ihr Zuversicht.

Vorsichtig tappten sie den Gang hinunter. Conrada wollte erst seine gesamte Länge erkunden, bevor sie nachsah, ob manche der Türen unverschlossen waren.

Ohne Ergebnis hatten sie die erste Würfelkante abgeschritten. Der Gang machte an der Ecke einen Knick und führte weiter. Sie folgten ihm. Es war gespenstisch still. Conrada hörte nur das Klopfen in ihrer Brust und ihre eigenen Schritte. Witt trat unhörbar leise auf.

Plötzlich fasste Witt sie am Arm, und im selben Moment glaubte sie, eine Melodie zu hören. Sie traten an die nächste Tür – und tatsächlich: Musik. Gedämpft zwar, aber ohne Zweifel.

»Sollen wir da rein?«, wisperte Conrada.

Witt zuckte die Schultern.

Was konnten sie verlieren? Conrada drückte die Klinke, die Tür ließ sich öffnen, gab den Blick frei auf einen Salon. Schwere Teppiche, ein Sekretär aus dunklem Holz, farblich aufeinander abgestimmte Polstermöbel, eine Bar, impressionistische Gemälde an den Wänden. Links und rechts gingen Türen ab, doch waren sie geschlossen.

Woher die Musik kam, war nicht zu bestimmen. Es handelte sich um trompetenlastigen Jazz, nicht allzu laut aufgedreht. Ein zierlicher Mann, schmal wie Prinz, in elegantem Anzug, redete mit einem zweiten, der auf einer Chaiselongue saß.

Beide drehten sich nach ihnen um. Überrascht, aber nicht erschreckt. Der Mann, der gesessen hatte, stand auf. Es war ein Riese. Er trug Anzughose und Hemd, doch seine Figur verriet einen Athleten. Sein Kreuz war enorm, die Arme lang und muskelbepackt wie die eines Gorillas.

Conrada stand in der Tür, für eine Sekunde bewegte sich niemand. Dann sagte der Schmale: »Ms. van Pauli. Treten Sie ein.«

Conrada gehorchte. »Mr. McFadden?« Der Akzent klang allerdings nicht nach dem eines Schotten. Witt betrat hinter Conrada den Raum, der Hüne ging in Habachtstellung.

»Nein, nur ein Mitarbeiter«, sagte der Schmale, kam ihr entgegen, reichte ihr die Hand. »Sven-Ole Anderson.«

»Von der EZB?«, fragte Conrada überrascht.

»Ja. Wir haben uns in Buenos Aires leider verpasst. Wer ist ihr Freund?«

»Nicht wichtig«, knurrte Witt.

»Ein Freund«, sagte Conrada. »Wo ist McFadden?«

»Nicht hier.«

»Wo ist meine Tochter?«

»Hm«, machte Anderson. »Sie sollten sich zurückhalten. Haben Sie das nicht verstanden? Oder lassen sich gemäß Ihrer Definition gute Manieren und Einbrüche vereinbaren?«

»Ich habe von meiner Arbeit Abstand genommen.« Der Grat zwischen Wahrheit und Lüge, auf dem sie hier balancierte, war mörderisch schmal.

Anderson lächelte. »Sie dachten wirklich, es ging uns um Ihre politischen Aktivitäten? Sie überschätzen Ihren Einfluss. Es geht uns um die Daten, die Mr. Pellegrini Ihnen hat zukommen lassen. Nichts weiter.«

»Ich bin bereit, mit Ihnen zu verhandeln.«

»Können wir machen. Aber Ihren Freund brauchen wir dafür nicht.« Anderson nickte dem Hünen zu, der zog blitzschnell eine Pistole und schoss auf Witt. Im selben Moment krachte Witt auf den Hünen, rammte ihn gegen den Sekretär. Das Holz zerbarst knirschend. Witt packte den Arm, in welchem der Hüne seine Pistole hielt, riss daran, ein schnalzendes Geräusch, die Pistole flog durch den Raum. Der Hüne rammte Witt das Knie gegen die Brust, schleuderte ihn der Pistole hinterher. Der Arm des Hünen war in einem unnatürlichen Winkel verdreht. Witt rollte sich ab, wollte aufspringen, doch der Hüne war schon über ihm, trat auf ihn ein, Witt blockte, trat aus der Hocke heraus dem Hünen das Standbein weg, der Hüne fiel, in Witts Hand blitzte ein Kampfmesser, er stach zu, der Hüne parierte mit seinem gesunden Arm, packte ihn am Handgelenk, drehte es, lag plötzlich oben, vergrub den kleinen Deutschen unter sich. Witt schlug dem Hünen gegen den Kehlkopf, einmal, zweimal, schlug ihm mit dem Ellenbogen gegen das Kinn, hatte plötzlich ein Bein um den Hals des Hünen gelegt, hebelte den Muskelberg von sich herunter, sprang auf, ließ sich mit seinem Knie auf den Hals des Hünen fallen, der Hüne riss den gesunden Arm hoch, zu spät, Witts Knie traf ihn mit voller Wucht, ein Knacken, die Glieder des Hünen zuckten, dann erschlafften sie. Schwer atmend richtete Witt sich auf. Er sah nicht viel besser aus als sein unterlegener Gegner. Der Kampf hatte nur wenige Augenblicke gedauert.

Ein Schuss, Witt schnellte hoch, noch ein Schuss, Witt stürmte auf Anderson zu, ein Schuss, Conrada schrie, Witt taumelte, fiel. Anderson trat nah an ihn heran, richtete ihm die Pistole auf die Brust, schoss ein letztes Mal, Witt blieb reglos liegen.

»Hören Sie auf«, schrie Conrada, »hören Sie auf!«

Sie stürzte zu Witt, kniete sich zu ihm, tastete nach seinen Wunden – doch der matte Glanz in seinen Augen verriet genug. Es war derselbe Glanz wie der in den Augen des Taxifahrers Geraldo.

»Scheiße«, fluchte Anderson.

Conrada starrte ihn fassungslos an. »Sie sind ein Mörder.«

Anderson starrte auf die Pistole. »Ich habe noch nie jemanden umgebracht.« Er war bleich geworden. Die Pistole glitt ihm aus den Fingern, fiel auf den Teppich.

»Ist da jemand?« Aus einem der anschließenden Räume drang eine verängstigte Stimme. »Hallo? Helfen Sie mir!«

Conrada kannte die Stimme. Sie gehörte Theresa.

83. Kapitel

Helsinki, Finnland; September 1975

Helsinki im Jahre 1975 war ein interessanter Ort. Urho Kekkonen herrschte mit der Zustimmung des Volkes seit neunzehn Jahren über Finnland wie ein Autokrat. Die marktwirtschaftliche Ausrichtung war der Sowjetunion ein Dorn im Auge. Die russlandfreundliche Politik vergrätzte den Westen. Die Wirtschaft brummte – dank des Handels mit Russland. Die erste Konferenz über Sicherheit und Zusammenarbeit in Europa war gerade mit der Helsinki-Schlussakte abgeschlossen worden. Unterzeichnet wurde die Akte in der strahlend weißen Finlandia-Halle, die vier Jahre zuvor fertiggestellt worden war.

Pekka war nervös, als er den Senatsplatz betrat. Pekka war noch nie in der Hauptstadt gewesen. Der Dom und das Senatsgebäude waren gleichermaßen einschüchternd. Doch keinem der beiden Prachtbauten galt sein Besuch. Pekka war hier, um sich an der Universität von Helsinki einzuschreiben.

Es war ein Kampf gewesen. Seine Eltern führten einen Lebensmittelladen, sie konnten nicht verstehen, was es mehr zu wissen geben sollte als das Erstellen einer Bilanz und das Lagern von Frischwaren. Und wenn Pekka schon studieren wollte, warum nicht in Kuopio, da gab es doch seit Neuestem eine Universität.

Pekka umklammerte seine Bewerbungsmappe. Kuopio war ein Nest. Schon als Jugendlicher hatte er von der Welt geträumt. Und in Finnland gab es nur eine Stadt, die ihm ein Tor zur Welt zu öffnen vermochte: Helsinki.

Mit weichen Knien betrat er das ockerfarbene Hauptgebäude. Ein Schild wies darauf hin, dass Neueinschreibungen im zweiten Stock stattfanden. Die Schlange im Flur war viele Meter lang. Er wartete. Er hatte gute Noten. Ob sie gut genug waren, wusste er nicht.

Endlich wurde er ins Büro gebeten. Ein älterer Mann saß hinter einem Schreibtisch und fragte Pekka grußlos nach seiner Mappe. Er studierte sie mit zusammengezogenen Augenbrauen.

»Jura?«

Pekka nickte. Seine Zunge war trocken.

»Warum?«

»Weil man sich um die Welt kümmern muss.«

»Na gut«, sagte der Mann gleichgültig, griff nach einem Stempel und presste ihn auf das Bewerbungsformular. »Nächster!«

In Mexiko-Stadt räumte Pekka Salminen die letzten Fotos in einen Karton. Er musste sich beeilen, sie hatten ihm eine Viertelstunde gegeben. Ein Foto zeigte ihn als Studenten, ein anderes strahlend mit seiner Bescheinigung, sich künftig Doktor des Rechts nennen zu dürfen. 1982 war das gewesen. Wie er damals darauf gebrannt hatte, die Welt zu verändern. Dieser unsägliche Tatendrang. Ja, er hatte gearbeitet. Seit 1982 war er nie in den Urlaub gefahren, hatte sich selten überhaupt ein Wochenende freigenommen. Er hatte nie ein Buch gelesen, das zur Zerstreuung dienen sollte. War nie ins Kino gegangen. Ins Theater nur, wenn es einen offiziellen Anlass gab. Abgesehen von der Sauna hatte er sich nie um die Gesundheit seines Körpers bemüht. Hatte nie eine Frau geliebt.

Nichts davon vermisste er. Der Urlaub, das Buch, das Kino, der Sport, die Frau – nichts davon kam ihm vor dem Hintergrund seiner Arbeit bedeutsam vor. Es ging ihm nicht darum, sich in ihr vor anderen zu beweisen, er war nicht narzisstisch; er wusste, alles, was er tat, war nur ein Tropfen auf dem heißen Stein. Wenn überhaupt. Aber er wusste auch, die Verzweiflung vor den Dunkelheiten der menschlichen Existenz ließ sich nur zurückdrängen, wenn man ihr etwas entgegenhielt.

Seine Mitarbeiter neckten ihn freundlich für seine emotionslose, analytische Art. Sie ahnten nicht, dass es das Gegenteil war. Salminen brannte. So stark, dass er sich gegen das Feuer schützen musste; dass er den Wald seiner Empfindungen roden musste, um dem Feuer keine Nahrung zu bieten.

Er klebte den Karton mit Paketband zu und beobachtete die Möbelpacker dabei, wie sie seine Habseligkeiten aus dem Büro trugen. Nachdem die mexikanische Außenstelle des EAD schon in der vergangenen Woche vorläufig geräumt worden war, hatte Rhodes als Leiter beider Amerikas nun angeordnet, sie endgültig zu schließen, die Belegschaft vollständig außer Landes zu bringen. Interimsmäßig sollte die Bereichsleitung für Mittelamerika auf Jamaika untergebracht werden. Unter Polizeischutz war man dabei, die wesentlichsten Teile des Inventars zu verladen. Noch sprach es niemand aus, aber in Mexiko herrschte Krieg. Die US-Armee hatte die Kartelle so radikal aufgerieben und dabei so furchtbare Kollateralschäden verursacht, dass sie sich ganz Mexiko zum Feind gemacht hatte. Der Widerstand, dessen sie sich inzwischen erwehren musste, speiste sich aus Mitgliedern aller gesellschaftlichen Schichten.

Salminen war zweiundsechzig Jahre alt. Er fühlte sich müde. Der Shuttlebus, der sie zum Flughafen bringen sollte, wartete.

Er hatte sich damals, 1975 – er erinnerte sich gut an den Tag, das Gefühl –, an der Universität von Helsinki eingeschrieben, weil er kämpfen wollte. Er war überzeugt davon gewesen, dass die Menschheit in ihrer rasenden Entwicklung taumelte zwischen Zivilisation und Barbarei. Die Entwicklung war nicht zu bremsen, geschweige denn aufzuhalten. Doch um die Richtung, in die die Menschheit schlitterte, konnte man, musste man kämpfen.

Salminen war mehr denn je durchdrungen von seiner damaligen Überzeugung. Er bezweifelte nur, dass die Barbarei noch zu bezwingen war. Verdrossen stieg er in den Bus. Die Fahrt zum Flughafen würde mindestens eine Stunde dauern. Polizeiwagen eskortierten sie. Salminen starrte aus dem Fenster. Die Landschaft, die Häuser, alles war ihm so vertraut. Kallikles, dachte er, hatte recht. Die Sanftmütigen waren zu schwach, sich vor den Kaltherzigen zu schützen. Und den Löwen gehörte die Welt. Kein Recht konnte denjenigen eindämmen, der keine Freunde brauchte.

Er klappte seinen Laptop auf. Las noch einmal die Mail, die Conrada ihm geschickt hatte. Conrada. Salminen war sich sicher, dass wenige seine Gefühle so nachvollziehen konnten wie die zierliche Niederländerin. Und zugleich legte sie einen Mut, eine Zuversicht an den Tag, um die er sie nur beneiden konnte. Er schüttelte den Kopf. Jetzt war sie über das Ziel hinausgeschossen. Dieser Professor Auenrieder mochte ein kluger Systemtheoretiker sein – vom Politikbetrieb wusste er nichts. Salminen hatte das Paper wieder und wieder gelesen. Er hätte so gern an die Realisierbarkeit geglaubt, allein, alle Tatsachen sprachen dagegen. Kein reiches Land würde ein ganzes Prozent seines Jahresbudgets aufgeben, um damit Drittstaaten zu unterstützen. Ohne Einfluss nehmen zu können. Niemals. Auenrieder argumentierte, wenn Autokratien nicht mit schmutzigen Deals umworben, sondern offen und bedingungslos unterstützt wurden, dann konnten die Machthaber Probleme nicht mehr aufs Ausland schieben. Über kurz oder lang würde die Bevölkerung aufbegehren, wenn die Hilfsgelder nicht durchsickerten. Behauptete Auenrieder. Salminen war höchst skeptisch. Subventionen für Failed States wie Libyen, Vabanquespieler wie Nordkorea, Schreckensherrschaften wie Simbabwe? Nicht nur die Regierungen der Geberländer würden das ablehnen, auch die Steuerzahler – die Wähler würden auf die Barrikaden steigen.

Problematisch war darüber hinaus die Bemessung des Reichtums in Abhängigkeit vom Pro-Kopf-Einkommen. Manche kleinen Länder mochten reich sein, besaßen aber wenig Einfluss in Relation zu größeren, ärmeren Ländern. Die kleinen würden sich heftig dagegen wehren, die großen zu subventionieren. Auenrieder hatte zwar darauf hingewiesen, dies bei der Sortierung zu berücksichtigen – doch auf Details hatte er verzichtet.

Salminen wurde das Herz schwer. Er lebte in dem Zeitalter, in dem sich das menschliche Schicksal entscheiden würde. Noch bevor die Roboter die Welt eroberten, drohte die Menschheit sich selbst zu vernichten. Und die einzige Waffe, das Unheil abzuwenden, schien das weltfremde Gedankenspiel eines Professors zu sein, den man schon vor Jahren in den Ruhestand geschickt hatte.

Es war lausig.

Am Straßenrand blühten Kakteen. Im September. Salminens Telefon klingelte. Rhodes. Aufgrund von Aufständen in Kingston sei es nicht möglich, Jamaika anzufliegen. Ob Salminen eine bestimmte Präferenz habe, wohin man die Belegschaft stattdessen verfrachten könnte.

Salminen rieb sich die Stirn. Er ahnte, er würde seine Entscheidung bereuen.

»New York«, sagte er.

Er starrte auf seinen Laptop. Warum nur vertraute Conrada auf Auenrieders Konzept? Es hatte keinerlei Aussicht auf Erfolg. Salminen seufzte. Zumindest sollte man es rechtssicher formulieren.

84. Kapitel

Saint-Flour, Frankreich; Montag, 02:18 Uhr UTC+2

»Theresa«, rief Conrada, rannte auf die Tür zu, hinter welcher sie die Stimme ihrer Tochter gehört hatte.

»Mama?«

»Ja. Ich bin hier.« Conrada rüttelte an der Tür, sie war verschlossen. Sie wandte sich an Anderson, zwang sich zur Ruhe. »Wo ist der Schlüssel?«

Anderson hatte sich nicht gerührt, seitdem er Witt erschossen hatte, stand noch immer an derselben Stelle, noch immer kreidebleich. »Sie hätten nicht herkommen sollen.« Die Pistole lag vor ihm auf dem Teppich, er beachtete sie nicht. Conrada hob sie auf. »Und Sie, Sie Monster«, rief sie mühsam beherrscht, »Sie hätten meine Tochter nicht entführen sollen.«

»Ja«, sagte Anderson. »Darauf hätten wir gern verzichtet.«

Die Dreistigkeit ließ Conrada das Blut in die Wangen schießen. »Sie wurden nicht dazu gezwungen.«

»Leider schon«, sagte Anderson.

»Das ist nicht witzig.«

»Es ist mein Ernst.« Langsam nahm er wieder Haltung an, die Farbe kehrte in sein Gesicht zurück. »Wäre Woodearth nicht durchgedreht, hätte das Ihnen und uns eine Menge Ärger erspart.«

»Sie stecken mit Woodearth unter einer Decke?« Conrada ging zu dem zerstörten Sekretär, suchte nach dem Schlüssel, ließ jedoch immer ein Auge auf Anderson.

»Wir sind Geschäftspartner.«

»Entführungen? Tolles Geschäftsmodell.«

»Ich kann Ihren Zorn verstehen«, sagte Anderson. »Aber nachdem Woodearth Sie bedroht hat, mussten wir handeln. Wir brauchten ein Druckmittel, um Sie ruhigzustellen.«

»Geben Sie mir meine Tochter zurück, und Sie und Ihr Chef bekommen, was Sie wollen: Ich lasse Sie in Ruhe.«

»Weshalb sollten wir Ihnen trauen?«

»Ich liebe meine Tochter.«

»Sie besitzen sensible Daten.«

»Die können Sie haben.«

»Woher wissen wir, dass Sie die Daten nicht bereits weiterverteilt haben?«

»Deswegen haben Sie doch meine Tochter entführt, oder nicht? Damit ich die Daten nicht verteile. Sie gingen zu Recht davon aus, dass Mr. Pellegrini meiner Entscheidung folgen würde.« Conrada presste die Lippen zusammen, sie befand sich auf gefährlich dünnem Eis. »Ansonsten weiß niemand von den Daten«, log sie. »Außer Mr. Witt. Und den haben Sie umgebracht.«

»Wenn das wahr ist, was hindert uns daran, uns Ihrer auf dieselbe Weise zu entledigen?«

»Die Vorsicht. Glauben Sie wirklich, ich habe keine Vorkehrungen getroffen? Und denken Sie gar nicht erst daran, Mr. Pellegrini auszuschalten. Es würde Ihrem Anliegen nicht nützen.«

Anderson verschränkte die Arme, senkte den Kopf. Conrada richtete die Pistole auf ihn. Die filigrane Waffe war schwerer, als sie aussah. »Geben Sie mir meine Tochter.«

»Solange meine Auftraggeber nicht wissen, ob die Daten sicher sind«, sagte Anderson ungerührt, »wird auch Ihre Tochter nicht sicher sein.«

»Ich schieße.«

»Als ob mein Tod irgendetwas ändern würde.«

»Haben Sie keine Angst?«

»Doch.«

Mehr sagte er nicht.

Unschlüssig stand Conrada da, die Pistole nach wie vor auf Anderson gerichtet. Anderson hatte recht. Die Situation war ausweglos. Wenn sie Theresa retten wollte, hatte sie nur eine Wahl.

»Sie geben mir jetzt den Schlüssel«, sagte sie langsam. »Ich werde Theresa mitnehmen. Und Sie werden kein weiteres Mal in ihr Leben treten. Oder in meines. Oder in irgendein anderes, das mir wichtig ist.« Conrada zögerte. Sie musste das Unmögliche versprechen. »Und im Gegenzug bleiben die Machenschaften Ihres Chefs geheim. Ich sorge dafür, dass die Daten nicht an die Öffentlichkeit gelangen.«

»Sie können es nicht garantieren.«

»Nein. Aber ich kann Ihnen garantieren, dass sie öffentlich werden, sobald Sie mir nur den geringsten Grund dazu liefern.«

Anderson schwieg.

»Sehen Sie, Sie können mein Leben zerstören«, sagte Conrada, »und ich Ihres. Aber es handelt sich um keinen persönlichen Konflikt. Keiner von uns sinnt auf Rache, habe ich recht?«

Anderson schwieg noch immer.

»Wir drohen uns gegenseitig nur, um uns selbst zu bewahren«, fuhr Conrada fort. »Entweder beide verlieren. Oder beide gewinnen. Eine dritte Möglichkeit gibt es nicht.«

»Sie erwarten nicht ernsthaft, dass meine Auftraggeber ihr berufliches wie privates Schicksal in Ihre Hände legen.«

»Tja«, sagte Conrada kühl, »sie haben keine Wahl.«

»Gewalt«, sagte Anderson.

Conrada schüttelte den Kopf. »Sie schießen alles kurz und klein und hoffen, die Daten zu kriegen, bevor sie gestreut worden sind? Viel Erfolg. Da würde ich doch eher auf die Liebe einer Mutter spekulieren wollen. Wie lange brauchen Sie, Bilanzen zu fälschen, Leute zu schmieren, bis die Enthüllungswucht verpufft? Jahre? Monate? Wahrscheinlich arbeiten Sie doch schon daran.

Ihre Auftraggeber werden zittern – aber nur für eine Weile. Sie müssen es nur wollen, und wir können beide gewinnen.«

Anderson hob den Blick, Conrada konnte darin lesen, dass er eine Entscheidung gefällt hatte.

»Ich spiele dieses Spiel länger als Sie«, er trat einen Schritt auf sie zu, »glauben Sie mir, bei diesem Spiel können nie beide gewinnen.«

»Bleiben Sie stehen«, befahl Conrada.

»Sie werden nicht schießen.« Er trat einen weiteren Schritt auf sie zu. »Ich habe Ihre Akte gelesen.« Noch ein Schritt. »Sie sind zu weich. Sie wissen nicht einmal, wie man eine Waffe entsichert.«

»In der zehnten Klasse war ich ein Jahr in Texas«, sagte Conrada. »Da lernt man alles über Waffen.«

»Sie bluffen.« Noch ein Schritt, Anderson war auf einen Meter an sie herangekommen.

»Stand das nicht in meiner Akte?«, fragte Conrada. »Letzte Warnung. Bleiben Sie stehen.«

Anderson sprang auf sie zu.

Conrada schoss ihm ins Bein.

Anderson brach zusammen.

»Also«, fragte Conrada, ihre Stimme zitterte, »wo ist der Schlüssel?«

Anderson wälzte sich stöhnend am Boden, hielt sich den Oberschenkel.

»Wo ist der Schlüssel?« Diesmal war ihre Stimme fester.

»Sein Sakko«, keuchte Anderson.

Conrada kniete bei dem toten Hünen nieder, durchsuchte dessen Sakko, fand einen Schlüsselbund. Außerdem ein Telefon. Sie ließ sich auch das von Anderson geben und zerschoss beide.

Mit dem Schlüsselbund ging sie zur Tür und fand den passenden Schlüssel. Kaum klickte das Schloss, wurde die Tür von innen aufgerissen.

»Mama!« Theresa stand im Rahmen. Ihre Augen waren rot umrandet, doch ihre Haltung war aufrecht.

Conrada sehnte sich so sehr danach, sie an ihr Herz zu drücken. Doch sie hatte Angst vor der Umarmung. Angst, sie könnte Salz in die unverheilten Wunden ihrer Beziehung streuen.

»Komm«, sagte sie. »Wir gehen.«

Sie musste an Witt vorbei, der in einer Lache seines eigenen Blutes lag. Conrada hätte ihn gern mitgenommen.

»Van Pauli«, presste Anderson zwischen den Zähnen hervor, »ich nehme Ihr Angebot an.«

»Was?«

»Sie veröffentlichen die Daten nicht, und ich«, er stöhnte, »ich sorge dafür, dass meine Auftraggeber Sie in Ruhe lassen.«

»Damit kommen Sie mir jetzt?«

»Wie lautet Ihre Antwort?«

»Einverstanden«, sagte Conrada, »ich habe nur eine Bedingung.« Sie trat nah an den Verwundeten heran, sah auf ihn hinunter. »Sorgen Sie dafür, dass Mr. Witt eine angemessene Bestattung erhält.«

Sie flohen. Conrada eilte angespannt durch das totenstille Gebäude, wagte kein Wort an ihre Tochter zu richten, solange sie sich auf dem Gelände befanden. Mit angehaltenem Atem überquerten sie den Außenbereich, die unheimliche Hightechsicherheitsanlage, jeden Moment fürchtete Conrada, das Losheulen der Sirenen zu hören. Der Personendurchlass im Tor war nach wie vor entriegelt. Conrada ließ Theresa den Vortritt, folgte ihr, dann waren sie draußen.

Sie hatten es geschafft.

Zweihundert Meter weiter glomm die Innenraumbeleuchtung des wartenden Taxis.

»Hey«, sagte Conrada, blieb stehen. Theresa drehte sich zu ihr um.

»Was gibt's?«

»Es tut mir leid.«

Theresa sah sie einen Augenblick lang schweigend an. Müde kam sie Conrada vor, erschöpft, doch aufrecht stand sie da. Kein Mädchen mehr, dachte Conrada, eine Frau. Wie lange mochte Conrada das Erwachsenwerden ihrer Tochter verborgen geblieben sein? Der Gedanke beschämte sie.

»Es tut mir leid«, wiederholte Conrada.

»Sie haben Toby umgebracht.«

»Toby wurde nur betäubt und schon in der Nacht wieder freigelassen. Wir haben Leute, die sich um ihn kümmern. Er ist wohlauf.«

»Wirklich?«

»Ja.«

Da fiel Theresa ihr um den Hals. Und Conrada war bereit, sie nie wieder loszulassen.

85. Kapitel

Washington, D. C., USA; Sonntag, 21:00 Uhr UTC-4

»Die Menschen lieben mich. Und trotzdem Chaos. Überall Chaos. Und das, obwohl die Menschen mich lieben. Ihr natürlich nicht. Ihr hässlichen Lügner. Schlimmer als die Demokratten. Ich sage das absichtlich, mit Ratten. Versteht ihr? Demokratten. Und die Straßen voll von Terroristen. Und die Demokratten machen gemeinsame Sache. Niederschießen sollte man sie alle. Ein Wort von mir, und alle gehen auf die Straße. Dann gibt es ein Blutbad. Und Amerika wird wieder großartig.

Ich bin Präsident. Der beste Präsident der Welt. Und ich will Bürgerwehren. Im Kongress können sie sich mal die Fürze riechen. Ich habe etwas mitzuteilen. Ein Diskret. Das habe ich gerade unterzeichnet. Nationaler Notfall. Ihr habt richtig gehört. Ich kann das. Lasst mich nachsehen. Hier. Im Bundesgesetz steht das, Band 50, abgefahren, wie viele Bände es gibt, nicht wahr, Paragraf 1631. Schaut doch nach, wenn ihr mir nicht glaubt. Habt ihr Angst? Solltet ihr auch. Ich werde jeden finden, der unser tolles Land kaputtmachen will. Ich werde die Innenstädte ausräuchern, ich werde sie plattmachen, ich schicke die Marines, ich schicke die Luftwaffe. Verlasst euch drauf.

Wenn ihr wollt, könnt ihr jetzt Fragen stellen.«

»Mr. Präsident, es demonstrieren Millionen Leute mit unterschiedlichstem Hintergrund. Wollen Sie behaupten, dass das alles Terroristen sind?«

»Ihr seht doch die Gewalt. Polizisten gehen drauf. Gute Leute.

Großartige Leute. Krepieren für ihr Land. Ich werde das nicht länger zulassen.«

»Sie wollen wirklich …«

»Nächste Frage. Du, zweite Reihe links. Hübscher Ausschnitt übrigens.«

»Wie wollen Sie verhindern, dass Unschuldige getötet werden?«

»Wo kommst du her?«

»ABC News.«

»Noch so eine. Ich warne jeden, auf die Straße zu gehen. Wer jetzt noch auf die Straße geht, weiß, womit er rechnen muss. Wer mich liebt, geht nicht auf die Straße. Punkt. Die Frau mit der komischen Frisur. Heute dürfen alle Frauen was sagen. Ihr wollt doch immer im Mittelpunkt stehen.«

»Mr. Präsident, in Europa finden ähnliche Proteste statt …«

»Ich weiß. Ja, das weiß ich.«

»… und werden immer gewalttätiger. Seit den Ausschreitungen heute in Leipzig mobilisiert Deutschland die Bundeswehr. In Polen und Frankreich kämpfen Soldaten bereits gegen ihre eigenen Bürger. Fürchten Sie nicht, dass Ihre angekündigte härtere Gangart eine ähnliche Eskalation in den USA zur Folge haben könnte?«

»Die USA sind nicht Europa. Wir haben die besten Soldaten. Wirklich die besten.«

»Aber das ändert doch nichts an …«

»Nächste Frage. Die mit dem hässlichen Sakko. Trag mal ein Kleid. Frag Ivanka. Kleider sind sexy. Sehr weiblich.«

»Viele Demonstranten tragen T-Shirts, die zum Mord an Reichen aufrufen …«

»Du meinst diesen dummen Spruch: Kill the rich. Sehr dumm.«

»Ja. Glauben Sie, der Tod von Michael Woodearth steht im Zusammenhang mit diesem Aufruf?«

»Woodearth? Wer soll das sein?«

»Der Besitzer der Woodearth Corporation. Einer Ihrer größten Unterstützer im Wahlkampf. Er hat Ihnen Millionen gespendet.«

»Keine Ahnung, kann sein. Ich kenne den Mann nicht. Soll ich jeden kennen, der mich unterstützt hat? Mich haben so viele unterstützt, eigentlich alle. Weil das Land am Arsch ist. Wegen Obama. Hillary. Das ganze Pack. Aber gemeinsam machen wir es wieder großartig.«

»Jedenfalls haben uns Gerüchte erreicht, Woodearth habe sich letzte Nacht in seinem Penthouse in Manhattan erhängt. Glauben Sie, es hat mit den Demonstrationen zu tun? Und wenn ja, sollte die Lage hier ähnlich eskalieren wie in Europa – wie wollen Sie den wohlhabenden Teil der Bevölkerung schützen?«

»Wieso? Ich werde jeden schützen. Jeder hart arbeitende Amerikaner hat ein Recht darauf. Und mein Diskret wird dafür sorgen, dass die Terroristen vom Erdboden geputzt werden.«

»Aber …«

»Nein, hör auf. Setz dich. Setz dich und halt den Mund. Nächste Frage. Du, da hinten. Mit dem Pferdegesicht.«

»Entschuldigung?«

»Was denn? Gleich beleidigt oder was? Es gibt echt schöne Pferde, denke ich. Dann halt du daneben, ja, die Schokobraut. Jetzt stell schon deine dämliche Frage.«

»In Afrika befinden sich Millionen Menschen auf dem Weg Richtung Europa. Die größte Völkerwanderung aller Zeiten. Schon jetzt stehen viele europäische Staaten vorm Zusammenbruch. Sollte nur ein Bruchteil der Afrikaner ihr Ziel erreichen, dürfte das den Todesstoß für die Europäische Union bedeuten. Haben Sie Pläne, zur Stabilität Europas beizutragen?«

»Ich habe nur ein Ziel: das großartigste Land der Welt noch großartiger zu machen.«

»Wenn Europa zerfällt, wird das gravierende Auswirkungen auf die USA haben.«

»Sagst du. Welcher Sender? CNN? Geh doch zurück nach Afrika, wenn's dir hier nicht gefällt. Und spar dir die beleidigte Miene. Austeilen, aber nicht einstecken können. Vielleicht doch mal ein Mann … du da hinten.«

»Die EU ist mit Abstand unser wichtigster Handelspartner …«

»Sagt wer? Und selbst wenn – dann müssen wir eben den heimischen Markt stärken. Ganz einfach: amerikanische Produkte kaufen, amerikanische Arbeitskräfte einstellen. Wir sind nicht die Weltpolizei. Nächste Frage.«

»Mr. Präsident, NATO-Generalsekretär Stoltenberg hat berichtet, die neue russische Regierung verlege große Truppenverbände an die Westgrenze …«

»Kämpfen die immer noch mit diesen tschetschenischen Terroristen?«

»Das ist im Süden.«

»Und der Westen?«

»Der Westen Russlands grenzt an Europa. Die Richtung, wo der Eiserne Vorhang mal war – der ist Ihnen doch ein Begriff?«

»Der war in Berlin, richtig?«

»Auch. Zu meiner Frage: Sollte die EU im Chaos versinken, würden Sie dann Russland davon abhalten, die Situation auszunutzen?«

»Wer sagt denn, dass Russland das tun würde?«

»Nun, sie verlegen Panzerverbände an die Grenze …«

»Na und?«

»Ganz konkret: Wenn ein NATO-Mitglied den Bündnisfall ausrufen würde, würden Sie, Mr. Präsident, die NATO-Verträge einhalten?«

»Diese Verträge sind Müll.«

»Aber würden Sie sie einhalten?«

»Ich habe gestern erst mit diesem neuen Chef von denen telefoniert. Kolja… Kolja… irgendwas Russisches jedenfalls. Ihr wisst schon, der, der den FSB leitet. Vernünftiger Mann. War ein großartiges Gespräch. Wirklich respektvoll. Total respektvoll.«

»Mr. Präsident, wenn Russland in Europa einmarschiert, wie reagieren Sie?«

»Wenn die das wirklich tun, was ich nicht glaube, dann … keine Ahnung. Wir haben immer noch ein paar Atombomben, die wir auf sie werfen können.«

»Sagen Sie gerade, Sie ziehen einen nuklearen Erstschlag in Erwägung?«

»Einer muss ja anfangen. Verlasst euch drauf, wenn mir jemand blöd kommt, dann kriegt er Ärger, das könnt ihr mir glauben. Ich bin der Präsident der Vereinigten Staaten von Amerika.«

86. Kapitel

Saint-Flour, Frankreich; Montag, 03:12 Uhr UTC+2

»Wo ist Herr Witt?«, fragte der Flugkommandant.

»Wir fliegen ohne ihn.«

Während der Co-Pilot die Triebwerke startete, berichtete der Flugkommandant Conrada, in ganz Europa eskaliere die Lage. Conrada konnte sich nicht auf seine Worte konzentrieren. Theresa war am Leben. Ihre Tochter war in Sicherheit. Conrada hatte seit der SMS zu ihrer Entführung die Dinge um sie herum wie in einem Orkan wahrgenommen, wirbelnd, tosend, kaum zu greifen. Nur langsam wurde sie klarer. Zugleich drückte der Tod Witts ihr die Brust zusammen, lähmte ihre Gedanken. Sie war schuld. In Brasilien war Geraldo ihretwegen gestorben. In Moskau waren Nielsen und Matušek ermordet worden – ohne ihr Zutun zwar, doch das war ein schäbiger Trost. Und nun Witt. Die schrecklichen Ereignisse hatten sich in so schneller Folge abgelöst – dass Conrada auf einen Menschen geschossen hatte, geriet schon fast zu einer Nebensache für ihren überforderten Geist. Conrada verbot sich das Weinen. Wenn sie sich jetzt fallen ließ, bezweifelte sie, wieder auf die Beine zu kommen.

Auf dem Flug von Saint-Flour Coltines nach Brüssel fiel sie in einen leichten, unruhigen Schlaf. Sie hatte Prinz geschrieben, wann sie landen würde, und dann das Telefon ausgeschaltet. Theresa telefonierte mit Toby. Ihre Stimme klang zärtlich, bebte vor Verliebtheit.

Das erste Violett der Morgendämmerung färbte den Horizont, als die Gulfstream in Zaventem landete. Während der zivile Bereich des Flughafens sich noch den Schlaf aus den Augen rieb, herrschte auf dem Militärgelände hektische Geschäftigkeit. Techniker eilten umher, Transportflugzeuge wurden beladen, Hubschrauber betankt, Soldaten sprangen in Armee-LKW, die LKW brausten davon. Conrada sah Anspannung in den Gesichtern – und Angst.

Prinz empfing sie, mehrere Polizisten im Schlepptau, Conrada hatte sich an das Bild gewöhnt. Der Schlafmangel hatte dem Geheimdienstler zugesetzt: Seine Wangen waren fahl, sein Blick flackerte.

»Warum der Aufruhr?«, fragte sie ihn.

»Gestern Abend gab es Ausschreitungen auf einer Demo in Leipzig. Die Krawalle hatten eine ansteckende Wirkung. Die belgische Regierung hat den Inlandseinsatz der Armee beschlossen. Und sie sind nicht die Einzigen. Ist das Ihre Tochter?«

Conrada nickte. Theresa reichte Prinz die Hand.

»Sie ahnen nicht«, begrüßte sie Prinz, »wie froh ich bin, Sie wohlbehalten vor mir stehen zu haben.« Er wandte sich an Conrada: »Wo ist Simon?«

Conrada versuchte es zu sagen, brachte die Worte nicht über die Lippen. Als sie sah, wie sich die Erkenntnis in Prinz' fiebrig glänzende Augen schlich, riss ihr das Herz auf. »Es tut mir leid«, wisperte sie.

Prinz schluckte, fuhr sich mit der Hand über die Augen, räusperte sich. In dem Strudel der umhereilenden Kampfstiefel, der röhrenden Motoren und der scharf gebrüllten Befehle kam Conrada ihre kleine, trauernde Gruppe noch verlorener vor.

»Wir sollten zur Botschaft«, murmelte Prinz schließlich.

»Theresa«, sagte Conrada. »Wir nehmen sie mit?«

»Das wäre am sichersten«, stimmte Prinz zu.

»Wäre das in Ordnung für dich?«, fragte Conrada ihre Tochter.

»Emilia ist auch da?«

Conrada nickte.
»Fabulös.«

Conrada erkannte Brüssel nicht wieder. Rauchsäulen, offene Feuer, der Geruch von Pfefferspray, vermummte Gestalten, die durch eingeschlagene Fenster kletterten, Panzerwagen, Sirenen überall. Schlimmer als in Brasilien. Und dabei fuhren sie durch Straßen, die Prinz als ruhig bezeichnete.

»Mitten in Europa.« Sie war fassungslos.

»Die Decke der Zivilisation ist dünn«, sagte Prinz abwesend. »Wenn sie einmal aufreißt, kommt das Biest zum Vorschein.«

»Ich hätte nicht gedacht, dass es in Brüssel so viel Hass gibt, so viele Enttäuschte.«

»Keine Verführung«, murmelte Prinz, »hat eine so große Macht wie die, die dir sagt: Es ist zwar ein Unglück, dass deine Ernte verdorrt ist, aber du bist nicht schuld. Die Hexe ist schuld.«

»Ja«, seufzte Conrada. »Und zu lange haben wir uns wie Zauberer aufgeführt, die glaubten, ihre mystische Macht nicht erklären zu müssen.«

Sie erreichten die österreichische Botschaft. Seit der Fahrt durch die Innenstadt war Theresa damit beschäftigt gewesen, sich mit Freundinnen auszutauschen, wie es ihnen jeweils erging. Conrada hatte mit den restlichen Familienmitgliedern telefoniert. Hermann hielt sich in Straßburg auf, das bisher weitestgehend von den Kämpfen verschont geblieben war. Emilia befand sich in der Botschaft. Mutter war im Altersheim – kein naheliegendes Ziel für einen wütenden Mob.

Auf der Straße vor der Botschaft war es verhältnismäßig ruhig. Dennoch wurde ihr Tor von einer Truppe schwer gepanzerter Polizisten bewacht. Dank Prinz' Ausweis durften sie passieren. Kaum betraten sie das Gebäude, rannte Emilia ihrer Schwester entgegen. Sie presste Theresa so fest an sich, dass diese theatralisch zu keuchen begann. Nachdem auch Conrada ihre jüngere Tochter genügend hatte herzen dürfen, wurden die Schwestern von einer Botschaftsmitarbeiterin in einen Aufenthaltsraum mit Teeküche gebracht. Conrada und Prinz suchten den Serverraum auf. Sie trafen nur Maurizio und Felskellner an, die Hohe Vertreterin befand sich in einer Krisensitzung der EU-Kommission.

Prinz hatte Mogherini bereits geschrieben und die Antwort erhalten, sie stoße schnellstmöglich hinzu. Sie konnten nichts tun außer warten. Die Nachricht von Witts Tod füllte den Raum mit einer dunkel brütenden Stille. Jeder hing seinen eigenen düsteren Gedanken nach.

Schließlich hielt Conrada es nicht mehr aus. »Also, was habt ihr rausgefunden?«, fragte sie Maurizio – eher, um sich abzulenken, denn aus tatsächlicher Wissbegier.

»Es sind die Paradise Papers«, erklärte Maurizio. »Nur dass es nicht um Steuerhinterziehung geht, sondern um politische Einflussnahme. Ich habe in meinem Leben nichts Brisanteres gesehen.«

»Regierungen werden stürzen«, fügte Felskellner hinzu, »Konzerne werden bankrottgehen – sei es durch ausbleibende Kundschaft oder Milliardenklagen.«

Maurizio holte tief Luft. »Wenn wir diese Daten veröffentlichen, wird die Welt nicht mehr dieselbe sein.«

Conrada musste sich setzen. Der Stress, der Schlafmangel, ihr schwindelte. Sie hatte Anderson versprochen, dass die Daten geheim bleiben würden. Dem Mörder Witts. Wenn sie den Deal nicht gefährden wollte, konnte sie ihn für den Mord nicht einmal belangen.

Sie brauchte etwas zu trinken und eine Kopfschmerztablette.

Ein Stockwerk weiter oben gab es einen Wasserspender, Conrada füllte sich einen Becher. Als sie zurück in den Serverraum kam, war Mogherini eingetroffen.

Prinz informierte sie gerade über Witts Tod.

Mogherini hörte bleich zu, aber gefasst. »Wir müssen die Angehörigen benachrichtigen«, sagte sie. »Und dann setzen wir Interpol auf Anderson an.«

Conrada zuckte.

»Was ist?«

»Nichts.«

»Jetzt reden Sie schon.«

»Ich habe mit Anderson ausgemacht, McFadden in Ruhe zu lassen …« Sie stockte.

»Reden Sie schon.«

»Wenn wir Witts Tod öffentlich machen, werden viele Fragen kommen – unangenehme Fragen. Sowohl an uns gerichtet als auch an McFadden.« Conrada schämte sich. Es war pietätlos, dass sie Witt noch immer für ihre eigenen Zwecke einspannte.

»Da ist leider etwas Wahres dran«, merkte Prinz an. »Wir können es uns nicht leisten, Aufmerksamkeit zu erregen. Simon war ohne offiziellen Auftrag in Frankreich unterwegs. Natürlich müssen die Angehörigen von seinem Tod erfahren.« Prinz starrte die Decke an. »Simon ist gestern Nacht in Brüssel gestorben, in geheimem Auftrag.« Seine Stimme wurde rauer, drohte zu brechen. Es dauerte einen Augenblick, dann fing er sich wieder. »Durch die Tumulte wurde das Bergen seiner Leiche leider unmöglich gemacht.«

»Muss das sein?«, fragte Mogherini leise.

Prinz schwieg.

»Na gut«, sagte Mogherini. In Richtung Maurizio fragte sie: »Was wissen wir inzwischen über die Daten?«

Maurizio schilderte ihr, was sie herausgefunden hatten.

»Sind bereits alle Namen ausgewertet?«

»Die meisten.«

»Wie lange würde es dauern, nach bestimmten Namen zu suchen?«

»Das geht schnell.«

»Dann überprüfen Sie, ob Kommissionsmitglieder dabei sind. Wenn nicht, stelle ich die Sache heute Mittag bei unserem nächsten Treffen vor. Ms. van Pauli? Sie scheinen anderer Meinung zu sein?«

Conrada wand sich. Sie fühlte sich erbärmlich. »McFadden. Bei meinem Versprechen, ihn in Ruhe zu lassen, ging es ausdrücklich darum, die Daten nicht zu verbreiten.«

Mit offenem Mund starrte Mogherini sie sekundenlang an. Dann fragte sie: »Weshalb?«

Conrada zog verlegen die Schultern hoch. »Meine Tochter.«

»Aber Ihre Tochter ist doch jetzt frei.«

»Sobald wir die Daten veröffentlichen, bringe ich sie erneut in Gefahr.«

»Wir können Sie und Ihre Familie schützen. Es gibt Zeugenschutzprogramme.«

»Nun«, warf Prinz ein, »McFadden ist ausgesprochen gut vernetzt. Wir müssen davon ausgehen, dass Ms. van Pauli recht hat: Sobald wir das Material veröffentlichen, gefährden wir ihre Familie.«

»Das kann ja wohl nicht wahr sein.« Mogherini stöhnte frustriert. »Ganz Europa steht in Flammen, und wir haben die Waffe, ein gigantisches Komplott aufzudecken – aber trauen uns nicht? Die Gefahr betrifft ja uns alle. Wenn ich mit den Daten an die Öffentlichkeit trete, werde ich ganz genauso zur Zielscheibe wie Sie.«

Conrada ballte die Fäuste vor Anspannung. Sie liebte ihre Familie. Aber sie konnte ihre Überzeugungen nicht verraten. »Hohe Vertreterin«, sagte sie, ihre Stimme zitterte, »wenn Sie es wünschen, dann veröffentlichen Sie die Daten.«

Mogherini atmete auf. »Ich danke Ihnen«, sagte sie, »Sie nehmen mir eine schwere Entscheidung ab.«

Conrada presste die Lippen zusammen. Sollte einer ihrer Töchter etwas zustoßen, sie würde es nicht ertragen.

»Es gibt einen weiteren Grund«, wandte Prinz ein, »weswegen wir uns die Veröffentlichung der Daten gut überlegen sollten.«

»Und der wäre?«, fragte Mogherini.

»Wir haben gerade weltweit Massen an Menschen auf der Straße, die zunehmend vor Gewalt nicht zurückschrecken. Was glauben Sie, würde passieren, wenn wir in diese explosive Stimmung hinein verkünden, dass das ausgewiesene Feindbild – die Wohlhabenden – mehr Einfluss genommen hat, als sich der kühnste Verschwörungstheoretiker hätte träumen lassen?«

»Hm«, machte Mogherini.

»Stimmt schon«, sagte Maurizio. »Das könnte die Lage erst recht eskalieren lassen.«

»Verstehe ich Sie richtig, meine Herren«, fragte Mogherini, »Sie schlagen vor, wir machen nichts? Anderson lassen wir laufen, die Daten bleiben unter Verschluss?«

Es war mit einem Mal sehr still im Raum.

Prinz traute sich als Erster, die Stille zu durchbrechen. »Anderson ist nur ein Lakai. Aber wir haben einen Hebel gegen ihn. Wenn wir ihn dingfest machen, wird McFadden andere Leute einsetzen. Leute, die wir nicht kennen, gegen die wir nichts in der Hand haben.«

»Sie meinen also wirklich«, hakte Mogherini nach, jedes Wort einzeln, sehr deutlich äußernd, »wir lassen den Mörder Ihres Freundes laufen?«

»Es wäre das Klügste«, sagte Prinz, ihrem Blick ausweichend. Hastig fuhr er fort: »Was die Daten betrifft, haben wir eine bessere Waffe, um die Unruhen einzudämmen.«

»Nämlich?«

»Ms. van Pauli«, sagte Prinz. »Colasanti hat sie in Szene gesetzt. Die ganze Welt wartet darauf, dass der Vorhang sich öffnet.«

»Ja«, nickte Maurizio. »Wenn wir der Gewalt etwas entgegensetzen wollen, nützt uns Ms. van Pauli mehr als alle Korruptionsbeweise.«

»Was meinen Sie?«, fragte Mogherini Conrada direkt.

»Ich weiß nicht. Anderson ist es egal, ob ich politisch aktiv bin oder nicht. Ob die Leute auf mich hören, kann ich nicht sagen.«

Mogherini legte die Handflächen zusammen, ließ die Daumen langsam gegeneinander klopfen.

»Das heißt, wir behalten die Daten für uns?«

Prinz nickte stumm.

»Für wie lange?«

»Je sensibler eine Information ist«, sagte Prinz, »desto schwieriger wird es, sie unter Verschluss zu halten. Das Schlimmste, was uns passieren kann, ist, dass die Daten ungelenkt an die Öffentlichkeit gelangen.«

Mogherini musterte ihre Daumen.

»Das heißt, wir löschen sie?«, fragte sie endlich.

Es war eine ungeheuerliche Frage. Lange wagte niemand eine Antwort.

»Wenn Sie mich fragen«, ergriff Prinz schließlich das Wort, »ist die Chance, dass die Veröffentlichung zu neuen Verwerfungen führt, nicht niedriger als die, dass sie die Dinge zum Besseren wendet.«

Wieder Schweigen.

»Was meinen die anderen?«, fragte Mogherini.

»Es widerspricht allen meinen Überzeugungen«, sagte Maurizio, »aber ich glaube, Mr. Prinz hat recht. Bedenken Sie nur die Panama und Paradise Papers. Beide haben wochenlang die Welt in Atem gehalten, aber im Endeffekt sind nur ein paar Köpfe gerollt. Das Virus bleibt im System. Und entwickelt neue Resistenzen. Wie Mr. Prinz es sagt: Wenn die Daten jetzt herauskommen, machen sie alles nur schlimmer.«

Mogherini rieb sich ihr von Erschöpfung gezeichnetes Gesicht. »Ms. van Pauli? Ihre Meinung?«

»Egal wie wir uns entscheiden«, sagte Conrada, »wir riskieren die Demokratie: Entweder wir halten die Daten zurück und decken damit Kriminelle, die in großem Maßstab Regierungen manipulieren. Oder wir veröffentlichen die Daten – und riskieren, dass es bald keine gewählten Regierungen mehr gibt.«

»Und was schlagen Sie vor? Pest oder Cholera?«

»Korruption zerfrisst das Gemeinwesen. Aber auch wenn wir ihr hier einen gewaltigen Schlag versetzen könnten, es wäre Symptombekämpfung. Es würden sich bald neue Seilschaften bilden. Um das Problem nachhaltig zu lösen, müssten wir das System reformieren. Das muss politisch passieren. Ich weiß nicht, wie uns die Daten da helfen könnten.« Sie zögerte.

»Was ist?«

»Vielleicht lege ich mir auch nur aus Sorge um meine Tochter die Argumente zurecht.« Sie starrte auf ihren Wasserbecher. »Es ist Ihre Entscheidung, Hohe Vertreterin.«

Mogherini verschränkte die Arme. Ihr müder, ernster Blick war auf den Boden gerichtet. »In Ordnung«, sagte sie langsam. »Wir löschen die Daten.«

»Vollständig?«, fragte Felskellner.

»Vollständig.«

»Wollen wir nicht einmal eine Liste mit Namen exportieren, um die Betreffenden im Auge zu behalten?«

»Ms. van Pauli hat recht. Wenn das System es zulässt, ist jeder korrumpierbar. Es braucht keine Strafanzeigen gegen Einzelne, es braucht eine grundsätzliche Überarbeitung des Systems. Wir löschen die Daten. Vollständig.«

Felskellner wagte keinen Widerspruch mehr. In unheimlicher Stille sahen die anderen ihm bei der Arbeit zu. Es ging ernüchternd schnell.

Als er fertig war, blickte Mogherini nacheinander allen Anwesenden in die Augen. »Nur wir hier in diesem Raum wissen, dass es die Daten gab. Lassen wir es dabei bewenden. Es geht nicht allein um die Sicherheit von uns fünf und von unseren Familien –

es geht auch um die Zukunft der Gesellschaften, in denen wir leben.«

Conrada fühlte sich elend. Was sie gerade getan hatten, schrie zum Himmel. Sie schützten die Wölfe vor der Entdeckung, weil die Schafe ruhig bleiben sollten.

»Ms. van Pauli«, fragte Mogherini, »sind Sie bereit, nach New York zu fliegen?«

Conrada nickte.

87. Kapitel

West Point, USA; Montag, 07:41 Uhr UTC-4

Die Kufen des Hubschraubers hatten kaum den Landeplatz berührt, als Miller bereits nach seiner Topfpflanze griff, die Schiebetür zurückschob und auf den Beton sprang. Er hatte keine Zeit zu verlieren. Donalds Pressekonferenz hatte die Dinge nicht besser gemacht, im Gegenteil. Die Armee ging bereits mit Panzern gegen die Aufständischen vor. Wenn nicht bald ein Wunder geschah, würde der Bürgerkrieg nicht mehr aufzuhalten sein. Aber nicht wie 1861, Norden gegen Süden, diesmal würden die Gräben verlaufen zwischen den Gescheiterten und den Erfolgreichen. Furchtbar. Das Land der Freien waren die USA einmal gewesen. Jeder konnte alles erreichen – und wer etwas erreicht hatte, wurde bewundert. Man durfte stolz sein auf seine Verdienste. Und jetzt? Statt mit Disziplin und Fleiß an sich selbst zu arbeiten, sollten plötzlich andere für das eigene Glück verantwortlich sein. Lächerlich. Miller hasste den Pöbel. Dumm, faul, barbarisch. Und die Gewalt! Abstoßend. Plünderungen, Mord, Vergewaltigungen. Es gab schon keine Söldner mehr zu mieten. Miller hatte für sein Anwesen auf Long Island Agenten des Secret Service abstellen müssen. Amerika brauchte ein Wunder.

Und Kent Miller würde es besorgen.

Ein Ärzteteam nahm ihn in Empfang, begleitete ihn zum Seiteneingang des Keller Army Community Hospital, des Krankenhauses der Offiziersakademie West Point. Der Eingang wurde von Militärpolizisten bewacht, auch in den Fluren kam er in regelmäßigen Abständen an welchen vorbei. Mit Genugtuung registrierte er die Maschinenpistolen, die sie trugen. Seit Colasanti sein entsetzliches Video hatte posten können, hatte man die Wachmannschaft radikal aufgestockt.

Sie kamen zu einer Tür, die von vier Leuten bewacht wurde. Die Ärzte blieben stehen.

»Die Medikation?«, fragte Miller.

»Wir haben uns genau an Ihre Liste gehalten. Die Stoffe wurden zeitlich versetzt verabreicht, damit die Wirkung gleichzeitig eintritt.«

»Und wann wäre das?«

Der wortführende Arzt sah auf seine Armbanduhr. »Jetzt, Sir.«

»Danke. Gute Arbeit.« Miller öffnete die Tür.

»Sollen wir Sie begleiten?«, fragte der Arzt.

»Nein, ich komme zurecht.«

Die Pflanze hatte er von der CIA zur Verfügung gestellt bekommen. Miller tastete den Boden des Übertopfes ab, fand den versteckten Knopf und schaltete die Aufnahmefunktion ein. Danach betrat er das Krankenzimmer. Vier weitere Polizisten bewachten ein einzelnes Bett. Dem Bett gegenüber hing ein Fernseher an der Wand, es lief CNN. Desinfektionsmittel und Schweiß hingen in der stickigen Luft. Im Bett lag Colasanti, an Armen und Beinen fixiert, mit schweißnasser Stirn. Seine Augen drehten sich Richtung Miller, der Blick war glasig. Sehr gut. Die Drogen wirkten.

»Sie können gehen«, wies Miller die Polizisten an.

»Wir haben Befehl, den Raum unter keinen Umständen zu verlassen.«

»Ja – Sie haben diesen Befehl von mir bekommen, Sie Idioten.« Miller konnte Dummheit nicht ausstehen. »Jetzt verschwinden Sie endlich.«

Die Polizisten gehorchten.

Miller stellte die Pflanze auf dem Nachttischchen ab. Es gab einen Stuhl, den zog er heran, drehte die Lehne zum Bett und setzte sich rittlings auf ihn.

»José«, begann er. »Wie geht es Ihnen heute? Darf ich Sie José nennen?«

»Wer sind Sie?«, fragte Colasanti mit schwerer Zunge.

»Kent Miller. Ich arbeite für den amerikanischen Präsidenten.«

»Was wollen Sie?«

»Ich möchte mit Ihnen darüber reden, wie wir die Welt verbessern können.«

Colasanti grunzte, vermutlich hatte es ein Lachen werden sollen. Er war wirklich klein. Hoffentlich war die Dosis nicht zu hoch gewesen.

»Sie wollen die Welt verbessern? Sie haben die Welt kaputtgemacht.«

»Ja«, gab Miller zu. »Wir haben viel falsch gemacht. Aber wir wollen unsere Fehler wiedergutmachen.«

Colasanti wollte etwas sagen, hustete.

»Trinken Sie etwas.« Miller reichte ihm das Wasserglas, das auf dem Nachtschränkchen gestanden hatte.

»Danke«, sagte Colasanti ironisch. Er konnte nicht nach dem Glas greifen, wegen der Fixierung. Miller löste den Gurt an Colasantis Armen. Colasanti trank. Dann fragte er: »Sie wollen wirklich meine Hilfe?«

»Sie sind der Einzige, auf den die Menschen noch hören.«

»Aber ich habe nicht mehr zu sagen, als ich schon gesagt habe.«

»Sagen Sie ihnen, dass wir bereit sind, auf sie einzugehen.«

Wieder versuchte Colasanti ein Lachen, es reichte nur zu einem Röcheln. »Und das soll ich Ihnen glauben?«

»Was können wir tun«, fragte Miller, »um Sie von unserer Aufrichtigkeit zu überzeugen?«

»Hören Sie auf Ms. van Pauli. Sie hat einen Plan entwickelt.«

»Würden wir. Aber die gute Ms. van Pauli ist seit Tagen von der Bildfläche verschwunden.«

Colasantis glasiger Blick flammte kurz auf. »Vielleicht hat man sie verschwinden lassen. So, wie man mich aus dem Weg räumen wollte.«

»Hoffentlich nicht«, sagte Miller. »Gute Politiker sind wichtig geworden dieser Tage.«

Es war egal, was er sagte. Die Jungs von der CIA hatten gemeint, wichtig sei nur, mit Colasanti ins Gespräch zu kommen und ihn nicht zu sehr aufzuregen. Deswegen auch die Relaxationsmedikamente. Je entspannter die Stimme, desto besser ließe sich die Aufnahme verwenden.

Nach einer Viertelstunde verabschiedete sich Miller von seinem Opfer.

»Wollen Sie die Pflanze nicht hierlassen?«, fragte Colasanti.

»Nein«, sagte Miller, »die brauche ich noch.«

Mit dem Hubschrauber benötigte Miller eine Stunde und zwanzig Minuten bis nach Fort Meade, Maryland, dem Hauptquartier der NSA. Die Pflanze hatte die CIA gestellt, weil klassische Informationsbeschaffung in deren Kompetenzbereich fiel. Was allerdings die Auswertung von Daten betraf, gab es auf der Welt keine Einrichtung, die mächtigere Werkzeuge besaß als die NSA. Das Gebäude hatte kein Helipad, Miller musste auf dem Tipton-Flugfeld nebenan landen. Dorshman holte ihn persönlich ab. Der NSA-Direktor wirkte irritiert, als er die Pflanze in Millers Arm sah. Auf der fünfminütigen Fahrt unterrichtete Dorshman ihn, dass die Aufnahme des Gesprächs mit Colasanti bereits online übermittelt worden sei. Die Auswertung befinde sich in vollem Gange.

Sie fuhren Hunderte Meter um den riesigen Parkplatz herum, bevor ihr Chauffeur den Wagen vor dem Eingang der Behörde abstellte. Durch eine Sicherheitsschleuse gelangten sie in das Gebäudeinnere. Sie mussten in die Abteilung 4: Außerordentliche Technische Herausforderungen. Offiziell gab es die Abteilung gar nicht, aber das war in Fort Meade nichts Besonderes.

Dorshman führte Miller in einen Saal, der aussah wie der überdimensionierte Regieraum eines Radiosenders. Mittdreißiger mit bedruckten Shirts und dicken Kopfhörern auf den Ohren legten lauschend die Köpfe schief und spielten an Mischpulten herum.

»In einer halben Stunde steht uns das Material zur Verfügung«, sagte Dorshman, sichtlich stolz.

»Ich hoffe, dass der Aufwand sich lohnt. Wenn nicht«, drohte Miller, »können Sie sich einen neuen Job suchen.«

Es wäre ein Leichtes gewesen, den Ton aus dem frei zugänglichen Material zu nehmen, das es von Colasanti gab. Aber Dorshman hatte behauptet, um die Nachricht zu hundert Prozent authentisch wirken lassen zu können, brauche man eine perfekte Aufnahme von Colasantis Stimme.

Also hatte sich Miller in den Hubschrauber gesetzt und war nach West Point geflogen – auf dem Schoß eine Zimmerpflanze, deren Übertopf eine halbe Million Dollar wert war.

Die Aktion hatte kostbare Stunden gekostet. Minütlich erreichten ihn Nachrichten von neuen Schreckenstaten; von der Golden Gate Bridge in San Francisco wurden Adobe-Manager geworfen, in Harvard brannte die Bibliothek, in Beverly Hills wurden Stars erschossen wie Tauben, in San Diego hatten sie einen Kreuzer gekapert. Einen verdammten Kreuzer. Donald wollte zwar das Militär einsetzen, doch das hatte aufgrund der Intervention in Mexiko kaum Kapazitäten frei.

Während die NSA-Techniker den Computer mit Daten zu Colasantis Stimme fütterten, ging Miller noch einmal den Text durch, den es zu senden galt.

Liebe Freunde. Ich sehe die Gewalt, und sie macht mich traurig. Ich verstehe, dass ihr zornig seid. Ich bin es auch. Aber ich habe mich getäuscht. So ungerecht die Verhältnisse manchmal scheinen, sie sind nicht schuld an unseren privaten Problemen. Ich dachte, ich könnte etwas gegen die Korruption der Politiker tun. Aber viel wichtiger ist, dass wir etwas gegen die Korruption in unseren eigenen Herzen tun. Mit unserem Zorn schießen wir über das Ziel hinaus. Wir zerstören mehr, als wir gewinnen. Ich bitte euch, geht nach Hause. Bleibt kritisch gegenüber euren Führern – aber gebt ihnen eine Chance. Euer José.

Miller lächelte. Es war brillant. Donald hatte den Hinweis, man solle kritisch bleiben, nicht gewollt. Doch die Kunst war, dass die Leute den Text glaubten. Und das war Millers Spezialität. Niemand beherrschte das Grelle besser als Donald – Miller jedoch beherrschte die Nuancen.

Nach der angekündigten halben Stunde trat Dorshman wieder zu ihm. »Wir sind bereit. Steht der Text so?«

Miller bejahte.

Dorshman nickte seinen Mitarbeitern zu, die schickten den Text durch ihre Software. Ein paar zähe Minuten lang wartete Miller, ohne dass irgendetwas passierte.

»Wir wären dann so weit«, sagte einer der Techniker.

»Spielen Sie es ab«, befahl Dorshman. Der Techniker tippte einen Befehl in seine Tastatur, und eine Sekunde später hörte Miller über eine Lautsprecheranlage, wie der Text gesprochen wurde. Kein Zweifel, es war Colasantis Stimme.

»Beeindruckend«, gab er zu.

»Das geht auch mit den Aufnahmen, die wir vorher von ihm hatten«, erklärte Dorshman. »Aber dank Ihres Besuchs in West Point ist die Datenqualität so gut, dass selbst wir keine Möglichkeit hätten, den Trick zu belegen.«

Und wenn Fort Meade es nicht konnte, konnte es niemand, klar. Die selbstgefällige, belehrende Art von Dorshman begann Miller zu nerven.

»Bringen wir es hinter uns«, knurrte er.

Colasantis Telefon hatten sie ihm direkt nach seinem Video-Post abgenommen. Es zu knacken war eine Routineaufgabe gewesen. Dorshman reichte es seinen Technikern. Die spielten die vorgebliche Botschaft auf und schickten sie als Sprachnachricht an El Globo, den wichtigsten Fernsehsender Brasiliens.

Miller rieb sich die Hände. Es war sein größter Coup. Und ganz nach dem Geschmack des Präsidenten. Donald würde ihm die nächsten hundert Jahre aus der Hand fressen.

88. Kapitel

Über dem Atlantik; Montag, 14:38 Uhr UTC-1

Es war das dritte Mal innerhalb zweier Wochen, dass Conrada über den Atlantik flog. Das erste Mal auf Geheiß von Venizelos, um mit dem brasilianischen Außenminister über Hilfskredite zu verhandeln. Das zweite Mal auf Einladung Colasantis. Beide Male hatte viel auf dem Spiel gestanden, beide Male hatte sie sich schlecht vorbereitet gefühlt, beide Male hatte sich die Reise unvorhersehbar entwickelt.

Und doch verblassten beide Male vor der aktuellen Aufgabe. Conrada hatte eine düstere Vorahnung, dass es keine vierte Reise geben würde. Immerhin war sie nicht allein. Mogherini saß mit ihr in der Gulfstream. Auch wenn die Medien Conradas Namen hyperventilierten, die Verantwortung für das Unterfangen lag bei ihrer Vorgesetzten. Außerdem an Bord waren Carlo Marina, Mogherinis Öffentlichkeitssekretär, und Jonathan Rhodes, der Exekutivdirektor der Amerikas. Auf seine Anwesenheit hätte Conrada gern verzichtet, aber da die USA in seinen Einflussbereich fielen, konnte sie Mogherini schlecht widersprechen.

Mogherini diskutierte mit Marina über das Protokoll der UN-Vollversammlung, Rhodes telefonierte. Conrada hatte sich in Auenrieders Paper vertieft.

»Hör mal«, sagte Theresa und hielt Conrada ihr Telefon hin.

Während Emilia in der österreichischen Botschaft geblieben war, hatte Theresa gebettelt, mitkommen zu dürfen. Prinz bezweifelte, dass New York sicherer war als Brüssel, aber Conrada wollte ihre Tochter nicht bevormunden. Also überließ sie die Entscheidung Mogherini, und die erlaubte es.

Theresa spielte eine Sprachaufnahme ab. Conrada erkannte die Stimme sofort: Colasanti. Was er sagte, war ungeheuerlich, brachte alle zum Verstummen. Atemlos lauschten sie, während der einflussreichste Agitator der letzten Wochen verkündete, die Agitation sei ein Fehler gewesen.

Conrada sah ihr eigenes Entsetzen in den Augen Mogherinis gespiegelt.

»Was ist los?«, fragte Theresa verwirrt.

»Es ist zu spät«, erklärte Conrada ihrer Tochter.

Mogherini ging an ihr Telefon.

»Prinz?«, fragte Conrada.

Mogherini nickte.

»Was ist zu spät?«, fragte Theresa.

»Dass er eine Umkehr fordert«, erklärte Conrada. »Die Stimmung ist zu aufgeheizt. Die Menschen haben sich von ihrer Wut treiben lassen, haben sich exponiert. Wenn Colasanti sich zurückzieht, werden sie sich im Stich gelassen fühlen. Ihr Zorn wird in Hass umschlagen. Die Verletzten werden sich rächen. Und es sind zu viele, als dass man sie aufhalten könnte.«

Mogherini beendete ihr Gespräch. Sie war bleich geworden.

»Hohe Vertreterin?«, fragten Conrada und Marina gleichzeitig.

»Die Triangel«, sagte Mogherini. »Sie haben die Triangel gestürmt.«

Es war ganz still.

Das gleichmäßige Rauschen der Triebwerke war der einzige Hinweis darauf, dass sie mit achthundertfünfzig Stundenkilometern durch den Himmel schossen.

»Wir sind erledigt«, fluchte Rhodes.

Die anderen schwiegen.

»Warum tun wir denn nichts?«, rief Theresa.

»Was denn?«, fragte Marina. Die Stimme des Öffentlichkeitssekretärs ließ keine Zweifel offen, dass er keine Antwort erwartete.

Theresa tippte auf ihr Telefon, hielt es sich vors Gesicht.

»Ich bin Theresa van Pauli, die Tochter von Conrada van Pauli. Ich befinde mich gerade Tausende Meter über dem Atlantischen Ozean.« Sie hielt das Telefon an das nächste Fenster. »Gemeinsam mit meiner Mutter – sag Hallo, Maman«, sie schwenkte das Telefon auf Conrada, »und Frau Mogherini – sagen Sie Hallo zu den Leuten, Frau Vertreterin – fliegen wir gerade direkt zu den Vereinten Nationen in New York. Viele von euch sind sauer, das ist okay, ihr habt ja gute Gründe. Aber meine Mutter hat einen krassen Plan, um euch zu helfen. Habe ich recht, Maman? Also gebt ihr noch ein klitzekleines bisschen Zeit, damit sie mit den wichtigen Leuten von den UN reden kann. Demonstrieren ist cool, macht das weiter. Aber Gewalt ist scheiße. Lasst euch nicht von ein paar Idioten alles kaputtmachen. Küsse, Tess.« Sie nahm das Telefon herunter.

»Und jetzt?«, fragte Conrada verdattert.

»Jetzt posten wir es.«

»Wo?«, fragte Marina.

»Auf Twitter natürlich, *#killtherich*, wo denn sonst?«

Während Theresa die Datei hochlud, verzog Marina das Gesicht. »Ihr jungen Leute glaubt, ihr könntet mit drei Posts die Welt verändern. Realpolitik ist leider ein bisschen komplizierter.«

»Tausend«, sagte Theresa. »Zweitausend. Dreitausend.«

»Was?«, fragte Marina.

»Likes«, sagte Theresa. »Achttausend. Zwanzigtausend. Fünfzigtausend …«

Jede Minute erfuhr Theresas Video Millionen neuer Likes. Ob es der Gewalt würde Einhalt gebieten können, war noch nicht abzusehen.

Alle telefonierten. Mogherini mit den europäischen Staatschefs, um herauszufinden, ob sie hinter Auenrieders Idee zu vereinen wären. Marina mit dem Büro des UN-Generalsekretärs, um der EU außerplanmäßige Redezeit zu verschaffen. Rhodes mit Brüssel. Theresa mit Toby, Conrada selbst versuchte Stéphane zu erreichen, allerdings erfolglos. In Europa war Mitternacht gerade erst vorbei, beruhigte sich Conrada. Stéphane war vermutlich einfach in seinem Bett.

Sie klappte ihren Laptop auf und überflog die Nachrichten. Nicht nur das Hauptquartier des Europäischen Auswärtigen Dienstes war wütenden Demonstranten zum Opfer gefallen – eine Reihe weiterer europäischer und Brüsseler Amtsgebäude hatte ein ähnliches Schicksal erlitten. Und die Gewaltexzesse beschränkten sich nicht auf Brüssel. Colasantis Sprachbotschaft hatte die gesamte Welt in ungekannten Aufruhr versetzt. Es gab keine Informationen über das Ausmaß der Untaten. Manche Medienhäuser sendeten nicht mehr, andere ergaben sich Spekulationen. Auf den Onlineplattformen dominierten die privaten Posts, ein Gerücht jagte das nächste. Wer nicht Conrada unterstützte, rief zur Selbstjustiz auf. Ein Video zeigte eine rundliche Brasilianerin, die erklärte, ihr Sohn sei aus Versehen in der Nähe des Palácio do Planalto gewesen, als dieser gestürmt worden sei. Nun habe man ihn mit den tatsächlichen Terroristen in das Hochsicherheitsgefängnis in São Sebastião gebracht, heimlich, ohne Anklage. Sie wisse das nur, weil sie in demselben Gefängnis als Köchin angestellt sei. Die Frau brach in Tränen aus. Dort werde gefoltert …

Conrada seufzte und klappte den Laptop wieder zu.

Sie spürte einen Kopf an ihrer Schulter. »Alles wird gut«, sagte Theresa.

»Danke«, flüsterte Conrada. Sie strich ihrer Tochter über den Scheitel. »Es tut mir leid. Ich war keine gute Mutter.«

»Ach was.« Theresa richtete sich auf. »Ich habe einfach ein bisschen Abstand gebraucht, ich glaube, das ist normal.«

»Nein, ich war egoistisch. Und das tut mir leid.«

»Nein, Mama.« Theresa sah sie auf einmal streng an. »Du warst zu wenig egoistisch. Du hast es immer allen recht machen wollen. Papa, Emilia und mir, Oma, den Leuten bei der Arbeit. Nur dir selbst nicht.«

»Habe ich so gewirkt?«, fragte Conrada betroffen. »Ich habe doch nie etwas für euch getan, nur weil ich es euch recht machen wollte. Ich liebe euch.« Nach einer Weile fügte sie hinzu: »Und bei der Arbeit bin ich gerne.«

»Als ich in dem Vorbereitungskurs für Tansania war«, fuhr Theresa fort, »haben sie uns gesagt, dass wir diese Freiwilligendienste für uns selbst machen. Und dass das okay ist. Dass das sogar gut ist. Wenn wir wissen, dass es um uns selbst geht, kommen wir besser klar, falls es mal nicht so gut läuft, falls wir keine Anerkennung von den Leuten bekommen. Bei dir ist es genau das. Du machst die Sachen immer für die Anerkennung, nie für dich selbst.«

Conrada schwieg erschüttert.

»Es tut mir leid«, murmelte Theresa, »ich wollte nicht gemein sein.«

»Nein, schon gut«, sagte Conrada, strich traurig ihrer Tochter durchs Haar. »Vielleicht hast du recht.«

Sie näherten sich bereits der amerikanischen Küste, als Mogherini ihr Telefon weglegte, aufstöhnte.

»Was ist?«, fragte Conrada.

»Polen. Sie wollen nicht mitmachen.« Mogherini war die Enttäuschung anzusehen. »Wie sollen wir einhundertneunzig Staaten überzeugen, wenn nicht mal die EU an uns glaubt? Dabei komme ich mit Morawiecki ganz gut zurecht.« Sie seufzte resigniert. »Es ist Kaczyński, der ihm die harte Linie aufdrängt.« Mateusz Morawiecki war zwar der polnische Ministerpräsident. Doch es war ein offenes Geheimnis, dass der Vorsitzende seiner Partei PiS, Jarosław Kaczyński, im Hintergrund die Fäden zog.

Conrada kam ein Gedanke. Sie griff nach ihrem Telefon.

Auf der anderen Seite wurde abgenommen. »Kopański am Apparat.«

»Hey, Jan. Conrada hier. Wo steckst du?«

»In Warschau.« Seine Stimme klang angespannt. Wer sollte dieser Tage auch frohen Mutes sein. »Wie geht's dir? Ich habe gar nichts mehr von dir gehört, seit du aus Russland verschwunden bist. Und jetzt das Video deiner Tochter, natürlich.«

»Geht es dir gut?«

Am anderen Ende der Leitung war es still.

»Jan?«

»Mein Vater ist gestorben.«

»Oh«, so schwierig sich ihre Beziehung zu Jan auch gestaltete, Conrada war ehrlich betroffen. »Das tut mir leid.«

»Wir hatten uns auseinandergelebt.«

»Das passiert.«

»Es war meine Schuld.«

Einige Sekunden vergingen in Schweigen.

»Du, Conrada«, Jan stockte.

»Ja?«

»Ich schulde dir was. Ich habe mich echt mies dir gegenüber verhalten. Nicht nur, als ich dich erpressen wollte wegen des Postens als Abteilungsleiter. Sondern auch in Brasília. Als ich euch im Stich gelassen habe.«

»Schon gut.« Conrada freute sich aufrichtig über Jans Geste.

»Ehrlich, du hast was gut bei mir.«

»Weißt du was, du könntest mir tatsächlich einen Gefallen tun.«

»Was immer du möchtest.«

»Du hast doch einen Draht zu Kaczyński, nicht wahr?«

»Ja, wieso?«

»Er ist nicht besonders überzeugt von unserem Plan, die reicheren Länder zu verpflichten, die ärmeren pauschal zu subventionieren, ohne Einfluss nehmen zu können. Glaubst du, du könntest ein gutes Wort für uns einlegen?«

Kurz war es still, Conrada hielt die Luft an.

»Na ja«, sagte Kopański endlich, »ich kann es mal versuchen.«

Erleichtert atmete Conrada auf. »Danke, Jan.«

Am Flughafen wurden sie wie das letzte Mal abgeholt von Sagasta, dem EU-Delegationsleiter bei den Vereinten Nationen, und Emma, Conradas Sonnenschein für alle Fälle. Außerdem mit dabei war Salminen.

Während Sagasta und Salminen standesgemäß erst Mogherini begrüßten, knutschte Emma Theresa ab, ihre Patentochter. Als Mogherini Salminen wieder freigegeben hatte, schüttelte Conrada ihm herzlich die Hand. Sie mochte den Finnen.

»Pekka. Das ist ja eine Überraschung.«

»Ja«, gab Salminen zu, »ich kann auch nicht behaupten, dass das so geplant war. Aber schön, dich zu sehen. Du siehst gut aus.«

Conrada musste lachen. »Alter Charmeur.« Nach den letzten Tagen dürfte sie eher aussehen, als wäre sie frisch aus dem Grab geklettert.

Sie fuhren zur europäischen Botschaft. Emma kam mit, die niederländische Botschaft befand sich ja im selben Gebäude. Sagasta hatte vorausschauenderweise eine Großraumlimousine geordert. Wieder gab es eine Polizeieskorte, wieder fuhren sie an brennenden Autos und randalierenden Männern vorbei. Conrada kamen die Szenen schon nicht mehr besonders vor – bedrohlich allemal.

»Ich habe mir den Vorschlag von Auenrieder angesehen«, erklärte Salminen.

»Und?«, fragte Conrada gespannt.

»Kühne Idee. Haben unsere Juristen es schon durchgesehen?«

»Leider nicht«, warf Mogherini ein. »Wir kamen nicht dazu.«

Salminen lächelte. »Dann habe ich ja Glück, dass ich mir die

Arbeit nicht umsonst gemacht habe.« Er holte eine dicke Mappe aus seiner Aktentasche. »Keine Angst, der eigentliche Vertrag umfasst nicht mehr als vier Seiten. Und zwar so formuliert, dass jedes Land ihn einzeln unterschreiben kann.«

Conrada klopfte das Herz schneller. Ein großer Makel an der ursprünglichen Idee war gewesen, dass unter den UN-Gremien nur der Sicherheitsrat rechtsverbindliche Resolutionen verabschieden konnte. Wie hätten fünfzehn Nationen stellvertretend für alle anderen über so eine weitreichende Reform entscheiden sollen, wie Auenrieder sie vorschlug? Im Trommelfeuer der Ereignisse hatten Conrada und Mogherini das Problem – in stillschweigendem Einvernehmen – schlichtweg aufgeschoben.

»Das heißt«, fragte Conrada, »wir können eine rechtskräftige Entscheidung herbeiführen?«

»Können wir.«

»Pekka«, rief Conrada, »du bist unglaublich!«

Salminens Miene verdüsterte sich. »Um ehrlich zu sein, ich halte es trotzdem für ausgesprochen unwahrscheinlich, dass es klappt. Die Gelder werden nur zwischen Staaten fließen können, die den Vertrag unterschreiben. Und das werden die armen nicht tun, solange die reichen nicht vorlegen. Wenn nur Sierra Leone und Gambia im Topf wären, müsste Sierra Leone Gambia unterstützen. Eine ganze Menge reicher Länder müsste sich auf die Sache einlassen. Dann erst wäre der Druck für die übrigen reichen Länder groß genug nachzuziehen – im besten Fall. Möglicherweise sehen diese es dann als Wettbewerbsvorteil, wenn sie sich nicht auf die gemeinsame Abgabe verpflichten.«

»Was haben wir zu verlieren?« Conrada wusste, dass es keinen Grund zu großer Euphorie gab. Sie fuhren an einem Elektronikfachmarkt vorbei, der von Plünderern ausgeräumt wurde. »Wir versuchen es. Mehr können wir nicht tun. Vielleicht ist es unsere letzte Chance, das Chaos aufzuhalten.«

»Vielleicht«, sagte Salminen nachdenklich. »Es gibt noch einen

Haken. Selbst wenn der Vertrag von vielen Staaten angenommen würde – gemildert werden dürften nur zwischenstaatliche Konflikte. Risse auf nationaler Ebene kann er nicht kitten.«

»Trotzdem«, sagte Conrada, bemühte sich um einen kämpferischen Ton, »besser als nichts.« Sie drehte sich nach Mogherini um, die hinter ihr saß. »Was meinen Sie, Hohe Vertreterin?«

Mogherini telefonierte, hatte den letzten Teil des Gesprächs offenbar verpasst. Jetzt nahm sie ihr Telefon vom Ohr. »Polen ist im Boot«, sagte sie.

89. Kapitel

Irgendwo. Irgendwann.

Dunkelheit. Sonst nichts. In der Dunkelheit gab es keinen Raum. Es gab kein Oben, kein Unten, kein Vorn, kein Hinten. Es gab keine Zeit. Kein Gestern, kein Morgen. Kein Heute. Die Dunkelheit ließ es nicht zu. Den Schmerz gab es, den Schmerz erlaubte die Dunkelheit. Der Schmerz umhüllte schwarz das All. Dunkelheit und Schmerz. Sonst nichts. Der Schmerz war nicht im Körper, es gab keinen Körper, keinen Raum, in dem ein Körper hätte sein können, der Schmerz war überall. Der Schmerz wuchs nicht und nahm nicht ab, es gab keine Zeit, in der er entstehen oder vergehen könnte. Der Schmerz war ewig. Das schwarze Schweigen der Dunkelheit war ewig.

Als das Geräusch kam, schrie die Dunkelheit auf. Es gab keine Geräusche in einer Welt ohne Zeit. Das Geräusch durfte nicht sein, hatte kein Anrecht darauf. Das Geräusch war falsch.

Dann kam das Licht. Und die Dunkelheit kreischte, wand sich vor Angst. Das Licht kannte keine Gnade. Grausam erschlug es die Dunkelheit. Es brachte den Raum, und es brachte die Zeit. Und plötzlich war ein Körper da, und der Schmerz sprang in den Körper, und der Körper bäumte sich, und es gab keine Ewigkeit, nur Zeit, und in der Zeit konnte der Schmerz wachsen. Und der Schmerz wuchs und wuchs, bis er den ganzen Körper verschlungen hatte.

Dann kam die Stimme. Mit der Stimme kam ein Name. Der Name klang nach Geschichte. Der Name war nicht erfunden. Der

Name war nicht neu, der Name war schon einmal da gewesen. Es war der Name des Körpers, der Körper hatte einen Namen besessen. Das war in der Zeit gewesen, als es noch eine Geschichte gegeben hatte, vor der Dunkelheit.

Dann kam das Bewusstsein. Und das Bewusstsein erkannte, dass es dem Körper gehörte. Aber der Name nicht. Der Name gehörte nicht dem Körper. Der Name gehörte dem Bewusstsein.

»Aufwachen, du Wanze.«

Er hatte nicht geschlafen. In der Dunkelheit gab es keinen Schlaf. Er war wach. Und er hatte einen Namen. Sein Name war Matheus Ramos. Eine Wanze war er nicht. Er war der ehemalige Senatspräsident der Föderativen Republik Brasilien.

»Jetzt komm schon.«

Jemand spritzte ihm eine Flüssigkeit ins Gesicht. Kalt, geruchlos. Ramos kannte die Flüssigkeit. Wasser. Es war Wasser.

»Wo bin ich?«, wollte er fragen. Doch er hörte nur das Krächzen einer fremden Stimme.

»Was? Was hast du gesagt?«

Noch einmal Wasser. Es tat gut.

»Wo bin ich?« Wie schwer es war, Geräusche zu machen, die wie Wörter klangen.

»Na, wusste ich's doch, dass wir dich wach kriegen.«

»Wo bin ich?« Ein Boden. Er lag auf einem Boden. Der andere war weit weg, sein Kopf schwebte hoch über ihm.

»Du bist in Rio de Janeiro, mein Freund.«

»Wer sind Sie?«

»Ich bin Russão. Ich bin der Hauptmann des Roten Kommandos.«

Ramos beobachtete erstaunt, wie Erinnerungen vor ihn traten. Rotes Kommando – das Drogenkartell. Der Palast des Präsidenten. Schüsse. Schreie.

»Sie haben Colasanti umgebracht. Und die Holländerin.«

»Nein. Sie leben.«

Ein warmes Gefühl breitete sich in seiner Brust aus. Wieso? Dann verstand er: Es war gut, dass sie lebten.

»Gut«, sagte er.

Russão gab ein gurgelndes Geräusch von sich. Das musste Lachen sein. »Bist du froh, dass du noch lebst?«

Ramos dachte nach. Dann schüttelte er den Kopf. Er konnte die Frage nicht beantworten. Woher sollte er wissen, ob er am Leben war? Er versuchte, sich aufzurichten. Es misslang. Starke Arme packten ihn und warfen ihn auf ein hölzernes Ding. Ein Stuhl.

Russão setzte sich ihm gegenüber. »Ich hoffe, meine Jungs haben dir nicht zu sehr zugesetzt«, sagte er. »Ich brauche dich nämlich.«

Ramos fragte sich, was die Jungs wohl gemacht hatten. Hatten sie ihn gefoltert? Er erinnerte sich nicht. Andere Erinnerungen hingegen kamen. Die Aufstände. Die Ermordung Bolsonaros. Die Ermordung von dessen Nachfolger, Pereira. Colasantis unkonventionelle Wahl übers Internet. Die Drogenlegalisierung. Die Bandenkriege.

»Wofür brauchen Sie mich?«

»Was habt ihr besprochen, bevor wir dich geschnappt haben?«

»Wer hat was besprochen?«

»Na du, der Dschungelzwerg und van Pauli.«

Ramos erinnerte sich. Der Schuldenschnitt für alle. Wie lange war es her? Tage? Wochen? Jahre? Van Pauli war ihr Name gewesen, richtig. Eine bewundernswerte Frau. So viel Kraft.

»Sie wollen wissen, worüber wir geredet haben?«

»Bist du taub oder was?«

»Es ging gar nicht um Brasilien«, bemerkte Ramos verwirrt. »Wir haben ein Konzept für die UN entwickelt. Warum wollen Sie das wissen?«

»Ich stell die Fragen, Arschloch.«

Es lag ein Glühen in den Augen Russãos. Ramos hatte einmal verstanden, Gesichter zu deuten. Das Glühen in den Augen war kein Hass. Es war Angst. Ramos erinnerte sich an das Gefühl. Er hatte es selbst einmal empfunden. Bevor die Dunkelheit gekommen war.

Aber wovor hatte Russão Angst? Vor van Pauli? Offenbar kannte er ihren Plan nicht. Was hatte sie gegen ihn in der Hand? Wovor musste sich das Rote Kommando fürchten? Es fühlte sich gut an, Gedanken zu haben.

»Die Kolumbianer?«, fragte Ramos. Nachdem die US-Armee in Mexiko den Landweg geschlossen hatte, hatte sich der Drogenschmuggel Richtung Brasilien verschoben. Hier nahm die Seeroute ihren Ausgang.

»Fick die Kolumbianer«, rief Russão. Das Glühen in seinen Augen wurde stärker. Ramos war auf der richtigen Spur.

»Mexiko?«, fragte er.

Russão sprang auf und schlug ihm ins Gesicht. »Fresse, du Wichser.« Ramos schmeckte Blut. Es fühlte sich gut an, ins Schwarze getroffen zu haben. Wenn die Mexikaner tatsächlich bis nach Brasilien vorgedrungen waren, war das nicht nur furchtbar für die Bevölkerung – dann blickte das Rote Kommando seiner Vernichtung entgegen. In Rio mochten sie den Ton angeben, aber gegen die mexikanischen Kartelle hatten sie keine Chance.

Die Frage war, was das alles mit van Pauli zu tun hatte. Hoffte das Rote Kommando, sie könnte die Amerikaner überzeugen, ihre Truppen aus Mexiko abzuziehen? Sie mussten ziemlich verzweifelt sein, wenn ihnen nichts anderes mehr einfiel, als ihre Hoffnungen auf eine europäische Diplomatin zu setzen.

»Also«, zischte Russão, »was will die Pute bei den UN?« Er trat nahe an Ramos heran, beugte sich zu ihm herunter. »Und lüg mich nicht an. Oder willst du, dass ich meine Jungs wieder rufe?«

Ramos schüttelte gehorsam den Kopf. Er erinnerte sich noch immer nicht an die Jungs. Hoffentlich blieb es dabei.

»Dann rede endlich!«

Plötzlich erkannte Ramos etwas. Wenn er sich an die Jungs nicht erinnerte, dann konnte er auch lügen. Möglicherweise würde er es später bereuen. Das war in Ordnung. Manchmal musste man etwas Dummes tun.

Zwar konnte er dem Roten Kommando nicht direkt schaden. Aber er konnte van Pauli helfen. Er konnte dafür sorgen, dass die Kartelle sich hinter sie stellten.

Die Kartelle wollten die Amerikaner aus Mexiko raushaben. Die politische Lösung dafür war denkbar simpel. Was in Mexiko passierte, wurde von der Staatengemeinschaft nur deshalb nicht sanktioniert, weil die USA gegen jede Resolution ihr Veto einlegen konnten. Resolution. Solch ein schöner Begriff.

»Senhora van Pauli will die ständigen Sitze im UN-Sicherheitsrat abschaffen.« Es war so eine einfache Lüge.

»Was? Was soll das sein, dieser Sicherheitsrat?«

Welch ein Pech. Mit der Unwissenheit des Hauptmanns hatte Ramos nicht gerechnet. Er musste es noch einfacher machen.

»Sie will verbieten, dass irgendein Land militärisch auf ein anderes einwirkt.«

Und in dem Moment wandelte sich das Glühen in den Augen Russãos. Auch das neue Gefühl, das jetzt in ihnen schimmerte, kannte Ramos. Es lag nah bei der Angst – und war doch unfassbar viel süßer: Hoffnung.

»Das bedeutet, die Amerikaner müssen aus Mexiko raus?«

»Ja«, bestätigte Ramos. »Wenn die UN van Paulis Plan zustimmen.«

»Das war alles, was ihr besprochen habt?«

»Das war alles.«

»Danke für deine Hilfe.« Russão verzog die Lippen, es sollte wohl ein Lächeln sein. »Leider hat mein General beschlossen, dass du ein Sicherheitsrisiko bist. Deswegen muss ich dich einschläfern.«

Er zog eine Pistole hervor und richtete sie auf Ramos.

»Letzte Worte?«

Ramos schüttelte den Kopf. Er erwartete den Schuss ohne besondere Aufregung. Manchmal war es in Ordnung zu sterben.

90. Kapitel

New York, USA; Montag, 16:29 Uhr UTC-4

In der Botschaft gab es keinen Raum, der nicht überbesetzt war. Alle Mitarbeiter taten Dienst, außerdem war Salminens Abteilung vor Ort und leistete Unterstützung. Die Flure vibrierten vom Klappern der Tastaturen und Klingeln der Telefone.

22 Uhr. UN-Generalsekretär António Guterres hatte der EU-Delegation eingeräumt, um 22 Uhr vor die Generalversammlung zu treten. Nach der offiziellen Sitzungszeit. Mogherini schimpfte auf seine Feigheit, keinen der regulären Redner vor den Kopf stoßen zu wollen. Conrada hatte eine weniger entschiedene Meinung. Einerseits rann ihnen die Zeit davon. Jede Minute, in welcher der Gewalt nicht Einhalt geboten wurde, forderte dramatischen Blutzoll. Andererseits hatten sie den Büros der Ländervertretungen Salminens Entwurf gerade erst gesandt. Sie befanden sich in den Wochen der Generaldebatte, weswegen eigentlich viele Staatschefs in New York gewesen wären. Doch aufgrund der weltweiten Unruhen hatten die meisten von ihnen ihren Aufenthalt abgebrochen und waren vorzeitig wieder abgereist. Die Vertretungen waren also gezwungen, mit ihren Oberen Rücksprache zu halten. In Bezug auf eine der heikelsten Reformen aller Zeiten und unter enormem Zeitdruck – und während ihre Chefs beide Hände voll damit zu tun hatten, das Chaos im eigenen Land zu bändigen. Alles hing davon ab, ob genügend Regierungen sich überzeugen ließen, dass eine globale Reform ein Ende der nationalen Unruhen bedeuten könne.

Conrada war nicht einmal selbst davon überzeugt. Salminen hatte recht: Die Reform konnte – wenn überhaupt – nur soziale Risse zwischen verschiedenen Gesellschaften kitten, nicht diejenigen innerhalb einer einzelnen. Mogherini hatte die Europäer geeint, aber das reichte beileibe nicht. Nur wenn zahlreiche Staaten folgten, konnte die Reform Durchschlagskraft entfalten. Und wenn die USA nicht dabei waren, war sowieso alles umsonst.

Ein italienischer Fluch hallte durch die Räume. Einen Wimpernschlag lang dachte Conrada an Maurizio. Aber der war natürlich in Brüssel. Marina hatte gerufen, Mogherinis Öffentlichkeitssekretär. Zu sechst versammelten sie sich im Büro des Delegationsleiters: Sagasta selbst, Mogherini, Marina, Rhodes, Salminen, Conrada.

»Ich habe gerade einen Anruf von Prinz bekommen, aus Brüssel«, sagte Marina. »Hier.« Er hatte seinen Laptop an einen Beamer angeschlossen. Auf der Leinwand war die Website von Petrobras zu sehen, dem halbstaatlichen brasilianischen Ölkonzern, den Conrada an den Rand des Abgrunds gestoßen hatte. Damals, schoss es Conrada durch den Kopf, als es noch etwas Ungewöhnliches war, am Abgrund zu stehen.

»Das ist die internationale Startseite«, sagte Marina. »Lesen Sie selbst.«

Geleitet von wirtschaftlichen Erwägungen und moralischem Anspruch gleichermaßen, fühlen wir uns den Zielen Conrada van Paulis zutiefst verbunden. Der Respekt staatlicher Grenzen ist eine maßgebliche Voraussetzung für Frieden und Wohlstand in der Welt. Wir wünschen Conrada van Pauli sowie der Europäischen Union viel Erfolg in den kommenden Verhandlungen mit den Vereinten Nationen.

Conrada musste es zweimal lesen, so irre kam es ihr vor.

»Und?«, knurrte Rhodes. »Das ist doch gut, oder?«

»Dass der berüchtigtste Großkonzern Lateinamerikas uns unterstützt?«, fragte Mogherini zurück. »Abwarten.«

»Es ist falsch«, murmelte Conrada. »Es ist schlichtweg falsch.« Sie wandte sich an Salminen: »Oder steht in unserem Konzept irgendetwas zum Thema Gebietssouveränität?«

Der Finne runzelte die Stirn. »Kein Wort.«

»Das ist nicht alles«, erklärte Marina. Er hatte in seinem Browser verschiedene Reiter geöffnet, die er langsam durchklickte. Petrobras war nur die Spitze des Eisbergs. In ganz Lateinamerika sprachen Firmen Conrada ihre Unterstützung aus. Und stets fand sich derselbe ominöse Hinweis auf die Notwendigkeit intakter Grenzen.

»Woher kommt das?«, fragte Mogherini in die Runde.

»Ein Leck vielleicht«, mutmaßte Rhodes.

»Unwahrscheinlich«, brummte Salminen. »Die Information ist ja falsch.«

Sie hatten den Entwurf bisher nur den UN-Vertretern weitergeleitet. Es half nicht, im Vorfeld die Pferde scheu zu machen. Natürlich würden die meisten Regierungen eine so weitreichende Unterschrift nur vorläufig leisten können, würden im Anschluss die Zustimmung ihrer jeweiligen Parlamente und übrigen Kontrollgremien einholen müssen. Dann wäre die Zeit der öffentlichen Debatten gekommen. Conrada konnte nur darauf spekulieren, dass der Reformvorschlag bis dahin die aufgebrachten Massen beruhigt hatte und die kritischen Kräfte so von seiner Wirksamkeit überzeugt wurden – und fürchten mussten, bei einer Ablehnung die alten Geister neu zu beschwören.

»Wer profitiert denn von strengeren Regeln, was Interventionen betrifft?«, überlegte Sagasta.

»Pakistan, Syrien«, zählte Mogherini auf, »Osteuropa möglicherweise bald.«

»Mexiko«, sagte Salminen. »Und im Grunde jeder schwache Staat, der Nachbarn hat, die ihm nicht wohlgesinnt sind.«

»Ja«, wandte Conrada ein. »Allein, wenn unsere Reform sich mit Grenzen befassen würde …«

»Das Inhaltliche wird bisher kaum diskutiert«, bemerkte Marina. »Eher die Frage, wie wir Unternehmer auf unsere Seite gezogen haben.«

Er rief eine weitere Seite auf: Twitter. Unter *#SupportConrada* rasten immer neue Beiträge senkrecht durchs Bild.

»*#SupportConrada*?«, fragte Conrada.

»Sie haben eine riesige Fangemeinde, Ms. van Pauli«, erklärte Marina. »Und Ihre Fans diskutieren heftig darüber, was die Firmenstatements zu bedeuten haben. Manche bejubeln Sie mit Worten, die an Heiligenverehrung grenzen. Andere sind weniger freundlich.«

»Ist absehbar, welche Seite überwiegt?«, fragte Mogherini.

Marina schüttelte den Kopf. »Bisher nicht.«

»Wichtiger wäre zu wissen«, dachte Conrada laut nach, »was die Regierungschefs davon halten.«

»Unterstützung aus der Wirtschaft ist ja wohl ein Plus, nehme ich an«, meinte Sagasta.

»Hoffen wir's mal«, sagte Conrada.

Mogherinis Telefon klingelte. Der Anruf dauerte nur wenige Sekunden. Die Zeit reichte, dass alles Blut aus dem Gesicht der EU-Außenbeauftragten wich.

»Wir haben ein Problem«, sagte sie.

Ihr Blick verriet, dass es ein ernstes war.

»Die USA«, sagte sie. »Sie werden nicht unterschreiben.«

Conrada saß in Emmas Büro und starrte die Wand an. Es war vorbei. Alles aus. Ohne die USA wären die Chinesen nicht dabei. Ohne die Chinesen weder Japan noch Südkorea. Es war vorbei.

Conrada hatte sich von Mogherini die Erlaubnis erbeten, die zwölf Etagen zu ihrer Freundin hinunterzufahren, weil sie die Enttäuschung in den Augen ihrer Mitstreiter nicht mehr ertragen konnte. Selbst Salminen, der von Anfang an skeptisch gewesen war und vor übermäßiger Hoffnung gewarnt hatte, war sprachlos auf einen Stuhl gefallen und in sich zusammengesackt.

»Mensch, Mama«, sagte Theresa – Emma hatte sich ihrer angenommen, weil in der EU-Botschaft vertrauliche Informationen geteilt wurden –, »vielleicht klappt es ja doch. Wer braucht schon die Amis?«

Conrada nahm ihre Tochter in den Arm. Es rührte sie, dass Theresa versuchte, sie zu trösten. »Ich habe mit Hermann immer Witze darüber gemacht«, sagte sie, »dass wir einmal nach Neuseeland auswandern, wenn alles zusammenbricht. Aber natürlich haben wir nie ernsthaft in Erwägung gezogen, dass es tatsächlich so weit kommen könnte.« Ihre Augen wurden feucht. »Kannst du dir das vorstellen? Wir ziehen nach Neuseeland? Die Visa für dich und deine Schwester wären schnell gemacht. Wir könnten dort abwarten, sehen, was passiert. Wir haben genügend Ersparnisse.« Sie spürte einen Kloß im Hals. »Falls es länger dauert.«

»Mama«, rief Theresa. »Du kannst doch jetzt nicht den Kopf in den Sand stecken.«

»Hast du nicht gemeint, ich soll egoistischer sein?« Conrada sagte es ohne Vorwurf.

»Ja, schon. Wenn es darum geht, was andere von dir halten. Du sollst nicht versuchen, es immer allen recht zu machen. Aber das bedeutet doch gerade, dass du zu deinen Überzeugungen stehst. Wenn du es heute Abend nicht wenigstens probierst mit dieser UN-Reform, dann wirst du ewig sauer auf dich selbst sein.«

Conrada schwieg.

»Du hast eine kluge Tochter«, sagte Emma. »Du solltest auf sie hören.«

»Wir haben keine Chance«, seufzte Conrada. »Nicht ohne die USA.«

»Dann überzeugen wir diese dämlichen USA eben«, rief Theresa.

An der Wand hing ein Fernseher. CNN sendete aus seinem Studio in Hongkong. Die Zentrale in Atlanta war genauso geräumt worden wie die Niederlassungen in New York, Los Angeles und London. Conrada strich ihrer Tochter wehmütig übers Haar. Nichts bewunderte sie an der Jugend mehr als das unerschütterliche Vertrauen darauf, dass es eine Zukunft gab.

Egal welche Nachrichten gezeigt wurden – der *Breaking-News*-Balken blieb. In Trance beobachtete Conrada die Zerstörung der Welt. Der aktuelle Report behandelte São Sebastião, einen Vorort von Brasília. Eine Indígena namens Esmeralda Bomfim hatte in einem selbst gedrehten Video behauptet, ihr Sohn Antonio werde in dem dortigen Gefängnis gemeinsam mit den Mördern Bolsonaros gefangen gehalten und womöglich gefoltert. Diese Nachricht kannte Conrada bereits. Doch das Video war nicht folgenlos geblieben. Binnen Stunden hatten sich Tausende vor dem Gefängnis versammelt.

»Die Lage drohte zu eskalieren«, erklärte die Nachrichtensprecherin trocken, »als sich plötzlich das Tor öffnete und mehrere Jeeps davonrasten. Die Demonstranten konnten ungehindert in die Anlage eindringen. Offenbar war die gesamte Wachmannschaft getürmt. In einem besonders gesicherten Trakt stießen die Demonstranten auf mehrere Dutzend Leichen. Die Opfer sind wohl erschossen worden, viele weisen Spuren von Folter auf. Es handelt sich aller Wahrscheinlichkeit nach um die Attentäter Bolsonaros. Aber auch vermisste Politiker und Journalisten konnten identifiziert werden. Alle identifizierten Opfer sind Brasilianer – bis auf eine Ausnahme; eine Französin, vermutlich eine Mitarbeiterin von Reporter ohne Grenzen. Es ist derzeit nicht absehbar, ob …«

Conrada hörte nicht mehr hin. Mechanisch griff sie nach ihrem Telefon, wählte mit tauben Fingern Stéphanes Nummer.

»Conrada.«

Sie musste die Frage nicht stellen, Stéphanes Stimme verriet ihr bereits die Antwort.

»Es tut mir leid«, flüsterte sie.

»Ja.«

»Wenn ich irgendetwas tun kann …«

»Danke.« Stéphanes Stimme brach. »Ich glaube nicht …«

»Stéphane?«

Es war nur noch das Freizeichen zu hören.

»Was ist los?«, fragte Theresa.

Conrada wischte sich über die Augen. »Entschuldigt mich«, sagte sie, »ich muss mich mal frisch machen.«

Sie ging zu den Toilettenräumen.

Es war niemand da. Sie trat an ein Waschbecken und drehte den Hahn auf. Lange stand sie reglos vor dem rauschenden Wasserstrahl, beobachtete sich im Spiegel. Die Falten um die Wundwinkel. Die dunklen Ränder unter ihren Augen. Die Hautunreinheiten am Hals. Die kurz geschorenen Haare verstärkten ihre Kinnlinie. Hermann hatte die Unterseite ihres Kinns gerne geküsst. Sie selbst war davon nicht erregt worden, sie hatte die Liebkosung ihm zuliebe über sich ergehen lassen.

Bedächtig wusch sie sich das Gesicht. Das kalte Wasser machte sie nicht wach. Im Gegenteil – es ließ sie erst spüren, wie müde sie war. Sie beobachtete ihre Finger unter dem Wasserstrahl. Schlank waren sie, weich. Finger eines Büromenschen. Ihre Arbeit hatte es nie erfordert, ihre Finger zu beanspruchen. Nie hatte sie Steine schleppen müssen. Ein Boot rudern. Kleidung nähen. Diese Finger hatten nichts getan, als die Tasten einer Tastatur zu drücken. Ab und zu eine Hand ergriffen und geschüttelt. Mehr nicht. Es war ein unverdient einfaches Leben, das Conrada hatte führen dürfen.

Sie griff ein Tuch aus dem Spender. Sorgfältig trocknete sie ihre Finger ab, ihre weichen Bürofinger, einzeln, mit langsamer, aber genauer, fester Bewegung. Das Tuch riss, sie musste sich ein neues nehmen. Es änderte nichts. Sie wusste, sie hatte ihre Entscheidung schon gefällt.

Als sie den letzten Finger fertig behandelt hatte, holte sie ihr Telefon aus der Blazertasche. Mit ihren feinen, frisch gewaschenen, trockenen Büromenschenfingern wählte sie die Nummer der Europäischen Zentralbank.

»Was kann ich für Sie tun?«, fragte die Telefonistin.

»Verbinden Sie mich bitte mit Sven-Ole Anderson. Internationale Beziehungen.«

»An die Fachbereiche kann ich Sie zurzeit leider nicht weiterleiten. Sie rufen außerhalb der Öffnungszeiten an.«

»Sagen Sie ihm, Conrada van Pauli möchte mit ihm sprechen.«

»Conrada van Pauli? Die aus den Medien? Sie sind das?«

»Ja.«

»Augenblick.«

Eine Wartemelodie ertönte. *Für Elise.* Conrada summte geistesabwesend die vertrauten Töne.

Wieder die Telefonistin: »Mr. Anderson hatte einen Unfall und befindet sich im Krankenhaus. Allerdings ist er bereit, mit Ihnen zu reden. Ich verbinde.«

Wieder die Melodie. Dann die Stimme, die Conrada kannte: »Ms. van Pauli.«

»Mr. Anderson.«

»Was wollen Sie?«

»Ich möchte Sie erpressen.«

»Sind Sie verrückt geworden? Diese Leitung …«

»Ich will, dass das Konzept, das wir heute Abend den UN vorstellen, Erfolg hat.«

»Ich kann nichts für Sie tun.«

»Wenn das Konzept scheitert, veröffentliche ich die Daten.«

»Nein!«

»Ich spiele nicht.«

»Sie riskieren viel.«

»Sie meinen meine Tochter. Ja. Ich weiß. Aber wenn die Sitzung heute scheitert, sind Sie das geringste Problem meiner Tochter.«

»Ich warne Sie.«

»Eine leere Drohung. Wenn ich die Daten veröffentlicht habe, werden Sie anderen Herausforderungen gegenüberstehen, als an mir oder meiner Tochter Vergeltung zu üben.«

»Sie können das nicht tun.«

»Ich kann.«

»Sie bluffen.«

»Wie in Saint-Flour? Sie riskieren viel.«

91. Kapitel

In der Nähe von Gove City, Kansas; Montag, 16:03 Uhr UTC-5

Es gab keinen regulären Landeplatz. Der Pilot musste mit einer betonierten Fläche vorliebnehmen, die früher einmal ein Rastplatz gewesen sein mochte. Sie waren über eine halbe Stunde dem Highway gefolgt, ohne fünf Autos unter sich zu sehen. Niemand wollte in den Westen von Kansas.

An der Ostküste zogen die ersten kühlen Winde des Herbstes heran, doch hier merkte man nichts davon. Als Kent Miller aus dem Hubschrauber sprang, umhüllte ihn sogleich die heiße, staubige Luft des amerikanischen Hinterlandes.

Ein Mann stand an die Kühlerhaube eines mächtigen SUV gelehnt und beobachtete ihn. Miller befahl seinem Piloten, auf ihn zu warten, und ging auf den Mann zu.

»Sie sind Fitzgerald Orson?«

Der Mann nickte, streckte ihm die Hand entgegen. »Eine Freude, Sie kennenzulernen, Mr. Secretary of State.«

»Die Freude ist meinerseits. Woodearth hat mir nur Gutes von Ihnen berichtet.« Das Gegenteil war der Fall, aber wenn man Geschäfte machen wollte, musste man ab und zu taktisch vorgehen.

»Das freut mich«, lächelte Orson. »Wir waren die besten Freunde. Möge seine Seele Ruhe finden.«

»Wie lange dauert die Sache?«

»Kommt drauf an, wie lange Sie die Anlage besichtigen wollen. Zwei bis drei Stunden maximal.«

»Gut. Fahren wir los.«

»Zuerst müssten Sie mir noch die Verschwiegenheitserklärung unterschreiben.« Orson hielt ihm einen Vertrag und einen Füllfederhalter hin.

Miller folgte mürrisch der Forderung.

»Können wir jetzt?«

»Sie haben den Scheck?«

»Was für einen Scheck?«

»Wir haben Sie in der Einladung gebeten, einen Scheck über vierzigtausend Dollar mitzubringen. Aus Gründen der Geheimhaltung können wir die Anlage nur Interessenten zeigen, die ernsthaft am Kauf interessiert sind.«

»Ich bin der Außenminister.«

»Tut mir leid, Sir. Ich muss darauf bestehen.«

Mürrisch stellte Miller den Scheck aus.

Das begann ja schon mal großartig.

Sie fuhren den Highway entlang. Der Weizen war bereits geerntet. Links und rechts breiteten sich bis zum Horizont die Stoppelfelder aus. Keine Farm, keine Mähdrescher, nicht einmal ein Flugzeug am wolkenleeren Himmel. Der Boden war urbar gemacht; so weit das Auge reichte, erblickte man eine Welt, die von Menschen geschaffen war – und doch jeder Menschenseele entbehrte. War das die Zukunft?

»Was wissen Sie über die Atlas-Raketen?«, fragte Orson.

»Interkontinentalraketen im Kalten Krieg.«

»Ja. Die erste Generation Vernichtungswaffen im Zeitalter der atomaren Aufrüstung. Entwickelt wurden sie in den Fünfzigern. Nach der Kubakrise 1962 wurden Dutzende von ihnen in unterirdischen Silos stationiert, verteilt über die am dünnsten besiedelten Gebiete der Staaten. Die Silos waren so konzipiert, dass sie den direkten Einschlag eines Nuklearsprengkopfs vollkommen funktionstüchtig überstehen konnten. Die Raketen selbst waren höchst fehleranfällig und wurden bald ausrangiert. Aber die Silos stehen immer noch.«

»Ich bin gespannt«, sagte Miller ungeduldig. Er hatte auch noch anderes zu tun.

Die letzten Kilometer bis zur Anlage rumpelten sie über eine unbefestigte Piste.

Miller war erleichtert, als sie endlich einen Zaun mit Schlagbaum erreichten. Eine Wache mit Maschinenpistole und kugelsicherer Weste winkte sie durch. Nach hundert Metern kamen sie zu einer weiteren Absperrung. Diesmal handelte es sich nicht um einen einfachen Schlagbaum, sondern um ein Tor und eine Betonmauer, auf deren First Stacheldraht montiert worden war. Auch hier wurden sie durchgewinkt.

»Neben der Geheimhaltung«, erklärte Orson, »hat die physische Geländesicherung unsere absolute Priorität. Natürlich – darum geht es ja. Wir haben eine ständige Besatzung von fünfzig Mann; gut ausgebildete Leute, größtenteils Ex-Marines, aber auch Sicherheitspersonal privater Firmen. Allesamt kampferprobt und mit modernster Ausrüstung versehen. Für den Ernstfall haben wir hundertfünfzig zusätzliche Kämpfer in Reserve. Alle würden die Anlage mit ihrem Leben verteidigen. Obwohl sie nicht wissen, was sie überhaupt beschützen. Eine weitere Vorsichtsmaßnahme.«

Orson brachte den SUV zum Stehen. »Wir sind da.«

Miller stieg aus. Abgesehen von ein paar Militärbaracken und einem Funkmast war nichts zu sehen.

Orson schüttelte einem der Bewaffneten die Hand und führte Miller zu einem kleinen Betonbunker. Mit seiner ID-Karte entriegelte er die stählerne Tür. Sie betraten einen Zwischenraum, in dem eine Handvoll Sicherheitsleute an Konsolen saßen und Bildschirme beobachteten, die Aufnahmen von Überwachungskameras zeigten. Über eine Wendeltreppe ging es ein Stockwerk nach unten. Eine weitere Stahltür, gesichert durch einen Retina-Scanner. Orson beugte sich zu dem Gerät, es piepste kurz, die Tür schob sich langsam zur Seite. Sie war bestimmt einen halben Meter dick. Der nächste Raum barg nur einen Treppenabgang und einen Fahrstuhl.

»Die älteren Atlas-Modelle waren bis zu dreißig Meter hoch«, erzählte Orson, während sie den Fahrstuhl nach unten nahmen. »Um sie wirksam vor Kernexplosionen zu schützen, wurden die Silos fünfzig Meter tief in die Erde gegraben. Die Wände bestehen aus drei Metern Beton. Die Schotten, die die Silodecke verschließen, sind aus mehreren Lagen meterdickem Stahl gefertigt.«

Es gab acht Etagen, jede einzelne war ausgebaut zu einem Apartment von hundertsiebzig Quadratmetern und einem zusätzlichen Bereich, der der Gemeinschaft dienen sollte. Ein Kino, ein Pool, ein Fitnessstudio – aber auch einen Garten hatte man eingerichtet und eine Fischzuchtstation.

»Techniker, Gärtner, Köche«, erklärte Orson, »das Personal wurde sorgfältig ausgewählt und wird höchsten Ansprüchen genügen.«

»Werden die auch hier wohnen?«

»Ja, im obersten Stockwerk.«

Miller besichtigte eins der Apartments. An den Wänden waren Bildschirme angebracht, die Landschaftsaufnahmen zeigten.

Orson grinste selbstgefällig. »Wir nennen sie magische Fenster. Wir haben inzwischen eine schöne Auswahl zusammengestellt. Die Skyline von New York, die Rocky Mountains, Hawaii … Das sind natürlich nur ein paar Beispiele. Wir installieren gerade eine Möglichkeit, Liveaufnahmen aus Großstädten zu empfangen. Sie werden glauben, Sie wohnen mitten auf dem Times Square.«

Miller rümpfte die Nase bei der Vorstellung. »Einen Internetzugang gibt es?«

»Selbstverständlich. Solange es Internet gibt, werden Sie es hier empfangen können. Haben Sie den Funkmast gesehen? Die

Technik haben wir fürs Pentagon entwickelt. Läuft alles satellitengestützt. Mobilfunk auch. Den Strom gewinnen wir geothermal, für die Wasseraufbereitung nutzen wir Technik, die für die Pharmaforschung entwickelt wurde – vierzigmal leistungsstärker als herkömmliche Geräte.«

Die Wohnung war möbliert, Miller strich über einen der Sessel.

»Die Einrichtung ist natürlich nur ein Vorschlag«, sagte Orson geflissentlich. »Sie entscheiden, wie Sie wohnen wollen.«

Miller hatte genug gesehen.

»Was kostet ein Apartment?«

»Fünfzig Millionen Dollar. Plus laufende Kosten für Wartung und Wachmannschaft.«

»Ich meine ein Apartment. Nicht die Anlage.«

»Sage ich ja. Fünfzig Millionen. Pro Apartment.«

»Unmöglich.«

»Mein letzter Kunde meinte, ich könnte den Preis sogar noch anheben. So werde gewährleistet, dass man sich in guter Gesellschaft befinde.«

»Fünfzig Millionen sind kein Preis. Fünfzig Millionen sind eine Unverschämtheit.«

»Ich gebe zu, die Preise haben in den letzten Wochen etwas angezogen. Sie müssen nicht kaufen, wenn Sie nicht wollen.«

»Ich werde darüber nachdenken.«

»Tun Sie das. Aber nicht zu lange. Ich habe genügend Interessenten.«

Sie fuhren mit dem Aufzug zurück an die Oberfläche. Miller war zwiegespalten. Er konnte sich die Wohnung leisten, und es war nicht abwegig, dass sie in absehbarer Zukunft ihren Wert beweisen würde. Aber Orson, diesem aufgeblasenen Wicht, fünfzig Millionen Dollar in den Rachen zu stopfen, das ging ihm gehörig gegen den Strich.

Miller hatte im Silo keinen Empfang gehabt. So viel zum

Thema Militärtechnik. Als sie aus dem Bunker traten, vibrierte sein Telefon. Er hatte einen Anruf verpasst. Von Anderson. Miller fluchte. Auf den arroganten Norweger hätte er gerade gut verzichten können.

»Anderson«, knurrte er. »Was gibt's?«

»Mr. Miller, wir haben eine Entscheidung zu fällen.«

92. Kapitel

New York, USA; Montag, 21:19 Uhr UTC-4

Mogherini hatte Conrada gebeten, mit Marina gemeinsam die Rede zu entwickeln. Bis zur letzten Minute feilten sie daran. Conrada hatte noch nie direkt mit dem Öffentlichkeitssekretär des EAD gearbeitet. Aus der Ferne war er ihr etwas borniert vorgekommen. Doch die Zusammenarbeit gelang gut, geschwind fanden sie sich ein in die Gedankengänge des jeweils anderen. Das bedeutete nicht, dass sie einer Meinung waren. Sie kämpften um jedes einzelne Wort. Marina argumentierte leidenschaftlich und unermüdlich, aber zugleich sachlich und kompromissbereit.

Conrada wusste nicht, ob es klug gewesen war, Anderson anzurufen, oder sinnlos oder ein gefährlicher Fehler. Doch je mehr sie darüber gegrübelt hatte, desto hilfloser drehte sie sich im Kreis. Sie war Mogherini dankbar, dass diese ihr etwas zu tun gegeben hatte. Etwas, worauf sie sich konzentrieren, ihren wild durcheinanderwirbelnden Gedanken eine Richtung geben konnte.

»Wir müssen los«, drängte Mogherini. Rasch druckten sie das Skript aus und eilten zum Fahrstuhl. Auf der Straße wartete bereits die Limousine mit der Polizeieskorte. Sie fuhren zu viert: Mogherini, Marina, Rhodes und Conrada. Der Delegationsleiter Sagasta hielt auf Befehl Mogherinis die Stellung in der Botschaft.

Marina reichte Mogherini das Skript.

»Gute Arbeit«, sagte die EAD-Außenbeauftragte, nachdem sie es überflogen hatte. Sie hielt es Conrada hin. »Ich wünsche Ihnen viel Glück.«

»Ich soll reden?«, fragte Conrada erstaunt. Sie war davon ausgegangen, dass Mogherini die Aufgabe übernehmen würde.

»Greifen Sie schon zu«, sagte Mogherini, ein ermutigendes Lächeln auf den Lippen.

Unschlüssig starrte Conrada auf das Papier. Mogherinis Angebot war eine Ehre. Aber irgendetwas hielt Conrada zurück.

»Sie sind die Hohe Vertreterin«, stotterte sie.

»Wenn Sie Erfolg haben, werden Sie Weltgeschichte schreiben«, sagte Mogherini. »Und sogar wenn der Entwurf nicht überzeugt, wird keiner Ihre Leistung infrage stellen. Noch das Rückgrat, es versucht zu haben.«

»Wenn sie nicht will«, brummte Rhodes, »kann ich es ja machen.«

Mogherini ignorierte ihn. »Ms. van Pauli«, wandte sie sich weiterhin an Conrada, »Sie haben es sich verdient.«

»Nein«, sagte Conrada.

»Bitte?« Mogherinis Züge verrieten mehr Unverständnis als Enttäuschung.

»Ich möchte die Rede nicht halten.«

»Die ganze Welt wird Sie bewundern.«

»Anerkennung ist schön«, sagte Conrada. Sie dachte an Theresa. »Aber Anerkennung ist nicht alles.«

»Was meinen Sie?«

»Manchmal ist es besser, auf sich selbst zu hören. Ich brauche die Aufmerksamkeit nicht. Ich hatte die letzten Tage genug davon. Lassen Sie Mr. Rhodes die Rede halten.«

»Ist das Ihr Ernst?«

»Warum nicht? Vielleicht gibt es Leute da draußen«, sie wies aus dem Fenster, »die ihre Hoffnungen mit meiner Person verknüpft haben. Die Eminenzen in der Generalversammlung dürften mir weniger gewogen sein. Wir zeigen, dass es uns um das Thema geht, nicht um die Person. Mr. Rhodes soll es machen.«

Mogherini musterte sie einen Augenblick lang unschlüssig.

Dann zuckte sie die Schultern. »Gut. Wenn Sie meinen. Mir soll es recht sein.«

Das Erste, was Conrada bemerkte, als sie die Versammlungshalle betrat, war die Abwesenheit von Donald Trump. Hinter dem Schild mit der Aufschrift *USA* saß Heather Nauert, die Ständige Vertreterin. Trump hatte es offenbar nicht einmal für nötig befunden, seinen Außenminister Miller zu schicken. Kein gutes Omen. Conrada presste die Zähne zusammen. Nauert hatte lange Jahre ihres Lebens für Fox News gearbeitet. Für politischen Scharfsinn hatte sie noch keine Medaille gewonnen.

Der Saal war zum Bersten gefüllt. Da jede Delegation maximal fünf Repräsentanten akkreditieren konnte, hatte Conrada ihre Akkreditierung auf Rhodes übertragen. Gemeinsam mit Marina nahm sie auf den Besucherrängen Platz. Die Bezeichnung »Besucher« war irreführend, die Versammlung tagte nicht öffentlich. Vielmehr sollte den Delegationen die Möglichkeit gegeben werden, zusätzlich zu ihren fünf Vertretern weitere Mitarbeiter den Debatten beiwohnen zu lassen.

Um 21:55 Uhr eilte ein Saaldiener ans Rednerpult und traf letzte Vorkehrungen.

Um 21:58 Uhr öffnete sich eine unscheinbare Tür hinter der Bühne. Der Generalsekretär António Guterres, die Vorsitzende der Generalversammlung María Fernanda Espinosa und der Präsident des Sicherheitsrats Koro Bessho erschienen, schritten die Stufen zu dem Podium hinauf, das sich hinter dem Rednerpult befand, und setzten sich hinter ihre marmorne, altarartige Tafel. Das Symbol der UN, der die Welt umarmende Siegerkranz, glänzte über ihnen wie ein riesiger goldener Mond.

Um 21:59 Uhr bat Espinosa die Anwesenden, ihre Plätze einzunehmen.

Um 22:00 Uhr eröffnete sie die außerordentliche Sitzung.

Als die protokollarischen Formalien erledigt waren, sagte sie:

»Aufgrund der aktuellen gesellschaftlichen Entwicklungen in vielen Teilen der Welt hat uns die Europäische Union gebeten, einen Vorschlag unterbreiten zu dürfen. Ihr wurden eine fünfzehnminütige Präsentation und eine anschließende dreißigminütige Diskussion gewährt. Ich habe die Ehre, den Vertreter der Europäischen Union, Mr. Jonathan Rhodes, begrüßen zu dürfen.«

Rhodes schob seinen beachtlichen Leib hinter das Rednerpult. Alle schwiegen. Es war so leise, dass Conrada das Blut in ihren Ohren rauschen hörte. Rhodes stützte sich schwer auf das Pult. Selbst aus der Ferne bemerkte Conrada, dass seine Wangen gerötet waren. Fahrig leckte er sich über die Lippen. Jetzt konnten sie nichts mehr tun als hoffen.

Er begann.

»Herr Vorsitzender der Generalversammlung, Herr Generalsekretär, Herr Präsident des Sicherheitsrats, meine sehr verehrten Damen und Herren Exzellenzen, meine sehr verehrten Damen und Herren Delegierte, sehr verehrte Anwesende.

Die Welt steht am Abgrund …«

Die Worte flogen an Conrada vorbei, ohne dass sie sie hätte fassen können, zu oft hatte sie sie in den letzten Stunden wiederholt. Sie ließ ihren Blick über die Anwesenden gleiten. Alle schauten auf Rhodes, konzentriert, erwartungsvoll. Manche hatten den Kopf zur Seite geneigt, drückten die Empfangsgeräte für die Liveübersetzung ans Ohr. Keine Geste, kein Mienenspiel entdeckte Conrada, das Zustimmung verriet oder Ablehnung.

Rhodes fand sich in seine Rolle; seine Stimme wurde fester, seine Pausen platzierte er effektvoll. Es waren schöne Sätze, voller Erhabenheit, voller Beschwörungsformeln des Friedens und der Versöhnung. Sätze, wie sie in dieser Halle schon hundertfach gesprochen worden waren. Und doch war diesmal etwas anders. Jeder Stuhl im Saal war besetzt. Niemand sortierte seine Unterlagen oder starrte auf sein Tablet. Alle Aufmerksamkeit war auf Rhodes gerichtet. Stumm, angespannt, befangen erwarteten die

Delegierten den furchtbaren Moment, der vor ihnen lag. Heute konnten sie hier im Saal entscheiden, ob die Risse in der Welt noch zu kitten waren oder nicht.

Wie überzeugend Rhodes auftrat, war gar nicht so bedeutsam. Die Delegationen hatten den Entwurf zugesandt bekommen. Die internen Diskussionen waren abgeschlossen, die Positionen ausgearbeitet. Die Berater hatten ihre Ratschläge erteilt, die Chefs hatten sich ihre Meinungen gebildet, die Vertreter kannten die Meinungen ihrer Chefs.

Wie Conrada die Versammlung beobachtete, kam es ihr irrsinnig vor. Ein paar Hundert Männer und Frauen entschieden über die Geschicke von fast acht Milliarden. Und es war naiv zu glauben, nur weil sie mächtig waren, wären sie weise. Nichts machte sie besonders außer der Zuschreibung von außen. Sie waren Menschen. Und wie alle Menschen würden sie jeden Morgen aufs Neue um ihre Existenz kämpfen müssen. Die eigene Existenz zu bewahren mochte keine Herausforderung mehr sein – sie zu rechtfertigen sehr wohl. So mächtig sie auch waren, ihre Eitelkeiten blieben ihnen, ihr Stolz, ihre Sehnsüchte, ihre Selbstzweifel, ihre Angst vor der Einsamkeit. Unter ihnen würde es Ermattete geben, Drogenabhängige, Ungeliebte, Demente.

Conrada fragte sich, wie es ihrer Mutter gerade erging. Bekam sie im Seniorenstift die Unruhen mit? Befand sie sich vielleicht sogar selbst in Gefahr? Wer wusste, wozu wütende Massen sich versteigen mochten.

Das Klatschen holte Conrada zurück in die Halle der Generalversammlung. Es war ein höfliches Klatschen, keines, das Begeisterung verkündete. Rhodes hatte geendet. Nicht ganz. Er hatte noch die eine Frage zu stellen, über die Conrada und Marina am heftigsten gestritten hatten. Die alles entscheidende Frage. Sollte sie direkt nach der Rede gestellt werden oder erst nach Abschluss der folgenden Diskussion? Conrada hatte dafür plädiert, sie direkt nach der Rede zu stellen. Sie fürchtete, die Diskussion könnte das

Thema fragmentieren, bis man das Gesamtbild nicht mehr vor Augen hatte. Marina hatte schließlich nachgegeben.

Rhodes räusperte sich.

»Bevor der Herr Vorsitzende der Generalversammlung die Leitung der Diskussion übernehmen wird«, sagte er, »möchte ich Sie um ein Stimmungsbild bitten.« Noch ein Räuspern. »Wer von Ihnen kann sich vorstellen, sich gemeinsam mit den Mitgliedsländern der Europäischen Union an einem globalen Lastenausgleichsfonds zu beteiligen? Ein einfaches Handzeichen genügt, die Meldungen sind selbstverständlich unverbindlich.«

Es war sehr still.

Conrada sah die Reihen der Würdenträger zu Wachsfiguren erstarrt.

In der Ferne waren Schüsse zu hören. Niemand zuckte. Die letzten Tage hatte es genügend Möglichkeiten gegeben, sich an das Geräusch zu gewöhnen.

Einer musste den ersten Schritt machen. Einer musste mutig sein. Köpfe drehten sich, verstohlene Blicke krochen durch den Raum. Niemand hob den Arm.

Die Zeit floss zäh wie Schlick.

Conrada presste die Lippen zusammen. Hatten sie keinen Einzigen überzeugt? War der Entwurf so weltfremd? Das taktische Kalkül so wirksam in den Überlegungen der Delegierten?

Da! Der indische Vertreter bewegte sich. Langsam hob er die Hand auf Brusthöhe, sah sich um. Conrada hielt den Atem an. Indien würde zu den Empfängerländern gehören, das Pro-Kopf-Einkommen des Landes entsprach nach wie vor dem eines Entwicklungslandes. Die Hand verweilte auf Brusthöhe.

Kamerun meldete sich. Klar schwebte die Hand über der traditionellen Kappe des Gesandten. Alle Köpfe drehten sich in seine Richtung.

Der Tschad meldete sich. Die Köpfe schwenkten zu ihm.

Conrada sah zurück zur indischen Delegation. Die Hand war

wieder unten. Natürlich. Wenn nur arme Staaten mitmachten, liefen sie Gefahr, selbst unter die Geberländer zu geraten.

Der Reihe nach meldeten sich Liberia, Eritrea, Ruanda, Burkina Faso. Die Ärmsten der Armen. Sie hatten nichts zu verlieren. Conrada schluckte. Wenn der Entwurf letztendlich nur zur Folge haben sollte, dass die EU ein paar afrikanische Staaten mit halbseidenen Regierungsverhältnissen unterstützte, war Europa politisch am Ende.

Weitere Staaten meldeten sich. Allesamt Entwicklungsländer.

Dann niemand mehr.

Kein Entwicklungsland wollte riskieren, ein anderes unterstützen zu müssen. Der indische Vertreter hatte sich mit verschränkten Armen zurückgelehnt. Die Haltung konnte deutlicher nicht sein.

Vereinzelt begannen Delegierte zu tuscheln. Jemand rutschte auf seinem Stuhl. Hier ein Räuspern. Dort ein Husten. Unruhe keimte auf, durch Verlegenheit erzeugt. Conrada spürte die Scham in ihre Wangen schießen.

Dann sah sie die Hand. Die Hand von Heather Nauert, der Gesandten der USA. Conrada beobachtete die Hand wie eine geisterhafte Erscheinung. Die Hand war oben. Flach, die Finger aneinandergelegt, der dazugehörige Ellenbogen durchgedrückt, die Geste unmissverständlich. Die USA machten mit.

Zu beschäftigt mit sich selbst, hatten die Delegierten die Hand noch nicht wahrgenommen. Eine zeitlose Sekunde verging, in der Conrada taumelte bei dem Versuch, das Unmögliche zu begreifen.

Dann wogte ein Raunen durch die Sitzreihen und verschluckte das Tuscheln, bevor beides erstarb. Plötzlich war jedes einzelne Augenpaar im Saal auf die Hand von Heather Nauert gerichtet. Die Hand von Heather Nauert war oben. Ohne jeden Zweifel oben.

Die ungeheuerliche Bedeutung der Hand versteinerte die Versammelten.

Die Zeit stand still.

In die Stille hinein meldete sich Kanada.

Dann Neuseeland.

Australien. Die Philippinen.

Israel.

Taiwan.

Marokko.

Argentinien. Uruguay. Surinam. Chile.

Japan.

Südkorea.

Mehr und mehr Hände flogen in die Höhe. Schnell, energisch. Wie befreit. Als hätten sie nur darauf gewartet, aufsteigen zu dürfen. Köpfe drehten sich hektisch hin und her, versuchten die neuen Hände mitzubekommen, es waren zu viele, überall ragten sie auf. Ausrufe des Erstaunens, Lachen, ungläubige Kommentare schwirrten herum, wuchsen, verbanden sich zu einem Stimmenmeer, auf den Besucherrängen sprangen Leute auf, johlten, klatschten, fielen einander fassungslos in die Arme.

Irgendjemand presste Conrada an sich, Marina war es, sie ließ es geschehen. Das bedeutete noch gar nichts, sagte sie sich, die Meldungen waren unverbindlich, nichts war entschieden.

Aber trotz aller Mäßigung, zu der Conrada sich aufrief – die Begeisterung drohte sie mitzureißen. Und sie wehrte sich nur halbherzig. Sie wusste, wenn es einen Weg gab zu einer versöhnlicheren Welt, dann hatte man heute den ersten Schritt getan.

93. Kapitel

Brüssel, Belgien; November

»Hast du Backpulver in den Teig?«, fragte Conrada.

»Natürlich«, rief Emilia empört.

»Na, dann warten wir noch ein bisschen. Der wird schon noch aufgehen.«

»Wann müssen wir denn los?«, rief Theresa aus dem Badezimmer.

»Ich habe Oma gesagt, wir sind um halb acht da«, rief Conrada zurück.

»Schon?«, fragte Emilia erschrocken.

»Keine Sorge«, beruhigte Conrada ihre Tochter, »der Kuchen wird rechtzeitig fertig.«

»Was ist mit Papa?«

»Der kommt nicht. Habe ich doch gesagt.«

Ihre Älteste kam in die Küche. »Habt ihr Stress? Du und Papa?«

Conrada zuckte die Schultern. »Geht schon.«

»Also ich finde es nicht schlimm, dass ihr euch scheiden lasst«, meinte Emilia. »Besser so, als aufeinander rumhängen und sich stressen.«

Conrada wusste nicht so recht, wie sie mit der Gelassenheit ihrer Töchter umgehen sollte, was die Trennung betraf. Sie selbst hatte mit Hermann in den letzten Wochen zwei-, dreimal telefoniert, um Organisatorisches zu besprechen. Die Gespräche waren einigermaßen in Ordnung verlaufen. Es war gut, dass er fürs Erste in seine Straßburger Wohnung gezogen war.

Conradas Telefon vibrierte. Stéphane.

»Conrada, wo steckst du?«

»Stéphane, schön, dich zu hören. Geht es dir gut?« Nachdem er von dem Tod Jasmins erfahren hatte, hatte Stéphane zwei Wochen Urlaub genommen. Im Anschluss hatten sie einige Male telefoniert, und Conrada beobachtete erleichtert, dass Stéphane Schritt für Schritt zu seiner alten Natur zurückfand.

»Könnte schlimmer sein. Wie ist das Wandern? Habt ihr gutes Wetter in Südtirol?«

»Bin schon wieder zurück.«

»Und der FSB hat die Gelegenheit nicht genutzt, um dir den Garaus zu machen?«

»Nein, der FSB hat sich inzwischen entschieden, dass Putin von tschetschenischen Terroristen ermordet wurde. Ganz ohne meine Hilfe.«

»Ein Unfall kann immer passieren.«

»Prinz behauptet, das traut sich der FSB nicht in seiner aktuellen Situation. Und Emma sagt, meine geliebte Regierung habe dem FSB deutlich gemacht, dass sie mein Wohl als Staatsangelegenheit betrachte.«

»Na, dann.« Stéphane räusperte sich. »Conrada?«

»Ja?«

»Wir brauchen dich hier. Seit September geht alles drunter und drüber. Du fehlst uns.«

»Sag mal, Stéphane«, fragte Conrada, »hat Mogherini dich gebeten, mich anzurufen?«

»Wir vermissen dich alle hier«, rief Stéphane. »Ohne den Gestank deiner Turnschuhe ist die Arbeit einfach nicht dieselbe.« Conrada konnte das Grinsen des Schelms geradezu hören.

»Ich vermisse euch auch«, gestand sie.

»Also bist du wieder dabei?«

»Nein, das nicht. Tut mir leid.«

»Aber was willst du dann machen?«, rief Stéphane mit gespielter Entrüstung. »Du bist ein Arbeitstier. Du explodierst vor Langeweile, wenn du nicht mindestens vierzehn Stunden am Tag Dossiers lesen darfst.«

»Ich werde schon was finden.«

Nachdem sie ihm versprochen hatte, ihn bald auf ein Bier zu treffen, verabschiedete sie sich von dem liebenswerten Belgier. Er hatte nicht ganz unrecht. Es kribbelte Conrada bereits wieder in den Fingern. Lange würde sie die Freizeit nicht mehr aushalten.

Als sie heute Morgen von den Wahlen in Brasilien gelesen hatte, hätte sie am liebsten sofort für den EAD ein Analyse-Paper verfasst.

Colasanti hatte für transparente Wahlen gesorgt. Danach war er zurückgetreten, wie er es versprochen hatte – und obwohl die überwältigende Mehrheit der Brasilianer ihn gerne als Präsidenten gesehen hätte. Das Rennen gemacht hatte ein General namens Ramon Miguel Ferreira de Luiz. Dass gerade ein Militär Brasilien wieder auf die Beine bringen sollte, war zumindest kurios, nach allem, was geschehen war. Doch Ferreira de Luiz hatte seine Truppen während der Unruhen zwar im Inland eingesetzt, aber ohne der Armee einen Vorteil zu verschaffen. Sein umsichtiges, redliches Vorgehen hatte das Vertrauen der Wähler gewonnen – ob das Vertrauen berechtigt war, würde die Zukunft zeigen. Die Herausforderung, Brasilien wieder auf Vordermann zu bringen, war jedenfalls immens.

Conradas Telefon vibrierte. Es war eine Nachricht von Maurizio. *Du schuldest mir noch ein Essen …*

Conrada erinnerte sich. Sie hatte es ihm versprochen für das Taxi, das er ihr in Buenos Aires gezahlt hatte. Sie musste lächeln.

Tatsächlich?, schrieb sie zurück.

94. Kapitel

In der Karibik; November

Conrada van Pauli. Was für eine Frau. Er hätte sie in dem Moment ausschalten lassen sollen, als Anderson ihm das erste Mal von ihr berichtet hatte.

Blaugrün glitzerte das Meer in der karibischen Sonne. Frederic McFadden lag in seinem Lieblingsliegestuhl auf dem oberen Sonnendeck seiner Jacht und öffnete ein Bier. Ein gutes, kaltes schottisches Meadowsweet Ale. Er hatte sich seinen Urlaub verdient. Seit Lilou Moreau die Kundendaten gestohlen hatte, hatte sein Team rund um die Uhr gearbeitet, um alle Spuren zu verwischen. Es hatte sich gelohnt. Wenn irgendjemand die Daten verwenden sollte, würde sich der Schaden in Grenzen halten.

McFadden hob die Flasche und trank auf Conrada van Pauli. Man konnte viel über ihn sagen, aber ein schlechter Verlierer war er nicht. Sein Telefon vibrierte.

Es gab nur einen Menschen, der diese Nummer kannte. Dem es erlaubt war, Frederic McFadden in seinem Urlaub zu stören.

»Sven, was gibt's?«, fragte er Anderson.

»Die Chinesen sind in der Leitung.«

McFadden nahm einen langen Schluck von seinem Ale. Es war wirklich ein gutes Ale, erdig und weich. Er stellte die Flasche ab, lehnte sich in seinem Liegestuhl zurück.

»Stell sie durch«, sagte er.

Eine Runde mochte van Pauli gewonnen haben. Aber nicht das Spiel.

Nachwort

Im Sommer 2013 fragte Jonas mich, ob ich mit ihm ins Kino gehen wolle. *World War Z.* Die erste Minute des Trailers zeigt Brad Pitt, der mit seiner Familie in New York im Stau steht. Plötzlich bricht um sie her Panik aus, Hubschrauber kreisen.

Aufregend, dachte ich und sagte Jonas zu. Aufstände gewinnen eine Dynamik, welche die ganze Welt in den Abgrund zu reißen droht. Sehr aufregend. Ich hätte den Trailer zu Ende sehen sollen.

Erst im Kino wurde mir die Tragweite meines Fehlers bewusst – die Aufständischen waren nicht zornige, verzweifelte Seelen einer Welt, in welcher der Reichtum, die Schönheit, die Macht, die Überlegenheit der wenigen medial jedem Unglücklichen ins Gesicht geklatscht wird. Es waren Zombies. Ich hasse Zombies. Danke, Jonas.

In den gefühlten vierhundert Stunden, in denen Brad Pitt auf jede erdenkliche Art seine Familie, die USA und die Welt rettete, fantasierte ich mir diejenige Handlung zusammen, die ich mir blauäugig erhofft hatte.

Die Idee zu *#KillTheRich* war geboren. Danke, Jonas.

Dann kamen ein paar Jahre, in denen ich die Lücken in meinem Lebenslauf pflegte. Im September 2016 fing ich an zu schreiben, im März 2017 setzte ich den vorerst letzten Punkt. Dass das so schnell ging, lag auch daran, dass ich zwei ungeduldige Leserinnen hatte, die mich schimpften, wenn ein neues Kapitel zu lange auf sich warten ließ. Oder nicht gut war. Und deren Kenntnisse zur Fälschung von Reisepässen – danke, Chrissi – oder zur Sabotage von Atomkraftwerken – danke, Friederike – beunruhigend detailliert sind.

Nun ging es ans Veröffentlichen. Weil ich gelernt hatte, dass richtige Autoren bei Agenturen sind, schrieb ich alle Agenturen der Welt an. Die Agenturen bedankten sich herzlich und wünschten mir alles Gute. Notgedrungen frönte ich meiner zweiten großen Leidenschaft, dem Saunieren. Das mache ich traditionell mit Bernd. Bernd war mit Martin auf einer Schule gewesen, Martin ist Lektor. Bernd schrieb Martin, dass ich da was Gutes geschrieben hätte, ohne dass er selbst eine Zeile gelesen hatte. Danke, Bernd.

Martin. Mein erster Kontakt zu einem richtigen Lektor eines großen Verlags. Ich war aufgeregt. Martin riet mir, mich an eine Agentur zu wenden. Bisher hatte ich also alles richtig gemacht. Ich fragte ihn, ob er nicht noch einen Tipp habe. Er empfahl mir und mich Petra Hermanns. Danke, Martin.

Petra Hermanns. Die beste Agentin der Welt. Wenn Petra dir erzählt, wie schön du wieder jemanden umgebracht hast, dann geht dir einfach das Herz auf. Danke, Petra.

Petra wirkte ihre Magie, und Anna-Lisa Hollerbach lud mich nach München ein, zu Blanvalet. Wenn die Aufgabe einer Lektorin darin besteht, die Hirngespinste ihres Autors zurechtzustutzen, hat Lisa das ausgesprochen subtil gemacht – ich hatte das Gefühl, ich durfte alles. Nicht weil mein Buch Lisa egal war, sondern weil sie ihm meine Stimme lassen wollte. Danke, Lisa.

Lisa brachte mich mit Angela Kuepper zusammen. Jetzt hatte ich nicht mehr nur eine Agentin und eine Lektorin, sondern auch noch eine Redakteurin. Von wegen schreiben macht einsam. Freundlich und fröhlich erklärte mir Angela, wie gut sie mein Buch finde, eigentlich müsse man gar nicht viel ändern. Dann haben wir es neu geschrieben.

Angelas Kommentare konnten mich auf zwei Weisen an meinen schriftstellerischen Ambitionen zweifeln lassen: entweder weil ich selbst nicht auf eine so naheliegende Idee gekommen war. Oder weil ich selbst nie auf eine so geniale Idee gekommen wäre. Danke, Angela. Die große Herausforderung jedoch war eine andere: Während ich mit Freude erfunden habe, wie Marine Le Pens angebliche Schwester ihre Abende verbringt, habe ich mich bemüht, öffentlich zugängliche Informationen korrekt wiederzugeben. Verbunden mit dem Anspruch auf Aktualität kamen wir bald zu dem Dilemma, entweder zu raten, wie die Welt im Herbst 2019 aussehen würde, oder veraltete Zusammenhänge zu präsentieren. Was hat Jair Bolsonaro angerichtet in Brasilien? Hat der Front National schon wieder seinen Namen geändert? Wie geht es Robert Mueller? Wir haben uns für einen Mittelweg entschieden. Wenn Andrea Nahles inzwischen Bundeskanzlerin sein sollte, seht uns das nach.

Wenn ihr darüber nachdenkt, selbst ein Buch zu schreiben, kann ich euch nur raten: Schreibt keines mit Zeitzonen.

Lucas Fassnacht, Februar 2019

Verzeichnis wiederkehrender Personen

Im Dienst der EU

Conrada van Pauli, Abteilungsleiterin für Südamerika
Hermann, ihr Mann, Quästor im Europäischen Parlament
Theresa und Emilia, ihre Töchter
Toby, Theresas Freund
Stéphane Aurel, stellvertretender Abteilungsleiter für Südamerika
Jasmin, seine Exfrau, Mitarbeiterin bei Reporter ohne Grenzen
Jonathan Rhodes, Exekutivdirektor der beiden Amerikas
Pierre Laurent, Direktor des Geheimdienstes
Thomas Prinz, sein Mitarbeiter
Jan Kopański, Botschafter in Brasilien
Pekka Salminen, Abteilungsleiter für Mittelamerika
Federica Mogherini, Hohe Vertreterin der EU im Ausland
Carlo Marina, ihr Pressesekretär
Spiro Venizelos, Generalsekretär des EAD
Jean-Claude Juncker, Präsident der EU-Kommission
Cecilia Malmström, Handelskommissarin
Thomas Hartwig, stellvertretender Direktor der Generaldirektion für Handel
Mario Draghi, Direktor der Europäischen Zentralbank
Sven-Ole Anderson, sein Mitarbeiter
Alonso González, Botschafter in Argentinien
Matej Matušek, Exekutivdirektor für Zentralasien und Russland
Viggo Nielsen, Botschafter in Russland

Maurizio Pellegrini, sein Mitarbeiter
Jonas Bartas, sein Mitarbeiter
Luis Sagasta, Leiter der EU-Delegation bei den UN

In Europa

Frederic McFadden, Anwalt
Lilou Moreau, seine ehemalige Mitarbeiterin
Gérard Courier, sein ehemaliger Mitarbeiter
Heribert Auenrieder, Professor für Wirtschaftswissenschaften
Simon Witt, Hauptkommissar der deutschen Bundespolizei
Winston Arcade, Oberst der NATO-Streitkräfte
Klaus Felskellner, Mitarbeiter des österreichischen Heeres-Nachrichtenamtes

In Lateinamerika

Jair Bolsonaro, Präsident von Brasilien
Pereira, sein Vizepräsident
Domingos, sein Außenminister
Matheus Ramos, Senatspräsident
Ramon Miguel Ferreira de Luiz, General der brasilianischen Armee
José Colasanti, Chauffeur im Auftrag der brasilianischen Regierung
Júlio, sein Kollege
Geraldo Senna, Taxifahrer
Andrés Manuel López Obrador, Präsident von Mexiko
Antonio Bomfim, Student an der Universität von Brasília
Angelette, französische Abiturientin

In Indien

Bimal Kapoor, Journalist bei *The Hindu*
Jitendra, sein Geliebter
Sundar Narayan, Filmproduzent

In den USA

Michael Woodearth, Großindustrieller
Cherry, seine Tochter
Fitzgerald Orson, Großindustrieller
Kent Miller, Außenminister
Jason Silver, Vorstand des Futtermittelherstellers Corner's und Vizepräsident der Vereinigung US-amerikanischer Futtermittelhersteller
Emma van der Gragt, Mitarbeiterin der niederländischen Botschaft in New York

In Russland

Leonid Kurotschkin, ehemaliger Bürgermeister von St. Petersburg
Sergej Koljakow, Direktor des FSB (russischer Geheimdienst)
Artjom, Schrotthändler

Sonstige

António Guterres, Generalsekretär der Vereinten Nationen
Jens Stoltenberg, Generalsekretär der NATO

Abkürzungen

AFIA: Vereinigung der US-amerikanischen Futtermittelhersteller
BKA: Bundeskriminalamt
COREU: verschlüsseltes EU-Kommunikationsnetzwerk
COT: Kommando Taktische Operationen (Spezialeinheit der brasilianischen Polizei)
CTBTO: vorbereitende Kommission zur Organisation des Vertrags über das umfassende Verbot von Nuklearversuchen
DEVCO: Europäische Generaldirektion für Internationale Zusammenarbeit
DSG: die drei stellvertretenden Generalsekretäre des EAD (POL = Politik, ECO = Wirtschaft, SEC = Security)
EAD: Europäischer Auswärtiger Dienst
EATC: Europäisches Lufttransportkommando
ECHO: Europäische Generaldirektion humanitäre Hilfe und Bevölkerungsschutz
ERCC: Europäische Notfallkoordination
EZB: Europäische Zentralbank
INTCEN: europäischer Geheimdienst
MERCOSUR: Freihandelszone Südamerika
MID: russisches Außenministerium
SATCEN: europäisches Satellitenüberwachungssystem
SecState: Secretary of State (US-Außenminister)
StratCom: NATO-Kompetenzzentrum für Strategische Kommunikation

UJR: Union des Aufstands der Jugend (Jugendorganisation der Revolutionären Kommunistischen Partei Brasiliens)
UNASUR: Union Südamerikanischer Nationen
UNHCHR: UN-Kommissar für Menschenrechte
UNPO: Organisation der nichtrepräsentierten Nationen und Völker